Terry Goodkind
Der Palast der Propheten

Buch

Allein mit dem Stein der Tränen kann der Riß im Schleier zwischen der Welt der Lebenden und der Unterwelt geschlossen werden, der eine tödliche Bedrohung allen Lebens darstellt. Einer alten Prophezeiung zufolge kann diese Bedrohung jedoch nur dann abgewendet werden, wenn Kahlan, die Mutter Konfessor, am Tage der Wintersonnenwende enthauptet wird. Richard, der Sucher, weiß, wo sich der Stein der Tränen befindet. Ihm sind jedoch die Hände gebunden, seit Kahlan selbst ihn gezwungen hat, einen Halsring anzulegen, durch den er bedingungslos den Schwestern des Lichts unterworfen ist. Als Richard schließlich von der Prophezeiung erfährt, sucht er verzweifelt nach einem Weg, wie er den Hüter, den Herrn der Unterwelt, aufhalten und dennoch seine geliebte Kahlan retten kann. Doch der Tag der Wintersonnenwende rückt unerbittlich näher und näher.

Das Schwert der Wahrheit – eine epische, faszinierende und meisterlich erzählte Fantasy Saga, vergleichbar nur mit Tad Williams' *Drachenbeinthron* und Marion Zimmer Bradleys *Nebel von Avalon.* Ein Traum von einem Buch!

»Eine phänomenale Fantasy, die alles Dagewesene in den Schatten stellt, und für Terry Goodkind der Beginn einer großen Karriere.«

Piers Anthony

»*Das Schwert der Wahrheit* hat alles, was man von einer großen Fantasy-Saga erwarten kann, und noch einiges mehr. Besser kann man es nicht machen.«

Publishers Weekly

Autor

Mit dem *Schwert der Wahrheit* legt Terry Goodkind eine Fantasy-Saga vor, die mit Witz und Spannung, Phantasie und Wirklichkeitsnähe neue Maßstäbe in diesem Genre setzt. Terry Goodkind lebt in Maine.

Terry Goodkind im Goldmann Verlag

Das Schwert der Wahrheit 1:
Das erste Gesetz der Magie (24614)
Das Schwert der Wahrheit 2:
Der Schatten des Magiers (24658)
Das Schwert der Wahrheit 3:
Die Schwestern des Lichts (24659)

TERRY GOODKIND

DER PALAST DER PROPHETEN

Aus dem Amerikanischen
von Caspar Holz

GOLDMANN

Die amerikanische Originalausgabe erschien 1995
unter dem Titel »Stone of Tears«, Chapters 33–71,
bei Tor Books, New York

Umwelthinweis:
Alle bedruckten Materialien dieses Taschenbuches
sind chlorfrei und umweltschonend.
Das Papier enthält Recycling-Anteile.

Der Goldmann Verlag
ist ein Unternehmen der Verlagsgruppe Bertelsmann

Published in agreement with BAROR INTERNATIONAL, INC.,
Bedford Hills, New York, U.S.A. in association with
Scovil Chichak Galen Literary Agency.
Umschlaggestaltung: Design Team München
Umschlagillustration: AKG, Berlin
Satz: deutsch-türkischer fotosatz, Berlin
Druck: Graphischer Großbetrieb Pößneck
Verlagsnummer: 24660
SN Redaktion: Andreas Helweg
Herstellung: Peter Papenbrok
Made in Germany
ISBN 3-442-24660-1

1 3 5 7 9 10 8 6 4 2

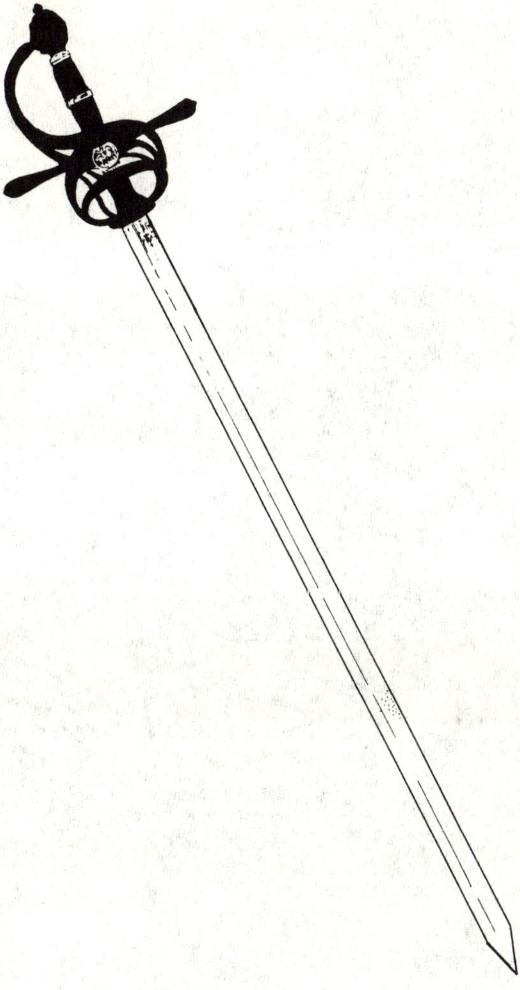

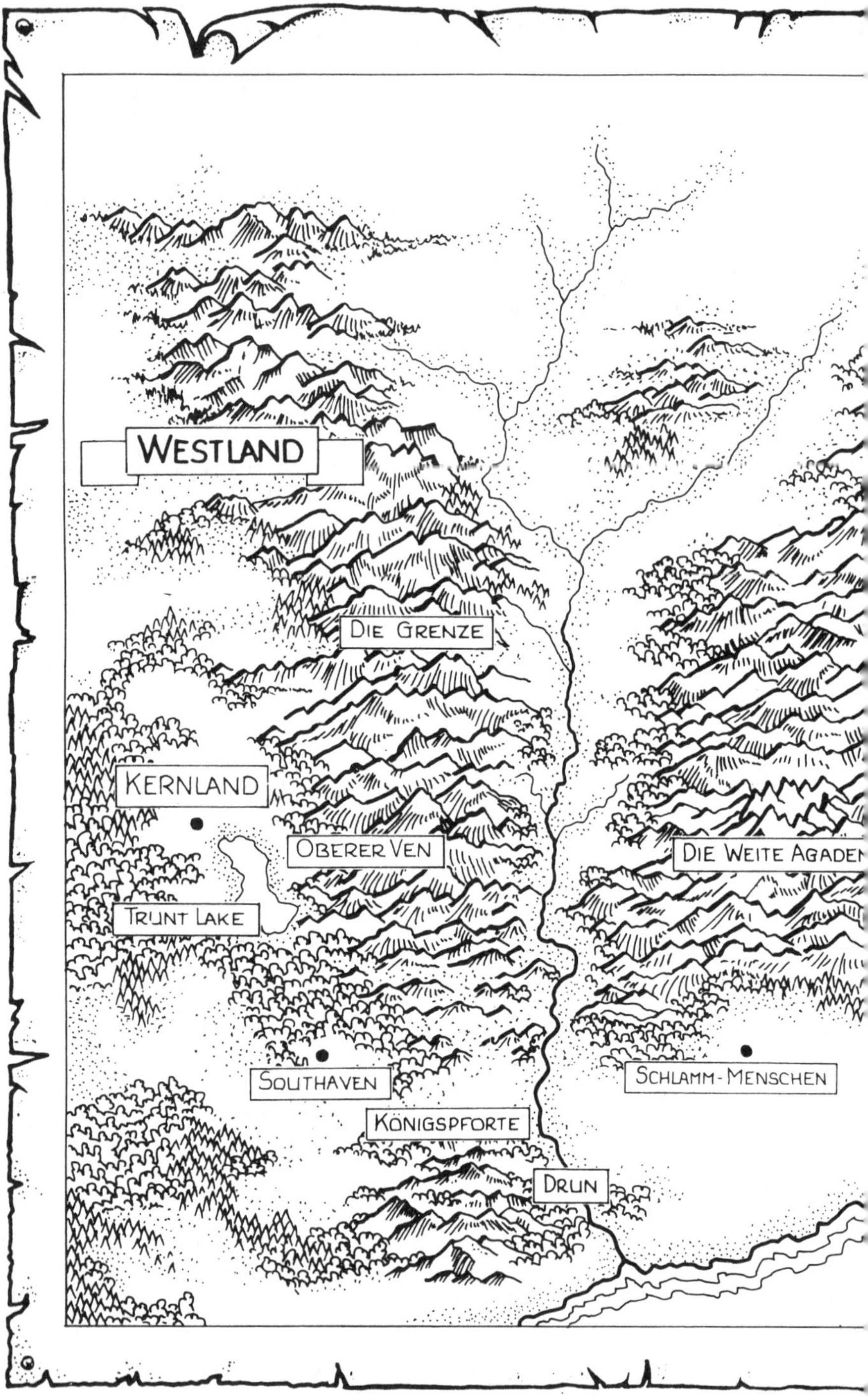
WESTLAND
DIE GRENZE
KERNLAND
OBERER VEN
TRUNT LAKE
DIE WEITE AGADEN
SOUTHAVEN
SCHLAMM-MENSCHEN
KÖNIGSPFORTE
DRUN

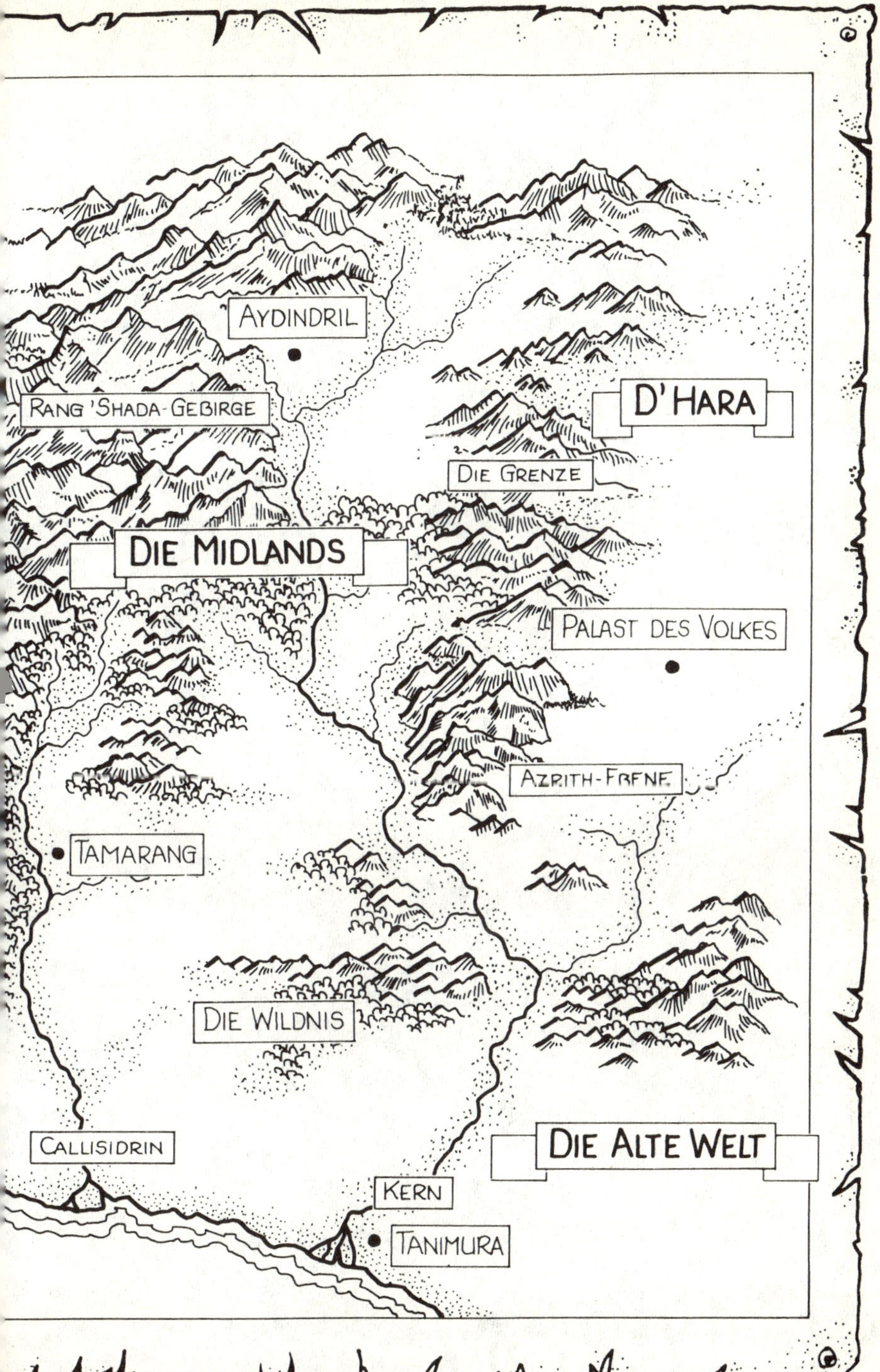
AYDINDRIL
RANG 'SHADA-GEBIRGE
D' HARA
DIE GRENZE
DIE MIDLANDS
PALAST DES VOLKES
AZRITH-EBENE
TAMARANG
DIE WILDNIS
CALLISIDRIN
DIE ALTE WELT
KERN
TANIMURA

1. Kapitel

»Du mußt mir den Arm abnehmen.«

Zedd zog den Ärmel ihres himmelblauen Samtgewandes den Arm hinunter und bedeckte damit die Wunde, die nicht verheilen wollte, und das schwache grüne Leuchten ihrer Haut.

»Ich werde dir den Arm nicht abschneiden, Adie. Wie oft muß ich dir das noch erklären?«

Er stellte die Lampe aus geschliffenem Glas auf einen Nachttisch mit silbernen, zu einem Blumenmuster gearbeiteten Einlegearbeiten zurück, gleich neben das Tablett mit braunem Brot und dem halbverspeisten Lammtopf, überquerte gemächlichen Schritts den Teppich und teilte die mit Stickereien verzierten Vorhänge mit einem seiner dünnen Finger. Ohne etwas zu erkennen, linste er durch das reifüberzogene Fenster auf die dunkle Straße hinaus. Der Schein des Feuers im Vorzimmer warf ein warmes, schwaches Licht durch die offene Doppeltür. In Anbetracht der Menschenmenge unten im Speisesaal war es in den Zimmern geradezu still.

Obwohl es mitten im Winter war, oder vielleicht gerade deswegen, herrschte im ›Bockshorn‹ reger Betrieb. Die Straße war bei diesem Schnee, bei dieser Kälte kein Platz zum Schlafen, trotzdem konnte man den Handel nicht einfach der Jahreszeit wegen einstellen. Kaufleute, Fahrer und Reisende jeder Art füllten sowohl diesen als auch alle anderen Gasthöfe in Penverro.

Er und Adie hatten Glück gehabt, eine Unterkunft zu finden. Vielleicht war auch der Wirt der Glückliche. Glücklich deswegen, weil jemand des Weges kam, der bereit war, den unverschämten Preis zu zahlen, den er für seine besten Zimmer verlangte.

Das Geld bereitete Zedd jedoch keine Sorgen. Für einen Zauberer Erster Ordnung war es ein leichtes, den geforderten Preis in Gold auf den Tisch zu legen. Nein, Zedd hatte andere Sorgen. Die klaffende Wunde, dort, wo der Skrin Adie mit seiner Kralle geritzt hatte, verheilte nicht. Sie wurde eher immer schlimmer. Und es half nichts, die Wunde weiter mit Magie zu behandeln. Magie war das Problem.

»Hör zu, alter Mann.« Adie stemmte sich im Bett auf einen Ellenbogen hoch. »Es ist die einzige Möglichkeit, die Vergiftung aufzuhalten. Du hast es versucht, und ich möchte deine Bemühungen nicht bekritteln. Aber wenn wir das Gift nicht aufhalten, werde ich sterben. Was ist ein Arm, verglichen mit meinem Leben? Wenn dir der Mut dazu fehlt, dann gib mir ein Messer. Ich schaffe es auch allein.«

Er blickte finster über seine Schulter. »Daran, meine Liebe, habe ich keinen Zweifel. Aber es wird nichts nützen, fürchte ich.«

»Wie meinst du das?« fragte sie krächzend.

Er zog ein kaltes Stück Lammfleisch aus der goldgeränderten Schale und stopfte es sich in den Mund, bevor er sein aufwendiges Gewand ein Stück weit hochzog und sich auf der Bettkante niederließ. Kauend griff er nach ihrer gesunden Hand. Sie wirkte dünn und zerbrechlich, dabei war sie ihm sonst eher wie aus Eisen vorgekommen.

»Adie, kennst du jemanden, der sich mit diesem Gift auskennt?«

Sie überhörte seine Frage. »Warum sagst du, daß es nichts nützen wird?«

Zedd tätschelte ihre Hand. »Beantworte die Frage. Kennst du jemanden, der vielleicht etwas darüber weiß?«

»Ich müßte ein wenig überlegen, aber ich glaube nicht, daß es jemanden gibt, der noch lebt und der über ein solches Wissen verfügt. Du bist Zauberer, wer sollte es besser wissen als du? Zauberer sind Heiler.« Sie zog die Hand zurück. »Und was meinst du damit, es würde nichts nützen, den Arm abzunehmen?« Einen Augenblick lang war sie still, dann weiteten sich ihre Augen. »Soll das heißen, es ist bereits zu spät …?«

Zedd stand auf und wandte sich von ihr ab. Er stemmte eine Hand in seine knochige Hüfte und wog die Möglichkeiten ab. Viel abzuwägen gab es nicht.

»Denk nach, Adie, und tu es ohne Hast. Dies überfordert meine Kenntnisse, und die Lage ist ernst.«

Er hörte das Bett quietschen, als Adie sich in die Kissen zurücksinken ließ. Sie stieß einen müden Seufzer aus.

»Dann bin ich so gut wie tot. Wenigstens ist meine Seele dann bei meinem Pell – endlich. Du mußt sofort weiterreisen. Vergeude nicht noch mehr Zeit. Ich habe dich schon viel zu lange aufgehalten, viel zu viele Tage in diesem Bett gelegen. Du mußt nach Aydindril. Bitte, Zedd, ich will nicht für das verantwortlich sein, was geschieht, wenn du es nicht bis Aydindril schaffst. Geh und hilf Richard und laß mich sterben.«

»Tu bitte, was ich sage, Adie, und denk nach. Wer wäre in der Lage, uns zu helfen?«

Zu spät erkannte er, daß er einen Fehler begangen hatte. Er zuckte zusammen und wartete auf das, was unweigerlich kommen mußte.

Wieder vernahm er das Quietschen der Sprungfedern. »Uns?«

»Ich meinte nur …«

Sie packte den Ärmel seines feinen Gewandes und zerrte Zedd herum. Ihr Gesicht war bedrohlich ernst geworden. Mit einem kräftigen Ruck zog sie ihn neben sich aufs Bett. Im Schein der Lampe wirkten ihre Augen eher rosa als weiß, trotzdem konnte er das schwach grünliche Schimmern darin erkennen.

»Uns?« wiederholte sie. Diesmal klang es wie ein knurriges Schnarren. »Und du beschwerst dich über die kleinen Geheimnisse, die eine Magierin für sich behalten möchte! Raus damit, oder ich werde dafür sorgen, daß es dir leid tut, mich mitgeschleppt zu haben!«

Zedd gab einen müden Seufzer von sich. Es war schon in Ordnung so, er hätte es ihr ohnehin nicht länger verheimlichen können. Er zog den dunklen Ärmel seines Gewandes hoch.

Die Haut seines Oberarms war dort, wo auch ihr Arm geritzt worden war, mit undeutlichen, schwarze Flecken in der Größe von Goldmünzen übersät und wies die gleiche schwach grünliche Verfärbung auf. Sie starrte regungslos darauf.

»Zauberer benutzen die Magie ihres Einfühlungsvermögens, um

Menschen zu heilen. Wir nehmen den Schmerz und die Essenz der Verstimmung, der Krankheit oder der Verletzung auf uns. Wir haben die Schmerzensprüfung bestanden, daher können wir in diesem Punkt, wie auch in anderen, aushalten, was wir von einem anderen übernehmen. Wir benutzen die Gabe dazu, uns selbst zu stärken und dem Betreffenden Kraft zu geben, so daß die Magie das heilen kann, was krank ist. Die Harmonie in unserem Innern gleicht die Disharmonie aus. Krankheit und Verletzungen sind Irrwege, und die Magie stellt den Fluß der Kraft in einem Menschen wieder her, so wie er sein soll.« Er streichelte ihre Hand. »In Grenzen natürlich. Wir sind nicht die Hand der Schöpfung. Von ihr jedoch haben wir die Gabe erhalten, die wir, falls erforderlich, benutzen können.«

»Aber ... wieso ist dein Arm ebenso zugerichtet wie meiner?«

»Die eigentliche Übertragung der Krankheit oder Verletzung wird verhindert. Nur der Schmerz und die Disharmonie werden übernommen, damit wir Kraft, Heilung und Wohlbefinden an den, dem wir helfen, weitergeben können.« Er faßte den Silberbrokat an seiner Manschette und zog den Ärmel wieder über seinen Arm. »Irgendwie hat das Gift des Skrin diese Barriere durchdrungen.«

Sorgenfalten legten sich über ihr Gesicht. »Dann werden wir wohl beide einen Arm verlieren.«

Zedd bewegte seine Zunge, um den Mund anzufeuchten. »Nein, ich fürchte, das wird nicht helfen. Wenn ich versuche, jemanden zu heilen, spüre ich, wo die Verletzung oder die Krankheit, wo die Disharmonie sich befindet.« Er stand wieder auf und kehrte ihr den Rücken zu. »Die Wunde befindet sich zwar auf deinem Arm, aber die Vergiftung durch die Magie des Skrin ist in deinem ganzen Körper deutlich zu spüren.« Er senkte die Stimme zu einem Flüstern. »In meinem mittlerweile auch.«

Zedd hörte gedämpftes Lachen von unten aus dem Speisesaal. Fröhliche Musik drang durch die eleganten, farbenprächtigen Teppiche nach oben. Ein Barde sang gerade eine zotige Ballade über eine als Kellnerin verkleidete Prinzessin. Ihr Vater, der König, hatte sie einem Prinzen versprochen, den sie nicht ausstehen konnte. Nachdem sie den Freier als Halunken und habgierigen Opportunisten bloßgestellt hatte, stellte sie fest, daß sie es zwar würde ertragen müssen, daß man ihr in den Hintern kneift, sie aber ansonsten den Beruf der Kellnerin dem der Prinzessin vorzog, und führte fortan ein Leben voller Gesang und Tanz. Das Publikum spendete grölend Beifall und schlug mit den Krügen zum Takt der Musik.

Hinter sich hörte er leise Adies Stimme. »Wir stecken in großen Schwierigkeiten, alter Mann.«

Er nickte gedankenverloren. »Das stimmt.«

»Tut mir leid, Zedd. Vergib mir, was ich uns eingebrockt habe.«

Er tat ihre Entschuldigung mit einer Handbewegung ab. »Passiert ist passiert. Es ist nicht deine Schuld, meine Liebe. Wenn überhaupt, dann meine, weil ich vor der Anwendung von Magie nicht nachgedacht habe. Das ist der Preis, wenn man zuerst sein Herz und dann den Kopf gebraucht.« Und der Preis für das Brechen des Zweiten Gesetzes der Magie, überlegte er, sprach es aber nicht aus.

Die schweren Falten seines Gewandes wirbelten um seinen Körper, als er sich umdrehte, um sie anzusehen. »Denk nach, Adie. Es muß jemanden geben, der etwas über diese Vergiftung weiß, jemanden, der sich mit Skrins auskennt. Hast du auf der Suche nach dem Wissen über die Unterwelt jemanden besucht, der vielleicht etwas weiß? Selbst wenn es nur sehr wenig ist, könnte es für mich der entscheidende Hinweis sein, den ich brauche, um uns hiervon zu befreien.«

Ihr Gewicht sank tiefer in die Kissen, derweil sie die Stirn nachdenklich in Falten zog. Schließlich legte sie den Kopf von einer Seite auf die andere.

»Als ich die Frauen mit der Gabe aufsuchte, war ich noch jung. Sie waren alt, zumindest älter als ich. Sie leben jetzt bestimmt alle nicht mehr.«

Zedd trat näher. »Hatte eine von ihnen vielleicht Töchter? Töchter, die die Gabe besaßen?«

Adies Blick fand den seinen. Sie hob die Brauen, und ein Lächeln huschte über ihr feines, runzliges Gesicht. »Ja! Eine Frau, die mir einige der wichtigsten Dinge über Skrins beibrachte, hatte mehrere Töchter!« Sie stützte sich auf ihren gesunden Ellenbogen. »Drei.«

Ihr Grinsen wurde breiter. »Sie alle besaßen die Gabe. Damals waren sie noch klein, aber sie besaßen die Gabe. Sie sind längst nicht so alt wie ich. Wenn ihre Mutter lange genug gelebt hat, dann hat sie ihr Wissen bestimmt an sie weitergegeben. Das ist bei Magierinnen üblich.«

Trotz des dumpfen Schmerzes einer fremden Magie in seinen Knochen beschwingte die Aufregung Zedds Schritt. »Dann müssen wir zu ihnen! Wo leben sie?«

Adie zuckte zusammen und sank in die Kissen zurück. Sie zog die Decke hoch bis zur Brust. »In Nicobarese. Sie leben in einer entlegenen Region von Nicobarese.«

»Verdammt.« Zedd stieß einen Seufzer aus. »Das ist ein weiter Weg in die falsche Richtung.« Er strich sich mit Daumen und Zeigefinger über die beiden Seiten seines glatten Kinns. »Fällt dir vielleicht noch jemand ein?«

Leise vor sich hinzählend, öffnete Adie einen Finger ihrer geschlossenen Hand nach dem anderen. »Söhne«, murmelte sie. »Sie hatte nur Söhne.« Sie zählte den nächsten Finger ab. »Nein, sie wußte nichts über die Skrin.« Schließlich zählte sie den letzten Finger ab. »Keine Kinder.« Sie ließ die Hände schlaff zur Seite fallen. »Tut mir leid, Zedd. Die drei Schwestern sind die einzigen, die vielleicht etwas wissen, und sie leben in Nicobarese.«

»Und diese Frau, ihre Mutter, wo hat sie diese Dinge gelernt? Vielleicht könnten wir dorthin gehen?«

Adie strich die Decke über ihrem Bauch glatt. Ihre Hand glitt herab und lag ruhig an ihrer Seite. »Allein das Licht weiß das. Der einzige Ort, wo wir meines Wissens nach Antworten suchen können, ist Nicobarese.«

Zedd reckte einen knochigen Finger gen Himmel. »Dann gehen wir eben nach Nicobarese!«

Adie sah ihn zweifelnd an. »Zedd, in Nicobarese gibt es den Lebensborn. Mein Name wird dort noch in Erinnerung sein. Und nicht in guter.«

»Das war vor schrecklich langer Zeit, Adie. Vor zwei Königen.«

»Dem Lebensborn bedeutet Zeit nichts.«

Er rieb sich nachdenklich das Kinn. »Nun, niemand weiß, wer wir sind. Wir haben unsere Identität geheimgehalten, um nicht in das Blickfeld des Hüters zu geraten. Wir werden einfach auch weiterhin zwei wohlhabende Reisende bleiben.« Er blickte sie bedrohlich an. »Schließlich trage ich bereits diese lächerliche Kleidung.« Die üppigen Gewänder, die die beiden trugen, waren ihr Einfall gewesen. Ein Einfall, der ihm keinesfalls behagte.

Adie zuckte mit den Achseln. »Sieht ganz so aus, als hätten wir keine Wahl. Was getan werden muß, muß getan werden.« Sie ächzte vor Anstrengung, als sie sich im Bett aufrichtete. »Wir müssen sofort aufbrechen.«

Zedd tat dies mit einer Handbewegung ab. »Du bist geschwächt und brauchst Ruhe. Ich werde uns eine Transportmöglichkeit besorgen. Reiten ist zu anstrengend. Ich werde uns eine Kutsche mieten – oder irgend etwas anderes.« Er zog eine Braue hoch und lächelte sie verschmitzt an. »Wenn wir schon diese protzigen Kleider tragen und uns als wohlhabende Reisende ausgeben, wäre es doch am besten, wir spielen die Rolle weiter und fahren mit einer Kutsche.«

Sie beobachtete ihn, wie er sich vor dem großen Standspiegel musterte. Er hielt das schwere Gewand auseinander, um dessen Fülle zu begutachten. Das Gewand bestand aus einem schweren, kastanienbraunen Stoff, mit schwarzen Ärmeln und einem kuttenartigen Schulteraufsatz. Die Manschetten waren mit drei Reihen Silberbrokat verziert. Rings um den Hals und auf der Vorderseite befanden sich zu einem gröberen Muster geflochtene Goldbrokatstreifen. Das Ganze wurde in der Hüfte von einem prunkvollen, roten Samtgürtel zusammengehalten, der mit einer goldenen Schnalle versehen war. Der Gesamteindruck war so offenkundig protzig, daß er innerlich aufstöhnte.

Nun, was sein muß, muß sein. Zedd holte zu einer großen Geste aus und verbeugte sich dramatisch.

»Wie sehe ich aus, meine Liebe?«

Adie nahm sich eine Scheibe braunen Brots vom Tablett. »Wie ein Geck.«

Er richtete sich augenblicklich auf und drohte ihr mit dem Finger. »Darf ich dich daran erinnern, daß du das Gewand ausgesucht hast!«

Sie zuckte mit den Achseln. »Aus Rache. Du hast meins ausgesucht. Ich fand es nur angemessen, auf Wiedergutmachung zu bestehen.«

Eingeschnappt überquerte er die weite Teppichfläche und äußerte murmelnd seine Überzeugung, sie habe bei weitem den besseren Tausch gemacht. »Ruh dich ein wenig aus. Ich werde mich um unsere Transportmöglichkeit kümmern.«

Er war bereits auf dem Weg zur Tür, als Adie mit den Zähnen ein Stück Brot abriß und mit vollem Mund meinte: »Vergiß deinen Hut nicht.«

Zedd zuckte zusammen und erstarrte. Er wirbelte auf seinen Fußballen herum. »Verdammt, Frau! Muß ich auch noch den Hut aufsetzen?«

Sie kaute einen Augenblick, dann schluckte sie. »Der Mann, der uns die Kleider verkauft hat, meinte, er sei bei den Edelleuten der allerletzte Schrei.«

Zedd stöhnte laut und nahm den schlaffen, roten Hut vom Marmortisch neben der Flügeltür des Vorraumes. Er stülpte ihn über sein welliges, weißes Haar. »Besser so?«

»Die Feder sitzt schief.«

Er ballte die Fäuste. Schließlich hob er die Arme, setzte den Schlapphut zurecht und rückte die Pfauenfeder gerade.

»Zufrieden?«

Sie lächelte – über ihn, wie er vermutete.

»Zedd, ich habe nur deshalb gesagt, du siehst aus wie ein Geck, weil du ein so gutaussehender Mann bist, daß der Versuch albern wirkt, dein perfektes Äußeres durch elegante Kleidung zu verbessern.«

Ein Schmunzeln schlich sich auf sein Gesicht. Er machte eine weitere knappe Verbeugung. »Ich danke Euch, meine Dame.«

Sie riß ein Stück Brot entzwei. »Und Zedd, sei vorsichtig.« Er legte den Kopf auf die Seite und machte ein fragendes Gesicht. »In dieser Maskerade kann es leicht passieren, daß man dich in den Hintern kneift.«

Zedd zwinkerte ihr schelmisch zu. »Ich werde nicht zulassen, daß sich irgendein dahergelaufenes Dienstmädchen auf dein Territorium wagt.«

Er zog den Hut fesch noch etwas schräg und eilte, eine fröhliche Melodie pfeifend, zur Tür hinaus. Ein Stock, überlegte er. Vielleicht sollte er sich einen Stock zulegen. Einen verzierten natürlich. Ein Edelmann sollte einen vernünftigen Stock besitzen.

2. Kapitel

Mit dem Stimmengewirr aus dem dichtgedrängten Raum stieg ein warmer Lufthauch über die Treppe vom Speisesaal nach oben. Der Duft gebratenen Fleisches wehte von der Küche herauf und vermischte sich angenehm mit dem süßlichen Geruch von Pfeifenrauch. Zedd rieb sich den Bauch, als er die Treppen hinunterstieg, und überlegte, ob er die Zeit erübrigen konnte, eine Portion Fleisch zu vernaschen.

Auf dem Absatz stand ein großer Korb, der drei Stöcke enthielt. Zedd zog den am reichhaltigsten verzierten, einen geraden, schwarzen Stock mit einem feinen, in Silber gearbeiteten Kopf, aus dem Korb. Er klopfte mit dem auffallenden Stock leicht auf den hölzernen Treppenabsatz, um Länge und Gewicht zu prüfen. Ein Tick zu schwer, dachte er, doch als modisches Beiwerk würde er genügen.

Der Besitzer, Meister Hillman, ein rundlicher Mann mit bis über die Grübchen der Ellbogen hochgekrempelten Hemdsärmeln und blitzweißer Schürze, erspähte ihn, als er am Ende der Treppe anlangte, und kam, Männer zur Seite schiebend, sofort quer durch den Raum herbeigeeilt. Die runden, rosigen Wangen des Mannes wurden noch draller, als sein kleiner Mund sich zu einem vertraulichen Grinsen auseinanderzog.

»Meister Rybnik! Sehr erfreut, Euch zu sehen!«

Zedd hätte sich fast umgedreht, um festzustellen, wen der Mann meinte. Doch dann fiel ihm ein, daß dies der Name war, den er selbst angegeben hatte. Er hatte dem Gastwirt anvertraut, sein Name sei Ruben Rybnik; Adies Namen hat er mit Elda angegeben und behauptet, sie sei seine Frau. Der Name Ruben hatte Zedd immer schon gut gefallen. Ruben. Er ließ sich den Klang genußvoll in Gedanken auf der Zunge zergehen. Ruben.

»Bitte, Meister Hillman, nennt mich Ruben.«

Der Kopf des Mannes schnellte auf und ab. »Natürlich, Meister Rybnik. Selbstverständlich.«

Zedd hielt ihm den Stock hin. »Ich bin schon seit einiger Zeit der Ansicht, daß ich einen Stock benötige. Könnte ich Euch überreden, Euch von diesem hier zu trennen?«

Der Mann breitete die Arme zu einer weiten Geste aus. »Für Euch, Meister Rybnik, würde ich alles tun. Mein Neffe stellt sie her, und ich gestatte ihm, sie hier für meine anspruchsvollen Gäste auszustellen. Dieser allerdings ist etwas ganz Besonderes, und teuer.« Auf Zedds skeptischen Gesichtsausdruck hin trat er näher und nahm den Stock in die Hand. Er beugte sich vor und sprach mit vertraulicher Stimme. »Wenn ich demonstrieren darf, Meister Rybnik. Das zeige ich nicht jedem. Man könnte einen falschen Eindruck von meinem Haus bekommen, Ihr versteht. Hier. Seht Ihr? Ein Dreh, dann öffnet er sich hier am Silberband.«

Er zog die beiden Teile ein paar Zentimeter auseinander, so daß eine blinkende Klinge zum Vorschein kam. »Fast zwei Fuß keltonischen Stahls. Diskreter Schutz für einen Gentleman. Aber ich bin nicht sicher, ob Ihr für Eure einfachen Zwecke ein derart kostspieliges …«

Zedd schob die dünne Klinge zurück und drehte sie. Der fein gearbeitete Mechanismus gab ein leises Klicken von sich, als die beiden Teile ineinanderrasteten. »Er wird seinen Zweck erfüllen. Er gefällt mir. Nicht zu übertrieben. Schreibt ihn mit auf meine Zimmerrechnung.« Wohlhabende Gentlemen erkundigten sich nicht nach dem Preis.

Meister Hillman neigte mehrmals den Kopf. »Natürlich, Meister Rybnik. Natürlich. Eine gute Wahl, wie ich hinzufügen möchte. Recht fesch.« Er wischte seine sauberen, fleischigen Hände am Schürzenzipfel ab und deutete mit einem Arm auf den Saal. »Dürfte ich Euch einen Tisch anbieten, Meister Rybnik? Laßt mich einen Tisch für Euch freimachen. Ich werde jemanden umsetzen. Laßt mich nur machen …«

»Nein, nein.« Zedd gestikulierte mit seinem neuen Stock. »Der unbesetzte dort in der Ecke neben der Küche ist ganz hervorragend.«

Der Mann blickte mit kummervoller Miene in die von Zedd gezeigte Richtung. »Dort? Oh, nein, Sir, bitte, laßt mich Euch einen besseren Tisch besorgen. In der Nähe des Barden vielleicht? Ihr wollt Euch doch sicher ein hübsches Liedchen anhören. Er kennt jedes Lied, das Ihr ihm nennt. Verratet mir Eure Lieblingsmelodie, und ich werde dafür sorgen, daß er sie für Euch spielt.«

Zedd beugte sich ganz nah und zwinkerte dem Mann zu. »Die wundervollen Düfte aus Eurer Küche gefallen mir sehr viel besser als der Gesang.«

Meister Hillman erstrahlte vor Stolz, dann bat er Zedd mit einer ausladenden Geste zu dem Tisch herüber. »Ihr erweist mir eine solche Ehre, Meister Rybnik. Noch nie hat jemand von meiner Küche so geschwärmt wie Ihr. Ich werde Euch eine Portion bringen.«

»Ruben bitte. Ihr erinnert Euch? Und ich wäre entzückt, eine Scheibe von dem Rostbraten kosten zu dürfen, dessen Duft mir so angenehm in die Nase steigt.«

»Sehr wohl, Meister Rybnik, natürlich.« Den Zipfel seiner Schürze wringend, beugte er sich über den Tisch, als Zedd an der Wand Platz nahm. »Wie geht es der Gemahlin? Hoffentlich doch besser. Ich bete jeden Tag für sie.«

Zedd seufzte. »Ihr Zustand ist unverändert, fürchte ich.«

»Du meine Güte. Ja, das tut mir leid. Ich werde weiter für sie beten.« Er wollte zur Küchentür hinaus. »Gestattet, daß ich Euch jetzt den Rostbraten bringe.«

Nachdem der Mann verschwunden war, lehnte Zedd seinen neuen Stock an die Wand, setzte den Hut ab und warf ihn auf den Tisch. Der zur Kahlheit neigende Barde hockte auf einem Schemel auf einem kleinen Podium über seine Laute gebeugt, als sei er für alle Zeiten mit ihr verwachsen, schlug mit Nachdruck in die Saiten und trällerte dazu ein beseeltes Lied von den Abenteuern eines Fuhrmannes, von dessen Reisen über schlechte Straßen von einer schlechten Stadt zur nächsten, von schlechtem Essen und noch schlechteren Frauen und darüber, wie sehr er die Herausforderung steiler Hügel und gewundener Paßstraßen liebte, wenn peitschender Regen und Schnee ihm die Sicht raubten.

Zedd beobachtete einen Mann, der allein in einer Nische an der gegenüberliegenden Wand des Raumes saß und der mit verdrehten Augen und kopfschüttelnd einem unwahrscheinlichen Abenteuer nach dem anderen lauschte. Vor ihm auf dem Tisch lag säuberlich zusammengerollt eine Peitsche. Andere Männer an den Tischen nahmen das Gesungene für bare Münze, sangen mit und schlugen dabei mit ihren Krügen auf den Tisch. Einige der betrunkenen Gäste versuchten die lächelnden Kellnerinnen in den Allerwertesten zu kneifen, wenn sie vorbeihuschten, griffen jedoch stets ins Leere.

An anderen Tischen saßen piekfein gekleidete Männer und Frauen, wahrscheinlich Kaufleute mit ihren Gattinnen, unterhielten sich und ignorierten den Gesang. Modisch gekleidete Edelleute mit blitzenden Schwertern saßen ein paar Tische weit entfernt in einer ruhigeren Ecke des Raumes. Auf einer freien Fläche zwischen dem Barden und dem einsamen Mann in seiner Nische tanzten Paare. Einige der Männer hatten Kellnerinnen etwas zustecken müssen, damit sie in den Genuß eines Tanzes kamen. Pikiert stellte Zedd fest, daß es zwar viele Männer mit Hüten gab, die Hüte jedoch allesamt zweckmäßig aussahen und keiner mit einer Feder geschmückt war.

Zedd griff in die Tasche, um seine Goldmünzen zu zählen. Zwei. Er seufzte. Es war kostspielig, den reichen Mann zu spielen. Wie die Reichen sich das leisten konnten, war ihm ein Rätsel. Nun, er würde etwas unternehmen müssen, wollte er ihnen eine Transportmöglichkeit nach Nicobarese beschaffen. Er konnte nicht zulassen, daß Adie weiter auf dem Pferd ritt. Sie war zu sehr geschwächt.

Leichtfüßig federnd kam Meister Hillman durch die Küchentür geeilt. Er setzte Zedd einen goldgeränderten, weißen Teller mit einem Berg gegrillten Lammfleischs vor, zögerte, bevor er sich aufrichtete, legte zu beiden Seiten einen Finger an den Teller und rückte ihn pingelig zurecht. Dann zog er ein sauberes Küchentuch hervor und rieb einen Flecken von der Tischplatte. Zedd beschloß, trotz seines Hungers vorsichtig zu essen, damit Meister Hillman nicht auf die Idee verfiel, ihm das Kinn abzuwischen.

»Darf ich Euch einen Krug Bier bringen, Meister Rybnik? Auf Kosten des Hauses?«

»Bitte nennt mich Ruben, so heiße ich nämlich. Eine Kanne Tee wäre hervorragend.«

»Selbstverständlich, Meister Rybnik, kommt sofort. Kann ich sonst noch etwas für Euch tun? Außer der Kanne Tee?«

Zedd beugte sich ein wenig zur Tischmitte vor. Meister Hillman tat dasselbe. »Wieviel Silber bekommt man augenblicklich für Gold?«

»Vierzig Komma fünf fünf zu eins«, kam die präzise Antwort im Handumdrehen. Es folgte ein verlegenes Räuspern. »Glaube ich zumindest. Wenn ich mich recht erinnere.« Er grinste kleinlaut. »So genau verfolge ich das nicht. Aber ich glaube, so dürfte es stimmen. Vierzig Komma fünf fünf zu eins. Ja, ich denke, das dürfte in etwa stimmen.«

Zedd tat, als ließe er sich das durch den Kopf gehen. Schließlich zog er eines seiner beiden Goldstücke hervor und schob es mit einem Finger über den Tisch hinüber zum Wirt.

»Wie es aussieht, bin ich knapp an kleinen Münzen. Wärt Ihr so freundlich, dies für mich zu wechseln? Außerdem möchte ich, daß es auf zwei Geldbeutel aufgeteilt wird. Aus dem einen nehmt ein Silberstück und wechselt es in Kupfer, das Ihr in einen dritten Beutel steckt. Und bitte, behaltet das überzählige Kleingeld für Euch.«

Meister Hillman verbeugte sich zweimal tief. »Natürlich, Meister Rybnik, selbstverständlich. Und vielen Dank.«

Er wischte die Münze so schnell vom Tisch, daß Zedd sie kaum verschwinden sah. Als er gegangen war, fiel Zedd über seinen Lammbraten her, beobachtete die Leute und lauschte kauend dem Gesang. Gegen Ende der Mahlzeit war Meister Hillman zurück und schob sich zwischen Zedd und das Gedränge.

Er legte zwei kleine Geldbeutel auf den Tisch. »Das Silber, Meister Rybnik. Neunzehn im hellbraunen, und zwanzig im dunklen.« Zedd ließ sie in sein Gewand gleiten, während sein Gegenüber einen schwereren, grünen Beutel absetzte und über den Tisch schob. »Und hier das Kupfer.«

Zedd bedankte sich mit einem Lächeln. »Und der Tee?«

Der dicke Mann schlug sich mit der Hand vor die Stirn. »Vergebt mir. Über das Wechseln habe ich das ganz vergessen.« Einer der Edelleute winkte und versuchte, seine Aufmerksamkeit zu erhaschen. Hillman erwischte den Arm einer Kellnerin, die gerade mit einem Tablett voll Krügen aus der Küche kam. »Julie! Hol Meister Rybnik eine Kanne Tee.« Sie lächelte Zedd an und nickte, bevor sie mit ihrem Tablett weitereilte. Lächelnd drehte Hillman sich wieder um. »Julie wird sich darum kümmern, Meister Rybnik. Wenn ich sonst noch etwas für Euch tun kann?«

»Äh, ja. Ihr könntet mich Ruben nennen.«

Meister Hillman gluckste gedankenverloren in sich hinein und nickte. »Selbstverständlich, Meister Rybnik, geht in Ordnung.« Und eilte fort, hinüber zu dem Edelmann.

Zedd schnitt das nächste Stück Lammbraten ab und spießte es mit der Gabel auf. Der Name Ruben gefiel ihm. Mehr hätte er dem Mann gar nicht verraten sollen. Während er das Fleisch mit den Zähnen von den Zinken zog, beobachtete er Julie, die sich auf der anderen Seite des Raumes zwischen den Tischen hindurchschlängelte.

Kauend verfolgte er, wie sie knallend Krüge rings um einen Tisch derber Kerle verteilte, die sämtlich lange Jacken trugen. Als sie den letzten Krug vor dem letzten Kerl absetzte, sagte dieser etwas zu ihr. Sie mußte sich vornüberbeugen, um bei dem Lärm etwas zu verstehen. Plötzlich brachen die Männer in Gelächter aus. Julie richtete sich auf und schlug dem Kerl mit ihrem Tablett auf den Kopf. Als sie stolz davonmarschieren wollte, kniff er sie. Sie schrie auf, eilte aber weiter.

Als sie an Zedds Tisch vorüberkam, beugte sie sich lächelnd über ihn. »Ich werde Ihnen den Tee jetzt sofort bringen, Meister Rybnik.«

»Mein Name ist Ruben.« Mit einer knappen Bewegung seines Fingers zeigte er auf den Tisch mit den lärmenden Kerlen. »Ich habe gesehen, was passiert ist. Mußt du das immer über dich ergehen lassen?«

»Ach, das ist bloß Oscar. Er ist harmlos, meistens. Manchmal, wenn er den Mund aufmacht, wünsche ich mir allerdings, daß er den Schluckauf kriegt, statt mich mit seinen schmutzigen Redensarten anzuspucken.« Sie strich sich verärgert eine Locke aus dem Gesicht.

»Und jetzt will er *noch* einen Krug. Entschuldigt. Ich rede zuviel. Ich werde Euern Tee holen, Meister Ryb–«

»Ruben.«

»Ruben.« Sie schenkte ihm ein Lächeln, bevor sie davoneilte.

Während er wartete, aß Zedd weiter und beobachtete den Tisch mit den lärmenden Männern. Ein bescheidener Wunsch. Was konnte es schaden? Julie kehrte mit dem Tee und einer Tasse zurück. Als sie dies auf dem Tisch abstellte, machte Zedd seinen Finger krumm und bat sie, sich weiter vorzubeugen.

Sie beugte sich herüber und schnürte dabei ihre Schürzenbänder fester. »Ja, Ruben?«

Der Zauberer legte ihr sachte einen Finger unters Kinn. »Du bist eine sehr hübsche Frau, Julie. Oscar soll dich nicht mehr auf unflätige Weise ansprechen und dich auch nicht mehr betatschen.« Er senkte die Stimme zu einem langsamen, kräftigen Flüsterton, der fast die Luft zum Knistern brachte. »Wenn du ihm sein Bier bringst, sprich seinen Namen und sieh ihm dabei in die Augen, so wie ich dir jetzt in die Augen schaue, und dein Wunsch soll in Erfüllung gehen. Doch du wirst dich weder daran erinnern, darum gebeten zu haben, noch daß ich ihn dir gewährt habe.«

Julie richtete sich blinzelnd auf. »Entschuldigt, Ruben, was habt Ihr gesagt?«

Zedd schmunzelte. »Ich sagte, ›Danke für den Tee‹, und wollte außerdem wissen, ob jemand hier ein Pferdegespann und vielleicht eine Kutsche besitzt, die man mieten kann.«

Sie blinzelte erneut. »Ach so. Nun …« Sie sah sich um und biß sich dabei auf die Unterlippe. »Jeder zweite hier ist Kutscher, zumindest jeder zweite, der nicht so elegant wie Ihr gekleidet ist. Manche verdingen sich. Manche transportieren Frachtgut und kommen regelmäßig her, andere sind nur auf der Durchreise.« Sie zeigte auf mehrere Tische. »Die dort … und die, verdingen sich vielleicht. Vorausgesetzt, Ihr schafft es, sie nüchtern zu machen.«

Zedd bedankte sich bei ihr, und sie ging davon, das Bier zu holen. Er sah zu, wie sie es quer durch den Raum trug und vor Oscar abstellte. Er feixte sie mit einem lüsternen Grinsen an. Sie sah ihm fest in die Augen. Zedd sah, wie ihre Lippen seinen Namen formten. Oscar öffnete den Mund und wollte etwas sagen, verschluckte sich aber statt dessen. Eine Blase schwebte aus seinem Mund in die Luft. Und zerplatzte. Alles am Tisch brach in Gelächter aus. Beim Zusehen zogen sich Zedds Brauen stirnrunzelnd zusammen. Eigenartig, dachte er.

Jedesmal, wenn Oscar den Mund aufmachte, um etwas zu Julie zu sagen, verschluckte er sich und Blasen stiegen auf. Die Männer brüllten vor Lachen, beschuldigten sie, Seife ins Bier geschüttet zu haben. Sollte es stimmen, darin waren sich alle einig, dann geschähe ihm dies durchaus zu recht. Sie überließ die Männer ihrem Gegröle, als der einsame Mann in der Nische sie auf sich aufmerksam machte. Er bat sie um etwas, woraufhin sie nickte und zur Küche eilte.

An Zedds Tisch blieb sie kurz stehen und deutete mit einem Nicken auf den allein sitzenden Mann. »Vielleicht hat er ein Gespann. Er riecht mehr nach Pferd als nach Mann.« Sie mußte kichern. »Das war nicht nett. Verzeiht. Aber ich kann ihn einfach nicht dazu überreden, sein Geld für Bier auszugeben. Er möchte, daß ich ihm Tee bringe.«

»Ich habe mehr, als ich trinken kann. Ich werde meinen mit ihm teilen.« Er zwinkerte ihr zu. »Das spart dir einen Weg.«

»Danke, Ruben. Hier ist noch eine Tasse.«

Zedd schob sich den letzten großen Brocken Braten in den Mund, während er den Blick durch den Raum schweifen ließ. Die Männer hatten sich wieder beruhigt, und Oscar war seinen Schluckauf wieder los. Sie saßen alle da und lauschten dem Barden, der ein Lied über einen Mann zum besten gab, der seine Liebste verloren hatte.

Zedd nahm Teekanne und Tassen und wollte sich von seinem Tisch entfernen, als ihm sein Hut einfiel. Leise fluchend nahm er ihn auf, dann sah er den Stock und schnappte sich auch den. Absichtlich ging er dicht an Oscar vorbei und betrachtete ihn aufmerksam. Er kam nicht dahinter, wieso er bei seinem Schluckauf Blasen ausgestoßen hatte. Zedd zuckte in Gedanken mit den Achseln. Der Mann wirkte jetzt ganz normal, wenn auch ein wenig zu betrunken.

Neben der Nische mit dem allein sitzenden Mann blieb der Zauberer stehen. Er hielt Kanne und Tassen in die Höhe.

»Ich habe mehr Tee, als ich trinken kann. Könnte ich ihn vielleicht mit dir teilen?«

Der Mann warf ihm unter seinen buschigen Brauen einen gefährlich finsteren Blick zu. Zedd lächelte. In der Tat roch er nach Pferd. Er faltete seine gewaltigen Arme auseinander, schob die zusammengerollte Peitsche zur Seite und gab Zedd, bevor er die Arme wieder verschränkte, ein Zeichen, er solle sich setzen.

»Sehr erfreut, danke. Ich ... heiße Ruben.«

Zedd schmiß seinen Hut auf den Tisch und hob in Erwartung einer Antwort die Brauen.

»Ahern«, meinte er mit tiefer, volltönender Stimme. »Was willst du?«

Zedd stellte den Stock mit einer Hand zwischen die Knie und zerrte, als er auf der Bank Platz nahm, mit der anderen an seinem schweren Gewand, um eine dicke Falte unter seinem knochigen Gesäß hervorzuziehen. »Nun, ich wollte nur meinen Tee mit dir teilen, Ahern.«

»Was willst du wirklich?«

Zedd schenkte dem Mann Tee ein. »Ich dachte, vielleicht suchst du Arbeit.«

»Ich hab' Arbeit.«

Zedd schenkte sich Tee ein. »Tatsächlich? Welcher Art?«

Ahern faltete seine Arme auseinander, lehnte sich in seiner Nische zurück und taxierte die Augen seines neuen Tischgefährten – und sonst nichts. Er trug eine lange Jacke, die er sich, über einem dicken, grünen Flanellhemd, auf die Schultern gelegt hatte. Sein dichtes, größtenteils graues Haar bedeckte fast die Ohren und sah aus, als würde es nur selten von einem Kamm behelligt. Sein tiefzerfurchtes, wettergegerbtes Gesicht war mit rosigen, vom Wind geröteten Flecken übersät.

»Warum willst du das wissen?«

Zedd zuckte mit den Achseln und nippte an seinem Tee. »Um abschätzen zu können, ob ich dir ein besseres Angebot machen kann.«

Natürlich konnte Zedd jeden Beitrag in Gold auf den Tisch legen, den der Mann forderte, dies jedoch hielt er nicht für die beste Vorgehensweise. Er nahm einen Schluck Tee und wartete.

»Ich fahre Eisen aus Tristen hier hinunter zu den Schmieden in Penverro. Manchmal auch weiter bis nach Winstead. Wir Keltonier stellen die besten Waffen in den Midlands her, mußt du wissen.«

»Da habe ich aber was anderes gehört.« Aherns Blick verfinsterte sich noch mehr. Zedd faltete die Hände über dem silbernen Knauf seines Stocks. »Ich habe gehört, es seien die besten Schwerter in allen drei Ländern, nicht bloß in den Midlands.« Der Barde hob zu einem neuen Lied an über einen König, der seine Stimme verloren hatte und mittels geschriebener Anweisungen regieren mußte, jedoch keinem seiner Untertanen je das Lesenlernen erlaubt hatte und so sein Königreich verlor. »Das sind schwere Fahrten in dieser Jahreszeit.«

Ahern ließ die vorsichtige Andeutung eines Lächelns erkennen. »Im Frühjahr ist es schlimmer. Im Schlamm. Dann stellt sich raus, wer fahren kann und wer bloß reden.«

Zedd schob die gefüllte Tasse ein paar Zentimeter näher vor den Mann. »Feste Arbeit?«

Endlich ergriff Ahern die Tasse. »Fürs Essen reicht's.«

Zedd hob eine Schlinge des geflochtenen Leders hoch. »Ich dachte, du siehst aus wie jemand, der hiermit umgehen kann.«

»Es gibt andere Wege, ein Gespann zu harter Arbeit anzutreiben.« Er deutete mit dem Kinn nachlässig in den Raum. »Diese Narren glauben, sie brauchen bloß mit der Peitsche auf die Tiere einzuschlagen und schon kriegen sie, was sie wollen.«

»Und du nicht?«

Ahern schüttelte den Kopf. »Ich knalle mit der Peitsche, um ihre Aufmerksamkeit zu kriegen, damit sie wissen, was ich will, wo sie ihre Füße hinsetzen sollen. Mein Gespann arbeitet für mich, weil ich ihnen das Arbeiten beigebracht habe, nicht weil sie die Peitsche bekommen. Wenn es eng wird, brauche ich ein Gespann, das begreift, was ich will, und keines, das springt, wenn es die Peitsche spürt. Es gibt genug Schluchten voller Knochen von Mann und Pferd. Meine müssen nicht noch dazu.«

»Klingt, als würdest du dich mit deiner Arbeit auskennen.«

Ahern deutete mit der Tasse auf Zedds feine Kleidung. »Und womit beschäftigst du dich?«

»Obstgärten«, sagte Zedd und hob den Finger Richtung Himmel. »Die feinsten Früchte der Welt, Sir!«

Ahern brummte verächtlich. »Das heißt, du besitzt Land, und andere arbeiten, um das feinste Obst der Welt zu ernten.«

Zedd gluckste. »Du hast es erkannt. Jetzt, jedenfalls. Angefangen habe ich allerdings nicht so. Ich habe allein angefangen, geschuftet, mich abgemüht, jahrelang. Habe meine Bäume Tag und Nacht gepflegt und versucht, die besten Früchte zu produzieren, die man je gekostet hat. Viele der Bäume sind eingegangen. Und ich bin oft gescheitert und mußte hungern.

Aber schließlich hatte ich Erfolg. Ich habe jede Kupfermünze gespart, und in den Jahren, in denen ich konnte, Land dazugekauft. Alles selbst bepflanzt, gepflegt, geerntet, verladen und verkauft. Mit der Zeit merkten auch die Leute, daß mein Obst das beste war, und ich hatte noch mehr Erfolg. In den letzten Jahren habe ich Leute eingestellt, die sich für mich um die Dinge kümmern. Aber ich halte noch immer meine Hand auf die Arbeit, damit alles so wird, wie es die Leute von mir kennen. Hast du etwa geringere Ansprüche an deine Arbeit?«

Zedd lehnte sich lächelnd zurück. Er war stolz auf die Geschichte, die er soeben aus dem Stegreif erfunden hatte. Ahern hielt seine Tasse hin und verlangte noch etwas Tee.

»Wo liegen diese Obstgärten?«

»In Westland. Bin dort hingezogen, bevor die Grenze errichtet wurde.«

»Und warum bist du jetzt hier?«

Zedd beugte sich vor und senkte die Stimme. »Nun, du mußt wissen, meiner Frau geht es nicht sehr gut. Wir sind beide alt, und jetzt, wo die Grenze gefallen ist, möchte sie ihre Heimat besuchen. Sie kennt Heilerinnen dort, die ihr vielleicht helfen können. Ich würde alles tun, um ihr zu helfen. Sie ist zu krank, um bei diesem Wetter weiter zu Pferd zu reisen, deswegen möchte ich jemanden anheuern, der uns zu den Heilerinnen bringt. Ich zahle jeden Preis, jeden Preis, den ich bezahlen kann, um sie dorthin zu schaffen.«

Aherns Gesicht wurde etwas milder. »Klingt durchaus vernünftig. Was ist dein Ziel?«

»Nicobarese.«

Ahern knallte seine Tasse auf den Tisch. Ein Teil des Tees schwappte heraus. »Was!« Er senkte seine Stimme und beugte sich vor. Die Tischkante drückte sich in seine kräftige Leibesmitte. »Wir haben Winter, Mann!«

Zedd fuhr mit dem Finger um den Tassenrand. »Ich dachte, du hättest gesagt, im Frühling sei es am schlimmsten.«

Ahern brummte und warf ihm einen argwöhnischen Blick zu. »Das liegt oben im Nordwesten, auf der anderen Seite des Rang'Shada-Gebirges. Wenn du aus Westland gekommen bist, wieso hast du dann erst den Rang'Shada überquert, um nach Nicobarese zu gelangen? Jetzt mußt du ihn noch einmal überqueren.«

Zedd war ertappt und mußte nun schnellstens eine Antwort finden. Schließlich kam sie ihm. »Ich stamme von oben aus der Nähe von Aydindril. Wir hatten vor, dorthin zu reiten, um meiner Heimat einen Besuch abzustatten, bevor wir im Frühling nach Nicobarese reisen. Ich hatte vor, die Berge im Süden zu überqueren, und dann weiter nach Nordosten Richtung Aydindril zu reiten. Aber Elda, das ist meine Frau, wurde krank, und so beschloß ich, daß es wohl besser wäre, ihre Heilerinnen aufzusuchen.«

»Ihr hättet besser daran getan, zuerst nach Nicobarese zu reisen und dann die Berge zu überqueren.«

Zedd faltete die Hände über seinem Stock. »Nun, Ahern, hättest du eine Ahnung, wie ich meinen Irrtum wiedergutmachen kann?«

Ahern brummte etwas und mußte schmunzeln. »Vermutlich nicht.« Er dachte einen Augenblick lang nach, schließlich stieß er einen müden Seufzer aus. »Eins sag ich dir, Ruben, das ist ein weiter Weg. Das schreit geradezu nach Ärger. Ich weiß nicht, ob ich mich dafür erwärmen kann.«

Zedd zog eine Braue hoch. »Tatsächlich?« Er ließ den Blick in aller Ruhe durch den Raum schweifen. »Sag mir eins, Ahern, wenn du die Aufgabe für so schwierig hältst, wer von diesen Männern hier wäre dann dem Auftrag gewachsen? Wer ist ein besserer Fuhrmann als du?«

Ahern betrachtete die Leute mit säuerlichem Gesichtsausdruck. »Ich sage nicht, daß ich der Beste bin, den es gibt, aber bei diesem Haufen hier ist die Klappe bestimmt größer als der Verstand. Vermutlich gibt es hier keinen, der es schaffen würde.«

Zedd rutschte gereizt auf seiner Bank hin und her. »Ahern, ich habe den Eindruck, du willst bloß den Preis in die Höhe treiben.«

»Und ich glaube, du willst ihn drücken.«

Zedd ließ den Anflug eines Lächelns auf seinen Lippen zu. »Ich glaube, so schwer, wie du behauptest, ist es nicht.«

Aherns mißbilligender Gesichtsausdruck kehrte zurück. »Denkst du, es sei einfach?«

Zedd zuckte mit den Achseln. »Du fährst doch ohnehin im Winter. Ich verlange nichts weiter, als daß du eine andere Richtung einschlägst, das ist alles.«

Ahern beugte sich vor, seine Kiefermuskeln wurden immer härter. »Das Problem ist die Richtung, in die du reisen willst! Erstens gibt es Gerüchte über einen Bürgerkrieg in Nicobarese. Schlimmer noch, der kürzeste Weg, wenn man nicht wochenlang über die Pässe weit unten im Süden fahren will, führt durch Galea.«

Er senkte die Stimme. »Zwischen Galea und Kelton gibt es Ärger. Ich habe gehört, daß entlang der Grenze gekämpft wird. Keltonische Städte wurden geplündert. Die Leute hier in Penverro sind schon nervös, weil sie so nahe an der Grenze nach Galea leben. Man spricht von nichts anderem mehr. Nach Galea zu fahren bedeutet Ärger.«

»Kämpfe? Nichts als Getratsche und Geschwätz. Der Krieg ist vorbei. Man hat die Truppen D'Haras zurückgerufen.«

Ahern schüttelte langsam den Kopf. »Ich sage ja nicht, daß die Truppen aus D'Hara sind. Sondern aus Galea.«

»Blödsinn!« fauchte Zedd ihn an. »Keltonier denken jedesmal, die Galeaner würden angreifen, wenn ein Farmer eine Laterne umstößt und die Scheune Feuer fängt, und jedesmal, wenn ein Lamm von einem Wolf gerissen wird, sehen Galeaner einen Keltonier vor sich. Ich hätte gern das Geld für all die Pfeile, die man auf Schatten abgeschossen hat.« Er drohte mit dem Finger. »Sollten Keltonier oder Galeaner einander angreifen, hätte der Zentralrat längst die Köpfe derer rollen lassen, die den Befehl dazu gegeben haben, egal, um wen es sich handelt!« Er stieß mit dem Stock auf. »Man würde es nicht zulassen!«

Ahern wich ein Stück zurück. »Von Politik verstehe ich nichts, und noch weniger von diesen gottlosen Konfessoren. Ich weiß nur, daß ein Mann bei einer Fahrt durch Galea leicht von Pfeilen dieser Schatten durchlöchert werden kann. Was du vorhast, ist nicht so einfach, wie du glaubst.«

Zedd war das Spielchen leid. Er hatte für dergleichen keine Zeit. Irgendeine Bemerkung von Adie ging ihm nicht mehr aus dem Kopf. Eine Bemerkung über Licht. Entschlossen, die Diskussion so oder so zu beenden, leerte er seine Tasse mit einem Schluck.

»Danke für die Unterhaltung, Ahern. Aber ich sehe, du bist nicht der Mann, der mich nach Nicobarese bringen kann.«

Er stand auf und griff nach seinem Hut. Ahern legte seine große Pranke auf Zedds Arm und drückte ihn zurück auf den Stuhl. Er rutschte auf seiner Bank nach vorn.

»Hör zu, Ruben, die Zeiten sind hart. Der Krieg mit D'Hara hat den Handel abreißen lassen. Kelton ist das Schlimmste erspart geblieben, vielen unserer Nachbarn aber nicht. Mit Toten läßt sich schwer Handel treiben. Es gibt nicht mehr so viel Fracht wie früher, aber wir haben immer noch mehr als genug Leute, die nur darauf warten, eine Fahrt zu machen. Du kannst niemandem einen Vorwurf daraus ziehen, wenn er den bestmöglichen Preis erzielen will. Er runzelte die Stirn und beugte sich noch ein wenig weiter vor. »Den besten Preis für die besten Früchte sozusagen.«

»Die besten Früchte, allerdings.« Zedd machte eine ungeduldige Geste Richtung Saal. »Jeder von diesen Männern würde freudig seine Dienste anbieten. Jeder von ihnen könnte mir eine rühmliche Geschichte – die ebensogut wie deine wäre – erzählen, warum er der beste Kutscher ist. Dein Ziel ist es, den bestmöglichen Preis zu erzielen. Das kann ich durchaus verstehen, aber treib keine Spielchen mit mir, Ahern. Ich will wissen, warum ich einen hohen Preis bezahlen soll.«

Mit der Spitze eines seiner dicken Finger schob Ahern seine Tasse in die Mitte des Tisches und gab damit zu verstehen, daß er sie nachgefüllt haben wollte. Zedd strich sich die Ärmel glatt, bevor er ihm den Gefallen tat. Ahern zog seine Tasse hinter die schützende Ummantelung seiner mächtigen Arme und beugte sich vor. Er ließ den Blick durch den Raum wandern.

Alles ringsum sah dem Barden zu, der gerade einer der Kellnerinnen ein Liebeslied sang. Er hielt ihre Hand und sang dazu Worte ewigwährender Hingabe. Das Mädchen hatte einen roten Kopf. Mit ihrer freien Hand hielt sie das Tablett hinter ihren Rücken, betrachtete ihre Füße und kicherte verlegen.

Ahern zog ein Kettchen mit einem Silbermedaillon unter seinem grünen Flanellhemd hervor. »Der Grund, warum ich einen Spitzenpreis verlange, ist das hier.«

Zedd betrachtete stirnrunzelnd das königliche Abbild auf dem Medaillon. »Scheint aus Galea zu stammen.«

Ahern nickte ein einziges Mal. »Während des Frühjahrs und des Sommers hat D'Hara Ebinissia belagert. Den Galeanern wurde langsam der Hals zugedreht, und niemand wollte ihnen helfen. Jeder hatte seine eigenen Sorgen mit den D'Haranern und wollte nicht auch noch ein Stück von ihren. Die Menschen dort brauchten Waffen.

Ich habe fuhrenweise Waffen und dringend benötigtes Salz oben durch die abgelegeneren Pässe geschafft. Die galeanische Garde hatte angeboten, jeden zu begleiten, der die Fuhre riskieren wollte, doch nur wenige nahmen das Angebot an. Diese kleinen Pässe sind tückisch.«

Zedd zog eine Braue hoch. »Sehr nobel von dir.«

»Das hat mit nobel nichts zu tun. Sie haben gut bezahlt. Es gefiel mir einfach nicht, die Leute dort so in der Falle sitzen zu sehen. Schon gar nicht, da ich wußte, was d'haranische Soldaten ihren besiegten Gegnern antun. Wie auch immer, meine Überlegung war, daß ein paar keltonische Schwerter ihre Chance, sich zu verteidigen, verbessern mußten, das war alles. Wie schon gesagt, wir stellen die besten her.«

Zedd nahm eine Hand vom Knauf seines Stockes und deutete auf das Medaillon, das sich jetzt wieder unter Aherns Hemd befand. »Und worum handelt es sich dabei?«

»Nachdem die Belagerung aufgehoben war, rief man mich an den Hof Galeas. Königin Cyrilla hat es mir persönlich überreicht. Sie sagte, ich hätte ihrem Volk geholfen, sich zu verteidigen, und sei in Galea stets willkommen.« Er schlug sich auf die Brust, wo das Medaillon unter seinem Hemd hing. »Dies ist ein königlicher Paß. Er besagt, daß ich mich in Galea völlig frei und ungehindert bewegen kann.«

»Und jetzt«, sagte Zedd mit einem Blick unter seinen Brauen hervor, »möchtest du etwas von unschätzbarem Wert mit einem Preis versehen.«

Ahern kniff die Augen leicht zusammen. »Was ich getan habe, war nur eine Kleinigkeit. Den größten Teil des Elends haben sie getragen. Ich habe den Menschen geholfen, weil sie Hilfe brauchten und weil ich gut dafür bezahlt wurde. Ich behaupte nicht, ein Held zu sein. Ich habe es aus beiden Gründen getan. Aus einem Grund allein hätte ich es nicht gemacht. Jetzt habe ich diesen Paß, und wenn er mir dabei hilft, meinen Lebensunterhalt zu verdienen, nun, darin kann ich nichts Falsches erkennen.«

Zedd lehnte sich zurück. »Du hast recht, Ahern. Schließlich haben die Galeaner dich hochbelohnt. Das werde ich auch tun, wenn ich kann. Nenn mir deinen Preis dafür, uns nach Nicobarese zu bringen.«

Die Teetasse wirkte winzig in Aherns großen Händen, als er sie hin- und herrollte. »Dreißig Goldstücke. Nicht eines weniger.«

Zedd runzelte die Stirn. »Donnerwetter. Du hast wohl eine sehr hohe Meinung von dir.«

»Ich kann dich dorthin bringen, und das ist mein Preis. Dreißig Goldstücke.«

»Zwanzig sofort, zehn weitere, wenn du uns nach Aydindril gebracht hast.«

»Aydindril! Von Aydindril war nie die Rede. Ich will mit Aydindril nichts zu tun haben, mit den Zauberern und Konfessoren dort. Außerdem müßten wir ein weiteres Mal den Rang'Shada überqueren!«

»Den wirst du ohnehin überqueren müssen, wenn du hierher zurück willst. Dann überquerst du ihn eben von Norden her. Das ist für dich kaum ein Umweg. Wenn dir das Angebot nicht gefällt, dann biete ich dir meine zwanzig dafür, uns nach Nicobarese zu bringen. Und ich bin sicher, daß ich für die anderen zehn dort jemanden finde, der mehr als bereit wäre, uns nach Aydindril zu bringen, selbst wenn wir immer noch eine Kutsche brauchen, nachdem meine Frau kuriert ist. Wenn du alle dreißig willst, dann sage ich sie dir jetzt sofort zu, aber nur, wenn du einverstanden bist, uns die ganze Strecke zu fahren. Das ist mein Angebot.«

Ahern rollte seine Tasse zwischen den Händen hin und her. »Also schön. Bis nach Aydindril. Zwanzig jetzt, zehn in Aydindril.« Er zeigte mit einem seiner fleischigen Finger in Zedds Richtung. »Aber nur unter einer Bedingung.«

»Die wäre?«

Ahern zeigte auf Zedds roten Hut. »Diesen Hut kannst du nicht tragen. Die Feder würde die Pferde scheu machen.«

Zedds faltige Wangen verzogen sich zu einem breiten Grinsen. »Gut, ich habe auch eine Bedingung.« Ahern legte den Kopf zur Seite. »*Du* mußt meiner Frau klarmachen, daß es *deine* Bedingung ist.«

Aher grinste zurück. »Abgemacht.« Sein Grinsen verschwand ebenso schnell, wie es gekommen war. »Das wird keine leichte Reise, Ruben, bis hinauf in die Berge und darüber hinweg. Ich besitze eine Kutsche, die ich von meinem Verdienst für die Transporte nach Ebinissia gekauft habe. Ich könnte Kufen darunter bauen. Damit kommt man im Tiefschnee besser voran.« Er tippte mit dem Finger gegen die Tasse. »Und das Gold?«

Die Finger des Barden tanzten über die Saiten und spielten eine fesselnde Melodie ohne Worte. Praktisch jeder Fuß im Raum wippte im Takt dazu. Zedd griff in sein Gewand und schloß die Hand um die beiden Geldbeutel mit den Silbermünzen. Er beobachtete den Raum, ohne ihn zu sehen.

Und dann tat der Zauberer das, was er in der letzten Zeit viel zu oft getan hatte: er richtete einen warmen Strom aus Magie in die Beutel voller Silbermünzen – und verwandelte sie in Gold.

Doch was blieb ihm auch für eine Wahl? Ein Scheitern in dieser Angelegenheit bedeutete, die Welt der Lebenden sterben zu sehen. Hoffentlich lieferte er sich nicht bloß eine Rechtfertigung für ein Vorgehen, das, wie er wußte, gefährlich war.

»Nichts ist jemals einfach«, murmelte er kaum hörbar.

»Wie war das?«

»Ich sagte, ich weiß, daß sie nicht einfach wird, diese Reise.« Er schmiß den dunkelbraunen Beutel mit dem Gold auf den Tisch. »Das sollte sie ermöglichen. Zwanzig sofort, wie abgemacht.«

Ahern zog die verschnürte Öffnung auf, steckte zwei dicke Finger in den Beutel und zählte nach, während Zedd in aller Ruhe die Leute beobachtete, die Essen, Getränke und Musik genossen. Er hatte es eilig, nach Nicobarese aufzubrechen.

»Soll das ein Scherz sein?«

Zedd richtete sein Augenmerk wieder auf Ahern. Mit zwei Fingern fischte der Dicke eine Münze aus dem Beutel und schnippte sie über den Tisch. Die Münze wirbelte mattfarben herum, bevor sie schließlich kippte und dabei ein ebenso mattes Geräusch von sich gab. Zedd war fassungslos und wie versteinert.

Die Münze sah aus wie eine ganz gewöhnliche Münze. Nur war sie aus Holz statt aus Gold.

»Ich … ich … also …«

Ahern hatte die restlichen Goldmünzen in seine große Pranke geschüttet und ließ sie jetzt wieder in den Beutel zurückgleiten. »Außerdem sind das hier nur achtzehn. Zwei zu wenig. Ich nehme keine Münzen aus Holz.«

Zedd setzte ein nachsichtiges Lächeln auf und zog den hellbraunen Beutel aus seinem Gewand. »Ich muß mich entschuldigen, Ahern.« Er nahm die hölzerne Münze vom Tisch. »Sieht ganz so aus, als hätte ich dir den falschen Geldbeutel gegeben, den mit meiner

Glücksmünze. Die würde ich natürlich niemals hergeben. Sie ist mir wertvoller als Gold.«

Er linste in seinen Beutel. Siebzehn. Auch von diesen waren zwei aus Holz. Insgesamt hätten es neunzehn sein müssen. Ihm drehte sich der Kopf, als er versuchte, sich einen Reim darauf zu machen. War es möglich, daß Meister Hillman versucht hatte, ihn übers Ohr zu hauen? Nein, das wäre ein zu plumper Diebstahl. Außerdem wäre es dumm, eine Münze aus Holz zu schnitzen, in der Hoffnung, sie würde für Gold durchgehen.

»Meine anderen zwei Goldstücke?«

»Oh, ja, natürlich.« Zedd zog zwei Goldmünzen aus den Beutel und schob sie über den Tisch.

Ahern steckte sie in seinen Beutel, zog die Schnur mit einem Ruck zusammen und stopfte den dunkelbraunen Beutel in eine Tasche. »Jetzt stehe ich zu deiner Verfügung. Wann willst du aufbrechen?«

Die Silbermünzen, die sich nicht in Gold verwandelt hatten, bereiteten dem Zauberer keine Sorge, das ließ sich erklären. Irgendwie. Aber drei Münzen fehlten. Waren verschwunden. Dafür gab es keine Erklärung. Das machte ihm Sorgen. Bis in die Zehenspitzen.

»Ich würde gern so bald wie möglich aufbrechen. Sofort.«

»Du meinst morgen?«

Zedd schnappte sich seinen Hut. »Nein, ich meine sofort.« Er betrachtete das verwirrte Gesicht des Mannes. »Meine Frau … wir haben keine Zeit zu verlieren. Sie muß zu ihren Heilerinnen.«

Ahern zuckte mit den Achseln. »Na ja, ich bin gerade aus Tristen zurück. Ich brauche dringend etwas Schlaf. Das wird eine lange, harte Fahrt.« Widerstrebend nickte Zedd zum Zeichen, daß er einverstanden war. »Zuerst werde ich die Kufen unter die Kutsche montieren. Das wird ein paar Stunden dauern. Es sei denn, ich kriege zwei der Kerle hier dazu, mir zu helfen.«

Zedd stampfte mit seinem Stock auf. »Auf keinen Fall! Sag niemandem, was du tust oder wohin du willst. Erzähl nicht einmal, daß du überhaupt abreist.« Er schloß sofort den Mund, als er Aherns mißtrauisches Gesicht sah, und hielt es für das beste, eine beschwichtigende Bemerkung hinzuzufügen. »Diese Schatten, von denen du gesprochen hast. Es bringt nichts, ihnen zu erzählen, wohin sie mit ihren Pfeilen zielen sollen.«

Ahern hatte argwöhnisch den Blick gesenkt, als er sich zu seiner vollen, alles überragenden Größe erhob und seine Jacke überstreifte. »Erst überredest du mich, dich in das verfluchte Land der Zauberer und Konfessoren zu bringen, und jetzt das. Ich glaube, ich habe zuwenig verlangt.« Er schlug die Enden seines Gürtels zu einem losen Knoten umeinander. »Aber abgemacht ist abgemacht. Ich werde die Kutsche fertigmachen gehen und ein wenig Proviant zusammentragen, dann hau' ich mich kurz aufs Ohr.« Drei Stunden vor Tagesanbruch treffen wir uns hier wieder. Morgen vormittag werden wir bereits die Grenze hinter uns haben und in Galea sein.«

»Ich habe ein Pferd im Stall stehen. Das können wir ebensogut mitnehmen. Geh kurz dort vorbei und bring es mit, bevor du uns abholen kommst.« Zedd entließ den Mann mit einem abwesenden Wink seines Stockes. »Drei Stunden vor Tagesanbruch.«

Seine Gedanken wandten sich etwas anderem zu. Die Angelegenheit war ernster, als er gedacht hatte. Sie brauchten unbedingt so bald als möglich Hilfe. Vielleicht hatte die Frau in Nicobarese mit den drei Töchtern noch irgendwo anders studiert, an einem näher gelegenen Ort. Vielleicht brauchten sie nicht den ganzen weiten Weg zu machen, um das zu finden, was sie suchten. Ausschlaggebend war die Zeit.

Nur das Licht weiß, hatte Adie gesagt, wo die Frau etwas über die Skrin gelernt hatte. Das ›Licht‹ war eine gebräuchliche Anspielung auf die Gabe. Gleichzeitig war es auch eine dunkle Anspielung auf etwas völlig anderes. Er stieß den Stock auf den Boden. Mußte Adie ständig in Magierinnenrätseln sprechen!

Ahern war bereits auf dem Weg zur Tür, als der Zauberer sich erhob und zur Treppe ging.

3. Kapitel

Zedd öffnete die Tür und sah sich einer nach Holzteer riechenden Rauchwolke gegenüber. Jemand hatte das Fenster aufgemacht, um die eisig kalte Luft hinein- und den Rauch hinauszulassen. Adie saß, fast bis zum Hals in eine Decke gehüllt, auf dem Bett und bürstete ihr glattes, schwarzgraues, kinnlanges Haar.

»Was gibt's? Was ist passiert?«

Sie zeigte mit der Haarbürste auf den Kamin. »Mir war kalt. Ich habe versucht, ein Feuer anzuzünden.«

Zedd sah kurz zum Kamin. »Dafür braucht man Holz, Adie. Ohne Holz kein Feuer.«

Er erwartete ein Stirnrunzeln. Statt dessen setzte sie eine besorgte Miene auf. »Holz war da. Ich habe mit Magie versucht, das Feuer vom Bett aus zu entfachen. Doch es gab nur einen großen Knall und Funken. Dann habe ich das Fenster aufgemacht, um den Rauch hinauszulassen. Als ich wieder in den Kamin sah, waren die Scheite verschwunden.«

Zedd ging näher zu ihr hin. »Verschwunden?«

Sie nickte und bürstete weiter. »Irgend etwas stimmt nicht. Mit meiner Gabe.«

Zedd strich ihr mit der Hand übers Haar. »Ich weiß. Ich hatte ein ähnliches Problem. Es muß an der Vergiftung liegen.« Er setzte sich, nahm ihr die Bürste aus der Hand und legte sie zur Seite. »Adie, was kannst du mir über diese Vergiftung, über den Skrin erzählen? Wir brauchen dringend Antworten.«

»Ich habe dir bereits alles gesagt, was ich weiß. Der Skrin ist eine Kraft auf der Scheidelinie zwischen der Welt der Lebenden und der Welt der Toten.«

»Aber warum verheilt die Wunde nicht? Wieso funktioniert

meine Magie nicht, um sie zu heilen? Was hat die Scheite verschwinden lassen, als du deine Magie angewandt hast?«

»Der Skrin entstammt beiden Welten. Begreifst du nicht?« Sie schüttelte verzweifelt den Kopf. »Der Skrin ist Magie, Magie aus beiden Welten, daher kann sie in beiden Welten wirksam werden. Additiv und subtraktiv. Diese Kraft hat uns berührt. Die Vergiftung ist subtraktiv.«

»Soll das heißen, du glaubst, die Vergiftung durch subtraktive Magie zersetzt unsere magischen Kräfte? Unsere Gabe?«

Sie nickte. »Es ist, als hättest du gerade mit bloßen Händen den Kamin von der Asche gereinigt und wolltest, ohne dir die Hände zu säubern, frisch gewaschene Laken zum Trocknen aufhängen. Die Asche gelangt auf die sauberen, feuchten Laken. Bleibt daran kleben.«

Zedd dachte eine Weile schweigend über das Problem nach. »Adie«, meinte er leise, »irgendwie müssen wir unsere Hände reinigen. Die Vergiftung abwaschen.«

»Du hast ein Talent dafür, das Offensichtliche festzustellen, alter Mann.«

Zedd hielt seine Zunge im Zaum und versuchte es anders. »Adie, ich habe eine Kutsche für uns gemietet, die uns nach Nicobarese bringen wird. Aber du wirst schwächer, und bei mir wird es auch nicht lange dauern. Ich weiß nicht, ob wir noch so lange warten können. Wenn es einen anderen Weg gibt, vielleicht jemanden, der näher ist und der uns helfen kann, muß ich das wissen.«

»Es gibt keinen anderen Weg. Es gibt sonst niemanden.«

»Gut. Was ist mit der Frau, die diese drei Töchter hatte? Vielleicht hat sie irgendwo weniger weit entfernt studiert, um etwas über diese Dinge zu erfahren. Vielleicht könnten wir statt dessen dorthin fahren.«

»Das würde nichts nützen.«

»Warum nicht?«

Adie sah ihn einen Augenblick nachdenklich an, dann gab sie schließlich nach. »Sie hat bei den Schwestern des Lichts studiert.«

Zedd schoß hoch. »Was!« Er lief zwischen Bett und Feuerstelle hin und her. »Verdammt und noch einmal verdammt! Wußte ich's doch. Ich wußte es!«

»Zedd, sie hat bei ihnen studiert, weil sie etwas lernen wollte. Dann ist sie nach Hause zurückgekehrt. Sie ist keine Schwester. Die Schwestern sind nicht so … unvernünftig … wie du denkst.«

Er blieb stehen und blickte sie mit einem Auge an. »Und woher willst du das wissen?«

Adie stieß einen resignierten Seufzer aus. »Der runde Skrinknochen, der, den man mir kurz vor dem Tod der Frau geschenkt hat, der wichtig ist, wie ich dir erklärt habe, und den wir in meinem Haus verloren haben … die Frau mit der Gabe, von der ich ihn habe, war eine Schwester des Lichts.«

Zedd stemmte beide Fäuste in die Hüften auf und beugte sich über sie. »Du hast das Tal der Verlorenen durchquert? Du bist in der Alten Welt gewesen! Du steckst bis zum Hals voller kleiner Geheimnisse.«

Adie zuckte mit einer Schulter. »Ich hab' dir doch erzählt, daß ich Frauen mit der Gabe aufgesucht habe, um von ihnen so viel wie möglich zu lernen. Einige von ihnen lebten in der Alten Welt. Ich habe meinen einen Hin- und Rückweg durch das Tal dazu benutzt, so viel wie möglich über das zu lernen, was ich wissen mußte.«

Adie zog sich die Decke gemütlich enger um die Schultern. »Die Schwestern, einige von ihnen, haben mir die Kleinigkeiten beigebracht, die sie wußten. Wichtige Kleinigkeiten. Die Schwestern betrachten es als ihre Aufgabe, sich mit Wissen über den Hüter, den Namenlosen, wie sie ihn nennen, zu beschäftigen, um auf diese Weise zu verhindern, daß ihm Seelen in die Hände fallen.

Ich bin nicht lange in ihrem Palast geblieben. Sie wollten mich nur bleiben lassen, wenn ich eine von ihnen werde, eine Zeitlang jedoch ließen sie mich mit ihnen gemeinsam studieren – Dinge studieren, die sie in ihren Kellern aufbewahrten. Es gibt Schwestern im Palast, denen ich nicht soweit trauen würde, mir das Frühstück von ihnen zubereiten zu lassen, aber einige waren eine große Hilfe.«

Vor sich hin murmelnd, schritt Zedd weiter hin und her. »Die Schwestern des Lichts sind fehlgeleitete Fanatikerinnen. Im Vergleich zu ihnen erscheinen die Männer des Lebensborns geradezu vernünftig!« Er blieb stehen. »Und als du dort warst, hast du einen ihrer jungen Burschen gesehen? Hast du feststellen können, ob sie überhaupt welche mit der Gabe dort hatten?«

»Ich mußte zusehen, daß ich etwas lernte. Ich war nicht dort, um mit den Schwestern über Theologie zu diskutieren. Das wäre auch nicht klug gewesen. Sie ließen nicht zu, daß ich etwas mit ihren Schützlingen zu tun bekam, wenn sie denn tatsächlich welche hatten. Ich bin sicher, wenn sie junge Burschen dort hatten, dann waren es welche von ihrer Seite.

Sie sind klug genug, keine Verletzung dieser Übereinkunft zu riskieren. Sie haben große Angst davor, was die Zauberer auf dieser Seite andernfalls tun würden. Ich durfte lernen, soviel ich wollte, sogar in den Gewölbekellern, aber ich habe keinen Jungen zu Gesicht bekommen, und sie haben mir auch nicht verraten, ob sie welche dort hatten.«

»Natürlich haben sie keine dort!« fauchte er. »Es werden fast keine mehr mit der Gabe geboren. Zu viele Zauberer sind in den Kriegen umgekommen. Wir sind eine aussterbende Art.

Als Zauberer der Ersten Ordnung würde ich es niemals ablehnen, einen mit der Gabe auszubilden, wie dies Tausende von Jahren geschehen ist. Genausowenig würde dies ein Zauberer ablehnen, den ich unterrichtet habe. Und die Schwestern wissen das! Sie dürfen niemanden mit der Gabe aufnehmen, es sei denn, sämtliche Zauberer hätten sich geweigert, ihn auszubilden. Diese Regel nur ein einziges Mal zu brechen, käme für jede Schwester, die je ein zweites Mal versucht, dieses Tal zu durchqueren, einem Todesurteil gleich.«

»Das wissen sie, Zedd. Sie nehmen diese Drohung sehr ernst.«

»Nun, das sollten sie auch. In meiner Jugend bin ich einmal einer begegnet und habe der Prälatin meine Warnung überbringen lassen.« Er ballte die Fäuste und starrte in die Ferne. »Sie sind barbarisch in ihren Methoden. Wie Kinder, die Chirurgie lehren. Wenn ich wüßte, wie ich an diesen verfluchten Türmen vorbeikäme, ich würde hingehen und den Palast der Propheten in Schutt und Asche legen.«

»Zedd, in jener vergangenen Zeit sind viele mit der Gabe gestorben, weil es niemanden gab, der sie in ihrer Beherrschung unterwiesen hätte. Wer die Macht besaß, wachte eifersüchtig über sie, weil er niemanden ausbilden wollte, der eines Tages seine eigene Macht bedrohen könnte. Sie haben die mit der Gabe Geborenen aufgegeben und an der ihnen angeborenen Kraft zugrunde gehen lassen. Die Schwestern wollten diese verloren gegebenen Jungen nicht sterben lassen. Sie taten nur, was sie für die Menschen am besten hielten.«

Er warf ihr einen vernichtenden Blick zu. »Die Schwestern des Lichts tun nur, was für die Schwestern des Lichts am besten ist.«

»Das mag sein, aber sie sind darauf eingeschworen, die Regeln einzuhalten, die Übereinkunft, genau wie du dies tust, indem du sie in Frieden läßt, sobald sie hierherkommen.«

Er starrte ins Leere und schüttelte den Kopf. »Die mit der Gabe sterben zu lassen, nur um des eigenen Gewinns willen ...

Wären sie ihrer Verantwortung als Zauberinnen gerecht geworden, wären die Schwestern des Lichts gar nicht erst entstanden. Man hätte sie gar nicht erst gebraucht.«

Mit dem Stiefel schob er ein Stück erloschener Glut aus der steinernen Feuerstelle zurück in den Kamin. »Sie kämen niemals auf die Idee, einem Zauberer zu erlauben, eine Magierin in der Anwendung ihrer Gabe zu unterweisen, und doch maßen sie sich an, einen jungen Zauberer in der Beherrschung seiner Gabe auszubilden.«

»Zedd, ich denke genau wie du, aber hör zu, was ich sage: Alte, längst vergessene Streits und Kriege sind nicht unsere Sorge. Der Schleier ist eingerissen. Der Stein der Tränen befindet sich in der Welt der Lebenden. Das sind unsere Sorgen.

Ich bin zu diesen Frauen gegangen, um zu lernen. Die dort erlernte Magie, die ich dir beigebracht habe, hat die Vergiftung eindämmen können, wenn es auch nicht gereicht hat, sie ganz aufzuhalten. Wir müssen das Gift loswerden, bevor wir daran sterben.«

Seine Erregung kühlte unter dem prüfenden Blick ihrer weißen Augen ab. »Du hast natürlich recht, Adie. Wir haben dringende Probleme, um die wir uns kümmern müssen.«

Sie sah ihn zaghaft lächelnd an. »Freut mich, daß du klug genug bist, um auf einen weisen Rat zu hören.«

Er massierte sich den schmerzenden Nacken, die verspannten

Muskeln. »Glaubst du wirklich, diese Frau mit den drei Töchtern hat von dieser Vergiftung gehört? Es ist ein weiter Weg, nur um ihn auf einen Verdacht und eine Hoffnung hin zu beschreiten.«

»Sie hat viele Jahre bei den Schwestern des Lichts studiert. Sie haben sie gemocht und wollten, daß sie bleibt und eine Schwester wird. Doch sie hatte einen anderen Glauben als sie, und so kehrte sie schließlich nach Hause zurück. Ich weiß nicht, wie groß ihr Wissen ist, aber wenn die Schwestern überhaupt etwas über die Vergiftung wissen, und ihr dies beigebracht haben, dann hat sie es bestimmt an ihre Töchter weitergegeben. Und sie leben in Nicobarese, so wenig mir diese Vorstellung auch behagt.«

Zedd sah, wie Adie sich die Decke um die Schultern legte, und schloß das Fenster. Vor der Feuerstelle kniend, legte er eine Handvoll Zunder auf den Rost und stapelte darüber Holz aus dem danebenstehenden Eimer. Gerade wollte er das Feuer mit Hilfe von Magie entfachen, als er sich eines Besseren besann und statt dessen einen Docht in der Lampe anzündete. Er ging in die Hocke und hielt die Flamme an den Zunder.

»Zedd, mein Freund«, sagte Adie mit leiser, ruhiger Stimme, »ich bin keine Schwester des Lichts. Ich weiß, darüber denkst du gerade nach. Ich bin keine von ihnen.«

Tatsächlich ging Zedd genau das gerade durch den Kopf.

»Und wenn«, fragte er, ohne sich umzudrehen, »würdest du es mir sagen?«

Sie schwieg. Er blickte über die Schulter und sah, daß sie ihn anlächelte. »Die Schwestern des Lichts schätzen Ehrlichkeit höher ein als alles andere. Und doch ist eine Lüge im Dienste ihres Schöpfers für sie eine Tugend.«

Das Feuer loderte auf. Zedd stand vor ihr und blickte auf sie herab, ohne das Lächeln zu erwidern. »Das ist für mich kein Trost.«

Sie ergriff seine Hand und tätschelte sie.

»Ich werde dir die Wahrheit sagen, Zedd. Ich stehe bei einigen von ihnen in der Schuld für das, was sie für mich getan haben, aber ich schwöre dir einen Eid auf die Seele meines toten Pell: Ich bin keine Schwester des Lichts. Solange ich weiß, daß es einen Zauberer gibt, der ihn ausbilden kann, würde ich niemals zulassen, daß sie einen mit der Gabe von unserer Seite bekommen. Ich würde niemals zulassen, daß ein Junge verschleppt und ihrem Willen unterworfen wird, solange ich Einfluß darauf habe.«

Zedd strich die Fransen des Teppichs mit dem Fuß glatt. »Ich weiß, daß du keine von ihnen bist, meine Liebe. Ich finde die Vorstellung nur widerlich, daß diese Frauen denen mit der Gabe diese Dinge antun, während ich ihnen die Freuden ihrer Begabung zeigen könnte. Es handelt sich um eine Gabe. Sie behandeln es wie einen Fluch.«

Sie strich mit dem Daumen über seinen Handrücken. »Wie ich sehe, hast du einen feschen neuen Stock.«

Zedd brummte. »Ich denke nur höchst ungern daran, welchen Preis Meister Hillman sich dafür ausdenken und mir auf die Rechnung setzen wird.«

»Und hast du einen Wagen für uns gefunden?«

Zedd nickte. »Ein Mann namens Ahern. Wir sollten versuchen, ein wenig zu schlafen. Er wird drei Stunden vor Tagesanbruch mit seiner Kutsche hier sein.«

Er warf ihr einen verbitterten Blick zu. »Adie, bis wir in Nicobarese sind und uns von dieser Vergiftung befreit haben, sollten wir sehr sorgfältig die Folgen bedenken, bevor wir Magie benutzen.«

»Sind wir hier sicher?«

Aus dem Dunst des fahlen Lichtes wurde eine Hand hervorgestreckt, streifte ihre Wange und tröstete sie.

Du bist hier in Sicherheit, Rachel. Ihr beide seid hier sicher. Jetzt, und für immer. Du bist in Sicherheit.

Rachel lächelte. Sie fühlte sich tatsächlich geborgen. Geborgener als je zuvor. Nicht einfach nur geborgen, so wie sie sich in Chases Gegenwart fühlte, sondern geborgen wie in den Armen ihrer Mutter. Sie hatte sich vorher nie an ihre Mutter erinnern können, doch jetzt konnte sie es, sie erinnerte an die umschließenden Arme, die sie an eine Brust drückten.

Die fürchterliche Angst, die sie mit Chase geteilt hatte, als sie gerannt waren, um Richard einzuholen, verflog. Die schwer lastende Sorge, ob sie ihn rechtzeitig einholen würden oder nicht, verflog. Das Entsetzen der Menschen, die versuchten, sie aufzuhalten, die Kämpfe, die Chase hatte ausfechten müssen, das grauenvolle Blut, das sie gesehen hatte, all das Blut das sie gesehen hatte … all das verflog.

Sie stand vor dem schillernden Becken, als die Hände ein weiteres Mal nach ihr griffen. Und das mit einem sanften, beruhigenden Lächeln. Die Hände halfen ihr, die Knöpfe ihres schmutzigen, verschwitzten Kleides aufzuknöpfen und es auszuziehen. Sie zuckte zusammen, als das Kleid an der wunden Stelle auf ihrer Schulter hängenblieb, an jenem blauen Fleck, den sie sich eingehandelt hatte, als der Mann, der sie verfolgte, sie niedergeschlagen hatte.

Die lächelnden Gesichter bekamen wegen ihrer Schmerzen einen sorgenvollen Zug. Die sanften, freundlichen Stimmen flöteten ihr Trost zu. Die glühenden Hände strichen über ihre Schulter, und als sie wieder fortgenommen wurden, war der blaue Fleck verschwunden. Und die Schmerzen auch.

Besser?

Rachel nickte. »Ja, viel besser. Danke.«

Die Hände zogen ihr Schuhe und Strümpfe aus. Sie setzte sich auf einen warmen Stein und ließ ihre nackten Füße im wohltuenden Wasser baumeln. Wie schön wäre es, zu baden und Schmutz und Schweiß abzuwaschen.

Die Hände griffen nach dem Stein, der an der Kette um ihren Hals hing. Dann wichen die Hände zurück, als hätten sie plötzlich Angst.

Wir können diesen Gegenstand nicht entfernen. Das mußt du ohne unsere Hilfe tun.

Durch die wohltuende Wärme und die Sicherheit des Landes ringsum, durch den Trost und den Frieden, den sie gefunden hatte, durch ihren Wunsch hindurch, zu tun, was dieses sanfte Murmeln von ihr verlangte, meldete sich in ihrem Kopf eine Stimme. Es war die Stimme von Zedd, die ihr erklärte, daß sie den Stein niemandem geben dürfe, aus welchem Grund auch immer, ihr erklärte, wie wichtig es war, ihn stets zu behüten.

Sie blickte von den kreisförmigen Wellen auf, die ihre Füße im Wasser machten, und sah in die freundlichen Gesichter. »Ich möchte ihn nicht abnehmen. Kann ich ihn nicht umbehalten?«

Das Lächeln kehrte wieder und wurde breiter.

Natürlich kannst du das, Rachel, wenn dies dein Wunsch ist. Wenn dich das glücklich macht.

»Ich möchte ihn umbehalten. Das würde mich glücklich machen.«

Dann wird er dort bleiben. Jetzt und für immer, wenn du es so möchtest.

Friedlich und geborgen lächelnd, ließ sie sich in das wohltuende Wasser gleiten. Es fühlte sich so gut an. Sie schwamm an der Oberfläche und ließ sich treiben. Sie spürte, wie alle ihre Sorgen mit dem Schmutz von ihr abfielen. Eben noch kam es ihr so vor, als könnte sie sich nicht sicherer oder glücklicher fühlen, und im nächsten Moment fühlte sie sich noch glücklicher, noch sicherer.

Sie zog die Arme durch das heilende, reinigende, goldene Wasser, schwamm auf die andere Seite des Beckens, wo sie, wie sie sich erinnerte, Chase zurückgelassen hatte. Sie fand ihn fast bis zum Hals im Wasser stehend, den Kopf nach hinten gelegt, auf einer weichen Grasnarbe am Ufer ruhend. Er hatte die Augen geschlossen und ein wundervolles Lächeln im Gesicht.

»Vater?«

»Ja, meine Tochter«, antwortete er leise, ohne die Augen aufzumachen.

Sie schwamm neben ihn. Er hob einen Arm, und sie schlüpfte darunter. Es war so schön, wenn er ihr den Arm um die Schultern legte und sie tröstete.

»Vater, müssen wir jemals wieder fort von hier?«

»Nein. Sie haben gesagt, hier können wir für immer bleiben.«

Sie kuschelte sich an ihn. »Ich bin so froh.«

Sie schlief, schlief wirklich, so wie sie sich nicht erinnern konnte, je zuvor geschlafen zu haben, so sicher und beschützt, wenn sie auch nicht wußte, wie lange. Als sie sich anzog, waren ihre Kleider sauber und schienen zu strahlen, als wären sie neu. Auch Chases Kleider leuchteten und strahlten. Sie faßte sich an den Händen und tanzte mit anderen Kindern im Kreis, strahlenden Kindern, deren Stimmen und Lachen widerhallte. Das brachte sie zum Lachen, sie lachte vor Glück, wie sie es nie zuvor gespürt hatte.

Wenn sie hungrig waren, lagen sie und Chase im Gras, umgeben von einem warmen Dunst und lächelnden Gesichtern, und aßen Dinge, die süß und köstlich schmeckten. Wenn sie müde war, schlief sie, ohne sich je sorgen zu müssen, wo sie schlafen sollte, denn sie war geborgen, endlich. Und wenn sie spielen wollte, kamen die anderen Kinder, um mit ihr zu spielen. Sie liebten sie. Rachel liebte sie alle.

Manchmal ging sie allein spazieren. Zarte Strahlen des Sonnenlichts fluteten durch die Bäume. Leuchtende Wiesen standen voller Wildblumen, die sich in der sanften Brise wiegten und deren strahlende Farbtupfer aufleuchteten.

Manchmal ging sie auch mit Chase spazieren und hielt seine Hand. Sie war so glücklich, daß er jetzt ebenfalls zufrieden war. Er brauchte nie mehr gegen irgend jemanden zu kämpfen. Auch er war in Sicherheit. Er behauptete, seinen Frieden gefunden zu haben.

Manchmal nahm er sie auf Spaziergänge mit und zeigte ihr die Wälder, wo er, wie er erzählte, aufgewachsen war, wo er gespielt hatte, als er so klein war wie sie. Sie lächelte vor Wonne, wenn sie das Glück in seinen Augen sah. Sie liebte ihn und war erfüllt von dem Gedanken, daß auch er, wie sie, endlich seinen Frieden gefunden hatte.

Sie hob den Kopf, und ein dünnes Lächeln spielte um ihre Lippen. Sie hatte kein Geräusch gehört und brauchte sich nicht umzudrehen, um in der fast völligen Dunkelheit etwas zu erkennen. Sie wußte, daß er das war, auf der anderen Seite der Tür. Sie wußte, wie lange er dort gestanden hatte.

Die Beine noch immer übereinandergeschlagen, stieg sie leicht auf einem Kissen aus Luft in die Höhe und schwebte über dem strohbedeckten Boden. Die Arme des Jungen hingen schlaff herab und pendelten wie eine beschwerte Angelschnur. Bar allen Lebens und jeglicher Spannung bog sich sein Rücken nach hinten und hing über ihrem Arm. Mit ihrer anderen Hand hielt sie die Figur gepackt.

Sie faltete ihre Beine auseinander, streckte ihre in Pantoffeln steckenden Füße zum Boden und stützte ihr Gewicht auf sie. Als ihr der Junge aus den Armen glitt, schlug das volle Gewicht seines Kopfes mit einem dumpfen Aufprall auf den Boden. Arme und Beine fielen schräg auf eine Seite. Seine Kleidung war verdreckt. Angewidert wischte sie sich die Hände an ihrem Rock ab.

»Wieso kommst du nicht herein, Jedidiah.« Ihre Stimme hallte von den kalten Mauern wider. »Ich weiß, daß du da bist. Versuche nicht so zu tun, als wärst du es nicht.«

Die schwere Tür öffnete sich langsam, quietschend, und die schattengleiche Gestalt trat beherzt in den Schein einer einzelnen Kerze, die auf einem nahen, wackeligen Tisch stand, der die einzige Ausstattung des unteren Raumes darstellte. Er stand entspannt da und beobachtete stumm, wie das orangene Glühen in ihren Augen verblaßte und sie wieder ihre blasse, bläulich-bleiche, von violetten Sprenkeln durchbrochene Farbe annahmen.

Sein Blick wanderte zu der Statuette in ihrer Hand. »Ihre Besitzerin schickt mich, sie zu suchen. Sie will die Figur zurück.«

Das dünne Lächeln wurde breiter. »Weiß sie Bescheid?« Sie zuckte mit den Achseln. »Ich bin sowieso fertig.« Sie hielt ihm die Figur hin. »Im Augenblick.«

Jedidiahs Gesicht war wie eine Maske der Ruhe, als er die Figur entgegennahm. »Sie mag es nicht, wenn du dir ihre Sachen ›borgst‹.«

Sie strich ihm mit dem Finger über die Wange. »Ich diene nicht nur ihr allein. Es ist mir im Grunde egal, was sie mag und was nicht.«

»Du tätest gut daran, ein wenig vorsichtiger zu sein.«

Ihr Lächeln wurde strahlend. »Ach, wirklich? Ich könnte ihr denselben Rat erteilen.« Sie deutete mit dem Arm auf den am Boden liegenden Körper. »Er hatte die Gabe.« Langsam fand ihr harter Blick wieder seine Augen. Das Lächeln war verschwunden, als hätte nie im Leben eines ihre Züge berührt. Ihre Worte kamen wie ein giftiges Zischen. »Jetzt habe ich sie.«

Die Andeutung eines verwirrten Stirnrunzelns huschte über sein kaltes Gesicht.

»Du glaubst, wir müssen die Zeremonie abhalten, Jedidiah? Das Ritual im Hagenwald?« Sie schüttelte langsam den Kopf. »Nicht mehr. Das gilt nur beim ersten Mal, weil wir weiblich sind und das weibliche Han das männliche nicht aufnehmen kann.« Sie senkte die Stimme zu einem spöttischen Flüstern. »Das ist jetzt nicht mehr nötig. Jetzt, da ich über die Gabe eines Mannes verfüge, kann ich die Gabe anderer ohne das Ritual aufnehmen.«

Sie schob ihr Gesicht zentimeternah an seins. »Und du kannst es auch, Jedidiah«, hauchte sie. »Mit dem Quillion kannst du es auch. Ich kann es dir beibringen. Es ist soooo einfach. Ich habe ihm das Vereinigungsritual einfach deswegen gezeigt, weil ich ihm sein Han vorführen wollte.« Ihre Wange berührte seine, als sie ihm ins Ohr flüsterte. »Aber er konnte seine Gabe nicht beherrschen. Ich habe ein Vakuum im Quillion erzeugt.« Sie ließ von ihm ab und musterte seine Augen. »Es hat ihm das Leben einfach aus dem Leib gesogen. Und seine Gabe auch. Jetzt gehört sie mir.«

Er betrachtete eine Weile ihre Augen, bevor er einen kurzen Blick auf die Leiche warf. »Ich erinnere mich nicht, ihn schon mal gesehen zu haben.«

Sie redete weiter flüsternd auf ihn ein, aus nur wenigen Zentimetern Entfernung. »Treib keine Spielchen mit mir, Jedidiah. Was du tatsächlich meinst, ist, wo habe ich ihn gefunden und wieso nicht die Schwestern, wenn er die Gabe hat.«

Er zuckte unbekümmert mit den Achseln. »Wenn er die Gabe besitzt, wieso trägt er dann keinen Halsring?«

Sie legte ihren Kopf auf die Seite. »Weil er so jung ist. Sein Han ist zu schwach, um von den anderen Schwestern aufgespürt zu werden.« Sie legte den Kopf auf die andere Seite. »Aber das gilt nicht für mich.« Sie berührte seine Nase mit ihrer. »Er war hier, mitten in der Stadt. Direkt unter ihrer Nase. Vermutlich der Sproß einer Tändelei von einem von euch ungezogenen Jungs.«

»Sehr praktisch. Man braucht sich um keine Berichte zu scheren. Vermeidet unangenehme Fragen.«

Sie warf einen Blick auf die Leiche. »Sei ein guter Junge und schaffe ihn für mich fort. Ich habe ihn in armseligen Verhältnissen unten in der Nähe des Flusses aufgegabelt. Lade ihn dort irgendwo ab. Niemand wird sich etwas dabei denken.«

Er zog eine Augenbraue hoch. »Du willst, daß ich hinter dir herräume?«

Sie strich ihm mit dem Finger über den Nacken und über seine Kehle, dann über seinen Rada'Han. »Du machst einen schwerwiegenden Fehler, Jedidiah, wenn du glaubst, ich sei nichts weiter als eine Schwester. Ich besitze jetzt die männliche Gabe, genau wie du. Und ich weiß sie zu gebrauchen. Du würdest es nicht für möglich halten, wie sehr die Kraft zunimmt, wenn man ihr das Han eines anderen hinzufügt.«

»Sieht ganz so aus, als würdest du zu einer Schwester, mit der man rechnen muß. Ein kluger Mensch wäre vorsichtig mit dir.«

Sie tätschelte ihm die Wange. »Kluger Junge.«

Sie sah ihn nachdenklich an, als sie ihre Hände zu seiner Hüfte hinabgleiten ließ. »Weißt du, Jedidiah, du hältst dich mit deiner Gabe vielleicht für ebensostark, aber ich denke, du solltest dir ein paar Gedanken darüber machen. Dir hat noch nie jemand deine Fähigkeiten streitig gemacht, deinen rechtmäßigen Platz unter den Zauberern hier, aber es kommt ein Neuer. Er wird bald hier sein, und jemanden wie ihn hast du noch nie gesehen. Könnte sein, daß du nicht länger der Stolz des Palastes sein wirst.«

Seine Miene zeigte keine Reaktion, doch sein Gesicht erglühte langsam rot. Er hielt die Figur in die Höhe. »Nun, du hast doch gesagt, du würdest es mir beibringen.«

Sie wedelte mit dem Finger vor seinem Gesicht herum. »Nein, nein, nein. Der gehört mir. Du kannst einen anderen haben. Jede Gabe wird deine Kraft anschwellen lassen, doch dieser gehört mir.«

Er wedelte ihr drohend mit der Figur vor dem Gesicht. »Ich weiß. Vielleicht hat sie ein Wörtchen dabei mitzureden. Sie hat ihre eigenen Pläne. Mit ihm.«

Sie lächelte aus einem Winkel ihres Mundes. »Ist mir bekannt. Und du wirst mich über ihre Pläne auf dem laufenden halten.«

Er runzelte die Stirn. »*Du* hast Pläne mit *mir*?«

Ihr Lächeln erreichte auch den zweiten Mundwinkel. »Und zwar ganz besondere.« Ihre Hände wanderten über seine Hüften und fühlten die Straffheit seiner jungen Muskeln unter seinem Gewand. »Du bist gut mit deinen Händen, kannst gut Dinge herstellen, Dinge aus Metall. Es gibt etwas, das du für mich machen sollst. Etwas, das mit Magie ausgestattet ist. Wie ich gehört habe, ist dies eines deiner Talente.«

»Du willst ein Schmuckstück, ein Amulett vielleicht, aus Silber oder Gold?«

»Nein, nein, mein Lieber. Du sollst es aus Stahl fertigen. Du sollst den Stahl von hundert Schwertspitzen sammeln. Ganz besonderen Schwertspitzen. Schwertspitzen aus der Waffenkammer, alte, sehr alte, die bereits benutzt worden sind. Die im Kampf Fleisch durchbohrt haben.«

Er zog eine Braue hoch. »Und was möchtest du daraus gefertigt haben?«

Sie schob ihre Hand an der Innenseite seines Schenkels hoch. »Darüber reden wir später.«

Sie mußte lächeln, als sie merkte, wie prompt er auf ihre Berührung reagierte. »Du bist bestimmt einsam, seit Margaret davongelaufen ist. Sooo einsam. Ich denke, du brauchst eine Freundin, die dich versteht. Wußtest du, Jedidiah, daß mit dem männlichen Han ein einzigartiges Verständnis alles Männlichen einhergeht? Jetzt sehe ich das, was Männer mögen, in einem völlig neuen Licht. Ich denke, wir werden ganz besonders gute Freunde werden. Und als ganz besonders guter Freund wirst du deine Belohnung bekommen, bevor du deine Arbeit getan hast.«

Sie ließ ein dünnes Rinnsal von Magie in seinen Körper tröpfeln und richtete es auf jene Stelle, wo es am meisten nützt. Ihr Lächeln wurde breiter, als sein Kopf nach hinten rollte. Er schloß die Augen und gab ein kehliges Stöhnen von sich, dann stockte ihm der Atem. Keuchend krallte er seine Hände in ihr Hinterteil, zog sie an sich und preßte seinen geöffneten Mund auf ihre Lippen.

Sie stieß den Toten aus dem Weg und ließ sich von Jedidiah auf den strohbedeckten Boden zwingen.

4. Kapitel

Der Vielfraß wurde in seinem Blickfeld immer größer. Der Pfeil wartete darauf, daß der flache, dunkle Kopf sich hob. Ein tiefes Knurren ertönte von hinter seiner linken Schulter.

»Still!« zischte Richard.

Der Gar verstummte. Der Vielfraß hob den Kopf. Ein Sirren, und der Pfeil war fort. Mit bebenden Flügeln tänzelte der kleine Gar auf den Ballen seiner Füße, die Aufmerksamkeit ganz auf den Flug des Pfeils geheftet.

»Warte«, flüsterte er. Der Gar erstarrte.

Mit einem dumpfen Aufprall fand der Pfeil sein Ziel. Der Gar quiekte vor Wonne. Er breitete die Flügel aus, sprang flatternd in die Höhe, dann drehte er sich zu ihm um. Richard beugte sich zu ihm vor und zielte mit dem Finger auf die runzelige Nase des Gar. Der Gar sah ihn aufmerksam an.

»Also gut. Aber bring mir den Pfeil zurück.«

Ein heftiges Kopfnicken zum Zeichen, daß er einverstanden war, dann hob der Gar ab. Im fahlen Licht der frühen Dämmerung verfolgte Richard, wie er sich auf sein totes Opfer stürzte und darüber herfiel, als könnte es jeden Augenblick die Flucht ergreifen. Fetzen flogen im Gezerr der Krallen. Die dunkle Silhouette wurde flacher. Er legte seine Flügel an den Rücken, hockte gebückt über seiner Beute und riß knurrend sein Mahl in Stücke.

Richard kehrte dem Anblick den Rücken zu und beobachtete statt dessen, wie die Wolkenschleier am heller werdenden Himmel die Farbe wechselten. Schwester Verna würde bald aufwachen. Er stand immer noch auf seinem Posten, wenn sie auch darauf beharrte, daß dies überflüssig sei.

Sie hatte schließlich nachgegeben, aber er wußte, sie war noch immer wütend, weil er nicht klein beigeben wollte. *Das* war es, was sie wütend machte. Aber was machte sie nicht wütend? Seit sie am Tag zuvor das Tal durchquert hatten, war sie wütender als sonst. Sie kochte innerlich.

Richard sah zu dem kleinen Gar hinüber und guckte, ob er noch immer mit Fressen beschäftigt war. Wie es dem Gar gelungen war, ihm durch das Tal der Verlorenen zu folgen, war ihm schleierhaft. Noch ehe sie das Tal erreicht hatten, hatte er es für einen Fehler gehalten, ihn immer weiter durchzufüttern; andererseits fühlte er sich verantwortlich für ihn. Jeden Abend, wenn er seinen Posten bezog, war der Gar zu ihm gekommen, und Richard hatte ihm etwas zu fressen gejagt. Als sie in die Alte Welt hinübergewechselt waren, hatte er geglaubt, ihn los zu sein, doch irgendwie war er ihnen gefolgt.

Der kleine Gar zeigte sich äußerst anhänglich, sobald er auf Posten war. Er aß mit ihm, spielte mit ihm und schlief zu Richards Füßen, wenn nicht gar auf ihnen. War die Wache vorbei, machte er kaum Aufhebens davon, daß Richard ihn verließ. Richard sah den Gar niemals zu einer anderen Zeit. Er schien sich instinktiv von der Schwester fernzuhalten und vorher zu verbergen. Richard war einigermaßen sicher, daß sie versuchen würde, ihn zu töten. Vielleicht ahnte der Gar das.

Das kleine, pelzige Tier überraschte ihn immer wieder mit seiner Intelligenz. Es lernte schneller als jedes andere Tier, das er kannte. Kahlan hatte ihm erklärt, daß kurzschwänzige Gars klug waren. Jetzt wußte er, wie recht sie damit hatte.

Er brauchte ihm etwas nur ein- oder zweimal zu zeigen, damit er begriff. Er lernte bereits, seine Worte zu verstehen und versuchte sie nachzuahmen, obwohl er offenbar kein Sprachvermögen besaß. Einige seiner Geräusche kamen dem dennoch seltsam nahe.

Richard wußte nicht, was er mit dem Gar anfangen sollte. Vielleicht wäre es besser, wenn er auf eigenen Füßen stünde, lernte, wie man jagt und überlebt, doch er wollte nicht fort. Er folgte außer Sichtweite, wohin sie auch gingen, selbst wenn es gefährlich wurde. Vielleicht war er zu jung, um allein zurechtzukommen. Vielleicht sah er in Richard seine einzige Überlebenschance. Vielleicht betrachtete er ihn als eine Art Ersatzmutter.

In Wahrheit wollte Richard gar nicht, daß ihn der Gar verließ. Auf dem Weg durch die Wildnis war er ihm zum Freund geworden. Er schenkte ihm seine bedingungslose Zuneigung, kritisierte ihn niemals, widersprach ihm nicht. Es war ein gutes Gefühl, einen Freund zu haben. Wie konnte er dem Gar gerade das verweigern?

Flügelschlag riß ihn aus seinen Gedanken. Der Gar landete mit dumpfem Plumps vor ihm auf dem Boden. Er hatte reichlich zugenommen, seit Richard ihn aufgelesen hatte. Er hätte schwören können, daß er zudem fast einen halben Fuß gewachsen war.

Die Muskeln unter der rosafarbenen Haut seines Bauches waren fest geworden, und seine Arme bestanden nicht mehr, wie ursprünglich, daß nur aus Haut und Knochen, sondern setzten Muskeln an.

Die Vorstellung, wie groß er schließlich werden würde, hatte etwas Beängstigendes. Hoffentlich käme er dann allein zurecht. Genügend Futter für einen ausgewachsenen kurzschwänzigen Gar zu jagen, würde ihn sonst den ganzen Tag auf Trab halten.

Nachdem er den Pfeil an seinem pelzbewachsenen Schenkel abgewischt hatte, um das Blut zu entfernen, grinste der Gar sein häßliches, blutverschmiertes Grinsen und hielt Richard den Pfeil hin. Richard zeigte über seine Schulter.

»Ich will ihn nicht. Steck ihn dorthin zurück, wo er hingehört.«

Der Gar reckte sich über Richards Schulter und ließ den Pfeil in den Köcher zurückgleiten, dann lehnte er sich an einen Baumstumpf. Er verzog das Gesicht, offenbar um herauszufinden, ob er alles richtig gemacht hatte. Lächelnd tätschelte Richard ihm den vollen Bauch.

»Guter Junge. Das hast du gut gemacht.«

Der Gar kauerte sich überglücklich zu Richards Füßen hin und begnügte sich damit, sich das Blut von den Krallen und dem rauhen Fell zu lecken. Als er damit fertig war, legte er seine langen Arme über Richards Schoß und darauf seinen Kopf.

»Du brauchst einen Namen.« Der Gar sah auf und legte den Kopf auf die Seite. Seine bauschigen Ohren drehten sich zu ihm. »Einen Namen.« Er klopfte sich auf die Brust. »Mein Name ist Richard.«

Der Gar streckte die Hand aus, machte es ihm nach und klopfte Richard ebenfalls auf die Brust. »Richard. Richard.«

Er legte den Kopf auf die andere Seite. »Raaaa«, knurrte er zwischen seinen spitzen Reißzähnen hindurch. Seine Ohren zuckten.

Richard nickte. »Rich … ard.«

Er klopfte Richard erneut auf die Brust. »Raaaach aaaarg.«

Richard mußte lachen. »Fast. So, und wie sollen wir dich jetzt nennen?« Richard dachte darüber nach, versuchte sich etwas Passendes einfallen zu lassen. Der Gar setzte sich hin, die Stirn in tiefe Furchen gelegt, und sah ihn aufmerksam an. Kurz darauf ergriff er Richards Hand und schlug ihm damit auf die Brust.

»Raaaach aaarg«, meinte er. Dann zerrte er Richards Hand zu seiner Brust herüber und klopfte damit auf sein Fell. »Grrrratch.«

»Gratch?« Richard richtete sich überrascht auf. »Du heißt Gratch?« Er tippte dem Gar erneut auf die Brust. »Gratch?«

Der Gar nickte und grinste, während er sich auf die eigene Brust klopfte. »Grrratch. Grrratch.«

Richard war leicht verblüfft. Es war ihm niemals in den Sinn gekommen, daß der Gar einen Namen haben könnte. »Also dann eben Gratch.« Er klopfte sich abermals auf die Brust. »Richard.« Dann lächelte er und klopfte dem Gar auf die Schulter. »Gratch.«

Der Gar breitete seine Flügel aus und hämmerte sich mit geöffneten Klauen auf die Brust. «Grrratch!«

Richard mußte lachen, und der Gar sprang ihn an und stieß dabei ein kehliges Kichern aus, während er ihn zu Boden rang. Gratchs Vorliebe für Ringkämpfe wurde nur noch durch seine Liebe zum Futter übertroffen. Die beiden wälzten sich über den Boden und versuchten lachend, sich gegenseitig unterzukriegen.

Richard ging etwas behutsamer zu Werke als Gratch. Der Gar packte Richards Arm mit seinem Maul, biß allerdings dankbarerweise niemals zu. Seine nadelspitzen Reißzähne waren lang genug, um seinen Arm mit Leichtigkeit durchzubeißen, und Richard hatte bereits mehrmals mitangesehen, wie der Gar mit diesen Zähnen Knochen zersplittert hatte.

Richard machte dem Ringkampf ein Ende, indem er sich auf den

Baumstumpf setzte. Gratch kauerte sich auf seinen Schoß, Arme, Beine und Flügel um ihn geschlungen. Er rieb sich die Schnauze an Richards Schulter. Gratch wußte, daß Richard mit der Dämmerung verschwinden würde.

Richard erspähte im Unterholz ein Kaninchen und überlegte, ob Schwester Verna ihm vielleicht für ein Stück Fleisch zum Frühstück dankbar wäre. »Gratch, ich brauche ein Kaninchen.«

Gratch kletterte von seinem Schoß herunter, als Richard nach seinem Bogen griff. Nachdem er geschossen hatte, erklärte er dem Gar, er solle ihm das Kaninchen bringen, es aber nicht fressen. Gratch hatte Apportieren gelernt und tat es gern. Er bekam immer, was vom Fell und von den Innereien übrigblieb.

Als Richard fertig war und sich von Gratch verabschiedet hatte, marschierte er zum Lager zurück. Seine Gedanken wanderten zurück zu der Vision von Kahlan, die er im Turm gehabt, und zu den Dingen, die sie ihm erzählt hatte. Das Bild ihrer Enthauptung ließ ihn nicht mehr los. Er erinnerte sich noch an ihre Worte:

»Sprich diese Worte, wenn du mußt, doch erwähne nichts von der Vision. ›Nur eine einzige von allen, die aus der Magie geboren sind, wird übrigbleiben, um die Wahrheit zu verkünden, wenn die Bedrohung des Schattens aufgehoben ist. Damit es eine Chance auf die Bande des Lebens gibt, muß diejenige in Weiß ihrem Volk geopfert werden, zu dessen Freude und unter seinem Jubel.‹«

Er wußte, wer ›diejenige in Weiß‹ war. Er wußte auch, was ›zu dessen Freude und unter seinem Jubel‹ bedeutete.

Er mußte auch an jene Prophezeiung denken, von der Schwester Verna ihm erzählt hatte, in der es hieß: ›Er ist der Bringer des Todes, und er wird sich diesen Namen selbst geben.‹ Sie behauptete, die Prophezeiung besage, der Besitzer des Schwertes sei in der Lage, den Tod auf den Plan zu rufen, die Vergangenheit in die Gegenwart zu zitieren. Besorgt fragte er sich, was das bedeuten mochte.

Im Lager hockte Schwester Verna bereits am Feuer und buk Gerstenfladen. Bei dem Duft begann ihm der Magen zu knurren. Das dünn bewaldete Land erwachte gerade unter den Geräuschen der Tiere zum Leben. Gruppen kleiner, dunkler Vögel zwitscherten in den hohen, lichten Bäumen, und graue Eichhörnchen jagten einander deren Stämme hinauf und hinab. Richard hängte den Spieß mit dem Kaninchen übers Feuer, während Schwester Verna sich weiter um die Fladen kümmerte.

»Ich habe etwas zum Frühstück mitgebracht. Ich dachte, vielleicht mögt Ihr etwas Fleisch.«

Ein Brummen war der einzige Hinweis darauf, daß sie ihn verstanden hatte.

»Seid Ihr noch immer wütend auf mich, weil ich Euch gestern das Leben gerettet habe?«

Mit Bedacht legte sie ein weiteres Stöckchen ins Feuer. »Ich bin nicht wütend auf dich, weil du mir das Leben gerettet hast, Richard.«

»Habt Ihr nicht gesagt, Euer Schöpfer haßt die Unwahrheit? Meint Ihr, ER glaubt Euch? Ich jedenfalls nicht.«

Sie bekam ein derart rotes Gesicht, daß Richard dachte, ihr lockiges Haar könnte Feuer fangen. »Du wirst keine Gotteslästerungen von dir geben.«

»Und Lügen ist etwas anderes?«

»Du begreifst nicht, wieso ich wütend bin, Richard.«

Richard setzte sich auf die Erde, umfaßte seine Knöchel und verschränkte die Beine. »Vielleicht doch. Ihr seid schließlich meine Beschützerin. Nicht umgekehrt. Vielleicht habt Ihr das Gefühl, versagt zu haben. Aber ich empfinde das nicht so. Wir haben beide getan, was wir tun mußten, um zu überleben.«

»Getan, was wir mußten?« Ein Strahlenkranz aus feinen Fältchen umgab ihre Augen, als ihr Blick enger wurde. »Wie ich mich aus dem Buch erinnere, sind einige der Menschen dabei umgekommen, als Bonnie, Geraldine und Jessup sie über den Giftfluß führten.«

Richard lächelte vor sich hin. »Ihr habt es also doch gelesen.«

»Das hab' ich dir doch schon gesagt! Jedenfalls hast du dumm gehandelt. Wir hätten dabei sterben können.«

»Wir hatten keine andere Wahl.«

»Man hat immer eine Wahl, Richard. Das versuche ich dir ja gerade beizubringen.« Sie setzte sich auf ihre Hacken. »Die Zauberer, die diesen Ort geschaffen haben, dachten auch, sie hätten keine andere Wahl, doch haben sie alles nur noch schlimmer gemacht. Du hast dort unten von deinem Han Gebrauch gemacht, und du hast es getan, ohne zu begreifen, welche Folgen es haben kann.«

»Welche Wahl hatten wir denn?«

Die Hände auf den Knien beugte sie sich vor. »Wir haben immer eine Wahl, Richard. Diesmal hast du Glück gehabt, weil dich der Einsatz deiner Magie nicht umgebracht hat.«

»Wovon sprecht Ihr?«

Schwester Verna zog eine Satteltasche heran und begann darin zu kramen. Schließlich zog sie einen grünen Stoffbeutel hervor. »Du hast ein wenig Blut von dieser Bestie auf dem Arm. Haben dich die Käfer gebissen?«

»An den Beinen.«

»Zeig her.«

Richard zog sein Hosenbein hoch und zeigte ihr die geschwollenen, roten Stiche. Sie schüttelte den Kopf und zog, vor sich hin murmelnd, erst eine, dann eine zweite Flasche aus dem Beutel.

Sie tauchte ein Stöckchen, das sie in der Nähe auf der Erde gefunden hatte, in die weiße Paste aus dem einen Fläschchen und strich sie auf die flache Seite einer Messerklinge. Dann warf sie das Stöckchen ins Feuer. Sie nahm ein zweites, tauchte es in die dunkle Paste aus einer anderen Flasche und vermengte diese mit der hellen auf der Klinge, dann strich sie damit über die Schneide. Schließlich warf sie den zweiten Stock mit Resten der Mischung ins Feuer. Richard fuhr zusammen, als diese in einem weißglühenden Feuerball explodierten, der zum Himmel aufstieg, sich dabei zerteilte und in eine brodelnde Wolke schwarzen Rauchs verwandelte.

Sie hielt das Messer hoch, damit er die graue, auf die Klinge gestrichene Paste sehen konnte. »Licht und Dunkel, Erde und Himmel. Magie, die das heilen soll, was dich andernfalls bis heute abend töten würde. Du hast es raus, dich in gefährliche Lagen hineinzumanövrieren, Richard. Mit jedem Schritt machst du es nur noch schlimmer. Jetzt komm her, näher zu mir.«

Richard stemmte seine Fersen in die Erde und rutschte um das

Feuer herum. »Habt Ihr Euch etwa bis jetzt überlegt, ob Ihr mir helfen wollt oder nicht?«

»Natürlich nicht. Dies ist aus mächtiger Magie gemacht, die das Gift unschädlich machen wird, welches dir diese verhexten Kreaturen eingeimpft haben. Zu früh, und die Behandlung würde dich töten. Zu spät, und die Stiche würden dich umbringen. Es muß unbedingt die richtige Art von Magie sein, zur richtigen Zeit. Ich habe lediglich auf den richtigen Zeitpunkt gewartet.«

Richard wollte ihr widersprechen, doch statt dessen sagte er: »Danke, daß Ihr mir geholfen habt.« Sie sah ihn stirnrunzelnd an, bevor sie sich über seine Stiche beugte. »Schwester, inwiefern habe ich alles noch schlimmer gemacht?«

»Du warst leichtsinnig. Die Anwendung von Magie birgt Gefahren. Nicht nur für andere, sondern auch für den, der sie auf den Plan ruft.«

Richard zuckte zusammen, als sie mit der Messerschneide einen der Einstiche aufschnitt, erst in der einen, dann in der anderen Richtung, so daß sich ein Kreuzschnitt ergab. Das Brennen trieb ihm die Tränen in die Augen.

»Wie kann das für mich gefährlich sein?«

Konzentriert beugte sie sich über sein Bein und sprach leise eine Zauberformel, während sie mit dem Messer über sein geschwollenes Fleisch strich. Sie nahm nur leichte Einschnitte vor, doch brannten diese widerlich.

»Es ist, als wollte man ein Feuer inmitten von zundertrockenem Holz entfachen. Plötzlich findet man sich im Zentrum des Feuers wieder, im Zentrum dessen, was man ausgelöst hat. Was du getan hast, war töricht und gefährlich.«

»Ich habe versucht zu überleben, Schwester Verna.«

Sie zeigte mit dem Finger auf einen der schmerzhaften Stiche. »Sieh doch, was passiert ist! Wenn ich dich nicht behandeln würde, müßtest du sterben.« Sie war mit den Beinen fertig und richtete ihr Augenmerk auf seinen Arm. »Als wir von diesen Bestien angegriffen wurden, hast du geglaubt, du würdest uns retten, dabei hat alles, was du getan hast, die Gefahr nur noch vergrößert.«

Als sie fertig war, hielt sie die Klinge übers Feuer. Ein dünner, weißer Feuerstrahl stieg zischend vom Stahl in die Höhe, und die übriggebliebene Paste verbrannte. Sie beließ die Klinge im Feuer, bis sowohl Paste als auch Stichflamme verschwunden waren.

»Hätte ich nicht gehandelt, Schwester, wären wir jetzt tot.«

Sie drohte ihm mit der heißen Klinge. »Ich habe nicht gemeint, daß es falsch war, zu handeln! Ich habe gemeint, du hast falsch gehandelt! Du hast die falsche Art Magie eingesetzt!«

»Ich habe das einzige benutzt, das ich besitze! Das Schwert!«

Sie schleuderte das Messer fort. Mit dumpfem Aufschlag blieb es fest in einem Stück Brennholz stecken. »Es ist gefährlich zu handeln, ohne die Folgen der beschworenen Magie zu kennen!«

»Nun, Ihr habt jedenfalls überhaupt nichts Hilfreiches getan.«

Schwester Verna wippte auf den Fußballen, starrte ihn einen Augenblick lang an, dann drehte sie sich um und machte sich daran, die Flaschen wieder in dem grünen Beutel zu verstauen.

»Tut mir leid, Schwester. Das habe ich nicht so sagen wollen. Ich wollte damit nur sagen, daß Ihr nicht mehr in der Lage wart, den Weg zu spüren, und ich wußte, wenn wir bleiben, würden wir getötet werden.«

Die Flaschen klirrten, als sie sie im Beutel unterbrachte. Sie schien Schwierigkeiten zu haben, sie so zu verstauen, wie sie wollte. »Richard, du glaubst, du sollst bei uns die Beherrschung der Gabe, die Anwendung von Magie lernen. Das ist der leichte Teil. Zu wissen, welche Art von Magie man anwendet, wieviel man anwendet, wann man sie anwendet, und die Folgen der Anwendung zu kennen, das ist der schwierige Teil. Das ist das Entscheidende. *Wie, wieviel, wann* und *was, wenn* – genau wie die Magie, mit der ich diese Käferbisse behandelt habe.«

Sie fixierte ihn mit ernstem Blick. »Ohne dieses Wissen bist du wie ein Blinder, der seine Axt inmitten einer Schar von Kindern schwingt. Du hast keine Vorstellung, welche Gefahr du mit der Anwendung von Magie heraufbeschwörst. Wir versuchen, dir den Blick und ein wenig Verstand mitzugeben, bevor du diese Axt kreisen läßt.«

Richard zupfte an einem Grasbüschel zu seinen Füßen. »So habe ich das Ganze noch nie betrachtet.«

»Wenn überhaupt, dann sollte ich vielleicht wütend auf mich selber sein, weil ich töricht war. Ich dachte, nichts dort wäre mächtig genug, mich in eine Falle zu locken. Ich habe mich getäuscht. Danke, Richard, denn du hast mich tatsächlich gerettet.«

Er wickelte sich einen langen Grashalm um den Finger. »Ich war so erleichtert, als ich Euch wiederfand ... ich dachte, Ihr wärt tot. Ich bin froh, daß es nicht so ist.«

Sie hatte alle kleinen Fläschchen aus dem Beutel genommen und sie auf der Erde abgestellt. »Ich hätte in diesem Bann für alle Zeiten verlorengehen können. Eigentlich hätte es sogar passieren müssen.«

»Wie meint Ihr das?«

Es kam ihm vor, als wären es mehr Flaschen, als in den Beutel passen konnten, andererseits hatte er sie aber alle zum Vorschein kommen sehen. »Wir haben früher schon versucht, Schwestern zu retten. Wir haben mitangesehen, wie einige zusammen mit ihren Schützlingen in diesen Bannen der Verzückung verlorengingen. Gleich bei meiner ersten Durchquerung habe ich eine gesehen. Wir konnten sie nicht befreien. Bei dem Versuch sind mehrere Schwestern ums Leben gekommen.« Sie machte sich daran, die Fläschchen wieder zu verstauen »Du hast Magie angewandt.«

»Ich habe das Schwert benutzt. Das Schwert hat magische Kräfte, das wißt Ihr doch.«

»Nein. Du hast nicht die Magie des Schwertes benutzt. Du hast, ohne es zu merken, dein Han benutzt. Dein Han aufgrund eines Wunsches einzusetzen, ohne Weisheit, ist das Gefährlichste, was du tun kannst.«

»Schwester, ich denke, es war nur die Magie des Schwertes.«

»Ich habe dich gehört, als du mich gerufen hast. Die anderen haben uns nie gehört, wenn wir versucht haben, sie zu rufen. Nicht ein einziges Mal.«

»Ihr wußtet einfach nicht, wie es geht. Ihr habt mich auch erst hören können, als ich eine funkelnde Barriere, die Euch umgab, durchbrochen hatte. Danach konntet Ihr mich hören. Man muß nur zuerst diese Barriere durchbrechen.«

Sie schob die Fläschchen nach rechts und links, um zusätzlichen Platz zu schaffen. »Das wissen wir, Richard. Wir haben es mit allen Arten von Magie versucht, trotzdem haben wir die Barrieren dieser Banne weder durchbrechen noch durchschreiten können, noch haben wir die Aufmerksamkeit derer erregen können, die in ihnen gefangen waren. Nie zuvor konnte jemand aus einem Bann der Verzückung befreit werden.« Sie stopfte das letzte Fläschchen an seinen Platz, drehte sich um und sah ihm ins Gesicht. »Danke, Richard.«

Achselzuckend zog er sich den Grashalm vom Finger. »Es war das mindeste, was ich tun konnte, um meinen Fehler wiedergutzumachen.«

»Deinen Fehler?«

Richard tat, als wäre er damit beschäftigt, seine Hose wieder runterzukrempeln. »Nun, bevor ich Euch gerettet habe, habe ich Euch gewissermaßen umgebracht.«

Sie beugte sich vor. »Du hast *was* getan?«

»Ihr habt mir weh getan. Mit Eurer Magie. Mit dem Halsring.«

»Tut mir leid, Richard. Ich stand unter dem Einfluß des Banns und wußte nicht, was ich tat. Ich hatte nicht die Absicht, dir weh zu tun.«

Er schüttelte den Kopf. »Da nicht. Vorher. Im weißen Turm.«

Sie beugte sich noch weiter vor und biß die Zähne zusammen. »Du bist in einen Turm hineingegangen? Bist du wahnsinnig? Ich habe dir doch erklärt, was es mit diesen Türmen auf sich hat! Wie konntest du nur so …«

»Schwester. Ich hatte keine Wahl.«

»Über die Möglichkeiten der Wahl haben wir bereits gesprochen. Ich habe dir erklärt, wie gefährlich diese Türme sind. Ich habe dir gesagt, du sollst dich von ihnen fernhalten!«

»Hört doch, überall ringsum hat es geblitzt. Die Blitze haben versucht, mich zu treffen. Ich … ich wußte einfach nicht, was ich sonst hätte tun sollen. Also habe ich mich durch einen Torbogen in den Turm geworfen – um mich zu schützen.«

»Kannst du nicht einmal die einfachsten Anweisungen befolgen? Mußt du dich immer wie ein Kind aufführen?«

Richard sah sie mit gesenktem Kopf an. »Das waren genau Eure Worte. Ihr kamt in den Turm. Ich war sicher, daß Ihr es wart. Ihr wart wütend auf mich, genau wie jetzt, und habt genau dieselben Worte benutzt.«

Er biß die Zähne zusammen und steckte einen Finger unter den Ring an seinem Hals. »Ihr habt dies hier benutzt. Ihr habt es benutzt, um mich an eine Wand zu schleudern und mich dort festzunageln. Ist das mit diesem Halsring möglich, Schwester?«

Sie war viel ruhiger geworden. »Ja. Wir verfügen nicht über die Kraft eines Zauberers, über das männliche Han. Der Halsring verstärkt unsere Kraft, so daß wir stärker sind als der, der ihn trägt. Damit wir ihn ausbilden können.«

Seine Stimme war voller Zorn. »Dann habt Ihr ihn benutzt, um mir Schmerzen zuzufügen, genau wie in Wirklichkeit, als Ihr in dem Bann gefangen wart. Nur waren sie stärker und ließen einfach nicht nach. Ist das mit dem Halsring möglich, Schwester?«

Sie riß neben sich ein Grasbüschel aus, begann, seinem Blick ausweichend, sich die Hände damit zu reinigen. »Ja. Aber das war eine Vision, Richard. Ich habe es nicht wirklich getan.«

»Ich sagte, Ihr solltet aufhören, mir weh zu tun, oder ich würde dem ein Ende machen. Ihr wolltet nicht aufhören, also rief ich die Magie des Schwertes herbei und brach das Band der Macht, das mich hielt. Ihr wart außer Euch. Ihr sagtet, ich hätte meinen letzten Fehler gemacht. Ihr wolltet mich dafür töten, daß ich mich Euch widersetzt habe. Ihr wolltet mich umbringen, Schwester.«

»Verzeih, Richard«, sagte sie leise und hob den Kopf, »daß du all das hast durchmachen müssen.« Ihre Stimme wurde ein wenig fester. »Und was hast du mir nun angetan … der Vision von mir?«

Er beugte sich vor und legte seinen Zeigefinger seitlich an ihre Schulter. »Ich habe Euch mit dem Schwert in der Mitte durchgeteilt. Genau hier.«

Ihre Hände hielten inne, sie war zu Stein erstarrt. Die Farbe wich aus ihrem Gesicht. Schließlich fand sie ihre Haltung wieder.

Richard zupfte wieder an dem Grasbüschel zu seinen Füßen. »Ich wollte es nicht tun, aber ich war absolut überzeugt, daß Ihr mich töten wolltet.«

Sie warf das Grasbüschel fort. »Bestimmt, Richard. Aber das war nur eine Vision. Wäre es die Wirklichkeit gewesen, wäre die Sache nicht so ausgegangen. Du hättest nicht tun können, was du getan hast.«

»Wen wollt Ihr überzeugen, Schwester? Mich oder Euch selbst?«

Sie hielt seinem wütenden Blick stand. »Was du gesehen hast, war nicht die Wirklichkeit. Es war schlicht ein Trugbild.«

Richard ließ das Thema fallen. Er drehte den Stock mit dem Kaninchen, um die andere Seite zu garen, und schob den Blechteller mit den Gerstenfladen neben das Feuer, damit er abkühlen konnte.

»Wie auch immer, als ich Euch wiedersah, wußte ich nicht, ob Ihr eine Vision wart oder Wirklichkeit. Aber ich habe ehrlich gehofft, daß Ihr lebt. Ich habe Euch nicht töten wollen.« Er hob den Kopf und lächelte. »Außerdem habe ich Euch versprochen, Euch durch das Tal der Verlorenen zu bringen.«

Sie nickte. »Ja, in der Tat. Mehr Wunschdenken als Weisheit.«

»Schwester, ich habe bloß getan, was mir einfiel, um zu überleben. Und auch um Euch zu helfen, damit Ihr überlebt.«

Sie seufzte und schüttelte den Kopf. »Richard, ich weiß, du willst nur dein Bestes tun, aber du mußt begreifen, daß das, was du für das Beste hältst, nicht notwendigerweise auch richtig ist. Du rufst dein Han, ohne zu wissen, was du tust, oder auch nur zu merken, daß du es tust. Dadurch beschwörst du eine Gefahr herauf, die du nicht ermessen kannst.«

»Wie habe ich denn mein Han benutzt?«

»Zauberer machen Versprechungen, die ihr Han zu halten bestrebt ist. Du hast mir versprochen, mich durch das Tal zu bringen – mich zu retten. Indem du das getan hast, hast du dich auf eine Prophezeiung berufen.«

Richard legte die Stirn in Falten. »Ich habe keine Prophezeiung ausgesprochen.«

»Du hast sie nicht nur ausgesprochen, sondern dabei dein Han benutzt, ohne es zu merken. Du hast eine Prophezeiung benutzt, ohne ihre Form zu kennen, um etwas in der Vergangenheit zu tun, daß dir in der Zukunft hilft.«

»Wovon redet Ihr?«

»Du hast die Kandaren der Pferde zerstört.«

»Ich habe Euch damals doch erklärt, warum. Sie sind brutal.«

Sie schüttelte den Kopf. »Genau das meine ich. Du warst in dem Glauben, es aus einem bestimmten Grund zu tun, und doch diente es einem ganz anderen Zweck. Mit deinem Verstand suchst du eine vernünftige Erklärung für das, was dein Han tut. Auf unserer Flucht aus dem Tal habe ich nicht an das geglaubt, was du tust, und versucht, mein Pferd herumzureißen. Ich konnte es nicht, weil es keine Kandare hatte.«

»Na und?«

Sie beugte sich weiter vor. »Das Zerstören der Kandaren war eine Notwendigkeit, damit du ein Versprechen, das du in der Zukunft geben würdest, halten konntest. Damit hast du dich einer Prophezeiung bedient. Du hast die Axt blind kreisen lassen.«

Richard sah sie skeptisch an. »Das klingt weit hergeholt, Schwester. Selbst für Euch.«

»Ich weiß, wie die Gabe funktioniert, Richard.«

Richard dachte darüber nach und entschied schließlich, ihr nicht zu glauben. Er entschied jedoch auch, nicht mit ihr darüber zu streiten. Es gab andere Dinge, die er noch erfahren wollte.

»Ist Euer Buch voll? Ich habe Euch nicht mehr darin schreiben sehen.«

»Ich habe gestern eine Nachricht abgeschickt, daß wir das Tal durchquert haben. Sonst gibt es nichts zu berichten, das ist alles. Das Buch ist Magie. Mit Magie löschen wir alte Nachrichten. Bis auf zwei Seiten habe ich alles gelöscht. Mit dem, was ich gestern geschrieben habe, sind jetzt drei Seiten beschrieben.«

Richard riß eine Ecke des heißen Gerstenfladens ab. »Wer ist die Prälatin?«

»Von ihr erhalten die Schwestern des Lichts ihre Weisungen. Sie ist ...« Sie kniff die Augen zusammen. »Ich habe nie über sie gesprochen. Woher weißt du von ihr?«

Richard leckte sich die Krümel von den Fingern. »Ich habe es in Euerm Buch gelesen.«

Ihre Hand zuckte zum Gürtel und tastete nach dem Buch. Es war da, wo es immer war. »Du hast meine privaten Aufzeichnungen gelesen! Dazu hattest du kein Recht! Ich werde ...«

»Zu der Zeit wart Ihr tot.« Sie klappte den Mund zu, und er fuhr fort. »Als ich Euch oder Euer Trugbild getötet hatte, fiel das Buch herunter. Ich habe darin gelesen.«

Die Spannung wich aus ihrem Körper. »Oh. Nun, das ist einfach ein Teil des Trugbildes. Wie gesagt, darin ist nichts wie in Wirklichkeit.«

Richard riß ein weiteres Stück vom Fladen ab. »Es waren nur zwei Seiten beschrieben, genau wie in dem echten Buch. Die dritte habt Ihr erst hinzugefügt, als wir das Tal hinter uns hatten. Damals waren es nur zwei.«

Sie beobachtete, wie er den Fladen verspeiste. »Ein Trugbild, Richard.«

Er hob den Kopf. »Auf einer Seite stand: ›Ich bin die Schwester, die für diesen Jungen verantwortlich ist. Diese Anweisungen sind ungerechtfertigt, wenn nicht gar absurd. Ich verlange, daß man mir den Sinn dieser Anweisungen erklärt. Ich verlange zu wissen, auf wessen Geheiß sie gegeben wurden. – Im Dienste des Lichts, Eure Schwester Verna Sauventreen.‹ Auf der zweiten Seite stand: ›Du wirst tun, was man dir aufgetragen hat, oder du mußt die Konsequenzen tragen. Wage es nicht noch einmal, die Befehle des Palastes in Frage zu stellen. – Höchstselbst, Die Prälatin.‹«

Die Farbe war aus dem Gesicht der Schwester gewichen. »Du hattest kein Recht, etwas zu lesen, was einem anderen gehört.«

»Wie gesagt, zu dem Zeitpunkt wart Ihr tot. Welche Weisungen hat man Euch für mich gegeben, daß Ihr so wütend wart?«

Die Farbe kehrte in ihr Gesicht zurück. »Es geht um eine formale Spitzfindigkeit. Du würdest es ohnehin nicht verstehen, und außerdem geht es dich nichts an.«

Richard zog eine Augenbraue hoch. »Es geht mich nichts an? Ihr behauptet, mir nur helfen zu wollen, und doch nehmt Ihr mich gefangen, und dann sagt Ihr, es ginge mich nichts an? Ich trage diesen Ring um meinen Hals, mit dem Ihr mir Schmerz zufügen, mich vielleicht töten könnt, und dann sagt Ihr, es ginge mich nichts an? Ihr erklärt, ich müßte tun, was Ihr verlangt, und das auf guten Glauben hin, obwohl dieser Glaube mit jeder neuen Entdeckung erschüttert wird, und doch geht mich das nichts an? Ihr sagt, die Trugbilder, die ich gesehen habe, entsprächen nicht der Wirklichkeit, doch als ich herausfinde, daß dies nicht stimmt, behauptet Ihr, das ginge mich nichts an?«

Schwester Verna schwieg. Sie betrachtete ihn kalt. Betrachtete ihn, fand er, wie einen Käfer in der Schachtel.

»Schwester Verna, werdet Ihr mir etwas erklären, über das ich schon lange nachdenke?«

»Wenn ich kann.«

Er zog die Beine dichter unter seinen Körper und versuchte, jegliche Feindseligkeit in seinem Ton zu vermeiden. »Als Ihr mich das erste Mal gesehen habt, da wart Ihr überrascht, daß ich erwachsen war. Ihr dachtet, ich sei noch klein.«

»Das ist richtig. Wir haben Leute im Palast, die spüren, wenn jemand mit der Gabe geboren wird. Du warst jedoch vor uns verborgen, daher hat es sehr lange gedauert, bis wir dich gefunden haben.«

»Aber gerade erst vor ein paar Tagen habt Ihr mir erzählt, Ihr hättet mehr als die Hälfte Eures Lebens außerhalb des Palastes mit der Suche nach mir verbracht. Wenn Ihr mehr als zwanzig Jahre nach mir gesucht habt, wie konntet Ihr dann erwarten, ich sei noch klein? Ihr hättet davon ausgehen müssen, daß ich erwachsen bin, es sei denn, Ihr hättet nicht gewußt, daß ich schon geboren bin, und wärt lange bevor jemand im Palast mich erspürt hatte, aufgebrochen, um mich zu suchen.«

Sie antwortete vorsichtig, mit ruhiger Stimme. »Du hast recht. So war es zuvor noch nie.«

»Warum seid Ihr dann aufgebrochen, um nach mir zu suchen, noch bevor jemand von Euch spürte, daß einer mit der Gabe geboren war?«

Sie wählte ihre Worte mit Bedacht. »Wir wußten nicht genau,

wann du geboren werden würdest, aber wir wußten, daß du geboren werden würdest, deshalb hat man uns auf die Suche geschickt.«

»Woher wußtet Ihr, daß ich geboren werde?«

»In einer Prophezeiung ist von dir die Rede.«

Richard nickte. Er hätte gern etwas über diese Prophezeiung in Betracht gebracht, hätte gern gewußt, warum man ihn für so wichtig hielt, doch wollte er nicht von dem einmal eingeschlagenen Pfad abweichen. »Ihr wußtet also, daß es noch viele Jahre dauern konnte, bevor Ihr mich findet?«

»Ja. Wir wußten nicht, wann du geboren würdest. Wir konnten dies nur bis auf einige Jahrzehnte eingrenzen.«

»Wie wählt man die Schwestern aus, die ausgesandt werden?«

»Wir wurden von der Prälatin ausgesucht.«

»Ihr habt in der Angelegenheit kein Wort mitzureden?«

Ihre Anspannung wuchs, so als befürchtete sie, aus Versehen den Kopf in eine Schlinge zu stecken, trotzdem brachte sie es nicht fertig, ihren Glauben zu verschweigen. »Wir arbeiten im Dienst des Schöpfers. Wir hätten keinen Grund gehabt, einen Einwand vorzubringen. Der alleinige Zweck des Palastes besteht darin, denen zu helfen, die die Gabe besitzen. Dafür auserwählt zu werden, jemanden mit der Gabe zu retten, ist eine der größten Ehren, die einer Schwester zuteil werden können.«

»Keine der anderen, die ausgesandt wurden, hat also jemals so viele Jahre ihres Lebens opfern müssen, um einen zu retten, der die Gabe hat?«

»Nein. Meines Wissens hat es nie länger als ein Jahr gedauert. Ich wußte aber, daß dieser Auftrag Jahrzehnte dauern konnte.«

Richard lächelte triumphierend in sich hinein. Er lehnte sich zurück und reckte sich. Er atmete tief durch. »Jetzt verstehe ich.«

Ihre Augen wurden schmal. »Was verstehst du?«

»Ich verstehe, Schwester Verna, wieso Ihr mich so behandelt. Ich verstehe, warum wir laufend miteinander kämpfen, warum wir uns ständig gegenseitig an die Kehle gehen. Ich verstehe, warum ihr mich nicht leiden könnt. Warum Ihr mich haßt.«

Sie sah aus wie jemand, der erwartet, daß sich unter ihm eine Falltür öffnet. »Ich hasse dich nicht, Richard.«

Er nickte, dann zog er den Bolzen aus der Falltür. »Doch, das tut Ihr. Ihr haßt mich. Und ich verüble Euch das nicht einmal. Ich verstehe das. Wegen mir mußtet Ihr Jedidiah aufgeben.«

Sie fuhr zusammen, als hätte sich gerade eine Schlinge um ihren Hals zusammengezogen. »Richard! Rede gefälligst nicht in diesem Ton –«

»Deswegen seid Ihr wütend auf mich. Nicht wegen des Schicksals der beiden anderen Schwestern. Jedidiah ist der Grund. Wäre ich nicht gewesen, dann wärt Ihr jetzt bei ihm. Ihr wärt die letzten zwanzig Jahre bei ihm gewesen. Ihr habt die Liebe Eures Lebens aufgeben müssen, um auf diese verfluchte Suche zu gehen und mich zu finden. Man hat Euch geschickt. Ihr hattet keine Wahl, Ihr mußtet gehen. Es ist Eure Pflicht, und es hat Euch Eure Liebe gekostet und die Kinder, die Ihr vielleicht bekommen hättet. Das ist der Preis, den Ihr für mich bezahlt, und deshalb haßt Ihr mich.«

Schwester Verna saß da und starrte in die Luft. Weder sprach sie, noch rührte sie sich. Schließlich meinte sie: »Der Sucher, fürwahr.«

»Tut mir leid, Schwester Verna.«

»Du hast keinen Grund, Richard, dich entschuldigen zu müssen. Du weißt nicht, worüber du sprichst.« Langsam nahm sie das Kaninchen vom Feuer und legte es neben die Gerstenfladen auf den Blechteller. Einen Augenblick lang starrte sie hinaus ins Leere. »Wir sollten jetzt essen. Wir müssen aufbrechen.«

»Also schön. Aber Ihr solltet bedenken, daß ich dies nicht aus eigenem Entschluß getan habe. Ich habe Euch das nicht angetan. Sondern die Prälatin. Ihr solltet entweder auf sie wütend sein, oder, wenn Ihr Euch Eurer Pflicht, Eurem Schöpfer so verbunden fühlt, wie Ihr behauptet, dann solltet Ihr ihm mit Freuden dienen. Wie auch immer, aber hört auf, mir die Schuld zu geben.«

Sie öffnete den Mund und wollte etwas erwidern, machte sich dann jedoch am Stöpsel des Wasserschlauchs zu schaffen, bekam ihn schließlich heraus und nahm einen langen Schluck. Als sie fertig war, atmete sie mehrmals tief durch.

Ihr unerschütterlicher Blick traf den seinen. »Bald werden wir im Palast sein, Richard, doch zuerst müssen wir ein Land mit sehr gefährlichen Bewohnern durchqueren. Die Schwestern haben eine Übereinkunft mit ihnen getroffen, um es passieren zu können. Du wirst etwas für sie tun müssen. Du wirst es tun, oder es wird große Schwierigkeiten geben.«

»Was muß ich tun?«

»Du wirst jemanden für sie töten müssen.«

»Schwester Verna, ich versichere Euch eins, ich werde nicht …«

Ihr Zeigefinger schnellte aus ihrer geballten Faust, und sie bat sich Ruhe aus. »Wage es nicht, diesmal die Axt zu schwingen, Richard«, zischte sie. »Du hast keine Ahnung, welche Folgen das hätte.«

Sie erhob sich. »Mach die Pferde fertig. Wir müssen aufbrechen.«

Richard stand auf. »Wollt Ihr Euer Frühstück nicht?«

Sie überging seine Frage und trat dicht an ihn heran.

»Zum Streiten gehören zwei, Richard. Du bist ständig wütend auf mich, egal, was ich zu dir sage. Du ärgerst dich über mich. Du haßt mich, weil du glaubst, ich hätte dich gezwungen, den Halsring anzulegen. Aber das war ich nicht, und das weißt du. Kahlan hat dich dazu gezwungen. Ihretwegen trägst du den Rada'Han. Wäre sie nicht gewesen, wärst du nicht hier bei mir. Das ist der Preis, den du bezahlt hast, und deswegen haßt du mich.

Aber du solltest bedenken, daß ich dies nicht aus eigenem Entschluß getan habe. Ich habe dir dies nicht angetan. Sondern Kahlan. Du solltest entweder auf sie wütend sein, oder du solltest, wenn du ihr so ergeben bist, wie du behauptest, ihr den Wunsch mit Freuden erfüllen. Vielleicht hatte sie einen gewichtigen Grund dafür. Vielleicht hatte sie dein Wohl im Sinn. Wie auch immer, hör auf, mir die Schuld zu geben.«

Richard versuchte zu schlucken, aber es wollte ihm nicht gelingen.

5. Kapitel

Das blutrote Licht des sterbenden Tages fiel durch das Gerippe der Bäume, die den Grat des nächsten Kammes säumten. Der Blick ihrer grünen Augen löste sich von den verborgenen Stellen, an denen man vorgeschobene Posten aufgestellt hatte. Sie standen zu weit auseinander, sonst wäre sie hier, wo sie sich im Augenblick befand, nicht unbemerkt geblieben. Sie zählte die Männer Zeltreihe auf Zeltreihe durch, die sich auf dem Talboden unten entlangzogen. Fünftausend wäre großzügig geschätzt, entschied sie.

Links von ihr hatte man Pferde angepflockt, in der Nähe von Versorgungswagen, die alle sauber aufgereiht dastanden. Auf der gegenüberliegenden Seite des Tales hatte man Latrinen in den Schnee gegraben. Zwischen den Männern und den Versorgungswagen waren die Küchenwagen, wo schon für die Nacht zusammengepackt wurde. Über den Kommandozelten flatterten bunte Schlachtwimpel. Es war wahrscheinlich die ordentlichste Armee, die sie je im Feld gesehen hatte. Galeaner hatten einen Hang zur Ordnung.

»Sie sehen sehr freundlich aus«, meinte Chandalen mit ruhiger Stimme, »für Männer, die bald den Tod in der Schlacht finden werden.« Seine beiden Brüder gaben ihm mit nervösem Kichern recht.

Kahlan nickte geistesabwesend. Am Morgen hatten sie die Armee gesehen, die diese Männer verfolgten. Dort war nichts ordentlich gewesen. Sie hatten nicht freundlich ausgesehen. Und deren Wachen waren nicht zu weit auseinander postiert gewesen. Trotzdem war es Chandalen und den beiden Brüdern gelungen, sie nahe genug heranzuführen, so daß sie sehen konnte, was sie hatte sehen wollen, und um eine Schätzung vorzunehmen.

Sie hatte ihre Zahl auf fünfzigtausend geschätzt. Und das war keine großzügige Schätzung.

Sie stieß einen langen Seufzer aus, der als dünne, weiße Dunstwolke in der kalten Luft hing. »Ich muß es verhindern.« Sie schob sich ihren Rucksack und den Bogen auf den Rücken. »Gehen wir hinunter.«

Chandalen, Prindin und Tossidin folgten ihr, als sie mühsam den locker verschneiten Hang hinunterstapfte. Es hatte länger als erhofft gedauert, diese Männer einzuholen. Ein Schneesturm auf dem Jara-Paß hatte die vier zwei Tage lang aufgehalten, während der sie unter einer Launenfichte Schutz gesucht hatten. Launenfichten erinnerten Kahlan stets an Richard, und als sie in ihren Fellumhang gehüllt dagelegen und auf das Heulen den Windes gelauscht hatte, da hatte sie von ihm geträumt – im Schlaf und auch im Wachen.

Sie war wütend, daß sie auf ihrem Weg nach Aydindril so viel wertvolle Zeit vergeuden mußte, um diese Armee von ihrer selbstmörderischen Verfolgung jener Streitmacht abzuhalten, die Ebinissia zerstört hatte, doch als Mutter Konfessor durfte sie nicht zulassen, daß beinahe fünftausend Mann sinnlos in den Tod gingen. Sie mußte sie aufhalten, bevor sie der anderen Armee zu nahe kamen, jener, die Ebinissia geplündert hatte. Sie waren bereits jetzt zu nah. Am nächsten Tag würden sie mit Sicherheit auf sie stoßen.

Die Armee kam augenblicklich in Alarmbereitschaft, als die vier Gestalten in den Wolfsfellumhängen auf sie zumarschierten. Rufe wurden laut und setzten sich durch die Reihen nach hinten fort. Zeltklappen wurden zurückgeschlagen, und Männer strömten heraus. Schwerter wurden gezückt, und das Klirren von Stahl erfüllte die kalte Luft der Dämmerung. Männer mit Speeren kamen durch den Schnee gerannt. Männer mit Bögen gingen in Stellung, legten Pfeile ein. Eine Wand aus mehreren hundert Mann nahm zwischen ihr und den Kommandozelten Aufstellung. Weitere kamen im Laufschritt angerannt, streiften sich Kleidungsstücke über, riefen anderen, die sich noch in den Zelten befanden, etwas zu.

Kahlan und die drei Männer in ihrer Begleitung blieben stehen. Sie stand aufrecht da, reglos. Hinter ihr stützten sich Chandalen, Prindin und Tossidin faul auf ihre Speere.

Ein Mann im Offiziersrang kam, eine schwere, braune Jacke überstreifend, aus dem größten Zelt gestolpert. Er bahnte sich einen Weg durch den Wall aus Männern und brüllte zu den Bogenschützen hinüber, sie sollten ihre Pfeile zurückhalten. Zwei weitere Offiziere gesellten sich zu ihm, während er durch die Reihen der Verteidiger stakste. Im Näherkommen erkannte sie seinen Dienstgrad. Er war Hauptmann. Die beiden Männer neben ihm, einer auf jeder Seite, waren Leutnants.

Als er schließlich keuchend vor ihr stehenblieb, ließ sie die Kapuze ihres Umhangs nach hinten fallen. Ihr langes Haar fiel über das weiße Fell.

»Was soll die …« Plötzlich bekam der Hauptmann große Augen. Er und die beiden Leutnants sanken auf ein Knie.

Jeder Mann, so weit sie sehen konnte, fiel auf die Knie. Alles senkte den Kopf. Das Rascheln von Wolle, das Knarzen von Leder und das Geklirr von Stahl verstummte. Die drei Männer in ihrer Begleitung sahen sich verwundert an. Sie hatten noch nie gesehen, wie die Mutter Konfessor von jemand anderem als dem Volk der Schlammenschen begrüßt wurde. Das einzige Geräusch war das leise Knarren der Äste im kalten Wind.

»Erhebt euch, meine Kinder.«

Durch die Bewegung, als alles auf die Beine kam, lebte der Lärm erneut auf. Der Hauptmann stand auf und machte eine zackige Verbeugung aus der Hufte. Mit einem stolzen Lächeln richtete er sich wieder auf.

»Mutter Konfessor, was für eine Ehre!«

Ungläubig betrachtete Kahlan sein gleichmäßiges Kinn, sein welliges, hellbraunes Haar, seine klaren, blauen Augen, sein jugendliches, hübsches Gesicht.

»Ihr seid ja noch ein Kind«, sagte sie leise. Sie blickte sich um und sah die Hunderte, die Tausende strahlender Augen, die allesamt auf sie gerichtet waren. Sie war fassungslos. Sie spürte, wie ihr das Blut ins Gesicht stieg.

Sie ballte die Fäuste und bebte vor Zorn. »Ihr seid Kinder! Ihr seid alle Kinder!«

Der Hauptmann drehte sich mit einem verlegenen Gesichtsausdruck, der an Verletztheit grenzte, zu seinen Männern um. »Mutter

Konfessor, wir sind noch Rekruten, aber wir sind allesamt Soldaten der Galeanischen Armee.«

»Ihr seid alle Kinder«, sagte sie leise. »Kinder!«

Stille legte sich über die versammelten Rekruten. Die meisten sahen aus wie fünfzehn oder sechzehn. Der Hauptmann und seine beiden Leutnants traten von einem Fuß auf den anderen und senkten den Kopf. Einige der Männer konnten nicht anders, sie starrten Chandalen, Prindin und Tossidin unverhohlen an. Jemand wie sie war ihnen noch nicht zu Gesicht gekommen.

Kahlan packte den Hauptmann am Kragen und zerrte ihn davon. Den beiden Leutnants knurrte sie zu: »Ihr beide kommt mit.« Sie blickte wütend über ihre Köpfe hinweg. »Alle anderen machen da weiter, wo sie aufgehört haben!«

Es erhob sich ein Rasseln von Schwertern, die in ihre Scheiden, von Pfeilen, die in ihre Köcher zurückgesteckt wurden, während sie den Hauptmann außer Hörweite seiner Männer zerrte. Als sie die Bäume erreicht hatte, zog sie ihn zu einem umgestürzten Stamm und ließ ihn los, wobei sie ihn verärgert weiterstieß.

Kahlan ließ sich auf den schneebedeckten Stamm fallen, als wäre er ein Thron. Sie verschränkte die Arme. Chandalen stand zu ihrer Rechten, Prindin und Tossidin links von ihr. Sie bohrten die hinteren Enden ihrer Speere in den Boden und warteten schweigend.

»Wie heißt Ihr, Hauptmann?«

Der Angesprochene spielte mit einem Messingknopf an seiner offenen Jacke. »Ich heiße Bradley Ryan, Mutter Konfessor.« Dann sah er schnell zur Seite, zu dem Mann rechts von ihm. »Das ist Leutnant Nolan Sloan.« Er zeigte nach links. »Das ist Leutnant Flin Hobson.«

»Wie viele *Kinder* habt Ihr hier bei euch, Hauptmann Ryan?«

Er richtete sich ein wenig auf. »Mutter Konfessor, wir sind vielleicht jünger als Ihr, wenn auch nicht viel, und möglicherweise habt Ihr keine hohe Meinung von uns, aber wir sind Soldaten. Gute Soldaten.«

»Gute Soldaten.« Sie konnte sich kaum beherrschen, ihn nicht anzuschreien. »Wenn Ihr tatsächlich solch gute Soldaten seid, wieso konnte ich dann unbemerkt durch eure Postenkette spazieren?« Er wurde rot und hatte sichtlich Mühe, nichts zu erwidern. »Und gibt es einen einzigen unter diesen guten Soldaten, Euch eingeschlossen, der über achtzehn ist?«

Er preßte die Lippen aufeinander und schüttelte den Kopf.

»Dann wiederhole ich, wie viele Kinder habt Ihr hier bei Euch?«

»Viereinhalbtausend stehen unter meinem Kommando.«

»Und wißt Ihr, Hauptmann Ryan, daß Ihr kurz davor steht, in eine Streitmacht hineinzustolpern, die zehnmal so groß ist wie die Eure?«

Hauptmann Ryan zog die Augenbrauen hoch, und über die eine Seite seines Gesichts spielte ein Kleinjungengrinsen. »Wir werden in niemanden ›hineinstolpern‹, Mutter Konfessor. Wir werden sie in Kürze einholen. Wir verfolgen sie schon seit einiger Zeit. Ich denke, morgen werden wir sie erreicht haben.«

Sie blickte ihn finster an. »Sie erreicht haben? Morgen, hätte ich Euch nicht eingeholt, junger Mann, würdet Ihr und alle Eure ›Männer‹ sterben. Ihr habt keine Ahnung, um was für eine Armee es sich handelt, die Ihr im Begriff steht zu ›erreichen‹?«

Er hob sein Kinn. »Wir wissen, wen wir verfolgen. Wir haben Späher, müßt Ihr wissen. Ich bekomme Berichte.«

Kahlan sprang auf die Beine, reckte ihren Arm vor und zeigte nach rechts. »Auf der anderen Seite dieses Berges warten fünfzigtausend Mann.«

»Zweiundfünfzigtausend und ein paar hundert.« Er zuckte mit den Achseln. »Wir sind nicht dumm. Wir wissen, was wir tun.«

Sie ließ ihren Arm sinken und funkelte ihn wütend an. »Ach, tatsächlich? Und was genau habt Ihr vor, wenn Ihr sie einholt?«

Hauptmann Ryan beugte sich lächelnd vor. Er war überzeugt, ihr beweisen zu können, daß er tatsächlich wußte, was er tat. »Nun, sie werden in Kürze auf eine Gabelung der Paßstraße stoßen. Dort hinauf werde ich einen Trupp schicken, der sie umgeht und sie aus beiden Gabelungen heraus angreift. Sie werden glauben, von einer großen Streitmacht angegriffen zu werden. Wir werden sie hierher zurückdrängen und sie erwarten. Hinter dem Engpaß, ein Stück weiter vorn.

Dann werden wir uns bis hierher zurückziehen, bis zum Engpaß, uns dann teilen, sie hineinlassen, bis sie nirgendwo mehr hinkönnen. Die Lanzenträger werden massiert an der engsten Stelle stehen, sie bilden das, was man einen Amboß nennt. Bogenschützen auf den Seiten werden den Feind in der Mitte binden. Die Streitmacht, die sie vor sich hertreibt, nennt man Hammer.« Sein Feixen wurde breiter. »Wir werden sie dazwischen aufreiben.«

Er machte eine beiläufige Handbewegung und richtete sich ein Stück weiter auf. »Eine klassische Taktik. Man nennt sie Hammer und Amboß.«

Kahlan starrte ihn sprachlos an. »Ich weiß, wie man sie nennt, junger Mann. Der Hammer und Amboß ist ein kühnes Manöver ... unter günstigen Bedingungen. Gegen eine Streitmacht, die Euch zehnfach überlegen ist, ist er mehr als tollkühn. Ihr seid ein Dachs, der versucht, einen Ochsen in einem Stück zu verschlucken.«

»Wie man uns beigebracht hat, kann auch eine kleine Streitmacht aus guten Soldaten, die im richtigen Augenblick und entschlossen handelt, an einem engen Ort wie diesem Tal ...«

»Gute Soldaten? Glaubt Ihr, das hat bei den Seelen irgendein Gewicht? Ist das die Annahme, zu der Euch Euer Stolz und Eure Vermessenheit verleitet?« Der Blick des Hauptmanns sank zu Boden. »Man kann einen Felsbrocken nicht mit einem Stöckchen aushebeln! Die einzige Möglichkeit, sie hierher zurückzutreiben, besteht darin, ihnen Angst zu machen.« Sie streckte den Arm aus und zeigte erneut in Richtung Feind. »Das sind erfahrene, kampfgestählte Männer! Sie ziehen schon lange kämpfend und mordend durch das Land. Glaubt Ihr, die wissen nicht, was ein Hammer und Amboß ist? Glaubt Ihr, die sind dumm, nur weil es Feinde sind?«

»Nein, natürlich nicht, aber ...«

Sie tippte ihm mit dem Finger auf die Brust und schnitt ihm das Wort ab. »Soll ich Euch erklären, was geschehen wird, Hauptmann? Ihr habt nicht genug Männer, um sie vor euch herzutreiben. Wenn Ihr diese Unterabteilung um sie herumschickt, werden sie Euch den Gefallen tun und sich ein Stück bewegen, und dabei werden sie sich teilen und Eure Truppen hereinlassen. Das nennt man Nußknacker. Jetzt ratet mal, wer die Nuß ist.

Dann werden sie sich in Bewegung setzen. Das Ziel ist Euer Amboß. Sie werden sein wie Hunde, die Blut gerochen haben. Nachdem sie Euern Hammer aufgerieben haben, wird sie nichts mehr zurückhalten können, nichts wird ihre Flanken daran hindern können, sich zu schließen, während sie vordringen. Sie verfügen über Kampferfahrung und wissen genau, was sie tun.

Sie werden Eure Lanzenträger und Eure Bogenschützen aufspalten und sie von den Schwertkämpfern abschneiden. Ein von Schilden geschützter Keil wird in die Lanzenträger getrieben werden. Halbmonde auf den Seiten werden sie umschließen. Ihre gepanzerte Kavallerie wird Eure Bogenschützenflanken im Sturmangriff niedermähen, welche zu diesem Zeitpunkt über keine Lanzenträger mehr verfügen, die dem Ansturm etwas von seiner Wucht nehmen könnten. Ihr alle werdet tapfer kämpfen, aber Ihr werdet vielleicht zwanzig zu eins unterlegen sein, weil Ihr bereits einen Teil Eurer Männer für den Hammer geopfert habt. Und die werden zu diesem Zeitpunkt bereits alle tot sein.

Um eine größere Streitmacht zu bekämpfen, müßt Ihr sie aufteilen und sie Stück für Stück besiegen. Ihr dagegen hättet genau das Gegenteil getan. Ihr hättet Euch für sie geteilt, so daß sie eine Hälfte nach der anderen töten können. In aller Ruhe.«

Der Hauptmann gab sich noch nicht geschlagen. »Wir sind gut darin, den Feind zu täuschen. Ihr wißt nicht, wir gut wir sind. Wir sind keine Anfänger.«

»Jedes einzelne dieser Kinder unter Euerm Kommando wird sterben! Habt Ihr jemals einen Menschen sterben sehen, Hauptmann? Nicht einen alten Mann im Bett, sondern im Kampf? Man wird euch mit Speeren durchbohren, mit Pfeilen durch die Augen schießen. Schwerthiebe werden euch die Arme abhacken, die Rippen spalten. Klingen werden euch die Bäuche aufschlitzen, und eure Eingeweide werden sich auf den kalten Erdboden ergießen.

Gesichter, die Ihr kennt, Eure Freunde, diese Kinder, werden voller Panik zu Euch aufschauen, während sie an ihrem eigenen Erbrochenen und Blut ersticken. Andere werden kreischend um Hilfe flehen, wenn Euer Feind durch die auf dem Boden liegenden Verwundeten geht, sie ausweidet und ihnen einen grauenhaften Tod beschert. Wer sich ergibt, wird hingerichtet, während Euer Feind tanzend und singend den großen Sieg feiert, den er gerade errungen hat.«

Endlich hob Hauptmann Ryan den Kopf. Seine Leutnants blickten immer noch zu Boden. »Ihr hört Euch an wie Prinz Harold, Mutter Konfessor. Er hat mir bei mehreren Gelegenheiten fast die gleiche Ansprache gehalten.«

»Prinz Harold ist ein kluger Soldat.«

Hauptmann Ryan schloß zwei der Messingknöpfe auf seiner dunkelbraunen Wolljacke. »Aber das ändert nichts an meinem Entschluß. Von allen unseren Möglichkeiten ist der Hammer und Amboß die beste Chance, die wir gegen sie haben. Ich glaube, es kann gelingen. Wir haben keine andere Wahl.«

Chandalen beugte sich vor und sagte in seiner Sprache: *»Mutter Konfessor, diese Männer sind bereits so gut wie tot. Wir sollten uns von ihnen fernhalten, um nicht von ihrer Torheit angesteckt zu werden. Sie werden bis auf den letzten Mann sterben.«*

Der Hauptmann runzelte die Stirn. »Was hat er gesagt?«

Kahlan beugte sich zum jungen Hauptmann vor. »Er sagt, morgen werdet ihr alle sterben.«

Hauptmann Ryan betrachtete Chandalen von Kopf bis Fuß. »Was weiß der denn schon von Schlachten? Er ist doch bloß ein Eingeborener aus der Wildnis.«

Kahlan zog die Augenbrauen hoch. »Ein Eingeborener? Er ist ein ziemlich kluger Mann. Er spricht zwei Sprachen. Seine und unsere.« Hauptmann Ryan schluckte. »Und er hat in Schlachten gekämpft. Er hat Männer getötet. Wie viele Männer habt Ihr getötet, Bradley?«

Er warf seinen beiden Leutnants einen Blick zu. »Na ja, noch keinen, schätze ich. So hört doch, es tut mir leid. Ich wollte niemanden beleidigen, aber über den Krieg weiß ich Bescheid.«

»Was weißt du schon vom Krieg, Kind?« fragte sie leise.

»Wir sind alles Freiwillige. Ich habe mich vor drei Jahren gemeldet. Kaum einer dieser Männer hier hat weniger als ein Jahr auf dem Buckel. Wir haben alle hart trainiert. Prinz Harold höchstpersönlich hat mit uns gearbeitet und uns in Taktik unterrichtet. Mehrere Male haben wir Manövergefechte gegen ihn gewonnen. Wir sind vielleicht jung, aber wir haben Erfahrung. Dieser Feldzug ist die abschließende Probe vor unserem eigentlichen Auftrag. Wir sind jetzt fast einen Monat im Feld, üben uns in Kriegsspielen und Schlachttaktiken. Wir wissen, was uns bevorsteht. Daß wir jung sind, bedeutet noch lange nicht, daß wir nicht kämpfen können. Wir sind vielleicht jung, aber das bedeutet auch, daß wir stark sind.«

Chandalen mußte lachen. »Stark? Ihr reist wie Frauen.« Er räusperte sich, als Kahlan ihn erstaunt ansah. »Nun ja, wie manche Frauen. Ihr seid nicht so stark, wie ihr glaubt. Ihr seid verweichlicht. Ihr habt Karren, auf denen ihr eure Ausrüstung transportiert. Das hat euch verweichlicht. Ihr werdet morgen sterben.«

Kahlan wandte sich wieder an die drei Soldaten. »Mein Freund irrt sich. Ihr werdet morgen nicht sterben.«

Die Miene des Hauptmanns hellte sich auf. »Wir werden nicht sterben? Dann glaubt Ihr also an uns?«

Sie schüttelte den Kopf. »Ihr werdet morgen nicht sterben, weil ich das nicht zulassen werde. Ich werde euch zurückschicken. Ihr werdet Eure Division zu Eurer Kommandoeinheit zurückführen. Das, Hauptmann ist ein Befehl. Ich befinde mich auf dem Weg nach Aydindril, um mich um diese Angelegenheit zu kümmern. Ich werde dieser Armee aus Mördern Einhalt gebieten.«

Hauptmann Ryans Miene versteinerte. »Es gibt keine Kommandoeinheit, zu der wir zurückkehren könnten. Sie wurde in Ebinissia aufgerieben. Wir wurden dort ausgebildet, befanden uns jedoch im Manöver. Wir haben die Fährte derer aufgenommen, die das getan haben, und werden sie verfolgen.«

»Eure Soldaten in Ebinissia waren um ein Vielfaches stärker als ihr, und sie wurden von der Streitmacht, die ihr verfolgt, vernichtend geschlagen.«

»Das ist uns bekannt. Wir haben mit diesen Männern unter einem Dach gelebt, gegessen und geschlafen. Sie waren unsere Ausbilder. Sie waren unsere Brüder, unsere Väter. Sie waren unsere Freunde und Kameraden.« Er verlagerte sein Gewicht, räusperte sich und versuchte das Brechen seiner Stimme zu verhindern. »Wir hätten dort bei ihnen sein sollen. Wir hätten dort sein sollen und ihnen beistehen.«

Kahlan kehrte den drei galeanischen Soldaten den Rücken zu. Sie legte die Finger an die Schläfen, schloß die Augen und rieb sie in kleinen Kreisen. Die Sorge, all diese jungen Männer könnten hingemetzelt werden, bereitete ihr Kopfzerbrechen. Sie trauerte um die Freunde dieser Männer, um die Freunde und Kameraden, die bei der Verteidigung ihrer Stadt umgekommen waren. Die Gesichter der jungen Frauen zogen an ihrem inneren Auge vorbei.

Kahlan machte auf dem Absatz kehrt und sah dem jungen Hauptmann in die Augen. Augen, die, wie sie jetzt sah, mehr gesehen hatten, als sie zunächst angenommen hatte.

»Ihr wart es«, sagte sie leise. »Ihr wart es, der die Türen geschlossen hat. Ihr habt die Türen im Palast geschlossen. Die Türen zu den Gemächern der Königin und ihrer Hofdamen.«

Er schluckte, dann nickte er. Seine blauen Augen waren feucht. Seine Unterlippe bebte. »Warum haben sie so etwas Schreckliches getan?«

Kahlans Antwort war voller Sanftmut. »Es ist das Ziel eines Soldaten, seine Feinde zu unüberlegten Handlungen zu verleiten. Er macht ihnen angst oder macht sie wütend, damit sie nicht mehr nachdenken. Eure Feinde haben das erreicht, indem sie Angst in eure Herzen gepflanzt haben, doch mehr noch, indem sie euch so wütend gemacht haben, daß ihr eine solche Torheit begeht, die es ihnen erlaubt, euch ebenfalls zu töten.«

»Diese Männer, die wir jagen, haben das verbrochen. Wir haben kein Kommando, zu dem wir zurückkehren können. Jetzt liegt es an uns.«

»Das ist die Torheit, zu der sie Euch verleiten wollen. Ihr werdet es nicht tun. Ihr werdet zu einem anderen Kommandoposten gehen. Ihr werdet diese Armee nicht angreifen.«

»Mutter Konfessor, ich bin Soldat und habe geschworen, Galea und den Midlands zu dienen. Niemals in meinem Leben, so jung es Eurer Ansicht nach auch sein mag, ist mir der Gedanke gekommen, meinen Befehlshabern, meiner Königin oder der Mutter Konfessor nicht zu gehorchen.« Hauptmann Ryan ergriff ihr Handgelenk mit Daumen und Zeigefinger und legte sich ihre Hand auf die Schulter. »In diesem Fall jedoch, muß ich Euch den Gehorsam verweigern. Wenn Ihr wollt, könnt Ihr mich mit Eurer Kraft bezwingen, aber ich werde nicht freiwillig tun, was Ihr verlangt.«

Zum ersten Mal meldete sich Leutnant Sloan zu Wort. »Und dann werdet Ihr mich bezwingen müssen, denn ich werde seinen Platz einnehmen und unsere Männer in den Kampf führen.«

Leutnant Hobson trat vor. »Und dann werdet Ihr mich bezwingen müssen.«

»Nach uns dreien«, fuhr Hauptmann Ryan fort, »werdet Ihr dann die Offiziere durchgehen müssen und schließlich jeden einzelnen der Männer. Wenn nur einer übrig ist, so wird er angreifen und, falls nötig, im Kampf sterben.«

Sie zog ihre Hand zurück. »Ich werde vor den Zentralrat treten und mich dieser Angelegenheit annehmen. Was Ihr vorhabt, kommt einem Selbstmord gleich.«

»Mutter Konfessor, wir werden angreifen.«

»Wozu? Um des Ruhmes willen? Wollt Ihr Helden sein, die die Ermordeten rächen? Wollt Ihr in glorreichem Kampf fallen?«

»Nein, Mutter Konfessor«, meinte er ruhig. »Wir haben gesehen, was diese Männer in Ebinissia unter Frauen und Kindern für Leid angerichtet haben. Viele der Männer unter meinem Kommando hatten dort Mütter und Schwestern. Wir alle haben gesehen, was man ihnen angetan hat, und was man unseren Vätern und Brüdern angetan hat. Unserem Volk.«

Er nahm Haltung an und blickte ihr voller Entschlossenheit in die Augen. »Wir tun dies nicht um des Ruhmes willen, Mutter Konfessor. Wir wissen, daß es ein Selbstmordkommando ist. Aber wir stehen alle allein da. Wir haben keine Familien mehr, die wir ohne Vater zurücklassen könnten. Wir tun es, weil diese Männer zur nächsten Stadt weiterziehen und den Menschen dort das gleiche Leid zufügen werden, das sie in Ebinissia angerichtet haben. Wir tun es, um sie aufzuhalten, wenn wir können.

Wir haben bei unserem Leben geschworen, unser Volk zu beschützen. Wir können uns unserer Verantwortung nicht entziehen. Wir müssen angreifen und versuchen, diese Männer aufzuhalten, bevor sie weitere unschuldige Menschen töten. Ich bete zu den Guten Seelen, daß Ihr in Aydindril erfolgreich sein werdet, doch das wird trotzdem zu lange dauern. Wie viele Städte sollen noch geplündert werden, bevor Ihr die Midlands dazu bringen könnt, gegen diese Männer vorzugehen? Eine Stadt wäre bereits zuviel. Wir sind die einzigen, die Kontakt zu diesen Mördern haben. Unser Leben ist alles, was zwischen ihnen und ihren nächsten Opfern steht.

Mit meinem Diensteid habe ich geschworen, den Schutz meines Volkes über alles zu stellen – egal, welche Wahl sich mir bietet, egal wie die Befehle lauten. Aus diesem Grund bin ich gezwungen, Euch den Gehorsam zu verweigern, Mutter Konfessor – nicht wegen des Ruhms, sondern um die Wehrlosen zu beschützen. Ich wünsche mir Euern Segen in dieser Angelegenheit, aber ich werde versuchen, diese Männer aufzuhalten, ob Ihr mir Euern Segen erteilt oder nicht.«

Sie sank auf den Baumstamm zurück, starrte in die Ferne und dachte über die drei Soldaten nach. Die sechs Männer warteten schweigend. Kinder, in der Tat. Sie waren älter, als sie gedacht hatte. Und sie hatten recht.

Es würde noch immer eine Weile dauern, nach Aydindril zu gelangen, und noch länger, eine Armee aufzustellen, die diese Mörder zu Strecke brachte. In der Zwischenzeit würde das Morden weitergehen. Wie viele Menschen mußten sterben, während sie auf Hilfe des Zentralrats warteten?

Wenn sie in diesem Augenblick nur jemand anderes hätte sein können als die Mutter Konfessor. Sie verwarf ihre persönlichen Gefühle und überdachte das Problem, wie es sich für die Mutter Konfessor gehörte. Sie wog die Menschenleben, die vergeudet, gegen die, die gerettet werden würden, ab.

Kahlan erhob sich und wandte sich an Chandalen. *»Wir müssen diesen Männern helfen.«*

Chandalen faßte den Speer höher und beugte sich zu ihr vor. *»Mutter Konfessor, diese Soldaten sind törichte Kinder, und sie wer-*

den sterben. Wenn wir bei ihnen bleiben, werden sie einen Feuersturm des Tötens rings um uns entfachen. Wir werden zusammen mit ihnen getötet werden. Sie werden ohnehin sterben, und du kommst nicht nach Aydindril.«

»Chandalen, diese jungen Männer sind wie die Schlammenschen. Sie machen Jagd auf ihre Jocopo. Wenn wir ihnen nicht helfen, werden noch mehr Menschen sterben, wie wir es in der Stadt gesehen haben.«

Prindin beugte sich vor. *»Mutter Konfessor, wir erfüllen dir jeden Wunsch, aber es gibt keinen Weg, wie wir diesen Jungen helfen können. Wir sind nur zu viert.«*

Tossidin nickte. *»Und dann würdest du deine Pflicht, nach Aydindril zu gehen, nicht erfüllen. Ist das nicht wichtig?«*

»Natürlich ist es das.« Sie strich sich eine Strähne aus dem Gesicht. *»Aber was wäre, wenn diese Armee, die jeden in dieser Stadt umgebracht hat, als nächstes zu den Schlammenschen zöge? Würdet ihr mir nicht helfen wollen, wenn es euer Volk wäre, das sie als nächstes ermorden wollten?«*

Die drei Männer richteten sich auf. Sie drehten ihre Speere in den Händen, dachten nach und warfen gelegentlich einen Blick über die Schulter auf die drei Soldaten, die ebenfalls schweigend dastanden.

»Was würdet ihr tun, um diesen Feind zu besiegen?« fragte sie, während sie ihren Blick zwischen den dreien hin und her wandern ließ. *»Vorausgesetzt, ihr hättet keine andere Wahl?«*

Endlich beugte sich Tossidin wieder nach vorne. *»Es sind zu viele. Es ist nicht möglich.«*

Chandalen verpaßte Tossidin einen zornigen Klaps gegen die Schulter. *»Wir sind Krieger der Schlammenschen! Wir sind klüger als diese Männer, die in Karren fahren und Frauen ermorden. Glaubst du etwa, das sind bessere Krieger als wir?«*

Die beiden Brüder scharrten mit den Füßen und sahen zur Seite. *»Gut«*, meinte Prindin, *»wir wissen, so wie sie es anstellen wollen, werden sie nur getötet werden. Es gibt bessere Wege.«*

Chandalen lächelte. *»Natürlich gibt es die. Die Seelen haben meinem Großvater beigebracht, wie man so etwas macht. Der hat es* *meinem Vater beigebracht und mein Vater mir. Die Zahlen sind vielleicht größer, doch das Problem ist das gleiche. Wir wissen besser als diese Männer, was zu tun ist.«* Er sah Kahlan an. *»Auch du weißt besser als diese Männer, was zu tun ist. Du weißt, daß man nicht so kämpfen darf, wie es der Feind will. Aber genau das haben diese Männer vor.«*

Kahlan lächelte ihn an und nickte. *»Vielleicht kann ich diesen Männern helfen, weitere unschuldige Menschen zu beschützen.«*

Sie wandte sich an Hauptmann Ryan. Er hatte sie beobachtet, als sie in einer fremden Sprache mit den drei seltsamen Männern gesprochen hatte.

»Also gut, Hauptmann. Wir werden diese Armee verfolgen.«

Er faßte sie bei den Schultern. »Danke, Mutter Konfessor!« Dann stellte er erschrocken fest, daß er sie tatsächlich berührt hatte, riß die Hände mit einem Ruck zurück und rieb sie sich. »Wir werden es schaffen. Ihr werdet sehen. Wir sind ihnen über. Wir werden sie überraschen und bekommen sie alle vor die Lanze.«

Sie beugte sich zu ihm vor. Er wich zurück. »Sie überraschen? Sie überraschen!« Sie packte ihn am Kragen und zog sein Gesicht näher. »Sie haben einen Zauberer, Idiot!«

Das Gesicht des Hauptmanns wurde blaß. »Einen Zauberer?« fragte er tonlos.

Sie ließ seinen Kragen los und stieß ihn verärgert von sich. »Ihr wart doch in Ebinissia. Habt Ihr das durch die Mauer geschmolzene Loch nicht gesehen?«

»Ich ... ich habe wohl nicht darauf geachtet. Ich habe nur all die Toten gesehen.« Sein Blick fuhr umher, so, als sähe er sie jetzt erneut vor sich. »Sie waren überall.«

Sie nahm sich zusammen, als sie seinen gequälten Gesichtsausdruck sah. »Ich verstehe. Es waren Eure Freunde, Eure Familie. Ich kann verstehen, wieso es Euch vielleicht nicht aufgefallen ist. Aber für einen Soldaten ist das keine Entschuldigung. Ein Soldat muß alles sehen. Es kann Euch das Leben kosten, wenn Ihr Einzelheiten übersieht, Hauptmann. Dies ist ein gutes Beispiel dafür, wie eine Kleinigkeit einen ins Verderben stürzen kann.«

Er schluckte, dann nickte er. »Ja, Mutter Konfessor.«

»Wollt Ihr die Männer töten, die Ebinissia zerstört haben?« Die drei Soldaten bejahten dies laut und deutlich. »Dann werde ich das Kommando über dieses Heer übernehmen. Wenn Ihr die Männer hier oben aufhalten wollt, müßt Ihr tun, was ich sage. Und was Chandalen, Prindin und Tossidin sagen.

Ihr kennt Euch vielleicht mit Taktiken aus, wir dagegen wissen, wie man Menschen tötet. Hier geht es nicht um eine Schlacht, Hauptmann, hier geht es darum, Menschen zu töten. Wir werden Euch nur helfen, wenn Ihr diese Männer wirklich aufhalten wollt. Solltet Ihr jedoch an einer Schlacht interessiert sein, dann werden wir Euch augenblicklich verlassen, damit Ihr Euch niedermetzeln lassen könnt.«

Hauptmann Ryan fiel auf ein Knie. Die beiden Leutnants folgten seinem Beispiel. »Mutter Konfessor, es wäre mir die allergrößte Ehre, unter Euch zu dienen. Mein Leben und das Leben jedes einzelnen meiner Männer gehört Euch. Wenn Ihr wißt, wie man diese Soldaten daran hindert, weitere Menschen zu ermorden, werden wir tun, was immer Ihr verlangt.«

Sie nickte den drei knienden Männern zu. »Dies ist nicht irgendein Kriegsspiel, Hauptmann. Damit wir gewinnen, muß jeder einzelne Mann genau das tun, was ihm befohlen wird. Wer sich unseren Anweisungen nicht fügt, der hilft dem Feind. Das ist Verrat. Wenn Ihr diese Männer aufhalten wollt, müßt Ihr alle Eure Befehlsgewalt an mich abtreten – und Ihr könnt Eure Meinung auch nicht ändern, wenn die Aufgabe grausam wird. Habt Ihr das verstanden?«

»Ja, Mutter Konfessor. Ich habe verstanden.«

Sie sah zu den anderen beiden hinüber. »Und Ihr?«

»Es ist mir eine Ehre, unter Euch zu dienen, Mutter Konfessor.«

»Und mir ebenfalls, Mutter Konfessor.«

Kahlan gab ihnen ein Zeichen, sich zu erheben, dann zog sie ihren Fellmantel fester um sich. »Ich muß nach Aydindril. Das ist von allergrößter Wichtigkeit, ich werde Euch jedoch helfen, einen Anfang zu machen. Wir werden Euch erklären, wie man vorgehen muß. Ich kann Euch höchstens ein oder zwei Tage geben. Wir werden

Euch helfen, mit dem Töten zu beginnen, dann müssen wir aufbrechen.«

»Was ist mit dem Zauberer, Mutter Konfessor?«

Kahlan sah ihn unter ihren Brauen hervor an. »Den Zauberer überlaßt mir. Habt Ihr verstanden? Er gehört mir. Ich werde mich um ihn kümmern.«

»Also gut. Was sollen wir als erstes tun?«

Kahlan trat zwischen den Hauptmann und einen seiner Leutnants. »Als erstes müßt Ihr mir ein Pferd besorgen.«

Chandalen sprang vor, packte sie am Arm und hielt sie zurück, während er seinen Kopf dicht an ihren heranschob. Seine Stimme klang zornig, voller Argwohn. »Wozu brauchst du ein Pferd? Wo willst du hin?«

Sie blieb stehen und riß ihren Arm los. Dann musterte sie alle sechs Männer genau. »Habt Ihr irgendeine Vorstellung, was ich jetzt vorhabe? Ich bin die Mutter Konfessor. Wenn ich Parteien bilde, dann für die Gesamtheit der Midlands. Ich führe die gesamten Midlands in den Krieg.« Sie sah Chandalen in die Augen. »Auf das Wort dieser Männer allein kann ich das nicht tun.«

Chandalen bekam einen Wutanfall. »Wie viele Beweise brauchst du noch? Du hast gesehen, was sie in der Stadt angerichtet haben!«

»Was ich gesehen habe, spielt keine Rolle. Ich muß den Grund wissen. Ich kann nicht einfach so den Krieg erklären. Ich muß wissen, wer diese Männer sind und für wen sie kämpfen.« Sie hatte noch einen anderen Grund, zu ihnen zu gehen, einen wichtigeren Grund, doch den verriet sie nicht.

»Sie sind die Mörder!«

»Du hast auch schon Menschen getötet. Möchtest du nicht, daß andere den Grund kennen, bevor sie Rache nehmen?«

»Törichtes Weib!« Prindin legte Chandalen die Hand zur Warnung auf den Arm und versuchte ihn zu ein wenig Besonnenheit in seinen Äußerungen zu veranlassen. Chandalen riß wütend seinen Arm los. »Du behauptest, diese Männer seien töricht, dabei sind es Tausende. Du bist allein! Du hast keine Chance zu entkommen, sollten sie beschließen, dich zu töten!«

»Ich bin die Mutter Konfessor. Niemand darf die Waffe gegen mich erheben.«

Dies war, wie sie selbst wußte, eine absurde Ausrede, doch sie mußte es tun, und es fiel ihr keine andere Rechtfertigung ein, um ihm seine Sorge zu nehmen. Chandalen brachte vor Wut kein Wort hervor. Schließlich wandte er sich knurrend ab. In der Vergangenheit wäre er verärgert gewesen, weil er nicht nach Hause zurück konnte, wenn sie getötet wurde. Jetzt hatte er vielleicht tatsächlich Angst um sie.

Ihr behagte die Vorstellung ebensowenig, doch sie hatte keine Wahl. Sie war die Mutter Konfessor. Sie stand den Midlands gegenüber in der Pflicht.

»Leutnant Hobson, beschafft mir bitte ein Pferd. Wenn möglich, einen Schimmel oder einen Grauschimmel.« Er nickte und eilte davon, um ihr den Wunsch zu erfüllen. »Hauptmann, ich möchte, daß Ihr alle Eure Männer zusammenruft und ihnen erklärt, was geschehen soll.«

Chandalen hatte ihr den Rücken zugewandt. Sie strich mit der Hand über das weiße Fell auf seiner Schulter und über das Knochenmesser seines Vaters. *»Du kämpfst jetzt für die Midlands, nicht nur für die Schlammenschen.«* Er brummte mißgelaunt. »Während ich fort bin, möchte ich, daß ihr drei damit beginnt, diesen Männern zu erklären, was getan werden muß. Ich hoffe, vor Anbruch der Dämmerung zurück zu sein.«

Als sie Hobson mit dem Pferd zurückkommen sah, drohten ihre Knie nachzugeben. Bei allen guten Seelen, worauf hatte sie sich nur eingelassen?

Sie drehte sich um und sah Hauptmann Ryan an. »Sollte ich … wenn irgend etwas …« Sie atmete durch und begann noch einmal. »Falls ich mich verlaufe und den Weg zurück nicht finde, hat Chandalen den Befehl. Habt Ihr verstanden? Ihr werdet tun, was er sagt.«

»Ja, Mutter Konfessor«, antwortete er mit ruhiger Stimme und schlug sich die Faust zum Gruß aufs Herz. »Mögen die guten Seelen mit Euch sein.«

»Nach meinen Erfahrungen nehme ich lieber ein schnelles Pferd.«

»Dann ist Euer Wunsch erfüllt«, meinte Leutnant Hobson. »Nick ist schnell, und er ist wild. Er wird Euch nicht im Stich lassen.«

Der Hauptmann half ihr auf das mächtige Schlachtroß. Sie blickte auf die Männer hinab, als sie dem Grauschimmel zum Kennenlernen einen Klaps auf den Hals gab. Nick schnaubte und warf den Kopf zurück. Bevor sie der Mut verließ, riß sie den mächtigen Hengst herum und trieb ihn auf die Hänge zu, über einen Pfad, auf dem sie das feindliche Lager umgehen und es dann von der anderen Seite her betreten konnte.

6. Kapitel

Ringsum ragten die schneeverkrusteten Bäume bedrohlich im gespenstischen Licht auf. Der Mond würde bald untergehen, im Augenblick jedoch verlieh er dem Schnee ein kaltes Leuchten, in dem der Weg leicht auszumachen war. Sie ließ ihr Pferd in das offene Tal hineintraben und war fast froh darüber, die bedrückenden Bäume hinter sich zu lassen, die gute Verstecke für einen Hinterhalt boten. Sie versuchte nicht, ihr Näherkommen zu verheimlichen, und die Posten sahen sie, machten aber keine Anstalten, eine einsame Reiterin anzuhalten.

Vor ihr lag das Lager, ein Gewitter aus Feuern, Männern und Lärm. Es war so groß wie eine kleine Stadt und daher nicht zu übersehen und meilenweit zu hören. Man verließ sich auf seine große Zahl und hatte keine Angst, angegriffen zu werden.

Die Kapuze ihres Fellmantels hochgezogen und um das Gesicht zusammengezurrt, führte Kahlan Nick durch Männer, Karren, Pferde, Maultiere, Zelte, Ausrüstungsgegenstände und lodernde Feuer. Sie saß hoch zu Roß und konnte trotz des Lärms ihr Herz fast pochen hören. Die stehende Luft war angefüllt vom kräftigen Duft gebratenen Fleisches und von Holzrauch. Zehntausende von Füßen, von Mensch und Tier gleichermaßen, sowie Karren aller Art hatten den Schnee niedergewalzt und zu einer festen Schicht zusammengepreßt.

Rings um die Feuer hatten sich Männer zum Trinken, Essen und Singen versammelt. Man hatte Lanzen zu Kegeln aneinandergestellt. Überall ragten diese Lanzen aus Schneewehen heraus und sahen aus wie abgerindete Schößlinge. Überall sprossen Zelte ohne erkennbare Ordnung aus dem Boden.

Männer streiften umher, stolperten von einem Feuer zum nächsten, um das Essen zu kosten, sich singend um Männer mit Flöten zu scharen, ein Würfelspiel zu riskieren oder an dem Trinkgelage teilzunehmen. Die meisten waren offenbar mit dem Trinken beschäftigt.

Niemand achtete auf sie. Offenbar waren sie zu vertieft, um sie zu bemerken. Sie ließ ihr Pferd weitertraben und hatte die, die tatsächlich starren Blicks den Kopf hoben, längst passiert, bevor sie Gelegenheit fanden, sich über das Geschehene zu wundern. Im gesamten Lager herrschte lärmende Betriebsamkeit. Ihr Schlachtroß allerdings zuckte angesichts des Höllenlärms ringsum nicht einmal mit den Ohren.

Aus einigen der Zelte in der Ferne hörte sie die Schreie von Frauen, gefolgt von derbem, männlichem Grölen. Obwohl sie sich dagegen sträubte, kroch ihr ein Frösteln den Rücken hinauf.

Kahlan wußte, das Armeen wie diese von Marketenderinnen begleitet wurden, die zusammen mit dem Troß zogen. Sie wußte auch, daß Armeen wie diese Frauen als Teil ihrer Beute ansahen, ganz so, wie man einem Toten einen Ring abnimmt, sie kaum höher im Wert einschätzten. Was immer die Gründe für die Schreie waren – gespieltes Entzücken oder echtes Entsetzen –, sie versuchte, sie zu überhören und richtete ihr Augenmerk statt dessen auf die Männer, an denen sie vorüberritt.

Zuerst erkannte sie ausschließlich Truppen aus D'Hara. Sie kannte ihre Leder- und Kettenhemden und ihre gepanzerten Uniformen nur zu gut. Jeder der Brustharnische trug den verzierten, ins Metall getriebenen Buchstaben *R* des Hauses Rahl. Bald darauf jedoch entdeckte sie die ersten Keltonier zwischen den D'Haranern. Sie sah eine Gruppe von Soldaten aus Westland, die sich gegenseitig die Arme um die Schultern gelegt hatten, im Kreis tanzten und dabei aus großen Krügen tranken. Sie sah auch Soldaten aus anderen Ländern, ein paar aus Nicobarese, einige Sandarianer und, zu ihrem Entsetzen, eine Handvoll Galeaner. Vielleicht, so überlegte sie, waren es bloß D'Haraner in den Uniformen der Männer, die sie getötet hatten. Doch irgendwie schien ihr das nicht wahrscheinlich.

Im gesamten Lager kam es immer wieder zu vereinzelten Streitereien. Männer stritten sich wegen eines Wurfes beim Würfelspiel, wegen des Essens, wegen Fäßchen und sogar wegen kleiner Flaschen alkoholischer Getränke. Einige der Auseinandersetzungen uferten zu Faust- und Messerkämpfen aus. Sie wurde Zeuge, wie ein Mann einen Messerstich in den Bauch bekam – unter dem brüllenden Gelächter der Umstehenden.

Schließlich entdeckte sie, wonach sie gesucht hatte: die Zelte der Kommandanten. Man hatte sich zwar nicht die Mühe gemacht, Flaggen zu hissen, doch konnte man sie an ihrer Größe erkennen. Draußen vor dem größten hatte man, gleich neben einem brüllenden Feuer mit einem Spießbraten darüber, einen kleinen Tisch aufgestellt. Die Gruppe von Männern, die sich dort eingefunden hatte, war von Laternen umgeben, die an Pfählen hingen.

Als sie näher kam, brüllte ein riesiger Kerl, der die Füße auf den Tisch gelegt hatte, gerade: »... und zwar sofort, sonst lasse ich dich köpfen! Ein volles! Bring ein volles Faß, oder du findest deinen Kopf auf einer Lanze wieder!« Als der Soldat davoneilte, brachen die am Tisch sitzenden Männer in Gelächter aus.

Kahlan manövrierte ihr riesiges Schlachtroß bis an den Tisch heran. Sie saß aufrecht und reglos da und musterte das halbe Dutzend Männer, das um den Tisch saß. Vier von ihnen waren d'haranische Offiziere, darunter der mit dem Stiefeln auf dem Tisch, der gebrüllt hatte. Einer war ein keltonischer Kommandant in einer reich verzierten, halb aufgeknöpften Uniform, unter der ein schmutziges, mit Wein und Soße bekleckertes Hemd zum Vorschein kam. Einer der Männer trug ein schlichtes, braunes Gewand.

Der Mann mit den Füßen auf dem Tisch schnitt mit einem großen Messer einen langen Streifen Fleisch von einem Knochen. Den Knochen warf er über die Schulter der knurrenden Hundemeute hinter sich zu. Dann riß er den Streifen Fleisch mit seinen Zähnen auseinander und zeigte mit dem Messer nach rechts auf den jungen Mann in dem schlichten Gewand, während er noch kaute, nahm er einen ordentlichen Schluck aus seinem Krug. Dann sprach er – trotz seines übervollen Mundes.

»Zauberer Slagle hier hat mir erzählt, er glaubt, einen Konfessor zu riechen.« Er linste aus blutunterlaufenen Augen nach oben.

»Und wo steckt dein Zauberer, Konfessor? Hm?« Alles am Tisch fiel in sein Grölen ein. Bier rann durch seinen dichten, blonden Bart. »Hast du irgendwas zu saufen mitgebracht, Konfessor? Wir sitzen fast auf dem Trockenen. Nein? Nun, kein Problem.« Mit dem Messer zeigte er hinüber auf den keltonischen Kommandanten. »Karsh hier meint, eine Woche oder so hinter den Bergen gibt es eine nette Stadt, dort wird man für uns durstige Kerle bestimmt etwas Bier haben, nachdem man uns willkommen geheißen und uns den Treueeid geschworen hat.«

Kahlans Blick wanderte zum Zauberer hinüber. Wegen ihm war sie gekommen. Kühl rechnete sie sich aus, ob sie den Sprung vom Pferd bis hinüber zum Zauberer schaffen und ihn mit ihrer Kraft berühren konnte, bevor sie von dem großen Messer erwischt wurde. Der Kerl, der mit dem Messer herumfuchtelte, sah nicht so aus, als wäre er imstande, besonders rasch zu reagieren. Trotzdem standen die Chancen ihrer Einschätzung nach schlecht. Sie war bereit, für diese Tat ihr Leben zu opfern, aber nur, wenn sie des Erfolges einigermaßen sicher sein konnte.

Dennoch, wegen ihm war sie gekommen. Der Zauberer war das Auge dieser Armee. Er sah Dinge, bevor sie sie sehen konnten, und er sah Dinge, die sie nicht sehen konnten – genau wie Kahlan. Und D'Haraner hatten Angst vor magischen Dingen und vor Geistern. Ein Zauberer war ihr Schutz gegen Magie und gegen diese Geister.

Ihr Blick wanderte von den tiefliegenden Augen und dem betrunkenen, lüsternen Grinsen des Zauberers zu seinen Händen. Er schnitzte. Vor ihm auf dem Tisch lag ein Häufchen Späne. Sie mußte an die Häufchen mit Spänen im Palast zu Ebinissia denken, draußen vor den Zimmern der Mädchen.

Der Zauberer schwenkte den Stock, den er geschnitzt hatte. Zum erstenmal erkannte sie, was es war: ein überlebensgroßer Phallus. Das fiese Grinsen des Kerls wurde noch breiter.

Der Mann mit dem Messer zeigte auf den Zauberer. »Slagle hat etwas für dich, Konfessor. Hat zwei Stunden daran gearbeitet, seit ihm klar war, daß du auf einen Besuch vorbeikommen würdest.« Er unternahm einen lahmen Versuch, sein Lachen zurückzuhalten, doch anfallartig durchbrach es immer wieder seine Beherrschung, und schließlich ließ er ihm freien Lauf.

Zwei Stunden. Damit hatten sie ihr die Grenzen seiner Zauberkraft verraten. Sie hatte die Galeaner vor vier Stunden verlassen, doch davon war fast eine Stunde für ihre Strafpredigt auf dem Gebirgskamm draufgegangen. Also befanden sich die jungen galeanischen Krieger noch nicht in Reichweite seiner Kräfte, sie waren jedoch nur durch eine gefährlich knappe Spanne vor Entdeckung geschützt. Ein Stückchen näher, und der Zauberer würde über sie Bescheid wissen. Lange bevor sie mit ihrer Überraschung zum Zuge kommen konnten.

Sie wartete, bis das Gelächter der d'haranischen Soldaten abflaute, bevor sie sprach. »Ihr nutzt meine mißliche Lage aus.«

»Noch nicht! Aber das kommt noch!« Die Männer grölten und johlten erneut.

Sie wurde mit jedem Herzschlag ruhiger. Sie schob ihre Kapuze zurück und hatte ihre Konfessorenmiene aufgesetzt. »Wie lautet Euer Name, Soldat?«

»Soldat!« Er kam mit einem Ruck nach vorn und bohrte das Messer in den Tisch. »Ich bin kein Soldat, ich bin General Riggs. Ich bin der Oberbefehlshaber unserer sämtlichen Truppen. Alle unsere Soldaten, alte sowie neu hinzugekommene, haben sich vor mir zu verantworten.«

»Und in wessen Namen kämpft Ihr, General Riggs?«

Er machte eine ausladende Handbewegung. »Nun, die Imperiale Ordnung kämpft einen Krieg zugunsten derer, die sich uns anschließen. Einen Krieg gegen alle Unterdrücker. Gegen alle, die sich uns widersetzen. Wer sich uns nicht anschließt, ist gegen uns und wird zerschmettert. Wir kämpfen, um Ordnung zu schaffen.

Unter der Imperialen Ordnung werden alle Schutz finden, die sich uns anschließen, und diese wiederum werden dabei helfen, alle zu beschützen. Sämtliche Länder werden sich uns anschließen, oder sie werden hinweggefegt. Wir kämpfen für eine neue Ordnung. Die Herrschaft der Imperialen Ordnung. Sie wird alle Länder beherrschen, und ich befehlige sie.«

Kahlan runzelte die Stirn, und versuchte sich einen Reim auf das zu machen, was der Kerl faselte. »Ich bin die Mutter Konfessor, und ich herrsche über die Midlands, nicht Ihr.«

»Die *Mutter* Konfessor!« Er schlug dem Zauberer auf den Rücken. »Du hast mir nicht erzählt, daß sie die *Mutter* Konfessor ist! Also, du siehst nicht gerade aus wie die Mütter, die ich kenne. Aber nach dem heutigen Abend wirst du ganz sicher eine sein! Darauf hast du mein Wort!« Er brüllte vor Lachen.

»Darken Rahl ist tot.« Das machte dem Gegröle ein Ende. »Der neue Lord Rahl hat den Krieg für beendet erklärt und alle d'haranischen Truppen nach Hause zurückbeordert.«

General Riggs kam auf die Beine. »Darken Rahl war ein Mann mit begrenzter Voraussicht, ein Mann, der sich zu sehr mit uralter Magie und zu wenig mit Ordnung beschäftigt hat. Er war zu vertieft in seine eigenen Forschungen, in seine alten Religionen. Solange sie nicht ausgemerzt ist, ist Magie ein Werkzeug der Menschen, nicht ihr Herr.

Darken Rahl hat die Chance nicht genützt, die sich ihm bot. Wir dagegen werden sie nützen. Das weiß Darken Rahl sogar in seiner Unterwelt, und er bereut. Er ist jetzt mit uns im Kampf verbunden. Das haben die Guten Seelen verkündet! Wir unterwerfen uns nicht mehr dem Hause Rahl, sondern dieses uns, wie alle anderen Häuser, Grafschaften und Königreiche auch. Der neue Lord Rahl wird sich uns ebenfalls anschließen, oder wir zertreten ihn wie all die heidnischen Hunde, die ihm folgen. Wir werden alle heidnischen Hunde zertreten!«

»Mit anderen Worten, General, Ihr kämpft für niemand anderes als für Euch selbst. Euer Ziel ist es schlicht, andere Menschen umzubringen.«

»Ich kämpfe nicht für mich! Hier geht es um Größeres als einen einzelnen Menschen. Wir geben allen Gelegenheit, sich uns anzuschließen. Tun sie das nicht, dann allein deswegen, weil sie sich mit unseren Feinden verbündet haben – und wir müssen sie töten!« Er warf die Hände in die Höhe. »Es hat keinen Sinn, einer Frau diese Staats- und Ordnungsangelegenheiten zu erklären. Frauen haben keinen Sinn für Herrschaft.«

»Auch Männer haben die Herrschaft nicht für sich gepachtet, General.«

»Es ist ruchlos, wenn Männer sich einer Frau um ihres Schutzes willen unterwerfen! Richtige Männer beschäftigen sich nur damit, wie sie einer Frau unter den Rock gelangen, und nicht damit, wie sie sich hinter ihnen verkriechen können! Frauen herrschen kraft ihres Körpers und haben nichts zu bieten als mitleidvolles Gefasel. Männer herrschen kraft ihrer Fäuste. Sie machen das Gesetz und setzen es durch. Sie versorgen und beschützen.

Jeder König und jeder Patriarch wird die Chance bekommen, sich uns anzuschließen, sein Land und sein Volk unter unseren Schutz zu stellen. Alle Königinnen werden die Chance erhalten, ihrem Gewerbe in einem Bordell nachzugehen oder vielleicht das bescheidene Weib eines verdungenen Farmers zu werden, aber wie auch immer, sie werden sich nützlich machen.«

Er hob seinen Krug vom Tisch und nahm ein paar tiefe Schlucke. »Begreifst du nicht, Frau? Bist du so dämlich, selbst für eine Frau? Was hat der Bund der Midlands unter der Führung einer Frau zustande gebracht?«

»Zustande gebracht? Der Bund braucht nichts weiter zustande zu bringen, als daß alle Länder in Frieden leben können, damit das Land des Nachbarn diesem gelassen wird, und jeder weiß, daß sein Land vor raffgierigen Händen sicher ist. Alle treten für den Schutz aller ein, auch zum Schutz der Schwachen und Wehrlosen, damit niemand allein und nackt dasteht.«

Er sah seine Kameraden mit triumphierendem Grinsen an. »Die wahre Milch der frommen Denkungsart!«

Er machte eine angewiderte Geste. »Ihr stellt keine Führungskraft, macht kein Gesetz. Jedes Land schreibt vor und verkündet, was ihm gerade paßt. Was an einem Ort ein Verbrechen, gilt woanders als Tugend. Dein Bund scheut sich davor, allen eine Ordnung vorzuschreiben. Ihr seid nichts weiter als ein Haufen versprengter Stämme, die alle eifersüchtig über ihren Besitzstand wachen. Ihr vergeudet nicht einen Gedanken an die Union, außer dem, der eurer eigenen Gier gelegen kommt – wodurch alle besiegbar werden.«

»Ihr täuscht Euch, das ist genau der Zweck, dem der Zentralrat in Aydindril dient: alle Länder für eine gemeinsame Verteidigung zu vereinen. Für eine gemeinsame Verteidigung gegen Mörder wie Euch. Das ist kein schwacher Bund, wie Ihr zu glauben scheint, sondern einer mit Macht.«

»Ein hehres Ideal. Eins, das ich sogar teile, das in deinem Mund jedoch zu leerem Gefasel wird. Du führst sie nur halbherzig zusammen, nicht unter einem allgemeinverbindlichen Gesetz.« Er streckte die Hand aus und schloß sie zu einer Faust, während er sie höhnisch angrinste. »Dadurch hinterläßt du alle Länder reif dafür, ausgepreßt zu werden. Ihr seid verlorene Seelen auf der Suche nach wahrer Führung, die verzweifelt Schutz benötigen.

Gleich nach dem Fall der Grenzen hat euch Darken Rahl verwüstet, und der war nur mit halbem Herz bei der Sache, weil er nur auf seine Magie aus war! Hätte er den Generälen freie Hand gelassen, wäre der Bund längst weggefegt.«

»Und wer ist das, vor dem wir alle Schutz benötigen?«

Er starrte in die Ferne, sprach tonlos, fast wie zu sich selbst. »Vor den Horden, die da kommen werden.«

»Welche Horden?«

Er hob den Kopf, als sei er gerade aufgewacht. »Die Horden, von denen in den Prophezeiungen die Rede ist.« Er sah sie stirnrunzelnd an, als sei sie hoffnungslos begriffsstutzig, dann deutete er mit der Hand auf den Zauberer. »Der gute Zauberer hier hat uns bei den Prophezeiungen beraten. Du hast doch dein ganzes Leben in Gegenwart von Zauberern verbracht, hast du dich nie für ihr Wissen interessiert?«

»Eure wortreiche Behauptung, alle Völker in Frieden und Gesetz vereinen zu wollen, scheint von hoher Gesinnung zu zeugen, General Riggs. Doch Eure Greueltaten in Ebinissia strafen sie Lügen. Für alle Zeiten wird Ebinissia stummes, aber unwiderlegbares Zeugnis für Eure wahren Ziele ablegen. Ihr und Eure Imperiale Ordnung seid die Horde.« Kahlan funkelte wütend zum Zauberer hinüber. »Was ist deine Rolle in diesem Spiel, Zauberer Slagle?«

Er zuckte mit den Achseln. »Nun, die Vereinigung aller Völker unter allgemeingültigem Recht zu fördern und zu unterstützen.«

»Unter wessem Recht?«

»Dem Recht der Sieger.« Er feixte. »Das wären wir. Die Imperiale Ordnung.«

»Als Zauberer hast du Pflichten. Diese Pflichten besagen, daß du dienen, nicht aber herrschen sollst. Du wirst dich sofort in Aydindril melden, um deinen Platz in diesen Diensten einzunehmen, oder du wirst dich mir gegenüber zu verantworten haben.«

»Dir?« sagte er mit spöttischem Feixen. »Gute, anständige Männer sollen vor dir winseln und schniefen, und gleichzeitig läßt du blindlings übelsten Versagern freie Hand beim Regieren des Landes?«

»Versager?« Sie warf Riggs einen wütenden Blick zu. »Vermutlich wart Ihr dumm genug, Euch beim Lebensborn Rat zu holen.«

»Sie haben sich uns bereits angeschlossen«, sagte der General beiläufig. »Unsere Sache ist auch ihre und ihre unsere. Sie wissen, wie man die Leute ausmerzt, die dem Hüter und damit unseren Feinden dienen. Wir werden das Land von all denen säubern, die dem Hüter dienen. Das Gute muß obsiegen.«

»Damit meint ihr Eure Sache. Ihr wärt dann derjenige, der herrscht.«

»Bist du blind, Konfessor? Ich herrsche hier, jetzt, aber es geht hier nicht um mich. Es geht um die Zukunft. Ich bekleide nur im Augenblick den Posten, pflüge den Acker, damit er etwas hervorbringen kann. Ich bin es nicht, der hier im Brennpunkt steht.

Wir bieten jedem die Chance, sich uns anzuschließen, und jeder der Männer hier bei mir hat dieses Angebot angenommen. Andere haben sich im Kampf unseren Truppen angegliedert. Wir sind längst keine d'haranischen Truppen mehr. Und sie nicht mehr die Truppen ihrer Heimatländer. Wir alle sind die Imperiale Ordnung. Jeder, der die rechte Gesinnung hat, kann uns führen. Sollte ich für unsere noble Sache fallen, wird jemand anderes meinen Platz einnehmen, bis alle Länder unter einem gemeinsamen Gesetz vereint sind und die Imperiale Ordnung aufblühen kann.«

Entweder war der Mann zu betrunken, um zu wissen, was er sagte, oder er hatte den Verstand verloren. Sie ließ den Blick über die tanzenden, betrunkenen, singenden Männer an den Lagerfeuern ringsum schweifen. Verrückt, genau wie die Bantak. Verrückt wie die Jocopo.

»General Riggs.« Er hatte zornig vor sich hin gebrabbelt, doch jetzt hob er den Kopf und sah sie an. »Ich bin die Mutter Konfessor. Ob es Euch gefällt oder nicht, ich vertrete die Midlands. Im Namen der Midlands fordere ich Euch auf, diesen Krieg augenblicklich zu beenden und nach D'Hara zurückzukehren oder aber mit Euren Klagen beim Rat vorzusprechen. Ihr könnt beim Rat wegen jeder Kontroverse eine Eingabe machen, und sie wird angehört werden, aber Ihr dürft mein Volk nicht mit Krieg überziehen. Solltet Ihr Euch entscheiden, meine Befehle nicht zu befolgen, werden Euch die Folgen nicht gefallen.«

Er blickte höhnisch zu ihr auf. »Wir machen keine Kompromisse. Wir vernichten jeden, der sich uns nicht anschließt. Wir kämpfen, um dem Morden ein Ende zu machen, wie es die Guten Seelen von uns verlangt haben. Wir kämpfen für den Frieden! Bis wir den Frieden gewonnen haben, wird es Krieg geben!«

Sie runzelte die Stirn. »Wer hat Euch das eingeredet? Wer hat Euch gesagt, daß Ihr kämpfen müßt?«

Er blickte sie verständnislos an. »Das versteht sich doch von selbst, du blödes Weib!«

»Du kannst unmöglich so dumm sein zu glauben, daß die Guten Seelen Euch eingeredet haben, einen Krieg vom Zaun zu brechen. So unverhohlen gehen die Guten Seelen nicht vor.«

»Nun schön, dann sind wir eben nicht derselben Meinung. Das ist doch schließlich der Sinn eines Krieges, oder etwa nicht? Solche Dinge zu bereinigen. Die Guten Seelen wissen, daß wir im Recht sind, sonst wäre es ein leichtes für sie gewesen, sich gegen uns zu verbünden. Unser Sieg wird beweisen, daß sie sich auf unsere Seite geschlagen haben, sonst könnten wir unseren Kampf gar nicht gewinnen. Der Schöpfer selbst will uns triumphieren sehen, und unser Sieg wird dafür den Beweis liefern.«

Der Mann war wahnsinnig. Sie richtete ihr Augenmerk auf den keltonischen Kommandanten. »Karsh ...«

»General Karsh.«

»Ihr seid eine Schande für Euren Stand, General. Wieso habt Ihr die Bevölkerung von Ebinissia niedergemetzelt?«

»Ebinissia hat ebenso die Chance bekommen, sich uns anzuschließen, wie alle anderen diese Chance bekommen werden. Ebinissia hat es vorgezogen zu kämpfen. Wir mußten am dortigen heidnischen Volk ein Exempel statuieren, um anderen zu zeigen, was sie erwartet, wenn sie sich uns nicht in Frieden anschließen. Es hat uns fast die Hälfte unserer Leute gekostet, doch das Ziel war diesen Preis wert. Doch ständig, sogar jetzt, in diesem Augenblick, werden die Verluste durch andere ausgeglichen, die sich uns anschließen. Unsere Reihen werden weiter anwachsen, bis wir alle bekannten Länder eingenommen haben.«

»Das nennt Ihr Führerschaft? Erpressung und Mord?«

General Karsh schmetterte seinen Krug auf den Tisch. Seine Augen waren voller Feuer. »Wir zahlen es ihnen mit gleicher Münze heim! Sie überfallen unsere Farmen, unsere Grenzstädte. Sie töten Keltonier, als wären wir Ungeziefer, das zertreten werden muß!

Trotzdem haben wir ihnen Frieden angeboten. Sie sind es, die mit unserer Barmherzigkeit nichts zu schaffen haben wollen. Man hat ihnen den Frieden angeboten, die Chance, sich uns anzuschließen – sie haben sich für den Krieg entschieden. Und sich damit entschieden, uns zu helfen. Denn so haben andere ein Beispiel dafür, welche Torheit es ist, sich uns zu widersetzen.«

»Und was habt Ihr mit Königin Cyrilla gemacht? Habt Ihr sie auch abgeschlachtet, oder ist sie dort drüben in den Hurenzelten?«

Alles lachte. »Das wäre sie«, warf Riggs ein, »wenn wir sie gefunden hätten.« Kahlan hätte vor Erleichterung fast laut aufgestöhnt.

Sie richtete den Blick wieder auf Karsh, der gerade einen weiteren kräftigen Schluck nahm. »Und was sagt Prinz Fyren zu alledem?«

»Fyren ist in Aydindril! Ich bin hier!«

Möglicherweise war die Krone also gar nicht an der Sache beteiligt. Vielleicht war es doch nur eine Bande mordender Gesetzloser, die sich für etwas Besseres hielt.

Kahlan kannte Prinz Fyren, und zwar als vernünftigen Menschen. Von den in Aydindril akkreditierten keltonischen Diplomaten war er derjenige, der er sich am meisten beim Zentralrat für die Aufnahme Keltons in den Bund der Midlands eingesetzt hatte. Er hatte seiner Mutter gut zugeredet und sie überzeugt, den Weg des Friedens und nicht des Kampfes einzuschlagen. Prinz Fyren war ein Edelmann, in jedem Sinne des Wortes.

»Ihr seid nicht nur ein Mörder, General Karsh, Ihr seid auch ein Verräter an Eurem eigenen Land und an der Krone. An Eurer eigenen Königin!«

Er schlug seinen Zinnkrug auf den Tisch. »Ich bin ein Patriot! Ein Beschützer meines Volkes!«

Sie beugte sich kaum merklich vor. »Ihr seid ein verräterischer Bastard und ein gesetzloser, gewissenloser Halsabschneider. Ich überlasse Prinz Fyren die Ehre, Euch zum Tode zu verurteilen. Eine Strafe, die posthum über Euch verhängt werden wird.«

Karsh schlug mit der Faust auf den Tisch. »Die Guten Seelen wissen, daß du die Völker der Midlands verraten hast! Und sie haben die Wahrheit gesprochen, dies ist der Beweis! Sie haben uns erklärt, wir könnten nicht frei sein, solange du lebst! Sie haben uns aufgefordert, dich und deinesgleichen umzubringen! Alle, die die Götter lästern! Die Guten Seelen werden uns bei unserem Kampf nicht im Stich lassen. Wir werden alle besiegen, die dem Hüter zu Gefallen sind.«

»Kein echter Offizier«, sagte sie voller Verachtung, »würde auf das Geschwätz des Lebensborns hören.«

Der Zauberer hatte einen gefährlich aussehenden Ball aus flüssigem Feuer geformt und warf ihn langsam von einer Hand in die andere, während er sie beobachtete. Die Flammen fauchten und zischten, ließen kleine Funken fallen. General Riggs rülpste, dann stützte er sich mit den Knöcheln auf den Tisch und beugte sich zu ihr vor.

»Genug geredet. Komm runter, du kleines Miststück, damit wir mit der Party anfangen können. Wir tapferen Friedenskämpfer brauchen ein wenig Spaß.«

Endlich lächelte sogar General Karsh. »Und morgen, oder vielleicht am Tag darauf, wirst du geköpft werden. Unsere Männer, unser Volk wird deinen Tod bejubeln. Frohlocken werden sie über unseren Triumph über die Mutter Konfessor, das Symbol der Unterdrückung durch Magie.« Sein Lächeln verschwand, als er erneut einen roten Kopf bekam. »Das Volk muß Zeuge deiner Bestrafung werden, damit es weiß, daß das Gute siegen kann! Damit es Hoffnung hat! Erst wenn wir deinen Kopf haben, kann unser Volk jubeln!«

»Jubeln darüber, daß ihr tapferen Freiheitskämpfer alle zusammen stark genug seid, eine einzelne Frau zu töten?«

»Nein«, meinte General Riggs. Als er jetzt zu ihr hinaufsah, wirkte er zum allerersten Mal nüchtern. »Dir ist die wahre Bedeutung dessen, was wir tun, entgangen.«

Er senkte die Stimme, sein Tonfall wurde sanfter. »Wir stehen an der Schwelle zu einer neuen Zeit, Konfessor. Einer Zeit, in der kein Platz ist für deine alten Religionen. Das Geschlecht von Konfessoren und Zauberern ist am Ende.

Es gab eine Zeit, vor dreitausend Jahren, als fast jeder mit der Gabe geboren wurde. Die Magie hatte über alle Dinge Macht. Man benutzte diese Magie dazu, sich um die Macht zu streiten. Zauberer haben ihre Macht mißbraucht. In ihrer Gier haben sie sich gegenseitig umgebracht. Sie haben andere umgebracht, die die Gabe besaßen, bis immer seltener jemand überlebte, der sie weitergeben konnte. Mit der Zeit wurden die mit der Gabe aus der Rasse der Menschen ausgesondert.

Doch wer übrigblieb, wetteiferte um die Herrschaft und lichtete weiter die Reihen derer, die mit der Gabe geboren wurden. Die Magischen, jene anderen Geschöpfe der Magie, die ihnen, so wie du, anvertraut waren, wurden zunehmend ihres Schutzes und ihrer Quelle der Magie beraubt. Heutzutage wird fast niemand mehr mit der Gabe geboren. Und mit ihnen stirbt die Magie selbst. Sie hatten ihre Chance, die Macht zu erobern, genau wie Darken Rahl mit seiner

Magie, und sie haben versagt. Ihre Zeit, die Zeit der Zauberer, ist vorbei.

Ihr Schutz der Wesen aus der Zwischenwelt ist zu Ende, und damit auch das Zeitalter der Magie. Jetzt steht uns das Zeitalter des Menschen bevor, und in dieser Welt ist kein Platz für die uralte, sterbende Religion, die du als Magie bezeichnest. Für den Menschen ist es an der Zeit, seinen Platz als Erbe der Welt einzunehmen. Jetzt herrscht die Imperiale Ordnung über die Welt, und gäbe es sie nicht, dann würde der Mensch eben unter einem anderen Namen herrschen. Es ist an der Zeit, daß der Mensch die Herrschaft übernimmt, und daß die Magie stirbt.«

Kahlan verspürte plötzlich eine Leere in sich. Unerwartet lief ihr eine Träne über die Wange. Panik drückte ihr die Kehle zu.

»Hast du das gehört, Slagle?« sagte sie heiser, tonlos. »Du besitzt Magie. Die, denen du hilfst, werden auch dir ein Ende machen.«

Er warf den Feuerball in seine andere Hand. Der Schein des Feuers tanzte über sein grimmiges Gesicht. »Es ist, wie es sein muß. Magie, unschuldig oder verdorben, ist des Hüters Zugang zu dieser Welt. Wenn ich dabei geholfen habe, Magie in all ihren Erscheinungsformen auszulöschen, dann muß auch ich sterben. Auf diese Weise diene ich dem Volk.«

Riggs sah fast traurig zu ihr auf, als er fortfuhr.

»Unser Volk sollte mit eigenen Augen sehen, wie die letzte Verkörperung dieser Magie stirbt. Du bist ihr Symbol, das letzte Geschöpf der Magie, das von den Zauberern geschaffen wurde. Dein Tod wird sie mit Hoffnung für die Zukunft erfüllen und ermutigen, den verbliebenen Sumpf der Magie, die Verderbtheit und die Perversion trockenzulegen.

Wir sind die Pflugschar. Jene Länder, die zur Zeit von Magie heimgesucht sind, werden von ihrem Makel befreit und können dann von frommen Menschen neu besiedelt werden. Dann endlich werden wir alle frei von deinen Dogmen sein, die in der ruhmvollen Zukunft des Menschen keinen Platz haben.«

Er richtete sich auf und nahm einen Schluck aus seinem Krug. Die Barschheit kehrte in seine Stimme zurück. »Und wenn wir mit dir fertig sind, dann werden wir Galea bezwingen und die übrigen Länder.« Er schlug den Krug auf den Tisch. »Bis der völlig und totale Sieg unser ist, bestehen wir auf Krieg!«

Zorn schwoll in ihrem Innern an und verbannte das vorübergehende Gefühl des Verlorenseins und der Panik, schwoll an im Namen all jener Wesen, der Wesen aus der Zwischenwelt, die auf ihre Stimme und auf ihren Schutz angewiesen waren.

Sie nickte langsam und hielt dem Blick des Generals stand.

»In meiner Eigenschaft als Mutter Konfessor, der höchsten Autorität in den Midlands, deren Geheiß sich alle beugen müssen, gewähre ich Euch Euren Wunsch.« Sie beugte sich vor und zischte: »Soll es Krieg geben. Bei meinem Wort und Amt, nicht einem einzigen von Euch wird Gnade gewährt werden.«

Kahlan drohte dem Zauberer mit der Faust. Wegen ihm war sie gekommen.

Der Zorn ließ ihre Brust schwellen – und das Entsetzen angesichts des Irrsinns dieser Männer. Sie ließ sich von der Magie durchfluten, die danach verlangte, freigesetzt zu werden, die den Tod des Zauberers forderte.

Wegen ihm war sie gekommen. Sie durfte nicht versagen. Der Blutrausch schrie in ihrem Innern.

Sie rief den Blitz herbei.

Nichts geschah.

Sie erstarrte einen Augenblick lang aus Panik über das Versagen der Magie. Dann versuchte Riggs ihr Bein zu packen.

Kahlan riß die Zügel zurück. Das wilde Schlachtroß stürzte sich in den Kampf. Wiehernd bäumte es sich auf und trat mit seinen Vorderbeinen aus. Kahlan krallte sich in seiner Mähne fest. Mit einem Huf erwischte das Tier Riggs mitten im Gesicht und warf ihn nach hinten. Die dreschenden Hufe gingen krachend auf dem Tisch nieder und zerschlugen ihn zu Trümmern. Männer kippten mit ihren Stühlen nach hinten um. Mit einem Vorderhuf zerschmetterte Nick den Schädel eines der d'haranischen Offiziere sowie das Bein eines anderen.

Das Pferd wirbelte herum und trat nach den Männern. Kahlan gab ihm die Sporen, und es galoppierte mit einem Satz davon, als der Zauberer auf die Beine kam. Überraschte Soldaten sprangen aus dem Weg. Sie warf einen Blick über die Schulter und sah, wie der Zauberer seine Hände nach vorn warf. Ein Feuerball erwachte mit einer Explosion vor ihm zum Leben, drehte sich in der Luft und wartete auf sein Kommando. Er schleuderte die Arme erneut nach vorn und schickte das Feuer auf seinen Weg, hinter ihr her.

Das Schlachtroß setzte über Soldaten und Feuer hinweg, wirbelte Schnee und brennendes Feuerholz auf. Seine Beine verfingen sich in Zeltleinen, riß Zelte nieder. Kahlan entdeckte, was sie gesucht hatte, was ihr mehr als das Leben selbst bedeutete, und lenkte ihr Pferd darauf zu.

Sie hörte das Heulen des Zaubererfeuers, das auf sie zugeschossen kam. Sie hörte die Schreie der Männer, die sich überraschend darin verfingen. Sie warf erneut einen knappen Blick über die Schulter und sah den blaugelben Feuerball zwischen Soldaten und Zelten hindurchtaumeln, sah, wie er ständig größer wurde und einen Kurs einschlug, der ebenso schwankte wie der betrunkene Zauberer. Zaubererfeuer mußte gelenkt werden, und in seinem Zustand hatte der Zauberer Mühe, dieser Aufgabe nachzukommen. Wäre er nüchtern gewesen, hätte sie längst den Tod gefunden.

Bei den Guten Seelen, betet sie, *wenn ich jetzt sterben soll, dann laßt mir zuvor noch genug Zeit, das zu tun, was ich tun muß.*

Kahlan hatte ihr Ziel erreicht. Im Vorbeigaloppieren riß sie eine Lanze aus einer Schneeverwehung und wendete das Pferd. Sie grub ihm die Hacken in die Flanken, und Nick sprang in vollem Galopp nach vorn.

Der Feuerball schoß heulend auf sie zu, steckte Zelte und Soldaten in Brand. Größer werdend, taumelnd, kam er immer näher.

Die Lanze war unerwartet schwer, sie war für Männer gemacht, die mehr Muskeln besaßen als sie, daher mußte sie sie aufrecht tragen, um Kraft zu sparen. Das Schlachtroß galoppierte unerschrocken voran und ließ sich weder durch den Lärm, die Verwirrung, die fliehenden Soldaten oder das Zaubererfeuer beirren. Sie riß es mal hier-, mal dorthin. Nicks Hufe gruben sich in den festgetretenen Schnee. Kahlan wich Hindernissen aus und bewegte sich im Zickzack in höchstem Tempo auf das Zaubererfeuer zu. Auf den Zauberer.

Jedesmal, wenn sie die Richtung ihres ungestümen Ansturms änderte, versuchte Slagle, den Kurs des Feuers dem anzupassen, ihren Angriff abzublocken. Seine Reaktionen waren langsam, doch während die Entfernung sich verringerte, wurde ihr klar, daß er nicht unbedingt schnell sein mußte, um sie damit zu treffen.

Im allerletzten Augenblick riß sie das Pferd nach rechts herum. Das Feuer donnerte so dicht vorbei, daß sie verbrannte Haare riechen konnte, dann preschte sie weiter.

Während sie das Pferd nach vorne trieb, explodierte das Zaubererfeuer hinter ihr und überflutete kaskadenartig, wie ein geborstener Damm, den Erdboden. Die entsetzlichen Todesschreie von Menschen und Tieren, die in dieser Feuerhölle gefangen waren, erfüllten die Nachtluft. Dutzende von brennenden Soldaten wälzten sich im Schnee und versuchten, die Flammen zu ersticken. Doch Zaubererfeuer ließ sich nicht so einfach löschen, sein Zweck hielt es am Leben.

Die Schmerzensschreie versetzten jene in Panik, die nicht wußten, was vorgefallen war. Soldaten kreischten aus Angst vor Geistern, von denen sie sich angegriffen wähnten. Schwerter wurden gezückt, man drosch auf Soldaten ein, die aus dem Feuer um ihr Leben rannten. Aus dem Nichts heraus entstand ein Gemetzel. Die Luft war nicht nur angefüllt vom atemberaubenden Gestank verbrennenden Fleisches, sondern auch vom Geruch des Blutes.

Sie ignorierte die Schreie und suchte die Stille in ihrem Innern.

Der Zauberer torkelte nach hinten und stürzte. Mit den Armen rudernd kam er wieder auf die Beine. Zwischen seinen Fingerspitzen formte sich ein Bogen aus Feuer.

Obwohl überall ringsum Chaos herrschte, hatte sie nur noch für eins Augen. Für den Zauberer.

Sie senkte die Lanze, klemmte das hintere Ende unter ihre rechte Achsel und packte den Griff mit aller Kraft. Die Zähne zusammenbeißend, nahm sie alle ihre Kraft zusammen, um die schwere Lanze über Nicks tanzenden Kopf zu heben, ein Stück nach links, um im Sattel nicht aus dem Gleichgewicht zu geraten.

Nick schlug die gewünschte Richtung ein, als könnte er ihre Gedanken lesen. Sie trieb ihn zu vollem Tempo an, doch kam es ihr vor, als dauerten die letzten zehn Meter Stunden – ein Wettlauf zwischen ihrem Angriff und den Verteidigungsmaßnahmen des Zauberers, der das Feuer auf den Plan rief.

Zauberer Slagle hob den Kopf, um dem Feuer eine neue Richtung zu geben, als ihn ihre Lanze in die Brust traf. Beim Aufprall zersplitterte die Lanze in der Mitte und riß den Zauberer fast in zwei Stücke. Kahlan und ihr Pferd flogen durch eine Gischt aus Blut.

Sie schlug mit der halben Lanze nach einem Mann, der sich auf sie stürzte, und erwischte ihn am Kopf. Der Aufprall riß ihr die Lanze aus der Hand. Sie zerrte das Pferd herum, beugte sich nach vorn über seinen Widerrist und galoppierte in vollem Tempo zurück durch das Chaos rings um die Kommandozelte. Ihr Herz hämmerte genauso schnell wie die Hufe des Pferdes.

Einer der d'haranischen Offiziere am Tisch war aufgesprungen und verlangte schreiend nach einem Pferd. Soldaten sprangen auf ungesattelte Pferde. Indes sie allmählich etwas Vorsprung gewann, hörte sie den Offizier brüllen, sollte es den Männern nicht gelingen, sie zu fassen, würden sie bis zum allerletzten Mann gestreckt und gevierteilt werden. Ein rascher Blick über die Schulter verriet ihr, daß sich gut drei Dutzend Reiter an der Hatz beteiligten.

Ein Stück von den Kommandozelten entfernt wußte niemand, was geschehen war. Ein galoppierender Reiter fiel unter den feiernden Betrunkenen nicht weiter auf. Niemand machte Anstalten, sie aufzuhalten. Soldaten, Zelte, Lagerfeuer, Balken und senkrecht im Schnee steckende Lanzen, Hellebardenstapel, Pferde und Karren flogen undeutlich vorbei.

Nick sprang über alles hinweg, dem er nicht ausweichen konnte. Drohte er, weder zu springen noch auszuweichen, warfen sich die Soldaten in Deckung. Männer beim Spiel stürzten aus dem Weg, während Münzen und Würfel in die Luft geschleudert wurden. Zelte, die aus der Verankerung gerissen wurden, wenn ihre Leinen

Nicks Beinen ins Gehege kamen, flogen auf und bauschten sich hinter ihr zu einem Wirrwarr auf, in dem sich ihre Verfolger verfingen. Pferde und Reiter stürzten krachend zu Boden. Andere überrannten die eigenen Leute in dem hektischen Versuch, Kahlan nicht aus den Augen zu verlieren.

Sie erspähte ein in seiner Scheide hängendes Schwert an der Seite eines Karrens und zog es im Vorbeireiten heraus. An Pflockreihen vorbeireitend schwang sie das Schwert und durchtrennte die Leinen der Tiere. Dann versetzte sie im Vorbeirasen dem Rumpf eines Pferdes einen Hieb. Es trat aus und wieherte laut vor Schreck und Angst, worüber auch die übrigen Pferde in Panik gerieten. Hals über Kopf stürzten sie in alle Richtungen davon. Auf Pfählen angebrachte Laternen kippten in Zelte und setzten diese in Brand.

Die Pferde der Verfolger scheuten vor den Flammen, bäumten sich auf und bockten, warfen ihre Reiter ab. Plötzlich warf sich ihr ein Mann in den Weg, wich Nicks fliegenden Hufen aus und griff nach ihr. Kahlan bohrte ihm im Vorbeifliegen das Schwert durch die Brust. Das Heft wurde ihr aus der Hand gerissen. Sie beugte sich nach vorn und hielt sich fest, während Nick durch das nicht enden wollende Lager sprengte. Die Männer, die sie verfolgten, waren nicht mehr ganz so nah, waren ihr aber immer noch auf den Fersen.

Plötzlich hatte sie das Lager hinter sich und galoppierte über offenes, schneebedecktes Gelände hinweg. Im schwindenden Licht des Mondes folgte Kahlan ihren eigenen Spuren durch die Ebene. Das muskulöse Pferd pflügte durch den Schnee, fast als wäre er nicht vorhanden.

Endlich erreichte sie die Bäume. Bevor sie hineintauchte und den steilen Hang hinabritt, warf sie einen Blick über ihre Schulter.

Gut fünfzig Mann waren nicht einmal drei Minuten hinter ihr. Beim Anstieg den Waldpfad hinauf konnte sie den Vorsprung ausbauen, doch einholen würden sie sie trotzdem noch.

Dafür würde sie schon sorgen.

7. Kapitel

»Langsam jetzt«, warnte sie ihr Pferd. Es zögerte und glitt mit einem Huf aus. »Zurück, zurück, zurück. Komm schon, Junge, zurück.«

Vom Hang hinter sich hörte sie die Geräusche der Verfolger heraufhallen. Ein Mann, wahrscheinlich einer der D'Haranischen Offiziere, schrie wütend aus Leibeskräften, sie nicht entkommen zu lassen, die anderen hetzten ihre Pferde den steilen Pfad hinauf. Wenn sie das ebene Stück erreicht hatten, auf dem sie sich befand, waren sie mit Sicherheit wieder in vollem Galopp.

Kahlan zog sachte an den Zügeln. Nick hob seinen Huf vom Eis und stieg rückwärts hinauf in die schmale Lücke zwischen den verharschten, schneebedeckten Fichten, denselben Weg, den er gekommen war.

Sie entdeckte den langen Ast mit dem gegabelten Ende, den sie zu einem Stab geschnitzt hatte, mit dem man schieben konnte, sah ihn senkrecht im Schnee stecken, wo sie ihn neben der doppelstämmigen Fichte zurückgelassen hatte. Sie wuchtete ihn heraus und begann, gegen die schweren, schneebeladenen Äste zu stoßen. Ihre Schulter schmerzte unter der Achsel, dort, wo sie vorher die todbringende Lanze festgeklemmt hatte.

Während sie Nick rückwärts zwischen die Bäume gehen ließ, fort von ihrem Pfad, hielt sie den langen Stock über seinen Kopf und stieß gegen die Äste. Von ihrer Last befreit, schnellten sie nach oben und verdeckten zum Teil die Lücke zwischen den Bäumen. Wichtiger noch, der Schnee fiel zu Boden und legte sich über ihre Spuren. Sie stieß hier gegen einen, dort gegen einen anderen Ast und sprenkelte auf diese Weise Schnee über Nicks rückläufige Fährte, bedeckte sie, so daß es ganz natürlich aussah, so als hätte der Wind die Äste von ihrer Last befreit.

Stumm bedankte sie sich bei Richard, daß er sie im Fährtenlesen unterrichtet hatte. Er hatte eine Waldläuferin aus ihr machen wollen. Sie sehnte sich nach Richard. Bestimmt hieß er das enorme Risiko nicht gut, das sie mit Hilfe des von ihm Gelernten einging.

Aber sie durfte auf keinen Fall zulassen, daß diese Männer ihre Spur bis zu den jungen galeanischen Soldaten zurückverfolgten. Es bestand die Möglichkeit, daß einige von ihnen bei ihrer Rückkehr über das Gesehene berichteten, und dann würden die Galeaner abgeschlachtet werden. Wenn keiner dieser Männer zurückkehrte, würde es lange dauern, bis andere ausgesandt wurden. Wenn überhaupt.

Selbst wenn, bis dahin wäre es längst zu spät. Sie wäre längst die Pässe hinauf und darüber hinweg, über die sie gekommen war, wo der Wind heulte und den Schnee unablässig verwehte, und ihre Fährte war nicht mehr auffindbar. Niemand wüßte, wohin sie geritten war. Berge und Wälder zogen sich endlos hin, und die letzte Spur, die man von ihr gesehen hatte, deutete geradewegs in die entgegengesetzte Richtung ihres eigentlichen Zieles. Die im Lager Zurückgebliebenen würden darauf vertrauen, daß diese Soldaten sie früher oder später einholen würden, und in Anbetracht der Aussicht, in nur wenigen Tagen auf Beutezug gehen zu können, würden sie ihr Augenmerk darauf richten.

Durch Schnee gedämpfter Hufschlag holte ihre Gedanken in die Gegenwart zurück. Die Männer hatten das ebene Gelände erreicht und jagten wieder in vollem Tempo voran. Gleichmäßig schob Kahlan sich immer weiter rückwärts zwischen die Bäume, rüttelte Äste und bedeckte ihre Spur, und näherte sich jenem Pfad, den sie auf ihrem Weg zur Armee der Imperialen Ordnung eingeschlagen hatte. Der Lärm der Verfolgertruppe hatte sie fast erreicht.

Kahlan beugte sich weit vor und strich dem Pferd mit dem Arm über den Hals. Dann flüsterte sie ihm etwas in die Ohren, die sich beim Klang ihrer Stimme nach hinten drehten.

»Still jetzt, Nick. Bitte rühr dich nicht und mach auch kein Geräusch.« Sie strich ihm wieder über den verschwitzten Hals. »Guter Junge. Still jetzt.«

Ihr kam es vor, als müßte jeder deutlich ihr Herz schlagen hören.

Die Verfolger hatten sie erreicht. Sie jagten ihre Spur entlang, direkt vor ihr, durchbrachen in vollem Tempo den Schirm aus Bäumen zu ihrer Linken, keine zehn Meter entfernt. Kahlan hielt den Atem an. Sie hörte das helle Schlagen der Hufe, als sie auf das abschüssige Eis gerieten, das sich im Schatten des Mondes hinter jenen Bäumen verbarg, hinter ihrer falschen Fährte. Diese führte zwischen den Bäumen bis an den Rand eines steilen, felsigen Bachbettes, wo das Wasser, wäre es nicht gefroren, über einen Abhang in die Tiefe stürzen würde.

Es war ein kleiner Bach, doch beim Gefrieren war immer mehr Wasser über das bereits gefrorene geschäumt und gesprudelt und hatte die Stelle in einen Eispalast verwandelt. Schnee war gleich nach dem Fallen fortgespült worden, wodurch die runden, nach unten geneigten Eisbuckel rutschig geworden waren.

Nachdem die Männer zwischen den Bäumen hervorgebrochen waren, blieben ihnen kaum sechs Meter, ihren ungestümen Vorwärtsdrang vor dem Abgrund abzubremsen, bevor Eis und Felsen endeten und nur noch dünne Luft dahinterlag. Zudem mußten sie dies auf kaskadenartig aufgetürmten Eishügeln bewerkstelligen. Wäre das Eis glatt wie ein See, hätten die Pferde ihre Hufe hineinstemmen und versuchen können, schliddernd zum Stehen zu kommen. Doch diese Fläche war nicht eben, und sie hatten keine Chance, als sie in vollem Schwung ausglitten und rutschten, abglitten und stolperten.

Kahlan hörte das Knacken brechender Pferdebeine, als die in Spalten eingeklemmten Pferdehufe die Tausende von Pfunden Muskelfleisch, die in höchstem Tempo vorwärtsdrängten, nicht halten konnten. Die sattellosen Reiter waren hilflos.

Die Männer feuerten ihre Pferde aufmunternd an, und wer hinten ritt, erkannte in dem Gebrüll nicht rasch genug den Wechsel von Wut zu Entsetzen. Die Hinteren brachen krachend in die Vorderen hinein, stürzten übereinander und schossen aneinander vorbei. Sattellos, ohne Halfter und Schlachtkandaren, konnten die Reiter ihre Tiere nicht beherrschen und wurden hilflos nach vorn geschleudert.

Einige sprangen von ihren Pferden, als sie durch die Bäume brachen und erkannten, was vor ihnen lag, doch ihr Schwung war zu groß, die verbliebene Strecke zu kurz, ihr Schicksal unausweichlich. Die hinteren Pferde stürzten über die bereits gefallenen, die verzweifelt nach Halt suchten. Es gab keinen. Ein Wasserfall aus lebendigem Fleisch ergoß sich über den Rand des Abgrunds.

Kahlan saß still, hatte ihre Konfessorenmiene aufgesetzt und lauschte auf die Schreie von Mensch und Pferd, die sich zu einem langgezogenen Klagelaut vermengten, während diese hinter dem Berg verschwanden. Nach wenigen Sekunden war es vorbei. Mehr als fünfzig Mann mitsamt ihren Pferden waren in den Tod gestürzt.

Als die Nacht für eine Weile stillgeblieben war, stieg sie ab und ging zurück zum Rand der Eiskaskade, in weitem Bogen, um ihre falsche Fährte von allen abzweigenden Spuren frei zu halten. Im trüben Licht konnte sie die dunklen Blutflecken auf den Eiskuppen erkennen. Blut von gebrochenen Beinen, Blut aus aufgeplatzten Schädeln. Von den Feinden befand sich keiner mehr oberhalb des Abgrunds.

Sie wollte gerade kehrtmachen und zurückgehen, als sie ein verzweifeltes, tiefes Stöhnen hörte. Kahlan zog ihr Messer und schob sich vorsichtig zentimeterweise an die Quelle des Geräuschs heran, zum Abgrund. Sie klammerte sich an einen stämmigen Ast und beugte sich über die abschüssige Eiskaskade. Der Bodensatz des Waldes war im Eis festgefroren, Äste und Blätter hatten einen kleinen Damm am Rand gebildet, der mit den Anwachsen des Eises überfroren war. Ein paar Äste ragten aus dem eisigen Wall heraus.

Um einen dieser Äste hatten sich Finger gekrallt. Ein Mann klammerte sich mit letzter Kraft an den Ast, seine Beine baumelten über einem Abgrund von fast dreihundert Metern Tiefe. Ächzend vor Anstrengung versuchte er, seine Füße in das Eis zu stemmen, doch es war zu glatt, um ihm Halt zu bieten.

Kahlan stand an der Kante, den Ast als Halt umklammert, und beobachtete ihn fröstelnd. Wasser rann tröpfelnd über das Eis, über sein Gesicht, klebte ihm die Haare an den Kopf und durchtränkte seine keltonische Uniform. Ihm klapperten die Zähne.

Er hob den Kopf und sah sie über sich im Mondlicht. »Hilf mir! So hilf mir doch, bitte!« Er konnte kaum älter sein als sie.

Sie musterte ihn ohne Mitgefühl. Er hatte große Augen, die Art von Augen, bei denen junge Frauen mit Sicherheit ins Schwärmen gerieten. Die jungen Frauen in Ebinissia waren beim Anblick dieser Augen allerdings mit Sicherheit nicht ins Schwärmen geraten.

»Im Namen der Guten Seelen, so hilf mir doch!«

Kahlan ging in die Hocke, rutschte näher an ihn heran. »Wie ist dein Name?«

»Huon! Ich heiße Huon! Und jetzt hilf mir endlich!«

Kahlan legte sich flach auf das Eis, hakte einen Fuß in einen Wurzelknoten und klammerte sich mit einer Hand fest an den stämmigen Kiefernast. Die andere Hand streckte sie ein Stück weit vor, doch nicht weit genug, daß Huon sie ergreifen konnte.

»Ich werde dir helfen, Huon, unter einer Bedingung. Ich habe geschworen, keine Gnade walten zu lassen, und das werde ich auch nicht tun. Wenn du meine Hand ergreifst, werde ich meine Kraft auf dich entladen. Du wirst mir gehören, jetzt und für immer. Wenn du überlebst, dann als jemand, der von einem Konfessor berührt wurde. Solltest du mit dem Gedanken spielen, mich mit dir über den Rand zu ziehen, bevor ich dich mit meiner Magie berühren kann, so sei versichert, daß ich dir dies Angebot nicht machen würde, wenn diese Möglichkeit bestünde. Ich habe mehr Männer berührt, als ich zählen kann. Dazu wirst du keine Zeit haben. Du wirst mir gehören.«

Er blinzelte sich das eisige Wasser, das auf ihn herabtröpfelte, aus den Augen, schüttelte es von seinem Gesicht und starrte zu ihr hoch.

Kahlan streckte die Hand nach ihm aus. »Von diesem Augenblick an, Huon, was auch geschieht, ist dein altes Leben beendet. Wenn du überlebst, dann nicht als der, der du jetzt bist. Diesen Mann wird es nicht mehr geben. Du wirst mir gehören.«

»Bitte«, sagte er leise, »hilf mir einfach hoch. Ich tu' dir nichts. Ich schwöre, ich lasse dich laufen. Zu Fuß brauche ich Stunden, bis ich wieder im Lager bin, bis dahin bist du ohnehin längst fort. Bitte, hilf mir einfach hoch.«

»Wie viele Menschen hast du in Ebinissia um ihr Leben betteln hören? Bei wie vielen hast du Gnade walten lassen?« Diese Worte waren so kalt wie das Eis, auf dem sie lag. »Ich bin die Mutter Konfessor. Ich habe der Imperialen Ordnung einen Krieg ohne Pardon erklärt. Dieser Schwur steht, solange auch nur einer von euch noch lebt. Entscheide dich, Huon. Für den Tod – oder für die Berührung durch meine Kraft. Wofür du dich auch entscheidest, der, der du jetzt bist, wird sterben.«

»Die Leute in Ebinissia haben gekriegt, was sie verdient haben. Lieber würde ich die Hand des Hüters höchstpersönlich ergreifen, als von deiner dreckigen Magie berührt zu werden. Die Guten Seelen werden mich niemals zu sich nehmen, wenn ich mich von deiner dunklen und gottlosen Magie berühren lasse.« Er verzog den Mund zu einem höhnischen Grinsen. »Zum Hüter mit dir, Konfessor!«

Huon warf die Arme nach hinten und stürzte ohne Laut in die Dunkelheit.

Auf dem Ritt zurück zu den galeanischen Rekruten ließ sie sich die Dinge durch den Kopf gehen, die Riggs, Karsh und Slagle ihr verraten hatten. Sie dachte auch über die magischen Geschöpfe nach, die in den Midlands lebten.

Sie dachte über das wunderschöne Land der Irrlichter nach, mit den offenen, tief in uralten, entlegenen Wäldern verborgenen Feldern, auf denen sich die Irrlichter im Zwielicht sammelten, um wie fröhliche Glühwürmchen zusammen über den Gräsern und Wildblumen durch die Luft zu tanzen. Sie hatte so manche Nacht im Gras liegend verbracht, während sie über ihr geschwebt waren und mit ihr über die allem Leben gemeinsamen Dinge gesprochen hatten: über Träume und Hoffnungen und Liebe.

Sie dachte an die Geschöpfe, die in Long Lake lebten, durchsichtige Wesen, die schwer zu erkennen waren und fast aus flüssigem Glas gemacht zu sein schienen, oder an das Wasser, das ihr Zuhause war. Sie hatte nie mit ihnen gesprochen, aber sie hatte sie des Nachts hervorkommen sehen, um sich auf Fels und Strand im Mondlicht zu aalen – Geschöpfe, die keine Stimme besaßen, mit denen sie jedoch ein gewisses Verständnis geteilt, und die zu schützen sie versprochen hatte.

Sie dachte an das Volk der flüsternden Bäume, mit denen zu sprechen ein unvergeßlich schönes Erlebnis gewesen war – beängstigend schaurig, doch gleichzeitig auf sanfte Weise friedvoll.

Das Volk der flüsternden Bäume war durch ihre sich unterirdisch berührenden Wurzeln alle zu einem einzigen Wesen vereint, und alle sprachen, als wären sie alle nur ein einziger, als wären sie keine Individuen. Und doch besaß jeder einen Namen, den er einem zuflüsterte, wenn man ihm das Versprechen schlichter Gefälligkeiten machte – eine vielköpfige Gemeinschaft, die gleichzeitig nur einer war. Dort einen Baum zu fällen, hieß, allen die Qualen des Todes dieses einen zuzufügen. Sie konnten der Verbundenheit, die sie untereinander empfanden, nicht entkommen. Wenn Menschen in dieses Land kamen, um die Bäume zu fällen, dann war dies für alle eine Qual. Kahlan hatte erlebt, wie es war, wenn sie Schmerzen litten. Ihr Klagen konnte die Sterne zum Weinen bringen.

Es gab auch noch andere Geschöpfe, die magisch waren, und Menschen, die ebenfalls diese Gabe besaßen. Manchmal fiel es schwer, zwischen den wilden Geschöpfen und den Menschen eine klare Grenze zu ziehen. Einige Menschen der Midlands waren teilweise Kreatur, oder vielleicht waren auch einige Kreaturen teilweise Mensch. Sie waren fremd und wunderbar und äußerst scheu.

Und so zog sich dies durch verschiedene Erscheinungsformen der Magie, von den schlichtesten Wesen in den Heulenden Höhlen, die einen durch festen Stein blicken lassen konnten, damit man ihre Nester sah, bis hin zu den Schlammenschen, die nur über schlichte magische Fähigkeiten verfügten.

Für sie als Mutter Konfessor waren sie alle, wie viele andere auch, ihre Schützlinge. Sie gebot über sie alle, damit diese magischen Orte geschützt waren, damit kein Volk mehr als andere die Hauptlast tragen mußte. Es war eine von Konfessoren und Zauberern gestützte Übereinkunft, die viele tausend Jahre zurückreichte.

Die Wesen aus dem Zwielicht, so hatte Riggs sie genannt. Das war der Name, den, unter anderen, der Lebensborn diesen magischen

Geschöpfen gegeben hatte, weil viele von ihnen nur nachts hervorkamen. Aus diesem Grund verband der Lebensborn sie mit der Dunkelheit, und so, aus Angst, mit der Finsternis des Hüters der Toten.

Der Lebensborn sah Magie als jene Kraft, mit deren Hilfe der Hüter seinen Einfluß auf diese Welt ausdehnte, auf die Welt der Lebenden. Die Männer des Lebensborns waren so unvernünftig und dumm, wie man nur sein konnte. Und sie betrachteten es als ihre Pflicht, jeden in das Reich der Toten zu schicken, der ihrer Meinung nach dem Hüter diente. Das war so ungefähr jeder, der ihrer Sicht der Dinge widersprach. In einigen Ländern waren die Männer des Lebensborns Gesetzlose, und in anderen, wie in Nicobarese, wurden sie von der Krone gefördert und bezahlt.

Vielleicht hatte Riggs recht. Vielleicht hätte sie Männern wie diesen mit der Faust des Gesetzes Einhalt gebieten sollen. Doch das war niemals Ziel des Rats gewesen – jeden zu zwingen, sich in allen Dingen einem einzelnen zu beugen. Die Stärke und die Schönheit der Midlands lagen in ihrer Vielfalt, auch wenn manches an dieser Vielfalt häßlich war. Was für den einen häßlich war, war für den anderen wunderschön, und so kam es, daß man jedes Land sich selbst regieren ließ, solange es nicht mit Waffengewalt gegen ein anderes vorging. Man erlitt geduldig Dinge, die einem zuwider waren, damit Wunderbares gedeihen konnte. Manchmal war die Trennlinie schwer zu ziehen: Länder mußten gezwungen werden, in einigen Dingen zusammenzuarbeiten, während man ihnen in anderen freie Hand ließ.

Doch vielleicht hatte Riggs recht. In manchen Ländern litten die Menschen unter der grausamen oder unzulänglichen Herrschaft ihrer raffgierigen oder unfähigen Oberhäupter, ohne Hoffnung, daß sich die Lage von außen her verändern ließe. Allerdings mußten die klügeren, aber kleineren Länder auch nicht in der Furcht vor Eroberung leben. Wenn sich das Leid der Menschen, die unter weniger glücklicher Herrschaft lebten, durch eine kluge Zentralregierung beenden ließe, wäre damit nicht viel gewonnen?

Wenn aber alle unter derselben Herrschaft lebten, würde dadurch jede andere Form des Daseins ausgelöscht, ohne je die Chance auf freie Entwicklung erhalten zu haben – und sich damit einer anderen Form als überlegen zu erweisen. Die Art der Alleinherrschaft, die die Imperiale Ordnung repräsentierte, war Sklaverei.

Kahlan war überrascht, viel weiter vom Lager entfernt auf galeanische Posten zu stoßen. Sie standen nicht mehr zu weit auseinander, und sie waren gut versteckt und tauchten mit gespannten Bogen und gezücktem Stahl erst auf, als sie sie fast erreicht hatte. Chandalen, Prindin und Tossidin hatten offenbar bereits gute Arbeit geleistet. Die Posten schlugen die Faust aufs Herz, als sie Kahlan erkannten.

Die Dämmerung verwandelte den Himmel in ein stählernes Grau. Es war wärmer als zuvor, jetzt, da die Wolken das Land wie eine wärmende Decke überzogen. Sie saß todmüde im Sattel, während Nick durch den Schnee ins Lager stapfte, doch als sie in Sichtweite der geschäftigen Männer kam, rüttelten sie die Gedanken an das, was es zu erledigen galt, wieder auf.

Chandalen, Prindin, Hauptmann Ryan und Leutnant Hobson unterhielten sich gerade mit einer Gruppe Soldaten, als sie sie aufs Lager zureiten sahen. Die vier kamen im Laufschritt angerannt, um sie am Rand des hektischen Treibens zu begrüßen. Männer bereiteten Speisen zu, aßen, verstauten Ausrüstungsgegenstände, präparierten Waffen und sahen nach Karren und Pferden. Ein Stück entfernt entdeckte sie Tossidin in einem Wolfsumhang zusammen mit Leutnant Sloan. Er fuchtelte mit seinen Armen und redete, etwas erklärend, auf Männer ein, die schweigend dastanden, während ihre Speere senkrecht im Schnee steckten und in ihrer Zusammenballung aussahen wie ein dunkles Stachelschwein, das sich vor dem weißen Hintergrund abhob.

Kahlan stieß ein müdes Stöhnen aus, als sie vor den vier Männern abstieg, die ihr entgegengekommen waren. Andere Männer ringsum setzten ihre Arbeiten fort, bewegten sich jedoch langsamer, während sie sie mit großem Interesse beobachteten. Die vier vor ihr starrten sie freimütig aus großen Augen an. Keiner sagte ein Wort.

»Was starrt ihr mich alle so an?« fragte sie ein wenig aufbrausend.

»Mutter Konfessor«, sagte Hauptmann Ryan, »Ihr seid völlig blutverschmiert. Seid Ihr verletzt?«

Kahlan blickte am weißen Wolfspelz ihres Umhangs hinab, nur war er nicht mehr weiß. Erst jetzt bemerkte sie, wie sich ihr Gesicht unter eingetrocknetem Blut spannte, ihr Haar steif davon war.

»Oh«, meinte sie in gemäßigterem Ton. »Alles in Ordnung. Mir geht es gut.«

Chandalen und Prindin seufzten erleichtert auf.

Leutnant Hobson, die Augen noch immer weit aufgerissen, schluckte. »Was ist mit dem Zauberer? Habt Ihr ihn gesehen?«

Sie zog eine Braue hoch und sah ihn an. »Was Ihr an mir seht, ist das, was von ihm übrig ist.«

Chandalen taxierte sie mit einem stolzen Lächeln. »Und wieviel hast du außerdem noch umgebracht?«

Kahlan zuckte müde mit den Achseln. »Ich hatte alle Hände voll zu tun. Ich habe mir nicht die Zeit genommen, sie zu zählen, aber alles in allem, die Brände eingeschlossen, gut über hundert, denke ich. Der Zauberer ist tot, das allein zählt. Zwei ihrer Kommandanten ebenfalls, und wenigstens zwei weitere sind verwundet.«

Hauptmann Ryan und Leutnant Hobson wurden blaß.

Chandalens stolzes Lächeln wurde breiter. »Ich bin überrascht, daß du für die anderen noch welche übriggelassen hast, Mutter Konfessor.«

Sie erwiderte sein Lächeln nicht. »Es sind noch reichlich übrig.« Kahlan rieb ihrem Pferd die Nase. »Die meiste Arbeit hat Nick erledigt.«

»Ich hab' Euch doch gesagt, er wird Euch nicht im Stich lassen, Mutter Konfessor«, meinte Hobson.

»Das hat er wirklich nicht getan. Er war mir eine größere Hilfe als die Guten Seelen selbst. Er hat mir heute das Leben gerettet.«

Kahlan kniete vor den beiden galeanischen Offizieren im Schnee nieder. Sie senkte den Kopf.

»Ich denke, ich muß Euch um Vergebung bitten.« Sie ergriff von jedem eine Hand. »Ihr wißt zwar nicht, wie man das erreicht, was notwendig ist, aber Ihr habt Eure Pflicht den Midlands gegenüber

über meine Befehle gestellt. Das war Mut in seiner höchsten Form. Ich möchte, daß Ihr alle wißt, daß ich mich geirrt habe. Ihr habt in edler Absicht gehandelt.« Sie küßte beiden die Hand. »Ich preise Eure aufrechten Herzen. Ihr habt vor allem anderen an Eure Pflicht gedacht. Ich bitte Euch, mir zu vergeben.«

Alles schwieg, während sie auf einem Knie hockte. Schließlich flüsterte Hauptmann Ryan ihr leise etwas zu.

»Mutter Konfessor, bitte. Erhebt Euch. Alle sehen her.«

»Erst, wenn Ihr mir vergeben habt. Ich will, daß jeder weiß, daß Ihr recht gehandelt habt.«

»Aber Ihr wußtet doch gar nicht, was wir taten oder warum. Ihr habt nur an unsere Sicherheit gedacht.« Kahlan wartete, und er schwieg einen Augenblick lang verlegen. »Also gut. Ich vergebe Euch ... Aber macht das bitte nicht noch einmal.«

Sie erhob sich, ließ die Hände der beiden los und lächelte sie dünn und freudlos an. »Seht zu, daß dies das letzte Mal war, daß Ihr mir nicht gehorcht.«

Hauptmann Ryan nickte ernst. »Bestimmt.« Er schüttelte den Kopf. »Ich meine, nein, ich werde ... wir werden tun, was Ihr befehlt, Mutter Konfessor.«

»Ich weiß schon, was Ihr sagen wollt, Hauptmann.« Sie stieß einen erschöpften Seufzer aus. »Wir haben eine Menge zu erledigen, bevor wir diese Männer angreifen.«

»Wir!« fuhr Chandalen dazwischen. »Wir sollten ihnen doch nur ein paar Dinge zeigen, und dann wollten ›wir‹ nach Aydindril aufbrechen! Wir dürfen uns auf keinen Fall in diesen Kampf hineinziehen lassen. Du hast bereits jetzt zuviel riskiert! Wir müssen ...«

Kahlan unterbrach ihn. »Ich muß mit euch dreien sprechen. Holt Tossidin. Hauptmann, bitte laßt alle Männer antreten, auch die Posten. Ich will zu euch allen sprechen. Bitte wartet bei Euern Leuten. Ich werde gleich bei Euch sein. Und laßt ein Zelt für mich stehen. Ich brauche ein paar Stunden Schlaf, während alles vorbereitet wird.«

Sie entfernte sich ein Stück mit Chandalen im Schlepptau außer Hörweite des Lagers, während Prindin Tossidin holen ging. Als sie alle zusammen waren, richtete sie das Wort an die drei. Chandalen hatte eine finstere Miene aufgesetzt, die anderen beiden warteten regungslos ab.

»Die Schlammenschen«, begann sie mit gedämpfter Stimme, »besitzen Magie.«

»Wir besitzen keine Magie«, widersprach Chandalen.

»Doch, das tut ihr. Ihr haltet es nur nicht für Magie, weil ihr damit geboren werdet und es nicht anders kennt. Ihr wißt nichts von anderen Völkern, wißt nichts von ihrer Denkweise. Die Schlammmenschen können mit den Seelen ihrer Vorfahren sprechen. Sie können es, weil sie Magie besitzen. Andere Völker, andere Menschen, besitzen diese Fähigkeit, diese Magie nicht. Magie ist keine seltsame und mächtige Kraft, sie liegt einfach im Wesen mancher Menschen und Geschöpfe.«

»Andere können auch mit ihren Ahnen sprechen, wenn sie es wollen«, sagte Chandalen.

»Ein paar, ja, die meisten aber nicht. Für die ist es ein Sprechen mit den Toten, und das gilt als Magie. Beängstigende Magie. Du und ich, wir wissen, daß man vor ihr keine Angst zu haben braucht, aber andere wirst du nie davon überzeugen können, daß das gut ist, was du tust. Sie werden es immer für etwas Böses halten. Die Menschen glauben das, wonach sie erzogen wurden, und sie wurden erzogen zu glauben, daß das Reden mit den Toten etwas Böses ist.«"

»Aber die Seelen unserer Vorfahren helfen uns«, wandte Prindin ein. »Sie schaden uns nie. Sie bringen uns immer nur Hilfe.«

Kahlan legte ihm eine Hand auf die Schulter und blickte in seine sorgenvollen Augen. »Ich weiß. Deswegen helfe ich dabei, andere von euch fernzuhalten, damit ihr so leben könnt, wie es euch gefällt. Es gibt ein paar andere Völker, die mit ihren Ahnen sprechen, so wie ihr, und auch sie besitzen diese Magie. Es gibt andere Völker und andere Geschöpfe, die über eine andere Art von Magie verfügen als ihr, die für sie aber ebenso wichtig ist, wie eure für euch.« Sie sah jeden einzeln an. »Versteht ihr das?«

»Ja, Mutter Konfessor«, meinte Tossidin.

Prindin nickte zum Zeichen, daß er derselben Meinung war. Chandalen murrte und verschränkte die Arme.

»Wichtig ist allerdings nicht, ob das, was ihr besitzt, als Magie bezeichnet werden kann. Ihr sollt nur begreifen, wie wichtig es ist, ob andere euer Tun als Magie ansehen. Viele fürchten sich vor Magie. Sie halten euch für böse, weil ihr diese Magie praktiziert.«

Kahlan zeigte in die Richtung der Armee der Imperialen Ordnung. »Diese Männer, die wir jagen, die all die Menschen in der Stadt getötet haben, sie haben sich für ein bestimmtes Ziel zusammengetan. Sie wollen über alle Völker der Midlands herrschen. Sie wollen nicht, daß auch nur eins von ihnen so lebt, wie es möchte, sondern alle sollen sich ihrer Herrschaft beugen.«

»Warum sollten sie die Schlammenschen beherrschen wollen?« fragte Prindin. »Wir haben nichts, das sie wollen könnten. Wir bleiben auf unserem Land.«

Chandalen faltete seine Arme auseinander und sprach mit gedämpfter Stimme. »Sie fürchten sich vor Magie, und sie wollen uns daran hindern, mit unseren Vorfahren zu sprechen.«

Kahlan drückte ihm die Schulter. »Genau. Aber mehr noch, sie glauben, sie seien den Seelen, an die sie glauben, verpflichtet, euch alle umzubringen. Sie wollen alle, die Magie anwenden, töten, weil sie glauben, Magie sei etwas Böses. Sie glauben, ein Volk wie ihr besitzt Magie.« Ihr Blick fand Chandalens Augen. »Wenn sie nicht bis auf den letzten Mann getötet werden, wie die Jocopo, werden sie früher oder später kommen und die Schlammenschen vernichten – genau wie sie die Stadt Ebinissia zerstört haben.«

Die drei Männer blickten nachdenklich zu Boden. Sie wartete, bis sie sich überlegt hatten, was sie sagen wollten. Schließlich ergriff Chandalen das Wort.

»Und sie würden andere Völker töten, die wie die Schlammenschen für sich leben wollen?«

»So ist es. Ich habe mit Männern aus dieser Armee gesprochen. Sie sind wie Wahnsinnige. Sie klingen, als wären sie von bösen Seelen heimgesucht worden, wie die Bantak. Wie die Jocopo. Sie hören nicht auf die Stimme der Vernunft. Sie glauben, wir sind es, die auf die bösen Seelen hören. Sie werden ihre Drohung wahrmachen. Du hast die Stadt gesehen, die sie zerstört haben, und du hast gesehen, wie groß die Armee war, die sie verteidigt hat. Das ist keine leere Drohung.

Ich muß nach Aydindril, damit ich eine Armee für den Kampf gegen diese Männer aufstellen kann. Die Ratsmitglieder müßten bereits damit begonnen haben, trotzdem muß ich dorthin, um mich zu vergewissern, ob man das Ausmaß der Bedrohung erkannt hat und ob sich alle Völker der Midlands in dieser Notlage zusammentun.

Doch im Augenblick stehen außer diesen jungen Männern keine Streitkräfte für den Kampf gegen diese Männer bereit. Städte werden zerstört werden, bevor Hilfe eintreffen kann. Schlimmer noch, die Bedrohung, die diese Männer darstellen, wird manchen dazu bringen, sich ihnen anzuschließen. Einige betrachten Ehre als etwas Lästiges und werden sich auf die Seite jener Armee schlagen, die ihrer Ansicht nach gewinnen wird. Das wird ihre Truppen zusätzlich verstärken.

Es werden noch viele sterben, bevor Aydindril Truppen aussenden kann, um diese Männer aufzuspüren und zu besiegen. Wir müssen diese jungen Männern auffordern, sich jetzt dem Kampf anzuschließen, bevor noch mehr Unschuldige niedergemetzelt werden. Diese jungen Männer haben sich freiwillig zu Kriegern ausbilden lassen – so wie ihr – um ihr Volk sowie alle anderen Völker der Midlands zu beschützen. Wir müssen ihnen dabei helfen. Wir dürfen nicht zulassen, daß diese Armee des Bösen mordend und zerstörend durch die Midlands zieht und dabei immer mehr Menschen auf ihre Seite bringt.

Wir müssen diesen Kampf mit diesen jungen Männern beginnen, ihnen helfen, ihnen zeigen, wie man kämpft. Wir müssen sicher sein, daß sie auch ohne unsere Anleitung weiterkämpfen. Bevor wir nach Aydindril aufbrechen, müssen wir sie in die allererste Schlacht führen, damit sie Vertrauen in die Kampfmethode gewinnen, die wir ihnen beibringen.«

Chandalen sah sie fest an. »Und du wirst den Blitz herbeirufen, um uns zu helfen?«

»Nein«, sagte Kahlan leise. »Ich habe es gestern abend versucht, aber es hat nicht funktioniert. Es ist schwer zu erklären, aber ich glaube, weil ich diese ganz besondere Art der Magie für Richard eingesetzt habe, funktioniert sie nur noch, wenn ich ihn beschützen will. Tut mir leid.«

Chandalen faltete seine Arme auseinander. »Wie hast du dann so viele getötet?«

Kahlan berührte seinen Arm, dort, wo sich das Knochenmesser befand. »Auf dieselbe Art, die dein Großvater deinem Vater beigebracht hat und er dir. Ich habe das getan, was sie nicht erwartet haben. Ich habe nicht auf ihre Art gekämpft.« Die beiden Brüder beugten sich aufmerksam vor, während sie sprach. »Sie trinken gern, und wenn sie betrunken sind, können sie nicht klar denken und werden langsam.«

Tossidin zeigte mit dem Daumen nach hinten. »Diese Männer trinken abends auch gern. Sie haben einen ganzen Karren voll Alkohol bei ihren Vorräten. Wir haben ihnen nicht erlaubt, etwas zu trinken. Ein paar waren deshalb böse. Sie meinten, es sei ihr Recht.«

Kahlan schüttelte den Kopf. »Diese jungen Soldaten glaubten auch, es sei ihr Recht, geradewegs auf einen Feind loszumarschieren, der ihnen zehnfach überlegen ist, und sich mit ihm am hellichten Tag eine Schlacht zu liefern. Wir müssen ihnen hierbei helfen. Wir müssen ihnen beibringen, was zu tun ist.«

»Sie hören nicht gern zu.« Prindin blickte kurz über die Schulter nach hinten, zu den Männern, die er zu unterrichten versucht hatte. »Immer wollen sie widersprechen. Sie sagen: ›Das wird aber so gemacht‹ und ›Wir müssen das aber so machen‹. Sie kennen nur die Art, die man ihnen beigebracht hat, und lassen sich nichts anderes sagen.«

»Und doch müssen wir genau das tun«, sagte Kahlan. »Wir müssen sie auf den Weg führen, der zum Erfolg führt. Deswegen brauche ich euch drei. Ich brauche euch, damit ihr mir hierbei helft, sonst werden viele Menschen, darunter schließlich auch die Schlammenschen, sterben. Ich brauche eure Hilfe. Ich muß sie in den Kampf führen.«

Chandalen schwieg und rührte sich nicht von der Stelle. Die beiden Brüder scharrten mit den Füßen im Schnee und dachten nach. Schließlich hob Prindin den Kopf.

»Wir werden helfen. Mein Bruder und ich, wir werden tun, was du verlangst.«

»Danke, Prindin, aber du bist es nicht, der die Entscheidung fällen muß. Chandalen muß seine Zustimmung geben. Die Entscheidung liegt bei ihm.«

Die beiden sahen ihn von der Seite an, während er Kahlan wütend anfunkelte. Schließlich schnaubte er voller Wut.

»Du bist eine halsstarrige Frau. Du bist so halsstarrig, und man wird dich töten, wenn wir drei dir nicht ein wenig Vernunft beibringen. Wir werden mit dir gehen, um diese bösen Männer zu töten.«

Kahlan stieß einen erleichterten Seufzer aus. »Ich danke dir, Chandalen.« Sie bückte sich, hob eine Handvoll Schnee auf und wischte sich damit das getrocknete Blut aus dem Gesicht. »Und jetzt muß ich gehen und diesen jungen Männern erklären, was sie zu tun haben.« Sie schüttelte den Schnee von ihren Händen, als sie mit ihrem Gesicht fertig war. »Habt ihr drei letzte Nacht ein wenig Schlaf gefunden?«

»Ein wenig«, sagte Chandalen.

»Gut. Sobald ich mit ihnen geprochen habe, brauche ich ein paar Stunden Schlaf. Ihr könnt beginnen, indem ihr ihnen zeigt, wie man ohne Karren reist. Sie müssen so stark werden wie ihr. Wir werden heute nacht mit dem Töten beginnen.«

Chandalen nickte entschlossen. »Heute nacht.«

8. Kapitel

Kahlan kletterte vor den versammelten Männern auf einen Karren. Sie standen dicht zusammengedrängt in braune Wolljacken gehüllt vor ihr im fahlen Morgenlicht. Hauptmann Ryan stand zusammen mit den beiden Leutnants an seiner Seite in der vordersten Reihe der Männer. Er hatte den Arm auf ein Karrenrad gestützt und wartete.

Kahlan blickte in all die jungen Gesichter. Jungen. Sie stand im Begriff, Kinder in den Tod zu bitten. Aber was hatte sie für eine Wahl?

Geliebte Mutter, fragte sie sich, *ist dies der Grund, weshalb du Wyborn als meinen Vater ausgesucht hast? Damit er mir beibringen sollte, was ich jetzt im Begriff stehe zu tun?*

»Ich fürchte, ich habe nur eine einzige gute Nachricht für euch«, begann sie mit ruhiger Stimme, die durch die kalte Luft getragen wurde, über all die Gesichter hinweg, die sie ansahen, »daher werde ich euch die zuerst mitteilen, um euch Mut zu machen für die anderen Dinge, die ich euch zu sagen habe.«

Kahlan holte tief Luft. »Eure Königin wurde in Ebinissia weder umgebracht, noch haben die Männer, die die Stadt angegriffen haben, sie gefunden oder gefangengenommen. Entweder war sie nicht in der Stadt, als der Angriff kam, oder sie konnte fliehen.

Königin Cyrilla lebt.«

Die jungen Männer atmeten tief durch, dann brachen sie in wilden Jubel aus. Sie warfen die Arme in die Luft, drohten dem Himmel mit den Fäusten. Sie brüllten und johlten vor Freude und Erleichterung.

Kahlan stand da in ihrem blutgetränkten Wolfspelz, die Hände an den Seiten, und ließ ihnen diesen Augenblick des Jubels und der Hoffnung. Einige der jungen Männer vergaßen für einen Augenblick, daß sie Soldaten waren, und umarmten einander. Sie sah so manche Freudenträne über die Wangen rollen, während die Männer herumsprangen und johlten.

Kahlan kam sich klein und unbedeutend vor, als die lärmende Menge junger Männer der Bewunderung für ihre Halbschwester freien Lauf ließ. Sie brachte es nicht über sich, der Freude Einhalt zu gebieten.

Schließlich kletterte Hauptmann Ryan zu ihr auf den Karren. Er reckte die Arme in die Höhe und bat um Ruhe.

»Schon gut! Schon gut! Beruhigt euch. Hört auf, euch vor der Mutter Konfessor wie ein Haufen Kinder zu benehmen. Zeigt ihr, was für Männer ihr seid!«

Endlich legte sich der Jubel. Übrig blieben strahlende Gesichter und leuchtende Augen. Hauptmann Ryan verschränkte die Hände und sah Kahlan leicht verlegen an, bevor er zurücktrat, um ihr Platz zu machen.

»Das Volk von Ebinissia«, fuhr sie in demselben ruhigen Tonfall fort, »hatte nicht dieses Glück.«

Die winterliche Stille bekam etwas Schneidendes. Sanfte Böen fuhren rauschend in die eisüberkrusteten Äste der Bäume, die die Hänge zu beiden Seiten des flachen talförmigen Passes hinaufreichten, in dem sich ihr Lager befand. Das Strahlen schwand aus den Gesichtern.

»Jeder einzelne von euch hatte zumindest Freunde, die dort hingemetzelt wurden. Für viele von euch waren es die Lieben, die Familienangehörigen, die durch die Hände dieser Männer gestorben sind – nur wenige Stunden hinter diesem Paß.« Kahlan räusperte sich und mußte schlucken, während sie den Blick zu Boden senkte. »Auch ich kannte Menschen, die dort umgekommen sind.«

Sie hob den Kopf. »Gestern abend bin ich ins Lager des Feindes gegangen, um herauszufinden, wer dieser ist und ob man ihn dazu bringen kann, in seine Heimatländer zurückzukehren. Doch diese Männer verfolgen kein anderes Ziel, als alle Länder zu erobern und ihrer Herrschaft zu unterwerfen. Sie haben geschworen, jeden zu töten, der sich weigert, sich ihnen anzuschließen. Ebinissia hat sich geweigert.«

Die jungen Männer brüllten und drohten mit den Fäusten. Sie selbst, so schrien sie, wollten der Gefahr ein Ende machen.

Sie übertönte ihr Gebrüll und brachte sie zum Schweigen. »Die Männer, die eure Landsleute ermordet haben, werden Imperiale Ordnung genannt. Sie kämpfen für kein Land und keinen Staat. Sie kämpfen darum, alle Länder zu erobern, alle Länder zu beherrschen. Sie gehorchen keiner Regierung, keinem König, keinem Herrn und keinem Rat. Sie halten sich selbst für den Urquell allen Rechts.

Zum größten Teil bestehen sie aus D'Haranern, aber es haben sich ihnen auch andere angeschlossen. Ich habe einige Keltonier unter ihnen gesehen.«

Eine Woge wütenden Getuschels wanderte nach hinten durch die Menge. Kahlan ließ es im Augenblick dabei bewenden. »Ich habe unter ihnen auch Männer anderer Länder gesehen. Sogar Galeaner.«

Schockierte und erzürnte Rufe wurden laut, daß dies nicht wahr sein könne und sie sich täuschen müsse.

»Ich habe sie mit eigenen Augen gesehen!« Sie verstummte erneut. Ihr Tonfall wurde ruhiger. »Ich wünschte, es wäre nicht wahr, aber ich habe sie gesehen. Männer aus vielen Ländern haben sich ihnen angeschlossen. Es werden sich ihnen noch mehr Männer anschließen, die glauben, sie können am Sieg teilhaben, ein Teil der neuen Ordnung werden, dabeisein, wenn es zu Plündereien kommt und Macht und Einfluß vergeben werden.

Die Stadt Cellion liegt nur wenige Tage von ihnen entfernt. Die Imperiale Ordnung wird ihre Unterwerfung und ihren Gehorsam verlangen oder ihren Tod beschließen.

Andere Städte, Kleinstädte, Dörfer und Farmen werden unter diesen Männern leiden müssen, wenn man ihnen nicht Einhalt gebietet. Mit der Zeit werden alle unter ihr Schwert fallen. Ich bin auf dem Weg nach Aydindril, um die Truppen der Midlands gegen die Imperiale Ordnung aufzustellen, doch das braucht Zeit. Währenddessen wird ihre Zahl durch jene wachsen, die sich gern auf der Seite der Macht wähnen. Im Augenblick gibt es niemanden, der diese Männer daran hindern könnte, jeden zu töten, der sich ihnen in den Weg stellt.

Niemanden außer euch.«

Kahlan drückte ihren Rücken durch, während sie das Gesagte wirken ließ und sich auf ihre nächsten Worte vorbereitete. Wieder wartete sie ab, bis sich Stille übers Tal gelegt hatte.

»Als Mutter Konfessor der Midlands und in Ermangelung des Luxus, mich mit dem Zentralrat absprechen zu können, mußte ich tun, was seit tausend Jahren oder mehr keine Mutter Konfessor mehr hat tun müssen. Allein kraft meines Amtes habe ich die Midlands in den Krieg geführt. Die Armee der Imperialen Ordnung muß bis zum letzten Mann vernichtet werden. Seitens der Midlands wird es kein Verhandlungsangebot geben. Unter keinen Umständen wird eine Kapitulation der Imperialen Ordnung angenommen werden.

Im Namen der Midlands habe ich einen Eid geschworen, daß keine Gnade walten gelassen werden soll.«

Erstaunte Gesichter blickten sie an.

»Unabhängig davon, ob ich lebe oder sterbe, dieser Erlaß ist unwiderruflich. Jedes Land oder Volk, das sich bereitwillig der Imperialen Ordnung anschließt, stellt sein Schicksal auf Gedeih und Verderb unter den Schatten dieses Edikts.

Ich fordere euch nicht etwa im Namen Galeas zum Kampf auf. Ich fordere euch kraft meines Amtes als Mutter Konfessor auf, für die Midlands zu kämpfen. Denn nicht Galea wird bedroht, sondern alle Länder und alle freien Völker.«

Ein Gewirr zuversichtlicher Stimmen wurde laut, daß man sich der Aufgabe gewachsen glaubte. Einige aus den Reihen gaben ihrer Gewißheit Ausdruck, sie seien die richtigen Männer dafür, seien im Recht und würden triumphieren.

Kahlan nickte ihnen zu. »Glaubt ihr das wirklich? Ich möchte, daß ihr euch alle die Gesichter rings um euch anschaut.« Die meisten blickten nur sie an. »Tut, was ich sage! Seht euch die Gesichter rings um euch an! Seht euch eure Kameraden an!«

Ein wenig verwirrt begannen sie sich umzuschauen, verdrehten die Köpfe, um zu sehen, wer neben, wer hinter ihnen stand, und feixten und lachten dabei, als wäre dies ein Spiel.

Als dies erledigt schien, fuhr sie fort. »Ein paar von euch werden sich einst an die Gesichter erinnern, in die ihr heute geblickt habt. Dann erinnert euch und trauert. Die anderen werden, wenn ihr diesen Kampf aufnehmt, nicht mehr da sein, um sich erinnern zu können. Sie werden im Kampf gefallen sein.«

In der kalten Stille hörte Kahlan das ferne Schnattern eines Eichhörnchens, dann war auch das verklungen.

Das Lächeln war überall erloschen, als sie schließlich erneut das Wort ergriff. »Diese Männer, die Imperiale Ordnung, werden angeführt und bestehen größtenteils aus d'haranischen Truppen. Die Ausbildung d'haranischer Soldaten beginnt, wenn sie halb so alt sind wie ihr jetzt. Sie bekämpfen Feinde innerhalb ihres eigenen Landes, schlagen Aufstände und Rebellionen nieder. Sie üben ihre Schlachttaktiken nicht einfach nur, sie leben sie tagein, tagaus. Sie kennen nur ein Leben voller Kampf. Sie sind ihm in jeder Form ausgesetzt gewesen. Ich habe vielen D'Haranern die Beichte abgenommen. Die meisten wissen nicht, was Frieden ist.

Seit dem Frühjahr, als Darken Rahl sie gegen die Midlands ausgesandt hat, haben sie das getan, was sie am besten können: Krieg führen. Sie haben Schlacht um Schlacht geschlagen. Alle, die sich ihnen entgegengestellt haben, sind gefallen.

Sie genießen es zu kämpfen. Sie machen sich einen Spaß daraus. Sie sind so furchtlos, wie Soldaten nur sein können. Oft halten sie Wettbewerbe auf Leben und Tod ab, um sich das Recht zu sichern, in vorderster Front kämpfen zu dürfen, um sich das Recht zu sichern, den ersten Schlag gegen den Feind führen zu dürfen, der erste sein zu dürfen, der fällt.«

Sie musterte die jungen Gesichter. »Ihr vertraut auf eure Ausbildung, auf eure Taktiken?« Die Gesichter nickten, sahen sich an, lächelten im Vertrauen auf ihr Können.

Kahlan zeigte auf einen von ihnen, einen Sergeant, nach den Tressen auf seiner Uniformjacke zu schließen. »Dann erklär mir folgendes. Ihr befindet euch auf dem Schlachtfeld, nachdem ihr diese Männer gestellt habt, und dort kommt der Feind und greift euch an. Du hast das Kommando über die Lanzenträger und die Bogenschützen. Hier kommt der Feind. Zu Tausenden kommen sie brüllend angerannt, um eure Streitmacht auseinanderzureißen, eurer Armee das Rückrat zu brechen. Du siehst, daß sie Speere haben, die sie Argone nennen, mit langen, dünnen Widerhaken. Durchdringen sie einen, ist es fast unmöglich, sie wieder herauszuziehen. Sie reißen entsetzliche Wunden, die fast immer tödlich sind. Hier kommen sie nun, mit ihren Argonen. Tausende von Männern. Wie lautet deine Taktik?«

Der junge Mann reckte wissend das Kinn nach vorn. »Man bildet eine dichte Formation, ein Rechteck oder einen Keil, um die Bogenschützen zu sichern. Die Lanzenträger richten die Lanzen nach außen, legen ihre Schilde übereinander und treten dem Feind als dichter, undurchdringlicher Wall entgegen. Die Schilde schützen die Lanzenträger, die wiederum die Bogenschützen sichern. Die Bogenschützen fällen sie, bevor sie nahe genug sind, um ihre Argone einzusetzen. Die wenigen, die durchkommen, stürzen in die Lanzen. Der Vormarsch wird zurückgeworfen, und aller Wahrscheinlichkeit nach werden sie bei dem gescheiterten Angriffsversuch eine so große Zahl Männer verlieren, daß ein weiterer unwahrscheinlich wird.«

Kahlan nickte und tat beeindruckt. »Sehr hübsch vorgetragen.« Er strahlte. Die Männer rings um ihn feixten vor Stolz über die gute Kenntnis ihrer Arbeit. »Ich habe einige der erfahrensten Armeen der Midlands genau diese Taktik anwenden sehen, als die D'Haraner im letzten Frühjahr, bei Fall der Grenze, zum ersten Mal einfielen.«

»Nun, da seht Ihr es«, meinte der Mann. »Unsere Bogenschützen und die Spitzen unserer Lanzen werden ihnen den Angriffsschwung nehmen.«

Sie lächelte ihn dünn an. »Die vorderste Front der D'Haraner, jene Männer, von denen ich Euch erzählt habe, die größten, wildesten, die, die sich das Recht gesichert haben, als erste auf euch loszustürmen – sie haben eine spezielle Taktik gegen euer Vorgehen entwickelt. Zum einen besitzen sie Pfeilschilde, die sie bei ihrem Ansturm vor der größten Wucht der Bogenschützen schützen.

Und vermutlich habe ich auch vergessen, euch die eine oder andere Einzelheit über diese Argone zu erzählen. Diese Speere besitzen über fast die gesamte Länge eisenummantelte Schäfte, die nur einem einzigen Zweck dienen. Wenn der Feind, größtenteils unbeeindruckt von euren Bogenschützen, vorrückt, schleudern sie ihre Argone auf euch.«

»Wir haben Schilde«, gab der Mann zu bedenken. »Sobald sie ihre Argone verschleudert haben, haben sie die Spitzen unserer Lanzen vor sich.«

Sie verschränkte die Arme und nickte. »Die vorderste Front, jene Männer, die sich das Recht gesichert haben, in der ersten Angriffswelle zu stehen, besteht aus großen Kerlen. Ich bezweifele, daß der kleinste von ihnen nicht wenigstens doppelt so dicke Arme hat wie der durchschnittliche Soldat von euch. Die Argone sind nadelspitz. Von solch kräftigen Armen geschleudert, durchbohren sie eure Schilde und bleiben darin stecken. Die langen Widerhaken verhindern, daß sie wieder herausgezogen werden können.«

Das zuversichtliche Lächeln verschwand, als sie von Gesicht zu Gesicht blickte und dann schließlich fortfuhr. »Jetzt habt ihr die Argone fest in euern Schilden stecken. Ihr laßt eure Lanzen fallen und zieht die Schwerter, um die schweren Speere abzuhacken. Die Schäfte sind jedoch mit Eisen beschlagen und geben nicht nach. Die Speere sind schwer, ihr hinteres Ende schleift auf dem Boden. D'Haraner können fast ebensoschnell rennen wie ihre Speere fliegen. Wenn sie euch in diesem Augenblick erreichen, springen sie auf die Speerschäfte in euern Schilden, drücken sie zu Boden, so daß ihr auf die Knie sinkt und ihren schweren Äxten schutzlos ausgeliefert seid.«

Die Arme immer noch verschränkt, beugte sie sich zu ihnen vor. »Ich habe Männer gesehen, die von diesen Äxten vom Scheitel bis zum Nabel gespalten wurden.«

Die Männer warfen sich Seitenblicke zu, ihre Zuversicht war erschüttert.

Sie nickte ihnen spöttisch zu und faltete die Arme auseinander. »Was ich euch erzähle, sind keine Vermutungen. Ich habe gesehen, wie eine d'haranische Streitmacht auf genau diese Weise eine erfahrene, ihnen fast zehnfach überlegene Armee niedergemacht hat. Im

Verlauf einer Stunde hatte sich die ins Gegenteil verkehrt, die vermeintliche Niederlage der D'Haraner verwandelte sich in einen Sieg.

Ein d'haranischer Argonenangriff hat fast eine ebenso vernichtende Wirkung wie ein klassischer Kavallerieangriff, nur daß sie über eine größere Zahl verfügen als jede Reiterschar. Zudem ist ihre eigene Kavallerie alles andere als gewöhnlich. Doch das wage ich euch nicht einmal zu erzählen.

Im Gemetzel um Ebinissia haben sie die Hälfte ihrer Leute verloren, und jetzt befinden sie sich im Lager, singen und besaufen sich. Wärt ihr so guter Dinge, wenn ihr gerade jeden zweiten Mann verloren hättet?

Ich weiß, ihr glaubt, eine Schlacht gegen einen zehnfach stärkeren Gegner gewinnen zu können, und ich weiß auch, daß so etwas zu schaffen ist. Allerdings könnten höchstens die erfahrenen d'haranischen Truppen eine solche Leistung vollbringen.

Bitte glaubt mir, ich habe nicht die Absicht, eure Tapferkeit zu bezweifeln, doch auf dem Schlachtfeld seid ihr ihnen nicht ebenbürtig. Noch nicht. Ihr könntet keine Armee von der Hälfte ihrer Größe besiegen, würde die Schlacht im Stil eurer Feinde geschlagen.

Das heißt nicht, daß ihr nicht siegen könnt. Ihr müßt euer Ziel nur auf andere Art erreichen. Ich glaube, ihr könnt gewinnen. Ich werde euch verraten, was ihr tun müßt, und euch beim ersten Schlag anführen, damit ihr einen Anfang habt. Die Imperiale Ordnung ist nicht unbesiegbar. Sie kann bezwungen werden.

Von diesem Tag an werde ich euch nicht mehr ›Jungs‹ nennen. Von diesem Tag an seid ihr Soldaten.

Ihr seht euch selbst als Soldaten eurer Heimat Galea. Doch das seid ihr nicht. Nicht in dieser Angelegenheit. Ihr seid alle Soldaten der Midlands. Denn nicht nur Galea wird erobert werden, sondern die gesamten Midlands, wenn diesen Soldaten kein Einhalt geboten wird. Ich nehme euch in die Pflicht, sie aufzuhalten.«

Die dichtgedrängte Menge aus Soldaten, durch das Gehörte in Wut geraten, schrie, man wolle die Aufgabe übernehmen. Unter einigen aus der Menge, rechts von ihr, bereitete sich verärgertes Getuschel aus. Männer rempelten sich an und stritten. Ein paar der Männer wollten etwas sagen, andere versuchten, dies zu verhindern.

»Solltet ihr euch entschließen, an diesem Kampf teilzunehmen, werdet ihr Befehlen ohne Frage Folge leisten«, fuhr sie fort. »Dieses eine Mal jedoch dürft ihr frei eure Meinung äußern, ohne dafür bestraft zu werden. Wenn ihr etwas zu sagen habt, dann laßt es jetzt vor allen hören oder nehmt es mit ins Grab.«

Einer der Männer riß sich von einem anderen los. Er schaute wütend zu ihr hinauf. »Wir sind Männer. Wir folgen keiner Frau in die Schlacht.«

Kahlan sah ihn verwundert an. »Ihr folgt doch Königin Cyrilla.«

»Sie ist unsere Königin, für sie kämpfen wir. Aber sie führt uns nicht in den Kampf. Das bleibt Männern überlassen.«

Kahlan kniff die Augen zusammen. »Wie ist dein Name?«

Der Angesprochene ließ seinen Blick kurz über seine Kameraden schweifen, dann reckte er entschlossen das Kinn in die Höhe. »Ich bin William Mosle. Wir wurden von Prinz Harold persönlich ausgebildet.«

»Und ich«, sagte Kahlan, »wurde von seinem Vater, König Wyborn, ausgebildet. König Wyborn war auch mein Vater. Ich bin eine Halbschwester von Königin Cyrilla und Prinz Harold.«

Überall in der Menge war erstauntes Zischeln zu hören. Ohne den Blick von Mosle zu wenden, hob Kahlan die Hand und brachte das Getuschel dadurch zum Verstummen. »Doch das ist im Augenblick nicht von Belang. Ihr seid Soldaten. Es ist eure Pflicht, die Befehle eurer Kommandeure zu befolgen, die wiederum der Königin dienen, welche sich an die Befehle des Zentralrats der Midlands zu halten hat. Der Zentralrat der Midlands folgt den Befehlen der Mutter Konfessor.

Im Augenblick bekleide ich dieses Amt. Mein Familienname lautet Amnell, wie der eurer Königin, doch zuallererst entstamme ich einem Geschlecht von Konfessoren. Ich bin die Mutter Konfessor der Midlands, und wenn ich in dieser Funktion befehle, ihr sollt in einen See hineinmarschieren, dann ist es eure Pflicht, solange zu marschieren, bis ihr Wasser atmet und Fische vor den Augen habt. Habe ich mich klar genug ausgedrückt, Soldat?«

Ein paar andere stießen Mosle an und bedrängten ihn, ihre weiteren Zweifel auszusprechen. »Das bedeutet, daß Ihr uns befehligen könnt, aber das bedeutet nicht, daß Ihr auch wißt, was Ihr tut.«

Kahlan stieß einen Seufzer aus, strich ein paar blutverkrustete Strähnen nach hinten und hakte sie hinters Ohr. »Ich habe heute nicht Zeit, euch von meiner gesamten Ausbildung zu erzählen oder von all den aussichtslosen Kämpfen, die ich durchgestanden, oder den Männern, die ich dabei habe töten müssen.

Ich will euch nur erzählen, daß ich gestern abend allein in das Lager der Imperialen Ordnung geritten bin, um euch das Leben zu retten. Die Männer der Imperialen Ordnung, die D'Haraner, fürchten die Dinge der Nacht, die Geier, und als Schutz vor ihnen als Unterstützung hatten sie einen Zauberer in ihrem Gefolge. Hättet ihr im Vertrauen auf eure Strategiekenntnisse versucht, diese Männer anzugreifen, wäre dieser Zauberer lange zuvor über euer Vorgehen im Bilde gewesen und hätte vermutlich Magie eingesetzt, um euch alle zu töten.«

Mosles Gesichtsausdruck verlor nichts von seinem Trotz, doch einige der anderen fingen an, besorgt zu tuscheln. Gegen Stahl zu kämpfen war eine Sache, ein Kampf gegen Magie etwas völlig anderes.

Hauptmann Ryan trat einen Schritt nach vorn. »Die Mutter Konfessor hat den Zauberer getötet«, erklärte er voller Stolz. Aus den Reihen der Männer waren erleichterte Seufzer zu hören. »Ohne ihre Erfahrung wären wir in den Tod marschiert, ohne auch nur die Gelegenheit zu haben, die Klingen zu kreuzen. Ich für meinen Teil habe die Absicht, denen zu folgen, denen ich lebenslange Treue geschworen habe: meinem Land, meiner Königin, den Midlands und der Mutter Konfessor.

Wir werden dieser Bedrohung der Midlands ein Ende setzen, und wir werden es tun, indem wir denen folgen, denen wir Gefolgschaft geschworen haben. Wir ziehen unter dem Befehl der Mutter Konfessor in den Kampf.«

»Ich bin Soldat der galeanischen Armee!« Mosle schien eher noch trotziger zu werden. »Kein Soldat der Armee der Midlands! Ich kämpfe für Galea, aber ich beschütze keine Länder wie Kelton!« Kahlan mußte mitansehen, wie andere Männer ihr Zustimmung hinausbrüllten. »Diese Armee, die Imperiale Ordnung oder wie immer sie sich nennen, marschiert auf die Grenze zu. Cellion ist eine Grenzstadt, die größtenteils auf der anderen Seite des Flusses liegt, in Kelton! Die meisten Einwohner sind Keltonier! Wieso sollte ich für die Keltonier sterben?«

In der Menge kam es zu Streitereien. Hauptmann Ryan bekam einen roten Kopf. »Mosle, du bist eine Schande für ...!«

Kahlan hob die Hand und brachte ihn zum Schweigen. »Nein, Soldat Mosle sagt nur, was er denkt, und darum habe ich ihn gebeten. Ihr müßt mich verstehen, Männer. Ich befehle euch dies nicht. Ich bitte euch, für das Leben unschuldiger Menschen in den Midlands zu kämpfen. Zehntausende eurer Kameraden sind bereits in diesem Kampf gefallen. Ich würde nicht von euch verlangen, euer Leben für etwas zu opfern, an das ihr nicht glaubt. Die meisten, die in diesen Kampf ziehen, werden sterben.

Die Entscheidung liegt ganz bei euch. Niemand befiehlt euch zu bleiben. Wenn ihr euch aber entscheidet zu bleiben, dann nur unter meinem Kommando. Ich will niemanden bei uns, der nicht an das glaubt, was wir tun.

Entscheidet jetzt, ob ihr bei uns bleiben wollt oder nicht. Wenn nicht, dann seid ihr frei zu gehen, denn dann seid ihr euren Kameraden keine Hilfe.«

Ihre Stimme wurde kalt wie die Morgenluft. »Wenn ihr euch entscheidet, mit mir in diesen Krieg zu ziehen, dann werdet ihr die Befehle eurer Vorgesetzten befolgen. In den Midlands steht niemand rangmäßig höher als ich. Ihr werdet meinen Befehlen ohne Fragen Folge leisten, oder ihr werdet bestraft. Es steht zuviel auf dem Spiel, um Soldaten zu verschonen, die den Gehorsam verweigern.

Wenn ich etwas anordne, dann werdet ihr es tun, auch wenn ihr wißt, daß es euch das Leben kosten wird – denn dadurch werden sehr viel mehr Leben gerettet werden. Ich erteile keinen Befehl ohne triftigen Grund, ich werde allerdings nicht immer Zeit haben, sie zu erklären. Es ist eure Pflicht, auf eure Vorgesetzten zu vertrauen und zu tun, was sie befehlen.«

Sie streckte die Hand aus und umfaßte die jungen Männer mit einer ausladenden Geste. »Entscheidet euch also. Mit uns – oder nicht mit uns. Aber entscheidet euch heute für alle Zeit.«

Kahlan steckte ihre Hände zurück unter den warmen Pelzumhang und wartete schweigend, während die Männer miteinander debattierten und stritten. Gemüter erhitzten sich, und man leistete zornige Schwüre. Männer scharten sich um Mosle, andere entfernten sich von ihm.

»Also ich verschwinde!« rief Mosle den anderen zu. Er reckte die Faust in die Höhe. »Ich folge keiner Frau in den Kampf, ganz gleich, wer sie auch sein mag! Wer geht mit mir?«

Ungefähr sechzig oder siebzig Männer, die sich um ihn versammelt hatten, bekundeten jubelnd, daß sie zu ihm hielten.

»Dann geht«, befahl Kahlan. »Bevor ihr in einen Kampf verstrickt werdet, an den ihr nicht glaubt.«

Nachdem sie ihre Wahl getroffen hatten, warfen ihr Mosle und die Männer bei ihm wütende, verächtliche Blicke zu. Er trat großspurig vor. »Wir brechen auf, sobald wir unsere Sachen gepackt haben. Wir lassen uns nicht auf Euer Wort hin vertreiben.«

Die Männer aus der Menge drängten sich dazwischen. Bevor die ersten Schläge fielen, hob Kahlan die Hand. »Halt! Laßt sie in Frieden. Sie haben ihre Wahl getroffen. Laßt sie ihre Sachen zusammensuchen und dann gehen.«

Mosle machte kehrt und bahnte sich seinen Weg durch das Gedränge, seine neuen Gefolgsleute im Schlepptau. Kahlan zählte sie genau durch, als sie die Menge der angetretenen Soldaten verließen. Siebenundsechzig. Siebenundsechzig würden gehen.

Sie blickte hinaus in die Gesichter. »Noch jemand? Will noch jemand uns verlassen?« Niemand rührte sich. »Dann wollt ihr euch also alle an diesem Kampf beteiligen?« Ein gemeinsamer Jubelschrei erschallte. »So sei es denn. Ich wünschte, ich brauchte euch Männer nicht hierzu aufzufordern, aber es gibt sonst niemanden, den ich um Hilfe bitten könnte. Mein Herz trauert um die, die sterben werden. Ihr sollt wissen, daß niemand je das Opfer vergessen wird, daß ihr für sie und die Völker der Midlands erbracht habt.«

Aus dem Augenwinkel beobachtete sie, wie die siebenundsechzig Männer zwischen den Karren hin und her liefen und sich von den Vorräten nahmen, was sie zu brauchen glaubten. »Und nun zu dem, was getan werden muß.«

Langsam schüttelte sie den Kopf. »Ihr Soldaten müßt uns begreifen: Es handelt sich nicht um eine ruhmvolle Schlacht, wie ihr vielleicht glaubt, wo ihr euch wie Figuren auf einem Spielbrett bewegt. Nicht um eine Taktik, mit der man den Gegner in einem grandiosen Gefecht überlistet. Sondern wir werden ihnen auf dem Schlachtfeld gegenüberstehen, um sie auf jede nur erdenkliche Weise zu töten.«

»Aber Mutter Konfessor«, rief einer aus den vorderen Reihen, »es ist der Ehrenkodex der Soldaten, sich im Kampf gegenüberzustehen, den Gegner im fairen Kampf zu besiegen.«

»Im Krieg kämpfen zu müssen, hat nichts mit Fairneß zu tun. Das einzig Gerechte wäre Frieden. Krieg kennt nur ein Ziel: das Töten.

Das müßt ihr alle begreifen, denn es ist entscheidend für euer Überleben. Töten hat nichts Ehrenhaftes, egal mit welcher Methode. Tot ist tot. Man tötet einen Feind im Krieg, um das Leben derer zu schützen, für die man kämpft. Deren Leben läßt sich nicht besser schützen, wenn man den Feind Schwert gegen Schwert bekämpft, als wenn man ihm im Schlaf erschlägt – es wird dadurch nur einem Risiko ausgesetzt.

Diese Aufgabe hat nichts Ruhmvolles. Sie ist mühevoll, bedrückend. Wir haben nicht vor, in einer offenen Feldschlacht festzustellen, wer in diesem Spiel der Bessere ist. Wir haben lediglich die Aufgabe, sie umzubringen.

Wenn ihr Schwierigkeiten habt, die Rechtmäßigkeit dessen zu erkennen, dann bitte ich euch, die Ehre jener Soldaten in Betracht zu ziehen, mit denen ihr es zu tun habt. Stellt sie euch vor, wie sie in Gruppen darauf gewartet haben, eure Schwestern und Mütter zu vergewaltigen. Stellt euch vor, was eure Mütter und Schwestern aus

Ebinissia über Ehre gedacht haben, während sie mißhandelt, vergewaltigt und ermordet wurden.«

Die Kälte ihrer Worte ließ die zu Stein erstarrten Männer erschaudern. Kahlan mußte sich zusammenreißen, um ihr Entsetzen nicht noch mehr zu vergrößern, doch vor ihrem inneren Auge sah sie noch immer das Bild der jungen Frauen im Palast.

»Sieht der Feind in die andere Richtung, um so besser, denn dann wird er euch kein Messer in den Leib stoßen. Geschieht es aus der Entfernung, mit einem Pfeil, um so besser, denn dann hat er keine Chance, euch mit einem Argon zu durchbohren. Geschieht es, während er den Mund voller Essen hat, um so besser, denn dann kann er keinen Alarm schlagen. Geschieht es ihm Schlaf, um so besser, denn dann hat er keine Gelegenheit, euch mit seinem Schwert aufzuschlitzen.

Gestern abend zertrümmerte mein Pferd den Schädel eines der d'haranischen Offiziere. Das war weder ruhm- noch ehrenvoll, aber es gab mir die Gewißheit, diese Tat könnte verhindert haben, daß einige von euch durch seine Hand und seine Gerissenheit getötet werden. Das erfüllt mein Herz mit Freude. Freude darüber, damit vielleicht einigen von euch das kostbare Leben gerettet zu haben.

Ihr habt gesehen, was man den Menschen in Ebinissia angetan hat. Denkt an die Gesichter der Toten. Denkt daran, wie sie sterben mußten, und an das Grauen, welches sie zuvor durchlitten haben. Denkt an die Soldaten, die gefangengenommen und enthauptet wurden.

Es liegt an uns zu verhindern, daß dies noch anderen Völkern zustößt. Um das zu erreichen, müssen wir diese Männer töten. Das hat nichts Ruhmvolles. Es geht allein ums Überleben.«

Im Hintergrund machten zwei Männer den Umstehenden eine obszöne Geste und gingen, um sich Mosles Männern anzuschließen. Neunundsechzig. Die übrigen jedoch waren fest entschlossen, den Kampf aufzunehmen.

Der Zeitpunkt war gekommen. Sie hatte ihnen die schlichten Träume an eine glorreiche Schlacht ausgeredet und sie über die wahre Natur ihrer Aufgabe aufgeklärt. Sie hatte den meisten von ihnen einen Begriff gegeben von der übergeordneten Wichtigkeit der vor ihnen liegenden Schlacht. Sie hatte ihnen einiges von dem erklärt, was zu tun war. Sie hatte ihnen ein klareres Verständnis von ihrer Bedeutung im Verlauf dieser Auseinandersetzung gegeben.

Der Zeitpunkt war gekommen, sie unwiderruflich mit dieser Belastung zu betrauen, sie zu einem Instrument der Vergeltung zu schmieden, das diese Bedrohung zunichte machen konnte.

Kahlan breitete vor den Männern die Arme aus. Der blutdurchtränkte Umhang fiel schlaff zu Boden.

»Ich bin tot!« rief sie in den grauen Himmel. Stirnrunzelnd beugte sich alles ein Stück weit vor. »Was meinen Landsleuten zugestoßen ist – meinen Vätern, meinen Söhnen, Müttern und Töchtern –, hat mich getötet. Der Schmerz darüber hat meinem Herz den Todesstoß versetzt.«

Sie breitete die Arme noch weiter auseinander. Ihre Stimme schwoll zornig an.

»Nur Rache kann mich wieder zum Leben erwecken! Nur der Sieg kann mir das Leben wiedergeben!«

Sie starrte in all die aufgerissenen Augen, die ihren starren Blick erwiderten. »Ich bin die Mutter Konfessor der Midlands. Ich verkörpere eure Mütter, eure Schwestern, eure ungeborenen Töchter. Ich fordere euch auf, mit mir zu sterben, und erst wieder zum Leben zu erwachen, wenn ich gerächt bin.«

Kahlan machte eine ausladende Handbewegung. »Wer sich mir in dieser Sache anschließt, ist wie ich tot. Nur durch Rache kann uns das Leben wiedergegeben werden. Solange unser Feind lebt, sind wir tot. Wir haben in diesem Kampf kein Leben zu verlieren, denn unser Leben ist bereits verloren, hier und heute, jetzt. Erst wenn jeder einzelne der Zerstörer von Ebinissia erschlagen ist, werden wir wieder leben können. Bis dahin haben wir kein Leben.«

Sie blickte in die ernsten Gesichter der vor ihr angetretenen Männer, die gespannt auf ihre nächsten Worte warteten. Ein milder Lufthauch wehte den blutdurchtränkten Wolfspelz raschelnd gegen ihre Wange. Kahlan zog ihr Messer blank und hielt es in die Höhe, so daß alle es sehen konnten. Dann legte sie sich die Waffe aufs Herz.

»Einen Eid auf die guten Menschen von Ebinissia, die jetzt bei den Seelen weilen, und auf die guten Menschen der Midlands!«

Fast alle Männer folgten ihrem Beispiel und hielten sich das Messer aufs Herz. Sieben taten es nicht, sondern erhoben sich unter leise gemurmelten Flüchen, um sich Mosle anzuschließen. Sechsundsiebzig.

»Rache ohne Erbarmen, erst dann soll uns das Leben wiedergegeben werden!« gelobte sie.

Mit nüchterner Stimme wiederholte jeder einzelne der Männer vor ihr den Eid und verband sich mit allen andern zu einer unerschütterlichen Einheit.

»Rache ohne Erbarmen, erst dann soll uns das Leben wiedergegeben werden!« Das Donnern ihrer Worte verwehte in der Morgenluft.

Kahlan beobachtete, wie Mosley einen flüchtigen Blick über die Schulter warf, bevor er seinen Männern zurück den Paß hinauf folgte.

Sie richtete ihr Augenmerk wieder auf die Männer vor ihr. »Jetzt seid ihr alle auf diesen Schwur vereidigt. Heute abend werden wir mit dem Töten der Soldaten der Imperialen Ordnung beginnen. Es soll ohne Gnade geschehen. Wir machen keine Gefangenen.«

Diesmal erhob sich kein Jubelgeschrei. Die Männer lauschten in grimmiger Entschlossenheit.

»Wir können nicht länger so weiterziehen, wie ihr es bisher getan habt – mit Karren für unser Gerät und unsere Vorräte. Wir dürfen nur mitnehmen, was wir tragen können. Wir müssen in der Lage sein, den Wald zu durchqueren, die kleinen Pässe zu nehmen, damit wir die Männer, die wir jagen, ausmanövrieren können. Ich habe die Absicht, sie von allen Seiten und nach Belieben anzugreifen, wie Wölfe auf der Jagd. Und wie Wölfe werden wir koordiniert jagen, sie kontrollieren und dirigieren, so wie Wölfe ihre Beute kontrollieren und dirigieren.

Ihr seid Männer dieses Landes. Ihr kennt die Wälder und die Berge ringsum. Seit eurer Kindheit habt ihr in ihnen gejagt. Wir werden uns euer Wissen zunutze machen. Der Feind befindet sich auf fremdem Gebiet und ist mit seinen Karren und seiner großen Zahl auf die breiten Pässe angewiesen. Wir werden nicht länger so behindert sein wie er. Wir werden uns durch das Land ringsum bewegen wie die Wölfe.

Ihr müßt aufteilen, was sich auf den Karren befindet, und in eure Rucksäcke stopfen, was ihr tragen könnt. Laßt die schweren Rüstungen zurück, es kostet zuviel Mühe, sie zu transportieren, außerdem werden wir sie bei unserer Kampfweise nicht benötigen. Nehmt nur die leichten Rüstungen mit, die euch bei einem Gewaltmarsch nicht behindern. An Vorräten nehmt mit, was ihr tragen könnt.

Schnaps oder Bier dürft ihr nicht mitnehmen. Sobald ihr die Bevölkerung von Ebinissia gerächt habt, dürft ihr soviel trinken, wie ihr wollt. Bis dahin werdet ihr es unterlassen. Ich will, daß jedermann zu jeder Zeit wachsam ist. Wir lassen nicht nach, solange unser Feind nicht bis zum letzten Mann getötet ist.

Ein Teil der Lebensmittel, die zurückgelassen werden, soll auf einige der kleineren Karren gepackt werden, die weder bewaffnet noch gepanzert sind. Wir brauchen Freiwillige, die sie dem Feind bringen.«

Unter den Männern machte sich überraschtes, verwirrtes Gemurmel breit.

»Vor uns teilt sich die Straße. Sobald wir die Gabelung hinter uns haben und uns auf dem Weg nach Cellion befinden, werden die Karren mit den Lebensmitteln und dem gesamten Bier die andere Straße nehmen, und schließlich die kleineren Wege, um den Feind zu überholen. Dort werdet ihr ihnen mit diesen Karren auflauern, bis sich ihre Vorhut zeigt, und schließlich deren Weg kreuzen, so daß sie euch sehen. Wenn ihre Vorhut euch erspäht und verfolgt, laßt ihr die Karren zurück und flieht. Überlaßt ihnen die Vorräte und das Bier.

Die Imperiale Ordnung hat fast kein Bier mehr, und heute abend wird sie ihr Glück feiern. Die Männer werden sich betrinken. Ich will, daß sie betrunken sind, wenn wir sie angreifen.«

Dieser Plan rief Jubel unter den Männern hervor.

»Eins sollt ihr wissen: Wir werden sein wie ein Rudel Wölfe, das versucht, einen Bullen zu reißen. Wir sind zwar nicht stark genug, dies mit einem einzigen, tödlichen Streich zu tun, aber wir werden ihm bis zur Erschöpfung zusetzen, ihn zu Boden zerren und ihn töten. Dies wird keine einzelne Schlacht werden, sondern ein stetes Nagen an seiner Flanke, bei dem wir ihm jedesmal einen kleinen Brocken herausreißen, ihn verwunden, schwächen und ausbluten lassen, bis wir schließlich die Oberhand gewinnen und die Bestie töten können.

Heute abend werden wir im Schutz der Dunkelheit in ihr Lager schleichen und blitzschnell zuschlagen. Es muß eine geordnete Aktion werden, kein blindwütiges Gemetzel. Wir werden über eine Liste von Zielen verfügen. Unsere Absicht ist es, den Bullen zu schwächen. Ich habe ihn bereits teilweise geblendet, indem ich den Zauberer getötet habe.

Die Posten und Beobachter werden zuerst überwältigt. Wir werden so viele Männer wie wir können in ihre Kleider stecken. Diese Männer werden in das Lager gehen und unsere Ziele auskundschaften.

Zuallererst müssen wir ihre Fähigkeit zum Gegenschlag mindern. Ich will nicht, daß wir von Kavallerie überrannt werden. Wir müssen also ihre Pferde unschädlich machen. Es hat keinen Sinn, Zeit darauf zu verschwenden, sie zu töten. Es genügt, ihnen die Beine zu brechen. Wir müssen ihre Lebensmittel vernichten. Unsere Armee ist klein genug, um sich von der Jagd, durch Beutezüge und durch Käufe von umliegenden Farmen und Dörfern zu ernähren, eine Armee ihrer Größe jedoch hat einen immensen Bedarf. Die Vernichtung ihrer Lebensmittel wird sie schwächen.

Wir müssen ihre Pfeil- und Federmacher, ihre Bogner und Schmiede töten und alle Handwerker, die Bogen, Pfeile und andere Waffen herstellen und reparieren können. Sie werden säckeweise Gänsefedern besitzen, mit denen sie ihre Pfeile befiedern. Diese müssen gestohlen oder verbrannt werden. Jeder Pfeil, der nicht gemacht wird, ist ein Pfeil, der uns nicht töten kann. Bogenhölzer müssen zerstört werden. Vernichtet ihre Trompeten, wo ihr sie findet, und obendrein die Trompeter. Das wird ihnen die Stimme und den Zusammenhalt nehmen.

Ihre Lanzen, Hellebarden und Argone werden ordentlich zusammengestellt sein. Fünf Sekunden und ein paar Hiebe mit der Axt werden eine große Zahl von ihnen zerstören. Schwere Äxte oder Hämmer werden die Argone zumindest verbiegen und unbrauchbar machen. Jede zerbrochene Lanze, jeder zerbrochene Speer ist ein Speer, der euch nicht töten kann. Wir wollen ihre Zelte verbrennen, um sie der Kälte auszusetzen, ihre Karren verbrennen, so daß sie Gerät jeder Art verlieren.

Von größter Wichtigkeit sind die Offiziere. Ich würde heute abend lieber einen Offizier töten als tausend Mann. Wenn wir ihre Offiziere töten können, wird das sie träge und langsam machen, und es wird leichter werden, den Bullen zu Boden zu zerren.

Wenn irgendeinem von euch noch etwa anderes einfällt, tragt die Ideen mir oder Hauptmann Ryan oder den anderen Offizieren vor. Heute abend ist es nicht in erster Linie unser Ziel, Soldaten zu töten, davon gibt es zu viele. Unser Ziel wird sein, sie zu behindern, sie zu schwächen, sie langsam zu machen, ihnen ihre Siegesgewißheit zu nehmen.

Vor allem jedoch wollen wir ihnen beibringen, was Angst ist. Diese Männer sind es nicht gewohnt, Angst zu haben. Wenn Männer Angst haben, machen sie Fehler. Diese Fehler werden es uns erlauben, sie zu töten. Ich habe vor, ihnen einen Schrecken einzujagen. Später werde ich euch sagen, wie.

Euch bleiben nur wenige Stunden, um alles vorzubereiten, dann werden wir uns in Bewegung setzen. Ich will Posten in doppelter Entfernung. Noch vor ihnen will ich Beobachter, außerdem will ich Kundschafter, die die Imperiale Ordnung nicht aus den Augen lassen. Ich will jederzeit wissen, wo sie sich befinden. Ich will fortlaufend Berichte. Ich will durch nichts überrascht werden. Ich will über alles, was ihr seht, was euch begegnet, informiert werden, ganz gleich, wie belanglos es erscheint. Springt ein Kaninchen zu hoch, ich will es wissen. Ich will nicht, daß sie uns überlisten, wie wir dies mit ihnen vorhaben. Nehmt nichts als selbstverständlich hin.

Mögen die Guten Seelen mit euch sein. Und jetzt fangt an.«

Die Männer setzten sich alle in Bewegung, die Luft war angefüllt von Schritten wie Unterhaltungen. Einer der Leutnants stand in der Nähe, knöpfte seine Jacke auf und gab einigen der Männer ringsum Befehle.

»Leutnant Sloan.« Er hob den Kopf, als die Männer, denen er einen Auftrag gegeben hatte, an die Arbeit gingen. »Kümmert Euch augenblicklich um die Posten und die Beobachter. Ich möchte, daß jeder Eurer Männer, der weiß, wie man weiße Farbe oder Tünche herstellt, die dazu notwendigen Dinge zusammensucht. Wir brauchen irgendwelche großen Bottiche. Ich will, daß Steine heiß gemacht werden, mit denen Zelte beheizt werden können.«

Er stellte ihre eigenartigen Anweisungen nicht in Frage. »Ja, Mutter Konfessor.«

»Kümmert Euch darum, daß die kleinen Karren mit dem Bier und den Lebensmitteln zurechtgemacht werden, aber haltet sie zurück, bis ich den Befehl zur Abfahrt gebe.«

Er schlug kommentarlos die Faust vor die Brust und marschierte von dannen, um seine Aufgaben zu erledigen.

Kahlans Beine fühlten sich an, als könnten sie jeden Augenblick nachgeben. Weil sie keinen Schlaf bekommen und den größten Teil der Nacht im Sattel zugebracht hatte – ganz zu schweigen von der Arbeit, die sie getan, und der Angst, die sie ausgestanden hatte – war sie so müde, daß sie kaum noch richtig sehen konnte. Ihre Schulter schmerzte dort, wo sie der Rückstoß der Lanze getroffen hatte. Die Muskeln ihres linken Beins zitterten von der Anstrengung des bloßen Stehens.

Auch geistig war sie erschöpft. Eine beklemmende Sorge, nicht nur wegen der Ungeheuerlichkeit ihrer Entscheidung, es allein auf sich zu nehmen, die Midlands in den Krieg zu schicken, sondern auch wegen ihrer leidenschaftlichen Bitte an diese Männer, ihr Leben auf ihr Wort hin zu riskieren, untergrub zusätzlich ihre Kraft. Trotz des ungewöhnlich warmen Tages zitterte sie unter ihrem Pelzumhang.

Hauptmann Ryan trat neben sie. Chandalen, Prindin und Tossidin standen am hinteren Ende des Karrens und sahen zu.

Hauptmann Ryan feixte ihr verschmitzt zu. »Gefällt mir.«

Er sprang hinunter und bot ihr die Hand. Sie ignorierte die Hand, sprang wie er hinunter und hielt sich, mehr durch Glück als alles andere, aufrecht auf den Beinen. Sie durfte sein Angebot nicht annehmen, nicht jetzt, nicht angesichts dessen, was sie vorhatte.

»Und nun, Hauptmann, werde ich Euch einen Befehl erteilen, der Euch nicht gefallen wird.« Sie sah ihm in seine blauen Augen. »Schickt Mosle und den Männern, die mit ihm gegangen sind, Soldaten hinterher. Schickt genug, damit Ihr sicher sein könnt, daß die Tat auch vollständig ausgeführt wird.«

»Die Tat?«

»Sie müssen getötet werden. Schickt einen Trupp los und sagt ihnen, sie sollen so tun, als wollten sie sich Mosles Leuten anschließen – damit sie nicht weglaufen, wenn Eure Leute sich nähern. Schickt Eure Kavallerie hinterher, aber nicht in Sichtweite, für den Fall, daß sie in die Wälder fliehen. Wenn sie umzingelt sind, tötet sie. Es sind sechsundsiebzig. Zählt die Leichen, um sicherzustellen, daß alle tot sind. Ich werde *sehr* ungehalten sein, sollte auch nur ein einziger entkommen.«

Er bekam große Augen. »Aber Mutter Konfessor ...«

»Ich tue das nicht zum Vergnügen, Hauptmann. Ihr habt den Befehl gehört.« Sie wandte sich an die drei Schlammenschen. »Prindin, du begleitest die Männer, die er auswählt. Achte darauf, daß die, die sich von uns getrennt haben, bis auf den letzten Mann getötet werden.«

Prindin nickte ihr entschlossen zu. Er begriff die unangenehme Notwendigkeit dessen, was sie tat.

Hauptmann Ryan verkrampfte sich, war der Panik nahe. »Mutter Konfessor ... ich kenne diese Männer. Sie sind lange Zeit bei uns gewesen. Ihr habt gesagt, sie wären frei zu gehen. Wir können doch nicht ...«

Sie legte ihm eine Hand auf den Arm. Plötzlich wurde ihm bewußt, wie bedrohlich diese Geste war. »Ich tue, was ich tun muß, um unser aller Leben zu retten. Ihr habt Euer Wort gegeben, meine Befehle zu befolgen.« Sie beugte sich weiter zu ihm vor. »Schließt Euch nicht diesen sechsundsiebzig an.«

Endlich nickte er, und sie zog ihre Hand zurück. Sein Blick verriet alles. Er verströmte Haß.

»Ich wußte nicht, daß das Morden bei unseren eigenen Leuten anfangen würde«, meinte er leise.

»Das tut es nicht. Es beginnt mit dem Feind.«

Hauptmann Ryan zeigte wütend den Paß hinauf. »Sie gehen in die entgegengesetzte Richtung der Imperialen Ordnung!«

»Habt Ihr vielleicht angenommen, sie würden genau vor Euren Augen zum Feind überlaufen? Sie haben vor, im Kreis zurückzugehen.« Sie machte kehrt und ging zum Zelt, das man für sie stehengelassen hatte.

Hauptmann Ryan war nicht bereit nachzugeben und ging ihr, gefolgt von Chandalen, Prindin und Tossidin, hinterher. »Wenn Ihr so besorgt seid, wieso habt Ihr sie dann gehen lassen? Warum habt Ihr die Männer nicht umbringen lassen, als sie gehen wollten?«

»Weil ich allen, die sich von uns lossagen und ihre Kameraden verlassen wollten, die Gelegenheit dazu geben mußte.«

»Woraus folgert Ihr, daß uns alle ›Verräter‹ verlassen haben? Es könnten Spione oder Mörder unter uns sein.«

»Ja, das wäre möglich. Doch dafür sehe ich derzeit keinerlei Beweis. Sollte ich welche entdecken, werde ich mich um sie kümmern müssen.«

Vor dem Zelt blieb Kahlan stehen. »Ihr glaubt vielleicht, ich mache bei diesen Männern einen Fehler, aber ich versichere Euch, das ist nicht der Fall. Doch selbst wenn, wäre dies ein Preis, den wir bezahlen müssen. Wenn wir sie ziehen lassen und auch nur ein einziger von ihnen uns verrät, könnten wir noch heute abend in einer Falle getötet werden. Wenn wir sterben, wird es auf lange Sicht niemanden geben, der die Imperiale Ordnung aufhalten kann. Wie viele tausend würden dann sterben, Hauptmann? Sollten diese Männer unschuldig sein, dann habe ich einen fürchterlichen Fehler gemacht, und sechsundsiebzig Männer werden sterben. Habe ich recht, dann rette ich damit Tausenden von unschuldigen Menschen das Leben.

Ihr kennt Eure Befehle, Hauptmann. Führt sie aus.«

Hauptmann Ryan bebte vor Zorn. »Hoffentlich erwartet Ihr nicht, daß ich Euch dies jemals verzeihe.«

»Nein, das tue ich nicht. Ich erwarte nur, daß Ihr meine Befehle befolgt. Es ist mir egal, ob Ihr mich haßt, Hauptmann. Mich interessiert nur, daß Ihr lebt.«

Er biß die Zähne in stummer Verzweiflung aufeinander.

Kahlan ergriff die Zeltklappe. »Hauptmann ich bin so müde, daß ich kaum noch stehen kann. Ich brauche ein paar Stunden Schlaf. Ich will, daß Wachen um das Zelt aufgestellt werden, während ich mich ausruhe.«

Er funkelte sie wütend an. »Und wenn nun einer von ihnen zum Feind gehört? Sie könnten Euch im Schlaf töten.«

»Das wäre möglich. Wenn es dazu kommt, wird einer dieser drei Männer meine Ermordung rächen.«

Hauptmann Ryan zuckte zusammen und funkelte die drei Schlammenschen wütend an. In seinem Zorn hatte er sie ganz vergessen.

Chandalen zog eine Braue hoch und sah ihn an. »Ich werde ihm erst Stöcke in die Augen klemmen, damit sie offenbleiben und er sieht, was ich tue.«

Leutnant Hobson kam herbeigeeilt, eine Schale in den Händen haltend. »Mutter Konfessor, ich habe euch etwas Eintopf gebracht. Ich dachte, vielleicht möchtet Ihr etwas essen. Etwas Warmes.«

Kahlan zwang sich zu einem Lächeln. »Vielen Dank, Leutnant, aber ich bin so müde und fürchte, ich würde es nicht bei mir behalten können. Würdet Ihr es warmhalten, bis ich mich ausgeruht habe?«

»Natürlich, Mutter Konfessor.«

Hauptmann Ryans Blick suchte seinen grinsenden Leutnant. »Ich habe eine Aufgabe für dich, Hobson.«

»Zwei Stunden«, sagte Kahlan, »dann weckt mich. In der Zwischenzeit solltet ihr alle genug zu tun haben, damit ihr euch nicht langweilt.«

Sie schob die Klappe zur Seite und ging ins Zelt, wo sie fast auf der Pritsche zusammenbrach. Sie zog eine Decke über ihre Beine und den Pelzumhang über ihren Kopf, um das Licht auszusperren. Dann lag sie in ihrer kleinen, dunklen, eigenen Welt und zitterte.

Sie hätte in diesem Augenblick ihr Leben gegeben, hätte Richard sie nur für fünf Minuten in die Arme schließen können.

9. Kapitel

Gerade küßte sie Richard, hielt ihn fest in ihren Armen, hatte keinen anderen Gedanken im Sinn als den an Frieden und an Freude, als sie von Rufen aufgeschreckt wurde. Richard verschwand. Ihre schweren Arme waren leer.

Sie setzte sich auf, schlug die Decke zurück und überlegte einen Augenblick lang verzweifelt, wo sie war. Dann fiel es ihr wieder ein. Ihr war, als müßte sie sich übergeben.

Sie hätte gern ein heißes Bad genommen. Sie wußte nicht mehr, wann sie zuletzt ein Bad genommen hatte. Sie rieb sich die Augen, als Hauptmann Ryan den Kopf ins Zelt steckte.

»Wie lange?« murmelte Kahlan. »Wie lange habe ich geschlafen?« Sie schleuderte die Decke fort.

»Gerade zwei Stunden. Hier draußen ist jemand für Euch.«

Gleich vor dem Zelt wartete eine Gruppe von Männern, unter ihnen ein aschfahler Leutnant Hobson. Mitten unter ihnen stand der gefesselte und geknebelte Mosle, an jedem Arm von einem Soldaten gehalten. Sein Blick fuhr in panischer Angst umher. Er versuchte, etwas durch den Knebel hindurchzubrüllen, konnte sich aber nicht verständlich machen.

Kahlan funkelte wütend zu Hauptmann Ryan hinüber.

Der stand da und hatte einen Daumen in seinen Gürtel gehakt. »Ich dachte, Mutter Konfessor, Ihr wolltet diesen Mann vielleicht eigenhändig hinrichten. Wo er Euch doch offenbar persönlich so beleidigt hat.« Er hielt ihr das Messer hin, den Griff voran.

Kahlan ignorierte das Messer und wandte sich statt dessen an die Männer, die Mosle hielten. »Laßt ihn los und tretet zurück.«

Ihr war, als schliefe sie noch, als befände sie sich noch immer in einem Traum. Doch dem war nicht so. Ihr blieb keine Wahl.

Die Soldaten traten zurück. Sie streckte die Hand aus und packte

Mosle am Arm. Einen Augenblick lang war er starr vor Schreck, dann versuchte er zurückzuweichen.

Doch er kam nicht dazu wegzulaufen. Sie berührte ihn. Er gehörte ihr. Ihre Schläfrigkeit verschwand in einem plötzlichen Sog, als ihre Kraft sich entlud. Sie verschwendete keinen Gedanken darauf, was sie im Begriff stand zu tun, es gab keine andere Möglichkeit. Sie hatte sich entschieden. Sie gab sich hemmungslos hin.

Die Geräusche des Lagers – das Rasseln von Geschirr, das Scharren von Holzkisten, die über die Ladefläche von Karren gezogen, das Zersplittern anderer Kisten, die gewaltsam geöffnet wurden, das Quietschen von Wagenrädern, das Wiehern von Pferden und das Trampeln Tausender von Füßen, Männer, die sich unterhielten, das Schlagen der Hufe, das Knacken von Holz im Feuer und das Pochen ihres eigenen Herzens – all das verstummte.

In der Stille ihres Geistes existierte nur noch ihre Kraft. Sie spürte, wie Mosle seine Muskeln unter ihrem Griff anspannte. Doch er hatte keine Chance. Er gehörte ihr.

In der Stille, in der Ruhe, im Frieden ihres Geistes, entlud sie ihre Kraft in den Mann vor ihr, wie sie es schon unzählige Male getan hatte.

Ein Ruck ging durch die Luft, als sie mit voller Wucht in seinen Körper fuhr. Donner ohne Hall. Der Schnee um sie und Mosle wogte ringförmig von ihnen fort, hob und wälzte sich, bis seine Kraft sich verlor und er sich wieder legte.

Mosle, nicht mehr derselbe wie zuvor, fiel im feuchten Schnee vor ihr auf die Knie. Seine Stirn legte sich in Falten, aus panischer Angst, er könnte sie wegen des Knebels nicht bitten, ihn zu befehligen. Er sog Luft durch seine Nase, versuchte, von der panischen Angst ergriffen, ihr vielleicht zu mißfallen, Luft zu holen. Das Lager rings um sie verfiel in gelähmtes Schweigen, während sie zum Zentrum aller Aufmerksamkeit wurde. Kahlan entfernte den Knebel aus seinem Mund. »Bitte, Herrin, befehligt mich. Bitte sagt mir, was ich tun kann, um Euch zu dienen.«

Hunderte beklommener Gesichter ringsum verfolgten die Szene wie gelähmt. Kahlan blickte auf den Mann hinab, der vor ihr auf den

Knien lag. Sie hatte ihre Konfessorenmiene aufgesetzt. »Ich wäre hocherfreut, William, wenn du mir die Wahrheit darüber verraten würdest, was du nach Verlassen dieses Lagers vorhattest.«

Er strahlte vor Glück. Immer mehr Tränen rannen über sein Gesicht, und er hätte vor Dankbarkeit ihre Beine umklammert, wären ihm nicht die Arme auf den Rücken gebunden gewesen.

»O ja, Herrin, bitte, laßt mich erklären.«

»Dann erklärt es mir, bitte.«

Es kam in einem einzigen sprudelnden Schwall heraus. »Ich wollte in das Lager dieser anderen Männer ziehen, der Imperialen Ordnung, wie Ihr sie nennt, und wollte sie fragen, ob ich mich ihnen anschließen könnte. Ich wollte alle meine Leute mitnehmen, damit auch sie sich ihnen anschließen konnten. Ich wollte ihnen von den galeanischen Rekruten berichten und von Euren Plänen, damit sie zufrieden mit uns wären und wir zu ihnen überlaufen dürften. Ich dachte, ihre Chancen stünden besser als Eure. Ich wollte nicht sterben, deshalb. Ich dachte, sie wären zufrieden mit uns, wenn ich ihnen Soldaten brächte, um ihre Reihen aufzufüllen. Ich dachte, wenn wir ihnen helfen, Euch zu vernichten, wären sie mit uns zufrieden.«

Plötzlich brach er in Schluchzen aus. »Oh, bitte, Herrin, es tut mir so leid, daß ich daran dachte, Euch ein Leid zuzufügen. Ich wollte, daß sie Euch töten. Oh, bitte, Herrin, sagt mir, wie ich Eure Vergebung erlangen kann. Ich werde alles tun. Bitte befehlt mir, und es wird getan. Bitte, Herrin, was verlangt Ihr von mir?«

»Ich möchte, daß du stirbst«, sagte sie leise in die eisige Stille hinein. »Auf der Stelle.«

William Mosle brach zusammen und kippte nach vorn, gegen ihre Stiefel, und schlug in quälenden Zuckungen um sich. Nach wenigen langen, qualvollen Sekunden lag er still, während ihm der letzte Atemzug rasselnd aus den Lungen wich.

Kahlans Blick glitt über Hauptmann Ryan hinweg zu Prindin, der hinter dem noch immer aschfahlen Leutnant Hobson stand. Auch Chandalen funkelte ihn wütend an. Sie sprach in seiner Sprache.

»Prindin, ich hatte dir aufgetragen, dafür zu sorgen, daß alle getötet werden. Warum hast du nicht getan, was ich gesagt habe?«

Er zuckte verlegen mit den Achseln. »*Sie hatten sich abgesprochen. Hauptmann Ryan gab ihnen den Auftrag, die anderen zu töten, diesen hier jedoch zu dir zu bringen. Ich wußte das bei unserem Aufbruch nicht, sonst hätte ich dir davon erzählt. Sie hatten zweihundert Fußsoldaten und weitere hundert zu Pferd. Wie ich dir sagte, sie hatten sich abgesprochen, und ich glaubte, es nicht verhindern zu können, es sei denn, ich hätte ihn eigenhändig getötet. Doch dann wurde mir klar, sie würden mich dafür vielleicht töten, und dann könnte ich nicht in deiner Nähe sein, um dich zu beschützen. Abgesehen davon wußte ich, wie gut es ihnen tun würde, eine Lektion erteilt zu bekommen.*«

»Konnte jemand fliehen?«

»Nein. Ich war ein wenig überrascht, wie gut sie ihre Arbeit getan haben. Es sind gute Soldaten. Sie haben etwas Schwieriges getan, unter Tränen, aber sie haben es gut gemacht. Niemand ist ihnen entkommen.«

Kahlan stieß einen langen Seufzer aus. »*Verstehe, Prindin. Du hast richtig gehandelt.*« Sie warf einen Seitenblick auf Chandalen. »*Chandalen wird auch zufrieden sein.*« Es war ein Befehl.

Prindin lächelte sie verkniffen und erleichtert an. Ihr wütender Blick wanderte zu Hauptmann Ryan.

»Zufrieden?«

Er stand steif da, bleich und mit großen Augen. »Ja, Mutter Konfessor.«

Sie ließ den Blick über die versammelten Männer schweifen. »Sind alle jetzt zufrieden?«

Ein Chor unzusammenhängend murmelnder Stimmen erhob sich: »Ja, Mutter Konfessor.«

Hatte es zuvor noch einige gegeben, die keine Angst vor ihr gehabt hatten, jetzt gab es keine mehr. Sie alle sahen aus, als würden sie schon auf das unerwartete Knacken eines Ästchens hin wie die erschrockenen Kaninchen in die Berge Reißaus nehmen. Für die meisten war dies das erste Mal, daß sie Magie erlebt hatten, und diese Magie war nicht voller Wunder und Schönheit gewesen, sondern furchterregend und häßlich.

»Mutter Konfessor?« sagte Hauptmann Ryan leise. Er hielt den Arm noch immer ausgestreckt, wie erstarrt, das angebotene Messer noch immer in der Hand. »Was werdet Ihr mit mir anstellen, weil ich Eure Befehle mißachtet habe?«

Sie blickte in sein blutleeres Gesicht. »Nichts. Dies ist Euer erster Tag als Soldat im Krieg gegen die Imperiale Ordnung. Die meisten von Euch waren von der Richtigkeit dessen, was ich befohlen habe, nicht überzeugt. Ihr habt noch nicht im Krieg gekämpft und die Notwendigkeit nicht erkannt. Ich will es dabei belassen, wenn Ihr nur Eure Lehre daraus gezogen habt.«

Hauptmann Ryan schluckte. »Vielen Dank, Mutter Konfessor.« Mit zitternder Hand ließ er das Messer zurück in seine Scheide gleiten. »Ich bin zusammen mit ihm aufgewachsen.« Er deutete auf die Leiche zu ihren Füßen. »Wir haben vielleicht eine Meile voneinander entfernt gewohnt, an derselben Straße. Wir sind immer zusammen fischen und auf die Jagd gegangen. Wir haben uns gegenseitig im Haus geholfen. An Feiertagen sind wir immer in unseren besten Kleidern in der gleichen Farbe ausgegangen. Immer haben wir …«

»Tut mir leid, Bradley. Es gibt nichts, was den Schmerz durch Verrat oder Verlust lindern könnte, außer der Zeit. Wie ich dir schon sagte, Krieg ist nicht fair. Würden die Soldaten der Imperialen Ordnung keinen Krieg führen, vielleicht wärst du dann heute mit deinem Freund beim Fischen. Gib der Imperialen Ordnung die Schuld und räche ihn, zusammen mit all den anderen.«

Er nickte. »Mutter Konfessor? Was hättet Ihr getan, wenn Ihr Euch geirrt hättet? Was hättet Ihr getan, wenn Mosle nicht vorgehabt hätte, zum Feind überzulaufen?«

Sie sah ihn so lange an, bis er den Kopf hob und ihren Blick erwiderte. »Wahrscheinlich hätte ich das Messer genommen, daß Ihr mir geben wolltet, und Euch getötet.«

Sie ließ ihn mit seinem leeren Gesichtsausdruck stehen und legte dem Mann neben ihm eine Hand auf die Schulter. »Leutnant Hobson, ich weiß, Eure Aufgabe war schwierig. Prindin hat mir berichtet, Ihr hättet sie gut erledigt.«

Er schien den Tränen nahe, brachte es aber trotzdem noch fertig, sich stolz in die Brust zu werfen. Sein Bart war nicht viel mehr als Flausen, bemerkte sie. »Vielen Dank, Mutter Konfessor.«

Sie drehte sich zu den Hunderten von Soldaten um, die herumstanden und zusahen. »Ich nehme an, ihr habt doch alle etwas zu tun?«

Als wären sie gerade aufgewacht, gerieten sie wieder in Bewegung, erst langsam, dann mit wachsendem Eifer.

Hobson salutierte mit der Faust auf seinem Herzen und wandte sich anderen Aufgaben zu. Der Mann, der Mosle hergebracht hatte, hob seine Leiche auf und schleppte sie davon. Andere gingen zu Chandalen und den beiden Brüdern und baten sie um Anweisungen. Hauptmann Ryan blieb allein bei ihr zurück und verfolgte, wie alle an ihre Arbeit gingen.

Ihre Beine fühlten sich schlapp und kraftlos an, wie Bogensehnen, die man die ganze Nacht draußen im Regen hatte stehen lassen. Wenn ein Konfessor seine Kraft im ausgeruhten und wachen Zustand einsetzte, war dies strapaziös. Sie einzusetzen, wenn er ohnehin schon erschöpft war, kostete gefährlich viel Kraft. Sie konnte sich kaum noch aufrechthalten.

Sie war bereits todmüde gewesen, nachdem sie die Nacht hindurch ins Feindeslager und zurück geritten war, gar nicht erst zu reden von dem Kampf mit ihnen. Sie brauchte mehr Schlaf, als sie bekommen hatte. Der Einsatz ihrer Kraft hatte ihr die Erholung durch das kleine Nickerchen genommen und mehr als das. Sie hatte einen Teil der ihr verbliebenen Kraft dazu benutzt, etwas zu tun, das eigentlich ohne sie hätte erledigt werden sollen.

Vielleicht lag es an der Kälte, vielleicht am Reisen unter solch strapaziösen Umständen, aber sie schien in der letzten Zeit müder zu sein als gewöhnlich. Vielleicht konnte sie Prindin bitten, ihr noch etwas Tee zu machen.

»Könnte ich Euch einen Augenblick sprechen, Mutter Konfessor?« fragte Hauptmann Ryan.

Kahlan nickte. »Was gibt's, Hauptmann?«

Er schob seine aufgeknöpfte Wolljacke nach hinten und stopfte seine Hände in die hinteren Taschen. Er blickte fort und sah zu, wie ein paar Soldaten Wasserschläuche füllten. »Ich wollte nur sagen, es tut mir leid. Ich habe einen Fehler gemacht.«

»Schon gut, Bradley. Er war Euer Freund. Es fällt schwer, etwas Schlechtes über einen Freund zu denken. Ich verstehe das.«

»Nein, das ist es nicht. Mein Vater hat immer gesagt, daß ein Mann seine Fehler eingestehen muß, bevor er etwas Rechtes in dieser Welt zustande bringen kann.«

Er scharrte mit den Füßen im Boden und blickte sich um, schließlich sah er sie aus seinen blauen Augen an. »Mein Fehler war zu glauben, Ihr wolltet Mosles Tod, weil er sich Euch nicht untergeordnet hat. Ich dachte, Ihr hättet es aus Gehässigkeit getan. Ich habe einen Fehler gemacht, und es tut mir leid. Entschuldigt, daß ich so von Euch gedacht habe. Ihr wolltet uns beschützen, obwohl Ihr wußtet, daß wir Euch dafür hassen würden. Nun, ich hasse Euch nicht. Hoffentlich haßt Ihr mich nicht. Es ist mir eine Ehre, Euch in diesen Kampf zu folgen. Hoffentlich bin ich eines Tages so weise wie Ihr und habe wie Ihr den Mut, diese Weisheit auch zu nutzen.«

Sie stieß einen leisen Seufzer aus. »Ich bin kaum älter als Ihr, und doch gebt Ihr mir das Gefühl, eine alte Frau zu sein. Ich bin erleichtert, versteht Ihr das? Das ist ein kleiner Trost bei all der Quälerei. Ihr seid ein guter Offizier und werdet es in dieser Welt weit bringen.«

Er lächelte. »Ich bin froh, daß wir uns wieder vertragen.«

Ein Mann näherte sich und wurde vom Hauptmann herangewinkt. »Was gibt's, Sergeant?«

Sergeant Frost schlug sich zum Salut die Faust aufs Herz. »Wir haben ein paar Männer ausgesandt, und in einer verlassenen Scheune haben sie etwas zerstoßene Kreide und andere Dinge gefunden, die man zur Herstellung von Tünche braucht. Zudem haben wir ein paar Holzzuber, in denen wir sie anmischen können. Sie sind groß genug, um darin zu baden.«

»Wie viele Zuber habt ihr?« erkundigte sich Kahlan.

»Ein Dutzend, Mutter Konfessor.«

»Stellt die Zuber nebeneinander und schlagt ein Zelt um jeden auf. Nehmt die größten Zelte, die ihr habt, auch wenn es die Kommandozelte sind. Rührt die Tünche mit heißem Wasser an und legt die heißen Steine in die Zelte, damit es drinnen so warm wie möglich wird. Sagt mir Bescheid, wenn alles soweit ist.«

Seine offenkundige Frage für sich behaltend, salutierte der Sergeant und eilte davon, um sich der Angelegenheit zu widmen.

Hauptmann Ryan sah sie fragend an. »Was habt Ihr mit der Tünche vor?«

»Wir stehen gerade erst wieder auf freundschaftlichem Fuß miteinander; wir sollten uns das noch eine Weile nicht verderben. Ich werde es Euch verraten, sobald die Dinge vorbereitet sind. Sind die Karren bereit?«

»Ich denke schon.«

»Dann muß ich mich um sie kümmern. Habt Ihr die Posten und Beobachter ausgesandt?«

»Als allererstes.«

Auf dem Weg quer durch das Lager zu den Karren traten laufend Soldaten an sie heran. »Die Karrenräder, Mutter Konfessor. Wenn wir alles zerstören, sollten wir auch die Räder einschlagen« und »Ihre Kriegsstandarten, sollten wir sie nicht auch verbrennen, damit sie ihre Leute nicht um sie scharen können?« und »Könnten wir ihr Gepäck nicht in Brand stecken, damit die einfrieren, wenn es kälter wird?« »Wenn wir Mist in ihr Trinkwasser schütten, müßten sie ihre Zeit damit verschwenden, Schnee zu schmelzen« und hundert andere Ideen, von absurden bis zu lohnenden. Sie hörte sich alle aufmerksam an, gab ehrlich ihre Meinung dazu kund und in einigen Fällen den Befehl, sie auszuführen.

Leutnant Hobson kam im Trab herbeigeeilt, eine Blechschale in der Hand. Das war das letzte, was sie brauchte.

»Mutter Konfessor! Ich habe etwas warmen Eintopf für Euch aufbewahrt!«

Strahlend überreichte er ihr im Gehen die Schale. Sie versuchte so zu tun, als sei sie dankbar. Er ging neben ihr her, beobachtete sie lächelnd. Sie zwang sich, einen Löffel voll zu kosten und ihm zu sagen, wie wunderbar es schmeckte. Sie konnte sich gerade weit genug beherrschen, den Löffel Eintopf bei sich zu behalten.

Nach dem Einsatz seiner Kraft brauchte ein Konfessor Ruhe. Manche brauchten Tage, sie ein paar Stunden. Ruhe, vorausgesetzt man fand sie, war für einen Konfessor das beste. Das bißchen Erholung durch die zwei Stunden Schlaf war jetzt dahin. Jetzt hatte sie keine Zeit mehr, und wahrscheinlich würde sie auch in dieser Nacht wenig Ruhe finden.

Was sie am wenigsten gebrauchen konnte, während sie ihre Kraft zurückgewann, war etwas zu essen. Es zog ihre Energie in den Magen, anstatt ihr ihre Kraft zurückzugeben. Sie mußte sich überlegen, wie sie sich um den Eintopf herumdrücken könnte, sonst würde das Essen zur Verlegenheit aller auf dem Boden enden.

Zum Glück erreichte sie die Karren, bevor sie einen weiteren Löffel zu sich nehmen mußte. Sie bat Leutnant Hobson, Chandalen und die beiden Brüder zu suchen und zu ihr zu bringen. Als er gegangen war, stellte sie die Schale auf dem Querholz des Wagens mit den Bierfässern ab und kletterte hinauf.

Sie winkte Hauptmann Ryan auf den Wagen, während sie zählte. »Holt ein paar Männer. Ladet die oberen Reihen ab, so daß wir an alle Fässer rankommen. Stellt die Fässer in der untersten Reihe auf und entfernt die Stopfen.« Als er Soldaten herbeiwinkte, die dabei helfen sollten, fragte sie: »Hat Chandalen Euch alle eine *Troga* machen lassen?«

Eine *Troga* war ein einfaches, festes Stück Kordel oder Draht mit Holzgriffen an beiden Enden und lang genug, daß man, wenn man es verdrehte, eine Schlaufe erhielt, die groß genug war, um sie einem Mann über den Kopf zu legen. Man setzte sie von hinten an, dann riß man die Griffe auseinander. War die *Troga* aus Draht, hatte man sie richtig zwischen den Halswirbeln plaziert, und hatte der Mann, der sie benutzte, genug Kraft in den Armen, konnte er mit seiner *Troga* jemanden enthaupten, ehe das Opfer noch Gelegenheit hatte, einen Laut von sich zu geben. Auch wenn sie nicht aus Draht war oder seine Arme nicht so kräftig, gab das Opfer keinen Mucks mehr von sich, bevor es starb.

Hauptmann Ryan griff hinten unter seine Jacke, holte eine Draht-*Troga* hervor und zeigte sie ihr. »Er hat sie uns vorgeführt, in aller

Vorsicht, aber ich bin trotzdem froh, daß er sie nicht an mir demonstriert hat. Er meinte, er, Prindin und Tossidin würden sie dazu benutzen, die Posten und Beobachter auszuschalten. Er ist offenbar der Ansicht, wir könnten uns nicht so gut an sie heranschleichen wie er. Dabei haben viele von uns eine Menge Zeit mit Jagen zugebracht, außerdem sind wir geschickter ...«

Hauptmann Ryan machte einen Satz und schrie auf. Chandalen hatten ihm einen Rippenstoß versetzt, nachdem er sich unbemerkt von hinten angeschlichen hatte. Der Hauptmann rieb sich die Rippen und warf dem feixenden Chandalen einen finsteren Blick zu. Prindin und sein Bruder kletterten auf den Karren, um beim Abladen der Fässer zu helfen.

»Hast du einen Wunsch, Mutter Konfessor?« fragte Chandalen.

Kahlan streckte die Hand aus. »Gib mir dein *Bandu.* Dein Zehnschrittgift.«

Er legte die Stirn in Falten und zog eine finstere Miene, griff jedoch in den Beutel an seiner Hüfte, holte das Knochenkästchen hervor und gab es ihr. Die Brüder holten ihre Kästchen ebenfalls hervor und reichten sie ihr.

»Wie viele kann ich damit vergiften? Wie viele Fässer kann ich in Gift verwandeln?«

Chandalen kletterte, auf dem Rand der runden Fässer balancierend, um Hauptmann Ryan herum. »Ihr wollt es in diese Getränke schütten?« Kahlan nickte. »Aber dann haben wir nichts mehr. Wir müssen es bei uns tragen. Vielleicht brauchen wir es noch.«

»Ich werde etwas für Notfälle übriglassen. Jeder, den wir auf diese Weise töten können, ist einer weniger, den wir bekämpfen müssen.«

»Aber vielleicht kommen sie dahinter, daß es Gift ist«, meinte Hauptmann Ryan. »Dann kriegen wir sie nicht einmal dazu, sich zu betrinken.«

»Sie haben Hunde«, sagte Kahlan. »Deswegen will ich ihnen auch etwas zu essen schicken. Sie werden den Hunden etwas von dem Fleisch vorwerfen, um zu überprüfen, ob es verdorben ist. Ich hoffe, sie sind beruhigt, nachdem sie das Essen an den Hunden ausprobiert haben, und so versessen auf das Bier, daß ihnen der Gedanke, sie könnten vergiftet werden, gar nicht erst in den Sinn kommt.«

Chandalen zählte im stillen die Fässer durch, dann richtete er sich auf. »Es sind sechsunddreißig. Zwölf für jedes unserer *Bandu.*« Er kratzte sich den schwarzen Haarschopf und dachte nach. »Es wird sie nicht töten, es sei denn, sie trinken viel, aber ihnen wird schlecht werden.«

»Wie schlecht? Was wird es bewirken?«

»Es wird sie schwächen. Ihnen wird übel werden. In ihren Köpfen wird es sich drehen. Vielleicht werden manche nach einigen Tagen an der Vergiftung sterben.«

Kahlan nickte. »Das wäre eine große Hilfe.«

»Aber das hier reicht längst nicht für alle ihre Soldaten«, wandte Hauptmann Ryan ein. »Nur einige werden davon trinken.«

»Ein Teil wird an die Einheit gehen, die es erobert hat. Der Rest wird zuerst unter den Offizieren aufgeteilt, und was übrigbleibt, geht an die Soldaten. Die Offiziere sind es, auf die ich es abgesehen habe.«

Sämtliche oberen Reihen waren abgeladen, so daß nur die untere Reihe übrigblieb, die die Männer so aufrichteten, daß die Stopfen entfernt werden konnten.

»Wieso sind sechs der Fässer kleiner?«

»Da ist Rum drin«, antwortete der Hauptmann.

»Rum? Das Getränk des Adels?« Kahlan mußte lächeln. »Die Kommandeure werden zuerst den Rum trinken.« Sie richtete sich wieder auf, nachdem sie in eines der Fässer hineingelinst hatte. »Werden sie es herausschmecken, Chandalen? Wird der Geschmack sie warnen, wenn ich in einige etwas mehr hineinfülle?«

Er steckte den Finger in eines der Rumfässer und leckte ihn ab. »Nein. Er ist stark genug. Er überdeckt den Geschmack von *Bandu.*«

Mit der Messerspitze teilte Kahlan das Gift aus Chandalens Kästchen in sechs Teile auf. Jedes Sechstel tat sie dann in eines der kleineren Fässer – in die mit dem Rum.

Chandalen sah ihr dabei zu. »In den kleineren Fässern wird sie diese Menge vermutlich bis zum Morgen töten, ganz sicher aber am nächsten Tag. Aber jetzt hast du nichts mehr für die anderen sechs.«

Kahlan gab Chandalen sein Knochenkästchen mit einem Rest des *Bandu* in den Ecken zurück und kletterte vom Rollwagen herunter. »Sechs der Bierfässer werden kein Gift enthalten, damit wir sicher sein können, daß der Rum diejenigen tötet, die ihn trinken.« Sie gab eine Messerspitze mit dem Gift aus Tossidins Kästchen in jedes der nächsten zwölf Fässer. »Mischt die Fässer durcheinander. Der Rum soll nicht ganz unten liegen. Womöglich sehen die Kommandeure ihn sonst nicht und greifen statt dessen zum Bier.«

Kahlan ging zu den letzten zwölf und öffnete Prindins Kästchen. Sie sah auf. »Viel hast du nicht. Was hast du mit deinem *Bandu* gemacht?«

Prindin sah aus, als wäre es ihm lieber gewesen, sie hätte die Frage nicht gestellt. Er machte eine vage Handbewegung. »Als wir aufbrachen, habe ich nicht recht überlegt. Du hattest es eilig, daher habe ich vergessen nachzuschauen, ob mein *Bandu*kästchen voll ist.«

Chandalen stemmte die Fäuste in die Hüften und funkelte ihn wütend vom Karren herab an. »Prindin, wie oft habe ich dir gesagt, du würdest deine Füße vergessen, wenn du ohne sie fortgehen könntest?«

»Macht nichts«, sagte Kahlan. Prindin wirkte erleichtert, als er sah, wie sie Chandalens Litanei ein Ende machte. »Dies wird sie krank machen. Das allein zählt.«

Während sie es in die Fässer füllte, hörte sie, wie Soldaten aus einiger Entfernung nach ihr riefen. Als sie das Pulver in das letzte Faß gerührt hatte, hob sie den Kopf und sah zwei riesige Zugpferde auf sich zugetrottet kommen. Stirnrunzelnd beobachtete sie, wie zwei Männer auf ihrem bloßen Rücken ritten und ihr etwas zuriefen.

Die beiden kräftigen Zugpferde wirkten in ihrem dicken, graubraunen Winterfell und dem dichten Flaum auf den Beinen schäbig. Sie trugen ihr Geschirr und ihre Kummete, nicht aber ihre Schwanzriemen. Mehrere Kettenschlaufen waren um die inneren Querhölzer jedes Kummets geschlungen. Die Männer ringsum betrachteten gebannt das eigenartige Bild.

Als die Pferde vor ihr zum Halt kamen, hakten die Reiter die Kettenschlaufen los und ließen sie zu Boden fallen. Dann erkannte Kahlan, daß die Pferde mit dieser Kette zusammengebunden waren, die man an den jeweils gleichen Haken an den Kummeten befestigt hatte. So etwas hatte sie noch nicht gesehen. Die beiden Reiter ließen sich zu Boden gleiten.

»Mutter Konfessor!« Ihr Grinsen ließ ihren Salut ein wenig albern erscheinen. Die beiden waren schlaksig, hatten kurzgeschorenes, braunes Haar. Keiner der beiden sah aus, als wäre er schon fünfzehn. Ihre Wolljacken hatten sie des wärmer werdenden Tages wegen aufgeknöpft; die Uniformteile sahen an ihnen aus wie Jutesäcke an Schoßhündchen. Die beiden schienen vor Aufregung fast zu platzen. Sie blieben stehen, bevor sie zu nahe kamen, doch selbst ihre Angst vor Kahlan konnte ihre atemlose Erregung kaum dämpfen.

»Wie lauten eure Namen?«

»Ich bin Brin Jackson, und das hier ist Peter Chapman, Mutter Konfessor. Wir hatten eine Idee und wollten sie Euch vorführen. Wir glauben, daß es funktioniert. Wir sind sogar sicher. Es wird richtig gut klappen, ganz bestimmt.«

Kahlan sah von einem strahlenden Gesicht ins andere. »Was wird wie funktionieren?«

Brin hätte vor Freude, daß er gefragt wurde, fast einen Luftsprung gemacht. In der Hand wog er die Kette, die zwischen den beiden stämmigen Pferden im Schnee lag. »Das hier!« Er zerrte ein Stück Kette zu ihr und hielt es ihr hin. »Das wird funktionieren, Mutter Konfessor. Wir haben es uns selbst ausgedacht! Peter und ich.« Er ließ die schwere Kette zu Boden sinken. »Zeig es ihr, Peter. Zieh sie auseinander.«

Peter nickte grinsend. Er ließ die Pferde seitlich gehen, bis sich die schwere Kette aus dem Schnee hob. Das durchhängende Kettenstück pendelte zwischen den Kummethaken hin und her. Kahlan und sämtliche Soldaten in ihrer Nähe versuchten stirnrunzelnd zu begreifen, wozu diese spezielle Vorrichtung dienen mochte.

Brin zeigte auf die Kette. »Ihr habt gesagt, wir würden die Karren zurücklassen, aber Daisy und Pip wollten wir ganz bestimmt nicht alleine lassen. Das sind unsere Pferde hier – Daisy und Pip. Wir sind Fuhrleute. Wir wollten helfen und Daisy und Pip sinnvoll einsetzen, also haben wir ein paar der dicksten Zugketten genommen und Morvan gefragt, er ist der Schmied hier. Wir haben Morvan gebeten, ein paar von ihnen für uns zusammenzuschweißen.« Er nickte erwartungsvoll, als würde das irgend etwas erklären.

Kahlan neigte den Kopf ganz leicht in seine Richtung. »Das hat er also getan, und weiter?«

Brin breitete aufgeregt die Hände auseinander. »Ihr habt gesagt, wir müssen ihre Pferde außer Gefecht setzen.« Er konnte sich nicht helfen, er mußte kichern. »Dazu dient das hier! Ihr habt gesagt, wir werden nachts angreifen. Die Pferde werden in Reihen angepflockt sein. Wir werden mit Daisy und Pip an diesen Reihen entlanggaloppieren, einer auf jeder Seite, und die Kette wird die Beine unter ihnen wegbrechen! Wir erwischen die ganze Reihe in einem einzigen Schwung!«

Kahlan lehnte sich zurück und verschränkte die Arme. Sie sah zu Peter hinüber. Er nickte, war von der Idee ebenfalls begeistert. »Brin, die Pferde auf diese Weise zusammengekettet im Galopp eine Kette schleppen zu lassen, die sich verfängt, an schweren Gegenständen verfängt, erscheint mir sehr gefährlich.«

Die Begeisterung der beiden war nur wenig gedämpft. »Aber damit könnten wir ihre Pferde ausschalten! Wir schaffen es! Wir können sie für Euch erledigen!«

Kahlan sah kurz zu Hauptmann Ryan hinüber. Er zuckte mit den Achseln, als wollte er sagen, er wisse nicht, ob es funktionieren könnte oder nicht. Die anderen umstehenden Männer rieben sich das Kinn, während sie über die Konstruktion nachdachten.

»Das klappt niemals«, meinte Kahlan schließlich. Brins Schultern sanken noch ein Stück tiefer. »Es sind zu viele für euch. Ihr werdet mehr derart zurechtgemachte Pferde brauchen.« Brin und Peter hoben den Kopf und machten große Augen. »Ihr beide wißt, wie es gemacht wird. Ich möchte, daß ihr alle Zugpferde und Kutscher zusammentrommelt. Auf diese Weise läßt sich ihr Können am besten nutzen.

Nehmt euch von den Karren alles an Ausrüstungsgegenständen und Geschirr, was ihr benötigt. Wir lassen es ohnehin zurück. Ketten sollen gefertigt werden, und dann will ich, daß ihr den Rest des Tages übt. Ich möchte, daß ihr irgend etwas aufstellt, durch das ihr die Ketten hindurchschleppen könnt. Irgend etwas Schweres, damit sich die Pferde an euern Plan gewöhnen können. Ihr müßt solange üben, bis jedes Gespann eingespielt ist.«

Peter trat nach vorn und stellte sich neben den strahlenden Brin. »Wird gemacht, Mutter Konfessor! Ihr werdet sehen! Wir schaffen es! Ihr könnt auf uns zählen!«

Sie warf den beiden einen ernüchternden Blick zu. »Was ihr vorhabt, ist gefährlich. Aber wenn ihr es schafft, wird es für uns von großem Nutzen sein. Es könnte vielen von uns das Leben retten. Ihre Kavallerie ist eine tödliche Waffe. Nehmt eure Ausrüstung und übt. Im Ernstfall wird man versuchen, euch zu hindern, indem man euch tötet.«

Sie legten ihre Faust aufs Herz, diesmal mit hocherhobenem Kinn. »Wir werden uns darum kümmern, Mutter Konfessor. Ihr könnt auf die Kutscher zählen. Wir werden Euch nicht enttäuschen. Wir gehen jetzt die Pferde holen.«

Die Köpfe zusammengesteckt und aufgeregt tuschelnd, machten sie sich an die Arbeit. Kahlan beobachtete einen einzelnen Reiter in der Ferne, der durch das Lager galoppiert kam. Er hielt an, um eine Gruppe Soldaten etwas zu fragen. Sie zeigten in ihre Richtung.

»Sie sind erst seit ein paar Monaten bei uns«, meinte Hauptmann Ryan. »Es sind noch Kinder.«

Kahlan zog eine Braue hoch und sah ihn an. »Es sind Soldaten, die für die Midlands kämpfen. Als ich Euch das erste Mal sah, dachte fast ebenso über Euch. Jetzt kommt Ihr mir ein wenig älter vor.«

Er seufzte. »Vermutlich habt Ihr recht. Wenn sie es wirklich schaffen, wäre es hervorragend.«

Der galoppierende Reiter hatte sie erreicht und war schon von seinem Pferd gesprungen, bevor es ganz zum Stehen kam. Er salutierte flüchtig. »Mutter Konfessor.« Er verschluckte sich. »Ich bin Cynric, von den Posten.«

»Was gibt's, Cynric?«

»Ihr habt gesagt, Ihr wollt über alles Bescheid wissen, also dachte ich, ich erstatte besser Bericht. Wir waren gerade dabei, vor einer Stunde etwa, die Posten zwischen hier und der Armee der Imperialen Ordnung aufzustellen, in der Nähe einer Straße, die den Jarapaß kreuzt, als eine Kutsche den Kreuzweg hinaufkam, aus der Richtung von Kelton. Wir wußten, daß Ihr alles wissen wolltet, was irgendwie ungewöhnlich ist, also haben wir die Kutsche angehalten. Ich dachte, ich erkundige mich besser, was wir Eurer Ansicht nach tun sollen.«

»Wer befindet sich in der Kutsche?«

»Ein altes Ehepaar. Irgendwelche reichen Kaufleute, das behaupten sie zumindest. Irgendwas mit Obstgärten.«

»Was hast du ihnen erzählt? Du hast ihnen doch nichts von uns erzählt, oder? Du hast ihnen doch nicht erzählt, daß wir eine Armee hier draußen haben, oder?«

Er schüttelte heftig den Kopf. »Nein, Mutter Konfessor. Wir haben ihnen erzählt, daß es Gesetzlose in der Gegend gibt, und daß wir eine kleine Patrouille sind, die nach ihnen sucht. Und sie dürften den Paß erst überqueren, wenn ich bei meinem Kommandanten rückgefragt hätte! Ich habe gesagt, sie müßten warten, bis ich wieder da bin.«

Kahlan nickte. »Das war schlagfertig, Cynric.«

»Der Kutscher heißt Ahern. Er wollte sich mit uns anlegen und hat mit dem Gedanken gespielt, seinem Gespann die Zügel zu geben, bis wir ihm ein paar Klingen gezeigt haben. Dann kam der alte Mann aus der Kutsche gesprungen und hat uns beschuldigt, wir wollten ihn berauben. Er fing an, vor uns mit seinem Stock herumzufuchteln, als glaubte er, uns damit verscheuchen zu können. Wie auch immer, wir haben Pfeile auf ihn gerichtet, und er beschloß, lieber wieder in die Kutsche zurückzuklettern.«

»Wie lautet sein Name?«

Cynric verlagerte sein Gewicht auf den anderen Fuß und kratzte sich die Brauen. »Robin oder Ruben oder so ähnlich. Munterer alter Knabe. Ruben, glaube ich. Ruben Rybnik, so war sein Name, glaube ich.«

Kahlan seufzte und schüttelte den Kopf. »Das klingt nicht nach Spionen. Aber wenn die Imperiale Ordnung sie aufgreift und sie irgend etwas wissen, werden sie alles verraten, bevor die D'Haraner mit ihnen fertig sind.« Sie hob den Kopf. »Was tun sie hier draußen?«

»Der Alte behauptet, seine Frau sei krank, und sie wollten sie zu Heilerinnen nach Nicobarese bringen. Sie sah mir nicht gesund aus. Ich glaube, sie hatte die Augen ganz nach hinten verdreht.«

»Nun, sie befinden sich auf der Straße nach Nordwesten, über den Jarapaß, und die dürfte sie nicht in die Nähe der Imperialen Ordnung führen.« Sie strich sich eine Strähne ihres langen Haars aus dem Gesicht. »Aber bevor ich es wagen kann, sie laufen zu lassen, sollte ich am besten mit ihnen sprechen.«

Sie hatte noch keine drei Schritte gemacht, als Sergeant Frost von hinten angerannt kam. »Mutter Konfessor! Die Zuber mit der Tünche sind fertig! Die Zelte sind beheizt.«

Kahlan seufzte. Sie blickte von Sergeant Frost zu dem Posten Cynric, dann zu den anderen Männern, die geduldig darauf warteten, sie zu sprechen oder Anweisungen zu erhalten. Sie atmete noch einmal hörbar aus. »Hör zu, Cynric, ich habe keine zwei Stunden Zeit, nach dort draußen zu reiten. Tut mir leid, mir fehlt einfach die Zeit.«

Er nickte. »Jawohl, Mutter Konfessor. Was soll ich tun?«

Sie wappnete sich, dann gab sie den Befehl. »Tötet sie.«

»Mutter Konfessor?«

»Tötet sie. Wir wissen nicht mit Sicherheit, wer sie in Wahrheit sind, und dies ist zu wichtig, um sich um frei herumlaufende Fremde sorgen zu müssen. Wir können das Risiko nicht eingehen. Mach es rasch, damit sie nicht leiden.«

Sie wandte sich ab und drehte sich um zu Sergeant Frost.

»Aber Mutter Konfessor ...«

Sie sah über ihre Schulter.

Cynric raffte ein längeres Stück Zügel zusammen. »Der Kutscher, Ahern, er hat einen königlichen Paß.«

Kahlan drehte sich wieder um und machte ein nachdenkliches Gesicht. »Einen was?«

»Ein königliches Paßmedaillon. Es handelt sich um ein Medaillon, daß ihm Königin Cyrilla persönlich überreicht hat. Es besagt, daß er ein Held des Volkes von Ebinissia bei der Belagerung war und daß man ihm als Ehrung für seine Dienste in ganz Galea freies Geleit gewähren soll.«

»Die Königin selbst hat ihm diesen Paß ausgestellt?«

Cynric nickte. »Ich werde tun, was Ihr befehlt, Mutter Konfessor, doch mit diesem Medaillon hat die Königin ihm ihren Schutz zugesichert.«

Kahlan strich sich mit den Fingerspitzen über die Stirn. Sie war so müde, daß sie sich kaum noch konzentrieren konnte. »Da er den Paß von der Königin bekommen hat, müssen wir ihn würdigen.« Sie zeigte mit dem Finger auf den Posten. »Aber du wirst ihm sagen, er soll das Gebiet augenblicklich verlassen. Erkläre ihm noch einmal, was du ihm über die Gesetzlosen in dieser Gegend erzählt hast. Erkläre ihm, daß du Jagd auf diese Gesetzlosen machst und daß du, solltest du Ahern und die Leute in seiner Kutsche in dieser Gegend noch einmal erwischen, den Befehl bekommen hast, anzunehmen, sie steckten mit den Gesetzlosen unter einer Decke, und sie auf der Stelle hinzurichten. Die Straße nach Nicobarese führt nach Nordosten. Sag ihnen, sie sollen auf ihr bleiben und nicht anhalten, bevor sie ein gutes Stück von hier fort sind.«

Cynric schlug sich mit der Faust aufs Herz, während sie sich umdrehte, Hauptmann Ryans Arm nahm und ihn zu den Zelten mit der Tünche führte. Hinter sich hörte sie den Posten davongaloppieren – zu der Kutsche, die er entdeckt hatte. Die anderen Männern machten sich wieder an die Arbeit.

Sie lockerte den Riemen, der ihren Umhang geschlossen hielt. Die Temperatur war über den Gefrierpunkt geklettert, und die Wolken hatten sich fast bis auf den Erdboden gesenkt. Die Luft fühlte sich an, als könnte man sie auswringen.

»Heute nachmittag wird Nebel aufziehen«, bemerkte er. »Der gesamte Talpaß wird heute abend davon betroffen sein.« Er sah zu ihr hinüber und bemerkte ihr fragendes Gesicht. »Ich habe mein ganzes Leben in diesen Bergen verbracht. Wenn es im Winter so taut wie jetzt, setzt sich der Nebel wenigstens für ein paar Tage in den Pässen fest.«

Kahlan ließ den Blick über die Bergflanken schweifen, die bis in die grauen Wolken hinaufstiegen. »Das kommt uns sehr gelegen. Besonders bei dem, was ich vorhabe. Es wird uns helfen, den Feind in Angst und Schrecken zu versetzen.«

»Wollt Ihr mir jetzt erklären, was wir anmalen sollen?«

Kahlan stieß einen müden Seufzer aus. »Wir haben uns eine Reihe von Plänen ausgedacht, um einen Schlag gegen Ziele zu führen, die zerstört werden müssen. Heute abend wird sich die beste Gelegenheit dazu bieten, denn sie werden überrascht sein. Eine solche Gelegenheit werden wir nicht noch einmal bekommen. Nach dem heutigen Abend werden sie auf unsere Attacken vorbereitet sein.«

»Verstehe. Die Männer sind sich der Bedeutung ebenfalls bewußt. Sie werden ihre Sache gut machen.«

»Wir dürfen unser Ziel nicht aus den Augen verlieren. Unser Ziel ist es, unsere Feinde zu töten. Heute abend werden wir eine Gelegenheit dazu haben, wie sie sich uns vielleicht nie wieder bieten wird. Diese Gelegenheit müssen wir nutzen.

Wie viele Schwertkämpfer haben wir?«

Er schwieg einen Augenblick, während er die Zahlen in seinem Kopf durchrechnete. »Fast zweitausend sind Schwertkämpfer. Nicht ganz achthundert weitere sind Bogenschützen, und der Rest verteilt sich auf Hellebardenträger, Lanzenträger und Kavallerie sowie all die übrigen Leute, die eine Armee braucht, angefangen bei Fuhrleuten über Pfeilmacher bis hin zu Schmieden.«

Kahlan nickte vor sich hin. »Ich möchte, daß Ihr ungefähr eintausend Schwertkämpfer auswählt. Sucht die stärksten aus, die wildesten, die, die am versessensten darauf sind zu kämpfen.«

»Und was sollen wir mit diesen Männern tun?«

»Jene Männer, die mit den Uniformen der von uns getöteten Posten bekleidet sind, werden das feindliche Lager erkunden, zurückkommen und uns die Position unserer Ziele verraten. Wir haben genügend Leute, die Aufgaben durchzuführen, die wir für diese Ziele vorgesehen haben.

Die Schwertkämpfer sollen mit unserem obersten Ziel beginnen. Das Töten des Feindes. Sie werden sich zuerst um die feindlichen Kommandeure kümmern, nur für den Fall, daß sie nicht vergiftet wurden. Anschließend werden sie so viele Soldaten töten wie sie können, in der kürzest möglichen Zeit.«

Sie erreichten ein Dutzend Zelte, die man nahe beieinander in einem Halbkreis aufgestellt hatte. Kahlan warf in jedes einen Blick, um sicher zu sein, daß sie alle ihren Anweisungen folgend ausgestattet waren. Als sie damit fertig war, blieb sie neben dem größten stehen und blickte Hauptmann Ryan ins Gesicht.

»Werdet Ihr mir jetzt verraten, was wir bemalen sollen?«

Kahlan nickte. »Die eintausend Schwertkämpfer.«

Er starrte sie verblüfft an. »Wir sollen die Männer anmalen? Warum?«

»Ganz einfach. D'Haraner haben Angst vor Geistern. Sie haben Angst vor den Seelen der Feinde, die sie töten, deshalb schleppen sie die Leichen ihrer gefallenen Kameraden vom Schlachtfeld, wie in Ebinissia.

Heute nacht werden diese Ängste kommen und sie verfolgen. Sie werden angegriffen werden von dem, was sie am meisten fürchten: von Geistern.«

»Aber sie werden erkennen, daß es Soldaten sind, die einfach weiße Kleider tragen, und keine Geister.«

Kahlan blickte Hauptmann Ryan unter ihren Brauen hervor an. »Sie werden keine Kleidung tragen. Sie werden nichts am Leib haben und nur ihre Schwerter tragen, weiß bemalt wie sie selbst. Sie werden ihre Kleider kurz vor dem Angriff ablegen.«

Seine Kinnlade klappte herunter. »Was?«

»Ich möchte, daß Ihr die Schwertkämpfer zusammenruft, sofort, und sie hier zusammenzieht. Sie sollen in die Zelte gehen, ihre Kleider ablegen und in die Tünche eintauchen. Nachdem sie sich eingetunkt haben, sollen sie sich neben die heißen Steine stellen, bis sie trocken sind. Es wird nicht lange dauern. Danach können sie ihre Kleider wieder anziehen. Bis zum Angriff.«

Hauptmann Ryan war schockiert. »Aber es ist Winter. Ohne ihre Kleider werden sie erfrieren.«

»Wir haben einen Temperaturumschwung, es ist nicht mehr so bitterkalt. Außerdem wird die Kälte sie daran erinnern, ins Lager hinein- und sofort wieder hinauszustürmen. Ich will nicht, daß sie sich lange im Lager aufhalten. Der Feind wird sich sehr schnell von seinem Schock erholt haben und sich auf jeden Eindringling stürzen. Ich will, daß unsere Leute angreifen, die verängstigten D'Haraner töten und die Flucht ergreifen.

Wie gesagt, D'Haraner fürchten sich vor Geistern. Wenn sie das sehen, was sie im ersten Augenblick für ihren schlimmsten Alptraum halten, werden sie wie gelähmt sein. Ihr erster Gedanke wird sein zu fliehen, nicht zu kämpfen. Man stirbt ebenso leicht durch ein Schwert in den Rücken wie durch ein Schwert in die Brust. Einige werden auf der Stelle erstarren und nicht wissen, was sie tun sollen. Selbst wer die Invasoren als weiß bemalte Soldaten und nicht als Geister erkennt, wird einen Augenblick lang verwirrt sein.

Die Schwertkämpfer sollen sich nicht in Kämpfe verwickeln lassen. Sobald sich jemand wehrt, sollen sie zum nächsten weiterlaufen. Es gibt mehr als genug, die man töten kann, es wäre ein Fehler, Zeit für einen Kampf zu vergeuden, den man vermeiden kann. Ich will einfach nur, daß feindliche Soldaten getötet werden. Sind die Kommandeure erst einmal tot, spielt es keine Rolle, welche. Unsere Männer sollen nicht kämpfen, es sei denn, sie sind dazu gezwungen. Das bringt ihr Leben unnötig in Gefahr.

Hinein, so viele Männer wie möglich töten und wieder hinaus. So werden die Befehle lauten.«

Hauptmann Ryan zog ein grimmiges Gesicht, dachte nach. »Ich hätte nie gedacht, daß ich das jemals sagen würde, aber ich denke, das klingt nach einer äußerst erfolgreichen Taktik. Den Männern wird sie erst einmal nicht gefallen, aber sie werden die Befehle befolgen. Ich werde sie ihnen erklären, und dann werden sie sich bestimmt ein wenig besser dabei fühlen.

Ein solches Vorgehen ist völlig neu für mich, und ich bin sicher, auch für den Feind.« Schließlich brachte er ein verschmitztes

Lächeln zustande. »Es wird sie mit Sicherheit überraschen, daran besteht kein Zweifel.«

Erleichtert registrierte Kahlan, daß er wenigstens zu diesem Zugeständnis bereit war. »Gut. Es freut mich, einen Hauptmann der galeanischen Armee überzeugt zu haben. Der Armee der Midlands. Und jetzt möchte ich, daß Ihr mein Sattelzeug hierherschaffen und in die Tünche tunken laßt. Und bitte, stellt ein paar Posten vor das Zelt, solange ich mich darin aufhalte.«

Er bekam große Augen. »Euern Sattel ... Ihr wollt doch nicht ... Mutter Konfessor ... Das ist doch bestimmt nicht Euer Ernst.«

»Ich verlange nichts von meinen Leuten, daß ich nicht auch selbst tun würde. Sie brauchen einen Befehlsführer, um den sie sich in ihrer ersten Schlacht scharen können. Ich habe die Absicht, sie anzuführen.«

Hauptmann Ryan wich einen Schritt zurück. Er war entsetzt. Er machte wieder einen Schritt nach vorn. »Aber Mutter Konfessor ... Ihr seid eine Frau. Und keinesfalls eine häßliche Frau.« Unwillkürlich betrachtete er sie kurz von Kopf bis Fuß. »Ihr seid sogar ... Mutter Konfessor, vergebt mir.« Er verstummte.

»Die Soldaten haben einen klaren Auftrag. Sagt endlich, was Ihr meint, Hauptmann.«

Sein Gesicht war dunkelrot. »Es sind junge Männer, Mutter Konfessor. Sie sind ... nun, Ihr könnt nicht erwarten ... es sind junge Männer.« Sein Kiefer mahlte, während er nach Worten rang. »Sie werden nichts dagegen tun können. Mutter Konfessor, bitte. Ihr werdet in eine über alle Maßen peinliche Lage geraten.« Er wand sich, in der Hoffnung, es nicht näher erläutern zu müssen.

Sie lächelte ihm leise zu, um ihm ein wenig seines Entsetzens zu nehmen. »Hauptmann, habt Ihr jemals die Legende der Shahari gehört?« Er schüttelte den Kopf. »Als die Stämme und Länder, die jetzt D'Hara genannt werden, zusammengeschweißt wurden, waren die Methoden der Eroberung und des Zusammenführens weitgehend die gleichen wie die der Imperialen Ordnung – man schloß sich entweder an oder wurde erobert. Das Volk der Shahari verweigerte den Anschluß an D'Hara und ließ sich auch nicht erobern.

Sie kämpften derart wildentschlossen, daß die d'haranischen Truppen sie mit der Zeit sehr fürchten lernten, obwohl diese ihnen zahlenmäßig um ein Vielfaches überlegen waren. Die Shahari liebten nichts mehr als den Kampf. Sie waren so furchtlos, und die Vorstellung, in den Kampf zu ziehen, erregte sie so sehr, daß sie nackt in die Schlacht zogen und … eben erregt.«

Kahlan hob den Kopf und sah, wie Hauptmann Ryan sie offenen Mundes anstarrte. Sie fuhr fort. »Die D'Haraner kennen die Legende der Shahari. Sie alle haben bis zum heutigen Tag Angst vor ihnen.« Sie räusperte sich. »Wenn die Männer in den Kampf ziehen und das … geschieht, wird es nur noch größere Furcht unter den Soldaten der Imperialen Ordnung auslösen

Ich glaube allerdings kaum, daß die Männer fürchten müssen, in eine peinliche Lage zu geraten. Sie werden Wichtigeres im Sinn haben, zum Beispiel, nicht getötet zu werden. Und wenn es doch geschieht, nun, dann sollten sie wissen, daß es mir gefällt, denn es wird nur noch größere Furcht in die Herzen unserer Feinde pflanzen.«

Hauptmann Ryan senkte den Blick schließlich zu Boden und scharrte mit seinem Stiefel im Schnee. »Vergebt mir, Mutter Konfessor, aber es gefällt mir noch immer nicht. Es bringt Euch in Gefahr und das ohne großen Gewinn.«

»Das stimmt nicht. Es gibt für mich zwei gewichtige Gründe, es zu tun. Erstens, als ich gestern abend das Lager der Imperialen Ordnung verließ, wurde ich von ungefähr fünfzig Mann verfolgt. Die D'Haraner zweifeln keinen Augenblick daran, daß diese fünfzig Mann mich fangen und töten werden.«

Der Hauptmann versteifte sich. »Wollt Ihr damit sagen, daß fünfzig Mann auf der Suche nach Euch hier herumstreifen?«

»Nein. Sie sind alle tot. Bis zum letzten Mann. Doch das wissen die Soldaten im Lager nicht. Wenn sie mich sehen, ganz in Weiß wie ein Geist, werden sie glauben, ich sei getötet worden und sie würden meine Seele sehen. Das wird ihnen nur noch einen größeren Schrecken einjagen.«

»Alle fünfzig …« Er schaute zu ihr hoch. »Und der zweite Grund?«

Kahlan sah ihn einen Augenblick lang fest an. Sie sprach mit leiser Stimme. »Wenn diese Männer mich erblicken, ganz gleich, ob sie mich für einen Geist halten oder für eine nackte Frau auf einem Pferd, werden sie hinschauen. Während sie hinschauen, können sie keinen unserer Männer töten. Aber wir können sie töten. Ich werde ihre Aufmerksamkeit von den Männer auf mich lenken.«

Er starrte sie schweigend an, und sie fuhr fort. »Ich für meinen Teil werde jede Peinlichkeit in Kauf nehmen«, erklärte sie, »wenn ich dadurch das Leben auch nur eines einzigen unserer Männer retten kann. Ich muß es tun, um ihnen zu helfen, damit sie am Leben bleiben.«

Er blickte zu Boden und stopfte die Hände in seine Taschen.

»Ich wußte gar nicht, daß die Mutter Konfessor so sehr um ihr Volk besorgt ist«, meinte er kaum hörbar. »Ich wußte gar nicht, daß sie überhaupt interessiert, was jemandem von uns zustößt.« Schließlich hob er den Kopf. »Kann ich noch irgend etwas sagen, um es Euch auszureden?«

Kahlan mußte lächeln. »Es gibt nur einen einzigen Mann auf der Welt, der mich davon abhalten könnte, und der seid Ihr nicht.« Sie lachte still. »Genaugenommen, wenn er wüßte, was ich vorhabe, er würde es bestimmt verbieten.«

Seine Neugier war stärker als seine Vorsicht. »Nur ein Mann? Ist er Euer Gefährte?« Sie schüttelte den Kopf. »Ist er derjenige, den Ihr zum Gefährten erwählen werdet?«

Kahlan stieß einen vergnügten Seufzer aus. »Er ist der Mann, den ich heiraten werde. Er hat mich gebeten, seine Frau zu werden.« Sie lächelte, als sie den verwirrten Ausdruck auf seinem Gesicht sah. »Er heißt Richard. Er ist der Sucher.«

Hauptmann Ryan erschrak, sein Atem stockte. »Wenn ich jetzt eine Frage stelle, die mir nicht zusteht, so sagt es nur, aber ich dachte, alle Konfessoren benutzen ihre Kraft … ich dachte, Eure Magie wäre … ich wußte gar nicht, daß Konfessoren … heiraten können.«

»Sie können es nicht. Aber Richard ist etwas Besonderes. Er hat die Gabe, und meine Kraft kann ihm nichts anhaben.«

Endlich lächelte Hauptmann Ryan. »Da bin ich froh. Ich freue mich für Euch, Mutter Konfessor.«

Kahlan zog eine Braue hoch. »Doch solltet Ihr ihm jemals begegnen, so wagt es nicht, ihm von dieser Geschichte … meines Auftritts als Geist zu erzählen. Er hat recht verstaubte Ansichten, was diese Dinge anbelangt. Wenn Ihr ihm erzählt, Ihr hättet zugelassen, daß ich nackt mit tausend Eurer Leute herumlaufe, macht er Euch womöglich einen Kopf kürzer.«

Kahlan lachte, als sie den erschrockenen Ausdruck im Gesicht des Hauptmanns sah.

»Hauptmann, ich brauche ein Schwert.«

»Ein Schwert! Jetzt wollt Ihr am Ende auch noch kämpfen!«

Kahlan beugte sich zu ihm. »Hauptmann, wenn ich dort nackt rumsitze und einer der D'Haraner meine Ehre zu besudeln wünscht, wie soll ich mich dann ohne Schwert verteidigen?«

»Oh. Jetzt verstehe ich, was Ihr meint.«

Er überlegte einen Augenblick. Ein Einfall erhellte sein Gesicht, und er zog sein eigenes Schwert aus seiner Scheide. Er hielt ihr die Waffe mit beiden Händen hin.

Es war ein altes Schwert mit einer im alten Stil geschliffenen Klinge, in deren Endstück man eine Gravur geätzt hatte, die die welligen Falzen des Stahls hervorhob.

»Diese Klinge wurde mir von Prinz Harold überreicht, als ich Offizier wurde. Er meinte, es sei die seines Vaters, hätte einst König Wyborn selbst gehört. Er sagte, König Wyborn hätte sie persönlich in einer Schlacht benutzt.« Er zuckte verlegen mit den Schultern. »Natürlich besitzt ein König viele Schwerter, und viele davon trägt er wenigstens einmal in einer Schlacht, damit man von ihnen behaupten kann, der König habe mit ihnen sein Königreich verteidigt. Es ist also nicht wirklich wertvoll.« Er hob erwartungsvoll den Kopf. »Aber ich würde mich geehrt fühlen, wenn Ihr es als Euer Schwert annähmt. Es scheint nur recht, daß Ihr … nun, als Tochter König Wyborns sein Schwert bei einer Schlacht in Euren Händen haltet. Vielleicht besitzt es Magie oder etwas Ähnliches und hilft euch, Euer Leben zu verteidigen.«

Kahlan nahm ihm das Schwert behutsam aus der Hand.

»Ich danke Euch, Bradley. Das bedeutet mir sehr viel. Ihr täuscht Euch, es ist wertvoll. Es wird mir eine Ehre sein, es zu tragen. Aber ich werde es nicht behalten. Wenn ich hier fertig bin und in ein paar Tagen nach Aydindril aufbreche, werde ich es Euch zurückgeben. Dann besitzt Ihr ein Schwert, daß nicht nur von einem König, sondern auch von der Mutter Konfessor geführt wurde.«

Die Vorstellung entlockte ihm ein Lächeln.

»Würdet Ihr nun bitte einen Posten vor dem Zelt aufstellen? Und Euch dann um die Schwertkämpfer kümmern?«

Mit einem zaghaften Schmunzeln schlug er sich die Faust vor die Brust. »Selbstverständlich, Mutter Konfessor.«

Als Kahlan das Innere des warmen Zelts betrat, kam er bereits mit drei Männern zurück. Er machte ein Gesicht, so ernst, wie sie es noch nie bei einem Offizier gesehen hatte. »Und während die Mutter Konfessor sich im Bad befindet, werdet ihr mit dem Rücken zum Zelt stehen und keinen in die Nähe lassen. Ist das klar?«

»Jawohl, Hauptmann«, antworteten die drei erstaunten Soldaten wie ein Mann.

Drinnen, im Warmen, lehnte Kahlan das Schwert an den Zuber, streifte erst den Pelzumhang ab, dann ihre Kleider.

Ihr war schlecht vor Müdigkeit. Ihr Magen schien sich in Wellen zu heben und zu senken. Ihr drehte sich der Kopf, und sie mußte sich gegen die Übelkeit wehren, die sie in Schüben immer wieder überkam.

Sie fuhr mit der Hand durch die weiße Tünche. Sie war heiß wie ein wundervolles Bad. Doch dies war kein Bad. Eines nach dem anderen hob sie die Beine über den Rand und ließ sich in das seidigsanfte weiße Wasser gleiten. Ihre Brüste wurden in der milchigen Flüssigkeit leicht. Ein paar Minuten lang ließ sie die Arme über die Seiten des Zubers baumeln, schloß die Augen und tat, als wäre es ein heißes Bad. Sie wünschte sich so sehr, daß es ein Bad wäre. Doch das war es nicht.

Kahlan nahm das Schwert ihres Vaters in die Hand und hielt das Heft zwischen ihre Brüste, so daß die lange Klinge an ihrem Körper lag, auf ihrem Bauch, zwischen ihren Beinen. Sie schlug die Knöchel übereinander und spreizte leicht die Beine, so daß die Klinge ihr nicht in die Schenkel schnitt. Mit der anderen Hand hielt sie sich die Nase zu, preßte ihre Augen fest zusammen, holte tief Luft und tauchte unter.

10. Kapitel

Richard und Schwester Verna ritten weiter durch einen dunklen und feuchten, dumpfigen und stickigen Tunnel aus Grün. Die Straße stieg sanft an, dem summenden, betörenden Geräusch ferner Flöten entgegen. Äste, die nicht nur ihre eigenen Blätter trugen, sondern auch Schlingpflanzen aller Art, sowie bleiches, in feinen Schleiern herabhängendes Moos füllten die Lücken zwischen den Stämmen zu den Seiten und sperrten das Licht aus.

Niedrige Mauern zu beiden Seiten, scheinbar errichtet, um das ineinander verschlungene Dickicht zurückzuhalten, waren diesem statt dessen zum Opfer gefallen und wurden von dem blattreichen Geflecht eingehüllt, welches sie hatten zurückhalten sollen. Aus den Fugen zwischen den Steinblöcken sprossen Schlingpflanzen hervor, die ganze Abschnitte der Mauer überwucherten und sie unter sich begruben, sie an anderen Stellen ausbauchten und gelegentlich einen Stein herausstießen, der dann im schiefen Winkel hing, wegen des Rankengewirrs jedoch niemals zu Boden fallen konnte. Die Mauern wirkten wie ein Beutestück, das von einem schwerfälligen Raubtier verschlungen wurde.

Ein einziger Teil war vom Leben des Waldes unberührt geblieben – die menschlichen Schädel. Man hatte sie oben auf der Mauer zu beiden Seiten im Abstand von nicht mehr als drei Fuß aufgereiht. Jeder einzelne saß auf seinem eigenen Geviert aus flechtenbewachsenem Stein, jeder einzelne war frei von Bewuchs und sah aus wie eine Kreuzblume mit Augenhöhlen und einem zahnreichen Grinsen. Richard hatte längst aufgegeben, die Schädel zu zählen.

Nicht einmal seine Neugier und seine Angst konnten sein hartnäckiges Schweigen bezwingen. Seit ihrem letzten Streit hatten er und die Schwester kein Wort mehr gewechselt. Er hatte nicht einmal bei ihr im Lager geschlafen, sondern es statt dessen vorgezogen, seine Wache sowie den Rest der Nacht mit Jagen zu verbringen oder bei Gratch zu schlafen. Endlich einmal war Schwester Vernas verärgertes Schweigen seinem nicht gewachsen. Diesmal wollte er auf keinen Fall derjenige sein, der nachgab. Die beiden waren damit zufrieden, alles mögliche anzuschauen, nur nicht einander.

Die Straße öffnete sich dem Sonnenlicht, wurde breiter und teilte sich in der Ferne vor einer mit Furchen durchsetzten Pyramide. Richard runzelte die Stirn und versuchte festzustellen, was ihr dieses Aussehen verlich – fleckig hellbraun, dunklere, waagerechte Streifen in gleichmäßigen Abständen an den Seiten. Er schätzte, das Bauwerk war dreimal so hoch wie er auf Bonnie.

Im Näherkommen erkannte er, daß der Hügel ausschließlich aus Knochen errichtet war. Menschenknochen. Die fleckig-braunen Stellen waren Arm- und Beinknochen, die man mit dem schmalen Ende nach außen aufgeschichtet hatte. Seiner Schätzung nach mußten sich zehntausende von Schädeln in dem geordneten Haufen befinden. Er starrte im Vorüberreiten darauf. Schwester Verna schien keine Notiz davon zu nehmen.

Hinter dem Knochenstapel führte die breite Straße auf den Marktplatz einer düsteren, unwirklichen Stadt, die aus dem dichten Wald herausragte. Man hatte den flachen Hügel oben von jedem Baum gesäubert, genau wie die terrassenartigen Felder, die sie vor kaum einer Stunde passiert hatten.

Die Felder hatten ausgesehen, als bereitete man sie zur Aussaat vor. Der Erdboden war frisch umgegraben, und es gab Vogelscheuchen, die die Tiere vertreiben sollten, sobald mit der Aussaat begonnen wurde. Es war Winter, hier jedoch, an diesem Ort, säten die Menschen. Richard hielt es für ein Wunder.

Anstatt ein Gefühl von Offenheit zu vermitteln, wirkte diese ausgedehnte Stadt, die man von allem Grün befreit hatte, noch enger und düsterer als die übertunnelte Straße. Die Gebäude waren rechteckig, hatten flache Dächer und waren mit einem schmuddeligen, rindenfarbigen Bewurf verputzt. Gleich unterhalb der Dächer und auf der Höhe eines jeden Stockwerks ragten die Enden von Stützbalken aus dem Verputz. Die Fenster waren klein, und es gab nie mehr als eins in einer Wand. Die Gebäude variierten in der Höhe, waren aber meist zu unregelmäßigen Blocks zusammengefügt. Die größten hatten bestimmt vier Stockwerke. Keines wies, abgesehen von der Höhe, auch nur die geringste stilistische Abweichung auf.

Dunst und Rauch von Holzfeuern verdunkelten den Himmel und die Gebäude in der Ferne. Der Marktplatz schien nichts weiter zu sein als eine unbebaute Fläche rings um einen Brunnen in der Mitte und bildete die einzig freie Stelle von nennenswerter Größe. Er endete rasch in engen, dunklen Gassen mit glatten Wänden, die zu beiden Seiten aufragten und so von Menschenhand geschaffene Schluchten bildeten. Viele der blockartigen Gebäude überspannten die Straßen und verwandelten sie so in finstere Tunnel, und wo es über den Köpfen keine dieser Brückengebäude gab, hing zwischen gegenüberliegenden Fenstern Wäsche auf der Leine. Einige Straßen waren gepflastert, die meisten jedoch nicht, und durch sie rann stinkendes Wasser.

Menschen in freudloser, weiter Kleidung füllten die engen Straßen, liefen barfuß durch den Schlamm, standen mit verschränkten Armen da oder hockten in Türeingängen. Frauen mit tönernen Wasserkrügen auf dem Kopf, die sie mit der Hilfe einer Hand im Gleichgewicht hielten, drückten sich dicht an die Mauer, um Platz für die drei Pferde zu machen. Gleichgültig schweigend setzten sie ihren Weg zum Brunnen oder nach Hause fort, wenn Richard und Schwester Verna vorüberritten.

Ein paar ältere Männer kauerten in Türeingängen oder lehnten an den Mauern. Die Männer trugen krempenlose, steile, runde, dunkle, oben abgeflachte Hüte mit seltsamen Zeichen in einer hellen Farbe, die scheinbar mit Fingern aufgemalt worden waren. Viele der Männer rauchten kurzstielige Pfeifen. Gespräche verstummten, als Schwester Verna und Richard vorüberritten, und alle sahen zu, wie die beiden Fremden und die drei Pferde vorüberzogen. Einige zupften sich untätig an den langen, baumelnden Ohrringen, die sie in ihren linken Ohren trugen.

Schwester Verna ritt durch die engen Straßen voraus und führte sich und Richard tiefer und tiefer in das Gewirr aus graubraunen

Häusern hinein. Als sie endlich eine breitere Kopfsteinpflasterstraße erreichten, hielt sie an, drehte sich zu ihm um und sprach mit leiser, warnender Stimme.

»Diese Menschen hier sind Majendie. Ihr Land ist ein ausgedehntes, halbmondförmiges Waldgebiet. Wir müssen ihr Land der Länge nach durchqueren, bis hin zur Spitze der Sichel. Sie verehren Geister. Diese Schädel, die wir ein Stück weiter hinten gesehen haben, waren Opfer für diese Geister.

Sie hängen zwar törichten Vorstellungen an, die verwerflich sind, aber wir haben nicht die Macht, das zu ändern. Wir müssen jedoch unbedingt durch ihr Land hindurch. Deshalb wirst du tun, was sie verlangen, oder unsere Schädel enden bei all den anderen auf dem Stapel.«

Richard widersprach nicht, antwortete überhaupt nicht. Er saß regungslos da, die Hände über dem Stattelknauf verschränkt, und sah sie an, bis sie sich schließlich abwendete und weiterritt.

Nachdem sie unter einem niedrigen Brückengebäude durchgeritten waren, betraten sie einen zur Mitte hin leicht abfallenden, offenen Platz. Vielleicht tausend Männer liefen hier umher und standen in kleinen Gruppen beieinander. Wie die anderen Männer, die er gesehen hatte, trugen sie alle einen langen Ohrring, wenn auch auf der rechten statt der linken Seite. Zudem trugen sie kurze Schwerter und schwarze Schärpen. Anders als die anderen Männer hatte keiner von ihnen einen Hut auf seinem kahlgeschorenen Kopf.

Weiter vorn, auf einer erhöhten Plattform in der Mitte, hockte um einen dicken Pfahl ein Kreis von Männern, die Beine untergeschlagen, das Gesicht zur Mitte hin gekehrt. Hier war die Quelle der unheimlichen Melodie. Um den Ring aus Männern herum saß, mit dem Gesicht nach außen, ein Kreis schwarzgekleideter Frauen.

Mit dem Rücken zum Pfahl stehend, ließ eine dicke Frau in voluminöser Kleidung ihren Handrücken am Pfahl hinaufgleiten und ergriff den Knoten am Ende eines Seils, das an einer Glocke hing. Während sie beobachtete, wie Richard und die Schwester auf den Platz ritten, läutetet sie die Glocke einmal. Die Schwester ließ sofort Halt machen, als das durchdringende Läuten über den Platz wehte, die Männer verstummen ließ und die Flötenspieler veranlaßte, sich noch mehr anzustrengen.

»Das ist eine Warnung«, erklärte Schwester Verna. »Eine Warnung an die Seelen ihrer Feinde. Gleichzeitig ist die Glocke ein Aufruf an die anwesenden Krieger. Das sind die Männer hier auf dem Platz. Die Seelen wurden gewarnt, die Krieger gerufen. Läutet sie die Glocke noch einmal, sterben wir.« Schwester Verna sah kurz in sein gelassenes Gesicht. »Dies ist ein Opferritual, um die Seelen zu besänftigen.«

Sie verfolgte, wie Männer kamen und die Zügel ihrer Pferde ergriffen. Der Kreis der Frauen in Schwarz erhob sich und begann zu der betörenden Musik zu tanzen. Als Schwester Verna das nächste Mal zu Richard hinüberblickte, überprüfte dieser gerade sorgfältig und bedächtig, ob sein Schwert auch locker in der Scheide hing. Sie seufzte und stieg ab. Auf ihr genervtes Räuspern hin stieg auch er schließlich ab.

Schwester Verna raffte ihren hellen Umhang fest um ihren Körper und begann auf ihn einzureden, während sie die Frauen in Schwarz dabei beboachtete, wie sie den Pfahl und die Frau in der Mitte tanzend umkreisten.

»Die Majendie leben in einem halbmondförmigen Landstrich rings um ein sumpfiges Waldgebiet, in dem ihre Feinde leben. Die Menschen, die im Herzen dieses scheußlichen Landes leben, sind ein wilder, primitiver Haufen und werden keinen von uns durch ihr Land lassen, geschweige denn führen. Selbst wenn wir ihnen aus dem Weg gehen könnten, hätten wir uns innerhalb einer Stunde verlaufen und fänden niemals den Weg hinaus. Die einzige Möglichkeit für uns, den Palast der Propheten zu erreichen, der hinter diesen Wilden liegt, ist, sie zu umgehen und dieses halbmondförmige Land, das den Majendie gehört, der Länge nach zu durchqueren. Unser Ziel liegt genau zwischen den Spitzen des Halbmonds, der den Majendie gehört.«

Sie sah zu ihm hinüber, um sich zu vergewissern, daß er wenigstens zuhörte. »Die Majendie befinden sich ständig im Krieg mit den Wilden aus diesem sumpfigen Waldgebiet. Um durch das Land der Majendie gelassen zu werden, müssen wir beweisen, daß wir mit ihnen und ihren Seelen im Bund stehen und nicht mit ihren Feinden.

Die Schädel, die wir gesehen haben, sind Schädel der Feinde, die man den Seelen der Majendie geopfert hat. Um durchgelassen zu werden, müssen wir ihnen bei diesem Opfer helfen. Die Majendie glauben, daß Männer mit der Gabe wie alle Männer den Samen des Lebens und ihrer Seele in sich tragen, der ihnen von den Seelen gegeben wurde. Mehr noch, sie glauben, daß jemand mit der Gabe über eine besondere, direkte Verbindung zu den Seelen verfügt. Ein Opfer, welches mit Hilfe eines jungen Mannes, der die Gabe hat, vorgenommen wird, überträgt die heilige Barmherzigkeit ihrer Seelen auf das gesamte Volk. Sie glauben, es haucht ihrem Volk Leben ein, göttliches Leben.

Die Majendie verlangen diese Teilnahme am Opfer, wann immer wir junge Männer zum ersten Mal durch ihr Land bringen, denn sie glauben, dadurch würden deren Seelen mit jenen der Majendie verbunden. Die Zeremonie bewirkt darüber hinaus, daß das Volk, mit dem sie sich im Krieg befinden, einen Haß auf Zauberer hat, denn diese helfen immer nur den Majendie und würden niemals mit ihnen zusammenarbeiten. Dies, so glauben die Majendie, verwehrt ihren Feinden den geheiligten Zutritt in die Welt der Seelen.«

Die Männer auf dem Platz zückten allesamt ihre Kurzschwerter. Sie legten die Schwerter auf den Boden, die Spitze auf die Frau in der Mitte gerichtet, knieten nieder und senkten die blanken Schädel.

»Die Frau, die die Glocke geläutet hat, die in der Mitte, ist die Anführerin dieses Volkes. Die Königin-Mutter. Sie ist diejenige, die mit den weiblichen Seelen verbunden ist. Sie repräsentiert die Seelen der Fruchtbarkeit in dieser Welt. Sie ist die Verkörperung des Gefäßes für den göttlichen Samen aus der Welt der Seelen.«

Die tanzenden Frauen in Schwarz formierten sich zu einer Reihe, verließen die Plattform und kamen auf Richard und die Schwester zu.

»Die Königin-Mutter schickt ihre Abgesandten, um dich zu der Opfergabe zu bringen.« Schwester Verna blickte kurz zu ihm auf und spielte dann nervös mit dem Zipfel ihres Umhangs. »Wir haben

Glück. Es bedeutet, daß sie jemanden zum Opfern haben. Wäre dies nicht der Fall, hätten wir warten müssen, bis sie einen ihrer Feinde gefangen hätten. Das kann manchmal Wochen, sogar Monate dauern.«

Richard sagte nichts.

Sie drehte den näher kommenden Frauen den Rücken zu und blickte ihm ins Gesicht. »Man wird dich an einen Ort führen, wo der Gefangene festgehalten wird. Dort wird man dir die Chance geben, ihm deinen Segen auszusprechen. Gibst du deinen Segen nicht, bedeutet das, daß du dem Gefangen beim Opfer vorangehen möchtest. Du würdest also ebenfalls sterben.

Du gibst deinen Segen, indem du das heilige Messer küßt, daß man dir darbieten wird. Du brauchst den Betreffenden nicht selbst zu töten. Du brauchst nur das Messer zu küssen, den Segen der Seelen zu erteilen, dann werden sie das Töten übernehmen. Aber du mußt ihnen dabei zusehen, damit die Seelen das Opfer mit deinen Augen verfolgen können.« Sie warf einen Blick über ihre Schulter auf die Frauen in Schwarz. »Der Glaube dieser Menschen ist obszön.«

Sie seufzte resigniert und drehte sich wieder zu ihm um. Richard verschränkte die Arme und funkelte sie zornig an.

»Ich weiß, das gefällt dir nicht, Richard, aber es hat dreitausend Jahre lang für Frieden zwischen uns und den Majendie gesorgt. Es klingt zwar paradox, aber dadurch werden mehr Menschenleben gerettet, als es kostet. Diese Wilden, ihre Feinde, führen nicht nur gegen sie, sondern auch gegen uns Krieg. Der Palast und die zivilisierten Menschen der Alten Welt werden immer wieder Opfer von Überfällen und wütenden Angriffen.«

Kein Wunder, dachte Richard, sagte aber nichts.

Schwester Verna machte einen Schritt zur Seite und stellte sich neben ihn, als die Frauen in Schwarz sich in einer dunklen Traube vor den beiden zusammendrängten. Sie waren alle älter, vielleicht im Alter von Großmüttern. Und alle waren stattlich, und ihre schwarze Kleidung bedeckte ihr Haar und alles andere bis auf ihre runzligen Hände und Gesichter.

Eine von ihnen zurrte den derben, schwarzen Stoff mit schwieligen Fingern am Kinn fest. Sie verneigte sich vor Schwester Verna. »Willkommen, weise Frau. Seit jetzt schon fast einem ganzen Tag wissen wir durch unsere Posten von Eurem Kommen. Es freut uns, Euch bei uns zu wissen, denn es ist Zeit für das Saatopfer. Wir hatten zwar nicht mit Eurer Anwesenheit gerechnet, doch wird es eine große Huldigung an die Seelen sein, wenn wir das Opfer segnen lassen.«

Die alte Frau, die ihm gerade bis ans Brustbein reichte, betrachtete Richard von Kopf bis Fuß, dann richtete sie erneut das Wort an Schwester Verna.

»Ist dies ein magischer Mann? Er ist kein Junge mehr.«

»Wir haben noch nie zuvor jemanden in den Palast der weisen Frauen gebracht, der so alt war«, sagte Schwester Verna. »Aber er ist ein magischer Mann, genau wie die anderen.«

Die Alte in Schwarz blickte Richard in die Augen, während er sie ausdruckslos betrachtete. »Er ist zu alt, um den Segen zu geben.«

Schwester Verna drückte den Rücken durch. »Trotzdem, er ist ein magischer Mann.«

Die Frau nickte der Schwester zu. »Aber er ist zu alt, als daß die anderen das Opfer für ihn durchführen könnten. Er muß es selbst tun. Er muß unser Opfer mit eigener Hand den Seelen darbringen.« Sie winkte eine Frau hinter sich vor. »Führe ihn zu der Stelle, wo die Opfergabe wartet.«

Die Frau trat mit einem Nicken nach vorn und bedeutete Richard, ihr zu folgen. Schwester Verna zupfte ihn am Ärmel seines Hemdes. Richard spürte die Glut der Magie, die von ihren Fingern ausging, seinen Arm hinaufkroch und in einem unangenehmen Kribbeln am Hals unter dem Rada'Han endete.

»Richard«, flüsterte sie, »wage es nicht, diesmal die Axt zu schwingen. Du hast keine Ahnung, was du damit zerstören würdest.«

Richard sah ihr in die Augen, dann wandte er sich ohne ein Wort ab.

Die rundliche Alte führte ihn durch eine verschlammte Straße, vorbei an alten Männern, die in Eingängen hockten und sie beobachteten, dann bog sie ab und bog in eine enge Gasse ein. An deren Ende ging sie gebückt durch einen niedrigen Türeingang. Richard mußte sich fast um die Hälfte kleiner machen, um ihr zu folgen.

Drinnen bedeckten Teppiche mit kunstvollen Mustern, aber matten Farben den Boden. Möbel gab es keine, bis auf mehrere niedrige, lederbezogene Truhen, auf denen Öllampen standen. Vier Männer mit rasierten Köpfen hockten mehr als daß sie saßen auf den Teppichen, zwei auf jeder Seite eines Durchgangs, der mit einem schweren Teppich verhängt war. Kurze Speere mit spitzen, blattförmigen Eisenköpfen ruhten quer über ihren Knien. Unter der unerwartet hohen Decke hing eine Wolke Pfeifenrauchs.

Die Männer erhoben sich und verneigten sich vor der Alten. Sie nickte ihnen zu und zerrte Richard dabei nach vorn.

»Dies ist der magische Mann. Da er bereits das Mannesalter erreicht hat, verfügt die Königin-Mutter, daß die Seelen das Opfer aus seiner Hand entgegennehmen sollen.«

Alle nickten, bekundeten mit harter Unerbittlichkeit die Weisheit dieser Entscheidung und baten sie, der Königin-Mutter auszurichten, daß alles wie verfügt erledigt werde. Die Frau in Schwarz wünschte ihnen allen Glück. Sie schloß die derbe Fichtenholztür hinter sich, nachdem sie sich unter der niedrigen Öffnung hindurchgebückt hatte.

Als sie gegangen war, begannen die Männer zu feixen. Sie klopften Richard auf den Rücken, als wollten sie ihn ins Vertrauen schließen. Der ausrasierte Nacken eines der Männer legte sich in eine Reihe von Falten, als er sich umdrehte und einen kurzen Blick auf den teppichverhangenen Durchgang warf. Er legte Richard einen Arm um die Schultern und drückte mit seinen kräftigen Fingern zu.

»Du hast allerdings Glück, Junge. Es wird dir gefallen, was wir für dich haben.« Sein verschlagenes Feixen ließ eine Zahnlücke in der unteren Reihe erkennen. »Komm mit. Es wird dir gefallen, Junge. Das können wir dir versprechen, bestimmt.« Er gluckste dreist in sich hinein. »Heute wirst du zum Mann werden, wenn du nicht schon einer bist.« Die anderen drei fielen in sein Lachen ein.

Die drei schoben den Wandteppich zur Seite und nahmen eine der

Öllampen mit. Der letzte gab Richard einen Klaps auf den Rücken und schob ihn hindurch. Sie alle gluckster in freudiger Erwartung.

Abgesehen vom Pfeifenrauch, glich der nächste Raum dem ersten fast aufs Haar. Sie führten ihn weiter durch eine Reihe von Räumen, die alle, abgesehen von ein paar vereinzelten Teppichen, bar jeglichen Schmucks waren. Schließlich hockten sich die Männer neben einen letzten verhangenen Durchgang, pflanzten die Schäfte ihrer Speere in den Boden und beugten sich, mit einer Hand auf ihren Schaft gestützt, zu ihm. Sie alle trugen das gleiche schlaue Grinsen im Gesicht.

»Vorsicht jetzt, Junge. Sei nicht zu übereifrig. Behalte einen kühlen Kopf und denk an dich selbst, dann wirst du Spaß mit dieser Wilden haben.«

Sie kicherten über diesen Scherz, schoben den Vorhang zur Seite und gingen hindurch. Der kleine, quadratische Raum dahinter hatte einen nackten Lehmboden. Die Decke war wenigstens drei Stockwerke hoch. Ein Fenster in der Nähe des oberen Rands der Wand tauchte den Raum in trübes Licht. Es stank nach dem Nachttopf, der ein Stück entfernt an der Seite stand.

Links auf der anderen Seite hockte eine nackte Frau. Sie versuchte sich tiefer in die Ecke zu drücken, als sie die Männer sah. Sie schlang die Arme um die Knie und zog sie fest an ihren Körper.

Sie war übersät mit Schmutz, Schnittwunden und blauen Flecken. Ihr langes, verfilztes schwarzes Haar umrahmte kraus ihr verdrecktes Gesicht. Der Blick in ihren dunklen Augen verengte sich vor Ekel, während sie die vier Männer beobachtete. Nach deren lüsternen Grinsen zu urteilen, wußte sie offenbar, was sie von ihnen zu erwarten hatte.

Um ihren Hals lag ein mächtiger Eisenring, der mittels einer schweren Kette an einem massiven Stift in der Wand befestigt war.

Die Männer verteilten sich ringsum im Raum, hockten sich hin und lehnten sich mit dem Rücken an die Wand. Ihre Speere hielten sie senkrecht zwischen den Knien. Richard tat es ihnen nach, setzte sich auf den Boden und lehnte sich an die Wand rechts von der Frau.

»Ich möchte mit den Seelen sprechen«, erklärte Richard. Die vier

Männer sahen ihn verständnislos an. »Ich muß sie fragen, wie sie es haben möchten.«

»Es gibt nur eine Möglichkeit, es zu tun«, meinte der, dem ein Zahn fehlte. »Du mußt ihr den Kopf abschneiden. Jetzt, da sie den Eisenring um den Hals hat, ist es die einzige Möglichkeit, sie herauszubekommen. Ihr Kopf muß vom Körper getrennt werden.«

»Trotzdem, es muß so gemacht werden, wie die Seelen es wünschen. Ich muß mit ihnen sprechen. Ich muß ganz genau wissen, wie ich es machen soll ... um sie nicht zu verärgern.«

Sie dachten darüber nach. Der Kerl mit dem fehlenden Zahn schob die Wange mit der Zunge nach außen, während er grübelte. Schließlich hellte sich seine Miene auf. »Die Königin-Mutter und ihre Frauen trinken *juka,* um mit den Seelen zu sprechen. Ich könnte dir etwas *juka* bringen, dann kannst du auch mit den Seelen sprechen.«

»Dann hol mir dieses *juka,* damit ich mit den Seelen sprechen und tun kann, was sie verlangen. Ich möchte nichts tun, womit ich euer Saatopfer verderben könnte.«

Die Männer hielten dies für ein weises Ansinnen, wenn man bedachte, daß Richard das Opfer persönlich durchführen und nicht einfach nur segnen sollte. Einer der Männer eilte davon.

Die anderen drei warteten schweigend und musterten dabei erneut lüsternd die Frau. Sie schob ihre Füße enger zusammen, um sich zu bedecken, während sie in der Ecke hockte und ihren Blick finster erwiderte.

Einer der Männer zog eine Pfeife mit dünnem Stiel und einen Fidibus aus irgendeiner Tasche. Er entzündete den Fidibus an der Flamme der Lampe und steckte damit seine Pfeife an. Paffend betrachtete er die Frau, beäugte sie auf obszöne Weise. Die Frau funkelte ihn wütend an, das Kinn trotzig hochgereckt. Der Rauch stieg im trüben Licht nach oben, während der Mann schneller paffte.

Richard nahm eine geduckte Haltung ein, lehnte sich an die Wand, die Arme über seinem Schoß gekreuzt, und verbarg so seine rechte Hand, die er lässig neben das Heft gelegt hatte. Schließlich kam der vierte Mann mit einen runden Tontopf zurück, den er in beiden

Händen trug. Der Topf hatte oben eine kleine Öffnung und war auf der Seite mit weißen Symbolen bemalt.

»Die Königin-Mutter und ihre Frauen haben zugestimmt und schicken dieses *juka,* damit du die Seelen rufen kannst. Wenn du dies trinkst, werden die Seelen dich besuchen.« Er stellte den Topf vor Richard ab, dann zog er ein Messer aus seinem Gürtel und hielt ihm den grünen Malachitgriff hin. Er war mit Figuren in obszönen Stellungen verziert. »Dies ist das heilige Messer, welches bei dem Opfer benutzt werden muß.« Als Richard das Messer entgegennahm und die kräftige Klinge hinter seinen Gürtel schob, setzte sich der Mann zu seinen Gefährten an den Wänden.

Der Mann, der der Frau auf der anderen Seite am nächsten saß, schien erfreut, weil die Königin-Mutter das *juka* geschickt hatte. Er zwinkerte Richard durchtrieben zu. Dann hielt er der Frau die Spitze seines Speeres vors Gesicht.

»Der magische Mann ist gekommen, um dich den Seelen zu opfern.« Er grinste aufmunternd an ihr vorbei, zu Richard. »Aber vorher möchte er dir die Seelengabe seines Samens zum Geschenk machen.« Sie rührte sich nicht. Sein Grinsen wurde zum Feixen, als er mit dem Schaft seines Speeres auf die Erde schlug. »Beleidige die Seelen nicht! Du wirst ihre Gabe annehmen!« Er senkte die Stimme zu einem Knurren. »Und zwar jetzt!«

Ohne ihn auch nur für einen Augenblick aus den Augen zu lassen, löste sie sich und legte sich folgsam mit dem Rücken auf die Erde. Sie machte die Beine breit und sah Richard trotzig an. Offenbar wußte sie darum, was folgen würde, wenn sie diesen Männern nicht zu Willen war.

Der Kerl sprang vor und stach ihr mit dem Speer in den Schenkel. Sie stieß einen Schrei aus und wich zurück.

»So dumm bist du nicht! Du wirst uns nicht beleidigen! Wir sind nicht blöde!« Er täuschte einen weiteren Stoß mit dem Speer an. »Und mach es richtig!«

Richards Finger krallten sich um das Heft seines Schwertes, ansonsten rührte er sich jedoch nicht. Die Frau machte keinerlei Anstalten, sich um die blutende Schnittwunde an ihrem Bein zu kümmern, sondern wälzte sich gehorsam auf Ellenbogen und Knie und reckte ihr Hinterteil in die Luft.

Die Männer sahen Richard kichernd an.

»Einer wie der willst du dabei bestimmt nicht ins Gesicht sehen«, meinte der Kerl mit dem fehlenden Zahn. »Sie beißt nämlich.« Die anderen nickten. Sie wußten offenbar Bescheid. »Besteig sie so herum und halte sie an den Haaren fest. Auf diese Weise wird sie dich nicht beißen können, und du kannst dir alles nehmen, was du willst.«

Die Männer warteten. Weder Richard noch die Frau rührten sich.

»Habt ihr Trottel keine Augen im Kopf?« meinte die Frau. »Er will mich nicht wie ein Hund vor euch besteigen!« Das Gesicht an die Erde gepreßt, warf sie Richard ein spöttisches Grinsen zu. »Er ist nämlich schüchtern. Er will nicht, daß ihr seht, wie klein sein Zauberstab ist.«

Alle Augen waren auf ihn gerichtet. Richards Knöchel umspannten weiß das Heft. Nur mit Anstrengung gelang es ihm, den Zorn, der aus dem Schwert brennend durch seinen Körper zog, unter einer ungerührten Miene zu verbergen. Er hatte Mühe, einen klaren Kopf zu behalten.

Es würde nichts bringen, der Magie hier drinnen freien Lauf zu lassen.

Einer der Männer versetzte einem seiner Kumpane einen spielerischen Ellbogenstoß und lachte. »Vielleicht hat sie recht. Er ist noch jung. Vielleicht ist er es nicht gewöhnt, daß andere ihn bei seinem Vergnügen zusehen.«

Seine Geduld war bis zum Reißen gespannt. Richard konzentrierte sich darauf, seine freie Hand ruhig zu halten und sie mit elegantem Schwung zu bewegen. Er nahm den Tontopf mit dem *juka* und zeigte ihn den Männern. Er hatte alle Mühe, seine Stimme zu beherrschen. »Die Seelen möchten zu mir von wichtigen Dingen sprechen.«

Das Grinsen auf sämtlichen Gesichtern erlosch. Sie wußten, er war ein magischer Mann, doch war er nicht so jung, wie sie es gewohnt waren. Sie hatten keine Vorstellung von seiner Kraft, was sie offensichtlich ebenso besorgt stimmte wie seine undurchschaubare, viel zu ruhige Art.

»Wir müssen es ihm überlassen, seine Pflicht zu tun«, meinte einer der Männer. »Wir sollten ihn mit den Seelen allein lassen. Dann kann er sich mit der Wilden vergnügen, wenn er will, bevor er den Seelen sein Opfer darbringt.« Er neigte Richard seinen glänzenden Schädel zu. »Wir werden dich in Frieden lassen. Wir werden dort auf dich warten, wo du uns zuerst begegnet bist.«

Die vier eilten mit ernster Miene davon. Als sie verschwunden waren und er sicher sein konnte, daß sie sich ein gutes Stück entfernt hatten, spie die Frau ihn an.

Sie bog den Rücken durch wie eine läufige Katze und reckte ihren Hintern noch höher in die Luft. »Jetzt kannst du mich besteigen wie der Hund, der du bist. Komm schon, magischer Mann, beweise, daß du eine Frau besteigen kannst, wenn man sie mit einer Kette für dich festhält. Du kannst mir auch nichts Schlimmeres antun als die anderen Hunde.« Sie spie ihn erneut an. »Ihr seid alle Hunde.«

Richard stieß mit dem Fuß gegen ihre Hüfte und warf sie um. »Ich bin nicht wie diese Männer.«

Sie wälzte sich auf den Rücken. Sie breitete Arme und Beine aus und warf ihm einen verächtlich funkelnden Blick zu. »So. Du hältst dich also für besser als sie.«

Richard biß die Zähne zusammen. »Laß das. Deswegen bin ich nicht hier.«

Sie setzte sich auf. Sie hob das Kinn, doch ihre Augen füllten sich mit plötzlichem Entsetzen. »Du wirst mich jetzt also opfern?«

Richard merkte, daß er noch immer das Heft umklammert hielt. Er hatte vergessen, seinen ruhigen Gesichtsaudruck zu bewahren. Er zog seine Hand zurück, wodurch seine Magie zurückwich, sein Zorn abkühlte. Vor ihren Augen schüttete er das *juka* auf dem Boden aus.

»Ich werde dich hier rausholen. Mein Name ist Richard. Und deiner?«

Sie kniff die Augen zusammen. »Warum willst du das wissen?«

»Wenn ich dich hier rausholen soll, muß ich wissen, wie ich dich rufen kann. Ich kann dich schließlich nicht ›Frau‹ nennen.«

Sie musterte ihn einen Augenblick schweigend. »Ich bin Du Chaillu.«

»Wie soll ich dich nennen? Du? Oder Du Chaillu?«

Sie legte verwirrt die Stirn in Falten. »Du Chaillu. So lautet mein Name.«

Richard lächelte sie beruhigend an. »Also schön. Du Chaillu. Dein Volk, was sind das für Leute? Wie werden sie genannt?«

»Wir sind die Baka Ban Mana.«

»Und was bedeutet das, Baka Ban Mana?«

Sie reckte ihr Kinn erneut empor. »Die ohne Herren.«

Richard lächelte vor sich hin. »Ich denke, du machst deinem Volk Ehre. Du siehst nicht aus wie eine Frau, die sich beherrschen läßt.«

Das Kinn noch immer vorgereckt, blickte sie ihm prüfend in die Augen. »Das sagst du, aber eigentlich willst du mich besteigen wie die anderen.«

Richard schüttelte den Kopf. »Nein. Ich hab' dir doch gesagt, daß ich das nicht tun werde. Ich werde versuchen, dich hier rauszuholen und zu deinem Volk zurückzubringen.«

»Niemand aus meinem Volk, der von den Majendie gefangen wurde, ist je zurückgekehrt.«

Richard beugte sich zu ihr vor. »Dann bist du eben die erste.«

Richard zog sein Schwert blank. Du Chaillu wich zurück zur Wand, zog die Knie vor die Brust und versteckte ihr Gesicht. Er merkte, daß sie sein Tun falsch ausgelegt hatte und nun das Schlimmste erwartete. »Schon gut, Du Chaillu. Ich tue dir nichts. Ich muß dir nur diesen Eisenring abnehmen.«

Sie scheute vor ihm zurück. Dann bedauerte sie ihren schmachvollen Rückzug, überlegte es sich anders, hob das Kinn und spie ihn an. »Ja, indem du mir den Kopf abschlägst. Du sprichst nicht die Wahrheit. Du wirst mich jetzt töten und willst bloß, daß ich dir lammfromm den Hals hinhalte.«

Richard wischte sich die Spucke mit dem Ärmel von der Schläfe. Dann legte er ihr beruhigend die Hand auf die Schulter. »Nein. Ich werde dir nichts tun. Das Schwert brauche ich nur, um dir den Ring abzunehmen. Wie soll ich dich sonst hier rausschaffen? Du wirst gerettet werden, warte nur ab. Kann ich ihn dir jetzt abnehmen?«

»Schwerter können kein Eisen schneiden!«

Richard zog eine Braue hoch. »Aber Magie.«

Sie kniff die Augen zusammen und hielt den Atem an, als er ihr sanft den Arm um die Schulter legte und sie mit dem Gesicht nach unten in seinen Schoß zog. Er legte ihr die Schwertspitze seitlich an den Hals. Er hatte das Schwert der Wahrheit schon einmal Eisen durchtrennen sehen und wußte, die Magie des Schwertes war dazu in der Lage. Du Chaillu lag absolut still, als er das Schwert unter das schwere Eisen schob.

Und dann stürzte sie sich auf ihn. Im Nu hatte sie seinen linken Arm fest im Griff. Ihre Zähne verbissen sich in seinen Unterarm und zwackten seine Nerven.

Richard erstarrte. Ihm war klar, wenn er jetzt den Arm zurückriß, würde sie ihm mit ihren Zähnen vermutlich das Fleisch von den Knochen reißen. Er hatte seine Rechte noch immer am Schwert. Der Zorn der Magie pulsierte durch seinen Körper. Er benutzte ihn, um die Schmerzen zu blockieren und ruhig zu bleiben.

So wie das Schwert unter dem Eisenring steckte, wäre es ein leichtes, es zu verdrehen und zuzustoßen. Er würde ihr damit die Kehle durchschneiden, wenn nicht gar den Kopf abtrennen und könnte sich von ihren Zähnen befreien. Die Schmerzen waren kaum auszuhalten.

»Du Chaillu«, brachte er durch die zusammengebissenen Zähne hervor. »Laß los. Ich werde dir nichts tun. Läge es in meiner Absicht, dir weh zu tun, könnte ich jetzt mit dem Schwert zustechen, damit du losläßt.«

Nach einer ganzen Weile, in der es bis auf ihren schwer gehenden Atem völlig still war, ließen ihre Zähne locker, ohne den Arm ganz freizugeben.

Sie neigte den Kopf ein wenig zur Seite. »Warum?« Sie lugte zu ihm hoch. »Warum willst du mir helfen?«

Richard sah ihr fest in die dunklen Augen. Er riskierte es und nahm die Hand vom Schwert. Dann hob er die Hand und berührte das kalte Metall des Rings um seinen Hals.

»Auch ich bin ein Gefangener. Auch ich weiß, was es heißt, von einem Ring gehalten zu werden. Ich mag Halsringe nicht. Ich kann mich zwar auf diese Weise nicht selbst befreien, aber dich.«

Sie sah ihn fragend an.

»Aber du bist ein magischer Mann.«

»Deshalb hat man mich gefangengenommen. Die Frau, die ich begleite, bringt mich an einen Ort, der Palast der Propheten genannt wird. Sie behauptet, die Magie wird mich töten, wenn ich nicht an diesen Ort gehe.«

»Du bist bei einer dieser Hexen? Aus dem großen, steinernen Hexenhaus?«

»Sie ist keine Hexe, sondern jemand, der auch Magie besitzt. Sie hat mir diesen Ring umgelegt, damit ich sie begleite.«

Du Chaillus Blick fuhr zum Ring um seinen Hals.

»Wenn du mich gehen läßt, werden dir die Majendie nicht erlauben, durch ihr Land zu dem großen Steinhaus zu reiten.«

Richard sah sie an. Ein dünnes Lächeln umspielte seine Lippen. »Ich hatte gehofft, wenn ich dir helfe und dich zu deinem Volk zurückbringe, würdet ihr uns erlauben, durch euer Land zu reiten, und du würdest uns vielleicht führen, damit wir den Palast erreichen.«

Sie grinste hinterhältig. »Wir könnten die Hexe töten.«

Richard schüttelte den Kopf. »Ich töte niemanden, es sei denn, ich bin dazu gezwungen. Es würde ohnehin nichts nützen. Ich muß in den Palast, damit man mir den Ring abnimmt. Wenn ich nicht dorthin gehe, sterbe ich.«

Du Chaillu wich seinem Blick aus. Richard wartete, während sie sich in ihrem Gefängnis umsah.

»Ich weiß nicht, ob du die Wahrheit sagst oder mir die Kehle durchschneiden willst.« Sie rieb ihm sachte über den Arm, dort, wo sie ihn gebissen hatte. »Aber wenn du mich tötest – ich sollte ohnehin getötet werden und hatte keine Chance –, dann werde ich wenigstens nicht mehr von diesen Hunden bestiegen. Wenn du die

Wahrheit sagst, dann werde ich frei sein. Trotzdem müssen wir immer noch entkommen. Wir befinden uns mitten im Land der Majendie.«

Richard zwinkerte ihr zu. »Ich habe einen Plan. Wir können es zumindest versuchen.«

Sie sah ihn fragend an. »Du könntest mir das antun, dann wären sie zufrieden, und du könntest in den Palast gehen. Du wärst in Sicherheit. Hast du keine Angst, daß sie dich töten?«

Richard nickte. »Aber ich habe noch größere Angst, den Rest meines Lebens zu leben und in Gedanken immer deine hübschen Augen vor mir zu sehen und mir zu wünschen, ich hätte dir geholfen.«

Sie warf ihm einen Seitenblick zu. »Vielleicht bist du ein magischer Mann, aber klug bist du nicht. Ein kluger Mann würde die Sicherheit vorziehen.«

»Ich bin der Sucher.«

»Was ist das, der Sucher?«

»Das ist eine lange Geschichte. Aber vermutlich bedeutet es, daß ich mein Bestes tue, damit die Wahrheit Oberhand behält und Recht geschieht. Dieses Schwert besitzt magische Kräfte, und es hilft mir bei meiner Suche. Es wird das Schwert der Wahrheit genannt.«

Mit einem langen Seufzer legte sie schließlich ihren Kopf wieder in seinen Schoß. »Versuch es also, oder töte mich. Ich war ohnehin schon tot.«

Richard klopfte ihr beruhigend auf die schmutzige, nackte Schulter. »Halt still.«

Er griff unter ihren Hals, schloß die Finger um den Ring und hielt ihn fest. Mit seiner anderen Hand, der Hand am Heft, jener Hand, durch die die Magie in seinen Körper strömte, zog er mit voller Wucht daran.

Das Eisen zersplitterte mit lautem Krachen. Heiße Metallsplitter prallten von den Wänden zurück. Ein großes Stück des Rings drehte sich auf dem Boden im Staub um die eigene Achse, geriet schließlich ins Trudeln und blieb liegen. Stille senkte sich über die beiden. Er hielt den Atem an und hoffte, daß keines der Metallstücke ihr die Kehle durchgeschnitten hatte.

Du Chaillu richtete sich auf. Mit großen Augen betastete sie sich den Hals. Als sie keine Verletzung entdeckte, fing sie plötzlich breit an zu grinsen.

»Er ist ab! Du hast mir den Ring abgenommen, und mein Kopf ist immer noch dran!«

Richard tat, als sei er leicht empört. »Das habe ich doch gesagt. Jetzt müssen wir fort von hier. Komm.«

Er führte sie durch die Räume zurück, so wie er hereingekommen war. Als er den vorletzten Raum vor dem erreichte, in dem die Männer warteten, hielt er sich einen Finger an die Lippen und erklärte, sie solle sich still verhalten und warten, bis er sie holen komme.

Sie verschränkte die Arme über ihren nackten Brüsten. »Warum? Ich werde mit dir gehen. Du hast gesagt, du willst mich nicht hierlassen.«

Richard stöhnte verzweifelt. »Ich gehe und hole dir etwas zum Anziehen. Wir können nicht fort, solange du ...« Mit einer Handbewegung deutete er auf ihre Blöße.

Sie löste die Arme und blickte an ihrem Körper herab. »Wieso? Was stimmt nicht mit mir? Ich bin doch hübsch anzusehen. Viele Männer haben mir das gesagt ...«

»Was seid ihr nur für ein Volk!« zischte er aufgebracht. »Seit ich meine Heimat letzten Herbst verlassen habe, habe ich mehr nackte Menschen gesehen als in meinem ganzen Leben zuvor! Und nicht eine von euch scheint auch nur im geringsten ...«

Sie mußte grinsen. »Dein Gesicht wird rot.«

Richard knurrte zwischen zusammengebissenen Zähnen hindurch. »Warte hier!«

Mit einem neckischen Lächeln verschränkte sie erneut die Arme. »Ich werde warten.«

Die vier Männer im äußeren Raum sprangen auf, als Richard durch die teppichverhangene Öffnung trat. Er ließ ihnen keine Zeit, irgendwelche Fragen zu stellen.

»Wo sind die Kleider dieser Frau?«

Sie sahen sich verwirrt an. »Ihre Kleider? Wieso willst du ihre ...?«

Richard trat bedrohlich einen Schritt auf den Mann zu. »Wer bist du, daß du es wagst, die Seelen in Frage zu stellen! Tu, was ich sage. Beschaff mir ihre Kleider!«

Die vier wichen zurück. Sie starrten ihn kurz an, dann gingen sie zu den niedrigen Truhen. Sie stellten die Lampen zur Seite und öffneten die Deckel, kramten in den Truhen und holten Kleidungsstücke heraus.

»Hier! Ich hab' sie gefunden!« meinte einer von ihnen. Er hielt ein Kleidungsstück in die Höhe, das aus fein gewobenem Flachs zu sein schien. Von dem hellbraunen Stoff hingen Reihen verschiedenfarbiger Streifen herab. »Das gehört ihr.« Er hielt einen Wildledergürtel in die Höhe. »Und das hier auch.«

Richard riß sie dem Mann aus der Hand. »Ihr werdet hier warten.« Er schnappte sich einen Stoffetzen, den der Mann bei der Suche nach dem Kleid auf den Boden geworfen hatte.

Er war wieder durch die Tür verschwunden, bevor noch Zeit für irgendwelche Fragen war. Du Chaillu wartete, die Arme immer noch verschränkt. Als sie sah, was er den Händen hielt, stockte ihr der Atem. Sie preßte sich das Kleid vor die Brust. Tränen füllten ihre dunklen Augen.

»Mein Gebetskleid!«

Sie schlang ihm die Arme um den Hals, stellte sich auf die Zehenspitzen und bedeckte sein Gesicht mit Küssen. Richard drückte ihr Gewirr aus schwarzen Locken flach an den Kopf und schob sie von sich.

»Schon gut. Schon gut. Zieh es an. Beeil dich!«

Sie grinste ihn an und streifte das Kleid über den Kopf, steckte ihre Arme durch die langen Ärmel. An der Außennaht der Ärmel und der Schulter befand sich ein geflochtenes Band. Daran waren kleine Streifen Stoffs in verschiedenen Farben geknotet. Das Kleid reichte bis kurz unter die Knie. Als Du Chaillu den Gürtel um die Hüfte band, fiel Richard auf, daß ihr das Blut von der Stelle, wo die Männer sie in den Schenkel gestochen hatten, noch immer auf den Fuß rann.

Er kniete sich vor ihr hin und machte ihr mit den Händen ein Zeichen. »Heb es an. Heb dein Kleid hoch.«

Du Chaillu schaute zu ihm hinunter. Sie zog die Augenbrauen hoch. »Ich habe mich gerade bedeckt, und jetzt willst du, daß ich mich wieder ausziehe?«

Richard schürzte die Lippen. Er wedelte ihr mit dem Stoffetzen zu. »Du blutest. Ich muß die Wunde verbinden.«

Kichernd hob sie das Kleid an und hielt ihm ihr Bein hin, wobei sie es langsam von einer Seite zur anderen kreisen ließ und es auf neckische Weise zur Schau stellte. Richard band den Fetzen rasch um ihren Oberschenkel, um die klaffende Wunde, und zog den Knoten fest. Sie jaulte auf vor Schmerz. Geschieht dir recht, dachte er, entschuldigte sich aber trotzdem.

Er nahm sie bei der Hand und zog sie weiter. Im letzten Raum fauchte er die vier Männer an, sie sollten bleiben, wo sie waren. Du Chaillus Hand noch immer fest im Griff, führte er sie durch die Gassen und Straßen zum freien Platz. Er sah die Köpfte der drei Pferde, die aus der Menge der glänzenden, kahlen Schädel ragten. Durch das Gedränge bahnte er sich seinen Weg hin zu den Tieren.

11. Kapitel

Obwohl sein Schwert noch in der Scheide steckte, sog er dessen Magie bereits in sich hinein. Zorn erfüllte ihn. Er rief ihn immer weiter herbei, ließ alle Schranken vor seinem Ansturm fallen.

Er betrat eine ganz eigene, stumme Welt. Eine Welt voll grimmiger Entschlossenheit, der zu sein, der er war.

Der Bringer des Todes.

Schwester Verna erbleichte, als sie sah, wie er Du Chaillu hinter sich herzog, wurde noch bleicher, als sie sah, wie er sich aufführte.

Ohne ein Wort zu sagen schnappte sich Richard seinen Bogen vom Sattel. Vor Anstrengung ächzend, spannte er rasch die Sehne auf den Bogen. Dann riß er zwei Pfeile aus dem Köcher, der an Bonnies Sattel hing. Seine Brust bebte vor Zorn.

Die Menschenmenge hatte sich zu ihm umgedreht. Verwirrte Gesichter tauchten auf, als hinten stehende Männer in die Höhe sprangen, um etwas zu erkennen. Die Frauen in Schwarz blickten ausnahmslos in seine Richtung. Die Königin-Mutter lauerte.

Schwester Vernas Gesicht war mittlerweile leuchtend rot. Das Gemurmel verstummte.

Richard wandte sich an die Königin-Mutter. »Ich habe mit den Seelen gesprochen!«

Langsam schob die Königin-Mutter ihren Handrücken den Pfahl hinauf, zum Glockenseil. Das war das Zeichen, das er brauchte. Sie hatte ihre Chance bekommen. Es war unausweichlich.

Er ließ der Magie in seinem Innern freien Lauf.

Mit einer einzigen, schnellen Bewegung legte Richard einen Pfeil ein. Riß Sehne an Wange. Rief das Ziel herbei. Der Pfeil war fort.

Der Pfeil sirrte durch die Luft. Der Menge stockte der Atem. Bevor der Pfeil sein Ziel erreichte, noch während das Sirren in der Luft lag, hatte Richrd bereits einen zweiten Pfeil aufgelegt und auf das Ziel gerichtet.

Mit einem dumpfen, schwirrenden Geräusch bohrte sich der Pfeil satt ins Ziel, genau dorthin, wo Richard ihn hinhaben wollte. Die Königin-Mutter stieß überrascht einen abgehackten Schmerzschrei aus. Der Pfeil durchbohrte die Lücke zwischen den beiden Knochen ihres Handgelenks, nagelte ihren Arm an den Pfahl und verhinderte so, daß sie das Glockenseil ergreifen konnte. Ihre andere Hand bewegte sich auf das Seil zu.

Der zweite Pfeil lag sicher in der unsichtbaren Rille durch die Luft und wartete. »Noch eine Bewegung Richtung Glocke, und der nächste Pfeil durchbohrt dein rechtes Auge!«

Die Schar der Frauen in Schwarz fiel jammernd auf die Knie. Die Königin-Mutter wurde still. Blut rann ihr den Arm hinab.

In seinem Innern toste die Wut wie ein Unwetter. Äußerlich war er aus Stein. »Hör zu, was die Seelen befohlen haben!«

Langsam ließ die Königin-Mutter ihre Hand an ihre Seite fallen. »Dann sprich!«

Richard hielt die Bogensehne nach wie vor an der Wange und hatte nicht die Absicht, den Bogen herunterzunehmen. Sein Pfeil war nur auf einen Menschen gerichtet, sein Zorn auf alle.

Magie brannte in seinem Innern mit ungezügelter Heftigkeit. Die Wucht des Zorns pulsierte durch seine Adern. In der Vergangenheit war sie immer auf einen Feind gerichtet gewesen, auf eine bestimmte Person. Diesmal war es anders. Der Zorn war uneingeschränkt, galt allen Anwesenden, allen, die mit dem Menschenopfer zu tun hatten.

Das machte es noch schlimmer. Es lockte zusätzliche Magie hervor.

Richard wußte nicht, ob es die allumfassende Bedrohung war, die die zusätzliche Magie hervorrief, oder ob es an den Übungen mit Schwester Verna lag. Doch was immer der Grund war, er zog mehr Magie aus dem Schwert als je zuvor, mehr, als er je für möglich gehalten hatte. Die Magie schäumte mit beängstigender Kraft über. Brachte sogar die Luft zum Zittern.

Die Männer ringsum wichen zurück. Die klagenden Frauen verstummten. Das Gesicht der Königin-Mutter hob sich weiß vom Schwarz ihres Kleides ab. Tausend Menschen erstarrten in stummem Entsetzen vor einem einzigen.

»Die Seelen wollen keine Opfer mehr! Damit beweist ihr ihnen keine Ergebenheit, sondern nur, daß ihr töten könnt! Von jetzt an müßt ihr euern Respekt vor den Seelen durch den Respekt vor dem Leben der Baka Ban Mana bekunden. Tut ihr das nicht, werden die Seelen ihrem Zorn Luft machen, indem sie euch vernichten! Nehmt euch ihre Drohung zu Herzen, oder sie werden die Majendie mit Hunger und Tod überziehen!«

Er richtete das Wort an die Männer, die jetzt nach vorn drängten. »Sollte einer gegen mich oder diese Frauen seine Hand erheben, stirbt die Königin-Mutter.« Die Männer sahen sich gegenseitig an, versuchten sich Mut zu machen. »Ihr denkt vielleicht, ihr könnt mich töten«, erklärte er ihnen, ohne sein Ziel auch nur im geringsten aus dem Blick zu lassen, »doch das schafft ihr nicht, bevor die Königin-Mutter stirbt. Ihr habt meinen ersten Schuß gesehen. Meine Hand wird von Magie geführt. Ich verfehle mein Ziel nie.«

Die Männer wichen zurück.

»Laßt ihn!« rief die Königin-Mutter. »Hört, was er zu sagen hat!«

»Ich habe euch bereits erklärt, was die Seelen gesprochen haben. Dem werdet ihr euch beugen!«

Sie war einen Augenblick lang still. »Wir werden die Seelen selbst befragen.«

»Wollt Ihr sie beleidigen? Damit gäbt Ihr zu, daß Ihr nicht ihren Worten folgt, sondern Euern eigenen weltlichen Interessen!«

»Aber wir müssen …«

»Ich bin nicht hier, um in ihrem Namen zu verhandeln! Die Seelen haben mir befohlen, das Opfermesser dieser Frau zu übergeben, damit sie es zu ihrem Volk mitnehmen kann, als Beweis dafür, daß die Majendie sie nicht länger verfolgen.

Als Warnung vor ihrem Zorn werden die Seelen euch die Aussaat fortnehmen, und erst wenn ihr Abgesandte zu den Baka Ban Mana schickt und ihnen erklärt, daß ihr euch den Wünschen der Seelen beugt, werdet ihr eure Früchte pflanzen können. Folgt ihr den Wünschen der Seelen nicht, werdet ihr alle Hungers sterben!

Wir brechen jetzt auf. Entweder gewährt Ihr uns freies Geleit, oder Ihr sterbt auf der Stelle.«

»Wir müssen darüber nachdenken …«

»Ich lasse Euch Zeit bis drei, um mir Euren Entschluß mitzuteilen! Eins, zwei, drei!« Der Königin-Mutter entfuhr ein Laut des Schreckens. Den Frauen in Schwarz verschlug es den Atem. Ein erschrockens Stöhnen ging durch die Menge. »Wie habt Ihr entschieden?«

Die Königin-Mutter hielt ihre freie Hand in die Höhe und beschwor ihn, seinen Pfeil zurückzuhalten. »Ihr könnt gehen! Ihr habt das Wort der Königin-Mutter, daß ihr unbehelligt unser Land verlassen könnt!«

»Ein weiser Entschluß.«

Ihre Hand schloß sich zur Faust, ein Finger zeigte auf die drei. »Doch dies ist eine Verletzung unserer Übereinkunft mit den weisen Frauen. Das Abkommen ist beendet. Ihr müßt unser Land augenblicklich verlassen. Ihr seid verbannt.«

»So sei es«, sagte Richard. »Aber haltet Euer Wort, sonst werdet Ihr die bitteren Früchte jeder unbedachten Handlung ernten.«

Er lockerte die Sehne. In den Steigbügeln stehend zog er das heilige Messer aus seinem Gürtel und hielt es in die Höhe, so daß alle es sehen konnten.

»Diese Frau wird dies zu ihrem Volk mitnehmen und dort von den Worten der Seelen berichten. Was die Bake Ban Mana anbelangt, so werden sie keinen Krieg mehr gegen die Majendie führen. Ihr werdet zwei Völker sein, die in Frieden miteinander leben! Keines darf dem anderen etwas tun! Beachtet die Worte der Seelen, oder ihr werdet die Konsequenzen tragen müssen!«

Er senkte die Stimme zu einem Flüstern, der Zorn der Magie jedoch trug seine entschlossenen Worte bis in die fernsten Winkel des Platzes, und in der Stille konnte jeder sie verstehen. »Befolgt meine Befehle oder erleidet, was ich über euch bringen werde. Ich werde euch vernichten!«

Magie lag über dem Platz wie Nebel über einem Tal, erdentrückt und doch wirklich, ein greifbares Zeichen seiner Entrüstung, das keinen der Anwesenden unberührt ließ. Alles erzitterte unter der Berührung.

Richard sprang von seinem Pferd. Die Männer wichen erschrocken noch ein paar Schritte weiter zurück. Schwester Verna hatte es vor Wut die Sprache verschlagen. In einem solchen Zustand hatte er sie noch nie gesehen. Sie stand da wie gelähmt, die Hände zu Fäusten geballt.

Richard richtete seinen wütenden Blick, seinen Zorn auf sie. »Steigt auf Euer Pferd, Schwester. Wir brechen auf.«

Ihre Kiefer drohten zu brechen, so sehr preßte sie sie zusammen. »Du bist wahnsinnig! Wir werden nicht ...«

»Wenn Ihr mit jemand streiten wollt, Schwester, dann bleibt und streitet mit den Leuten hier. Ich bin sicher, sie werden Euch den Gefallen tun. Ich reite zum Palast, um diesen Halsring loszuwerden. Wenn Ihr mit mir kommen wollt, dann steigt auf Euer Pferd.«

»Das ist unmöglich! Wir können die Sichel des Majendie-Landes nicht durchreiten. Man hat uns verbannt!«

Richard zeigte mit dem Daumen auf Du Chaillu. »Sie wird uns zum Palast der Propheten führen, durch das Land der Baka Ban Mana.«

Du Chaillu verschränkte die Arme und sah Schwester Verna mit einem selbstzufriedenen Grinsen an.

Schwester Verna sah von ihr zu Richard. »Du bist tatsächlich verrückt. Wir können unmöglich ...«

Richard biß knurrend die Zähne aufeinander, die Wut des Schwertes tobte noch immer in ungezügelter Heftigkeit. »Wenn Ihr mich zum Palast begleiten wollt, dann steigt auf Euer Pferd. Ich breche auf!«

Du Chaillu sah zu, wie Richard ihr das Messer mit dem grünen Griff hinter den Wildledergürtel steckte. »Ich habe dir eine Verantwortung übertragen. Du wirst dich ihrer würdig erweisen. Und jetzt steig auf das Pferd!«

Plötzlich schien Du Chaillu beunruhigt. Sie nahm die Arme auseinander, blickte zum Pferd, dann zurück zu ihm. Sie verschränkte die Arme aufs neue und reckte die Nase in die Luft. »Ich werde auf diesem Tier nicht reiten. Es stinkt!«

»Du auch!« donnerte Richard. »Jetzt steig endlich auf das Pferd!«

Sie zuckte zurück, die Augen angesichts seines wütenden Blicks weit aufgerissen, und holte keuchend Luft. »Jetzt weiß ich, was ein Sucher ist.«

Sie kletterte umständlich auf Geraldine. Die Schwester saß bereits auf Jessup. Richard war mit einem Satz auf Bonnie.

Mit einem letzten warnenden Blick auf die versammelten Männer drückte er seinem Pferd die Knie in die Flanken. Das Tier verfiel daraufhin mit einem Satz in Galopp. Die beiden anderen Pferde folgten ihm. Die Männer stürzten rücklings aus dem Weg.

Die Magie gierte nach Blut, lechzte danach. Richard wünschte sich, jemand würde versuchen, ihn aufzuhalten. Niemand tat es.

»Bitte«, sagte Du Chaillu, »es ist fast dunkel. Können wir bitte anhalten, oder laß mich wenigstens zu Fuß gehen. Das Tier tut mir weh.«

Sie hielt sich mit letzter Kraft fest und hüpfte im Sattel auf und ab, während Geraldine dahintrabte. Die kleinen, bunten Stoffstreifen an ihrem Kleid flatterten wild durcheinander. Er hörte Schwester Vernas Pferd, das hinter ihnen trabte, drehte sich aber nicht zu ihr um.

Richard warf einen kurzen Blick hinauf zur Sonne, die hinter dem dichten Gewirr aus Ästen unterging. Zusammen mit dem Licht schwand endlich auch sein Zorn. Eine Zeitlang hatte es so ausgesehen, als würde er überhaupt nicht mehr enden wollen.

Du Chaillu deutete mit dem Kinn an ihm vorbei nach rechts. Sie hatte Angst, auch nur eine Hand loszulassen. »Dort drüben hinter dem Schilf gibt es einen kleinen Teich, mit einem Stück Gras davor.«

»Bist du sicher, daß wir uns auf Baka-Ban-Mana-Land befinden?«

Sie nickte. »Schon seit ein paar Stunden. Ich weiß, wo wir sind.«

»Also gut. Wir machen Halt für die Nacht.«

Er hielt ihr Pferd, als sie hinunterglitt. Stöhnend rieb sie sich mit den Handflächen über ihr Hinterteil. »Wenn du mich zwingst, morgen wieder dieses Untier zu reiten, beiße ich dich!«

Zum ersten Mal, seit sie die Majendie verlassen hatten, konnte er lächeln. Richard ging daran, den Pferden die Sättel abzunehmen, und schickte Du Chaillu Wasser holen. Während sie zwischen Schilf und Binsen verschwand, sammelte Schwester Verna Holz und setzte es mit Magie in Brand. Als die Pferde versorgt waren, legte er sie an eine lange Leine, damit sie grasen konnten.

»Ich denke, es wird Zeit, euch bekannt zu machen«, meinte Richard, als Du Chaillu zurückkam. »Schwester Verna, dies ist Du Chaillu. Du Chaillu, das ist Schwester Verna.«

Schwester Verna schien sich beruhigt zu haben oder verbarg ihre Wut zumindest. »Ich freue mich für dich, Du Chaillu, daß du heute nicht sterben mußtest.«

Du Chaillu funkelte sie wütend an. Richard wußte, daß sie die Schwestern des Lichts als Hexen betrachtete.

»Du freust dich nicht für mich. Du willst, daß ich sterbe. Du willst, daß alle Baka Ban Mana sterben.«

»Das ist nicht wahr. Ich wünsche niemandem den Tod. Aber davon kann ich dich sowieso nicht überzeugen. Denk, was du willst.«

Du Chaillu nahm das Opfermesser aus ihrem Gürtel und hielt Schwester Verna den Griff vor die Augen. »Drei Monate lang haben sie mich angekettet.« Sie sah auf den grünen Handgriff und zeigte auf eine der obszönen Paarungsszenen, mit denen er verziert war. »Das haben diese Hunde mit mir gemacht.« Schwester Verna warf einen flüchtigen Blick auf das Messer, während Du Chaillu mit einem Finger auf eine andere Szene tippte. »Und das hier. Das hier auch.«

Schwester Verna sah, wie die Brust der anderen Frau vor Wut bebte. »Ich kann dir nicht zeigen, Du Chaillu, wie sehr ich verabscheue, was sie dir angetan haben, und was sie noch mit dir vorhatten. Es gibt vieles in dieser Welt, das ich verabscheue, gegen das ich aber nichts machen kann, und das ich in manchen Fällen sogar dulden muß, um so einem größeren guten Zweck zu dienen.«

Du Chaillu zeigte auf ihren Bauch. »Ich habe mein Mondblut verloren. Diese Hunde haben mir ein Kind gemacht! Jetzt muß ich zu den Hebammen gehen und sie um Kräuter bitten, damit ich das Kind eines Hundes abstoßen kann.«

Schwester Verna umklammerte Du Chaillus Hand. »Bitte, Du Chaillu, tu das nicht. Ein Kind ist ein Geschenk des Schöpfers. Bitte weise dieses Geschenk nicht zurück.«

»Geschenk! Dieser Schöpfer hat eine gemeine Art, Geschenke zu machen!«

»Du Chaillu«, sagte Richard, »bis jetzt haben die Majendie jeden Baka Ban Mana getötet, den sie gefangen haben. Du bist die erste, die befreit wurde. Sie werden keine weiteren töten. Sieh dieses Kind als Symbol des neuen Lebens zwischen euren Völkern. Damit dieses Leben, damit alle eure Kinder gedeihen können, muß das Töten ein Ende haben. Laß das Kind leben. Es hat nichts Schlechtes getan.«

»Sein Vater hat etwas Schlechtes getan!«

Richard mußte schlucken. »Kinder sind nicht schon deswegen schlecht, weil ihre Väter schlecht waren.«

»Wenn der Vater schlecht war, dann wird das Kind so sein wie er!«

»Das ist nicht wahr«, warf Schwester Verna ein. »Richards Vater war ein schlechter Mann, der viele Menschen umgebracht hat, Richard dagegen versucht, Leben zu bewahren. Seine Mutter wußte, daß die Schuld an einem Verbrechen nicht über den hinausgeht, der es begangen hat. Sie hat mit ihrer Liebe nicht gespart, obwohl sie von Richards Vater vergewaltigt wurde. Richard ist von guten Menschen erzogen worden, die ihm beigebracht haben, was Recht ist. Deshalb lebst du heute noch. Du kannst dem Kind ebenfalls zeigen, was Recht ist.«

Du Chaillus Zorn geriet ins Wanken, als sie Richard ansah. »Ist das wahr? Deine Mutter wurde ebenso behandelt wie ich?«

Richard brachte nur ein Nicken zustande.

Sie strich sich über den Bauch. »Ich werde über deine Worte nachdenken, bevor ich mich entscheide. Du hast mir mein Leben wiedergegeben, und ich werde mir deine Worte durch den Kopf gehen lassen.«

Richard drückte ihre Schulter. »Wie immer du dich entscheidest, ich bin sicher, es wird zum Besten sein.«

»Wenn sie überhaupt lange genug lebt, um sich zu entscheiden«, meinte Schwester Verna. »Du hast Versprechungen und Drohungen ausgesprochen, die du nicht halten kannst. Wenn die Majendie ihre Saat aussäen und nichts geschieht, werden sie ihre Furcht vor deinen Drohungen heute verlieren. Was du getan hast, wird nichts mehr zählen, und sie werden erneut Krieg gegen Du Chaillus Volk führen. Von meinem ganz zu schweigen.«

Richard zog das Lederband mit der Pfeife des Vogelmannes über seinen Kopf. »Ich würde nicht gerade sagen, daß nichts geschieht, Schwester Verna. Es wird ganz bestimmt etwas geschehen.« Er hängte Du Chaillu die Pfeife um den Hals. »Dies hat man mir geschenkt, und jetzt schenke ich es dir, damit du dem Töten ein Ende machen kannst.« Er hielt den geschnitzten Knochen in die Höhe. »Dies ist eine magische Pfeife. Damit kann man Vögel herbeirufen. Mehr Vögel, als du je auf einmal gesehen hast. Ich zähle auf dich, daß du mein Versprechen erfüllst.

Geh auf ihre Felder. Halt dich versteckt. Dann, bei Sonnenuntergang, blase auf dieser Pfeife. Du wirst nichts hören, die Vögel aber werden von der Magie herbeigerufen werden. Stell dir in Gedanken Vögel vor. Stell dir alle Vögel vor, die du kennst, wenn du auf der Pfeife bläst, und blase immer weiter, bis sie kommen.«

Sie berührte die geschnitzte Knochenpfeife. »Magie? Und die Vögel werden ganz bestimmt kommen?«

Er lächelte sie schief an. »O ja, sie werden kommen. Daran besteht kein Zweifel. Die Magie wird sie rufen. Kein menschliches Wesen wird das Geräusch hören, aber die Vögel. Die Majendie werden nicht wissen, daß du es bist, der die Vögel ruft. Die Vögel werden hungrig sein und die ganze Saat auffressen. Jedesmal, wenn die Majendie ihre Saat in die Erde pflanzen, rufst du die Vögel und nimmst sie ihnen fort.«

Sie grinste. »Die Majendie werden verhungern!«

Richard schob sein Gesicht ganz dicht an ihres. »Nein. Ich habe dir dieses Geschenk gemacht, damit das Töten ein Ende findet, nicht um dir dabei zu helfen, die Majendie auszurotten. Du wirst die Vögel solange rufen, um ihnen die Saat zu stehlen, bis die Majendie bereit sind, mit euch in Frieden zu leben. Wenn sie ihren Teil der Abmachung erfüllt haben, mußt du deinen erfüllen und dich bereit erklären, mit ihnen in Frieden zu leben.«

Er hielt ihr den Finger drohend vor die Nase. »Mißbrauchst du mein Geschenk, werde ich wiederkommen und eine andere Magie gegen dein Volk einsetzen. Ich vertraue darauf, daß du das Richtige tust. Enttäusche mich nicht.«

Du Chaillu wendete ihren Blick ab. Sie schniefte leise. »Ich werde das Richtige tun. Ich werde dein Geschenk benutzen, wie du gesagt hast.« Sie verbarg die Pfeife unter ihrem Kleid. »Danke, daß du geholfen hast, meinem Volk Frieden zu bringen.«

»Frieden«, schnaubte Schwester Verna verächtlich. Sie funkelte Richard an. »Glaubst du, so einfach ist das? Glaubst du, nach dreitausend Jahren kannst du einfach bestimmen, daß das Töten aufzuhören hat? Du denkst, deine bloße Anwesenheit genügt, und das Verhalten ganzer Völker ändert sich? Du bist ein naiver, kleiner Junge. Zwar gehen die Verbrechen des Vaters nicht auf den Sohn über, aber deine simple Sichtweise richtet ebensoviel Unheil an.«

»Wenn Ihr glaubt, Schwester, ich nähme aus irgendeinem Grund an einem Menschenopfer teil, dann irrt Ihr Euch gewaltig.« Er wollte sich abwenden, drehte sich aber noch einmal um. »Welches Unheil habe ich denn angerichtet? An welchem Morden bin ich schuld?«

Sie beugte sich zu ihm. »Zum einen, wenn wir denen mit der Gabe, wie zum Beispiel dir, nicht helfen, dann bringt sie das um, genau wie dich. Wie sollen wir deiner Ansicht nach diese Jungen in den Palast schaffen? Durch das Land der Majendie können wir nicht mehr.« Sie sah zu Du Chaillu hinüber. »Sie hat nur dir Geleit durch ihr Land gewährt. Sie hat nicht gesagt, ob wir auch andere hindurchbringen dürfen.« Sie richtete sich auf. »Es ist deine Schuld, wenn diese Jungen sterben.«

Richard dachte einen Augenblick darüber nach. Er war erschöpft. Der Gebrauch der Magie des Schwertes hatte ihn entkräftet wie nie zuvor. Er wollte nichts lieber als schlafen. Ihm war nicht danach zumute, Probleme zu lösen oder sich zu streiten. Schließlich sah er Du Chaillu an.

»Wenn du Frieden mit den Majendie schließt, mußt du, bevor du ihnen die nächste Aussaat erlaubst, eine weitere Bedingung stellen. Du mußt ihnen klarmachen, daß sie den Schwestern gestatten müssen, ihr Land zu durchqueren – als Anerkennung des Friedens.« Einen Moment lang blickte sie ihm in die Augen, dann schließlich nickte sie. »Dein Volk wird das gleiche tun.«

Er sah die Schwester herausfordernd an. »Seid Ihr jetzt zufrieden?«

»Als du im Tal eine dieser Bestien niedergestreckt hast, sind plötzlich tausend Schlangen aus seinem Leib hervorgekrochen. Hier wird genau das gleiche passieren.

Ich kann mich unmöglich an all die Lügen erinnern«, meinte sie, »die du heute bereits erzählt hast. Ich habe dich schon zuvor deswegen gescholten und dich gewarnt, es nicht noch einmal zu tun. Ich habe dir erklärt, daß du heute die Axt nicht kreisen lassen darfst, und du hast es trotzdem getan, obwohl ich dich gewarnt habe. Ich kann all die Befehle kaum aufzählen, die zu mißachten dir an diesem einen Tag gelungen ist. Was du getan hast, hat das Töten nicht beendet, sondern gerade erst in Schwung gebracht.«

»In diesem Fall, Schwester, bin ich der Sucher und nicht Euer Schüler. Als Sucher kann ich Menschenopfer unmöglich dulden. Nicht ein einziges. Der Tod von anderen ist eine andere Angelegenheit. Ihr könnt ihn nicht dazu mißbrauchen, einen Mord zu rechtfertigen. Es wird in dieser Angelegenheit keine Kompromisse geben. Außerdem glaube ich nicht, daß Ihr mich für etwas bestrafen wollt, das, da würde ich wetten, Ihr schon vor langer Zeit beendet sehen wolltet.«

Die Muskeln in ihrem Gesicht entspannten sich. »Als Schwester des Lichts steht es nicht in meiner Macht, die Dinge zu verändern. Es war meine Pflicht, weitere Leben zu retten, daher mußte ich die dreitausend Jahre bestehende Abmachung aufrechterhalten. Aber ich gebe zu, ich habe es gehaßt, und in gewisser Weise bin ich froh über das, was du mir abgenommen hast. Aber das ändert nichts an den Schwierigkeiten, die deine Handlung mit sich bringt – oder an den Toten. Als du den Rada'Han angelegt hast, hast du gesagt, die Leine dieses Rings zu halten wäre schlimmer, als ihn selbst zu tragen. Deine Worte beginnen sich zu bewahrheiten.«

Ihre Augen begannen feucht zu glitzern. »Du hast meine allergrößte Liebe, meine Berufung, in ein Elend verwandelt.

Ich bin zu alt, um dich für deinen Ungehorsam zu bestrafen. In ein paar Tagen werden wir im Palast sein, dann bin ich endlich mit dir fertig. Dann werden sich andere um dich kümmern müssen.

Wir werden ja sehen, wie sie dich behandeln, wenn du ihr Mißfallen erregst. Du wirst vermutlich feststellen, daß sie nicht bereit sind, soviel Toleranz aufzubringen wie ich. Sie werden diesen Ring benutzen. Und dabei werden sie wahrscheinlich noch mehr als ich bedauern, deine Leine in der Hand zu halten. Es wird ihnen leid tun, daß sie versuchen, dir zu helfen – genau wie mir.«

Richard stopfte seine Hände in die Gesäßtaschen seiner Hose und starrte in den dichten Wald aus Eichen und Lederblatt. »Tut mir leid, daß Ihr so empfindet, Schwester, und vermutlich kann ich es sogar verstehen. Ich gebe zu, ich habe mich dagegen gewehrt, ein Gefangener zu sein, aber das hier heute hatte nichts mit Euch und mir zu tun.

Hier ging es darum, was recht ist. Als jemand, der mich ausbilden will, versteht Ihr hoffentlich diese moralische Einstellung. Ich kann nur hoffen, daß die Schwestern des Lichts niemandem die Beherrschung der Gabe beibringen wollen, der sein Mäntelchen nach dem Wind hängt.

Schwester Verna, ich hatte nicht die Absicht, Euer Mißfallen zu erregen. Ich hätte nur alle Achtung vor mir selbst verloren, wenn ich diesen Mord zugelassen, geschweige denn mich daran beteiligt hätte.«

»Das weiß ich, Richard. Aber das macht es nur noch schlimmer, weil es alles ein und dasselbe ist.« Sie faltete ihre Hände auseinander, betrachtete das Feuer und ihre Vorräte und zog schließlich ein Stück Seife aus der Satteltasche. »Ich werde einen Eintopf kochen und

Bannock.« Sie warf ihm das Stück Seife zu. »Du Chaillu braucht ein Bad.«

Du Chaillu verschränkte empört die Arme. »Als ich an die Wand gekettet war, haben die Hunde, die mich bestiegen haben, vergessen, mir Wasser anzubieten, damit ich gut für euch rieche.«

Schwester Verna ging in die Hocke und kramte Vorräte hervor. »Ich wollte dich nicht kränken, Du Chaillu. Ich dachte nur, du wolltest dir vielleicht den Schmutz dieser Männer vom Leib waschen. Ich an deiner Stelle täte nichts lieber, als mir das Gefühl ihrer Hände von der Haut zu waschen.«

Du Chaillus Empörung geriet ins Wanken. »Natürlich will ich das!« Sie entriß Richard das Stück Seife. »Du stinkst nach dem Tier, auf dem du reitest. Du wirst dich auch waschen, oder ich will dich nicht mehr in der Nähe haben und werde dich wegschicken, damit du allein essen kannst.«

Richard mußte lachen. »Wenn das den Frieden mit dir wahrt, dann werde auch ich mich waschen.«

Während Du Chaillu zum Teich hinstapfte, rief Schwester Verna ihn zu sich. Er wartete neben ihr, derweil sie einen Topf aus der Satteltasche zog.

»Seit wenigstens dreitausend Jahren hat ihr Volk jeden ›magischen Mann‹ getötet, der ihm in die Hände fiel. Für langen Geschichtsunterricht ist keine Zeit.« Sie hob den Blick, sah ihm in die Augen. »Mit alten Gewohnheiten ist man ebensoschnell zur Hand wie mit einem Messer. Dreh ihr nicht den Rücken zu. Früher oder später wird sie versuchen, dich umzubringen.«

Ihr ruhiger Tonfall ließ ihm unerwartet eine Gänsehaut über den Rücken laufen. »Ich werde versuchen, am Leben zu bleiben, Schwester, damit Ihr mich im Palast abliefern könnt und endlich von Eurer lästigen Bürde befreit seid.«

Richard eilte zum Teich und holte Du Chaillu ein, als sie gerade durch das Schilf watete. »Wieso hast du dieses Kleid Gebetskleid genannt?«

Du Chaillu breitete die Arme aus, so daß die Brise die Stoffstreifen an ihrem Kleid durcheinanderwirbelte. »Das sind die Gebete.«

»Was sind die Gebete? Meinst du diese Stoffstreifen?«

Sie nickte. »Jeder Streifen ist ein Gebet. Wenn der Wind weht und sie fliegen, schickt jeder Streifen ein Gebet an die Seelen.«

»Und wofür betest du?«

»Jedes einzelne dieser Gebete ist dasselbe – es stammt aus dem Herzen dessen, der mir sein Gebet gegeben hat. Es sind alles Gebete, damit man uns unser Land zurückgibt.«

»Euer Land? Aber du bist doch in deinem Land.«

»Nein. Hier leben wir, aber es ist nicht unser Land. Vor langer Zeit wurde unser Land von den magischen Männern geraubt. Sie haben uns hierher verbannt.«

Sie erreichten das Ufer des Teiches. Eine Bö kräuselte das dunkle Wasser. Das Ufer war mit Gras bewachsen, mit dichten Büscheln Binsen, welche auch noch im niedrigen Wasser standen.

»Die magischen Männer haben euch das Land geraubt? Welches Land?«

»Sie haben unser Land von unseren Vorfahren geraubt.« Sie zeigte in die Richtung des Tales der Verlorenen. »Das Land auf der anderen Seite der Majendie. Ich war mit unseren Gebeten auf dem Weg in unser Land, um die Seelen zu fragen, ob sie dabei helfen, uns das Land zurückzugeben. Aber die Majendie nahmen mich gefangen, und ich konnte unsere Gebete nicht zu den Seelen bringen.«

»Wie werden die Seelen euch das Land zurückgeben?«

Sie zuckte mit den Achseln. »In den alten Worten heißt es nur, daß wir jedes Jahr jemanden in unser Land schicken müssen, um zu den Seelen zu beten, und wenn wir das tun, wird uns das Land zurückgegeben werden.«

Sie löste den Gürtel und ließ ihn zu Boden gleiten. Mit verwirrender Anmut schleuderte sie das Messer mit dem grünen Griff zur Seite, wo es im runden Ende eines Astes auf einem umgestürzten Stamm steckenblieb.

»Aber wie?«

Sie sah ihn verständnislos an. »Indem sie uns unseren Herrscher wiedergeben.«

»Ich dachte, ihr wärt die Baka Ban Mana, die ohne Herrscher.«

Sie zuckte mit den Achseln. »Weil uns die Seelen noch keinen geschickt haben.«

Während Richard noch darüber nachdachte, bückte sie sich, faßte ihren Rocksaum und zog ihn sich über den Kopf.

»Was denkst du eigentlich, was du da tust?«

Sie runzelte die Stirn. »Mich muß ich waschen, nicht mein Kleid.«

»Aber doch nicht vor mir!«

Sie sah an sich herab. »Du hast mich doch schon gesehen. Ich habe mich seit heute morgen nicht verändert.« Sie hob den Kopf und sah ihn an. »Dein Gesicht ist wieder rot.«

»Da hinüber.« Er zeigte in die angegebene Richtung. »Geh auf die andere Seite der Binsen. Du auf der einen Seite, ich auf der anderen.«

Er drehte ihr den Rücken zu.

»Aber wir haben nur eine Seife.«

»Du kannst sie mir zuwerfen, wenn du fertig bist.«

Sie ging um ihn herum und stellte sich vor ihn hin. Er versuchte sich erneut umzudrehen, doch sie folgte ihm und zerrte an seinen Knöpfen.

»Ich kann mir nicht selbst den Rücken schrubben. Außerdem ist das nicht fair. Du hast mich gesehen, also sollte ich dich auch sehen. Deswegen wirst du auch rot, weil du nicht fair gewesen bist. Danach wirst du dich besser fühlen.«

Er schob ihre Hände fort. »Laß das, Du Chaillu. Wo ich herkomme, gehört sich das nicht. Männer und Frauen baden nicht zusammen. Man tut es einfach nicht.« Er drehte ihr wieder den Rücken zu.

»Komm schon, nicht einmal mein dritter Ehemann ist so schüchtern wie du.«

»Dein dritter! Du hattest drei Ehemänner?«

»Nein. Ich habe fünf.«

Richard versteifte sich. »Du ›hast‹ fünf?« Er drehte sich zu ihr um. »Was soll das heißen, du ›hast‹ fünf?«

Sie sah ihn an, als hätte er gefragt, ob im Wald Bäume wachsen. »Ich habe fünf Ehemänner. Fünf Ehemänner und meine Kinder.«

»Und wie viele Kinder hast du?«

»Drei. Zwei Mädchen und einen Jungen.« Ein versonnenes Lächeln zog über ihr Gesicht. »Es ist lange her, seit ich sie in den Armen gehalten habe.« Ihr Lächeln wurde traurig. »Meine armen Kleinen haben bestimmt jede Nacht geweint und gedacht, ich sei tot. Noch nie ist jemand von den Majendie zurückgekehrt.« Sie mußte grinsen. »Meine Ehemänner werden es bestimmt gar nicht abwarten können, Lose zu ziehen, wer als erster versuchen darf, mir ein weiteres Kind zu schenken.« Ihr Schmunzeln verblaßte, ihre Stimme verlor sich. »Aber wahrscheinlich hat das bereits ein Majendie-Hund getan.«

Richard gab ihr die Seife. »Es wird alles gut werden. Du wirst sehen. Geh und bade jetzt. Ich werde auf die andere Seite der Binsen gehen.«

Er entspannte sich im kühlen Wasser, lauschte auf ihr Planschen und wartete darauf, daß sie mit der Seife fertig wurde. Der Nebel über dem Teich wurde dichter und kroch langsam, geräuschlos in die umstehenden Bäume.

»Ich habe noch nie von einer Frau gehört, die mehr als einen Ehemann hat. Haben alle Frauen der Baka Ban Mana mehr als einen Mann?«

Sie mußte kichern. »Nein. Nur ich.«

»Warum du?«

Das Planschen hörte auf. »Weil ich das Gebetskleid trage«, antwortete sie, als wäre das eine Selbstverständlichkeit.

Richard verdrehte die Augen. »Schön, aber was hat das ...«

Sie kam durch die Binsen zu ihm geschwommen. »Bevor du die Seife haben kannst, mußt du mir den Rücken waschen.«

Richard stieß einen ärgerlichen Seufzer aus. »Also gut. Wenn ich dir den Rücken wasche, wirst du dann wieder zurück auf deine Seite gehen?«

Sie hielt ihm den Rücken hin. »Wenn du es richtig machst.«

Als sie zufrieden war, schwamm sie schließlich zurück, um sich anzuziehen, während er sich wusch. Über das Zirpen der Käfer und das Quaken der Frösche hinweg erklärte sie ihm, sie habe Hunger.

Er streifte sich gerade die Hosen über, als sie ihm zurief, er solle sich beeilen, damit sie essen könnten.

Er warf sich das Hemd über die Schulter und lief ihr nach, um sie einzuholen, während sie bereits auf den Duft des Essens zusteuerte. Sauber sah sie viel besser aus. Ihr Haar war jetzt wie das eines normalen Menschen und nicht mehr wie das eines wilden Tieres. Sie sah nicht mehr aus wie eine Wilde, sondern irgendwie edel.

Noch war es nicht dunkel, aber hell konnte man das Dämmerlicht auch nicht mehr nennen. Der Dunst, der sich über dem Teich gebildet hatte, zog heran und hüllte sie ein. Die Bäume versanken im dichter werdenden Nebel.

Als die beiden in den Kreis aus Licht rings um das Feuer traten, erhob sich Schwester Verna. Richard schob gerade den rechten Arm durch seinen Ärmel, als er Schwester Vernas entgeisterten Gesichtsausdruck sah und erstarrte. Sie blickte wie gebannt auf seine Brust, auf dieses Etwas, das er bislang vor ihr verborgen gehalten hatte.

Auf die Narbe. Auf den Handabdruck, der dort eingebrannt war. Auf jenen Handabdruck, der ihn immer daran erinnerte, wer ihn gezeugt hatte.

Schwester Verna war bleich wie ein Gespenst. Ihre Stimme war so leise, daß er Mühe hatte, sie zu verstehen. »Woher hast du das?«

Auch Du Chaillu starrte auf die Narbe.

Richard zog sein Hemd zusammen. »Das habe ich Euch bereits erklärt. Darken Rahl hat mich mit seiner Hand versengt. Ihr habt behauptet, ich hätte Halluzinationen.«

Langsam hob sie den Kopf und sah ihm in die Augen. In ihrem Blick lag etwas, das er dort noch nie gesehen hatte. Unbeherrschte Angst.

»Richard«, hauchte sie, »im Palast darfst du das niemandem zeigen. Außer der Prälatin. Vielleicht weiß sie, was zu tun ist. Ihr mußt du es zeigen. Aber niemandem sonst.« Sie trat näher. »Hast du verstanden? Niemandem!«

Richard knöpfte langsam sein Hemd zu. »Wieso?«

»Weil man dich sonst töten wird! Das ist das Mal des Namenlosen.« Sie befeuchtete sich die Lippen. »Die Sünden des Vaters.«

Aus der Ferne drang das klagende Geheul von Wölfen herüber. Du Chaillu fröstelte und schlang die Arme um sich, während sie in den Nebel blickte.

»Menschen werden sterben heute nacht«, verkündete Du Chaillu leise.

12. Kapitel

Sie tauchten aus dem Nebel auf und nahmen feste Gestalt an, die weißen Fänge des Todes. Das überraschte Opfer, anfangs wie gelähmt von markgefrierender Angst, sprang auf und wollte vor dem weißen Tod fliehen. Fänge aus weißem Stahl schlugen sich ohne Erbarmen in sie hinein, als sie um ihr Leben rannten. Todesschreie zerrissen die Nachtluft. Hysterie ließ sie alle Umsicht in den Wind schlagen und scheuchte sie geradewegs in den wartenden kalten weißen Stahl.

Furchtlose Männer erfuhren am eigenen Leibe, was Angst ist, bevor sie starben.

Ein Höllenlärm brach los. Das Klirren von Stahl, das Splittern von Holz, das Zerreißen von Zelttuch, der dumpfe Schlag, mit dem Fleisch und Knochen auf dem Boden landeten, die Schreie von Mensch und Tier, all dies vermengte sich zu einer endlosen Kakophonie des Terrors. Die Woge des weißen Todes trieb das Chaos vor sich her.

Der beißende Geruch von Blut füllte die Luft, überdeckte den süßlichen Duft lichterloh brennenden Waldes, den beißenden Geruch sich entzündenden Lampenöls, den stickigen Rauch brennenden Pechs und den Übelkeit erregenden Gestank verkohlenden Fleisches und Fells.

Was nicht vom kalten Nebel feucht war, war verschmiert von heißem Blut.

Die weißen Fänge aus Stahl waren mittlerweile blutrot; weißer Schnee verwandelte sich in rote Pfützen. Feuerlohen züngelten in die Höhe, versengten die kalte Luft und verwandelten das Weiß des Nebels in ein leuchtendes Orange. Bedrohlich dunkle Rauchschwaden krochen über den Boden, während der Himmel hoch oben brannte.

Pfeile sirrten vorüber, Speere senkten sich in hohem Bogen durch die Luft, zersplitterte Lanzen verschwanden kreisend im Nebel, und abgetrennte Hellebardenspitzen wirbelten fort in die Dunkelheit. Überbleibsel zerfetzter Zelte schlugen und flatterten, als peitsche sie ein wütender Sturm. Schwerter hoben und senkten sich in einer Woge, die angetrieben schien vom Ächzen, das das hektisch-bedingungslose Wollen untermalte.

Männer stoben wie aufgescheuchte Ameisen in alle Richtungen davon. Einige gingen taumelnd zu Boden und verteilten ihr Gedärm im Schnee. Einer der Verwundeten stolperte, geblendet von Blut, ziellos umher, bis einer der weißen Schatten, ein Geist des Todes, vorbeistürmte und ihn niederstreckte. Das Rad eines Karrens rollte vorüber und verschwand sofort wieder hinter schwarzen Schleiern beißenden, vorüberziehenden Rauchs.

Alarm war nicht geschlagen worden, die Posten waren lange tot. Wenige im Lager hatten mitbekommen, was geschah, bevor das Unheil sie überkam.

Das Lager der Imperialen Ordnung war in letzter Zeit ein Ort voller Lärm und wilder Feiern gewesen, und vielen fiel es in ihrem betrunkenen Zustand schwer, zu erkennen, daß irgend etwas Folgenschweres geschah. Viele der Männer, die vom *bandu* im Bier vergiftet waren, lagen, sich erbrechend, um die Feuer. Viele waren so geschwächt, daß sie verbrannten, ohne auch nur den Versuch zu machen, aus den in Flammen stehenden Zelten zu entkommen. Andere befanden sich in einem Zustand trunkener Besinnungslosigkeit und lächelten den Männern, die ihnen Schwerter in die Eingeweide bohrten, tatsächlich zu.

Selbst jene, die nüchtern waren, wußten nicht recht einzuschätzen, was hier geschah. Ihr Lager war oft ein Ort voller derben Lärms und Chaos gewesen. Riesige Freudenfeuer brannten die ganze Nacht hindurch, als Wärmespender und um sich dort zu treffen. Im allgemeinen bildeten sie die einzigen Bezugspunkte in dieser ungeordneten Anlage, daher fielen die Feuer der Zerstörung außer in ihrer unmittelbaren Umgebung, gar nicht recht auf und riefen nur wenig Besorgnis hervor.

Unter den D'Haranern galten Raufereien im Lager schlicht als

Teil der lärmenden Vergnügungen, und schreiende Männer, die während eines Streits abgestochen wurden, waren nichts Besonderes. Was man besaß, gehörte einem nur so lange, wie man toll genug war, es nicht anderen zu überlassen, die jederzeit bereit waren, es einem abzunehmen. Bündnisse unter D'Haranern waren wie Treibsand. Sie konnten ein Leben lang halten, oder, was üblicher war, gerade mal eine Stunde, sobald ein neuer Bund sich als abenteuerlicher oder einträglicher erwies.

Im Kampf waren sie diszipliniert, aber wenn sie nicht kämpften, waren sie unbeherrscht bis hin zur Anarchie. Bezahlung bestand für die D'Haraner bei einem Feldzug zum großen Teil aus einem Anteil an der Beute – sie hatten Ebinissia, allem Gerede über eine neue Ordnung zum Trotz, geplündert –, und die Beute hatte sie vielleicht verführt, ihre Pflichten nicht mehr so ernst zu nehmen. In der Schlacht oder beim ersten Ertönen eines Alarms verwandelten sie sich in eine einzige vereinte Kampfmaschine, eine Einheit mit nur einem Kopf. Im Lager jedoch, ohne das alles beherrschende Ziel des Krieges vor Augen, wurden sie zu Tausenden von Einzelkämpfern, die nichts weiter im Sinn hatten, als ihrem eigenen Interesse zu dienen.

Da es keinen Alarm gegeben hatte, schenkten sie dem Lärm und Geschrei nur wenig Beachtung. Im Getöse ihrer eigenen Geschäfte, ihrem Handeln, in den Geschichten, dem Lachen, Trinken, Spielen, dem Raufen und Rumhuren, ging die aus dem Nichts kommende Schlacht größtenteils unter. Die Offiziere würden sie schon rufen, wenn sie gebraucht wurden. Ohne diesen Ruf zur Pflicht gehörte ihr Leben ihnen selbst, und die Sorgen von anderen waren nicht die ihren. Sie waren völlig unvorbereitet, als der weiße Tod Gestalt annahm.

Der Anblick der weißen Geister, die mitten unter ihnen auftauchten, war von lähmender Kraft. So mancher fing aus Furcht vor den Seelen der Shahari an zu jammern. Viele glaubten, die Trennung zwischen der Welt der Lebenden und der der Toten hätte sich verwischt. Oder sie wären plötzlich selbst in die Unterwelt geraten.

Ohne das Bier, das vergiftete wie auch das ungepanschte, wäre das vielleicht anders gewesen. So jedoch machte sie das Bier und das Vertrauen auf ihre große Zahl auf eine Weise verletzbar, wie sie es nie wieder sein würden. Doch nicht alle waren betrunken oder abgestumpft. Einige wehrten sich mit äußerster Heftigkeit.

Kahlan beobachtete dies alles von ihrem kreisenden Schlachtroß aus. Inmitten eines Meeres aus ungezügelter Leidenschaft hatte sie ihre Konfessorenmiene aufgesetzt.

Diese Männer kannten weder Moral noch Ehre. Es waren Tiere, die sich im Leben nichts anderem beugten als der Gewalt. Sie hatten die Frauen im Palast vergewaltigt und die Menschen aus Ebinissia gnadenlos dahingemetzelt, von den Alten bis hin zu den neugeborenen Kindern.

Ein Mann warf sich durch den Ring aus Stahl, der sie umgab, griff nach ihrem Sattel, um sich daran festzuhalten. Er starrte sie offenen Mundes an und flehte weinerlich um Gnade bei den Guten Seelen. Sie spaltete ihm den Schädel.

Kahlan riß ihr Pferd herum und sah sich Sergeant Cullen gegenüber. »Haben wir die Kommandozelte eingenommen?«

Der Sergeant gab ein Zeichen, und einer der weißen, nackten Männer rannte los, um das zu überprüfen, während sie sich tiefer und tiefer in das Lager der Imperialen Ordnung vorarbeiteten. Als sie die Pferde entdeckte, gab sie das Signal. Von hinten vernahm sie das Geräusch galoppierender Hufe und das scharfe Rasseln von Ketten: Sicheln des Todes, die gekommen waren, um unter den Lebenden ihre Ernte einzufahren.

Mit einem Klackern, als würde ein Junge einen Stock an einem Lattenzaun entlangziehen, galoppierten die Tiere mit den Kettensicheln durch die lange Reihe der Pferde. Die Schreie der Tiere und die dumpfen Schläge, mit denen sie am Boden zusammenbrachen, übertönten noch den Hufschlag und das Krachen der brechenden Knochen.

Selbst die betrunkenen Feinde ließen von den weißen Geistern ab und verfolgten starren Blicks das grausige Schauspiel. Es war das letzte, was sie zu Gesicht bekamen. Männer taumelten aus ihren Zelten und sahen verständnislos mit an, was sich dort vor ihren Augen abspielte. Andere wanderten ziellos umher, einen Krug in der Hand, als wären sie auf einem Jahrmarkt, wo sie betrunken von einer Attraktion zur nächsten wankten. Es waren so viele, daß manche ein wenig warten mußten, bevor sie mit Sterben an der Reihe waren.

Manche waren nicht betrunken und sahen keine Gespenster, sondern weiß bemalte Soldaten. Sie sahen einen Angriff und begriffen, daß es gut geschliffene Klingen waren, mit denen man über sie herfiel. Ein Nest heftigster Gegenwehr wurde umzingelt, der Widerstand gebrochen, doch nicht ohne Verluste. Kahlan rief ihre Männer zusammen und trieb ihren Keil aus weißem Stahl tiefer in das Herz des feindlichen Lagers.

Sie erblickte zwei Männer auf Zugpferden – wer es war, konnte sie nicht erkennen –, die, nachdem sie alle Pferde, die sie finden konnten, niedergemacht hatten, daran gingen, eine Reihe Zelte niederzureißen. Dabei richteten sie eine ungeheure Verwüstung an und ließen Männer hilflos zurück. Die Kette verfing sich an etwas, das fest stand wie ein Fels. Die Pferde wurden herumgeschleudert und stießen brutal zusammen. Die Reiter stürzten zu Boden. Männer mit Schwertern und Äxten fielen über sie her.

Ein Soldat, das Schwert in der Hand und nüchtern, wie sie zu ihrem Schrecken erkannte, tauchte plötzlich dicht neben ihrem Bein auf. Er sah mit einem wilden, wütenden Blick zu ihr hinauf. Unter seinem stechenden Blick kam sie sich plötzlich nur noch vor wie eine nackte Frau auf einem Pferd.

Er musterte sie von Kopf bis Fuß. »Was zum …«

Ein dreißig Zentimeter langes Stück Stahl brach unter seinem Brustbein hervor und preßte ihm ein Ächzen aus den Lungen.

»Mutter Konfessor!« Der nackte Mann dahinter riß sein Schwert zurück und zeigte damit auf etwas. »Die Kommandozelte sind dort drüben!«

Eine Bewegung auf der anderen Seite erregte ihre Aufmerksamkeit. Mit einem schwungvollen Rückhandschlag erwischte sie einen Betrunkenen seitlich am Hals.

»Los! Zu den Kommandozelten! Sofort!«

Ihre Soldaten ließen vom Feind ab und folgten ihr, während sie mit Nick über Männer, Lagerfeuer und umgestürzte Karren hinwegsetzte. Derweil sie ihr folgten, hielten sie inne, um die verwirrten, panischen und betrunkenen D'Haraner auf allen Seiten abzuschlachten, sondern streckten bloß jene nieder, die im Vorbeilaufen zu erwischen waren. Wo nötig, banden sie den sporadischen Widerstand.

Die geräumigen Kommandozelte waren bereits von weißen Galeanern umringt. Die nackten Krieger hielten eine kleine Gruppe von ungefähr fünfzehn Mann mit vorgehaltenem Schwert in Schach. Vor ihnen lagen, säuberlich aufgereiht, wenigstens dreißig Leichen mit dem Rücken im Schnee.

Andere von Kahlans Männern warfen Schlachtstandarten und Fahnen auf einen großen Haufen, der bereits schwelte und aus dem stellenweise Flammen hervorschlugen. Leere Fässer lagen verstreut im Schnee. Die Kommandeure hatten keinerlei Befehl erteilt, als ihre Armee angegriffen wurde. Die Armee der Imperialen Ordnung mußte auf jegliche Führung verzichten.

Leutnant Sloan deutete mit seinem Schwert auf die Reihe der Leichen. »Diese Offiziere waren bereits tot. Das Gift hat gute Arbeit geleistet. Die anderen dort waren noch am Leben, wenn auch nicht gerade bei bester Gesundheit. Sie lagen überall in ihren Zelten. Wir haben sie kaum zum Aufstehen bewegen können. Sie haben uns nach Rum gefragt, stellt Euch das vor. Wir haben sie festgehalten, wie Ihr es verlangt habt.«

Kahlan ließ den Blick über die Gesichter der Leichen im Schnee schweifen. Sie fand nicht jenen, den sie suchte. Sie blickte in die Gesichter der gefangenen Offiziere. Dort war er ebensowenig.

Dann richtete sie ihr Konfessorengesicht auf einen keltonischen Offizier am Ende der Reihe. »Wo ist Riggs?«

Er funkelte sie wütend an, dann spie er aus. Kahlan sah zu dem Mann, der ihn hielt. Sie fuhr sich mit dem Finger über die Kehle. Der Mann zögerte keinen Augenblick. Der Offizier sackte zu einem Haufen zusammen.

Sie blickte zum nächsten Offizier. »Wo ist Riggs?«

Seine Augen zuckten umher. »Das weiß ich nicht.«

Kahlan fuhr sich mit dem Finger über die Kehle. Als er in sich zusammensackte, blickte sie zum nächsten Mann, einem d'haranischen Befehlshaber.

»Wo ist Riggs?«

Er machte ein entgeistertes Gesicht, aber nicht wegen der beiden blutenden Leichen neben ihm. Sein Entsetzen galt ihr. Vor ihm stand ein Gespenst. Er leckte sich über die Lippen.

»Er wurde verletzt, von der Mutter Konfessor. Ich meine, von Euch. Vorher.« Seine Stimme bebte. »Als Ihr noch ... am Leben wart.«

»Wo ist er!«

Er zuckte zusammen und schüttelte heftig den Kopf. »Ich weiß es nicht, großer Geist! Er wurde verletzt, das Pferd hat ihm das Gesicht zertreten. Die Ärzte kümmern sich um ihn. Wo ihre Zelte stehen, weiß ich nicht.«

»Wer weiß, wo die Zelte der Ärzte stehen?«

Die meisten schüttelten zitternd den Kopf. Kahlan ließ ihr Pferd die Reihe der Offiziere abschreiten. Vor einem, den sie kannte, blieb sie stehen.

»General Karsh. Es freut mich sehr, Euch wiederzusehen. Wo ist Riggs?«

»Das würde ich Euch nicht einmal verraten, wenn ich's wüßte.« Er grinste sie lüstern unter seinen Brauen hervor an. »Nackt seht Ihr besser aus, als ich mir vorgestellt habe. Warum hurt Ihr mit denen hier rum? Wir könnten es Euch besser besorgen als diese Kinder.«

Der Mann, der ihn festhielt, verdrehte ihm den Arm, bis er aufschrie. »Zeig Respekt für die Mutter Konfessor, du keltonisches Schwein!«

»Respekt? Für eine Hure mit einem Schwert in der Hand? Niemals!«

Kahlan beugte sich zu ihm herab. »Diese ›Kinder‹ halten Euch mit ihren Klingen in Schach. Jeder von ihnen ist ein besserer Mann als Ihr, würde ich sagen.

Ihr wolltet Krieg, Karsh. Euer Wunsch soll sich erfüllen. Jetzt habt Ihr Euern Krieg. Einen richtigen Krieg, kein Abschlachten von

Frauen und Kindern, sondern einen Krieg unter meiner Führung – der Mutter Konfessor. Einer Frau. Einen schonungslosen Krieg.«

Sie saß aufrecht in ihrem Sattel und ließ zu, daß sein Blick auf ihren Brüsten verweilte. »Ich habe eine Botschaft für Euch, Karsh. Eine Botschaft für den Hüter. Sagt ihm, er soll reichlich Platz schaffen, denn ich schicke alle seine Schüler nach Hause.«

Ihr Blick wanderte an der Reihe der Männer entlang, die die Offiziere festhielten. In einer raschen Geste fuhr sie mit dem Finger über ihren Hals. Die Reaktion war ebensoschnell.

Während die Leichen nach vorn kippten, schrie sie auf und faßte sich mit der Hand an den Hals. Ein stechender Schmerz brannte an eben jener Stelle ...

Es war der Schmerz von Darken Rahls Lippen auf ihrem Hals, der Schmerz, den sie gespürt hatte, als er sie im Haus der Seelen aufgesucht und Richard mit seiner Hand verbrannt hatte. Als er sie auf den Hals geküßt und ihr mit leiser Stimme unvorstellbares Grauen versprochen hatte.

Soldaten kamen herbeigestürzt. »Mutter Konfessor! Was ist mit Euch?«

Sie zog die Hand zurück. Ihre Finger waren blutverschmiert. Woher sie es wußte, konnte sie nicht sagen, aber ihr war ohne Zweifel klar, daß es die makellos schneeweißen Zähne von Darken Rahl gewesen waren, die ihr diese blutende Wunde beigebracht hatten.

»Mutter Konfessor! Was ist passiert?«

»Nichts. Es geht mir gut. Ein Pfeil muß mich gestreift haben, das ist alles.« Sie nahm ihre Gedanken, ihren Mut zusammen. »Spießt den Kopf eines jeden Offiziers auf einen Pfahl, damit alle Männer sie sehen können und wissen, daß sie ohne Führung sind. Und beeilt euch.«

Als der letzte bluttriefende Kopf aufgepflanzt war, drangen D'Haraner bereits von allen Seiten vor. Die meisten waren betrunken, lachten, als sei dies nichts weiter als eine Rauferei im Rausch. Doch so nutzlos und tölpelhaft sie waren, ihre Zahl hingegen war mehr als alarmierend. Sie kamen wie ein Bienenschwarm: Jeden, der niedergeschlagen wurde, ersetzten zehn andere.

Ihre Soldaten kämpften mit grimmiger Entschlossenheit, doch sie waren den überwältigenden Massen nicht gewachsen. Soldaten, mit denen sie gesprochen hatte, die sie getröstet, beflügelt und angeschrien, denen sie zugelächelt hatte, fielen unter Schreien des Schmerzes und des Entsetzens. Sie waren zu lange hiergeblieben.

Weiter vorn brach eine offene Feldschlacht aus. Die Galeaner wurden zurückgedrängt. Wenn sie zurückgetrieben wurden, hatten sie keine Hoffnung zu entkommen. Sie konnten nicht denselben Weg zurückgehen, den sie gekommen waren, zurück durch jene Männer, die das Gemetzel überlebt hatten und sich nun ernüchtert dem Kampf stellten.

Ohne den Überraschungseffekt waren sie kaum mehr als ein Häuflein nackter Jungen unter der Führung einer nackten Frau. Wenn sie ein zweites Mal das versuchten, was einmal funktioniert hatte, würden sie alle sterben. Sie mußten sich ihren Weg durch die Truppen der Imperialen Ordnung bahnen, zur anderen Seite des Tals. D'Haraner droschen auf die weißen Gestalten ein. Eine kräftige Hand griff nach ihrem Knöchel. Sie hackte sie ab und schüttelte ihren Fuß, um die körperlose Hand abzurütteln.

Sie liefen Gefahr, von dieser Bestie verschluckt zu werden.

Sich über die Todesschreie ihrer Männer hinwegsetzend, über ihr Versprechen, den schützenden Ring der wildesten galeanischen Schwertkämpfer nicht zu verlassen, über ihr Versprechen, sich nicht mutwillig einer Gefahr auszusetzen, sprengte Kahlan in das Getümmel der Schlacht und noch weiter – mitten unter die Feinde.

Sie stach mit dem Schwert nach beiden Seiten, in jeden Feind, der nahe genug kam. Mit zusammengebissenen Zähnen drosch sie auf Fleisch und Knochen ein. Ihr Handgelenk kribbelte von der Wucht der Aufpralle, ihr Arm war so schwer, daß sie Angst hatte, das Schwert nicht mehr viel länger halten zu können.

Aus Angst, sie könnte vom Pferd gerissen werden, drangen ihre Männer mit frischer Entschlossenheit weiter vor, auf sie zu. Sie trieben die dunkle Menschenwoge zurück, überrollten sie, während Kahlan ihr Pferd immer tiefer in das Meer aus schwarzen Lederuniformen trieb.

Sie stand in den Steigbügeln und reckte ihr Schwert in die Höhe. »Für Ebinissia! Für die Toten! Für die Seelen der Stadt!«

Das hatte die gewünschte Wirkung. Soldaten der Imperialen Ordnung, die der weiße Feind verwirrte, die aber nichtsdestotrotz erpicht waren, ihn, wer er auch sei, zu vernichten, hielten inne und starrten unverhohlen die weiße, nackte Frau auf einem Pferd an, die plötzlich mitten unter ihnen war. Ihre Überzeugung, daß dieser Angriff von Männern und nicht von Geistern durchgeführt wurde, geriet ins Wanken. Sie ließ den Blick über all die Augen wandern, die zu ihr hinaufschauten.

Dann schwenkte sie das weiße Schwert über ihrem Kopf, als eine Brise ihr weißes Haar nach hinten wehte. »Im Namen der Seelen, ich bin gekommen, um sie zu rächen!«

Lederbekleidete Soldaten fielen auf die Knie, ließen ihre Schwerter fallen, preßten die Hände zum Gebet zusammen. Sie erhoben die Hände zu ihr. Klagend baten sie um Schutz. Riefen sie um Gnade an. Bettelten um Vergebung. Wären sie nüchtern gewesen, überlegte Kahlan, wäre dann die Illusion so überzeugend gewesen? So wie es war, hatte die Wirkung etwas Apokalyptisches.

»Wir gewähren keine Gnade!«

Während alle Gesichter zu ihr aufstarrten und Tränen der Angst vergossen, fielen Bewaffnete von hinten über sie her. Die plötzliche, grausame, gnadenlose Woge harten Stahls jagte ihnen Angst und Schrecken ein, überzeugte sie, daß die Geister sie alle töten würden. Sie flohen, ließen ihre Waffen fallen und schrien ihre Furcht vor der Unterwelt in die Nacht hinaus.

Kahlan und ihre Männer hatten das gesetzte Ziel erreicht. Jetzt lief die Zeit gegen sie. Sie mußten fliehen.

Sie stürmten weiter vor, ein tödlicher, schneller Strom aus Weiß, der sich um und über Zelte, Feuer, Karren und Männer ergoß, immer mehr die teilnahmslosen Feinde überraschte, so viele wie möglich tötete und sich dabei immer weiter voranwälzte. Der weiße Tod zog sich zurück in den Nebel.

Kahlan warf einen Blick hinter sich und sah die Zugpferdpaare, deren Reiter die Ketten zwischen den Tieren spannten. Sie winkte sie in den Strom aus Weiß, drängte sie, sich zu beeilen. Die Reiter lösten die Ketten von den Kummethaken und legten sie in einer Schlinge um den Knauf, damit sie sich frei bewegen konnten, jetzt, da sie sich rasch aus dem Staub machen mußten.

In der Ferne, im Nebel rechts von ihr, entdeckte Kahlan eine Reihe angebundener Pferde. Sie sah, wie Brin und Peter die Kette erneut spannten und Daisy und Pip zum Galopp antrieben. Sie überlegte, den beiden zuzubrüllen, sie sollten bei den anderen bleiben, weil sie keine Chance hätten, sie alle zu erwischen, weil sie genug erreicht hätten und jetzt verschwinden müßten, weil es zu spät wäre. Aber sie wußte, sie würden sie nicht hören.

Brin ließ die Kettenschlingen fallen. Sie trieben die Pferde auseinander, um den Stahl zu spannen, scherten aus und hielten auf die angepflockten Pferde zu. Überzeugt, Brin und Peter zum letzten Mal in dieser Welt zu Gesicht zu bekommen, warf sie einen letzten Blick auf die beiden und richtete dann ihr Augenmerk nach vorn.

Sie zeigte mit dem Schwert nach vorne. »Dort stehen die übrigen Versorgungskarren!«

Die Männer wußten, was zu tun war. Während sie die Kolonne vorbeihetzte, wurden die Karren mit Lampenöl übergossen. Räder wurden eingeschlagen, Fackeln geschleudert. Die Karren gingen in Flammen auf. Mit weiteren Fackeln wurden Zelte in Brand gesetzt. Die vom Lärm und Feuer aus dem Schlaf gerissenen Männer liefen in gezückte Schwerter. Die Feuer verblaßten hinter den weißen Männern zu einer orangefarbenen Glut im Dunst, während sie sich weiter vorwärts in den Nebel stürzten.

Plötzlich lag das Lager hinter ihnen, und sie befanden sich in offenem, schneebedecktem Gelände. Jetzt, da sie das Lager und seine Feuerstellen hinter sich gelassen hatten, war die Dunkelheit ringsum bedrückend. Die Männer vorn zögerten, sahen sich im Laufen um.

»Späher vor!« schrie sie. »Wo sind die Späher?«

Zwei Männer schoben sich durch die Reihen nach vorn, und zeigten in die Richtung des Passes, zu dem sie wollten. Sie hielt nach den anderen Ausschau, drehte sich von einer Seite zur anderen. Niemand kam. Sie trieb Nick im Galopp zur Vorhut, hinter den beiden Spähern her.

»Wo sind die anderen? Sie hatten Befehl, die Führung zu übernehmen!«

Die runden, feuchten Augen, die zu ihr hochblickten, beantworteten wortlos ihre Frage.

»Also schön«, sagte sie, »ihr beide kennt den Weg. Bringt uns hier raus.«

Fünfzig Mann hatten den Paß ausgekundschaftet, den sie nehmen wollten. Fünfzig, um sicherzugehen, daß genügend übrig waren, um ihnen den Weg zu zeigen. Geblieben waren zwei.

Leise knurrend verfluchte sie die Seelen. Verschämt zog sie den Fluch zurück. Wenigstens hatten sie ihr diese beiden gelassen. Ohne die zwei würden sie durch den Nebel irren und wären frierend den Soldaten der Imperialen Ordnung ausgeliefert, die ihnen auf den Fersen waren.

Sie zügelte Nick und brachte ihn neben einer Kolonne nackter Männer zum Stehen. Verzweifelt winkte sie heftig mit den Armen.

»Los, los, los! Lauft, verdammt noch mal, flieht! Sie haben uns gleich eingeholt!« Die Männer auf den Zugpferden – Brin und Peter waren nicht unter ihnen – holten sie ein und ritten neben ihr. »Kutscher! Achtet auf den Späher vorn! Er zeigt euch, welchen Markierungen ihr folgen sollt.« Sie nickten zum Zeichen, daß sie es nicht vergessen hatten.

Männer in d'haranischen Uniformen, mit weißen, auf die Schulterstücke aufgenähten Flicken, um sie als Galeaner zu kennzeichnen, die in den Uniformen der Posten in das feindliche Lager eingedrungen waren, rannten vorüber. »Vergeßt nicht, die Markierungen herauszuziehen, bevor ihr auf die Pferde steigt.«

Zu zweit oder zu dritt sollten sie auf den Zugpferden zu einem der anderen kleinen Lager reiten, die man rings um den Feind eingerichtet hatte. Sie hatten zuvor im ganzen Tal falsche Fährten gelegt, so daß ohne die in den Schnee gesteckten Stöcke, die den richtigen Weg markierten, niemand den Weg in diese Lager finden konnte.

Die Spur all der Fußsoldaten war für den Feind im Schnee leicht zu verfolgen. Doch was das betraf, hatte sie ihre Pläne.

Hinter sich in der Ferne sah sie, wie die Nachhut in ein Gefecht mit der Imperialen Ordnung verwickelt war. Leutnant Sloan hatte eben das verhindern und die Nachhut in Bewegung halten sollen. Einen neuerlichen Fluch ausstoßend, galoppierte sie zurück. Ohne zu zögern, stürmte sie zwischen den beiden Streitmächten hindurch, wirbelte herum und preschte erneut dazwischen und trieb so die beiden Seiten auseinaner. Die lederbekleideten D'Haraner zogen sich angesichts der weißen Geisterfrau auf einem weißen Roß zurück.

Sie sprengte mitten unter die Galeaner. »Was ist los mit euch! Ihr kennt die Befehle! Lauft, sonst kommt ihr zu spät!«

Die Männer setzten sich in Bewegung und versuchten, einen leblosen Körper mitzuschleifen.

»Wo steckt Leutnant Sloan? Er sollte hier hinten bleiben!«

Die Männer deuteten mit einem Nicken auf die Leiche, die sie mit sich schleppten. Die eine Seite seines Kopfes fehlte, und sie konnte das freiliegende Gehirn erkennen. Es war Leutnant Sloan. Die D'Haraner griffen erneut an. Sie riß an den Zügeln, und Nick bäumte sich auf. Die D'Haraner wichen erneut zurück.

»Er ist tot! Laßt ihn liegen! Lauft! Lauft, ihr Idioten! Wenn einer von euch noch einmal stehenbleibt, aus welchem Grund auch immer, dann sorge ich dafür, daß ihr den Rest des Krieges nackt kämpft! Und jetzt lauft!«

Diesmal machten sie Ernst, gaben Fersengeld, rannten um ihr Leben. Erneut fegte sie an der Front der betrunkenen D'Haraner vorbei, wobei sie bewirkte, daß die Männer rückwärts stolperten und in Panik übereinanderfielen. Sie mußte diese Männer aufhalten, um ihren eigenen Leuten einen Vorsprung zu verschaffen.

Sie trieb Nick mitten durch die D'Haraner, trampelte jene nieder, die ihr in den Weg gerieten. Die Männer stoben für einen kurzen Augenblick vor der weißen Geisterfrau auseinander, einige riefen die Seelen um Schutz an. Andere jedoch kamen Waffen schwingend zurück. Wenn sie Nicks Beine erwischten …

Sie setzte Schwert und Schlachtroß zur Verteidigung ein, während sie von allen Seiten bedrängt wurde. Ihre Leute verschwanden im Nebel. *Lauft,* flehte sie, *lauft.* Sie schlug mit dem Schwert auf Soldaten ein, die nach ihr griffen. Beim nächsten Umdrehen sah sie nichts als düsteren Nebel und Dunst. Indes sie Nick sich um seine eigene Achse drehen ließ, verlor sie die Orientierung. Sie griff weiter die D'Haraner an und versuchte ihren Soldaten eben jenen Vorsprung zu verschaffen, den sie brauchten, um zu entkommen.

Sie versuchte auszubrechen, doch auf allen Seiten wimmelte es von Feinden, und es wurden ständig mehr. Einige brüllten den anderen zu, sie sei bloß eine Frau und kein Gespenst, und eine Frau würden sie nicht entkommen lassen. Sie fühlte sich so nackt wie noch nie während der gesamten Nacht.

Männer warfen sich um Nicks Beine, und obwohl sich der Hengst aufbäumte und sie mit den Hufen zurückdrängte, nahmen andere ihren Platz ein und brachten das große Tier zum Taumeln. Kahlan hackte wie von Sinnen auf die Männer ein, trennte Arme ab, spaltete Schädel, durchbohrte Körper.

Inmitten dieser Flut von Männern erkannte sie plötzlich, wie unhaltbar ihre Situation war. Sie wußte, wenn die Feinde sie vom Pferd herunterholten, wäre sie erledigt. So sehr sie es auch versuchte, sie konnte sich von den Soldaten nicht befreien.

Zum ersten Mal in dieser Nacht hatte sie wirklich Angst, es nicht zu schaffen. Sie würde sterben, hier, im Schnee, in diesem nebelverhangenen Tal. Sie würde Richard nie wiedersehen.

Plötzlich spürte sie unvermittelt einen eisigen Schmerz in der Bißwunde auf ihrem Hals. Der Bißwunde von Darken Rahl. Sie glaubte ein leies Lachen in der Luft zu hören.

Sie schlug um sich, drosch auf die Männer ein, die nach ihr griffen. Kräftige Finger umklammerten ihre Beine. Der durch diese Finger hervorgerufene Schmerz ließ sie verzweifelt zustechen und zustechen. Nick gelang es, sich im Kreis zu drehen, und die Männer verloren den Boden unter den Füßen, ließen ihre Beine jedoch nicht los. Sie drosch und hackte auf die Arme ein. Immer mehr Soldaten bekamen die Trense des Pferdes zu fassen, nahmen ihr die Kontrolle aus der Hand. Ein Pferd war wertvolles Beutegut, und sie wollten nicht, daß es getötet wurde, solange sie sich als Herr der Lage wähnten.

Ein dicker Soldat bekam ihren Sattelknauf zu fassen und zog sich daran hoch. »Bringt sie nicht um! Es ist die Mutter Konfessor! Sie soll lebend aufs Schafott gebracht werden!«

Sie schlitzte ihm die Seite seines Halses auf. Eine Fontäne heißen Bluts sprudelte über ihren Schenkel. Ein anderer brüllte: »Tötet sie nicht! Holt das Weibstück vom Pferd!« Unter den Kerlen brach Jubel aus.

Sie drosch auf die nach ihr greifenden Hände ein. Finger zerkratzten ihr die Beine. Lüsterne Blicke taxierten ihre Weiblichkeit. Sie schlug wild um sich, während Nick beim Versuch, seinen Kopf loszureißen, zur Seite taumelte. Doch die Männer hatten seine Trense fest im Griff.

Ein Soldat sprang von hinten auf und packte sie bei den Haaren. Sie stieß einen Schrei aus, als er sie mit einem Ruck nach hinten aus dem Sattel riß. Hände grapschten nach ihr, derweil sie Hals über Kopf zu Boden trudelte. Alles ging in einem Haufen unter ihr zu Boden. Große Hände packten sie an den Beinen, ihrer Hüfte, ihren Knöcheln, ihren Brüsten.

Finger schlossen sich um ihre Klinge, versuchten, sie ihr zu entwinden. Sie drehte das Heft und trennte die Finger damit ab. Sie schlug und stocherte wild um sich. Körper drückten sie zu Boden, preßten ihr den Atem aus den Lungen. Sie biß die Finger, die ihren Mund bedeckten. Eine riesige Faust traf sie am Kinn.

Schließlich bekamen sie ihre Arme zu fassen.

Es waren zu viele.

Geliebter Richard, ich liebe dich.

13. Kapitel

Kahlan rang nach Atem, doch das Gewicht der Männer preßte ihr die Luft aus den Lungen. Tränen brannten ihr in den Augen. Mehr und mehr Männer warfen sich auf sie. Ein harter Ellenbogen bohrte sich in ihren Leib und schien sie in zwei Teile zu zerquetschen. Betrunkener Atem stieg ihr in die Nase.

Ihr Blickfeld schrumpfte zu einem winzigen Punkt. Um das Zentrum herum wurde alles schwarz, und das Zentrum wurde immer kleiner. Sie schluckte Blut. Ihr eigenes.

Sie hörte etwas, das wie fernes Donnergrollen klang. Anfangs spürte sie nur die Vibrationen unter ihrem Rücken im Boden, doch dann schwoll das Geräusch an, wurde lauter, deutlicher. Die Schreie der Männer erreichten ihre Ohren.

Ein paar der Männer über ihr hoben den Kopf. Das Gewicht auf ihrer Brust ließ ein wenig nach, und sie sog Luft in ihre Lungen. Es war die süßeste Luft, die sie je geatmet hatte.

Als der Riese von einem Kerl direkt über ihr, der, der sie ins Gesicht geschlagen hatte, sich nach dem donnernden Geräusch umdrehte und den wilden Blick von ihr abwandte, erkannte sie, daß sein eines Auge von einer Narbe überdeckt war, die bis über seine Wange reichte. Die leere Augenhöhle war vernäht. Irgendwie gelang es ihr, die linke Hand freizuwinden. Sie packte ihn an der Kehle.

Und hörte ein metallisches Klirren. Der Donner, wurde ihr plötzlich bewußt, das waren Pferdehufe. Brin und Peter brachen auf Daisy und Pip in vollem Galopp aus dem Nebel hervor und rasten durch die Reihen der D'Haraner, mähten sie mit der Kette nieder. Wie ein Bäume umlegender Erdrutsch kamen sie auf sie zugerast. Die Männer konnten den Blick nicht abwenden, waren vor Schreck wie erstarrt. Kahlans Finger schlossen sich um die Kehle des Einäugigen.

Und dann entlud sie ihre Kraft in ihn.

Die Magie fuhr mit voller Wucht in seinen Körper.

Donner ohne Hall brachte seinen Kettenpanzer zum Klirren.

Der überwältigende Schock ließ die Männer zurückschrecken. Sie schrien gequält auf, weil sie so nah waren, als die Magie freigesetzt wurde. Eine ringförmige Schneewehe wurde aufgeworfen und breitete sich kreisförmig aus.

Nick stand über ihr, und auch er zuckte vor Schmerz zusammen. Sein Hinterbein senkte sich trampelnd auf den Kopf eines Mannes dicht neben ihrem rechten Ohr. Der Knochen barst knirschend unter dem Gewicht.

Der Mann über ihr glotzte sie aus seinem einen Auge an. »Herrin!« flüsterte er. »Bitte, befehlt mir.«

»Beschütze mich!« kreischte sie.

Er setzte sich unvermittelt auf, spannte die mächtigen Muskeln. In jeder Hand hielt er einen Mann bei den Haaren. Er schleuderte sie nach hinten, als wären es kleine Kinder.

Ihr Schwertarm war frei. Sie schlug nach einem Kerl auf der anderen Seite. Die Klinge zerschmetterte ihm das Gesicht. Grölend schleuderte der Einäugige Männer auf die Seite. Die Zugpferde kamen in vollem Galopp angerast.

Sie hatte sich aus den Händen befreit. Sie sprang auf die Füße. Die Kette würde sie bald erreicht haben.

»Hilf mir auf mein Pferd!«

Der Einäugige packte ihren Knöchel mit seiner großen Faust und schob sie mit einem Arm hinauf in den Sattel. Aus irgendeinem Grund hielt sie das Schwert noch immer in der Hand. Sie beugte sich nach vorn und schlug damit auf den Soldaten ein, der die Trense und damit seine Beute hielt. Die Schwertspitze schlitzte ihm das Gesicht und den Arm zur Hälfte auf. Er taumelte mit einem schrillen Schrei zurück. Sie schnappte sich die Zügel. Brüllend hackte der Einäugige mit seiner riesigen Streitaxt Köpfe ab und Brustkörbe auf.

»Geht, Herrin! Flieht! Orsk wird Euch beschützen!«

»Bin schon unterwegs! Lauf, Orsk! Laß dich nicht erwischen!«

Die D'Haraner ließen von ihr und ihrem Pferd ab und wandten

sich den neuen Bedrohungen zu – Orsk und der Kette. Sie trat Nick die Hacken in die Flanken und trieb ihn zu einem Galopp, gerade als Brin und Peter sie einholten. Sie schob ihre nackten Füße in die Steigbügel, und die drei rasten davon.

Sie fand die Spur, die Hunderte von Füßen im Schnee hinterlassen hatten, folgte ihr durchs Tal in den Nebel hinein. Doch die Armee der Imperialen Ordnung kam bald wieder zur Besinnung. Es dauerte nur Sekunden. Dann stürzten sie ihr hinterher. Mehr als genug hatten überlebt. Tausende.

Peter hakte die Kette aus, die Hunderten die Knochen und das Genick gebrochen haben mußte. Das Ende der Kette tanzte hinter ihnen her. Brin zog es ein und wand es um das Kummet.

Während sie in die Nacht hineingaloppierten, glaubte sie zu hören, wie das Lachen hinter ihr leiser wurde. Die Erinnerung an den Kuß von Darken Rahl ließ sie frösteln. Plötzlich fühlte sie sich wieder sehr nackt.

Sie schwitzte, obwohl der Nebel eiskalt war und ihren Körper mit einem brennenden Kribbeln überzog. Blut rann aus ihrer geschwollenen Lippe.

»Ich hätte nie gedacht, euch zwei wiederzusehen«, schrie sie über das Donnern der Hufe hinweg.

Brin und Peter grinsten in ihren zu großen Jacken in die Dunkelheit. »Wir haben Euch doch gesagt, daß wir es schaffen können«, meinte Brin.

Zum ersten Mal in jener Nacht lächelte sie. »Ihr zwei seid mir ein Rätsel.«

Sie konnte so gerade die Hinterteile der anderen Zugpferde erkennen, die im Nebel verschwanden. Sie zeigte nach vorn. »Dort sind eure Leute. Viel Glück.« Ein Wink, und sie schwenkten von ihr fort.

Sie galoppierte allein weiter und holte ein kurzes Stück später die Fußsoldaten ein. Zuerst sah sie nur einen. Er hatte eine gräßlich, klaffende Wunde an seinem Bein und war weit zurückgefallen. Ihr war klar, sie mußte ihn zurücklassen. Die D'Haraner waren ihr dicht auf den Fersen.

Als sie auf ihn zuritt, drehte er den Kopf nach oben, während er sich weiter durch den Schnee schleppte. Er wußte selbst, daß sie ihn zurücklassen mußte. So lautete der Befehl. Ihr Befehl. Man blieb auf den Beinen, oder man wurde zurückgelassen. Ohne Ausnahme.

Im Vorbeireiten beugte sie sich vor und streckte einen Arm aus. Sie faßten sich an den Handgelenken, und sie zog ihn hinter sich hinauf.

»Halt dich fest, Soldat.«

Er breitete die Arme aus, versucht das Gleichgewicht zu halten, während das Pferd rannte, hatte Angst, sie zu berühren. »Aber wo?«

»An meiner Hüfte! Leg deine Arme um meine Hüfte!«

Er hatte die Arme noch immer ausgebreitet und hüpfte auf und ab. »Aber …«

»Hast du noch nie die Arme um eine Frau gelegt?«

»Doch … aber sie war angezogen«, greinte er.

»Mach schon, oder du fällst runter, und noch einmal lese ich dich nicht auf.«

Widerstrebend, vorsichtig, legte er ihr die Arme um die Schultern und versuchte steif, die delikatesten Stellen ihres Körpers nicht zu berühren. Kahlan tätschelte ihm beruhigend den Handrücken. »Wenn du später einmal damit angibst, mach nicht mehr daraus, als es war.« Er ächzte leise und bekümmert, und sie mußte unvermittelt grinsen.

Während sie weiterritten, spürte sie, wie sein warmes Blut hinten an ihrem Bein herunterlief und von ihren Zehen in den Steigbügel tropfte. Hinter sich hörte sie die Schreie der Verfolger.

Er verlor eine Menge Blut. Aus Erschöpfung legte er ihr den Kopf von hinten an die Schulter. Wenn man die Wunde nicht bald verband, würde er sterben. Sie war nackt und hatte nichts, was sie dazu hätte benutzen können, selbst wenn genügend Zeit gewesen wäre.

»Halte die Wunde mit einer Hand zu«, meinte sie. »Klammere sie zusammen, so fest es geht. Und halte dich mit deinem anderen Arm an mir fest. Ich will nicht, daß du runterfällst.«

Er nahm einen Arm von ihrer Hüfte und hielt die klaffende Wunde zu, während sie hinter den Männern am Ende des Zuges herritt. Sie froren und waren erschöpft. Die Soldaten der Imperialen Ordnung waren nicht mehr weit entfernt. Als Kahlan sich umdrehte, kamen sie in Sicht. Ihre riesige Anzahl war schockierend. Sie grölten und brüllten.

»Lauft! Lauft, oder wir werden eingeholt!«

Eine Felswand, aus deren Ritzen und Spalten buschige Bäume wuchsen, ragte vor ihnen auf. Die Männer rannten den schmalen Paß hinauf, als hinge ihr Leben daran. Und genauso war es.

Während sie den Anstieg durch die schmale Klamm begannen, schlug Kahlan mit der flachen Seite ihres Schwertes dreimal auf den Fels und gab damit das Zeichen.

Ein Mann vor ihr drehte sich im Laufen um. »Wir sind noch gar nicht da! Das war zu früh! Es wird uns zusammen mit dem Feind erwischen!«

»Dann solltet ihr schneller rennen! Wenn wir zu lange warten, kommen sie womöglich auch noch durch!«

Sie klopfte drei weitere Male auf den Fels. Das Klirren wurde durch die dunkle, feuchte Luft davongetragen. Hoffentlich funktionierte es. Sie hatten natürlich keine Möglichkeit gehabt, es auszuprobieren. Die Soldaten vor ihr stolperten den Pfad hinauf. Nicks Hufe glitten mehrmals auf den schneebedeckten Steinen aus.

Anfangs spürte sie es bloß, ein Grollen tief in ihrer Brust, zu tief, um es zu hören. Sie blickte am feuchten, glatten Fels empor, der oben in Dunkelheit und Nebel verschwand. Noch konnte sie nichts erkennen, doch zu spüren war es schon.

Hoffentlich irrte sich der Mann, und es war nicht zu früh. Als sie die Schlachtrufe der von hinten kommenden Männer vernahm, wußte sie, daß sie keine andere Wahl hatten.

Und dann hörte sie es: ein donnerndes Grollen, als bewegte sich die Erde selbst. Sie hörte, wie Baumstämme brachen. Das Donnergrollen hallte von den umliegenden Berghängen wider. Der Boden zitterte.

»Lauft! Könnt ihr nicht schneller rennen? Wollt ihr bei lebendigem Leib begraben werden? Lauft!«

Sie wußte, sie liefen so schnell wie sie konnten, doch sie waren zu

Fuß, und von ihrem Pferd aus wirkte es quälend langsam. Tödlich langsam.

Das Donnergrollen wurde immer lauter, als unzählige Tonnen Schnee krachend auf sie herabgestürzt kamen. Erleichtert stellte sie fest, daß es den Männern oben gelungen war, die Lawine auf Kommando auszulösen. Gleichzeitig hatte sie Angst, sie könnte das Kommando vielleicht zu früh gegeben haben.

Ein Klumpen nassen Schnees klatschte ihr ins Gesicht, ein weiterer traf ihre Schulter. Eine Wolke Schneeflocken bedeckte sie. Das Donnern war ohrenbetäubend.

Eine Flut aus donnerndem Weiß schwappte über die Klippe über ihnen. Sie kämpften sich durch den entgegenkommenden Strom, es war, als liefe man durch einen Wasserfall. Hinter ihr schlug ein Baumstamm auf den Pfad und wurde kreisend in den jähen Abgrund geschleudert. Sie waren der Hauptmasse der Lawine um Haaresbreite entgangen.

Die Männer der Imperialen Ordnung hinter ihnen hatten nicht so viel Glück. Der herabstürzende Schnee, durchsetzt mit Baumstämmen und Felsbrocken, stürzte mit stetig zunehmender Wucht kaskadenartig in die Tiefe. Die D'Haraner wurden vom völligen Chaos des weißen Todes fortgerissen. Der tosende Lärm dämpfte die Schreie der Männer, die fortgetragen und von dem alles zermalmenden Schneerutsch mitgerissen wurden, der sie bei lebendigem Leib begrub.

Kahlan sank erleichtert in sich zusammen. Jetzt war jede Verfolgung unmöglich. Der Paß war verschüttet.

Die nach Atem ringenden Männer wurden langsamer, doch allzu langsam durften sie nicht werden, sonst würden sie erfrieren. Die Bewegung hielt sie warm. Ihre Füße, das wußte sie, waren trotz der weißen Lappen, in die man sie gehüllt hatte, um ihnen ein wenig Schutz zu geben, alles andere als warm. Die Männer hatten ihr Bestes für sie gegeben. Sie hatten ihr Bestes für die Midlands gegeben. Viele hatten dabei ihr Leben gelassen.

Wegen des fehlenden Schlafs, der Müdigkeit nach der Schlacht, der emotionalen Auszehrung nach all der Angst sowie der Anstrengung, die der Einsatz ihrer Konfessorenkraft bedeutete, war Kahlan so erschöpft, daß sie sich kaum noch aufrecht halten konnte. Bald, redete sie sich ein, konnte sie sich ausruhen. Bald.

Sie tätschelte die Hand auf ihrem Bauch. »Wir haben es geschafft, Soldat. Wir sind in Sicherheit.«

»Ja, Mutter Konfessor«, flüsterte der völlig erschöpft. »Mutter Konfessor, es tut mir leid.«

»Weshalb?«

»Ich habe nur siebzehn getötet. Es tut mir leid. Ich hatte mir vorgenommen, zwanzig zu erledigen. Ich habe nur siebzehn geschafft«, murmelte er.

»Ich kenne Helden der Schlacht, hochdekorierte Männer, die nicht die Hälfte dieser Zahl im Kampf bezwungen haben. Ich bin stolz auf dich. Die Midlands sind stolz auf dich. Und du solltest genauso stolz auf dich sein, Soldat.«

Er murmelte etwas, das sie nicht verstand.

Sie tätschelte noch einmal seine Hand. »Man wird dir gleich helfen. Halte dich fest. Du wirst wieder gesund werden.«

Er antwortete nicht. Sie blickte zurück, den Pfad hinab, und sah nichts als Weiß und hörte nichts als Stille. In der fernen Dunkelheit der Berge heulte ein Wolf.

Kurz darauf erreichten sie das Lager, das auf einem Hochplateau lag. Den Männern vor ihnen hatte man bereits Decken umgelegt, und sie saßen bibbernd ums Feuer herum und wärmten sich die Füße. Einige streiften unter den Decken ihre Kleider über. Andere Männer warfen Decken über die Soldaten, die vor ihr eintrafen, und versorgten die Verwundeten. Manche der Verwundeten stöhnten vor Schmerzen, die sie erst jetzt wahrnahmen, da der Rausch der Schlacht verflogen war. Sie selbst spürte ein heftiges Pochen in ihrer Lippe.

Im flackernden Schein der kleinen Feuer konnte sie ein Stück entfernt Prindin und Tossidin erkennen, die herumliefen und unter den Ankömmlingen nach ihr suchten. Als sie sie auf dem Pferd erblickten, seufzten beide erleichtert auf und sahen sie grinsend an.

Hauptmann Ryan kam herbeigeeilt; er trug eine D'Haranische Uniform und einer Bandage um seine linke Hand. Andere Männer griffen nach den Zügeln, wieder andere streckten die Hände aus, um den Mann hinter ihr aufzufangen, während sie seinen erschlafften Körper an einem Ellbogen hielt und ihn vorsichtig hinunterließ.

Prindin lief herbei, um sie zu begrüßen, ihren Umhang in der Hand, den er für sie aufhielt. Er wartete darauf, daß sie abstieg, um ihn ihr um die Schulter zu legen. Dabei sah er sie grinsend an.

Sie streckte langsam die Hand aus, ohne sich aus dem Sattel zu bewegen. »Ich habe mich genug anstarren lassen. Das reicht mir bis an mein Lebensende. Wirf ihn hinauf!«

Prindin zuckte verlegen mit den Achseln und warf ihr den Umhang zu. Tossidin versetzte seinem Bruder einen Schlag auf den Hinterkopf. Die versammelten Männer verstummten. Alle blickten peinlich berührt zur Seite, während sie sich den Umhang um die Schultern legte und zusammenband.

Sie glitt vom Pferd und mußte feststellen, daß ihre Beine sie kaum mehr trugen. Sie benutzte das Schwert, das sie noch immer in der Hand hielt, als Stock. Einen Augenblick lang hielt sie inne, bis das Schwindelgefühl nachließ. Dann fiel ihr Blick auf den Mann, der im Schnee zu ihren Füßen lag.

»Wieso hilft keiner diesem Mann? Steht nicht rum, helft ihm!« Niemand rührte sich. »Ich sagte, helft ihm!«

Hauptmann Ryan trat zu ihr. Er hielt den Blick zu Boden gesenkt. »Tut mir leid, Mutter Konfessor. Er ist tot.«

Sie ballte ihre Hand zur Faust. »Er ist nicht tot! Ich habe gerade noch mit ihm gesprochen!« Niemand rührte sich. Sie trommelte mit ihre freien Faust auf seine Brust. »Er ist nicht tot! Das ist nicht wahr!«

Alles sah beiseite. Niemand sagte etwas. Endlich warf sie einen raschen Blick auf die Männer, die um die kleinen Feuer herumstanden und die Köpfe hängen ließen. Sie ließ ihre Hand an die Seite fallen.

»Er hat siebzehn von ihnen getötet«, meinte sie zu Hauptmann Ryan. »Er hat siebzehn von ihnen getötet«, sagte sie lauter, an die übrigen gewandt.

Hauptmann Ryan nickte. »Er hat sich tapfer geschlagen. Wir sind alle stolz auf ihn.«

Sie betrachtete die Gesichter, die sich ihr nacheinander wieder zuwandten. »Vergebt mir. Ihr alle, bitte vergebt mir. Ihr habt eure Arbeit gut gemacht.« Ihr Zorn war verraucht. »Ich bin stolz auf euch alle. Für mich und für die ganzen Midlands seid ihr Helden.«

Die Gesichter der Männer hellten sich ein wenig auf. Einige machten sich wieder ans Essen, während andere Blechnäpfe herumreichten und Bohnen aus den auf den Feuern stehenden Kesseln schöpften.

»Wo ist Chandalen?« erkundigte sich Kahlan, als sie ihre Füße in die Stiefel schob, die Tossidin ihr reichte.

»Er hat sich den Bogenschützen angeschlossen. Vermutlich nimmt er gerade D'Haraner mit Pfeilen unter Beschuß.« Hauptmann Ryan beugte sich zu ihr vor, als sich die Brüder entfernten, und senkte die Stimme. »Ich bin froh, daß diese drei auf unserer Seite stehen. Ihr hättet sehen sollen, wie sie die Posten ausgeschaltet haben. Besonders Prindin mit seiner *troga*, er ist der reinste Tod in Menschengestalt. Es war gespenstisch, wie sie erst hier, dann plötzlich dort waren, und man nie gesehen hat, wie sie sich bewegen. Ich habe nicht das geringste gehört. Sie sind einfach in den Uniformen der Posten aufgetaucht.«

»Ihr hättet sehen sollen, wie sie das im offenen Grasland machen, bei hellichtem Tag.« Kahlan musterte ihn von Kopf bis Fuß. Sie brachte ein dünnes Lächeln zustande. »Ganz kleidsam. Die Uniform steht Euch gut.«

Er zog an seiner Schulter. »Ich weiß nicht, wie sie die ganze Zeit diese schweren Dinger tragen können.« Er betastete den klaffenden Schlitz im Leder. »Aber ich war froh, sie zu haben.«

»Wie ist es gelaufen? Wie viele Männer habt Ihr verloren?«

»Wir haben fast alle Ziele erreicht, die wir uns gesetzt hatten. In diesen Uniformen brauchten wir kaum zu kämpfen. Nur wenige haben uns bemerkt, abgesehen von denen, die wir getötet haben. Verloren haben wir nur ein paar Mann.« Er warf einen Blick über die Schulter. »Sieht aus, als hättet Ihr das meiste abgekriegt. Als Ihr kamt, habe ich eine grobe Zählung vorgenommen. Wir haben nahezu vierhundert der eintausend Schwertkämpfer verloren, die angegriffen haben.«

Sie starrte an ihm vorbei auf die Männer an den Feuern. »Wir hätten sie um ein Haar alle verloren.« Sie richtete ihr Augenmerk wieder auf den Hauptmann. »Aber sie haben sich selbst alle Ehre gemacht. Auch die Kettengespanne.«

Er umfaßte seine bandagierte Hand. »Von jenen, mit denen ich gesprochen habe, hat kaum jemand weniger als zehn Mann erledigt, und viele erheblich mehr. Wir haben der Imperialen Ordnung ein ziemliches Loch ins Fell gerissen.«

Kahlan schluckte. »Sie aber auch uns.«

»Haben die Männer meine Anordnungen befolgt?« fragte er. »Haben sie Euch alle Schwierigkeiten vom Leib gehalten?«

»Sie haben die Feinde so gründlich von mir ferngehalten, daß ich Euch nicht mal sagen könnte, wie die D'Haraner ausgesehen haben. Ich fürchte, ich habe Eurem Schwert nicht allzuviel Ehre hinzufügen können, wenn es auch ein Trost war, es bei sich zu haben. Hoffentlich ist es Euch wenigstens eine Ehre, daß ich es in der Schlacht getragen habe.«

Er runzelte die Stirn und lehnte sich zur Seite, um ihr Gesicht im Feuerschein besser betrachten zu können. »Eure Lippe scheint aufgeplatzt zu sein.« Er warf einen kurzen Blick auf ihr Schlachtroß, dem die Männer gerade das Zaumzeug abnahmen. »Das Pferd ist über und über mit Blut verschmiert. Ihr seid auch vollkommen mit Blut verschmiert, oder täusche ich mich?« Es war ein Vorwurf, keine Frage.

Kahlan starrte ins Feuer. »Irgendein Betrunkener hat mit etwas nach mir geworfen. Das hat mir die Lippe aufgeschlagen. Dieser verwundete Soldat, den ich hergetragen habe, ist auf meinem Pferd verblutet.« Ihr Blick wanderte zwischen den jungen Gesichtern an den Feuern hin und her. »Ich wünschte, ich hätte mich nur halb so gut geschlagen wie sie. Sie waren großartig.«

Er brummte mißtrauisch. »Ich bin nur sehr erleichtert, Euch unversehrt wiederzusehen.«

»Ist alles andere in Ordnung? Die Bogenschützen, die Kavallerie? Wir müssen die Gelegenheit ausnutzen, solange sie betrunken sind und ihnen vom Gift übel ist. Wir müssen auch die Wetterlage ausnutzen, so gut es geht. Wir dürfen keinen Augenblick nachlassen. Ein blitzartiger Überfall nach dem anderen. Kein Kampf. Überfallartige Angriffe, immer von einer anderen Stelle aus.«

»Jeder weiß, was er zu tun hat und brennt darauf, an die Reihe zu kommen. Die Bogenschützen müßten bald fertig sein, dann die Kavallerie, anschließend die Männer mit den Hellebarden. Unsere Leute werden abwechselnd schlafen, die Imperiale Ordnung dagegen wird von jetzt an überhaupt nicht mehr zum Schlafen kommen.«

»Gut. Diese Soldaten müssen sich erholen. Am Morgen sind sie wieder an der Reihe.« Sie hob einen Finger. »Und vergeßt nicht das Wichtigste.« Sie zitierte ihren Vater: »›Terror und Entsetzen sind die Waffen, die am schnellsten die Vernunft besiegen.‹ Vergeßt das nicht. Es waren auch ihre einzigsten Waffen, und die müssen wir jetzt gegen sie richten.«

Prindin kam zurück und trat in den Schein des Feuers. »Mutter Konfessor. Mein Bruder und ich haben dir einen Verschlag gebaut, damit du dich waschen kannst, wenn du willst.«

Sie versuchte nicht zu zeigen, wie sehr sie sich danach sehnte, den Geruch des Krieges abzuwaschen. »Danke, Prindin.«

Er streckte den Arm aus und wies ihr den Weg zu einer kleinen Lichtung. Die Brüder hatten ihr einen geräumigen Unterschlupf aus mit Schnee bedeckten Balsamtannenzweigen errichtet. Sie krabbelte durch die niedrige Öffnung und fand drinnen Kerzen vor. Der Schneeboden war ebenfalls mit einer Schicht aus Zweigen belegt, woduch es in der kleinen Hütte angenehm roch. Ein dampfender Eimer mit Wasser mußte unlängst neben heißen, in der Mitte plazierten Steinen abgestellt worden sein. Sie wärmte sich die Finger über den Steinen.

Die Brüder hatten ihr ein warmes und gemütliches Heim für die Nacht errichtet. Sie hätte weinen können über so viel Aufmerksamkeit.

Ihr Bündel war da, und ihre Kleider lagen säuberlich gefaltet auf einem Stapel. Kahlan nahm ihre Halskette ab, die, die Adie ihr geschenkt hatte, mit dem runden Knochen. Das war alles, was sie während der Schlacht getragen hatte. Sie drückte sie einen Augenblick lang an ihre Wange, bevor sie sie abwusch. Die Kette erinnerte sie an jene, die sie von ihrer Mutter geschenkt bekommen hatte.

Dann tauchte sie den Kopf ins Wasser ein, wusch sich die Haare und anschließend methodisch den übrigen Körper. Es war ein wundervolles Gefühl, das Blut herunterzuwaschen, wenngleich sie sich zwingen mußte, an etwas anderes zu denken, um sich nicht zu übergeben. Sie dachte an Richard, an sein jungenhaftes Lächeln, das sie stets zum Lächeln brachte, dachte an seine grauen Augen, die so tief in ihre Seele blicken konnten. Als sie mit Waschen fertig war, legte sie sich hin und ließ ihr Haar auf den Steinen trocknen.

Sie brauchte dringend Schlaf. Sie hatte ihre Konfessorenkraft noch immer nicht zurückgewonnen, seit sie sie bei dem Einäugigen – Orsk – eingesetzt hatte. Sie konnte die Leere in ihrer Magengrube spüren, den Hohlraum, wo ihre Kraft saß. Es würde noch eine Weile dauern, bis sie wiederhergestellt wäre. Erst nach etwas Schlaf würde sie die übelkeiterregende, schwindlig machende Erschöpfung überwunden haben.

Ihr war danach, sich in ihre Decke zu wickeln und einzuschlafen. Sie war so müde. Doch schlafen war ausgeschlossen. Vorerst.

Sie streifte die Halskette wieder über den Kopf und zog mühsam ihre Kleider an. Aus ihrem Bündel zog sie eine Salbe, die sie auf ihre aufgeplatzte Lippe strich. Während sie sie zurücklegte, fiel ihr das Knochenmesser in die Hände, das Chandalen ihr geschenkt hatte, und sie band es sich wieder um den Arm.

Sie war so erschöpft, daß sie sich kaum zwingen konnte aufzustehen, aber sie hatte noch etwas zu erledigen, bevor sie sich Ruhe gönnen dürfte. Sie mußte sich bei ihren Soldaten zeigen. Die sollten nicht denken, daß ihr deren Wohlergehen nicht mehr am Herzen lag als alles andere. Die jungen Männer hatten ihr Leben riskiert, und das mindeste, was sie tun konnte, war, ihnen im Namen der Midlands ihre Anerkennung auszusprechen.

Sauber, das lange Haar wieder voll und glänzend und endlich mit mehreren Schichten warmer Kleidung und ihrem Umhang bekleidet, bahnte sie sich ihren Weg zwischen den Lagerfeuern hindurch. Ernst und aufmerksam lauschte sie den geschwätzigen Geschichten der einen und den ruhigen, knappen Worten von anderen. Sie antwortete auf Fragen, lächelte beruhigend und zeigte allen, wie stolz sie auf ihre Leistung war. Sie kniete neben den Verwundeten, überprüfte, ob ihnen warm genug war, legte ihnen die Hand tröstend auf die Wange und wünschte ihnen gute Gesundheit und baldige Genesung.

An einem Feuer, um das zehn schweigende Soldaten hockten, saß ein junger Kerl und zitterte – vermutlich nicht der Kälte wegen.

»Wie geht es dir? Alles in Ordnung? Ist dir auch warm?«

Ihr Erscheinen überraschte ihn und munterte ihn auf. »Ja, Mutter Konfessor.« Ein Schüttelfrostanfall ließ ihm die Zähne klappern. »So hatte ich mir das nicht vorgestellt.« Er faßte sich und zeigte auf die anderen. »Das sind meine Freunde. Sechs sind nicht zurückgekommen.«

Sie hielt ihren Umhang mit einer Hand zu und strich ihm mit der anderen das Haar aus der Stirn. »Das tut mir leid. Auch ich trauere um sie. Ich möchte nur, daß ihr Männer wißt, wie stolz ich auf euch bin. Ihr seid die tapfersten Soldaten, die ich je gesehen habe.«

Er lachte nervös auf. »Ohne Euch wären wir alle tot. Wir wurden zurückgetrieben, in Stücke gehackt, und dann seid Ihr mitten unter die Feinde geritten, ganz allein. Sie haben sich alle auf Euch konzentriert, und dann, als sie verwirrt waren, haben wir einen Gegenangriff gestartet. Ihr habt uns gerettet.«

Er schüttelte den Kopf. »Ich wünschte, ich hätte heute nacht ebenso viele getötet wie ich Euch habe töten sehen.«

Die anderen nickten ernst, zum Zeichen, daß sie derselben Ansicht waren. Er strich sich mit zitternden Fingern übers Gesicht. »Ich danke Euch, Mutter Konfessor. Ohne Euer Zutun wären wir jetzt alle tot.« Er sah sie nervös lächelnd an. »Wenn ich die Wahl hätte, ich würde lieber mit Euch als mit Prinz Harold in den Kampf ziehen.«

»Sie kann ziemlich gut mit einem Schwert umgehen, was meint ihr?«

Sie blickte in die Richtung, aus der die Stimme gekommen war. Der Soldat drehte sich um und sah Hauptmann Ryan hinter sich stehen.

»Ich denke, sie könnte uns Schwertkämpfern noch das eine oder andere beibringen. Ihr würdet nicht glauben, was sie …«

Kahlan legte ihm die Hand auf die Schulter. »Hast du schon gegessen?«

Er zeigte auf den Topf Bohnen über dem Feuer. »Würdet Ihr ein wenig mit uns teilen, Mutter Konfessor?«

Fast hätte sie die Kontrolle über ihren empfindlichen Magen verloren. »Eßt ihr nur. Ihr braucht die Kraft. Danke für das Angebot, aber ich muß mich zuerst um die anderen kümmern.« Als sie ging, folgte Hauptmann Ryan ihr. »Ich hatte gedacht, daß Ihr vielleicht ein paar Schwierigkeiten im Umgang mit dem Schwert hättet. Die Männer, die Euer Pferd abgesattelt haben, haben mir erzählt, sie hätten abgetrennte Hände und Finger gefunden, die sich am Bauchgurt und an ein paar anderen Stellen verfangen hatten.«

Kahlan lächelte den Männern im Vorübergehen zu. Sie winkten kurz oder verneigten zum Gruß den Kopf. »Habt Ihr vergessen, wer mein Vater war? Er hat mir den Umgang mit dem Schwert beigebracht.«

»Mutter Konfessor, das bedeutet doch nicht …«

»Leutnant Sloan ist tot.«

Er wurde einen Augenblick lang still. »Ich weiß. Man hat es mir gesagt.« Er stützte sie mit einer Hand unter ihrem Arm, als sie ins Straucheln kam. »Ihr macht keinen sehr guten Eindruck. Selbst einige der Männer, die vergiftet wurden, sahen besser aus als Ihr jetzt.«

»Das liegt nur daran, daß ich so lange nicht geschlafen habe.« Sie verschwieg ihm, daß sie außerdem wieder von ihrer Kraft Gebrauch gemacht hatte. »Ich bin todmüde.«

Draußen vor der winzigen Hütte aus Tannenzweigen bot Tossidin ihr einen Napf Bohnen an. Sie hielt sich die Hand vor den Mund, wich zurück und schloß die Augen. Beim Anblick und Geruch des Essens war ihr, als würde sie das Bewußtsein verlieren. Tossidin schien zu begreifen und nahm den Eintopf fort.

Prindin legte ihr die Hand unter den anderen Arm. »Mutter Konfessor, du mußt essen, aber noch mehr mußt du dich ausruhen.« Sie nickte. »Ich habe dir etwas Tee gebraut, ich dachte, er würde dich beruhigen.« Er deutete mit dem Kinn auf den Unterschlupf. »Er steht drinnen.«

»Ja, vielleicht hilft Tee, meinen Magen zu beruhigen.« Sie drückte kurz den Arm des Hauptmanns. »Weckt mich am Morgen, wenn es Zeit für den nächsten Angriff ist. Ich werde mit den Männern gehen.«

»Wenn Ihr ausgeruht genug seid. Nur wenn ...« Sie schnitt ihm mit einem Blick das Wort ab. »Gut, Mutter Konfessor. Ich werde Euch persönlich wecken.«

Im Innern des behaglichen Unterschlupfes nippte sie an dem Tee und schüttelte sich. Ihr drehte sich der Kopf. Sie konnte nur noch ein paar Schlucke nehmen, bevor sie auf ihr Lager fiel. Es würde ihr besser gehen, redete sie sich ein, sobald sie sich ausgeruht hätte. Endlich spürte sie, wie ihre Kraft zum Leben erwachte und mit altvertrauter Energie in ihrer Brust anschwoll.

Sie rollte sich unter ihrem Fellumhang zusammen und dachte an die tausend Dinge, die erledigt sein wollten. Sie sorgte sich um die Männer, die in diesem Augenblick angriffen, und um die, die als nächste losziehen würden. Sie sorgte sich um alle. Sie waren noch so jung.

Sie sorgte sich um das, was sie in Gang gesetzt hatte. Den Krieg.

Aber angefangen hatte sie ihn nicht. Sie hatte sich lediglich geweigert, unschuldige Menschen dem Tod zu überlassen. Sie hatte keine Wahl gehabt. Als Mutter Konfessor trug sie die Verantwortung für die Menschen in den Midlands. Wenn die Imperiale Ordnung nicht aufgehalten wurde, würden ungezählte Tausende durch ihre Hand sterben, und wer überlebte, würde dies als Sklave dieser Ordnung tun.

Sie dachte an die jungen Frauen im Palast in Ebinissia. Ihre Gesichter zogen an ihrem inneren Auge vorüber. Sie war zu matt, als daß sie hätte um sie weinen können. Wenn sie gerächt wären, war zum Weinen noch genug Zeit.

Sie schäumte vor Rachegelüsten. Sie beschloß, die Armee der Imperialen Ordnung bis ins Grab zu jagen. Am Morgen wollte sie noch einmal ihre Soldaten gegen den Feind führen. Sie würde es zu Ende bringen. Sie würde dafür sorgen, daß diese Mädchen und all die anderen gerächt wurden.

Wenn man der Imperialen Ordnung nicht Einhalt gebot, würden nicht nur unschuldige Menschen dahingemetzelt werden, sondern alle Magie würde zugrunde gehen, die gute wie die schlechte, sowie sämtliche Geschöpfe der Magie.

Richard besaß Magie.

Ihre Gedanken schweiften zu Richard. Und dann weinte sie. Sie weinte und hoffte, daß er sie nicht haßte für das, was sie getan hatte. Sie betete, daß er verstand und ihr vergeben konnte. Sie hatte ihr Bestes für ihn gegeben um ihn zu retten, um die Lebenden zu retten. Ihr Tränenfluß verebbte und endete schließlich mit einem Schluchzer.

Der Gedanke an Richard fegte die verworrenen Bilder aus ihrem Kopf. Zum ersten Mal seit Tagen, so schien es, beschäftigten sich ihre Gedanken mit etwas anderem als Kampf und Tod.

Beschäftigten sich damit, wer sie, wer Richard war. Beschäftigten sich mit wichtigen Dingen, die im Nebel ihres Unterbewußtseins vorübertrieben.

Der Gedanke an Richard brachte ihr andere Dinge, die wichtig waren, wieder zu Bewußtsein. Es gab noch andere Probleme als die Imperiale Ordnung, die der Aufmerksamkeit bedurften. Es schien, als hätte dieser Krieg sie von höheren Notwendigkeiten abgelenkt.

Sie dachte an Darken Rahl. Darken Rahl hatte Richard gezeichnet. Die Schwestern des Lichts hatten ihn gefangengenommen. Sie war auf dem Weg nach Aydindril, um Richard zu helfen, um Zedd zu bewegen, Richard zu helfen …

Richard mußte den Hüter aufhalten.

In der Dunkelheit, unter ihrem Fellumhang, runzelte Kahlan die Stirn. Der Schleier zur Unterwelt war nach wie vor eingerissen. Hatte sie nichts Besseres zu tun, als in der Gegend herumzulaufen und mit dem Schwert in der Hand auf d'haranische Truppen loszugehen?

Sie mußte an Darken Rahls Gelächter denken.

Sie faßte sich an den Hals und befühlte die geschwollene, aufgeplatzte Haut. Das war keine Einbildung gewesen. Er hatte gelacht, weil sie so töricht war.

Kahlan setzte sich auf. Was tat sie hier? Sie mußte helfen, den Hüter aufzuhalten. Shota hatte, genau wie Darken Rahl und Denna, gesagt, der Schleier sei eingerissen. Kahlan hatte einen Screeling gesehen, ein Wesen aus der Unterwelt. Sie hatte mit Denna gesprochen. Denna hatte Richards Platz beim Hüter eingenommen, damit er lebte und den Riß im Schleier schließen konnte.

Kahlan sollte besser Zedd suchen. Sie sollte nicht herumlaufen und die Kriegerin spielen.

Doch wenn die Imperiale Ordnung nicht aufgehalten wurde …

Aber wenn der Schleier eingerissen war …

Sie mußte nach Aydindril. Sie mußte zu Zedd. Diese Männer konnten ohne sie Krieg führen. Das war schließlich ihre Aufgabe. Sie war die Mutter Konfessor. Sie sollte nicht herumlaufen und töricht ihr Leben aufs Spiel setzen, während die Midlands – die Welt der Lebenden – in Gefahr waren.

Das war es, worüber Darken Rahl sich amüsierte – ihre Torheit.

Sie nahm die Tasse mit dem Tee, den Prindin für sie gekocht hatte, in die Hände und wärmte ihre Finger. Sie war die Führerin der Midlands, und sie mußte auch als Führerin auftreten und sich vor allem um die allerwichtigsten Dinge kümmern, jene Dinge, die sie und nur sie allein erledigen konnte. Sie kippte den Rest des Tees hinunter und verzog das Gesicht, weil er so bitter schmeckte.

Kahlan legte sich wieder hin und hielt die Teetasse auf ihrem Bauch fest. Die Gesichter der toten Frauen zogen noch einmal an ihren Augen vorüber. Entsetzen und Gewalt, das waren die Waffen, die am ehesten die Vernunft besiegten: Genau das war es, was der Feind ihr angetan hatte – das Entsetzen darüber, was sie getan hatten, überwältigte ihre Vernunft.

Am heutigen Tag hätten sie und ihre Männer den Tod gefunden, wenn alle Späher getötet worden wären. Ohne diese Führer wären sie verloren, für den Feind besiegbar gewesen.

Genau das war auch sie: eine Führerin. Sie war die Führerin der Midlands. Sie gehörte nach Aydindril, wo sie den Rat führen und mit allen gegen die Bedrohung am selben Strang ziehen mußte. Ohne diese Führung wären sie unwissend und verlören sich im Nebel der Geschehnisse.

Sie war auch Richards Führerin, was die Hilfe, die er brauchte, anbelangte. Es war an ihr, für Zedds Hilfe zu sorgen. Ohne diese Führung wäre Richard und mit ihm alle Lebenden verloren.

Sie setzte sich auf und starrte in die Flamme der Kerze.

Kein Wunder, daß Darken Rahl sie ausgelacht hatte. Sie hatte zugelassen, daß der Feind ihre Vernunft besiegte. Fast hätte sie ihre Pflichten vernachlässigt und dem Hüter Zeit gelassen, seine Ziele durchzusetzen.

Jetzt wußte sie, was sie zu tun hatte. Sie hatte genug getan, um diese Männer auf den Weg zu bringen, hatte ihnen ihre Verantwortung deutlich gemacht und wie sie diese in die Tat umsetzen mußten. Jetzt besaß die Galeanische Armee das nötige Wissen, um den Feind zu besiegen. Was sie getan hatte, war richtig, denn jetzt wußten die Soldaten, was sie zu tun hatten – genau wie sie selbst.

Diese Armee wußte, was jetzt zu geschehen hatte. Sie dagegen mußte nach Aydindril.

Nachdem sie sich entschieden hatte, war es, als wäre ihr eine große Last von den Schultern genommen worden, gleichzeitig jedoch war sie ganz von ihrem Ziel erfüllt. Richard, auch wenn er nicht bei ihr war, hatte ihr geholfen, die Wahrheit inmitten all dieses Wirrwarrs zu finden, hatte ihr geholfen, ihre wahre Pflicht zu erkennen.

Sie sah in die Teetasse, doch hatte sie den Tee längst getrunken und die Tasse war leer. Sie fühlte sich benommen. Ihre Augen wollten nicht offenbleiben. Sie war so müde, daß sie nicht länger aufrecht sitzen konnte.

Indem sie sich wieder zurücksinken ließ, fragte sie sich, was Richard jetzt wohl tat, wo er sein mochte. Wahrscheinlich bei den Schwestern, wo er lernte, die Gabe zu beherrschen. Sie betete zu den guten Seelen, daß sie ihm halfen zu erkennen, wie sehr sie ihn liebte.

Ihr Arm war plötzlich zu schwer, um ihn hochzuhalten, und fiel zur Seite. Die Tasse rollte davon.

Ihr Schlaf war so traumlos wie der Tod.

14. Kapitel

Sie tauchte in eine Leere ein, eine Ödnis aus brutaler Schwärze, in der jedes Gefühl für Zeit und Raum verlorenging. Sie nahm nichts mehr wahr, was um sie herum geschah. Das schwarze Nichts war jenseits allen Begreifens, allen Trosts.

Während sie durch die Tiefen jener Leere trieb, spürte sie etwas. Daß es etwas zu spüren gab, entfachte neue Hoffnung in ihr, die Hoffnung, aus diesem gottverlassenen Nichts zu entkommen. Mit diesem kribbelnden Erwachen einer Empfindung klammerte sie sich verzweifelt an Materie, so, als greife sie nach einem Fels in einem weiten, dunklen Strom. Der Versuch, sich aus der erstickenden Dunkelheit zurückzukämpfen, brachte das Gefühl zurück in ihren Körper.

Sie trieb zurück, ihr Kopf pochte vor dumpfem Schmerz, und benommen versuchte sie zu verstehen, was mit ihr geschah. Irgend jemand rief nach ihr. Mutter Konfessor, riefen sie. Nein, das war nicht ihr Name.

Dann dämmerte es ihr. Kahlan. Das war ihr Name. Hände rüttelten sie. Irgend jemand rief nach ihr und schüttelte sie.

Sie kam von ganz weither zurück.

Kahlan öffnete die Augen, und die Welt drehte sich. Hauptmann Ryan hielt sie an den Schultern gepackt, schüttelte sie, rief ihr etwas zu.

Sie sog kalte Lüfte tief in ihre Lungen. Sie schob seine Arme fort, mußte sich dann aber wieder auf dem Boden abstützen. Sein Gesicht war sorgenzerfurcht.

»Mutter Konfessor, geht es Euch gut?«

»Ich … ich …« Sie sah sich um. Tossidin war ebenfalls da. Sie setzte sich ganz auf und legte ihre kalten Finger an die Stirn. »Mein Kopf … wie spät ist es?«

»Es wird bald hell.« Mit besorgter Miene sah er über die Schulter zu Tossidin. »Wir sind gekommen, um Euch zu wecken, wie Ihr mir aufgetragen habt. Die Schwertkämpfer sind bereit zum Aufbruch.«

Kahlan schob ihren Umhang zurück. »Ich bin gleich fertig, dann können wir …«

Ihr fiel ein, daß sie sich entschlossen hatte, nach Aydindril zu gehen. Sie mußte zu Zedd. Sie mußte Hilfe für Richard beschaffen. Wenn es stimmte, daß der Schleier eingerissen war …

»Mutter Konfessor, Ihr seht nicht gut aus. Ihr habt eine Menge durchgemacht, seit Tagen nicht geschlafen, und auch jetzt hattet Ihr nur ein paar Stunden Schlaf. Ich denke, Ihr braucht mehr.«

Ja, das stimmte. Zwar spürte sie, wie ihre Kraft zurückgekehrt war, aber sie fühlte sich ganz sicher nicht erholt. Sie legte ihm die Hand auf den Arm.

»Hauptmann, ich muß nach Aydindril aufbrechen. Ich muß …«

Er lächelte sie zaghaft an. »Ruht Euch aus. Ihr seid noch zu erschöpft, um zu reisen. Bleibt hier und ruht Euch aus. Wenn wir zurückkommen, seid Ihr ausgeruht und könnt aufbrechen.«

Sie nickte, sich immer noch an seinem Ärmel als Stütze klammernd. »Ja. Und dann muß ich aufbrechen. Ich habe gestern abend darüber nachgedacht. Ich muß nach Aydindril. Ich werde mich ausruhen, bis Ihr wieder zurück seid, aber dann muß ich aufbrechen.« Sie sah sich um. Nur Tossidin war da, zusammen mit dem Hauptmann. »Wo steckt Chandalen – und wo ist Prindin?«

»Mein Bruder ist gegangen, um zu sehen, ob der Feind Wachposten aufgestellt hat oder nicht«, meinte Tossidin, »damit unser Angriff ohne Vorwarnung erfolgt.«

»Chandalen greift mit den Hellebardenträgern an«, sagte Hauptmann Ryan. »Ich soll bei unserem nächsten Angriff mit den Schwertkämpfern zu ihm stoßen.«

Kahlan kümmerte sich um ihre wunde Lippe. »Tossidin, sag Chandalen, daß wir sofort nach euerm Angriff aufbrechen müssen. Seid vorsichtig, ihr drei. Ihr müßt mich noch nach Aydindril bringen.« Sie konnte kaum die Augen offenhalten. Sie brachte kaum die

Energie zum Sprechen auf. Sie wußte, daß sie zum Reisen noch zu schwach war. »Bis ihr zurück seid, ruhe ich mich aus.«

Hauptmann Ryan seufzte erleichtert. Hier wäre sie in Sicherheit. »Ich lasse ein paar Männer Wache stehen, während Ihr Euch ausruht.«

Sie winkte ab. »Dieses Lager ist gut versteckt. Hier oben bin ich sicher.«

Er beugte sich eindringlich vor. »Zehn oder zwölf Männer machen für uns keinen großen Unterschied, und ich könnte meine Gedanken besser auf unsere Aufgabe konzentrieren, wenn ich mich nicht darum sorgen muß, daß Ihr hier oben ganz alleine seid.«

Sie hatte nicht die Kraft zu widersprechen. »Also gut …«

Sie ließ sich zurückfallen. Mit sorgenvoller Miene zog Tossidin den Fellumhang über sie. Sie sank bereits zurück in die Schwärze, als die beiden durch die Öffnung nach draußen krabbelten. Sie versuchte zu verhindern, an diesen Ort bar jeder Empfindungen zurückzukehren, wurde aber hilflos fortgerissen.

Das erdrückende Gewicht der Leere brach über sie herein. Sie versuchte sich seinem Zugriff zu entziehen, versuchte wieder nach oben zu kommen, doch die Dunkelheit war zu zäh – es war, als wäre man in Schlamm eingeschlossen. Sie saß in der Falle, wurde immer tiefer eingesogen. Eine Woge von Panik überkam sie.

Sie versuchte zu denken, konnte ihre Gedanken aber nicht zu zusammenhängenden Begriffen ordnen. Sie hatte den Eindruck, daß irgend etwas nicht stimmte, konnte ihren Verstand aber nicht zwingen, auf die Lösung hinzuarbeiten.

Anstatt sich aufzugeben, konzentrierte sie sich diesmal mit aller Kraft auf Richard, darauf, daß sie ihm unbedingt helfen mußte, und schon war die Dunkelheit keine völlige Leere mehr. Sie bekam eine vage Vorstellung von Zeit, spürte immer deutlicher, wie sie verstrich. Sie kam sich vor, als verschliefe sie ihr ganzes Leben, während sie sich in ihren Gedanken hartnäckig an Richard klammerte.

Ihre Sorge um ihn und ihre Angst vor der Fremdheit dieses tiefelosen Schlafs ermöglichten ihr, sich langsam und methodisch den

Weg zurück zu bahnen. Und doch kam es ihr vor, als dauerte es stundenlang.

Mit einem verzweifelten Japsen nach Luft wurde sie wach. Ihr drehte sich der Kopf, er pochte und tat weh. Am ganzen Körper verspürte sie ein stechendes, schmerzhaftes Prickeln. Mühevoll drückte sie sich hoch und sah sich starren Blicks in ihrem Unterschlupf um. Die Kerze war fast völlig heruntergebrannt. Die Stille klang ihr in den Ohren.

Vielleicht brauchte sie frische Luft, um wach zu werden. Arme und Beine fühlten sich dick und schwer an, als sie durch die Öffnung nach draußen kroch. Draußen wurde es gerade dunkel. Sie blickte zu den ersten Sternen hinauf, die durch die Bäume blinkten. Ihr Atem dampfte vor ihrem Gesicht, während sie auf wackeligen Beinen stand.

Kahlan machte einen Schritt, stolperte prompt über irgend etwas und landete auf ihrem Gesicht im Schnee. Die Wange noch immer an den Boden gepreßt, öffnete sie die Augen. Wenige Zentimeter entfernt starrten glasige Augen sie an. Ein junger Mann lag mit dem Gesicht seitlich im Schnee, ganz dicht neben ihr. Sie war über sein Bein gestolpert. Es war, als wollten ihre Knochen aus der Haut fahren und davonlaufen.

Seine Kehle klaffte auf, sein Hals war säuberlich durchtrennt, wodurch sein Kopf in einem unmöglichen Winkel zum Körper nach hinten gebogen war. Sie konnte die Öffnung seiner durchschnittenen Luftröhre erkennen. Verklumptes Blut bedeckte den Schnee. Galliger Schaum stieg ihr die Kehle hoch. Schluckend zwang sie ihn zurück nach unten.

Sie hob langsam den Kopf und bemerkte die dunklen Umrisse anderer Leichen. Es waren alles Galeaner. Die Schwerter steckten sämtlich noch in den Scheiden. Sie waren ohne eine Chance auf Gegenwehr gestorben.

Kahlans Beine versteiften sich, wollten fortlaufen, doch sie zwang sich unter Mühen, ruhig zu bleiben. Sie versuchte nachzudenken, trotz des dumpfen Nebels des Halbschlafs, von dem sie sich noch immer nicht befreien konnte. Ihr Verstand schien in einer traumähnlichen Benommenheit festzukleben, unfähig, sich zu konzentrieren. Irgend jemand hatte diese Männer umgebracht und war womöglich noch in der Nähe. Sie mußte sich zwingen nachzudenken.

Sie berührte die Hand des toten Soldaten mit dem Finger. Sie war noch warm. Es mußte gerade eben erst passiert sein. Vielleicht war sie davon aufgewacht.

Sie blickte hoch, zwischen die Bäume. Männer huschten durch die Schatten. Sie hatten sie entdeckt und drangen auf die Lichtung vor, auf der sie lag. Lachend und johlend kamen sie näher, und sie erkannte, wer sie waren – nahezu ein Dutzend D'Haraner sowie eine Gruppe Keltonier. Soldaten aus dem Heer der Imperialen Ordnung. Kahlan japste und sprang auf.

Ein Mann, der ihr am nächsten war, hatte eine aufgedunsene, rote Wunde auf der linken Gesichtshälfte, von der Schläfe bis zum Kiefer, dort wo Nick ihn mit dem Huf erwischt hatte. Eine derbe Naht hielt das schwarzrote Fleisch zusammen. Er verzog seine gesunde Gesichtshälfte zu einem höhnischen Grinsen. Es war General Riggs.

»Sieh an, sieh an, hab' ich Euch endlich gefunden, Mutter Konfessor.«

Kahlan wie auch die übrigen Soldaten zuckten erschrocken zusammen, als eine düstere Gestalt mit einem Schlachtruf krachend durch das Unterholz gebrochen kam. Als die Männer sich umdrehten, rannte Kahlan in der entgegengesetzten Richtung davon.

Vor dem Umdrehen hatte sie noch gesehen, wie das schwächer werdende Licht auf einer riesigen Streitaxt blitzte. Die halbmondförmige Schneide streckte zwei Männer mit einem einzigen Schwung nieder. Es war Orsk. Offenbar hatte er ebenfalls nach ihr gesucht, damit er sie beschützen konnte. Wer von einem Konfessor berührt war, gab niemals auf.

Ihre Beine fühlten sich plump an, und sie kribbelten, als hätte sie auf ihnen geschlafen, trotzdem rannte sie, so schnell sie konnte. Hinter ihr brach gellendes Gekreische aus. Stahl traf klirrend auf Stahl. Brüllend fiel Orsk über die Männer her, die sie verfolgten.

Tannenzweige schlugen ihr ins Gesicht, als sie zwischen den Bäumen hindurchtaumelte. Abgestorbene Äste und Unterholz rissen an ihrer Hose, ihrem Hemd. Benommen stolperte sie durch die Schneeverwehungen. Schnee klatschte ihr ins Gesicht, sobald sie durch herabhängende Äste brach. Sie konnte ihre Beine nicht dazu bringen, schnell genug zu laufen.

Mit einem Ächzen stürzte sich der Mann, der ihr auf den Fersen war, auf sie. Mit den Armen umschlang er ihre Beine, und sie fiel der Länge nach zu Boden. Schnee spuckend trat sie um sich. Der Mann bekam ihren Gürtel zu fassen und warf sich auf sie.

Das rote Gesicht mit der bösartigen Wunde an der linken Seite schwebte direkt über ihr. Er grinste sie höhnisch triumphierend an. Hinten zwischen den Bäumen hörte sie den Lärm einer wüsten Keilerei. Sie war allein mit Riggs.

Eine Faust packte sie am Haar und hielt ihren Kopf am Boden fest. Mit der anderen Faust schlug er ihr in die Seite, prügelte ihr den Atem aus den Lungen. Er schlug sie noch einmal. Eine heiße Woge von Übelkeit überkam sie, als sie verzeifelt versuchte, Luft zu holen.

»Endlich hab' ich Euch, Konfessor. Ihr entwischt mir nicht noch mal!«

Er war allein. Was dachte er bloß? Sie schlug ihm die Hand vor die Brust. Es war ihr ein Rätsel, daß ein einzelner Mann glaubte, einen Konfessor überwältigen zu können.

»Du bist ganz allein, Riggs«, gelang es ihr unter seinem Gewicht hervorzupressen. »Du bist verloren. Du gehörst mir.«

»Das glaube ich nicht.« Er feixte höhnisch. »Er hat gesagt, Ihr könntet Eure Kraft im Augenblick nicht einsetzen.«

Er hob ihren Kopf hoch und schlug ihn auf den Boden. Ihr Blick verschwamm. Sie versuchte sich auf das zu konzentrieren, was sie jetzt tun mußte. Er hob ihren Kopf erneut hoch, um ihn auf die Erde zu schlagen. Seine Worte hatten sie zwar stutzig gemacht, trotzdem mußte sie es jetzt tun, bevor er sie bewußtlos schlug, bevor es zu spät war. Jetzt, solange sie noch die Zeit dazu hatte.

In der Stille ihres Geistes, während er gerade ihren Kopf anhob, ließ sie ihre Konfessorenkraft durch ihren Körper fließen. Sie ließ ihre Schranken fallen.

Es gab einen Donner ohne Hall. Der Aufprall der Kraft, der Magie, ließ Riggs zusammenfahren. Sämtliche Äste ringsum schüttelten sich mit einem Ruck. Schnee fiel herab, klatschte schwer auf seinen Rücken und ihr Gesicht.

Er riß die Augen auf, sein Kiefer wurde schlaff. »Herrin! Befehligt mich!«

Mit allerletzter Kraft gelang es ihr zu fragen: »Wer hat dir gesagt, meine Kraft könnte dir nichts anhaben?«

»Herrin, das war ...«

Die blutige Spitze eines Pfeiles bohrte sich durch die Vorderseite seines Adamsapfels. Die breite Stahlspitze blieb kaum einen Zentimeter von ihrem Kinn stecken. Seine Augen füllten sich mit Tränen, sein Mund bewegte sich, und Blut schäumte hervor, doch Worte kamen keine. Sein Atem entwich rasselnd seinen Lungen, während er allmählich über ihr zusammenbrach.

Eine Faust packte die Schulter seiner Uniform und zog Riggs fort. Zuerst dachte sie, es wäre Orsk, doch er war es nicht.

»Mutter Konfessor!« Besorgt blickte Prindin auf sie herab. »Bist du verletzt? Hat er dir weh getan?«

Hastig wälzte er den General von ihr herunter und hielt ihr die Hand hin, um ihr aufzuhelfen, während er sie von oben bis unten musterte, wie sie im Schnee dalag. Sie starrte zu ihm hoch, ergriff seine Hand jedoch nicht. Der Einsatz ihrer Kraft hatte sie erschöpft wie nie zuvor.

Das übliche Grinsen machte sich auf seinem Gesicht breit, als er seinen Bogen schulterte. »Wie ich sehe, bist du unverletzt. Du siehst sehr gut aus.«

»Du hättest ihn nicht töten müssen. Ich hatte ihn bereits mit meiner Kraft berührt. Er gehörte bereits mir. Er wollte mir gerade verraten, wer behauptet hat, ich könnte ihm nichts anhaben ...«

Ihr gesamter Körper kribbelte vor Spannung, als sie sah, mit welchem Blick er sie betrachtete. Sein vertrautes Feixen ließ es ihr kalt die Arme und den Nacken hinauflaufen. Ihre feinen Härchen sträubten sich.

Orsk brach zwischen den Bäumen hervor. »Herrin! Seid Ihr in Sicherheit?«

Sie hörte, daß hinter ihm noch andere durch den Wald kamen. Sie hörte Chandalens Stimme. Rasch hatte Prindin einen Pfeil eingelegt. Orsk hob seine Axt mit einer einzigen, riesigen Faust.

»Prindin! Nein! Tu ihm nichts!« Prindin spannte seinen Bogen. »Orsk! Lauf!«

Der große Kerl wirbelte herum, ohne Fragen zu stellen, und sprang zurück ins Unterholz. Ein Pfeil folgte ihm. Sie hörte, wie der Pfeil sich in etwas Festes bohrte. Sie hörte, wie Orsk durch das kahle Unterholz stolperte und dabei Äste und junge Bäume niedertrat. Dann knackten immer weniger Zweige und Äste, und sie hörte, wie er auf dem Boden aufschlug.

Sie versuchte aufzustehen, sank aber matt zurück. Es war, als hätte sie keine Knochen, als lösten sich ihre Muskeln auf. Ihre Kraft war verbraucht. Die Schwärze versuchte sie wieder in sich aufzusaugen.

Prindin wandte sich ihr grinsend wieder zu und schulterte erneut seinen Bogen.

Kahlan hatte Mühe, die Kraft zum Sprechen aufzubringen. Ihre Worte kamen nur als Flüstern heraus. »Prindin, warum hast du das getan?«

Er zuckte mit den Achseln. »Damit wir allein sein können.« Sein Grinsen wurde breiter. »Bevor man dir den Kopf abhackt.«

Prindin. Prindin hatte Riggs erzählt, ihre Kraft könne ihm nichts anhaben, damit sie sich bei ihm verausgabte und keine Kraft mehr übrig hatte. Ihre Beine zitterten vor Anstrengung, als sie versuchte, sich hochzustemmen. Sie sank vor Prindins Augen zurück.

Eine Stimme drang durch die Bäume. Es war Chandalen, der völlig außer Atem nach ihr rief. Aus einer anderen Richtung hörte sie Tossidin rufen. Sie versuchte, ihnen etwas zuzuschreien. Nur ein heiserer, schwacher Klagelaut drang aus ihrer Kehle hervor. Dunkelheit drohte sie zu überwältigen.

Vielleicht schlief sie noch. Sie konnte kaum sprechen, sich kaum bewegen, genau wie in einem Alptraum. Wenn es nur einer wäre.

Aber sie wußte, daß dies kein Traum war.

Prindin drehte sich nach den hartnäckigen Rufen um. Kahlan stemmte ihre Fersen in den Schnee und mit einer mächtigen Anstrengung gelang es ihr, sich nach hinten zu schieben. Ihre Hand fiel auf einen dicken Ahornast, der auf dem Boden lag.

Prindin stürzte sich auf sie. Kahlan konzentrierte all ihre Angst, ihre Furcht und das Entsetzen über das, was hier geschah, auf diese eine Handlung. Es kostete sie alles, was sie hatte. Prindin streckte die Hand nach ihr aus.

Kahlan richtete sich auf und holte mit dem dicken Ast aus. Prindin duckte sich, bekam den Prügel zu fassen und entwand ihn ihrem Griff. Er riß sie herum, riß sie an sich, schlang ihr den Arm um den Kopf und legte ihr die Hand vor den Mund, als sie versuchte, Chandalen zu warnen. Er war zwar nicht groß, aber sie wußte, daß Prindin unglaublich kräftig war. In ihrem gegenwärtigen Zustand hätte allerdings schon ein Kind alles mit ihr machen können.

Chandalen kam von hinten angerannt, ein Messer in der Hand. Kahlan biß Prindin in die Hand. Sie schrie auf, als Prindin mit unglaublicher Kraft und Schnelligkeit herumwirbelte und Chandalen mit dem Ast seitlich am Kopf erwischte. Ihr wurde schlecht, als sie den hohlen Aufprall hörte. Durch den Schlag wurde Chandalen in das Geäst einer Fichte gestoßen. Während sie sich aus Prindins Griff herauswand, sah sie, daß der Schnee rings um Chandalen voller Blut war.

Tossidin brach schwer atmend durch die Bäume. »Was ist hier los? Prindin!«

Er sah sie und erstarrte mitten im Schritt. Sein Blick wanderte zu Chandalen und dann zu Prindin.

Prindin linste über seine Schulter zu seinem Bruder und sagte in seiner Muttersprache: *»Chandalen hat versucht, uns umzubringen! Als ich kam, versuchte er gerade, die Mutter Konfessor zu töten. Hilf mir. Sie ist verletzt.«*

Kahlan sackte auf die Knie und stieß einen Schrei aus. »Nein ... Tossidin ... nein ...«

Tossidin kam auf die beiden zugerannt. *»Was ist das für ein Ärger,* *von dem Chandalen mir erzählt hat? Was ist mit dir, Bruder? Was hast du getan?«*

»Hilf mir! Die Mutter Konfessor ist verletzt!«

Tossidin packte seinen Bruder an der Schulter und zerrte ihn herum. »*Prindin! Was hast du ...«*

Prindin rammte seinem Bruder ein Messer in die Brust. Tossidin riß überrascht die Augen auf. Sein Mund ging auf, doch es kamen keine Worte heraus. Er machte ein pfeifendes Geräusch, dann gaben seine Beine nach, und er sackte zu einem Häufchen auf dem Boden zusammen. Der Stoß hatte ihn ins Herz getroffen.

Chandalen richtete sich benommen und stöhnend auf. Mit den Händen betastete er seine blutende Kopfhaut. Den Verwundeten im Auge behaltend, zog Prindin ein Knochenkästchen aus seinem Hüftbeutel. Er war im Besitz einer vollen Schachtel *bandu.* Er hatte ihr nicht all sein Gift gegeben.

Unfähig, ihn aufzuhalten, mußte Kahlan mitansehen, wie Prindin einen großzügigen Klumpen des Giftes auf der Pfeilspitze verteilte. Chandalen hielt benommen den Kopf in den Händen und versuchte wieder klar zu werden. Prindin zog die Bogensehne an seine Wange. Sie wußte, daß er auf Chandalens Kehle zielte. Im selben Augenblick, als Prindin den Pfeil abschoß, gelang es ihr, sich gegen seine Beine zu werfen, wodurch der Pfeil von seinem Ziel abgelenkt wurde. Trotzdem traf er Chandalen noch in die Schulter.

Ein Schlag mit der Rückseite seiner Faust in ihr Gesicht streckte sie nieder. Von blankem Entsetzen getrieben, begann Kahlan auf Händen und Knien fortzukrabbeln. Der Schnee fror ihr die Finger. Die Knie ihrer Hose waren durchgeweicht und eisig-naß. Sie konzentrierte sich auf die Kälte, um ihre Benommenheit abzuschütteln. Während sie sich mühsam davonschleppte, sah sie über die Schulter.

Prindin zog einen weiteren Pfeil aus seinem Köcher und wischte ihn durch das Gift, während er zusah, wie sie sich abmühte. Genau wie er Chandalen zugesehen hatte. Ein Schrei entwich ihrer Kehle, als sie torkelnd auf die Beine kam und zu laufen begann. Ein Alptraum. Dies mußte ein Alptraum sein.

Als sie der Pfeil in der linken Wade traf, fühlte es sich an wie ein

Schlag. Sie schrie auf und fiel aufs Gesicht. Ihr Bein brannte heiß vor Schmerzen. Ein kribbelndes, prickelndes Gefühl breitete sich in dem Muskel aus. Der Schmerz stach bis hoch in die Hüfte.

Plötzlich war Prindin über ihr. Er kniete nieder und packte den Pfeil, der hinten aus ihrem Bein ragte. Seine andere Hand auf ihr Hinterteil stützend, um sie festzuhalten, riß er den Pfeil heraus. Kahlan spürte, wie das Kribbeln des Gifts ihr Bein hinaufkroch.

»Keine Sorge, Mutter Konfessor, ich habe für deinen Pfeil nicht so viel Gift genommen wie für Chandalens. Nur so viel, daß du mir keinen Ärger machen kannst. Noch eine Minute, dann ist er tot. Du wirst lange genug leben, daß man dir den Kopf abschlagen kann.« Er strich ihr mit der Hand über den Hintern. *»Wenn sie nicht zu lange warten.«* Prindin beugte sich über sie. *»Hier draußen ist es zu kalt. Gehen wir zurück.«*

Er packte sie am Handgelenk und begann, sie durch den Schnee zu schleifen. In Gedanken wehrte Kahlan sich gegen ihn: Sie mühte sich ab, sie kreischte, sie schlug um sich, doch sie konnte ihren Körper nicht zwingen, ihr zu gehorchen. Sie war so schlaff wie eine Lumpenpuppe, die durch den Schnee geschleift wurde. Sie spürte, wie das Gift auf ihren Brustkorb übergriff.

Tränen strömten ihr über die Wangen. Orsk. Tossidin. Chandalen. Sie. Wie konnte Prindin so etwas tun? Sie schluchzte, während ihr Gesicht über den Schnee glitt. Wie konnte er nur? Seinen eigenen Bruder. Er hatte seinen eigenen Bruder erstochen, als bedeutete ihm das nichts. Wer war zu so etwas fähig? Wie konnte irgend jemand so etwas tun? Wie konnte irgend jemand außer einem …

Verderbten.

Ihr stockte der Atem, als es ihr dämmerte. Sie hatte nie recht an Verderbte geglaubt. Zauberer hatten ihr erklärt, es gäbe sie wirklich, doch war sie nie so recht von deren Wissen überzeugt gewesen. Sie hatte immer gedacht, es handele sich um einen abergläubischen Unfug, der die Menschen dazu veranlaßte, Wesen im Dunkeln zu jagen, Wesen aus der Unterwelt, Wesen, gerufen vom düsteren Geflüster des Hüters höchstpersönlich.

Doch jetzt wußte sie es. Sie befand sich im Griff eines Verderbten.

Bei den guten Seelen, wie war es möglich, daß niemand es bemerkt hatte? Er hatte ihr so oft geholfen. War zu ihrem Freund geworden.

Damit er ganz in ihrer Nähe bleiben und ihre Spur für den Hüter verfolgen konnte. Er war ein Verderbter. Darken Rahl hatte sie ausgelacht. Weil sie so dumm war.

Jetzt wußte sie es ohne den geringsten Zweifel – der Schleier war eingerissen. Darken Rahl hatte es ihr versprochen. Er war gekommen, um den Schleier gänzlich zu zerreißen, und sie hatte törichterweise geglaubt, sie wäre Herrin ihres Tuns: Dabei hatten Darken Rahl und der Hüter sie die ganze Zeit über durch Prindins Augen beobachtet.

Aber warum hatten sie bis jetzt gewartet? Warum ließ er sie diesen Krieg führen, all diese Menschen sterben, bevor er sie gefangennahm?

Kahlan wußte, warum. Der Hüter stammte aus der Welt der Toten. Der Welt der Lebenden den Tod zu bringen war genau das, was er wollte. Er verabscheute die Lebenden. Deswegen wollte er, daß der Schleier zerrissen wurde – damit er den Tod in die Welt der Lebenden tragen konnte.

Es gelüstete ihn nach dem Lebenshauch dieser Welt. Er genoß es, Menschen sterben zu sehen. Er wollte dem nicht allzu rasch ein Ende bereiten, dem Leid, der Angst, den Schmerzen.

Es war, als würde ihr Arm aus dem Gelenk gerissen, als Prindin sie durch das Unterholz und über einen halb von Schnee verdeckten Baumstamm schleppte. Das Kribbeln des Giftes hatte sich über ihre Brust ausgebreitet.

Ihr linkes Bein war taub geworden. Wenigstens hatte damit auch der Schmerz der Pfeilwunde nachgelassen. Die runde Eisenspitze war auf den Knochen geprallt, und Prindin war beim Herausziehen nicht gerade zimperlich gewesen.

Als sie die kleine Hütte erreichten, konnte sie überall Leichen herumliegen sehen, nicht nur die galeanischen Soldaten, sondern auch die Männer aus der Armee der Imperialen Ordnung, die Orsk getötet hatte. Bald, wenn Prindin mit ihr fertig war, würde er sie an die Imperiale Ordnung ausliefern, und man würde sie enthaupten. Es wäre vorbei, und es gab nichts, was sie tun konnte, um es zu verhindern. Sie war nicht einmal in der Lage, sich zu wehren. Richard würde sie niemals wiedersehen. Bei den Guten Seelen, er würde nie erfahren, wie sehr sie ihn liebte.

Prindin zerrte sie durch die Öffnung in die Tannenhütte und hob sie auf die Matte aus Zweigen. Während er zwei weitere Kerzen an der einen entzündete, welche fast heruntergebrannt war, rang sie nach Atem, um bei Bewußtsein zu bleiben.

»Ich will dich sehen können«, erklärte er lüstern feixend. *»Du bist sehr schön anzusehen. Ich will dich ganz sehen.«*

Sein Lächeln hatte sie immer sehr gemocht. Jetzt war das nicht mehr der Fall.

Prindin zog seinen Fellumhang aus und schleuderte ihn zur Seite. Sein Lächeln verschwand. Sein Blick war wild. Er sprach nicht mehr in ihrer Sprache, sondern ausschließlich in seiner eigenen.

»Zieh deine Kleider aus. Ich will dich zuerst anschauen. Damit dein Anblick mich erregt.«

Selbst wenn er ihr ein Messer an die Kehle gehalten hätte, sie wäre nicht imstande gewesen zu gehorchen. Sie konnte ihren Arm nicht bewegen. »Prindin«, gelang es ihr zu flüstern, »die Männer werden bald zurück sein. Sie werden dich hier finden.«

»Sie haben alle Hände voll zu tun. Sie kämpfen eine Schlacht, wie sie sie sich nicht haben träumen lassen.« Sein Lächeln kehrte zurück. *»Sie werden so bald nicht zurückkommen, wenn überhaupt.«* Von einem Augenblick zum nächsten verwandelte sich sein Lächeln in eine verzerrte Fratze heißer Wut. *»Ich sagte, zieh deine Kleider aus.«*

»Prindin, du bist doch mein Freund. Bitte, tu es nicht.«

Er krabbelte auf sie hinauf und zerrte an ihrem Gürtel. *»Dann werde ich dich eben selbst ausziehen.«*

Tränen über ihre Hilflosigkeit, über den Verlust eines Freundes an seinen Wahn, an den Hüter, strömten ihr über die Wangen. »Prindin, warum nur?«

Er setzte sich auf, als hätte ihn diese Frage überrascht. *»Die Große Seele hat gesagt, daß ich dich haben darf, bevor sie deine Seele mit in die Unterwelt nimmt. Sie sagte, ich solle eine Belohnung bekommen* *für die Arbeit, die ich getan habe. Die Große Seele ist zufrieden mit mir, weil ich dich ihr übergebe.«*

Der Biß an ihrem Hals versetzte ihr einen schmerzhaft prickelnden Stich. Sie fröstelte vor Trauer um Tossidin und Chandalen. Fröstelnd wurde ihr die eigene verzweifelt Lage bewußt. Das durch das Gift hervorgerufene Kribbeln hatte sich bis zu ihren Schultern ausgebreitet. Sie spürte ein erstes, leichtes Zwicken, als es ihre Kehle hinaufwanderte.

Er zerdrückte sie fast unter sich, als er die Stelle küßte, wo Darken Rahls Lippen sie berührt hatten, wo die Bißwunde saß. Der Schmerz und die Bilder jagten einen stummen Aufschrei durch ihren Körper.

»Prindin … bitte … nachdem du mich gehabt hast … läßt du mich dann gehen?« Sie hoffte, daß die Worte mehr für ihn bedeuten, wenn er sie in seiner eigenen Sprache hörte. *»Bitte?«*

Er hob seinen Kopf und sah ihr in die Augen. *»Es würde nichts nützen, wenn ich dich gehen lasse. Du bist vergiftet – mit dem Tee und durch den Pfeil. Du wirst in jedem Fall bald sterben. Du mußt enthauptet werden, bevor du an dem Gift stirbst. Das wird angenehmer sein. Dir bleibt das Ende durch das Gift erspart. Das ist die Gnade, die ich dir gewähre.«*

Grinsend machte sich Prindin daran, sich erneut über sie zu beugen und sie auf den Hals zu küssen. Tränen liefen ihr über die Wangen.

»Ich hasse dich«, weinte sie. *»Dich und deine Große Seele.«*

Er sprang hoch und richtete sich auf, soweit dies in der niedrigen Tannenhütte möglich war, stemmte die geballten Fäuste in die Seiten und starrte sie von oben an.

»Du wirst mir gehören! Das hat man mir versprochen! Ich werde dich bekommen! Deine Kraft kann mir nichts anhaben, dafür habe ich gesorgt. Sie ist im Augenblick verbraucht. Du wirst mir gehören! Wenn du dich mir nicht selber gibst, dann werde ich dich nehmen! Du hast meinem Volk diese verhaßte Magie gebracht! Du bist böse, und ich werde dich nehmen, um deine Bosheit zu besiegen! Die Große Seele hat gesagt, so soll es sein!«

Prindin zog sich das Wildlederhemd über den Kopf, riß es sich von seinem drahtigen Körper. Er sprang der Länge nach auf sie und landete mit einem Ächzen. Sein Gesicht war genau über ihrem.

Sie starrten sich überrascht an.

Er hatte keine Ahnung, was geschehen war. Sie wußte, *was* geschehen war, hatte aber keine Ahnung, *wie.*

Sie spürte das warme Blut, das über ihre Faust sprudelte. Seine Pupillen weiteten sich. Er hustete, kleine Blutstropfen kleckerten auf ihr Gesicht. Mit einem langgezogenen, gurgelnden Geräusch hauchte er seinen letzten Atemzug aus und erschlaffte.

Tränen strömten Kahlan über das Gesicht. Ihr fehlte die Kraft, ihn von sich herunterzuwälzen. Sie bekam unter seinem Gewicht kaum Luft.

Und so blieb sie still liegen, spürte, wie sein Blut über ihre Hand und zwischen ihren Brüsten entlangfloß und ihr Hemd durchtränkte. Das Kribbeln des Giftes hatte ihren Hals erreicht.

15. Kapitel

Inmitten der prickelnden Dunkelheit schmerzte ihre Lippe. Irgend etwas stieß gegen die Platzwunde, wodurch sie zu pochen begann. Sie hatte etwas im Mund. Es fühlte sich an wie ein Finger, der in ihrem Mund herumstocherte.

»Schluck runter!«

Kahlan runzelte in der Finsternis, im Schlaf, die Stirn.

»Schluck runter! Hörst du mich? Schluck runter!«

Eine säuerliche Miene ziehend, tat sie, was man ihr befahl. Der Finger stopfte ihr noch mehr dieser trockenen Dinger in den Mund.

»Schluck noch mal!«

Sie schluckte, in der Hoffnung, die Stimme würde sie danach in Frieden lassen. Das tat sie auch. Kahlan sank zurück in die kribbelnde Leere. Sie trieb bewußtlos durch ein Nirgendwo. Sie hatte keinerlei Vorstellung von Zeit, keine Ahnung, wie lange sie dahintrieb.

Mit einem Japsen schlug sie die Augen auf. Blinzelnd sah sie sich in ihrer Tannenhütte um. Die Kerzen waren halb heruntergebrannt. Jemand hatte sie mit ihrem Fellumhang zugedeckt.

Chandalen beugte sich über sie und blickte auf sie herab. Seine Lippen verzogen sich zu einem breiten Grinsen. Er stieß einen langen Seufzer der Erleichterung aus.

»Du bist wieder aufgewacht«, sagte er. »Jetzt bist du in Sicherheit.«

»Chandalen?« Sie versuchte sich einen Reim auf das zu machen, was sie sah. »Bin ich in der Unterwelt, oder bist du gar nicht tot?«

Er lachte lautlos. »Chandalen ist nicht so leicht umzubringen.«

Sie bewegte mühsam die Zunge, versuchte, ihren trockenen Mund zu befeuchten. Zum ersten Mal seit langem war sie wach, wirklich wach. Ihr kam es vor, als hätte sie vergessen, wie es war, wach zu sein, welch aufwühlendes Gefühl das war. Trotzdem, sie rührte sich nicht, aus Angst, die Finsternis könnte zurückkommen.

»Aber Prindin hatte dich mit einem Zehnschrittpfeil getroffen. Ich habe es selbst gesehen.«

Er blickte verdrossen zur Seite. Sie sah, daß sein schwarzes Haar mit trockenem Blut verklebt war. Er machte eine abweisende Handbewegung, so als sei es ihm nicht recht, dies erklären zu müssen.

»Du erinnerst dich, wie ich dir erzählt habe, daß unsere Vorfahren *quassin doe* genommen haben, bevor sie in die Schlacht gezogen sind, damit sie das Gift nicht tötet, wenn sie von einem Zehnschrittpfeil getroffen werden?« Sie nickte. Vorsichtig befühlte er seine verletzte Kopfhaut. »Meinen Vorfahren zu Ehren, meinen Kriegervorfahren, habe ich einige der *quassin doe*-Blätter gegessen, bevor ich loszog, um zu kämpfen. Jenes *quassin doe,* das du mir in dieser Stadt gegeben hast.« Er zog die Brauen hoch, als sei eine weitere Rechtfertigung vonnöten. »Ich habe es zu Ehren meiner Vorfahren getan.«

Kahlan lächelte ihn freundlich an und legte ihm eine Hand auf den Arm. »Du hast deinen Vorfahren alle Ehre gemacht.«

Er half ihr, sich aufzusetzen. Im schwachen Licht erkannte sie, daß Prindin neben ihr lag, auf dem Rücken.

Das Knochenmesser, jenes Knochenmesser, das aus den Gebeinen von Chandalens Großvater gefertigt war und das sie um ihren Arm getragen hatte, ragte aus Prindins Brust. Die schwarzen Federn lagen fächerförmig um das Heftende, wie ein Schleier über der tödlichen Wunde ausgebreitet. Irgendwie hatte sie es fertiggebracht, das Messer zwischen sie beide zu bringen, als Prindin auf sie gesprungen war. Irgendwie.

Sie erinnerte sich an ihre Not, wie starr und hilflos sie gewesen war. Sie erinnerte sich an das kribbelnde Gefühl des Giftes und daran, daß sie sich nicht hatte bewegen können. Sie erinnerte sich an ihre fürchterliche Angst. Sie erinnerte sich, wie Prindin auf sie gesprungen war.

Aber sie erinnerte sich nicht, das Messer gezogen zu haben.

Ihre Stimme bebte. »Es tut mir so leid, Chandalen.« Sie schlug die

Hand vor den Mund. »Es tut mir so leid, daß ich deinen Freund getötet habe.«

Chandalen funkelte die Leiche wütend an. »Er war nicht mehr mein Freund. Meine Freunde versuchen nicht, mich umzubringen.« Er legte ihr zum Trost eine Hand auf die Schulter. »Er wurde vom großen, finsteren Geist der Toten geschickt. Das Böse hat von seinem Herzen Besitz ergriffen.«

Kahlan packte ihn am Ärmel. »Chandalen, dieser große, finstere Geist der Toten versucht, durch den Schleier zu entkommen. Er will uns alle hinter diesen Schleier ziehen, in die Welt der Toten.«

Er musterte sie mit seinen braunen Augen. »Ich glaube dir. Wir müssen nach Aydindril, damit du helfen kannst, ihn aufzuhalten.«

Sie sank erleichtert zurück. »Ich danke dir, Chandalen. Für dein Verständnis und dafür, daß du mich mit dem *quassin doe* gerettet hast.« Kahlan faßt ihn am Arm. »Die Soldaten! Prindin hat ihnen eine Falle gestellt! Wie spät ist es?«

Er gab einen beruhigenden Laut von sich. »Als Hauptmann Ryan vor dem Angriff zu Tossidin und mir kam, fragte ich ihn, wo du seist. Ich wußte, daß du bei ihnen sein wolltest. Er erklärte mir, du seist krank. Daß du nicht aufwachen würdest. Für mich klang das nach *bandu.*

Hauptmann Ryan meinte, du wolltest nichts essen und würdest nur den Tee trinken, den Prindin für dich gemacht hat. Da wußte ich, was geschehen war. Ich wußte, wodurch du vergiftet worden warst, weil du nur den Tee getrunken hattest.

Tossidin und ich waren sehr in Sorge um dich. Schließlich überprüften wir jedoch, ob der Feind seine Stellung verändert hatte. Wir sorgten dafür, daß er den Angriff dort erwartete, wo wir es zuerst geplant hatten. Unsere Männer griffen jedoch von einer anderen Seite an. Gleich nachdem ich meine Befehle erteilt hatte, sind wir hierher zurückgeeilt.

Ich wußte, daß Prindin uns verraten hatte, Tossidin jedoch glaubte, es müsse eine andere Erklärung geben. Er vertraute seinem Bruder und wollte nichts Böses von ihm denken. Er hat für sein Vertrauen, für seinen Fehler, mit dem Leben bezahlt.«

Kahlan wandte in der bedrückten Stille den Blick ab. Sie sah ihn fragend an. »Was ist mit dem Pfeil? Was ist mit der Wunde an deinem Kopf? Wir müssen uns um deine Wunden kümmern.«

Chandalen zog den Kragen seines Wildlederhemdes auf die Seite, so daß ein Verband über seiner linken Schulter zum Vorschein kam. »Die Männer sind in der Nacht zurückgekommen. Sie haben meinen Kopf genäht. Es ist nicht so schlimm, wie es aussieht. Sie haben auch den Pfeil entfernt.«

Er zuckte zusammen, als er das Hemd wieder über seine Schulter streifte. »Ich habe Prindin gut unterrichtet. Er hat einen Pfeil mit einer Klinge benutzt. Klingenpfeile richten beim Austreten größeren Schaden an als beim Eintreten. Einer der Männer, der die Verwundeten amputiert und näht, hat den Pfeil herausgeschnitten und mich zusammengeflickt. Der Pfeil war auf Knochen gestoßen und ist nicht allzutief eingedrungen. Mein Arm ist steif, und ich werde ihn eine Weile nicht gebrauchen können.«

Kahlan betastete ihr Bein. Unter ihrer Hose war ein Verband. »Hat er mein Bein auch genäht?«

»Nein. Es mußte nicht genäht, sondern nur verbunden werden. Das habe ich getan. Bei dir hat Prindin eine runde Spitze verwendet. So habe ich ihm das nicht beigebracht. Ich weiß nicht, warum er es getan hat.«

Kahlan spürte die Gegenwart der Leiche neben sich. »Er wollte ihn aus mir herausziehen können, nachdem er das Gift in mich hineingeschossen hatte«, sagte sie ruhig. »Er wollte ihn aus dem Weg haben. Er hatte vor, mich zu vergewaltigen, bevor er mich an den Feind ausliefert.«

Chandalen betrachtete die Leiche, da er Kahlan nicht ins Gesicht sehen wollte, und meinte, er sei froh, daß es nicht dazu gekommen war.

Sie berührte seine linke Hand. »Und ich bin froh, daß es deine linke Schulter war und nicht deine Kehle.«

Er zog eine nachdenkliche Miene. »Ich habe Prindin beigebracht, wie man schießt. Aus dieser Entfernung hätte er meine Kehle niemals verfehlen dürfen. Wieso hat er mich nicht in den Hals geschossen?«

Sie zuckte mit den Achseln und tat, als wüßte sie es nicht. Er grunzte mißtrauisch.

»Chandalen, wieso liegt seine Leiche noch hier? Warum hast du ihn nicht fortgeschafft?«

Er bewegte seinen verwundeten Arm leicht mit der anderen Hand und brachte ihn in eine bequemere Lage. »Weil das Seelenmesser meines Großvaters noch in ihm steckt.« Er betrachtete sie mit ernster Miene. »Du hast die Hilfe von Großvaters Knochen benutzt, seine Seele, um dich selbst zu schützen und das Leben eines anderen zu nehmen. Großvaters Seele ist jetzt mit dir verbunden. Niemand sonst darf sein Knochenmesser jetzt anfassen. Es gehört dir, und nur du darfst es berühren. Du mußt es herausziehen.«

Kahlan überlegte einen kurzen Augenblick, ob sie das Messer nicht einfach lassen könnte, wo es war, es mit dem Toten begraben könnte. Vielleicht sollte man auch das Knochenmesser zur Ruhe legen. Doch dann verwarf sie den Gedanken. Für die Schlammenschen war dies eine mächtige Seelenmagie. Sie würde Chandalen kränken, wenn sie das Messer zurückwies.

Vielleicht kränkte sie möglicherweise auch die Seele von Chandalens Großvater, wenn sie das Messer nicht wieder an sich nahm. Sie war nicht völlig sicher, ob es nicht die Seele in diesem Knochenmesser gewesen war, die Prindin getötet und sie gerettet hatte. Sie hatte keine Ahnung, wie das Messer in ihre Hand gekommen war.

Kahlan streckte die Hand aus und schloß die Finger um das runde Ende, das aus Prindins Brust ragte. Es gab ein saugendes Geräusch, als sie das Messer aus der Leiche zog. Sie wischte es an den Fichtenzweigen ab, die den Boden bedeckten.

Kahlan führte das runde Ende an die Lippen und küßte es sacht. »Ich danke dir, Großvaterseele, daß du mir das Leben gerettet hast.« Irgendwie schien dies genau das richtige zu sein.

Chandalen lächelte, während sie das Knochenmesser unter das Band um ihrem Arm schob. »Du bist ein guter Schlammensch. Du weißt, was zu tun ist, ohne daß ich es dir erklären muß. Großvaters Seele wird immer über dich wachen.«

»Wir müssen nach Aydindril, Chandalen. Der Schleier zur Unterwelt ist eingerissen. Wir haben unsere Pflicht getan und diesen Männern hier geholfen. Jetzt muß ich meine Aufgabe erfüllen.«

»Als wir diesen Männern begegnet sind, wollte ich nicht bei ihnen bleiben. Ich wollte mich aus ihrem Kampf raushalten, damit du in Sicherheit bist.« Er starrte ins Leere. »Irgendwie ist mir dieser Gedanke abhanden gekommen, und ich wollte nichts weiter tun, als den Feind bekämpfen und töten.«

»Ich weiß«, sagte sie leise, »mir ist es ebenso gegangen. Ich habe alles vergessen, was ich eigentlich hätte tun sollen. Fast scheint es, als hätten auch wir auf den großen, finsteren Geist gehört. Der Schleier ist eingerissen. Vielleicht sind wir deshalb abgelenkt worden.«

»Du glaubst, dieser Schleier ist eingerissen und deshalb haben wir vergessen, was wir vorhatten, und haben nur noch töten wollen?«

»Chandalen, ich kenne die Antworten auf diese Fragen nicht. Ich muß nach Aydindril. Der Zauberer wird wissen, was zu tun ist. Richard braucht Hilfe. Wir haben hier genug Zeit verschwendet. Wir dürfen nicht noch mehr verlieren. Wir müssen mit den Männern reden und uns dann auf den Weg machen. Sind sie dort draußen?«

Er nickte. »Fangen wir also an.«

Sie wollte aufstehen, er jedoch legte ihr seine gesunde Hand auf den Arm und hielt sie zurück. »Sie haben die ganze Nacht draußen gewartet. Ich wollte sie nicht hereinlassen.«

Er zog die Hand zurück, während er nach den passenden Worten zu suchen schien. »Ich hatte große Angst, du könntest sterben. Ich wußte nicht, ob ich dir das *quassin doe* rechtzeitig gegeben hatte. Prindin hat dir Gift gegeben, ohne daß wir etwas davon wußten, und zwar über eine lange Zeit. Fast wärst du in das Land der Seelen aufgebrochen.

Wenn du gestorben wärst, hätte ich nie wieder zu meinem Volk zurückkehren können. Aber das ist nicht der Grund, aus dem ich mich so freue, daß du lebst. Ich bin froh, weil du ein guter Schlammmensch bist. Du bist eine Beschützerin unseres Volkes genau wie Chandalen. Wir kämpfen jedoch jeder auf seine Art.« Er zog die Augenbrauen hoch. »In der letzten Zeit hast du viel zu oft wie Chandalen gekämpft. Darin bist du gut, trotzdem solltest du das mir überlassen und auf die Weise kämpfen, die für dich vorgesehen ist.«

Kahlan mußte lächeln. »Du hast recht. Danke, daß du die ganze Nacht bei mir gesessen hast. Es war gut, dich in der Nähe zu haben. Tut mir leid, daß du verwundet wurdest.«

Er zuckte mit den Achseln. »Irgendwann, wenn ich eine Frau finde, werde ich Narben haben, die ich ihr zeigen kann, damit sie sieht, wie tapfer Chandalen ist.«

Kahlan mußte lachen. »Ich bin sicher, sie wird von deiner Tapferkeit beeindruckt sein, weil du von dem Pfeil getroffen wurdest.«

Chandalen sah sie vorwurfsvoll an. »Daß ich von einem Pfeil getroffen wurde, beweist keine Tapferkeit. Jeder kann getroffen werden.« Er reckte sein Kinn in die Höhe. »Ich bin tapfer, weil ich nicht geschrien habe, als der Pfeil aus mir herausgeschnitten wurde.«

Eines Tages, dachte Kahlan, wird irgendeine glückliche Frau alle Hände voll mit diesem Mann zu tun bekommen. »Ich bin froh, daß die guten Seelen über dich gewacht haben und du bei mir bist.«

Er kniff die Augen zusammen, indes er sie ansah. »Ich weiß nicht, was passiert ist, aber ich glaube, er hat meine Kehle verfehlt, weil auch du über mich gewacht hast.«

Sie schmunzelte nur. Als ihr Blick auf die Leiche fiel, schwand ihr Schmunzeln dahin. Sie strich über das Fell ihres Umhangs. »Der arme Tossidin. Er hat seinen Bruder geliebt. Ich werde ihn vermissen.«

Chandalen warf einen knappen Blick auf die Leiche. »Ich kannte die beiden, seit sie kleine Jungen waren. Sie sind mir beide überallhin gefolgt und haben mich gebeten, sie zu unterrichten. Haben mich gebeten, zu meinen Männern gehören zu dürfen.« Er ließ stumm den Kopf hängen. Schließlich richtete er seine Aufmerksamkeit wieder auf sie. »Die Männer machen sich große Sorgen um dich. Sie warten.«

Kahlan folgte ihm, als er auf Knien und einer Hand hinauskrabbelte. Sie schleppte das Schwert mit. Draußen im Hellen erhob sich ein plötzliches Geraschel, als die Männer aufsprangen.

Hauptmann Ryan rannte zu ihr, doch ein großer Kerl mit einem

Arm in der Schlinge hielt den Hauptmann mit dem gesunden Arm zurück. Er hatte eine gewaltige Streitaxt in der Faust.

»Orsk? Du lebst auch noch?«

Seine Augen waren rot von Tränen. Kahlan mußte daran denken, wie sein Vater geweint hatte, wenn seine Mutter, seine Herrin krank gewesen war.

»Herrin!« Erneut schossen ihm die Tränen in die Augen. »Ihr seid wohlauf! Was wünscht Ihr?«

»Orsk, diese Männer hier sind alle meine Freunde. Keiner von ihnen wird mir etwas tun. Du brauchst sie nicht von mir fernzuhalten. Ich bin in Sicherheit. Ich wäre sehr froh, wenn du dich jetzt einfach ruhig hinsetzen würdest.«

Er ließ sich augenblicklich auf den Boden fallen. Kahlan warf Chandalen einen fragenden, verwunderten Blick zu.

Chandalen zuckte mit den Achseln. »Ich habe gesehen, wie er gekämpft hat, um dich zu beschützen. Prindin wollte ihn töten, also gab ich ihm *quassin doe.* Die Männer haben ihm den Pfeil aus dem Rücken geholt. Ich weiß nicht genau, wie schlimm er verletzt ist. Für seine Verletzung interessiert er sich nicht, nur für dich. Ich konnte nur verhindern, daß er die Hütte betritt, indem ich ihm erklärte, du müßtest Ruhe haben, sonst würdest du dich womöglich nicht erholen. Er wollte aber nicht von diesem Platz weichen, solange du drinnen bist.«

Seufzend betrachtete Kahlan das gräßliche Gesicht, das schweigend zu ihr aufblickte. Sie konnte den Anblick der ausgefransten weißen Narbe und der zugenähten Augenhöhle kaum ertragen. Sie richtete ihr Augenmerk wieder auf den ungeduldigen Hauptmann und die Hunderte von Gesichtern hinter ihm.

»Wie steht es um den Krieg?«

»Der Krieg! Zum Teufel mit dem Krieg! Seid Ihr gesund? Ihr habt uns einen Todesschrecken eingejagt!« Er warf einen hitzigen Blick auf Chandalen, dann auf den im Schnee sitzenden Orsk. »Diese zwei wollten mich nicht einmal kurz zu Euch hereinlassen, um zu sehen, wie es Euch geht.«

»Das war ihre Aufgabe«, erwiderte Kahlan. Sie lächelte ihnen freundlich zu. »Vielen Dank euch allen für eure Sorge. Chandalen hat mich gerettet.«

»Aber was ist passiert? Hier herrschte ein einziges Chaos. Das Dutzend Männer, das ich hiergelassen hatte, war niedergemetzelt worden. Mit einer *troga.* Prindin und Tossidin sind tot. Überall lagen tote Soldaten der Imperialen Ordnung herum. Wir hatten Angst, sie hätten Euch getötet.«

Kahlan wurde klar, daß Chandalen ihnen nichts erzählt hatte. »Einer der Toten, er liegt ein Stück in dieser Richtung, ist General Riggs von der Armee der Imperialen Ordnung. Orsk hier«, damit zeigte sie hinter sich auf den Einäugigen, »hat die meisten der Soldaten der Imperialen Ordnung getötet. Sie waren gekommen, um mich zu überwältigen. Prindin hat unsere Wachen und seinen Bruder umgebracht und versucht, mich zu töten.« Erschrockenes Geflüster erhob sich unter den Männern.

Hauptmann Ryans Augen schienen aus seinem Kopf platzen zu wollen. »Prindin? Doch nicht Prindin. Bei den Seelen, warum nur?«

Sie wartete, bis es unter den Männern wieder still geworden war. Dann sagte sie in ruhigem Tonfall: »Prindin war ein Verderbter.«

Einen Augenblick lang herrschte entsetztes Schweigen, dann hörte sie, wie das Wort ›Verderbter‹ getuschelt durch die Reihen ging.

»Ihr Soldaten leistet gute Arbeit. Doch jetzt müßt ihr ohne mich kämpfen. Ich muß nach Aydrindril.« Enttäuschtes Gemurmel erfüllte die Luft. »Ich würde euch nicht verlassen, wenn ich nicht wüßte, daß ihr der Aufgabe gewachsen seid. Ihr alle habt euern Wert und euern Mut im Kampf bewiesen. Ihr seid Soldaten, die jedem Feind gewachsen sind.«

Den Männern schwoll die Brust an. Sie hingen ihr an den Lippen, als hätten sie ihren General vor sich.

»Ich bin stolz auf jeden einzelnen von euch. Ihr seid die Helden der Midlands. Diese Armee der Imperialen Ordnung ist zwar bedrohlich, und doch steht sie nur stellvertretend für eine noch größere Bedrohung der Midlands, ja, für die ganze Welt der Lebenden. Daß der Hüter einen Verderbten schickt, um mich aufzuhalten, ist der Beweis dafür.

Ich bin überzeugt, daß die Imperiale Ordnung mit dem Hüter im Bunde steht. Ich muß mich nun ganz auf diese Bedrohung konzentrieren. Ich weiß, ihr werdet weiterkämpfen, wie ihr es geschworen habt, und dem Feind keine Gnade gewähren. Ich bin überzeugt, die Tage der Imperialen Ordnung sind gezählt.«

Kahlan stellte fest, daß ihr Nacken nicht mehr schmerzte. Sie berührte die Bißwunde mit den Fingern. Sie war verschwunden. Plötzlich hatte sie das Gefühl, dem Zugriff des Hüters vielleicht auf mehr als eine Art entkommen zu sein.

Mit ernster Miene blickte sie in die jungen Gesichter, die sie aufmerksam ansahen. »Ihr sollt zwar schonungslos weiterkämpfen, doch dürft ihr nicht zulassen, daß ihr zu dem werdet, was ihr bekämpft. Der Feind kämpft, um zu töten und zu versklaven. Ihr kämpft für das Leben und die Freiheit. Bewahrt dies stets in eurem Herzen!

Werdet nicht zu dem, was ihr haßt. Ich weiß, wie leicht das geschehen kann. Mir wäre es fast passiert.«

Kahlan reckte die Faust gen Himmel. »Ich gelobe, keinen einzigen von euch je zu vergessen. Versprecht mir, wenn dies alles eines Tages vorbei ist, nach Aydindril zu kommen, damit die Midlands euer Opfer würdigen können.«

Die Männer hoben alle die Faust zum Gelöbnis. Ein Jubelschrei erschallte.

»Hauptmann Ryan, bitte gebt meine Worte an die Männer in den anderen Lagern weiter. Ich wünschte, ich könnte selbst zu allen sprechen, aber ich muß sofort aufbrechen.«

Er versicherte ihr, daß dies geschehen werde. Kahlan hob das Schwert mit beiden Händen in die Höhe.

»König Wyborn hat dieses Schwert im Kampf geschwungen, um sein Land zu schützen. Die Mutter Konfessor hat es zur Verteidigung der Midlands geschwungen. Nun lege ich es in würdige Hände.«

Hauptmann Ryan nahm das Schwert vorsichtig aus ihrer Hand

entgegen. Er hielt es, als hätte er die Krone Galeas selbst in Händen. Strahlend lächelte er sie an.

»Ich werde es mit Stolz tragen, Mutter Konfessor. Danke für alles, was Ihr uns beigebracht habt. Als Ihr uns gefunden habt, waren wir noch Kinder. Ich danke Euch, daß Ihr uns zu Männern gemacht habt. Ihr habt uns nicht nur beigebracht, wie man besser kämpft, sondern, was noch wichtiger ist, Ihr habt uns beigebracht, was es bedeutet, Soldaten und Beschützer der Midlands zu sein.«

Er umfaßte das Heft mit seiner Faust und reckte das Schwert in den Himmel, dann drehte er sich zu seinen Männern um.

»Ein dreifaches Hurra für die Mutter Konfessor!«

Als sie den drei wilden Jubelschreien lauschte, wurde Kahlan bewußt, daß sie ihr ganzes Leben lang noch niemanden der Mutter Konfessor hatte zujubeln hören. Es fiel ihr schwer, sich ihre Überraschung nicht anmerken zu lassen. Mit einem Handkuß bedankte sie sich bei allen.

»Hauptmann Ryan, ich möchte Nick gern mitnehmen, außerdem werde ich auch noch zwei weitere Pferde brauchen.«

Chandalen stürzte nach vorn. »Wozu brauchst du Pferde?«

Sie zog die Augenbrauen hoch und sah ihn an. »Chandalen, ich habe eine Pfeilwunde im Bein. Ich kann kaum stehen, geschweige denn laufen. Ich muß reiten, wenn ich nach Aydindril will. Hoffentlich hältst du mich deswegen nicht für schwach.«

Er legte die Stirn in Falten. »Nein, das nicht. Natürlich kann niemand erwarten, daß du zu Fuß gehst.« Dann blickte er sie wütend an. »Aber wozu brauchst du die beiden anderen Pferde?«

»Wenn ich reite, mußt du ebenfalls reiten.«

»Chandalen braucht nicht zu reiten! Ich bin stark!«

Sie beugte sich zu ihm vor und sprach in seiner Sprache. *»Chandalen, ich weiß, die Schlammenschen reiten nicht auf Pferden. Ich erwarte auch nicht, daß du weißt, wie es geht. Ich werde es dir zeigen. Du wirst sehr gut zurechtkommen. Wenn du zu deinem Volk zurückkkehrst, wirst du eine neue Fähigkeit beherrschen, die kein anderer besitzt. Sie werden beeindruckt sein. Die Frauen werden erkennen, wie tapfer du bist.«*

Er stieß ein mißtrauisches Grunzen aus und zog ein finsteres Gesicht. »Und wozu brauchen wir das dritte Pferd?«

»Wir werden Orsk mitnehmen.«

»Was?«

Kahlan zuckte mit den Achseln. »Bis dein Arm sich erholt hat, kannst du keinen Bogen spannen. Wie willst du mich beschützen? Orsk kann mit seinem gesunden Arm eine Axt schwingen, und du kannst mit deinem einen Speer schleudern.«

Er verdrehte die Augen. »Ich werde dir das wohl nicht ausreden können, oder?«

»Nein.« Kahlan lächelte ihn dünn an. »Wir sollten jetzt besser unsere Sachen holen und uns auf den Weg machen.«

Ein letztes Mal ließ sie ihren Blick über die Soldaten schweifen. Über ihre Soldaten. Sie salutierte vor ihnen, indem sie die Faust aufs Herz legte.

Jeder einzelne von ihnen erwiderte stumm den Gruß.

Sie hatte viel verloren bei diesen Soldaten. Und viel gewonnen.

»Seid vorsichtig. Jeder von euch.«

16. Kapitel

Und wann stoßen wir nun auf deine Leute, die Schwester Verna und mich zum Palast führen werden?«

Du Chaillu sah kurz über ihre Schulter, zog ihr dichtes, schwarzes Haar zur Seite und musterte ihn genau. Sie führte ihr Pferd. Richard war ihr Gejammer leid geworden, und als sie sich schließlich geweigert hatte, weiter zu reiten, hatte er beschlossen, nicht viel Aufhebens davon zu machen und sie zu Fuß gehen zu lassen. Auch er selbst wollte eine Weile zu Fuß gehen. Schwester Verna ritt hinter ihnen und beobachtete Du Chaillu von ihrem Pferd aus mit dem Blick eines Raubvogels.

»Bald.« Ihr kühler, abweisender Gesichtsausdruck beunruhigte ihn. »Sehr bald.«

Seit sie das Land der Majendie verlassen hatten und immer tiefer in ihr Land vorgedrungen waren, hatte sich ihr Verhalten mehr und mehr verändert. Anstelle von Gesprächigkeit und Offenheit waren Hochmut und Abweisung getreten. Schwester Verna ließ Du Chaillu nur selten aus den Augen, und Du Chaillu entging keine Bewegung, die die Schwester machte. Sie umschlichen sich wie zwei Katzen mit gesträubtem Fell: schweigend und regungslos und doch jederzeit zum Sprung bereit. Es hätte ihn nicht überrascht, wenn sie sich in Kürze die Zähne zeigen würden.

Richard hatte den Eindruck, daß die beiden sich laufend auf die Probe stellten, doch auf eine Weise, die er nicht mitbekam. Aus dem Verhalten der Schwester schloß er, daß sie keinen Gefallen fand an dem, was sie entdeckte. Aus Erfahrung konnte Richard sagen, wann die Schwester ihr Han berührte. Er erkannte es an dem Schleier, der sich dann über ihren Blick legte. Gerade in diesem Augenblick tat sie es wieder.

In der zunehmenden Dunkelheit schwenkte Du Chaillu unvermittelt von dem breiten Waldpfad ab und führte sie auf einen schmalen Weg durch das dichte, verfilzte Gestrüpp. Dunkle Tümpel, in denen ein undurchdringliches Dickicht aus Schilf und breitblättrigen Pflanzen mit rosa und gelben trompetenförmigen Blüten stand, lauerten zu beiden Seiten. Richard ließ seinen Blick suchend über die Schatten zwischen den Bäumen schweifen.

Du Chaillu blieb am Rande einer sandigen Lichtung stehen. Sie hielt Richard die Zügel ihres Pferdes hin. »Die anderen werden an diesem Ort zu uns stoßen. Warte hier, magischer Mann.«

Die Anrede, die sie gebrauchte, ließ sich ihm die Nackenhaare sträuben. Er nahm die Zügel entgegen. »Richard. Ich heiße Richard. Ich bin der, der dir den Kopf gerettet hat, schon vergessen?«

Du Chaillu betrachtete ihn nachdenklich. »Bitte denke niemals, ich wüßte nicht zu würdigen, was du für mich und mein Volk getan hast. Deine Güte wird immer einen Platz in meinem Herzen haben.« Ihr Blick schien in die Ferne zu schweifen, und ihre Stimme bekam einen bedauernden Unterton. »Aber du bist immer noch ein magischer Mann.« Sie richtete sich auf. »Warte hier.«

Sie machte kehrt und verschwand im Wald, der die Lichtung umgab. Richard stand da und sah ihr nach, während Schwester Verna abstieg. Sie ergriff die Zügel aller drei Pferde.

»Jetzt wird sie versuchen, dich zu töten«, sagte sie, und es klang, als wollte sie ihn darauf aufmerksam machen, daß es morgen regnen würde.

Richard funkelte sie wütend an. »Ich habe ihr das Leben gerettet.«

Schwester Verna machte sich daran, die Pferde zu den Bäumen zu führen. »Für diese Leute bist du ein magischer Mann. Und magische Männer töten sie.«

Richard wollte ihr nicht glauben, tat es aber trotzdem. »Dann benutzt Euer Han, Schwester, um das zu verhindern, um Leben zu erhalten, wie Ihr es Du Chaillu bei ihrem Kind geraten habt.«

Schwester Verna kraulte ihr Pferd am Kinn. »Sie kann ebenfalls von ihrem Han Gebrauch machen. Deswegen sind wir Schwestern diesen Menschen immer aus dem Weg gegangen. Einige von ihnen können ihr Han gebrauchen, allerdings auf eine Weise, die wir nicht verstehen.

Ich habe kleine Dinge an ihr ausprobiert, um sie auf die Probe zu stellen. Die Zauber, die ich ihr schicke, verschwinden wie Kiesel, die man in einen Brunnen wirft. Und das nicht unbemerkt. Du Chaillu weiß, was ich versuche, und kann dies irgendwie zunichte machen. Ich habe es dir bereits gesagt, diese Menschen sind gefährlich. Ich habe dich davor gewarnt, die Axt zu schwingen. Du warst ja der Meinung, meine Bemühungen wären unangebracht.«

Richard biß die Zähne zusammen. Mit seiner linken Hand umfaßte er das Heft des Schwertes. Er konnte die Erhebungen des Wortes *Wahrheit* spüren, das in den Draht geflochten war, und durch das Wort hindurch die Glut seines Zorns.

»Ich habe nicht die Absicht, irgend jemanden zu töten.«

»Gut. Halte den Zorn des Schwertes aus der Sache heraus. Du wirst ihn noch brauchen, wenn du überlebst. Sie umzingeln uns gerade, während wir miteinander sprechen, das zumindest sagt mir mein Han.«

Richard hatte plötzlich das Gefühl, die Kontrolle über die Geschehnisse würde ihm entgleiten. Er wollte niemanden verletzen. Er hatte Du Chaillu nicht gerettet, um jetzt gegen ihre Leute kämpfen zu müssen. »Dann schlage ich vor: Setzt Euer Han ein, Schwester Verna. Ich bin der Sucher, kein gedungener Mörder. Ich werde Eure Feinde nicht für Euch töten.«

Sie ging ein paar Schritte auf ihn zu. Ihre Stimme klang gepreßt und beherrscht. »Ich habe es dir schon einmal gesagt, mein Han wird dir nicht helfen können. Ich würde der Bedrohung ein Ende machen, wenn ich könnte, aber ich kann es nicht. Du Chaillu ist in der Lage, sich gegen Magie zur Wehr zu setzen. Ich bitte dich, Richard, verteidige dich selbst.«

Er kniff die Augen zusammen. »Vielleicht wollt Ihr mir einfach nicht helfen. Ihr seid erzürnt, weil ich die Übereinkunft zunichte gemacht habe, die die Schwestern mit den Majendie hatten. Ihr habt vor, wie immer zuzuschauen, nur um zu sehen, was ich tue.«

Sie schüttelte langsam und enttäuscht den Kopf. »Glaubst du

wirklich, Richard, ich würde mein halbes Leben damit verbringen, meine Pflicht zu tun, dich zu finden und sicher zum Palast der Propheten zu bringen, nur um mitanzusehen, wie du auf der Schwelle meines Zuhauses getötet wirst? Glaubst du tatsächlich, ich würde dem hier kein Ende machen, wenn ich könnte? Hast du so eine schlechte Meinung von mir?«

Sein erster Antrieb war, mit ihr zu streiten, doch statt dessen dachte er über ihre Worte nach. Was sie sagte, ergab Sinn. Richard schüttelte entschuldigend den Kopf, dann warf er rasch einen Blick in die Schatten. »Wie viele sind es?«

»Vielleicht dreißig.«

»Dreißig.« Er verschränkte niedergeschlagen die Arme. »Wie soll ich mich alleine gegen dreißig verteidigen?«

Sie blickte einen Augenblick lang hinaus in die Dunkelheit, dann warf sie ihre Hände nach vorn. Ein Wind kam auf, der einen Schleier aus Sand und Staub hinaus in die Dunkelheit trug. »Das wird sie eine Weile bremsen, aber nicht aufhalten.«

Sie sah ihn abermals mit ihren braunen Augen an. »Richard, ich habe mein Han benutzt, um eine Antwort zu finden. Mein Han verrät mir nur, daß du die Prophezeiung nutzen mußt, um zu überleben. Du hast dir selbst den Namen Bringer des Todes gegeben, wie es die Prophezeiung vorhersagt. In der Prophezeiung geht es um dich.

Du mußt die Prophezeiung nutzen, wenn du so viele besiegen willst. In der Prophezeiung heißt es, der Träger des Schwertes sei in der Lage, die Toten auf den Plan zu rufen, die Vergangenheit in die Gegenwart zu zitieren. Irgendwie mußt du das tun, um zu überleben – die Toten auf den Plan rufen, die Vergangenheit in die Gegenwart zitieren.«

Richard faltete seine Arme auseinander »Wir werden in Kürze von dreißig Leuten überrannt werden, die, wie Ihr behauptet, versuchen werden, mich zu töten, und Ihr gebt mir ein Rätsel auf? Schwester, ich habe Euch schon einmal erklärt, ich weiß nicht, was es bedeutet. Wenn Ihr helfen wollt, dann sagt mir etwas, mit dem ich etwas anfangen kann.«

Sie machte kehrt und ging zu den Pferden zurück. »Das habe ich doch. Manchmal sind Prophezeiungen dazu bestimmt, dem Genannten Hilfe zu gewähren, in dem sie Hilfe durch die Zeit hindurch senden und einen Schlüssel liefern, der möglicherweise die Tür zur Erleuchtung öffnet. Ich denke, um eine solche Prophezeiung handelt es sich. Diese Prophezeiung handelt von dir. Du mußt selbst herausfinden, welchem Zweck sie dient. Ich kenne ihre Bedeutung nicht.«

Sie blieb stehen, drehte sich um und sah über die Schulter. »Du vergißt, ich habe versucht zu verhindern, daß wir diesen Menschen in die Hände fallen. Du hast gesagt, in dieser Angelegenheit seist du nicht mein Schüler, sondern der Sucher. Und als Sucher mußt du diese Prophezeiung nutzen. Du bist es, der uns hierhergebracht hat. Und nur du kannst uns hier wieder herausbringen.«

Richard starrte ihr hinterher, während sie die nervösen Tiere besänftigte. Er hatte schon früher über die Prophezeiung nachgedacht und sich, seit sie sie ihm erzählt hatte, gefragt, was sie bedeuten mochte. Gelegentlich war es ihm so vorgekommen, als stünde er kurz davor, sie zu verstehen, doch stets war ihm die Lösung wieder entglitten.

Er hatte das Schwert viele Male benutzt und wußte, welche Fähigkeiten es barg. Auch seine eigenen Grenzen kannte er. Gegen einen einzelnen war das Schwert praktisch unbesiegbar, doch er selber war aus Fleisch und Blut. Er war kein erfahrener Schwertkämpfer. In der Vergangenheit hatte er sich immer darauf verlassen, daß die Magie des Schwertes ihm den entscheidenden Vorteil brachte. Dennoch, er war nur einer, und sie waren viele. Das Schwert konnte nur an einem Ort gleichzeitig sein.

»Sind sie gute Kämpfer?« fragte er.

»Die Baka Ban Mana sind unübertroffen. Sie haben besondere Kämpfer, Meister des Schwertes, die von Sonnenaufgang bis Sonnenuntergang trainieren, jeden Tag. Und anschließend trainieren sie bei Mondschein. Kämpfen ist für sie fast so etwas wie eine Religion.

Als ich klein war, habe ich gesehen, wie ein Schwertmeister der Baka Ban Mana, dem es gelungen war, in die Garnison von Tanimura vorzudringen, fast fünfzig gut bewaffnete Soldaten tötete, bevor er überwältigt wurde. Sie kämpfen, als wären sie unbesiegbare Seelen. Und manche Menschen halten sie tatsächlich dafür.«

»Na großartig«, meinte Richard kaum hörbar.

»Richard«, sagte sie, ohne ihn anzusehen. »Ich weiß, wir verstehen uns nicht gut. Wir könnten denselben Gegenstand betrachten, und jeder würde etwas anderes sehen. Wir stammen aus unterschiedlichen Welten, wie sind beide dickköpfig, und keiner von uns mag den anderen besonders.

Aber eins sollst du wissen: In dieser Angelegenheit bin ich nicht halsstarrig. Du hattest recht, hier geht es um den Sucher und nicht um meinen Schüler. In gewisser Weise verstehe ich das nicht, es hängt ebenfalls mit der Prophezeiung zusammen. Die Woge der Ereignisse trägt dich. Ich bin in dieser Sache nur eine unbeteiligte Zuschauerin. Aber wenn du stirbst, dann sterbe auch ich.«

Endlich hob sie den Kopf und sah ihm in die Augen. »Ich weiß nicht, wie ich dir helfen kann, Richard. Die Leute rücken von allen Seiten näher, um zu beobachten, was geschieht, und ich weiß, wenn ich versuche, mich einzumischen, werden sie mich töten. Hier geht es um die Prophezeiung, um dich und die Baka Ban Mana. Ich spiele hierbei keine Rolle, ich werde nur auch sterben, wenn du stirbst.

Was die Prophezeiung bedeutet, weiß ich nicht, und mir ist auch bewußt, daß du es nicht weißt, doch denke an sie, vielleicht stellt sich ihr Nutzen ein, wenn du ihn brauchst. Versuche dein Han zu gebrauchen, falls du kannst.«

Richard stand da, die Hände in die Hüften gestemmt. »Also schön, Schwester, ich werde es versuchen. Mir tut bloß leid, daß ich nicht gut im Rätselraten bin. Und sollte ich getötet werden, nun, dann danke ich Euch für den Versuch, mir zu helfen.«

Er blickte in den Himmel, betrachtete den dünnen Wolkenschleier, der den Mond verdunkelte. Die Dunkelheit erleichterte es den Anschleichenden, sich verborgen zu halten. Es gab keinen Grund, warum sich die Dunkelheit nicht auch zu seinem Vorteil nutzen lassen sollte.

Richard war Waldführer, war in der Dunkelheit der Wälder zu

Hause. Er hatte zahllose Stunden mit Spielen wie diesem zugebracht, mit den anderen Führern. Hier war auch er in seinem Element, nicht nur die Baka Ban Mana. Er brauchte ihr Spiel nicht mitzuspielen. Geduckt schlich er davon, fort von der Schwester und den Pferden, und wurde eins mit den Schatten.

Der erste, den er entdeckte, blickte in die falsche Richtung. Still und geräuschlos betrachtete Richard die dunkle, in weite Kleidung gehüllte Gestalt, welche, auf einem Knie hockend, die Schwester beobachtete. Mit einer Hand hielt die Gestalt fest einen kurzen Speer umklammert, dessen hinteres Ende sie in den Sand gesteckt hatte. Zwei weitere Speere lagen auf der Erde.

Richard konzentrierte sich darauf, seinen Atem zu beherrschen, damit er, während er sich näher heranschlich, kein Geräusch von sich gab. Einen Schritt vorwärts, verharren, wieder einen Schritt vorwärts, so kam er allmählich immer näher. Er streckte die Hand aus. Zentimeter vom Speer entfernt erstarrte er, als der Mann den Kopf drehte.

Die Gestalt sprang auf, doch Richard war bereits nahe genug. Er entriß dem Mann den Speer. Während der Kerl herumwirbelte, holte Richard aus und schlug dem Fremden mit dem Speerschaft gegen die Schläfe. Der Kerl ging zu Boden, bevor er Gelegenheit hatte, Alarm zu schlagen.

Einer weniger, dachte Richard, als er sich aufrichtete, und das, ohne ihn töten zu müssen. Zumindest hoffte er, ihn nicht getötet zu haben.

Aus der Dunkelkeit tauchte eine Gestalt auf. Seitlich von ihr eine zweite. Und dann noch eine. Richard drehte sich um und sah immer mehr auftauchen. Bevor er sich zurückziehen konnte, war er umzingelt.

Die Gestalten waren in rindenfarbige, weite Kleidung gehüllt, so daß sie mit der umgebenden Landschaft verschmolzen. Ein um den Kopf gewickeltes Tuch verhüllte alles bis auf ihre dunklen Augen, in denen grimmige Entschlossenheit aufblitzte.

Es gab keine Möglichkeit zur Flucht. Richard trat seitlich auf die Lichtung, der Kreis aus Gestalten bewegte sich mit ihm. Immer mehr rückten von allen Seiten vor. Richard drehte sich um und sah, wie sie in zwei Reihen um ihn herumstanden.

Vielleicht konnte er es noch immer schaffen, ohne jemanden zu töten. »Wer spricht für euch?«

Der innere Ring aus in Gewändern gehüllten Gestalten ließ die runden Schilde fallen und warf die Zweitspeere auf den Boden, so daß die Spitzen auf Richard zeigten. Dann umfaßte jeder einzelne von ihnen den verbliebenen Speer mit beiden Händen wie eine Stange. Sie ließen ihn keinen Moment aus den Augen. Die Krieger im äußeren Ring warfen ihre Schilde und alle ihre Speere zu Boden und legten die Hände an die Hefte ihrer Schwerter, zogen sie aber nicht.

Ein leiser rhythmischer Gesang setzte ein, und die beiden Kreise setzten sich langsam in entgegengesetzter Richtung in Bewegung.

Richard wich in einem engen Kreis zurück, versuchte, sie alle im Blick zu behalten. »Wer spricht für euch!«

Der verhaltene Sprechgesang ging im Takt mit ihren seitlichen Schritten weiter.

Eine Gestalt, die wie die anderen von Kopf bis Fuß verhüllt war, stieg auf einen Stein außerhalb des zweiten Rings.

»Ich bin Du Chaillu. Ich spreche für die Baka Ban Mana.«

Richard konnte es kaum fassen. »Du Chaillu, ich habe dir das Leben gerettet. Warum willst du uns ermorden?«

»Die Baka Ban Mana sind nicht hier, um dich zu ermorden. Wir sind hier, um dich für den Raub unseres heiligen Landes hinzurichten.«

»Du Chaillu, ich habe euer Land niemals zuvor gesehen. Was immer hier geschehen ist, ich habe nichts damit zu tun.«

»Magische Männer haben uns das Land genommen. Sie haben uns unsere Gesetze gegeben. Du trägst die Sünden dieser magischen Männer, deiner Vorgänger, in dir. Zum Beweis trägst du sogar ihr Zeichen. Du mußt tun, was alle vor dir auch getan haben, die wir fangen konnten. Du mußt dich dem Kreis stellen. Du mußt sterben.«

»Du Chaillu, ich habe dir doch gesagt, das Töten muß ein Ende haben.«

»Es ist leicht zu verkünden, das Töten müsse ein Ende haben, wenn man derjenige ist, der sterben soll.«

»Wie kannst du es wagen, so etwas zu mir zu sagen! Ich habe mein Leben riskiert, um dem Töten ein Ende zu machen! Ich habe mein Leben für dich aufs Spiel gesetzt!«

Sie sprach leise. »Das weiß ich, Richard. Dafür werde ich dich immer in Ehren halten. Ich hätte dir Söhne geboren, hättest du es von mir verlangt. Ich hätte mein Leben für dich hingegeben. Für das, was du getan hast, wirst du als Held meines Volkes weiterleben. Ich werde ein Gebet an mein Kleid binden, auf daß die Seelen dich zärtlich in ihr Herz schließen.

Aber du bist ein magischer Mann. In den Alten Gesetzen heißt es, wir sollten jeden Tag üben und mit der Klinge besser werden als jedes andere Volk der Welt. Man hat uns gesagt, daß wir jeden magischen Mann töten müssen, den wir fangen oder der Geist der Finsternis zieht die Welt des Lebendigen hinab in die Finsternis.«

»Ihr könnt nicht immer weiter magische Männer töten, oder sonst jemanden! Das muß ein Ende haben!«

»Durch das, was du getan hast, kann das Töten nicht beendet werden. Es kann erst enden, wenn die Seelen mit uns tanzen.«

»Was soll das heißen?«

»Das heißt, wir müssen dich töten, oder es geschieht das, was gesprochen wurde – der Geist der Finsternis entkommt aus seinem Gefängnis.«

Richard zeigte mit dem Speer auf sie. »Du Chaillu, ich will keinen von euch töten, aber ich werde mich wehren. Bitte, hört jetzt auf, bevor noch jemandem ein Leid geschieht. Zwing mich nicht, einen von euch zu töten. Bitte.«

»Hättest du versucht fortzulaufen, hätten wir dir Speere in den Rücken gebohrt, aber da du dich entschieden hast stehenzubleiben, hast du dir das Recht verdient, dich uns zu stellen. Sterben wirst du in jedem Fall, wie alle anderen zuvor, die wir gefangen haben. Wenn du nicht gegen uns kämpfst, wird es schnell gehen und du mußt nicht leiden. Du hast mein Wort drauf.«

Sie drehte ihre Hand in der Luft, und der Gesang setzte erneut ein.

Die Männer des äußeren Rings zogen ihre Schwerter – lange Waffen mit schwarzem Griff, eine jede mit einem Ring am Knauf, an dem ein Band befestigt war, das sich in einer Schlaufe um den Hals des Schwertkämpfers legte, damit das Schwert im Kampf nicht verlorengehen konnte. Die Klingen waren allesamt gebogen und wurden zur Spitze hin breiter.

Die Männer wirbelten mit den Schwertern herum, warfen sie von der rechten in die linke Hand und wieder zurück. Die Klingen kamen nie zum Stillstand. Die Männer des inneren Kreises ließen ihre Speere kreisen.

Richard kannte Führer, die mit Spießen bewaffnet waren. Niemand behelligte einen Waldführer, der mit einem Spieß bewaffnet war. Diese Leute hier waren besser als alle Führer, die er je zu Gesicht bekommen hatte. Die hölzernen Schäfte verwischten undeutlich im Mondlicht, die stählernen Spitzen waren ein matt schimmernder Kreis reflektierten Lichts.

Richard zerbrach den Speerschaft über seinem Knie und zog sein Schwert. Das Klirren von Stahl übertönte das pfeifende Geräusch der Speere und Klingen.

»Tu es nicht, Du Chaillu! Hör sofort auf, bevor noch jemand zu Schaden kommt.«

»Kämpfe nicht gegen uns, Hexenmann, und wir garantieren dir einen schnellen Tod. Zumindest das bin ich dir schuldig.«

Richards Brust hob und senkte sich, er spannte seine Kiefernmuskeln an. Der Gesang wurde geschwinder, und die Kreise der Männer bewegten sich schneller.

Richard funkelte Du Chaillu, die noch immer auf dem Stein stand, wütend an. »Ich lehne jede Verantwortung ab, für das, was jetzt geschieht, Du Chaillu. Du bist es, die diese Situation erzwingt. Du allein hast zu verantworten, was jetzt geschieht.«

Sie antwortete leise, die Stimme voller Bedauern. »Wir sind viele. Du nur einer. Es tut mir leid, Richard.«

»Nur ein Narr würde auf diese Ungleichheit vertrauen, Du Chaillu. Sie ist nicht, was sie scheint. Ihr könnt euch nicht alle gleichzeitig auf mich stürzen. Ihr könnt allein oder zu zweit oder bestenfalls zu dritt angreifen. Die Zahlen sind nicht so, wie sie in deinen Augen scheinen.« Richard wunderte sich schwach, woher ihm diese Worte gekommen waren.

Er sah, wie sie im Mondlicht nickte. »Du verstehst den Tanz des Todes, Hexenmann.«

»Ich bin kein Hexenmann, Du Chaillu! Ich bin Richard, der Sucher der Wahrheit. Ich gehe nicht freiwillig mit dieser Schwester mit, um ein magischer Mann zu werden. Ich bin ein Gefangener. Das weißt du doch. Aber ich werde mich verteidigen.«

Du Chaillu betrachtete ihn im Mondschein. »Die Seelen wissen, wie leid es mir tut, Sucher Richard. Trotzdem mußt du sterben.«

»Dein Mitleid nützt mir nichts, Du Chaillu. Dir sollten die leid tun, die heute nacht ohne Grund sterben.«

»Du hast die Baka Ban Mana noch nicht kämpfen sehen. Niemand wird uns ein Haar krümmen. Du allein wirst den Stahl zu schmecken bekommen. Sei unbesorgt, du wirst niemandes Tod bedauern müssen.«

Richard ließ der Magie des Schwertes, dem Zorn, freien Lauf.

Die beiden Kreise bewegten sich und sangen schneller, wirbelten ihre Waffen schneller herum. Der Sturm des Zornes aus dem Schwert durchtoste den Sucher. Selbst in den Fängen dieses Zorns, diesem unbarmherzigen Verlangen zu töten, wußte er, daß es nicht reichen würde. Es waren zu viele. Und nie hatte er jemanden gesehen, der so mit Waffen umgehen konnte wie diese Menschen.

Ungeachtet dessen sog er noch mehr Magie in sich hinein. Sog sie in sich hinein, bis die Unbarmherzigkeit des Hasses in seinem Schädel pochte und ihm fast übel wurde. Er zog sie bis in die Tiefen seiner Seele.

Richard stand reglos im Mittelpunkt der sich drehenden Kreise. Er legte sich die blitzblanke Klinge auf die Stirn. Der Stahl fühlte sich kühl an auf seiner erhitzten Haut, auf seinem Schweiß.

»Klinge, sei mir heute treu.«

Weiter rief er die Magie herbei. Noch bevor er richtig merkte, was er tat, riß er sich das Hemd vom Leib und schleuderte es zur Seite, damit es ihn nicht hinderte. Wie war er darauf gekommen? Es schien genau das Richtige zu sein, doch er hatte keine Ahnung, woher der Gedanke kam. Er hielt die Klinge senkrecht vor seinem Körper in die Höhe. Er spannte und entspannte seine Muskeln, die schweißnaß glänzten.

Er fand seine Mitte, den Ort der Ruhe, das Zentrum. Er suchte sein Han inmitten des weißglühenden Zentrums seines Hasses.

Gebrauche, was du hast, sagte eine Stimme in seinem Innern. *Gebrauche, was dort ist. Laß es frei.*

Indes sein Verstand völlig ruhig wurde, erinnerte sich Richard daran, wie er auf Zedds Zaubererfelsen gestanden und dessen Magie benutzt hatte, sich vor der Wolke zu verstecken, die Darken Rahl auf ihn angesetzt hatte. Der Felsen war vor Zedd bereits von vielen Zauberern benutzt worden. Als Richard auf ihm gestanden und die Magie herbeigerufen hatte, sie durch seinen Körper hatte fließen lassen, da hatte er die innere Natur all derer gespürt, die ihm vorausgegangen waren. Er erinnerte sich, wie es gewesen war, die gleichen Dinge zu spüren wie sie, die gleichen Dinge zu wissen wie sie. Er hatte einen Einblick bekommen in alle, die früher schon von der Magie Gebrauch gemacht hatten.

Plötzlich war ihm klar, was die Prophezeiung bedeutete.

Er fragte sich, wie es möglich gewesen war, das Schwert zu benutzen, ohne dies zu sehen, ohne zu erkennen, was die Magie zum Inhalt hatte. Genau wie auf dem Zaubererfelsen.

Auch andere hatten schon von der Magie des Schwertes Gebrauch gemacht, und die Magie hatte sich ihre Kampfkunst, jede Bewegung, mit der sie das Schwert geführt hatten, gemerkt. Das Talent unzähliger Hunderter von Menschen, die diese Klinge geführt hatten, von Männern und Frauen gleichermaßen, war vorhanden und brauchte bloß angerufen zu werden. Das Können sowohl der guten wie der bösen Menschen war in diese Magie eingegangen.

In seiner Ruhe sah er, wie der erste Angreifer sich von links her näherte.

Sei wie eine Feder, nicht wie ein Fels. Laß dich auf den Schwingen des Sturmes davontragen.

Richard entlud die Magie, wirbelte herum und wich dem Angriff aus, ließ ihn an sich vorbei. Er schlug nicht zu, sondern ließ sich vom Druck des Angriffs treiben. Ließ sich von der Magie des Schwertes leiten. Der Angreifer ging taumelnd zu Boden, als der erwartete Widerstand ausblieb.

Sofort kam der nächste und ließ seinen Speer kreisen. Richard wirbelte erneut herum, und als der Angreifer an ihm vorüberraste, zersplitterte Richard den Schaft mit seinem Schwert. Jemand stieß eine Speerspitze in seine Richtung. Ohne zu stoppen glitt er an ihr vorbei, riß das Schwert nach oben und schnitt den Schaft in zwei Teile. Der nächste Angriff kam von hinten. Richard trat dem Mann vor die Brust und warf ihn nach hinten.

Richard überließ sich der Magie des Schwertes und dem Frieden in seinem Innern. Ohne nachzudenken tat er Dinge, die er nicht einmal verstand.

Er hielt seinen Zorn, unter Kontrolle, damit er niemanden tötete. Mit der flachen Seite der Klinge schlug er dort gegen einen Hinterkopf, ließ hier einen Angreifer über seinen Fuß stolpern. Je schneller sie kamen, desto schneller reagierte er. Die Magie speiste sich aus ihrer Energie. Fließend glitt er zwischen den Angreifern hindurch, zersplitterte Speere, wenn er konnte, versuchte die Baka Ban Mana zu entwaffnen, ohne sie zu töten.

»Du Chaillu! Mach dem ein Ende, bevor ich sie verletzen muß!«

Ihr etwas zuzuschreien war ein Fehler. Es lenkte ihn ab. Es gestattete einem Speer, seine fließende Verteidigung zu durchbrechen. Er stand vor der Wahl, als der Zorn augenblicklich in seinem Herzen explodierte. Er konnte den Angreifer töten oder nur das tun, was nötig war, um ihn aufzuhalten.

Sein Schwert, dessen Spitze durch die Luft pfiff, kam herangewirbelt und kappte die Hand, die den Speer gestoßen hatte. Blut und Knochensplitter füllten die Luft. Der Schrei war der einer Frau.

Einige der Baka Ban Mana waren Frauen, wie er jetzt sah. Es spielte keine Rolle. Sie würden ihn töten, wenn er sich nicht verteidigte. Besser, man verlor eine Hand als den Kopf. Das erste Blut ließ den Zorn, das Verlangen zu töten, in seinem Innern heiß und durstig noch stärker aufbrodeln.

Er kämpfte gegen die Angreifer, und er kämpfte gegen den Drang, zum Gegenangriff überzugehen. Er wollte nicht selbst angreifen. Er wollte nur, daß sie aufhörten. Doch wenn sie nicht aufhörten …

Sobald er ihre Speere zerbrach, nahmen sie andere zur Hand und warfen sich erneut auf ihn. Er glitt zwischen ihnen hindurch wie ein Phantom, bewahrte sich seine Energie, während sie sich verausgabten.

Der äußere Ring, der ihn weiter umkreist hatte, während der innere bereits angriff, hielt inne und begann mit wirbelnden Schwertern vorzurücken. Diejenigen, die mit Speeren bewaffnet – und noch immer auf den Beinen – waren, traten durch den äußeren Ring nach hinten.

Schwerter wirbelten durch die Luft. Anstatt auf den Angriff der Baka Ban Mana zu warten, ging Richard auf sie los. Sie wichen überrascht zurück, als das Schwert der Wahrheit zwei der blinkenden Klingen zerschmetterte.

»Du Chaillu! Bitte! Ich will keinen von euch töten!«

Die Schwertfechter waren schneller als die Speerträger. Zu schnell. Zu sprechen und dabei gleichzeitig zu versuchen, sie zu entwaffnen, ohne sie zu töten, lenkte ihn gefährlich ab. Richard spürte, wie ihn ein heißer Schmerz über seine Rippen durchfuhr. Er hatte die Klinge nicht mal kommen sehen, trotzdem hatte er sich instinktiv bewegt und anstelle eines tödlichen Schnitts nur eine leichte Fleischwunde davongetragen.

Daß nun sein eigenes Blut vergossen wurde, rief die Magie des Schwertes zu seiner Verteidigung auf den Plan – der Zorn, das Können derer, die es vor ihm in den Händen gehalten hatten. Ihr Wesen brannte durch seinen Körper, er konnte es nicht mehr zurückhalten. Die Möglichkeit, sich zu entscheiden, war dahin. Es raubte ihm alle Beherrschung. Er hatte ihnen ihre Chance gegeben. Jetzt war der Punkt überschritten.

Bringer des Todes.

Die Schwertkämpfer griffen in einer tödlichen Welle an.

Er setzte die Magie frei. Das Zögern war vorbei. Die Schranken waren gefallen, jetzt tanzte er mit dem Tod.

Die Nacht explodierte in einem warmen Regen aus Blut. Er hörte sich kreischen, er spürte, daß er sich bewegte, er sah Männer und Frauen fallen, als körperlose Köpfe über den Boden rollten. Lustvolle Gier hatte von ihm Besitz ergriffen.

Keine Klinge berührte ihn mehr. Er konterte jeden Schlag, als hätte er ihn schon tausendmal gesehen, als hätte er schon immer gewußt, was zu tun war. Jeder Angriff bedeutete für den Angreifer einen schnellen und sicheren Tod. Knochensplitter und Blut schossen explosionsartig durch die Nachtluft. Hirnmasse überschwemmte den Boden. All das Grauen verschmolz zu einem einzigen, lange währenden Bild des Tötens.

Bringer des Todes.

Erst als zwei auf einmal aus entgegengesetzten Richtungen kamen, merkte er, daß er sein Messer in der Linken und sein Schwert in der Rechten hielt. Er schlang den Arm um den Hals des einen auf der Linken und schlitzte ihm die Kehle auf, während er gleichzeitig dem anderen auf der Rechten das Schwert durch den Körper rannte. Beide sackten zu Boden, während Richard keuchend stehen blieb.

Stille hallte ringsum wider. Nichts rührte sich bis auf eine kniende Frau, die sich mit einer Hand aufrecht hielt. Die andere Hand fehlte. Sie kam auf die Beine und zog ein Messer aus dem Gürtel.

Trotz seines finsteren Blicks erkannte er die Entschlossenheit in ihren Augen. Mit einem Schrei rannte sie auf ihn zu. Der Zorn pochte, als er sie kommen sah. Sie hob das Messer.

Richards Schwert schnellte hoch und pfählte sie mitten durchs Herz. Das ganze Gewicht ihres Körpers zog das Schwert nach unten, während sie von der Klinge zu Boden glitt und dabei gurgelnd ihren letzten Atem aushauchte.

Bringer des Todes.

Richard richtete seinen haßerfüllten Blick hinauf zu der Frau, die auf dem Felsen stand. Du Chaillu kletterte herunter, enthüllte ihren Kopf, ließ das lange Tuch herabhängen und fiel, sich verneigend, auf ein Knie.

Richard stürmte wutentbrannt auf sie zu. Er hob Du Chaillus Kinn mit der Schwertspitze an.

Mit ihren dunklen Augen starrte sie zu ihm auf. »Der *Caharin* ist gekommen.«

»Wer ist der *Caharin*?«

Du Chaillu sah ihm unerschrocken in die Augen. »Der, der mit den Seelen tanzt.«

»Der, der mit den Seelen tanzt«, wiederholte Richard ausdruckslos. Er hatte verstanden. Er hatte mit den Seelen derer getanzt, die das Schwert vor ihm in den Händen gehalten hatten. Er hatte den Tod auf den Plan gerufen und mit ihren Seelen getanzt. Fast hätte er laut aufgelacht.

»Ich werde dir niemals verzeihen, daß du mich gezwungen hast, diese Menschen zu töten, Du Chaillu. Ich habe dir das Leben gerettet, weil ich das Töten verabscheue, und du hast dafür gesorgt, daß das Blut von dreißig Menschen an meinen Händen klebt.«

»Es tut mir leid, *Caharin,* daß du diese Last auf dich nehmen mußt. Doch nur durch das Blut von dreißig Baka Ban Mana konnte das Töten beendet werden. Nur so können wir den Seelen dienen.«

»Wie kann man mit Morden den Seelen dienen?«

»Als die magischen Männer unser Land gestohlen haben, verbannten sie uns an diesen Ort. Sie haben uns die Pflicht auferlegt, dem *Caharin* zu zeigen, wie man mit den Seelen tanzt. Nur der *Caharin* kann verhindern, daß der Geist der Finsternis von der Welt der Lebenden Besitz ergreift. Der *Caharin* wird der Welt als Neugeborenes übergeben, das ausgebildet werden muß. Ein Teil dieser Pflicht wurde uns auferlegt – wir sollten ihm beibringen, wie man mit den Seelen tanzt. Du hast heute nacht doch etwas gelernt, oder nicht?«

Richard nickte grimmig.

»Ich bin die Hüterin der Gesetze unseres Volkes. Wir waren dazu berufen, dir dies beizubringen. Würden wir mißachten, was die Alten Worte uns vorschreiben, dann würde der *Caharin* nicht erfahren, was in ihm steckt und wäre gegen die Kräfte des Todes machtlos. Am Ende würde der Tod alle bekommen.

Die Majendie opfern uns, um uns immer an unsere Pflicht den Seelen gegenüber zu erinnern, und um uns daran zu erinnern, mit den Klingen zu üben. Die Hexen auf der anderen Seite unterstützen die Majendie, und so sind wir umzingelt, haben keine Fluchtmöglichkeit und keinen Ort, wohin wir können. Unter dieser ständigen Bedrohung lebend, können wir niemals unsere Pflicht vergessen.

Es wurde gesagt, der *Caharin* kündige seine Ankunft dadurch an, daß er mit den Seelen tanze und das Blut der Baka Ban Mana vergieße, ein Kunststück, das niemand anderes als der Erwählte mit Hilfe der Seelen vollbringen kann. Es heißt, wenn dies geschieht, dann fallen wir unter seine Herrschaft. Wir sind dann kein freies Volk mehr, sondern seinen Wünschen verpflichtet. Deinen Wünschen, *Caharin.*

In den Alten Worten heißt es, wenn die, die das Gebetskleid trägt, jedes Jahr in unser Land zurückkehrt, um unsere Gebete den Seelen zu übergeben, dann werden sie uns eines Jahres den *Caharin* schicken, und wenn wir dann unsere Pflicht erfüllen, wird er uns unser Land zurückgeben.«

Richard stand da wie in einem Traum und starrte die Frau wütend an. »Du hast mir heute nacht etwas sehr Wertvolles genommen, Du Chaillu.«

Sie erhob sich auf die Beine und richtete sich vor ihm auf. »Erzähl mir nichts von Opfern, *Caharin.* Meine fünf Ehemänner, die ich geliebt habe, die meine Kinder geliebt haben und die mich nicht mehr gesehen haben, seit ich gefangengenommen wurde, waren unter den dreißig, die du gerade getötet hast.«

Richard sank auf die Knie. Er hatte das Gefühl, als müßte er sich übergeben. »Du Chaillu, vergib mir für das, was ich heute nacht getan habe.«

Sie legte ihm sacht die Hand auf das geneigte Haupt. »Es war mir eine Ehre, die Seelenfrau unseres Volkes zu sein, als der *Caharin* kam, diejenige zu sein, die das Gebetskleid trägt und ihn zu seinem Volk führt. Jetzt mußt du deine Pflicht tun und uns das Land zurückgeben, wie es uns die Alten Worte erzählen.«

Richard hob den Kopf. »Und sagen die Alten Worte auch, wie ich das zustande bringen soll?«

Sie schüttelte langsam den Kopf. »Nur, daß wir dir helfen sollen und daß du es schaffen wirst. Wir stehen dir zur Verfügung – du kannst uns befehligen.«

Richard spürte, wie ihm eine Träne über die Wange lief. »Dann befehle ich, daß das Töten aufhört. Du wirst tun, was ich bereits befohlen habe. Du wirst die Vogelpfeife dazu benutzen, Frieden mit den Majendie zu schließen. Gleichzeitig wirst du dein Versprechen erfüllen und jemandem den Befehl geben, uns zum Palast der Propheten zu bringen.«

Du Chaillu schnippte, ohne aufzusehen, mit den Fingern. Erst jetzt erkannte Richard alle die Menschen, die in den Schatten rings um die blutgetränkte Lichtung standen. Sie lagen auf den Knien und verneigten sich vor ihm. Auf ein Fingerschnippen von ihr sprangen mehrere von ihnen vor.

»Führt sie zu dem großen Haus aus Stein.«

Richard sah ihr in die dunklen Augen. »Du Chaillu, es tut mir leid, daß ich deine Ehemänner getötet habe. Ich habe dich angefleht, dem ein Ende zu machen, trotzdem, es tut mir so leid.«

Sie hatte den gleichen, zeitlosen Blick in ihren Augen, den er bereits in den Augen anderer gesehen hatte: Schwester Verna, Shota, der Hexenfrau, und Kahlan. Jetzt wußte er, daß es die Gabe war, die er hier sah. Die Andeutung eines Lächelns spielte über ihre Lippen. Er verstand nicht, wie sie in einem solchen Augenblick lächeln konnte.

»Sie haben tapferer gekämpft als je Baka Ban Man zuvor. Sie hatten die Ehre, den *Caharin* auszubilden. Sie haben ihr Leben für ihr Volk gegeben. Sie haben sich selbst alle Ehre gemacht und werden als Legenden weiterleben.«

Sie streckte die Hand aus und legte sie ihm auf die nackte Brust. Auf den Handabdruck. »Nun bist du mein Ehemann.«

Richard riß die Augen auf. »Was?«

Sie runzelte seltsam berührt die Stirn. »Ich trage das Gebetskleid. Ich bin die Seelenfrau unseres Volkes. Du bist der *Caharin.* So lautet das Alte Gesetz. Du bist mein Ehemann.«

Richard schüttelte den Kopf. »Nein, das bin ich nicht. Ich habe bereits …«

Er wollte sagen, daß er seine Liebe bereits gefunden hatte. Doch die Worte blieben ihm in der Kehle stecken. Kahlan hatte ihn fortgeschickt.

Sie zuckte mit den Achseln. »Es hätte schlimmer für dich kommen können. Die letzte, die das Gebetskleid trug, war alt und runzlig. Sie hatte keine Zähne mehr. Ich hoffe, daß ich dir wenigstens ein wenig Freude bereiten und eines Tages dein Herz erweichen kann, doch ich gehöre dem *Caharin.* Es steht weder dir noch mir zu, darüber zu entscheiden.«

»Doch, das tut es!« Er sah sich suchend um und hob sein Hemd auf. Als er es überstreifte, sah er Schwester Verna am Rand der Lichtung. Sie sah ihn an wie einen Käfer in einer Schachtel. Er wandte sich an Du Chaillu.

»Du hast eine Aufgabe zu erledigen. Du wirst sie erledigen. Das Töten ist beendet. Die Schwester und ich müssen zum Palast, damit ich diesen Halsring abgenommen bekommen kann.«

Du Chaillu beugte sich vor und gab ihm einen Kuß auf die Wange. »Bis ich dich wiedersehe, Richard, Sucher, *Caharin* und Ehemann.«

17. Kapitel

Richard und Schwester Verna saßen auf ihren Pferden, warfen lange Schatten und blickten von dem grasbewachsenen Vorsprung hinunter in die Tiefe. Bäume säumten die tiefer liegenden Stellen zwischen einigen der Hügel und bedeckten andere mit einem dunklen Grün. Die ausgedehnte Stadt unten lag eingebettet in einen strohfarbenen Dunst, der die Farben zu pastelliger Einförmigkeit dämpfte. Die fernen Schindel- oder Ziegeldächer glitzerten im Licht der untergehenden Sonne wie Lichtpunkte auf einem Teich.

Noch nie hatte Richard so viele Gebäude in solch geordneter Aufreihung gesehen. Draußen an den Rändern waren sie kleiner, doch zur Mitte hin schienen sie sowohl an Größe als an Pracht zuzunehmen. Die fernen Geräusche von Zehntausenden von Menschen, Pferden und Wagen wehten bis hinauf zu ihnen auf den Hügel, getragen von der sanften, salzigen Brise.

Ein Fluß wand sich durch die Ansammlung zahlloser Gebäude und teilte die Stadt, wobei die Hälfte auf der anderen Seite doppelt so groß wie die hiesige sein mochte. Am Stadtrand säumten Hafenanlagen die Ufer längst der Mündung des majestätischen Flusses. Schiffe in allen Größen lagen dort nicht nur vor Anker, sondern sprenkelten den Fluß, die weißen Segel vom Wind gebläht. Einige der Schiffe, das konnte er gerade eben so erkennen, besaßen drei Masten. Richard hätte niemals gedacht, daß es so große Schiffe gab.

Obwohl er gegen seinen Willen hier war, mußte Richard feststellen, wie sehr ihn diese Stadt mit all den Menschen und den Sehenswürdigkeiten, die sie sicher barg, faszinierte. Einen solchen Ort hatte er noch nie gesehen. Vermutlich konnte man hier tagelang umherlaufen und hätte bei weitem noch nicht alles besichtigt.

Dahinter lag glitzernd voller goldener Funken und Spiegelungen das Meer, das sich bis zu einer messerscharfen Linie am Horizont erstreckte.

Die Stadt beherrschend, erhob sich in der Nähe ihres Mittelpunktes auf einer Insel im Fluß ein weitläufiger Palast, dessen mit Zinnen besetzte Westmauer ins goldene Licht der Sonne getaucht war. Innenhöfe, Festungswälle, Türme, Gebäudegruppen und Dächer, alle von prächtiger Machart, verschmolzen zu einem vielschichtigen Ganzen mit Höfen voller Bäume oder Rasen oder Teichen. Der Palast schien seine steinernen Arme in dem eifersüchtigen Versuch auszustrecken, die gesamte Insel zu umfassen, auf der er stand.

Aus der Ferne betrachtet, mit den fadendünnen Straßen, die strahlenförmig von der Insel im Mittelpunkt der Stadt ausgingen, und den schmalen Brücken, die den Fluß nach allen Seiten hin überspannten, erinnerte der Palast Richard an nichts so sehr wie an eine fette Spinne inmitten ihres Netzes.

»Der Palast der Propheten«, sagte Schwester Verna.

»Mein Gefängnis«, meinte Richard ohne sie anzusehen.

Sie überging seine Bemerkung. »Das ist Tanimura, und der Fluß, der mitten hindurchfließt, ist der Kern. Der Palast selbst steht auf Drahle, das ist die Insel.«

»Drahle.« Ihm sträubten sich die Nackenhaare. »Da hat sich aber jemand einen bitterbösen Scherz erlaubt.«

»Wieso? Ich habe keine Ahnung, was Drahle bedeutet.«

Richard zog eine Braue hoch. »Eine Drahle benutzt man bei der Falkenjagd. Es ist ein Ring, an dem man die sogenannte Lockschnur festmacht, damit der Falke nur ein Stücke weit fliegen kann, wenn er noch nicht zahm ist und zur Jagd abgerichtet wird.«

Sie tat dies mit einem Achselzucken ab. »Du liest zuviel in die Dinge hinein.«

»Tatsächlich? Wir werden sehen.«

Sie stieß einen leisen Seufzer aus, während sie die Hüften vorschob, und ihr Pferd hügelabwärts in Bewegung setzte. Sie wechselte das Thema. »Es ist viele Jahre her, daß ich zu Hause war, aber es sieht noch so aus wie immer.«

Die beiden Baka-Ban-Mana-Männer, die sie während der letzten beiden Tage durch das sumpfige, weglose Waldgebiet geführt hatten, hatten sich am Morgen von ihnen getrennt, als Schwester Verna sich endlich auf vertrautem Gebiet befand. Er hatte zwar nie das Gefühl für die Richtung verloren, trotzdem verstand Richard, wieso Menschen hier leicht die Orientierung verlieren konnten. Er dagegen war an Orten derart endloser Verlassenheit zu Hause und verlief sich eher in einem Gebäude als im dichten Wald.

Während dieser zwei Tage hatten die Männer nur wenig gesprochen. Zwar waren es Schwertkämpfer, die ebenso wild waren wie jene, gegen die Richard gekämpft hatte, doch hatten sie vor ihm eine ehrfürchtige Scheu gehabt. Richard mußte laut werden, bevor sie die ewigen Verbeugungen einstellten. Wie laut er auch wurde, nichts konnte sie davon abbringen, ihn *Caharin* zu nennen.

Eines Abends, bevor er wie üblich seinen Wachposten bezog, hatte Schwester Verna ihm in ruhigem Ton erklärt, es tue ihr leid, daß er die dreißig Menschen hatte töten müssen. Ein wenig überrascht von ihrem Ernst und dem offenkundigen Fehlen jeder Bedeutung, die über das Gesagte hinausging, und weil ihn die Erinnerung noch verfolgte, hatte er sich für ihr Verständnis bedankt.

Richard ließ den Blick über die fruchtbaren Hügel und Täler schweifen. »Wieso wird auf diesem Land nichts angebaut? Bei diesen vielen Menschen müssen sie doch Nahrungsmittel anpflanzen.«

Schwester Verna hob die Hand, mit der sie die Zügel hielt, und deutete auf das Land jenseits der anderen Seite der Stadt. »Farmen überziehen das Land auf jener Seite des Flusses. Auf dieser Seite ist es für Mensch und Tier nicht sicher.« Mit einer Kopfbewegung deutete sie auf das Land hinter ihnen. »Die Baka Ban Mana sind eine ständige Bedrohung.«

»Hier wird also nichts angebaut, weil man Angst vor den Baka Ban Mana hat?«

Sie warf einen Blick nach links. »Siehst du den dunklen Wald?« Sie beobachtete ihn, während er den Rand des verflochtenen Dickichts im nächsten Tal betrachtete. Riesige, alte, knorrige Bäume standen, überwuchert von Moos und Kletterpflanzen, eng beieinander, zwischen ihnen düstere Schatten. »Dieser Waldrand erstreckt sich meilenweit bis hin zur Stadt. Es ist der Hagenwald. Halte dich von ihm fern. Wer sich nach Sonnenuntergang im Hagenwald aufhält, der stirbt. Und viele, die dort einen Fuß hineinsetzen, sterben selbst dann, wenn die Sonne noch hoch am Himmel steht. Es ist ein Ort dunkelster Magie.«

Im Weiterreiten sah er immer wieder hinüber zum Hagenwald. Irgend etwas zog ihn zu diesem unheimlichen Ort hin, so als ergänze er seine düstere Stimmung, als sei er ein Teil davon. Er hatte Mühe, die Augen von ihm abzuwenden.

Aus der Nähe waren die Straßen Tanimuras nicht so wohlgeordnet, wie es aus der Ferne schien. In den äußeren Stadtbezirken herrschte ein Durcheinander voller Elend. Männer, die mit Reissäcken, Teppichen oder Feuerholz, Fellen oder sogar mit Müll beladene Karren zogen oder schoben, schlängelten sich im Zickzack aneinander vorbei und verstopften gelegentlich die Wege. Händler jeder Art säumten die Straßen, verkauften alles, angefangen von Obst und Gemüse und an kleinen Spießen über winzigen, qualmenden Feuern in behelfsmäßigen Steinöfen gebratenen Fleischstreifen, bis hin zu Kräutern und Weissagungen, Stiefeln und Perlen. Wenigstens überdeckte der Duft gebratenen Fleisches stellenweise den atemberaubenden Gestank der Gerbereien.

Aus dichten Trauben von Männern in abgetragenen, schmutzigen Kleidern wurden aufgeregte Rufe laut, rings um Karten- oder Würfelspiele erhob sich Gelächter. In Seitenstraßen und engen Gassen zwischen baufälligen Hütten aus Blech und Planen drängten sich die Menschen. Nackte Kinder liefen zwischen diesen armseligen Behausungen umher, planschten in schlammig trüben Pfützen, jagten einander beim ›Fangt-den-Fuchs‹. Frauen schwatzen miteinander, während sie in Eimern Wäsche wuschen.

Schwester Verna murmelte, sie könne sich nicht an das Elend und die unzähligen Obdachlosen erinnern. Richard fand, daß sie trotz ihrer Lage glücklicher aussahen, als ihnen zustand.

Obwohl sie unter freiem Himmel gelebt hatten und ein wenig schmutzig und heruntergekommen waren, sah Schwester Verna im Vergleich mit diesen Menschen aus wie ein Mitglied des Königshauses. Wer immer in ihre Nähe kam, neigte vor der Schwester ehrfurchtsvoll den Kopf, und als Gegenleistung erbat sie den Segen des Schöpfers für die Menschen.

Die vom Zahn der Zeit angenagten Gebäude waren ebenso voller Menschen wie die Straßen. Bunte Wäsche hing an den rostigen Geländern fast jedes winzigen Balkons. Auf einigen standen Töpfe mit Blumen oder Kräutern. Aus Kneipen und Gasthäusern drangen Gelächter und das Summen von Gesprächen. Im Fenster eines Metzgers hingen fliegenumschwärmte Tiere. In anderen Geschäften wurde getrockneter Fisch, Getreide oder Öl feilgeboten.

Je weiter er und die Schwester kamen, desto sauberer wurde die Stadt. Die Straße öffnete sich, sogar die Seitenstraßen, in denen keine Hütten mehr an den Gebäuden lehnten, wurden breiter. Die Geschäfte hatten größere Fenster mit bemalten Jalousien, die Wagen auf der Straße sahen besser aus. In den Schaufenstern wurden oftmals die bunten Teppiche der Gegend ausgestellt. Als die breite Straße schließlich zum Boulevard wurde, konnte man die Häuser nur noch als prachtvoll bezeichnen. Die Gasthäuser wirkten elegant, die Türsteher davor trugen rote Uniformen.

Auf der steinernen Brücke über den Kern wurden an Pfählen aufgehängte Lampen entzündet, die in der zunehmenden Dunkelheit den Weg erhellten. Unten auf dem Fluß ruderten Fischer in kleinen Booten mit Laternen durch das dunkle Wasser. Soldaten in schmuckvollen Uniformen mit goldbesetzten, weißen Hemden und rotem Wams patrouillierten zu beiden Seiten des Flusses. Als die Pferdehufe über das Pflaster klapperten, brach Schwester Verna endlich das Schweigen.

»Im Palast ist es ein großer Tag, wenn ein Neuer mit der Gabe eintrifft.« Sie warf ihm einen kurzen Seitenblick zu. »Ein seltenes und freudiges Ereignis. Man wird froh sein, dich zu sehen, Richard, bitte vergiß das nicht. Für die Menschen dort ist dies ein Ereignis von höchstem Rang. Auch wenn du anders empfindest, ihnen wird bei deinem Anblick das Herz aufgehen. Sie werden wollen, daß du dich willkommen fühlst.«

Richard dachte anders darüber. »Kommt zur Sache.«

»Das habe ich gerade getan. Sie werden begeistert sein.«

»Das heißt mit anderen Worten, ich soll sie nicht gleich am Anfang vor den Kopf stoßen.«

»Das habe ich nicht gesagt.« Mit einem leichten Stirnrunzeln betrachtete sie die Posten, die die Brücke bewachten. Schließlich blickte sie ihn wieder an. »Ich bitte dich lediglich anzuerkennen, daß diese Frauen lange auf eben dieses Ereignis hingelebt haben.«

Den Blick starr nach vorn gerichtet, ritt Richard an weiteren Posten in Paradeuniform vorbei. »Ein weiser Mensch, ein Mensch, den ich liebe, hat mir einmal erklärt, wir könnten immer nur derjenige sein, der wir sind, nicht mehr und nicht weniger.« Sein Blick schweifte über den oberen Rand der Mauer vor ihnen hinweg, registrierte die Soldaten dort und wie sie bewaffnet waren. »Ich bin der Bringer des Todes, und ich habe nichts, für das zu leben es sich lohnt.«

»Das stimmt nicht, Richard«, widersprach sie ruhig. »Du bist noch jung, und dich erwartet noch so viel. Du hast ein langes Leben vor dir. Du hast dir vielleicht selbst den Namen ›Bringer des Todes‹ gegeben, ich aber habe dich nichts anderes tun sehen, als dich zu bemühen, dem Töten ein Ende zu machen.«

»Da Ihr Lügen verabscheut, Schwester, werdet Ihr doch sicher nicht wollen, daß ich Euch etwas vorspiele.«

Sie seufzte, derweil sie ein riesiges Tor in der äußeren Mauer durchquerten. Die Hufe der Pferde hallten in der langen, bogenförmigen Öffnung wider. Dahinter wand sich die Straße zwischen geduckten, ausladenden Bäumen dahin. Aus allen Fenstern der Gebäude ringsum strahlte ein sanftes, gelbes Licht. Viele der Gebäude waren durch überdachte Säulengänge oder geschlossene Korridore, deren Bogenfenster mit Gitterwerk überdeckt waren, miteinander verbunden. Auf der gegenüberliegenden Seite des Innenhofes stand eine Vielzahl Bänke vor einer Mauer mit einem Fries, das Reiter darstellte.

Durch Bogengänge mit weiß gestrichenen Toren erreichten sie die Stallungen. Dahinter grasten Pferde auf einer Weide. Burschen in sauberer Livree, mit schwarzen Westen über braunen Hemden, kamen herbei, um die Pferde zu halten, während er und Schwester Verna abstiegen. Richard kraulte Bonnie am Hals und machte sich daran, seine Siebensachen abzuladen.

Schwester Verna strich die Falten ihres Hosenrocks und ihren leichten Umhang glatt. Dann machte sie sich an ihren Locken zu schaffen. »Das ist nicht nötig, Richard. Jemand wird dir deine Sachen bringen.«

»Außer mir faßt niemand meine Sachen an«, meinte er.

Sie seufzte und schüttelte den Kopf, dann befahl sie dem Burschen, ihr Gepäck nach drinnen bringen zu lassen. Der Junge verneigte sich vor ihr, dann hakte er eine Führungsleine bei Jessup ein. Daraufhin riß er kurz und heftig an der Leine. Jessup scheute.

Der Bursche schlug Jessup mit der Peitsche aufs Hinterteil. »Beweg dich, du dummes Vieh!«

Jessup wieherte und versuchte seinen Kopf loszureißen.

Das nächste, was Richard mitbekam, war, wie der Bursche über den Weg geschleudert wurde. Krachend schlug er gegen eine wackelige Holzwand und landete auf dem Hosenboden, während Schwester Verna ihn wütenden Blicks anstarrte.

»Wage es nicht, das Pferd zu schlagen! Was ist nur mit dir los? Wie würde es dir gefallen, wenn ich mit dir das gleiche machte?« Der Bursche schüttelte schockiert den Kopf. »Sollte mir jemals zu Ohren kommen, daß du wieder ein Pferd schlägst, bist du deine Stellung los. Aber zuvor werde ich dir dann deinen mageren Hintern versohlen.«

Der Junge riß die Augen auf, nickte rasch und entschuldigte sich. Schwester Verna sah ihn noch einen Augenblick lang strafend an, dann machte sie kehrt und pfiff ihr Pferd herbei. Als Jessup angetrabt kam, kraulte sie ihn unterm Kinn, tröstete und beruhigte ihn. Sie führte ihn in einen Stall und versorgte ihn mit Wasser und Heu. Richard achtete darauf, daß sie nicht sah, wie er schmunzelte.

Während sie über den Hof gingen, meinte sie: »Vergiß nicht, Richard, hier gibt es keine einzige Schwester, selbst keine Novizin, die dich nicht mit ihrem Han durch den Raum schleudern könnte.«

In einem holzgetäfelten Raum mit langen gelb-blauen Teppichen, die unter verzierten Buffettischen verliefen, warteten drei Frauen. Als sie Schwester Verna erblickten, fingen sie aufgeregt an zu schnattern. Schwester Verna war einen Kopf kleiner als er, und keine dieser drei Frauen war so groß wie sie. Sie strichen ihre voluminösen, pastelligen Röcke glatt und zupften ihre weißen Leibchen zurecht.

»Schwester Verna!« stieß eine hervor, indes die drei angerauscht kamen.

»Oh, liebe Schwester Verna, wie schön, Euch endlich wiederzusehen!«

Tränen kullerten über ihre rosigen Gesichter. Die Frauen strahlten über das ganze Gesicht. Jede einzelne von ihnen schien ein gutes Stück jünger zu sein als Schwester Verna. Diese blickte ihnen musternd in die großen, glänzenden Augen.

Zärtlich streichelte Schwester Verna das verheulte Gesicht vor ihr. »Schwester Phoebe.« Sie drückte die Hand einer anderen. »Und Schwester Amelia und Schwester Janet. Wie schön, Euch wiederzusehen. Es ist wahrlich lange her.«

Die drei kicherten vor Aufregung und fanden schließlich die Fassung wieder. Schwester Phoebe sah sich mit ihrem rundlichen Gesicht suchend um, vorbei an Richard.

»Wo steckt er? Warum habt Ihr ihn nicht mit hereingebracht?«

Schwester Verna hob die Hand und zeigte auf Richard. »Das ist er. Richard, das sind Freundinnen von mir. Die Schwestern Phoebe, Amelia und Janet.«

Das Lächeln auf den Gesichtern verwandelte sich in einen Ausdruck des Erstaunens. Seine Größe und sein Alter brachten sie aus der Fassung. Sie starrten ihn in unverhohlener Verwunderung an, bis sie sich schließlich gegenseitig mit Beteuerungen überschlugen, wie froh sie seien, ihn kennenzulernen. Schließlich rissen sie ihre Blicke von ihm los und wandten ihre Aufmerksamkeit wieder Schwester Verna zu.

»Der halbe Palast wartet, um Euch beide zu begrüßen«, sagte Schwester Phoebe. »Alle waren so aufgeregt, seit wir die Nachricht erhielten, daß ihr heute eintrefft.«

Schwester Amelia strich ihr glattes, kaum schulterlanges braunes

Haar zurück. »Seit Ihr Euch auf die Suche nach Richard gemacht habt, ist kein anderer mehr hergebracht worden. All die Jahre, und nicht ein einziger wurde hergebracht. Sie können es alle kaum erwarten, ihn kennenzulernen. Ihnen steht wohl eine ›große‹ Überraschung bevor«, meinte sie errötend mit einem Seitenblick auf ihn. »Besonders einigen der Jüngeren. Eine angenehme Überraschung, möchte ich meinen. Wie groß er ist.«

Richard erinnerte sich an einen Tag seiner Kindheit, als er wegen eines strömenden Regens nicht aus dem Haus konnte. Seine Mutter hatte Besuch von einigen ihrer Freundinnen, die ihr dabei helfen sollten, eine Steppdecke zu nähen, und während der Arbeit wollte sie sich mit ihnen die Zeit vertreiben. Sie saßen da und nähten, derweil Richard auf dem Fußboden spielte. Sie sprachen über ihn, als sei er gar nicht vorhanden, und unterhielten sich darüber, wie er immer größer wurde. Seine Mutter erzählte, wieviel er aß, und wie gut er im Lesen war. Ähnlich peinlich berührt, rückte Richard jetzt seinen Rucksack auf der Schulter zurecht.

Schwester Phoebe drehte sich zu ihm um und strahlte einfach nur. Sie streckte die Hand aus und berührte ihn am Arm. »Da hör sich einer unser Geschwätz an! Wir sollten nicht über dich reden, als seist du gar nicht da. Willkommen, Richard. Willkommen im Palast der Propheten.«

Richard verfolgte schweigend, wie die drei Schwestern zu ihm hinaufblinzelten. Schwester Amelia kicherte und meinte zu Schwester Verna: »Er ist wohl nicht sehr gesprächig, wie?«

»Er redet genug«, antwortete Schwester Verna. Kaum hörbar fügte sie hinzu: »Dem Schöpfer sei Dank, daß er jetzt den Mund hält.«

»Also«, meinte Schwester Phoebe mit heiterer Stimme. »Gehen wir?«

Schwester Verna sah sie stirnrunzelnd an. »Schwester Phoebe, was sind das für Truppen, die ich gesehen habe, die in den fremden Uniformen?«

Schwester Phoebe legte einen Augenblick lang die Stirn nachdenklich in Falten, dann hellte sich ihre Miene auf. »Ach, diese Truppen.« Sie tat sie mit einer Handbewegung ab. »Vor ein paar Jahren wurde die Regierung gestürzt. Das muß wohl in Eurer Abwesenheit passiert sein. Die Alte Welt hat eine neue Regierung, wieder einmal. Jetzt haben wir einen Kaiser statt all der Könige. Sie blickte zu Schwester Janet hinüber. »Wie nennen sie sich doch gleich?«

Die Stirn nachdenklich in Falten gelegt, richtete Schwester Janet ihre Augen an die Decke. »Ach, richtig«, meinte sie geziert. »Die Imperiale Ordnung. Und Ihr habt ganz recht, Schwester Phoebe, sie haben tatsächlich einen Kaiser.« Sie nickte. »Genau, die Imperiale Ordnung, geführt von einem Kaiser.«

Schwester Phoebe schüttelte verwundert den Kopf. »Wie töricht. Regierungen kommen und gehen, doch der Palast der Propheten bleibt ewig. Der Schöpfer legt schützend seine Hand über uns. Sollen wir die anderen begrüßen gehen?«

Den dreien folgend, gingen sie durch angenehm dekorierte Korridore und Flure. Soweit es Richard anbetraf, befand er sich auf feindlichem Gebiet. Eine bedrohliche Situation hatte stets zur Folge, daß die Magie des Schwertes der Wahrheit versuchte, sich seiner zu bemächtigen, ihn zu beschützen. Richard ließ es zum Teil zu, hielt den Zorn jedoch auf kleiner Flamme. Schwester Verna warf ihm gelegentlich einen Seitenblick zu, so als wollte sie abschätzen, ob sein Gesicht noch mürrischer geworden war.

Schließlich passierten sie zwei mächtige Türen aus Walnußholz, die sich in einen riesengroßen Empfangssaal öffneten. Sie mußten unter einer niedrigen Decke und zwischen weißen Säulen mit goldenen Großbuchstaben hindurch, bevor sie unter ein gewaltiges Kuppelgewölbe traten, das mit riesigen Szenen von Menschen in Roben bemalt war, die eine Lichtgestalt umringten. Auf zwei Ebenen umringten Balkone mit verzierten Steingeländern den kreisrunden Saal. Fenster mit bunten Scheiben erhellten den obersten Balkon von hinten. Der Boden des Raumes bestand aus kleinen hellen und dunklen Holzquadraten, die man zu einem Rautenmuster ausgelegt hatte. Das Zischeln von weit über einhundert Stimmen hallte durch den Saal.

Frauen standen in Grüppchen auf dem Parkett beisammen, weitere säumten die Balkone. Unter den Frauen auf der zweiten Ebene fanden sich vereinzelt auch einige Männer und Jungen. Die Frauen, die Schwestern des Lichts, wie er vermutete, hatten alle ihre prächtigsten Kleider angelegt. Eine Kleiderordnung schien es nicht zu geben. Alle Farben waren zu sehen, die Schnitte variierten von konservativ bis gewagt. Die Jungen und Männen trugen alle mögliche Kleidung, angefangen von schlichten Roben bis hin zu eleganten Röcken, die eines Fürsten oder Prinzen würdig gewesen wären.

Das Stimmengewirr verstummte, und alle drehten sich zu den Neuankömmlingen um. Als es still im Saal geworden war, setzte Applaus ein, der zu donnerndem Beifall anschwoll.

Schwester Phoebe ging ein paar Schritte in die Mitte des Saales, hob ihre Hand und bat um Ruhe. Der Applaus flackerte noch ein paarmal auf und verstummte schließlich.

»Schwestern«, hob Schwester Phoebe mit vor Aufregung bebender Stimme an, »bitte heißt Schwester Verna zu Hause willkommen.« Wieder donnerte der Applaus, und wieder brachte ihre Hand ihn nach wenigen Augenblicken zum Verstummen. »Außerdem möchte ich Euch unseren neuesten Schüler vorstellen, unser jüngstes Kind des Schöpfers, unseren neuesten Schützling.« Sie drehte sich um, streckte eine Hand aus, zappelte ungeduldig mit den Fingern und gab damit zu erkennen, daß Richard vortreten solle. Er ging drei Schritte auf sie zu. Schwester Verna blieb an seiner Seite.

Schwester Phoebe beugte sich zu ihm und flüsterte: »Richard ...? Ist das dein ganzer Name?«

Richard zögerte einen Augenblick. »Cypher.«

Sie wandte sich wieder an die Menge. »Bitte heißt Richard Cypher im Palast der Propheten willkommen.«

Wieder hob das Klatschen an. Richard funkelte jedes Gesicht wütend an, das ihn betrachtete. Frauen, die in der Nähe standen, drängten weiter nach vorn, um ihn besser sehen zu können. Frauen jeder Art und Altersgruppe hatten sich versammelt, angefangen bei solchen, die alt genug aussahen, um freundliche Großmütter zu sein, bis hin zu denen, die kaum alt genug waren, um als Frauen bezeichnet zu werden. Sie reichten von mollig bis dürr, trugen Frisuren, die so unterschiedlich waren wie ihre Kleider, in jeder Haarfarbe von blond bis schwarz. Auch ihre Augen wiesen alle nur erdenklichen Farben auf.

Ganz in der Nähe fiel ihm eine Frau auf. Sie hatte ein warmes Lächeln auf den schilfdünnen Lippen und seltsam blaßblaue Augen, die mit violetten Sprenkeln durchsetzt waren. Sie sah ihn an, als sei er ein alter, guter Freund, den sie liebte und seit Jahren nicht gesehen hatte. Sie applaudierte begeistert und ermunterte eine überhebliche Frau neben ihr mit einem Ellenbogenstoß, sich dem Beifall anzuschließen, was diese daraufhin schließlich tat.

Richard stand da, ließ die Arme hängen und studierte den Grundriß des Saales, merkte sich Ausgänge, Durchgänge und die Aufstellung der Posten. Als der Beifall verstummte, bahnte sich eine junge Frau in einem Kleid, welches den gleichen Blauton hatte wie Kahlans Hochzeitskleid, ihren Weg durch die Menge. Das blaue Kleid hatte einen runden Halsausschnitt, der mit weißer Spitze verziert war, die bis zur schmalen Taille hinabreichte und die sich auch an den Ärmelaufschlägen fand.

Sie kam näher und blieb genau vor ihm stehen. Sie war vielleicht fünf Jahre jünger als er und einen Kopf kleiner, hatte volles, weiches braunes Haar, das ihr bis auf die Schultern reichte, und große braune Augen.

Sie starrte ihn offenen Mundes an. Mit jedem tiefen Atemzug schwoll ihr Busen unter den Spitzen an. Sie hob langsam ihre Hand. Mit ihren zarten Fingern berührte sie seine Wange und strich ungläubig über seinen Bart.

»Der Schöpfer hat meine Gebete tatsächlich erhört«, sagte sie leise zu sich selbst.

Plötzlich schien ihr wieder einzufallen, wo sie war. Sie riß ihre Hand zurück. Ihr Gesicht errötete.

»Ich … ich bin …«, stammelte sie. Sie fand ihre Haltung wieder, ihr Gesicht nahm wieder eine sanfte Farbe an. Sie verschränkte die Hände vor dem Körper und wandte sich an Schwester Verna, als wäre nichts geschehen. »Ich bin Pasha Maes, Novizin dritten Ranges. Ich bin als nächste an der Reihe, ernannt zu werden. Man hat mir die Verantwortung für Richard übertragen.«

Schwester Verna lächelte sie mit zusammengepreßten Lippen an. »Ich glaube, ich erinnere mich an dich, Pasha. Es freut mich zu sehen, daß du fleißig gelernt und dich gut entwickelt hast. Richard wird mir jetzt aus den Händen genommen und geht in deine über. Möge der Schöpfer seine Hand über euch beide halten.«

Pasha lächelte stolz, dann wandte sie sich an Richard. Sie musterte ihn von Kopf bis Fuß. Dann hob sie den Kopf, sah mit ihren Wimpern flatternd zu ihm hoch und lächelte ihn freundlich an.

»Wie schön, dich kennenzulernen, junger Mann. Mein Name ist Pasha. Du bist mir zugeteilt. Ich soll helfen, dich zu unterrichten, und dir bei allem helfen, was du während deiner Studien benötigst. Ich bin eine Art Führerin für dich. Alle Fragen oder Probleme, die du hast, werden mir vorgetragen, und ich werde mein Bestes tun, um dir zu helfen. Du scheinst ein heller Junge zu sein. Ich bin sicher, wir werden sehr gut miteinander auskommen.«

Ihr Lächeln wurde leicht unsicher, als sie bemerkte, wie wütend er sie anfunkelte. Sie lächelte erneut und fuhr fort. »Nun, zuallererst, Richard, erlauben wir nicht, daß die Jungen hier im Palast der Propheten Waffen tragen.« Sie streckte die Hand aus, mit der Handfläche nach oben. »Ich werde dein Schwert an mich nehmen.«

Das Rinnsal aus magischem Zorn hatte sich in einen Sturzbach verwandelt. »Du kannst mein Schwert gern haben – wenn ich nicht mehr atme.«

Pashas Blick zuckte zu Schwester Verna hinüber. Die Schwester schüttelte in einer ernsten Warnung langsam und kaum merklich den Kopf. Pashas Blick kehrte zu Richard zurück, und ihr mißbilligender Blick verwandelte sich in ein Lächeln.

»Nun gut, wir können später darüber sprechen.« Sie zog die Brauen hoch. »Aber du mußt dringend ein paar Manieren lernen, junger Mann.«

Richards Tonfall ließ Pasha ein gutes Stück erblassen. »Welche dieser Frauen ist die Prälatin?«

Pasha lachte überrascht und erschrocken auf. »Die Prälatin ist nicht hier. Sie ist viel zu beschäftigt, um …«

»Bring mich zu ihr.«

»Man kann die Prälatin nicht einfach aufsuchen, wann man will. Sie empfängt einen nur, wenn sie persönlich es für notwendig erachtet. Hat Schwester Verna dir nicht beigebracht, daß wir unseren Jungen nicht erlauben ...«

Richard schob sie mit der Hand zur Seite, trat einen weiteren Schritt nach vorn in den Saal und richtete seinen wütenden Blick wieder auf die Hunderte von Augenpaaren, die ihm entgegenstarrten.

»Ich habe etwas zu sagen.«

Stille breitete sich in dem riesigen Saal aus. Ein Gedanke formte sich in seinem Kopf, von zwei verschiedenen Quellen inspiriert. Eine war *Die Abenteuer von Bonnie Day,* das Buch, welches sein Vater ihm geschenkt hatte, und die andere war die Magie des Schwertes, das Wissen des Schwertes, mit dem die Seelen getanzt hatten.

Erinnerung und Botschaft lauteten gleich: *Wenn du in der Unterzahl bist und die Situation ausweglos ist, bleibt dir keine Wahl – du mußt angreifen.*

Er wußte, wozu der Halsring diente. Seine Lage war aussichtslos. Er hatte keine Alternativen. Er wartete, bis die Stille im Saal beklemmend wurde.

Er tippte mit den Fingern an seinen Rada'Han. »Solange Ihr mich diesen Halsring tragen laßt, seid Ihr meine Häscher, und ich bin Euer Gefangener.« Gemurmel erfüllte den Raum. Richard wartete, bis es verstummt war, bevor er fortfuhr. »Da ich mich keines Angriffs auf Euch schuldig gemacht habe, betrachte ich Euch als Feinde. Wir befinden uns im Krieg.

Schwester Verna hat mir geschworen, daß man mir beibringen wird, die Gabe zu beherrschen, und daß ich, sobald ich alles Nötige gelernt habe, freigelassen werde. Solange Ihr Euch an dieses Versprechen haltet, befinden wir uns im Waffenstillstand. Aber ich habe Bedingungen.«

Richard nahm den roten Lederstab, den Strafer, in die Hand. Über den Zorn der Magie hinaus rief der Strafer nur ein leicht schmerzhaftes Kribbeln hervor. »Man hat mir schon einmal einen Halsring angelegt. Die Person, die mir damals den Halsring anlegte, hat mir weh getan – um mich zu bestrafen, um mich auszubilden, mich zu zähmen.

Das ist der einzige Zweck eines Halsrings. Einem wilden Tier legt man einen Halsring um. Seinem Feind legt man einen Halsring um.

Ich habe meiner ersten Lehrerin dasselbe Angebot gemacht, daß ich auch Euch jetzt mache. Ich habe sie gebeten, mich freizulassen. Sie wollte es nicht tun. Ich war gezwungen, sie zu töten.

Nicht eine von Euch darf jemals hoffen, gut genug zu sein, um ihr das Wasser reichen zu können. Was sie tat, tat sie, weil man sie gefoltert und gebrochen und verrückt genug gemacht hatte, einen Halsring zu benutzen, um Menschen Schmerzen zuzufügen. Sie tat es gegen ihre innere Natur.

Ihr«, damit blickte er von Augenpaar zu Augenpaar. »Ihr tut es, weil Ihr glaubt, es sei Euer Recht. Ihr macht Menschen im Namen des Schöpfers zu Sklaven. Ich kenne Euren Schöpfer nicht. Ich kenne nur einen einzigen, der sich ebenso verhalten würde wie Ihr, und das ist der Hüter.« Die Menge holte erschrocken Luft. »Was mich anbelangt, könnt Ihr durchaus die Anhänger des Hüters sein.

Wenn Ihr dasselbe tut wie sie und diesen Halsring dazu benutzt, mir Schmerzen zu bereiten, endet die Waffenruhe. Ihr glaubt vielleicht, Ihr haltet die Leine für diesen Halsring in der Hand, doch ich verspreche Euch, wenn der Waffenstillstand endet, werdet Ihr feststellen, daß ihr einen Blitz in Händen haltet.«

Im Saal war es totenstill geworden. Richard rollte sich den Ärmel hoch. Er zog das Schwert der Wahrheit blank. Das unverwechselbare Klirren von Stahl hallte durch die Stille.

»Die Baka Ban Mana sind mein Volk. Sie haben sich einverstanden erklärt, von jetzt an mit allen Völkern in Frieden zu leben. Jeder, der einem von ihnen etwas antut, wird sich vor mir verantworten müssen. Akzeptiert Ihr dies nicht und laßt Ihr die Baka Ban Mana nicht in Frieden leben, endet unsere Waffenruhe.«

Er zeigte mit dem Schwert hinter sich. »Schwester Verna hat mich gefangengenommen. Ich habe auf jedem Schritt dieser Reise gegen sie gekämpft. Um mich herzuschaffen, hätte sie mich fast umgebracht und auf ein Pferd gebunden. Doch obwohl auch sie meine Häscherin und Feindin ist, bin ich ihr in mancher Hinsicht etwas schuldig. Sollte irgend jemand ihr wegen mir ein Härchen krümmen, werde ich den Betreffenden töten und unsere Waffenruhe ist beendet.«

Aus den Augenwinkeln konnte Richard sehen, wie Schwester Verna die Augen schloß. Sie bedeckte ihr bleiches Gesicht mit der Hand.

Der Menge stockte der Atem, als Richard sein Schwert über die Innenseite seines Armes zog. Er drehte es, zog beide Seiten durch das Blut, bis es von der Spitze tropfte.

Die Knöchel weiß um das Heft geschlossen, reckte er die Klinge in die Luft.

»Ich schwöre Euch einen Bluteid! Tut den Baka Ban Mana etwas an, tut Schwester Verna etwas an oder mir, und die Waffenruhe ist beendet, und ich verspreche Euch, dann sind wir im Krieg! Und wenn es zum Krieg kommt, werde ich den Palast der Propheten in Schutt und Asche legen!«

Vom gegenüberliegenden Balkon, wo Richard ihren Ursprung nicht ausmachen konnte, wehte eine spöttische Stimme über die Menge hinweg. »Du ganz allein?«

»Zweifelt an mir, Ihr tut es auf eigene Gefahr. Ich bin Gefangener, es gibt nichts, wofür ich leben könnte. Ich bin die fleischgewordene Prophezeiung. Ich bin der Bringer des Todes!«

Aus der Stille kam keine Antwort. Er rammte sein Schwert in die Scheide zurück.

Richard breitete die Arme aus und verbeugte sich elegant. Lächelnd kam er wieder hoch. »Jetzt, da wir uns alle gegenseitig verstehen und die Bedingungen der Waffenruhe kennen, dürfen die Damen sich wieder der Feier meiner Gefangennahme widmen.«

Er kehrte der verblüfften Menge den Rücken zu. Schwester Verna hielt den Kopf gesenkt, hielt sich die Hand vor das Gesicht. Pasha preßte die Lippen so fest aufeinander, das die bereits blau anliefen.

Eine beleibte Frau mit ernstem Gesicht ging an ihm vorbei und blieb vor Schwester Verna stehen. Die Frau reckte die Nase in die Luft, bis Schwester Verna den Kopf hob und den Rücken durchdrückte.

»Schwester Verna. Es ist offenkundig, daß Ihr weder über die Begabung noch das nötige Wissen verfügt, eine Schwester des Lichts zu sein. Euer Scheitern überschreitet alle Grenzen des Erlaubten. Mit sofortiger Wirkung seid Ihr zur Novizin ersten Ranges degradiert. *Du* wirst als Novizin dienen, und zwar solange, bis und falls der Schöpfer will, daß *du* den Titel einer Schwester des Lichts erneut verdienst.«

Schwester Verna hob ihr Kinn. »Ja, Schwester Maren.«

»Novizinnen sprechen nur dann mit einer Schwester, wenn sie dazu aufgefordert werden!« Sie streckte ihre Hand aus. »Gib den Dacra ab!«

Schwester Verna machte eine schnelle Handbewegung, und das silberne Messer schoß aus ihrem Ärmel. Sie drehte es herum, hielt der anderen Frau den Griff hin, dann stand sie schweigend da, die Augen starr geradeaus gerichtet.

»Morgen früh bei Tagesanbruch wirst du dich in der Küche melden. Du wirst Töpfe scheuern, bis man dich für würdig hält, etwas deiner Intelligenz Angemesseneres zu versuchen. Hast du verstanden?«

»Ja, Schwester Maren. Ich habe verstanden.«

»Und solltest du auch nur den Anschein erwecken, mir irgendwann zu widersprechen, wirst du in den Ställen landen, Pferdeboxen ausmisten und Dung schleppen!«

»In diesem Fall, Schwester Maren, will ich mich sofort in den Ställen statt in der Küche melden, um Euren Ohren zu ersparen, was ich Euch zu sagen hätte.«

Schwester Marens Gesicht färbte sich rot. »Also schön, Novizin. Dann also in die Ställe.«

Schwester Maren blieb vor Richard stehen und lächelte ihn verkniffen an. »Ich nehme an, das bricht deine Waffenruhe nicht.« Sie hob die Nase in die Luft und stürmte von dannen.

Im Saal war es still geworden. Richard sah zu Schwester Verna hinüber, die jedoch starrte stur geradeaus. Pasha, die eine finstere Miene aufgesetzt hatte, schob sich plötzlich zwischen die beiden.

»Verna muß uns nicht länger kümmern. Dein Arm blutet. Da du mein Schützling bist, werde ich mich darum kümmern.«

Sie atmete tief durch, um sich zu beruhigen, während sie ihre Finger vor dem Bauch ineinanderschlang. »Im Speisesaal beginnt in diesem Augenblick zu deiner Begrüßung ein großes Festessen. Vielleicht hast du danach eine bessere Meinung von uns. Alle freuen sich darauf. Jeder möchte Gelegenheit haben, dich persönlich willkommen zu heißen.« Sie drohte ihm mit dem Finger. »Und du wirst deine besten Manieren zeigen, junger Mann!«

Mit dem Schwert hatte er auch den größten Teil seines Zornes weggesteckt. Den größten Teil, aber nicht alles. »Ich habe keinen Hunger. Bring mich in mein Verlies, *Kind.*«

Sie ballte die Fäuste vor ihrem blauen Rock. Sie betrachtete ihn einen Augenblick lang mit finsterer Miene. »Also schön. Ganz wie du willst. Du kannst ohne Abendessen zu Bett gehen, wie ein verwöhntes Kind.« Sie machte auf dem Absatz kehrt. »Folge mir.«

18. Kapitel

Schwester Verna legte die Hand auf den Messinggriff. Der Raum war abgeschirmt. Sie atmete tief durch, dann klopfte sie.

Eine gedämpfte Stimme hinter der schweren Tür antwortete. »Herein.«

Der Schutzschild löste sich auf. Sie öffnete den rechten Flügel der Doppeltür und trat ein. Zwei Frauen saßen, jede an ihrem eigenen Schreibtisch, rechts und links von der dahinterliegenden Tür. Beide schrieben in Hauptbüchern. Keine von ihnen sah auf.

»Ja«, sagte die zur Linken, während sie weiterschrieb, »was ist?«

»Ich bin gekommen, um das Reisebuch zurückzugeben, Schwester Ulicia.«

Schwester Ulicia leckte den Finger an und schlug eine Seite um. »Ja, gut, legt es einfach auf den Schreibtisch. Solltet Ihr nicht auf dem Festessen zu Ehren Eurer Rückkehr sein? Ich könnte mir denken, daß Ihr Eure alten Freunde wiedersehen wollt.«

Schwester Verna faltete die Hände. »Ich muß mich um wichtigere Dinge als Bankette kümmern. Ich möchte das Buch der Prälatin persönlich zurückgeben. Und ich möchte mit ihr sprechen, Schwester Ulicia.«

Die beiden sahen auf. »Nun«, sagte Schwester Ulicia, »die Prälatin wünscht aber nicht, mit Euch zu sprechen, Schwester Verna. Sie ist eine vielbeschäftigte Frau. Sie darf nicht mit Nebensächlichkeiten behelligt werden.«

»Nebensächlichkeiten: Es handelt sich nicht um eine Nebensächlichkeit!«

»Bitte mäßigt Euern Ton in diesem Büro, Schwester Verna«, warnte die andere. Sie tauchte ihren Federhalter in ein Tintenfaß und beugte sich wieder über ihre Schreibarbeit.

Schwester Verna trat einen Schritt vor. Die Luft zwischen den Schreibtischen, vor der dahinterliegenden Tür, begann plötzlich unter dem Einfluß eines mächtigen Schildes zu schimmern, der warnend zischte und knisterte.

»Die Prälatin hat zu tun«, meinte Schwester Ulicia. »Sollte sie Eurer Rückkehr irgendwelche Bedeutung beimessen, wird sie Euch holen lassen.« Sie zog eine Kerze näher heran und beugte sich wieder über ihr Buch. »Legt das Reisebuch nur auf meinen Schreibtisch. Ich werde dafür sorgen, daß sie es zurückbekommt.«

Schwester Verna beherrschte ihre Stimme und biß die Zähne zusammen. »Man hat mich zur Novizin degradiert.« Die beiden sahen auf. »Und zwar deshalb, weil ich die Anordnungen der Prälatin befolgt habe. Trotz meiner Bitten und Eingaben hat sie mir verboten, meine Arbeit zu machen, meine Pflicht zu erfüllen, und deswegen soll ich nun bestraft werden! Bestraft, weil ich getan habe, was die Prälatin mir befohlen hat! Ich möchte zumindest die Gründe dafür hören!«

Schwester Ulicia lehnte sich in ihrem Stuhl zurück und wandte sich an die andere Frau. »Schwester Finella, bitte schickt einen Bericht an die Leiterin der Novizinnen. Setzt sie davon in Kenntnis, daß Novizin Verna Sauventreen ohne Befugnis und unaufgefordert das Büro der Prälatin betreten hat und sich des weiteren zu einer Tirade hat hinreißen lassen, die sich einer Novizin – die darauf hofft, eines Tages eine Schwester des Lichts zu werden – nicht geziemt.«

Schwester Finella richtete sich verärgert auf und sah wütend zu Schwester Verna hoch. »Tz, tz, *Novizin* Verna, dein erster Tag im Streben nach höherer Berufung, und schon hast du dir einen Tadel eingehandelt.« Sie schnalzte mit der Zunge. »Ich will nur hoffen, daß du lernst, dich zu betragen, falls du noch Hoffnung hast, jemals eine Schwester des Lichts zu werden.«

»Das wäre dann alles, Novizin«, sagte Schwester Ulicia. »Du bist entlassen.«

Schwester Verna machte auf dem Absatz kehrt. Sie vernahm ein Fingerschnippen. Sie blickte über die Schulter zurück und sah, wie Schwester Ulicia auf die Ecke ihres Schreibtisches tippte.

»Das Reisebuch. Außerdem glaube ich kaum, daß dies für eine Novizin die rechte Art ist, sich zu verabschieden, nachdem sie von einer Schwester entlassen wurde. Nicht wahr, Novizin?«

Schwester Verna zerrte das kleine Buch hinter ihrem Gürtel hervor und legte es vorsichtigt auf die Ecke des Schreibtischs.

»Nein, Schwester, ist es nicht.« Sie machte einen Knicks. »Vielen Dank, Schwester, daß Ihr Zeit für mich hattet.«

Leise seufzend schloß Verna die Tür hinter sich. Dann blieb sie einen Augenblick lang stehen und dachte nach.

Die Augen auf den Boden geheftet, suchte sie sich ihren Weg durch den Palast, durch offene und geschlossene Flure, aus nacktem Stein wie auch holzgetäfelte, über mit Teppichen ausgelegte Böden und solche, die gefliest waren. Also sie um eine Ecke bog, trat ihr plötzlich jemand entgegen. Sie hob den Kopf und sah in ein Gesicht, dem sie lieber nicht begegnet wäre.

Er lächelte auf altvertraute Art. »Verna! Wie schön, dich zu sehen!«

Das junge Gesicht mit dem energischen Kinn war unverändert. Er trug das wellige, braune Haar ein wenig länger, bis über die Ohren, und seine Schultern waren breiter, als sie in Erinnerung hatte. Sie mußte sich zusammenreißen, um nicht seine Wange zu berühren, ihm nicht in die Arme zu fallen.

Sie verneigte den Kopf. »Jedidiah.« Sie sah ihm in seine braunen Augen. »Du siehst gut aus. Du siehst aus ... genau wie immer. Du siehst gut aus für dein Alter.«

»Du siehst ... nun ja ...«

»Das Wort, nachdem du suchst, heißt alt. Ich sehe alt aus.«

»Ah, Verna, ein paar Fältchen ...«, er ließ den Blick an ihrem Körper hinabgleiten, »... und ein paar Pfunde können einer Schönheit wie dir doch nichts anhaben.«

»Wie ich sehe, kannst du eine Frau noch immer so umgarnen wie früher.« Sie betrachtete sein schlichtes, hellbraunes Gewand. »Und wie ich ebenfalls sehe, bist du ein guter Schüler gewesen und vorangekommen. Ich bin stolz auf dich, Jedidiah.«

Er tat das Kompliment mit einem Schulterzucken ab. »Erzähl mir von dem Neuen, den du hierhergebracht hast.«

Sie kniff die Augen zusammen. »Du hast mich seit über zwanzig Jahren nicht gesehen, seit ich mich von deinem Bett erhoben und auf diese Reise gegangen bin, und dies ist deine erste Frage an mich? Nicht, wie es mir ergangen ist? Nicht, was ich nach all der Zeit für dich empfinde? Nicht, ob ich einen anderen in mein Herz geschlossen habe? Nun, vermutlich hat der Schock darüber, wie sehr ich gealtert bin, dich diese Frage glatt vergessen lassen.«

Das verschlagene Lächeln auf seinen Lippen blieb. »Verna, du bist doch kein dummes, kleines Mädchen. Dir ist doch sicher klar, daß niemand von uns beiden nach so langer Zeit verlangen kann …«

»Natürlich weiß ich das! Ich habe mir, was uns betrifft, keine Illusionen gemacht. Ich hatte schlicht darauf gehofft, bei meiner Rückkehr mit ein wenig Takt und Einfühlungsvermögen behandelt zu werden.«

Er zuckte abermals mit den Achseln. »Tut mir leid, Verna. Ich hatte dich immer für eine Frau gehalten, die Verschwiegenheit zu schätzen weiß und die nichts auf Wortgefechte gibt.« Sein Blick verschwamm. »Vermutlich habe ich seit damals, als ich noch jung war, viel über … das Leben gelernt …«

Sie riß ihren wütenden Blick von seinem hübschen Gesicht los und wollte gehen. »Gute Nacht, Jedidiah.«

»Was ist mit meiner Frage?« Seine Stimme klang unangenehm scharf. Er schlug einen sanfteren Ton an. »Wie ist der Neue denn so?«

Sie blieb stehen, drehte sich aber nicht um. »Du warst doch dabei. Ich habe dich gesehen. Richard ist genau so, wie du ihn kennengelernt hast.«

»Ich habe auch gesehen, was dir passiert ist. Ich habe ein wenig Einfluß bei einigen der Schwestern. Vielleicht kann ich etwas tun, um dir zu helfen.« Er machte eine vage Handbewegung. »Wenn du offen zu mir bist und meine Neugier zufriedenstellst, kann ich dir vielleicht aus deiner unglücklichen Zwangslage heraushelfen.«

Sie machte sich erneut auf den Weg. »Gute Nacht, Jedidiah.«

»Ich sehe dich hier im Palast, Verna. Denk darüber nach.«

Sie konnte kaum fassen, wie dumm sie gewesen war. Sie kannte Jedidiah als fürsorglichen und aufrichtigen Menschen. Vielleicht trog ihre Erinnerung.

Vielleicht dachte sie ausschließlich an sich selbst und hatte ihm gar keine Gelegenheit gelassen, freundlicher zu sein. Sie sah bestimmt fürchterlich aus. Sie hätte sich zurechtmachen, ein hübsches Kleid anziehen, wenigstens ihr struppiges Haar richten sollen, bevor sie Jedidiah begegnete. Doch dazu hatte sie keine Gelegenheit gehabt.

Wenn sie seine Wange berührt hätte, vielleicht hätte er sich dann an diesen ganz besonderen Funken erinnert, an die Tränen, die sie am Tage ihres Aufbruchs vergossen hatte, und an die Versprechungen, die er ihr gemacht hatte. Versprechungen, die, das wußte sie im selben Augenblick, als sie ihm über die Lippen kamen, schon gebrochen wären, bevor ihr Echo verhallt war – damals, vor so langer Zeit.

Sie erreichte den Flur, der zu den Kammern der Novizinnen führte. Sie stand da und betrachtete die Türen. Müde war sie. Von Sonnenauf- bis Sonnenuntergang in den Ställen – das würde sehr anstrengend werden. Sie machte kehrt und ging statt dessen in die andere Richtung. Sie hatte noch etwas zu erledigen, bevor sie sich schlafen legte.

Pasha blieb vor einer großen, oben runden Tür aus dunklem Eichenholz stehen, die mit einer steinernen Einfassung umgeben war, die man Ranken nachempfunden hatte.

Pasha sah ihn mit hochgezogenen Brauen an. »Dein Verlies.«

»Es gibt keinen Riegel außen an der Tür. Wie willst du mich einsperren?«

Die Frage schien sie zu überraschen. »Wir schließen unsere jungen Männer nicht ein. Es steht dir frei, zu kommen und zu gehen, wie es dir beliebt.«

Richard runzelte die Stirn. »Heißt das, ich kann mich in diesem Gebäude frei bewegen?«

»Ja. Es steht dir frei, dort hinzugehen, wo du willst. Du darfst dich innerhalb des Palastes fast völlig frei bewegen oder auch in die Stadt gehen, wenn du möchtest. Die meisten Jungen verbringen einen großen Teil ihrer Zeit in der Stadt.« Bei ihrer letzten Bemerkung errötete sie leicht und wandte das Gesicht ab.

»Was ist mit dem Land rings um die Stadt?«

Sie zuckte mit den Achseln, dann zog sie die Schulter ihres blauen Kleides ein Stück höher. »Sicher. Ich weiß zwar nicht, wieso du hinaus aufs Land gehen solltest, keiner der anderen Jungen tut das, doch nichts hindert dich daran, sowohl den Palast als auch die Stadt zu verlassen.«

Eine Sorgenfalte erschien auf ihrer Stirn. »Nur den Hagenwald darfst du nicht betreten. Dort ist es äußerst gefährlich. Hat man dich schon vor dem Hagenwald gewarnt? Hat man dir auf dem Weg in den Palast gezeigt, wo er liegt?«

Richard nickte. »Wie weit darf ich in das Land hinausgehen?«

»Der Rada'Han verhindert, daß du dich zu weit entfernst. Wir müssen dich jederzeit finden können, doch die Grenze liegt etliche Meilen im Umkreis vom Palast der Propheten entfernt.«

»Wie viele Meilen?«

»Mehr, als du dich entfernen wollen wirst. Vermutlich bis fast an das Land der Wilden heran.«

»Du meinst der Baka Ban Mana.«

Sie nickte. »Fast bis dorthin, vermutlich.«

»Ohne Bewachung?«

Sie stemmte ihre Hände in die Hüften. »Du bist mir anvertraut worden. Ich werde dich fürs erste fast überallhin begleiten. Sobald unsere jungen Männer ein wenig erfahrener sind, ziehen sie auf Wunsch alleine los.«

»Ich kann mich einfach frei bewegen, wann immer ich will?«

»Nun, du wohnst natürlich hier im Palast. Und du mußt anwesend sein, wenn du deinen Unterricht bekommst. Ich werde dir Unterricht erteilen sowie auch einige der Schwestern. Wir werden dir beibringen, dein Han zu berühren, und wenn du das kannst, werden wir anfangen, dir zu zeigen, wie man es beherrscht.«

»Wieso verschiedene Schwestern? Warum nicht bloß eine oder nur du?«

»Weil das Han bestimmter Menschen manchmal besser zusammen funktioniert. Außerdem haben die Schwestern mehr Erfahrung als ich, mehr Wissen.«

»Wird Schwester Verna eine von ihnen sein?«

Pasha sah ihn unter gerunzelter Stirn hervor an. »Verna ist keine Schwester mehr. Sie ist nicht länger berechtigt, diesen Titel zu tragen. Sie ist jetzt Novizin und sollte schlicht mit Verna angesprochen werden. Novizinnen, abgesehen von der einen, die dir zugeteilt wurde – also mir –, ist es nicht erlaubt, Unterricht zu geben. Novizinnen des ersten Ranges wie Verna ist der Umgang mit unseren Jungen nicht gestattet. Die Pflicht der Novizinnen ist es, zu lernen, nicht zu lehren.«

Richard glaubte nicht, sich Schwester Verna jemals schlicht als Verna vorstellen zu können. Es klang so fremd. »Wann wird sie wider Schwester sein?«

»Sie muß als Novizin dienen und befördert werden wie jede andere Novizin auch. Ich habe damit angefangen, Töpfe in den Küchen zu schrubben, als ich klein war. Ich habe bis jetzt gebraucht, um diese Chance zu erhalten. Eines Tages, vorausgesetzt, Verna arbeitet so hart wie ich, wird auch sie die Gelegenheit bekommen, eine Schwester des Lichts zu werden. Bis dahin ist Verna Novizin.«

Die Vorstellung, daß man Schwester Verna seinetwegen degradiert hatte, machte ihn wütend. Sie würde eine alte Frau sein, bis sie es endlich wieder zur Schwester gebracht hätte. Er wechselte das Thema. »Und warum dürfen wir uns frei bewegen?«

»Weil ihr für die Menschen keine Gefahr darstellt. Eines Tages wirst du gelernt haben, dein Han zu kontrollieren, dann wird man dir allmählich Einschränkungen auferlegen, bezüglich der Orte, die du besuchen darfst. Die Menschen in der Stadt fürchten sich vor Jungen, die ihre Macht benutzen können – in der Vergangenheit ist es zu unglücklichen Zwischenfällen gekommen –, daher wird ein Junge aus der Stadt verbannt, sobald er weiß, wie er sein Han handhaben kann. Während die Jungen zu Zauberern aufsteigen, werden ihnen immer weitere Einschränkungen auferlegt, bis ihre Bewegungsfreiheit schließlich gegen Ende, kurz vor ihrer Entlassung, auf bestimmte Bereiche des Palastes beschränkt wird.

Im Augenblick jedoch steht es dir frei, fast überall dort hinzugehen, wo du willst. Durch den Rada'Han werde ich die ganze Zeit über wissen, wo du dich aufhältst.«

»Soll das heißen, daß mich jede Schwester durch dieses verfluchte Ding finden kann?«

»Nein, nur die, die ihn dir gegeben hat, denn sie hat ihn in der Hand gehalten und kann seine Kraft erkennen. Und ich muß jederzeit wissen, wo du dich befindest, da ich für dich verantwortlich bin, ich werde also dafür sorgen müssen, daß mein Han das unverwechselbare Gefühl deines Han erkennt.«

Sie stieß die Tür auf und trat in das dunkle Zimmer. Mit einer ausholenden Armbewegung schossen Flammen aus den überall im Raum verteilten Lampen.

»Den Trick mußt du mir beibringen«, murmelte er.

»Das ist kein Trick. Das war einfach mein Han. Und das ist noch das einfachste von vielen Dingen, die ich dir beibringen werde.«

Die Decke des riesigen Raumes war rings um die Stuckverzierung mit einem feinen Muster aus verschiedenfarbigen Linien geschmückt. Die Wände waren mit Kirschholz in einer warmen Farbe getäfelt. Große, mit dicken, tiefblauen Moirévorhängen verhängte Fenster gingen hinaus in die Nacht. Es gab einen offenen Kamin mit einer weißen Säule auf jeder Seite. Der größte Teil des Holzfußbodens war mit dicken Teppichen bedeckt. Bequeme Stühle und Sofas standen überall im Raum sowie vor dem Kamin.

Richard war überzeugt, daß sein ganzes Haus zweimal in diesen Raum hineingepaßt hätte. Er ließ den Rucksack von seinem Rücken gleiten und lehnte ihn neben dem Kamin an die Wand. Den Köcher für die Pfeile und den unbespannten Bogen stellte er daneben ab.

Er ging nach rechts hinüber, zu einer Doppeltür aus kleinen Glasscheiben mit hauchfeinen, cremefarbenen Vorhängen. Hinter der Doppeltür befand sich ein weitläufiger Balkon, von dem aus man die Stadt überblicken konnte. Er berührte das Marmorgeländer mit den Fingern und blickte nach rechts, vorbei an der Stelle, zu den Hügeln hinüber, aus denen er gekommen war.

»Die Sonnenuntergänge sind wundervoll von diesem Balkon aus«, meinte Pasha.

Richard war nicht an Sonnenuntergängen interessiert. Er studierte den Innenhof unten, die Tore, die Straßen, die patrouillierenden Soldaten und die Brücken in die Stadt und die dahinterliegenden Hügel. Er versuchte sich alles wie eine Karte einzuprägen.

Er ging zurück nach drinnen und marschierte ans andere Ende des Raumes, zu der dortigen Tür. Hinter ihr befand sich ein Schlafzimmer, das fast so groß war wie der erste Raum. Hier stand das größte Bett, das er je gesehen hatte. Eine tiefviolette Decke war darüber ausgebreitet. Ein weiteres Paar verglaster Türen führte auf einen zweiten Balkon, und dieser ging nach Süden, aufs Meer hinaus.

»Die Aussicht ist wundervoll«, meinte Pasha. »Romantisch.« Sie sah, daß er Teile des Palastes unten betrachtete. »Auf der anderen Seite des Innenhofes liegen einige der Frauenunterkünfte, wo sich die meisten Zimmer der Schwestern befinden.« Sie drohte ihm mit dem Finger. »Du wirst dich von ihnen fernhalten, junger Mann!« Sie machte kehrt. »Es sei denn, eine Schwester bittet dich in ihr Zimmer«, fügte sie kaum hörbar hinzu.

»Wie soll ich dich nennen?« fragte er. »Schwester Pasha?«

Sie kicherte. »Nein. Ich bin Novizin, allerdings hoffe ich, eine Schwester zu werden, vorausgesetzt, ich kann mich bei dir beweisen. Bis dahin bin ich einfach Pasha.«

Richard drehte sich zu ihr um und blickte ihr wütend in die Augen. »Mein Name ist Richard. Fällt es dir eigentlich schwer, das zu behalten?«

»Hör zu, du bist mir anvertraut worden, und ...«

»Wenn das für dich zu schwer zu behalten ist, wirst du nie Gelegenheit erhalten, eine Schwester zu werden. Denn wenn du weiterhin darauf bestehst, mich zu demütigen, indem du mich anders als bei meinem Namen rufst, werde ich dafür sorgen, daß du deine Prüfung nie bestehen wirst.« Er beugte sich und blickte ihr wütend in die aufgerissenen Augen. »Hast du das verstanden, Pasha?«

Sie schluckte. »Du wirst mich nicht anschreien, junger ...« Sie reckte ihr Kinn ein wenig empor. »Du wirst mich nicht anschreien, Richard.«

»Das ist schon besser. Danke.« Er hoffte, sie würde es dabei belassen. Falls nicht, so war er nicht in der Stimmung, freundlich zu reagieren.

Er wandte sich ab. Von diesem Balkon waren die Dinge, die ihn interessierten, weniger gut zu überblicken, daher ging er ins Schlafzimmer zurück.

Sie folgte ihm auf den Fersen. »Hör zu, Richard, entweder gewöhnst du dir Manieren an, oder ich werde …«

Damit war seine Geduld erschöpft. Er wirbelte zu ihr herum. Sie blieb ruckartig stehen und wäre fast mit ihm zusammengestoßen.

»Du bist noch nie verantwortlich für jemanden gewesen, hab' ich recht?« Sie rührte sich nicht. »Ich würde sagen, dies ist das erste Mal, daß man dir Verantwortung übertragen hat, und du hast entsetzliche Angst, es zu verpfuschen. Du hast keine Erfahrung, also denkst du, dein tyrannisches Auftreten könnte mich über deine Unsicherheit hinwegtäuschen!«

»Nun, ich …«

Ihre Stimme verlor sich, als er sich zu ihr hinunterbeugte und sein Gesicht ganz dicht vor ihres brachte.

»Du mußt keine Angst davor haben, ich könnte merken, wie unerfahren du bist, Pasha. Du solltest dich davor fürchten, daß ich dich töten könnte.«

Vor Empörung kniff sie die Augen zusammen. »Wage es nicht, mir zu drohen.«

»Für dich ist das hier ein Spiel. Eine Möglichkeit, irgendwelchen geheimnisvollen Regeln folgend herumzustolzieren und dein kleines Schoßhündchen an seinem Halsring herumzuzerren und ihm beizubringen, dir die Hand zu schlecken, damit du dir den nächsten Rang verdienen kannst.«

Er senkte die Stimme. »Für mich ist das kein Spiel, Pasha. Es ist eine Frage auf Leben und Tod. Ich bin ein Gefangener, der mit einem Halsring festgehalten wird wie ein wildes Tier oder besser: wie ein Sklave. Ich habe nur soviel Kontrolle über mein Leben, wie ihr erlaubt. Ich weiß, daß ich von euch gefoltert werden soll, damit mein Wille gebrochen wird.

Du irrst dich, Pasha, wenn du glaubst, ich würde dir drohen. Das tue ich nicht. Ich gebe dir ein Versprechen.«

»Ich bin nicht so, wie du denkst, Richard«, sagte sie mit schwacher Stimme. »Ich will deine Freundin sein.«

»Du bist nicht meine Freundin. Du bist meine Aufpasserin.« Er hielt ihr einen Finger drohend vors Gesicht. »Dreh mir nie den Rücken zu, denn ich werde dich töten, genau wie ich den letzten Menschen getötet habe, der mich an einem Halsring gefangengehalten hat.«

Sie sah ihn fassungslos an. »Richard, ich weiß nicht, was dir früher zugestoßen ist, aber wir sind nicht so. Ich will eine Schwester des Lichts werden, weil ich den Menschen helfen will, die Güte des Schöpfers zu erkennen.«

Richard stand gefährlich kurz davor, die Beherrschung über die Magie des Schwertes zu verlieren. Er hatte Mühe, sie im Griff zu behalten. Er hatte anderes zu tun. »Deine Theologie interessiert mich nicht. Denk einfach daran, was ich dir gesagt habe.«

Sie lächelte. »Das werde ich. Ich entschuldige mich dafür, daß ich dich anders als bei deinem Namen gerufen habe. Bitte vergib mir. Ich habe das noch nie gemacht. Ich habe nur getan, was ich glaubte tun zu sollen: die Regeln beachten, wie man es mir beigebracht hat.«

»Vergiß die Regeln. Sei einfach du selbst, und du wirst weniger Ärger haben.«

»Wenn dir das hilft, mir zu glauben, daß ich dir bloß helfen will, dann werde ich es tun.« Sie zeigte aufs Bett. »Hier. Setz dich auf die Bettkante.«

»Wozu?«

Obwohl sie sich nicht bewegte, spürte er einen sanften Stoß. Er kippte nach hinten und saß auf der Bettkante.

Sie stellte sich zwischen seine Beine, ganz dicht an seinen Körper. »Ruhig. Laß mich meine Arbeit machen. Ich habe es dir bereits gesagt, ich muß dafür sorgen, daß mein Han deinen Rada'Han erkennt, damit ich jederzeit weiß, wo du steckst.«

Sie legte ihm die Hände zu beiden Seiten des Halses auf den Ring. Sie schloß die Augen. Ihre Brüste befanden sich genau vor seinem Gesicht und bewegten sich mit jedem Atemzug. Er spürte ein sanftes Kribbeln, das bis hinunter in seine Zehen kroch und dann wieder hinauf durch seinen Körper. Es war ein wenig beunruhigend, aber nicht unangenehm, und tatsächlich, je länger es dauerte, desto besser fühlte es sich an.

Als sie die Hände fortnahm, machte sich die Abwesenheit dieses Gefühls einen Augenblick lang schmerzlich bemerkbar. Die Welt schien zu summen, sich zu drehen. Er schüttelte den Kopf.

»Was hast du getan?«

»Ich habe lediglich mein Han mit deinem Rada'Han bekanntgemacht.« Sie sah ein wenig benommen aus. Sie schluckte, als ihr eine Träne über die Wange lief. »Und mit einem Teil deines Han, deinem inneren Wesen.«

Sie wandte sich ab. Richard stand auf.

»Soll das heißen, daß du jetzt immer weißt, wo ich bin? Durch meinen Halsring?«

Sie nickte matt und schlenderte langsam durchs Zimmer. Sie bekam ihre Stimme wieder unter Kontrolle. »Was ißt du gern?«

»Ich esse kein Fleisch.«

Sie blieb auf der Stelle stehen. »So etwas habe ich noch nie gehört.«

»Und ich mag wohl auch keinen Käse mehr.«

Sie überlegte einen Augenblick, dann ging sie weiter. »Ich werde den Köchen deine besonderen Wünsche mitteilen.«

Ein Plan formte sich in seinem Kopf, und dabei konnte er sie nicht gebrauchen. Er mußte sie loswerden.

Pasha ging zu einem abgebeizten Kleiderschrank aus Fichtenholz. Dort hingen Hosen aus feinem Garn, wenigstens ein Dutzend Hemden, größtenteils weiß, einige mit Rüschen, sowie Jacken in allen Farben.

»Die gehören dir«, meinte sie.

»Wenn alle überrascht waren, daß ich erwachsen bin, wieso haben die Kleider dann die Größe eines erwachsenen Mannes?«

Sie unterzog die verschiedenen Teile einer Betrachtung, befühlte den Stoff, nahm einige heraus und hielt sie in die Höhe, um besser sehen zu können. »Jemand muß es gewußt haben. Verna muß es jemandem erzählt haben.«

»Schwester Verna.«

Sie hängte eine schwarze Jacke zurück. »Tut mir leid, Richard, aber jetzt heißt es nur noch ›Verna‹.« Sie zog ein weißes Hemd heraus. »Gefällt dir das?«

»Nein. Ich sehe albern aus, wenn ich solch ausgefallene Kleidung trage.«

Sie lächelte kokett. »Ich glaube, du sähst sehr gut darin aus. Aber wenn es dir nicht gefällt, dort auf dem Tisch sind Münzen. Ich werde dir einige Geschäfte in der Stadt zeigen, und dort kannst du kaufen, was immer dir besser gefällt.«

Richard sah zu dem marmorgedeckten Tisch hinüber. Dort stand eine silberne Schale mit Silbermünzen und gleich daneben eine goldene Schale, zum Überfließen voller Goldmünzen. Selbst wenn er sein ganzes Leben als Waldführer arbeiten würde, niemals könnte er auch nur halb soviel Gold verdienen.

»Das gehört mir nicht.«

»Aber natürlich tut es das. Du bist Gast des Palastes, und der Palast stellt alles zur Verfügung, was immer unsere Gäste verlangen. Wenn du es aufgebraucht hast, wirst du neues bekommen.« Sie holte eine rote Jacke mit Goldbrokat an den Schultern und Manschetten hervor. Ihre Augen strahlten. »Richard, das würde dir ganz einfach prächtig stehen.«

»Auch wenn man einen Halsring unter prächtigem Geschmeide verbirgt, es bleibt immer noch ein Halsring.«

»Das hat nichts mit deinem Rada'Han zu tun. Deine Kleidung ist entsetzlich. Du siehst aus wie ein Wilder aus den Wäldern.« Sie hielt ihm die rote Jacke an. »Hier, probier das mal an.«

Er riß ihr die Jacke aus den Händen und schmiß sie aufs Bett. Dann packte er sie am Arm und zerrte sie zur Tür.

»Richard! Laß das! Was tust du?«

Er riß die Tür auf. »Ich bin müde. Es war ein langer Tag. Gute Nacht, Pasha.«

»Richard, ich versuche doch bloß dir zu helfen, damit du besser aussiehst. In diesen Kleidern siehst du aus wie ein Wilder. Wie ein großes wildes Tier.«

Er beruhigte sich, indem er ihr blaues Kleid betrachtete, blau wie die Farbe von Kahlans Hochzeitskleid.

»Diese Farbe steht dir nicht«, meinte er. »Sie steht dir überhaupt nicht.«

Sie stand im Flur und starrte ihn aus ihren großen, braunen Augen an. Er stieß die Tür mit dem Fuß zu.

Er wartete ein paar Minuten, dann sah er auf dem Flur nach. Nichts von ihr zu sehen. Er ging zu seinem Rucksack neben dem Kamin und machte sich daran, ihn auszupacken. Alles würde er nicht brauchen. Nicht nötig, all die zusätzlichen Kleidungsstücke mitzunehmen.

Als er die Sehne auf den Bogen spannte, klopfte es leise an der Tür. Er schlich über die Teppiche und lauschte. Vielleicht ging sie wieder fort, falls er nicht öffnete. Er konnte sie nicht gebrauchen, wenn sie um ihn herumscharwenzelte und ihm vorschrieb, was er anzuziehen hatte. Er hatte etwas Wichtiges zu erledigen.

Es klopfte leise noch einmal. Vielleicht war es gar nicht Pasha. Richard zückte sein Messer und riß die Tür auf.

»Schwester Verna.«

»Ich habe gerade Pasha gesehen, wie sie weinend den Korridor entlanglief. Du überraschst mich, Richard.« Sie zog die Augenbrauen hoch und sah ihn an. »Ich hätte nicht gedacht, daß du so lange brauchst. Ich hatte mich eine Ecke weiter versteckt und hatte Angst, beim Warten erwischt zu werden.« Ein Tuch bedeckte ihr lockiges Haar und fiel breit über ihre Schultern. »Mußtest du sie unbedingt zum Weinen bringen?«

»Sie kann von Glück reden, daß ich sie nicht habe bluten lassen.«

Sie nahm das Tuch ab und legte es sich um die Schultern. Ein schwaches Lächeln spielte über ihre Lippen. »Darf ich hereinkommen?« Er streckte ihr den Arm auffordernd entgegen. »Und ich heiße jetzt schlicht Verna«, meinte sie, als sie die Schwelle überschritt. »Ich bin keine Schwester mehr.«

Er ließ das Messer in die Scheide zurückgleiten. »Tut mir leid, aber ich glaube, ich bringe es nicht über mich, Euch irgendwie anders zu nennen. Für mich seid Ihr Schwester Verna.«

»Es ist nicht richtig, mich mit Schwester anzureden.« Sie sah sich im Zimmer um, während er die Tür schloß. »Wie ist die Unterbringung?«

»Selbst ein König könnte sich wohl kaum beschweren. Schwester Verna, ich weiß, Ihr werdet mir nicht glauben, aber was passiert ist, tut mir wirklich leid. Ich hatte nicht die Absicht, Euch meinen Ärger aufzuladen.«

Ihr Gesicht verzog sich zu einem breiten Grinsen. »Du hast ständig nichts als Ärger für mich bedeutet, Richard, doch diesmal hast du nichts damit zu tun. Diese Suppe hat mir jemand anderes eingebrockt.«

»Schwester, ich weiß, ich bin schuld, daß Ihr zur Novizin degradiert worden seid. Das war nicht meine Absicht. Daß Ihr allerdings zur Arbeit in die Ställe geschickt werden sollt, das habt Ihr Euch selber zuzuschreiben.«

»Die Dinge sind nicht immer, was sie scheinen, Richard.« Ihre Augen glitzerten seltsam. »Ich kann Töpfeschrubben nicht ausstehen. Als ich noch jung und Novizin war, habe ich das mehr gehaßt als alles andere. In einer Küche fühle ich mich nicht wohl, und schon gar nicht, wenn meine Hände dabei in siedendem Wasser stecken.

Pferde gefallen mir viel besser. Sie geben keine Widerworte und streiten sich nicht mit mir. Ich bin gern in der Nähe von Pferden. Das um so mehr, seit du die Trensen zerstört hast und ich mich mit Jessup angefreundet habe. Schwester Maren war in dem Glauben, sozusagen die Zügel in der Hand zu halten, dabei hat sie mir nur einen Gefallen getan.«

Richard konnte sich ein schiefes Lächeln nicht verkneifen. »Ihr seid ein gerissenes Frauenzimmer, Schwester Verna. Ich bin stolz auf Euch. Trotzdem tut es mir noch immer leid, daß man Euch meinetwegen wieder zu Novizin gemacht hat.«

Sie zuckte mit den Achslen. »Ich bin hier, um dem Schöpfer zu dienen. Wie, spielt keine Rolle. Und du hast nichts damit zu tun, denn die Anordnungen der Prälatin waren es, wegen derer ich zur Novizin degradiert worden bin.«

»Ihr meint die Anordnungen, die sie in das Buch geschrieben hat? Sie hat Euch verboten, Eure Kraft bei mir anzuwenden, habe ich recht?«

»Woher weißt du das?«

»Das habe ich mir so überlegt. Oft wart Ihr wütend genug, um mich mit Feuer anzuspucken, aber nie habt Ihr Eure Kraft gebraucht, um mich zu bestrafen. Ich glaube, das wäre kaum passiert, wenn Ihr nicht die Anweisung gehabt hättet, Euch nicht einzumischen. Schließlich dient der Rada'Han der Kontrolle – warum sonst solltet Ihr diese Kontrolle also nicht benützen?«

Sie schüttelte nachdenklich den Kopf. »Du bist selbst sehr gerissen, Richard. Wie lange hast du das schon gewußt?«

»Seit ich das Buch im Turm gelesen habe. Warum seid Ihr hier, Schwester?«

»Ich wollte sehen, ob es dir gut geht. Ich fange morgen an und werde nicht noch einmal die Gelegenheit bekommen, dich zu besuchen. Wenigstens für lange Zeit nicht – nicht, bevor ich wieder zur Schwester des Lichts ernannt worden bin. Novizinnen des ersten Ranges ist es nicht gestattet, mit den jungen Zauberern in Kontakt zu treten. Die Strafe ist recht hart.«

»Euer erster Tag als Novizin, und schon brecht Ihr die Regeln. Ihr hättet nicht kommen sollen. Ihr werdet bis zu den Ellenbogen in siedendem Wasser und schmutzigen Töpfen stecken, wenn sie Euch erwischen.«

Sie zuckte mit den Achseln. »Es gibt Wichtigeres als Regeln.«

Richard runzelte die Stirn, als er den entrückten Blick in ihren Augen sah. »Warum setzt Ihr Euch nicht?«

»Ich habe keine Zeit. Ich bin nur gekommen, um mein Versprechen einzulösen.« Sie zog etwas aus einer Tasche. »Und um dir dies zu bringen.«

Sie ergriff seine Hand, legte etwas hinein und schloß seine Finger darum.

Als Richard seine Finger öffnete und hinsah, hätten seine Knie beinahe nachgegeben. Plötzlich spürte er einen Kloß im Hals. In seinen Augen sammelte sich Wasser, während er in seine Hand starrte.

Es war die Locke von Kahlans Haar, die er weggeworfen hatte.

Schwester Verna hakte ihre Hände ineinander. »Am ersten Abend, unserem ersten Abend, habe ich dies gefunden.«

Ohne aufzusehen sagte er leise: »Was meint Ihr damit, gefunden?«

Sie lehnte sich zurück und blickte an die Decke. »Nachdem du eingeschlafen warst, nachdem du beschlossen hattest, mich nicht umzubringen, bin ich spazierengegangen und habe sie gefunden.«

Er schloß langsam die Augen. »Ich kann es nicht annehmen«, gelang es ihm hervorzustoßen. »Ich habe ihr die Freiheit gegeben.«

»Kahlan hat ein großes Opfer gebracht, um dir das Leben zu retten. Ich habe ihr versprochen, dafür zu sorgen, daß du nicht vergißt, daß sie dich liebt.«

Richards Kräfte waren dahin. Die Muskeln seiner Beine bebten. Seine Hand zitterte.

»Ich kann es nicht annehmen. Sie hat mich fortgeschickt. Ich habe ihr die Freiheit gegeben.«

Schwester Verna sprach sanft auf ihn ein. »Sie liebt dich, Richard. Bitte, nimm es an, mir zuliebe. Ich habe die Regeln gebrochen, um dir dies zu bringen. Ich habe Kahlan mein Versprechen gegeben, dafür zu sorgen, daß du weißt, wie sehr sie dich liebt. Ich wurde heute erst wieder daran erinnert, welch selten Ding wahre Liebe ist.«

Richard kam sich vor, als wäre der Palast mit seinem gesamten Gewicht über ihm zusammengestürzt.

»Also gut, Schwester, Euch zuliebe. Aber ich weiß, daß sie mich nicht will. Wenn man jemanden liebt, dann bittet man ihn nicht, sich einen Ring um den Hals zu legen. Man schickt ihn nicht fort. Sie will frei sein. Ich liebe sie, also habe ich ihr die Freiheit gegeben.«

»Eines Tages, Richard, wirst du ihre Liebe hoffentlich erkennen – und wieviel sie geopfert hat. Liebe ist etwas sehr Kostbares und sollte niemals in Vergessenheit geraten. Ich weiß nicht, was das Leben noch für dich bereithält, aber eines Tages wirst du die Liebe wiederfinden.

Doch im Augenblick, denke ich, brauchst du einen Freund nötiger als alles andere. Ich meine es ernst mit meinem Angebot, Richard.«

»Werdet Ihr mir diesen Ring abnehmen?«

Sie schwieg einen Augenblick. Ihre Stimme war voller Bedauern, als sie antwortete. »Das kann ich nicht, Richard. Es würde dir schaden. Ich habe die Pflicht, dein Leben zu erhalten. Der Ring muß bleiben.«

Er nickte. »Ich habe keine Freunde. Ich befinde mich auf feindlichem Gebiet, in der Hände meiner Feinde.«

»Das ist nicht wahr. Aber ich fürchte, als Novizin werde ich keine Gelegenheit haben, dich vom Gegenteil zu überzeugen. Pasha scheint eine nette junge Frau zu sein. Versuche dich mit ihr anzufreunden, Richard. Du brauchst einen Freund.«

»Ich kann mich nicht mit jemandem anfreunden, den ich vielleicht töten muß. Mir war es mit jedem Wort ernst, das ich gesagt habe, Schwester.«

»Ich weiß, Richard«, erwiderte sie leise. »Ich weiß. Aber Pasha ist fast so alt wie du. Manchmal fällt es leichter, mit jemandem im gleichen Alter Freundschaft zu schließen. Ich glaube, sie wäre gern deine Freundin.

Für eine Novizin ist diese Zeit genauso wichtig wie für einen jungen Zauberer. Das Verhältnis zwischen einer Novizin und dem Zauberer, der ihr anvertraut ist, ist einzigartig. Das Band, das sich daraus entwickelt, ist etwas ganz Besonderes und wird für beide ein Leben lang währen.

Auch sie hat Angst. Ihr ganzes Leben war sie Schülerin, Novizin. Jetzt ist sie zum ersten Mal Lehrerin. Nicht nur der Junge lernt, das Mädchen ebenfalls. Sie beide treten in ein neues Leben ein. Das ist für beide etwas ganz Besonderes.«

»Sklave und Herr. Das ist das einzige Band.«

Sie seufzte. »Ich bezweifle, daß je eine Novizin einer ähnlichen Aufgabe wie Pasha gegenübergestanden hat. Versuche ihr gegenüber verständnisvoll zu sein, Richard. Pasha wird alle Hände voll mit dir zu tun haben. Der Schöpfer weiß, selbst die Prälatin hätte alle Hände voll mit dir zu tun.«

Richard starrte ins Leere. »Habt Ihr jemals einen Menschen getötet, den Ihr liebt, Schwester?«

»Nun ja, nein …«

Richard wog den Strafer in der Faust. »Denna hielt mich mit Hilfe von Magie fest, genau wie die Schwestern. Sie legte mir einen Ring um den Hals, genau wie die Schwestern.

Man hat sie gefoltert, bis sie irre genug war, mir dasselbe anzutun. Ich verstand, wieso sie dazu fähig war, weil ich alles getan hätte, was sie mir befahl, um nicht länger gequält zu werden.«

Er spürte den Schmerz des Strafers kaum, der durch seinen Körper tobte.

»Ich verstand sie, und ich liebte sie.« Eine Träne lief ihm über die Wange. »Das war für mich die einzige Möglichkeit zu entkommen. Sie kontrollierte den Zorn des Schwertes. Weil ich aber fähig war, sie zu lieben, konnte ich die Klinge des Schwertes der Wahrheit weiß färben.«

»Gütiger Schöpfer«, sagte Schwester Verna leise, »du hast die Schwertklinge weiß gefärbt?«

Richard schloß die Augen und nickte. »Ich mußte die Liebe zu ihr in mein Herz aufnehmen. Erst danach konnte ich die Klinge weiß färben. Erst danach konnte ich sie damit durchbohren, während sie mir gleichzeitig liebevoll in die Augen sah. Nur weil ich sie liebte, konnte ich sie töten und entkommen.

Solange ich lebe, werde ich mir das nicht verzeihen können.«

Schwester Verna nahm ihn tröstend in die Arme. »Gütiger Schöpfer«, hauchte sie, »was hast du deinem Kind nur angetan?«

Richard stieß sie von sich. »Geht, Schwester, bevor Ihr in Schwierigkeiten kommt.« Er wischte sich über die Augen. »Ich benehme mich wie ein Narr.«

Sie packte ihn an den Schultern. »Warum hast du mir nicht vorher schon davon erzählt?«

Er wischte sich mit dem Ärmel über die Nase. »Ich bin nicht gerade stolz darauf. Und Ihr seid mein Feind, Schwester.« Er blickte in ihre feuchten Augen. »Ich habe Euch die Wahrheit gesagt, ich habe heute den anderen Schwestern die Wahrheit gesagt: Ich werde jeden töten, wenn ich muß. Schwester, ich bin fähig, jeden zu töten. Ich bin der Bringer des Todes. Ich bin ein Ungeheuer. Deshalb wollte Kahlan, daß ich fortgeschickt werde.«

Sie strich ihm das Haar aus dem Gesicht. »Sie liebt dich, Richard. Sie hat versucht, dir das Leben zu retten. Irgendwann wirst du das erkennen.« Sie seufzte. »Entschuldige. Ich muß gehen. Wirst du zurechtkommen?«

Sein Lächeln war hohl. »Ich glaube nicht, Schwester. Ich glaube, es wird Krieg geben. Ich glaube, es wird damit enden, daß ich Schwestern töte. Hoffentlich werdet Ihr nicht zu ihnen gehören.«

Sie fuhr ihm mit den Fingern über die Wange. »Wir wissen nie, was der Schöpfer für uns bereithält.«

»Wenn Euer Schöpfer über irgendwelche Macht verfügt, dann werdet Ihr erheblich schneller wieder zu einer Schwester ernannt werden, als Ihr glaubt, Schwester.«

»Ich muß gehen. Viel Glück, Richard. Hab Vertrauen.«

Sofort nachdem sie gegangen war, warf er sich den Umhang über die Schultern und setzte den Rucksack auf. Er mußte jetzt handeln, solange sie sich noch vor ihm fürchteten, solange sie noch unsicher waren. Er vergewisserte sich, daß das Schwert locker in der Scheide steckte. Er hakte den Köcher an seinen Rucksack und schulterte den Bogen, dann trat er hinaus auf den Balkon.

Mit einer Schlinge befestigte Richard das Seil am steinernen Geländer. Er nahm das Messer zwischen die Zähne, dann ließ er sich über die Kante gleiten, hinein in die Dunkelheit, in sein Element.

19. Kapitel

Selbst nachts schienen die Menschen auf den Straßen Tanimuras nicht weniger zu werden. Die kleinen Feuer, über denen Fleisch an Spießen gebraten wurde, brannten noch, und auch die Händler hatten noch reichlich Kunden zu bedienen. Männer riefen ihm zu, er solle mit ihnen Würfel spielen. Hatten sie erst seinen Ring gesehen, versuchten die Leute ihn zu verleiten, alles mögliche zu kaufen, vom Essen bis hin zu Muschelketten für seine Liebste. Er erklärte ihnen, er habe keine Münzen. Daraufhin lachten sie nur und meinten, der Palast werde für alles zahlen, was er wolle. Richard zog den Kopf ein und ging weiter.

Frauen in gewagten Kleidern, schmiegten sich an ihn, kicherten und feixten, während sie ihn betatschten und versuchten, ihm die Finger in die Taschen zu stecken. Sie machten ihm Offerten, die er kaum glauben konnte. Mit abwehrenden Gesten waren sie nicht zu vertreiben. Aber mit seinem zornerfüllten Blick.

Richard war erleichtert, als er die Stadt hinter sich gelassen hatte, die Lichter und Fackeln, die Lampen, Kerzen und Feuer, all den Gestank und all den Lärm. Das Atmen fiel ihm leichter, während er in der mondbeschienen Landschaft stand. Als er die Hügel hinaufstieg, warf er einen Blick über die Schulter zurück auf die blinkenden Lichter.

Er war sich ständig des Rings um seinen Hals bewußt und fragte sich, was wohl geschehen würde, wenn er sich zu weit entfernte. Nach dem, was Pasha ihm erzählt hatte, war das jedoch viele Meilen weiter, als er zu gehen beabsichtigte. Trotzdem hatte er Angst, sie könnte sich geirrt haben und seine lange Leine sich mit einem Ruck strammspannen.

Endlich hatte er eine Stelle erreicht, die ihm gefiel. Sorgfältig prüfte er die grasbewachsene Anhöhe, von der aus man die Stadt in der Ferne überblicken konnte. Ein kleines Stück seitlich entfernt, in der Senke, konnte er die dunklen Umrisse alter Bäume erkennen, die im Mondschein aufragten. Schatten, so schwarz wie der Tod, lauerten in der Dunkelheit.

Richard starrte eine Weile in die bedrohliche Finsternis, wie gelähmt von einem schwachen, anhaltenden Verlangen, in den lauernden Schoß ihrer Nacht einzudringen. Irgend etwas in ihm hungerte danach, dorthin zu gehen und die Magie auf den Plan zu rufen. Irgend etwas in ihm gelüstete danach, dem Zorn zum Ausbruch zu verhelfen, seiner Wut Luft zu machen, ja, ihr Luft zu machen.

Ihm war, als müßte seine Niedergeschlagenheit darüber, gegen seinen Willen festgehalten zu werden, seine Wut darüber, ein hilfloser Gefangener zu sein, seine Angst, nicht zu wissen, was aus ihm wurde und sein Gram wegen Kahlan, als müßte all dies herausgelassen werden, so wie man mit der Faust gegen die Wand schlug. Irgendwie schien ihm dieser Wald diese Erleichterung zu verheißen.

Schließlich kehrte Richard dem Hagenwald den Rücken zu und ging daran, Feuerholz zu sammeln. Mit seinem Messer schnitzte er einen Haufen Holzspäne auf eine kahle Stelle, die er mit seinem Stiefel freigetreten hatte. Stahl und Feuerstein aneinanderschlagend, gelang es ihm, die Späne zum Schwelen zu bringen, und als sie Feuer gefangen hatten, legte er etwas Holz darüber. Als das Feuer richtig in Gang war, stellte er einen Topf nach draußen, goß Wasser hinein und setzte Reis mit Bohnen auf. Derweil er darauf wartete, daß es kochte, verspeiste er ein kleines Stück Bannock, das er noch übrig hatte.

Er saß da, die Arme um die Knie geschlungen, und betrachtete den dunklen Wald, den Hagenwald. Er betrachtete die Stadt, die in der Ferne glitzerte. Der Himmel war ein funkelnder Baldachin aus Sternen. Während er den Himmel beobachtete, wartete er darauf, daß sich ein vertrauter Schatten vor den Sternen abzeichnete.

Nach einer Weile vernahm er hinter sich einen dumpfen Aufschlag. Er lachte, als die pelzigen Arme nach ihm griffen und ihn zu Boden warfen. Gratch lachte gurgelnd und versuchte mit Armen, Beinen und Flügeln, seinen Gegner zu umwickeln. Richard kitzelte ihn an den Rippen, und Gratch stieß sein tiefes, knurrendes Lachen aus. Die Balgerei endete damit, daß Gratch schließlich oben hockte und Richard mit Armen und Flügeln umschlang. Richard drückte den kleinen Gar fest an sich.

»Grrrratch haaaag Raaach aaargh liiiig.«

Richard drückte ihn noch fester. »Ich habe dich auch lieb, Gratch.«

Gratch drückte seine runzlige Nase an Richards. Seine grünen, leuchtenden Augen sahen nach unten, und er stieß ein kehliges Kichern aus.

Richard rümpfte die Nase. »Gratch! Du hast Mundgeruch!« Er setzte sich auf und hielt den Gar auf seinem Schoß. »Hast du dir selbst was zu fressen gefangen?« Gratch nickte begeistert. Richard drückte ihn erneut.

»Ich bin so stolz auf dich! Du hast es sogar ohne die Blutmücken geschafft. Was hast du erwischt?« Gratch legte den Kopf auf die Seite. Seine pelzigen Ohren stellten sich nach vorn.

»Hast du eine Schildkröte gefangen?« erkundigte sich Richard. Gratch kicherte und schüttelte den Kopf. »Hast du einen Hirsch erwischt?« Gratch wackelte mit dem Kopf und knurrte enttäuscht. »Ein Kaninchen?« Gratch hüpfte kopfschüttelnd auf und ab und genoß das Spiel.

»Ich geb's auf. Was war's?«

Gratch bedeckte die Augen mit seinen Krallen und linste zwischen ihnen hindurch.

»Ein Waschbär! Du hast einen Waschbär erwischt!«

Gratch nickte breit grinsend, dann warf er seinen Kopf nach hinten und trommelte sich röhrend auf die Brust.

Richard tätschelte dem Tier den Rücken. »Gut gemacht! Sehr gut!«

Gratch kicherte gurgelnd, dann versuchte er, Richard für den nächsten Ringkampf nach hinten zu drücken. Richard war froh, weil der Gar sich sein Fressen endlich selbst fangen konnte. Er brachte Gratch dazu, stillzusitzen und sich zu beruhigen, während er nach dem Reis und den Bohnen sah.

Gratch beugte sich vor und schnupperte vorsichtig an dem Topf. Daß er heiß war, wußte er. Er hatte sich bereits einmal verbrannt und war vorsichtig, wenn Richard irgend etwas kochte. Er rümpfte die Nase über den Reis mit Bohnen. Er gab ein Krächzen von sich und rollte die Schultern. Richard wußte, das hieß, er war nicht begeistert, aber wenn nichts Besseres in Aussicht war, würde er sich damit zufriedengeben.

Richard schüttete ihm etwas in seine eigene Schale. »Du mußt erst pusten. Es ist heiß.«

Gratch hielt sich den Blechnapf vors Gesicht und schürzte die ledrigen Lippen. Beim Versuch, seinen Imbiß abzukühlen, blies und prustete er zwischen seinen Reißern hindurch. Richard aß mit einem Löffel und beobachtete, wie der Gar versuchte, den Reis und die Bohnen aus dem Napf zu schlecken. Schließlich wälzte sich Gratch auf den Rücken, packte den Napf mit Klauen und Füßen und schüttete sich den Inhalt in den Schlund. Mit drei Schlucken war alles verschwunden.

Dann setzte sich Gratch auf und schlug mit den Flügeln. Er rutschte näher. Mit einem jammervollen Laut hielt er Richard seinen Napf hin. Richard zeigte ihm den leeren Topf.

»Alles weg.« Gratch zog die Ohren ein. Er hakte eine Kralle in Richards Napf und zog leicht daran. Richard zog seinen Napf fort und drehte ihm den Rücken zu. »Das gehört mir. Das ist mein Abendessen.«

Gratch gab sich damit zufrieden, geduldig abzuwarten, bis Richard aufgegessen hatte. Als Richard die Knie hochzog, die Arme um sie schlang und dabei die Stadt betrachtete, ging Gratch in die Hocke und versuchte, seine Haltung nachzuahmen.

Richard nahm die Haarlocke aus der Tasche. Er zwirbelte sie im Mondlicht und beobachtete starren Blicks, wie sie sich drehte. Gratch reckte eine Klaue vor. Richard stieß sie mit dem Ellenbogen fort.

»Nein«, sagte er mit leiser Stimme. »Du kannst sie anfassen, aber nur, wenn du vorsichtig bist.«

Gratch streckte zögernd, langsam die Klaue aus und berührte die

Locke vorsichtig mit seiner Kralle. Er sah mit seinen grün leuchtenden Augen auf und betrachtete sie sorgfältig. Dann strich er mit der Kralle über Richards Haar.

Gratch berührte Richards Wange. Berührte die Träne, die herunterkullerte. Richard schluchzte und schniefte. Er steckte die Haaarlocke zurück in die Tasche.

Gratch legte Richard tapsig den Arm um die Schultern und lehnte seinen Kopf an ihn. Richard legte einen Arm um Gratch, und dann sahen sie eine Weile hinaus in die Nacht.

Schließlich entschied Richard, es wäre besser, wenn er etwas schliefe, suchte sich eine Stelle mit dichtem Gras, auf der er eine Decke ausbreitete. Er legte sich hin, wobei Gratch sich eng an ihn schmiegte, und die beiden schliefen zusammen ein.

Richard wachte auf, als der Mond fast untergegangen war. Er setzte sich auf und reckte sich. Gratch ballte die Fäuste und äffte Richard nach und nahm auch noch die Flügel zur Hilfe, während er sich gähnend reckte. Richard rieb sich die Augen. In ein oder zwei Stunden würde es dämmern. Es war an der Zeit.

Er stand auf. Gratch neben ihm rappelte sich ebenfalls auf. »Ich will, daß du mir genau zuhörst, Gratch. Ich habe dir einige wichtige Dinge zu erzählen. Hörst du mir zu?«

Gratch nickte, das runzelige Gesicht zu einer ernsten Miene verzogen. Richard zeigte auf die Stadt.

»Siehst du den Palast dort, mit all den Feuern, all den Lichtern? Ich werde eine Weile dort wohnen.« Richard tippte sich an die Brust und zeigte dann auf die Stadt. »Ich werde dort unten sein. Aber ich will nicht, daß du mich dort besuchst. Du darfst nicht dorthin. Der Ort ist gefährlich für dich. Komm nicht dorthin.« Gratch beobachtete Richards Gesicht. »Ich komme hier hinauf, um dich zu besuchen. Einverstanden?« Gratch überlegte einen Augenblick, dann nickte er.

»Du hältst dich von der Stadt fern. Und siehst du den Fluß dort unten? Du weißt, was ein Fluß ist, ich habe dir Wasser gezeigt. Du bleibst auf dieser Seite des Wassers. Auf dieser Seite. Verstanden?«

Richard wollte nicht, daß der Gar Jagd auf das Vieh der Bauernhöfe jenseits des Flusses machte. Das brächte ihn mit Sicherheit in Schwierigkeiten. Gratchs Blick wanderte von Richards Gesicht zur Stadt, dann wieder zurück. Er machte tief in seiner Kehle ein Geräusch, um zu zeigen, er habe verstanden.

»Und noch etwas, Gratch, wenn du Menschen siehst«, Richard tippte sich auf die Brust und zeigte auf die Stadt, »Menschen wie mich, friß sie nicht.« Er hielt den Finger drohend vor Gratchs Gesicht. »Menschen sind nichts zum Fressen! Friß keinen Menschen. Verstanden?«

Gratch knurrte enttäuscht, dann nickte er. Richard legte dem Gar einen Arm um die Schultern und drehte ihn zum Hagenwald um.

»Jetzt hör zu. Das ist wichtig. Siehst du diesen Ort dort unten? Diesen Wald?«

Ein tiefes, bedrohliches Knurren drang aus der Kehle des Gar. Er bleckte seine Reißer. Das Glühen in seinen grünen Augen wurde intensiver.

»Du hältst dich von dort fern. Ich will nicht, daß du an diesen Ort gehst. Ich meine es ernst, Gratch. Halte dich von dort fern.« Gratch betrachtete den Wald, noch immer knurrend. Richard packte eine Handvoll Fell und rüttelte ihn. »Bleib weg von dort. Verstanden?«

Gratch sah kurz hinüber, schließlich nickte er.

»Ich muß dort hinein, aber du kannst mir nicht folgen. Dort drinnen ist es gefährlich für dich. Bleib dort weg.«

Mit einem jämmerlichen Wimmern legte Gratch einen Arm um Richard und zog ihn einen Schritt zurück.

»Mir wird dort nichts geschehen, ich habe das Schwert. Erinnerst du dich noch an das Schwert? Ich habe dir mein Schwert doch gezeigt. Es wird mich beschützen. Aber du kannst nicht mitkommen.«

Richard hoffte, daß er in bezug auf das Schwert recht hatte. Schwester Verna hatte ihm erzählt, daß der Hagenwald ein Ort dunkler Magie sei. Doch er hatte keine Wahl. Es war der einzige Ort, der ihm einfiel.

Richard nahm den Gar noch einmal fest in die Arme. »Sei ein guter Junge. Geh und jag dir noch etwas zu fressen. Ich werde hier hinaufkommen und dich besuchen, und dann machen wir einen Ringkampf. Einverstanden?«

Gratch mußte grinsen, als das Wort Ringkampf fiel. Er zerrte voller Hoffnung an Richards Arm. »Nicht jetzt, Gratch. Ich muß etwas erledigen. Aber an einem anderen Abend komme ich zurück und ringe mit dir.«

Gratch ließ erneut die Ohren hängen. Zum Abschied nahm er Richard in die langen Arme und drückte ihn. Richard suchte seine Sachen zusammen und stieg nach einem letzten Winken den Hang hinunter in die Senke. Gratch verfolgte, wie der dunkle Wald ihn verschluckte.

Richard lief ungefähr eine Stunde lang. Er mußte tief genug im Hagenwald sein, damit sein Plan auch ganz sicher funktionierte. Mit Moos und Kletterpflanzen verhangene Äste sahen aus wie Arme, die sich reckten, um nach ihm zu greifen. Geräusche wehten durch die Bäume – ein kehliges Schnalzen und lange, tiefe Pfeiftöne. Fernab, in stehenden Gewässern, klatschte dauernd irgend etwas ins Wasser, sobald er sich näherte.

Erhitzt und von der Anstrengung des Fußmarsches keuchend, erreichte er eine kleine Lichtung, hoch genug, um trocken zu sein, und offen genug, um ihm die Sicht auf ein kleines Stück Sternenhimmel zu bieten. Auf der Lichtung gab es weder Stein noch Baumstamm, also trat er ein dickes Grasbüschel platt, ließ sich neben seinem Rucksack nieder und verschränkte die Beine. Er schloß die Augen und atmete tief durch.

Richard dachte an zu Hause und an den Kernlandwald. Er sehnte sich nach seinem Wald zurück. Er dachte an die Freunde, die ihm so sehr fehlten, an Chase und Zedd. All die Zeit, die er bei dem alten Mann aufgewachsen war, hatte Richard nicht gewußt, daß Zedd sein Großvater war. Aber er hatte gewußt, daß er sein Freund war und daß sie sich sehr mochten. Das war es wohl, was wirklich zählte. Welchen Unterschied hätte es gemacht? Richard hätte ihn unmöglich mehr lieben, und Zedd hätte ihm kein besserer Freund sein können.

Es war so viel Zeit vergangen, seit er Zedd das letzte Mal gesehen hatte. Er hatte ihn zwar im Palast des Volkes in D'Hara getroffen, doch da hatte er eigentlich kaum Zeit gehabt, mit ihm zu sprechen. Er hätte nicht so bald aufbrechen sollen. Wie gern würde er jetzt mit Zedd reden, ihn um seine Hilfe und sein Verständnis bitten.

Richard hatte keine Ahnung, ob Kahlan zu Zedd gehen würde. Warum sollte sie? Sie war Richard los, und das war es schließlich, was sie gewollt hatte.

Er wünschte sich von ganzem Herzen, daß es nicht so wäre.

Er vermißte ihr Lächeln, ihre grünen Augen, den sanften Klang ihrer Stimme, ihre Klugheit und ihren Witz, ihre Berührung. Durch sie wurde die Welt lebendig. Er hätte in diesem Augenblick sein Leben dafür gegeben, sie bloß für fünf Minuten in den Armen halten zu können.

Aber sie wußte, was er war, und hatte ihn fortgeschickt.

Und er hatte sie freigegeben.

So war es am besten. Er war nicht gut genug für sie.

Bevor er merkte, was er tat, begann er, den Frieden in seinem Innern zu suchen, sein Han, wie Schwester Verna es ihm beigebracht hatte. Er hatte fast jeden Tag geübt, während er mit ihr zusammengewesen war, und obgleich er nie sein Han gespürt hatte, was immer das auch war, die Suche danach war stets angenehm gewesen. Sie war entspannend und erfüllte ihn mit Frieden. Es war ein gutes Gefühl, eben dies jetzt zu tun. Er ließ seine Gedanken jenen Ort des Friedens finden, ließ seine Sorgen davontreiben.

In Gedanken stellte er sich, wie er es immer tat, das Schwert der Wahrheit vor, das vor seinem inneren Augen durch den Raum schwebte. Er konnte jede Einzelheit erkennen, jede Einzelheit spüren.

In seinem Zustand der Ruhe, in seiner Meditation, ohne die Augen zu öffnen, zog er sein Schwert. Er wußte nicht so recht, warum, doch es schien genau das Richtige zu sein. Das einzigartige Klirren des Stahls hing in der Nachtluft und verkündete die Ankunft der Klinge im Hagenwald.

Er legte das Schwert auf seine Knie. Anstelle des Friedens tanzte die Magie in seinem Innern. Was immer geschah, er war bereit.

Jetzt mußte er warten. Es würde eine ganze Weile dauern, dessen war er sicher, aber kommen würde sie.

Sie würde kommen, sobald sie wußte, wo er war.

Während er still und ruhig dasaß, kehrte die Nacht rings um ihn zu ihrer gewohnten Betriebsamkeit zurück. Während er sich auf das Bild des Schwertes konzentrierte, war sich Richard vage des Zirpens und Schnalzens der Käfer bewußt, des tiefen, gleichmäßigen Quakens der Frösche, des Raschelns der Mäuse und Maulwürfe im trockenen Bodensatz des Waldes. Gelegentlich brachte eine Fledermaus die Luft zum Sirren. Einmal hörte er ein Quieken, als eine Eule sich ihr Abendessen fing.

Und dann, während er im Zustand jener traumähnlichen Benommenheit dasaß und sich das Schwert vorstellte, wurde die Nacht still.

In Gedanken sah er hinter sich den dunklen Schatten.

Mit einer einzigen, fließenden Bewegung war Richard auf den Beinen und wirbelte herum. Die Schwertspitze zog pfeifend durch die Luft. Die schwebende Gestalt sprang zurück und griff erneut an, als das Schwert vorüber war. Richard spürte ein aufgeregtes Kribbeln, weil er sein Ziel verfehlt hatte, weil es nicht so schnell vorbei sein würde, weil er mit den Seelen tanzen und seinem Zorn freien Lauf lassen konnte.

Die Gestalt bewegte sich wie ein Cape im Wind, dunkel wie der Tod und ebenso schnell.

Kreuz und quer über die Lichtung schossen sie, während das Schwert im schwächer werdenden Schein des Mondes aufblitzte, die Klinge die Luft in Scheiben schnitt, die vogelähnlichen Krallen des dunklen Etwas ins Leere schlugen. Richard tauchte in die Magie des Schwertes ein, in dessen Zorn, in seinen eigenen. Er befreite seine Wut und Enttäuschung, so daß sie sich zu der Raserei des Schwertes gesellen konnten, und genoß den Tanz mit dem Tod.

Sie wirbelten wie Laub in einem Sturm über die Lichtung, der eine ging der Klinge aus dem Weg, der andere den Krallen. Vorspringend, wegtauchend, benutzten sie die Bäume als Deckung und zum Angriff. Richard ließ die Seelen des Schwertes mit ihm tanzen. Er versenkte sich in die Beherrschung der Magie, überließ sich ganz dem

Rat der Seelen und beobachtete, fast in entrücktem Zustand, wie sie ihn mal hier, mal dorthin wirbelten, ihn über den Boden gleiten, nach rechts, dann links wegtauchen, vorspringen, zustoßen ließen.

Er gierte danach, den Tanz zu lernen.

Bringt es mir bei.

Eine Flut von Wissen überkam ihn wie eine Erinnerung, von seinem Willen zum verbindenden Glied geschmiedet.

Er war nicht mehr der Benutzer des Schwertes, der Magie, der Seelen, sondern wurde zu ihrem Meister. Die Klinge, die Magie, die Seelen und der Mann waren eins.

Der dunkle Schatten griff an.

Jetzt. Mit einem massiven Schlag halbierte die Klinge die Gestalt. Eine Gischt aus Blut traf auf die Bäume in der Nähe. Ein Todesheulen ließ die Luft erzittern, dann war alles still.

Richard stand keuchend da, fast traurig, weil es vorüber war. Fast.

Er hatte mit den Seelen der Toten getanzt, mit der Magie, und hatte auf diese Weise jene Erlösung gefunden, die er gesucht hatte. Erlösung nicht nur von seinen Gefühlen hilfloser Verzweiflung, sondern auch von einem düsteren Verlangen tief in seinem Innern, daß er nicht verstand.

Die Sonne stand fast zwei Stunden am Himmel, da hörte er sie kommen. Sie tappte durch das Unterholz, empörte sich schnaubend über die Zweige, an denen ihr Kleid hängenblieb. Er hörte Zweige knacken, als sie den Hang hinaufgestolpert kam. Ihren Rock mit einem Ruck von einem Dornenbusch befreiend, stolperte sie auf die Lichtung und stand vor ihm.

Richard saß mit verschränkten Beinen da. Dabei hielt er die Augen geschlossen, und das Schwert ruhte auf seinen Knien. Keuchend blieb sie vor ihm stehen.

»Richard!«

»Guten Morgen, Pasha.« Er öffnete die Augen. »Ein wundervoller Tag, nicht wahr?«

Sie hatte ihren langen, braunen Rock ein Stück hochgerafft. Ihre weiße Bluse war schweißdurchtränkt. Ihre Haare waren zerzaust.

Pasha blies eine Strähne aus ihrem Gesicht. »Du mußt sofort hier raus. Richard, dies ist der Hagenwald.«

»Ich weiß. Schwester Verna hat es mir gesagt. Ein interessanter Ort, eigentlich gefällt es mir hier.«

Sie sah ihn fassungslos an. »Richard, dieser Ort ist gefährlich! Was tust du hier?«

Richard lächelte sie an. »Ich warte auf dich.«

Sie sah sich nach den Bäumen und den dunklen Schatten um. »Irgendwas riecht fürchterlich hier«, murmelte sie.

Pasha ging vor ihm in die Hocke und lächelte ihn an, wie ein Erwachsener ein Kind anlächelte oder jemanden, den er für wahnsinnig hielt. »Richard, du hast deinen Spaß gehabt, deinen netten Spaziergang übers Land, jetzt gib mir deine Hand und laß uns von hier fortgehen.«

»Ich gehe erst, wenn Verna wieder als Schwester eingesetzt ist.«

Pasha sprang auf. »Was?«

Richard nahm sein Schwert zur Hand und erhob sich vor ihr. »Ich gehe nicht von hier fort, solange Verna nicht wieder in den Rang einer Schwester erhoben ist, so wie es vorher war. Der Palast soll entscheiden, was ihm wichtiger ist – mein Leben oder daß Schwester Verna Novizin bleibt.«

Pashas Mund klappte auf. »Aber die einzige, die Vernas Strafe aufheben kann, ist Schwester Maren!«

»Ich weiß.« Er berührte mit dem Finger ihre Nase. »Deswegen wirst du jetzt auch losmarschieren und Schwester Maren folgendes erklären: Sie soll herkommen, persönlich, und mir feierlich geloben, daß Verna wieder eine Schwester ist und sie meinen Bedingungen zustimmt.«

»Das kann unmöglich dein Ernst sein. Schwester Maren wird das nicht tun.«

»Ich weiche nicht von diesem Fleck, bis sie es tut!«

»Richard, wir gehen zurück und sehen, ob Schwester Maren bereit ist, darüber zu sprechen, aber hierbleiben kannst du nicht. Es lohnt nicht, dafür zu sterben!«

Er sah sie mit kühlem Ausdruck an. »Für mich schon.«

Sie befeuchtete sich die Lippen mit der Zunge. »Richard, du weißt nicht, was du tust. Dieser Ort ist gefährlich. Ich bin für dich verantwortlich. Ich kann dich nicht hierlassen!

Wenn du nicht mit mir kommen willst, dann bin ich gezwungen, den Halsring zu gebrauchen und dich zu zwingen, mit mir zu kommen. Und das willst du doch nicht.«

Richard umfaßte das Heft des Schwertes noch fester. »Schwester Verna wird bestraft, weil man es mir heimzahlen will. Ich habe mir geschworen, Verna wieder zur Schwester zu machen. Ich kann diese Strafe nicht zulassen. Ich werde tun, was immer erforderlich ist, wenn nötig werde ich hier sterben.

Wenn du den Halsring dazu benutzt, mir weh zu tun oder mich fortzuzerren, werde ich mich mit allem, was ich habe, gegen dich zur Wehr setzen. Ich weiß nicht, wer gewinnen wird, aber wenn es dazu kommt, steht eines für mich fest: Einer von uns wird sterben. Wenn du es bist, dann hat damit der Krieg begonnen. Sterbe ich, dann ist deine Prüfung zur Schwester bereits am ersten Tag beendet. Schwester Verna wird immer noch Novizin sein, aber da steht sie jetzt ohnehin. Wenigstens habe ich dann mein Bestes getan.«

»Du wärst bereit zu sterben? Hierfür?«

»Ja. So wichtig ist es für mich. Ich werde nicht zulassen, daß Schwester Verna wegen etwas bestraft wird, das ich getan habe. Das ist ungerecht.«

Sie legte die Stirn in Falten. »Aber … Schwester Maren ist die Leiterin der Novizinnen. Ich bin Novizin. Ich kann nicht einfach zu ihr gehen und ihr sagen, sie soll einen Befehl zurücknehmen – sie würde mich bei lebendigem Leib häuten!«

»Der Grund für den Ärger bin ich. Du bist nur die Überbringerin. Ich werde nicht dulden, daß sie dich bestraft, genausowenig wie ich dulden werde, was man mit Schwester Verna macht. Wenn Schwester Maren den Krieg anfangen will, bitte. Wenn sie die Absicht hat, meine Waffenruhe einzuhalten, dann wird sie hierher zu mir kommen und meinen Bedingungen zustimmen müssen.«

Pasha starrte ihn an. »Richard, wenn du bei Sonnenuntergang noch hier bist, wirst du sterben.«

»Dann schlage ich vor, du solltest dich beeilen.«

Sie drehte sich um und streckte den Arm zur Stadt hin aus. »Aber … ich muß den ganzen Weg zurücklaufen. Es hat Stunden gedauert, hierherzukommen. Es wird Stunden dauern zurückzugehen. Und dann muß ich Schwester Maren finden und sie von deiner Ernsthaftigkeit überzeugen, und selbst wenn ich sie überreden könnte, mit mir zurückzukommen, müßten wir immer noch hierhin zurück.«

»Du hättest ein Pferd nehmen sollen.«

»Aber ich bin einfach losgelaufen, als mir klar wurde, wo du steckst! Ich habe weder an ein Pferd noch an sonst etwas gedacht! Mir war klar, es würde Ärger geben, und ich bin dir einfach nachgelaufen!«

Er sah sie gelassen an. »Dann hast du einen Fehler gemacht, Pasha. Du hättest erst überlegen und dann handeln sollen. Vielleicht denkst du beim nächsten Mal vorher nach?«

Pasha legte ihre Hand auf die Brust und japste nach Luft. »Richard, wir haben wohl kaum die Zeit …«

»Dann wäre es besser, du würdest dich beeilen, oder dein neuer Schützling sitzt hier immer noch im Hagenwald, wenn die Sonne untergeht.«

In ihren Augen standen Tränen der Verzweiflung. »Richard, bitte, du begreifst nicht. Dies ist kein Spiel. Der Ort hier ist gefährlich.«

Er drehte sich ein wenig und deutete mit dem Schwert auf etwas. »Ja, ich weiß.«

Pasha linste um ihn herum in die Schatten, dann stockte ihr der Atem. Zögernd näherte sie sich dem Wesen bei den Bäumen. Richard ging ihr nicht hinterher. Er wußte, was sich dort befand: zwei Hälften eines Geschöpfes aus einem Alptraum, dessen Eingeweide über den Boden verstreut lagen.

Sein gekrümmter Kopf, gleich dem eines Mannes, der zur Hälfte mit einer Schlange oder Echse verschmolzen war, bot ein Bild der Verruchtheit selbst: bedeckt von einer glänzenden, strammen, schwarzen Haut, die glatt war bis zum Ansatz des dicken Halses, wo sie in biegsame Schuppen überging. Der geschmeidige Körper war größtenteils wie der eines Mannes geformt. Das gesamte Geschöpf schien für fließend schnelle Bewegungen wie geschaffen – tödliche Anmut.

Es trug Häute, die mit schwarzen, kurzen Haaren besetzt waren, sowie ein körperlanges Cape mit Kapuze. Was Richard für Krallen gehalten hatte, waren keine Krallen, sondern drei mehrklingige Messer, eines für jede mit Schwimmhäuten versehene Hand, mit einem gekreuzten Griff, den man in der Faust hielt. Stahlschienen unterstützten bei einem Schlag zusätzlich die Handgelenke.

Pasha stand wie benommen da. Schließlich ging Richard zu ihr und betrachtete die beiden Hälften des Wesens. Was immer es war, es blutete genauso wie jedes andere Geschöpf. Und es stank – wie Fisch, der in der heißen Sonne faulte.

Pasha starrte bebend auf das Wesen. »Gütiger Schöpfer«, sagte sie tonlos. »Das ist ein Mriswith.« Sie machte einen Schritt nach hinten. »Was ist mit ihm passiert?«

»Was mit ihm passiert ist? Ich habe ihn getötet, das ist passiert. Was für ein Wesen ist ein Mriswith?«

Sie sah ihn mit ihren großen, braunen Augen an. »Was willst du damit sagen, du hast ihn getötet? Einen Mriswith kann man nicht töten. Niemand hat bisher einen Mriswith getötet.«

Ihr Gesicht war ein Bild der Bestürzung.

»Nun, jetzt hat jemand einen getötet.«

»Du hast ihn in der Nacht getötet, hab' ich recht?«

»Ja.« Richard runzelte die Stirn. »Woher weißt du das?«

»Mriswiths werden außerhalb des Hagenwaldes nur selten beobachtet, aber in den letzten paar tausend Jahren gab es immer wieder Berichte über sie. Berichte von Leuten, die es irgendwie geschafft hatten, lange genug zu überleben, um zu erzählen, was sie gesehen hatten. Mriswiths nehmen immer die Farbe ihrer Umgebung an. In einem Bericht ist einer aus dem Watt gestiegen und hatte die Farbe von Schlick. Einmal, in den Sanddünen, war es die Farbe von Sand. In einem Bericht hieß es, der Mriswith sei im goldenen Licht des Sonnenuntergangs golden gewesen. Wenn sie des Nachts auf Mordzug gehen, sieht man sie nie, denn dann sind sie ebenso schwarz wie die Nacht. Wir glauben, daß sie, vielleicht durch Magie, die Fähigkeit besitzen, die Farbe ihrer Umgebung anzunehmen. Da dieser schwarz ist, mußt du ihn nachts getötet haben.«

Richard faßte sie am Arm und zog sie sachte fort. Das Geschöpf schien sie völlig in seinen Bann gezogen zu haben. Er fühlte, wie sie unter seiner Hand zitterte.

»Pasha, was sind das für Wesen?«

»Es sind Geschöpfe, die im Hagenwald leben. Was es für Wesen sind, weiß ich nicht. Ich habe gehört, es hieße, im Krieg, der die Neue von der Alten Welt trennte, hätten die Zauberer Armeen von Mriswiths aufgestellt. Manche Leute glauben, die Mriswiths würden vom Namenlosen geschickt.

Aber ihr Zuhause ist der Hagenwald. Hier sind auch noch andere Wesen beheimatet. Aus diesem Grund lebt niemand auf dieser Seite des Flusses. Manchmal kommen sie aus dem Wald heraus und machen Jagd auf Menschen. Sie verschlingen ihre Beute nie, offenbar töten sie nur um des Tötens willen. Mriswiths weiden ihre Opfer aus. Einige überleben lange genug und können noch erzählen, was sie erwischt hat. Von ihnen haben wir unsere Kenntnisse.«

»Wie lange gibt es den Hagenwald und diese Geschöpfe schon?«

»Soweit ich weiß, wenigstens so lange wie den Palast der Propheten, fast dreitausend Jahre.«

Sie packte ihn am Hemd und rüttelte ihn. »Während dieser ganzen Zeit hat niemand einen einzigen Mriswith getötet. Alle Opfer berichteten, sie hätten sie erst gesehen, nachdem sie von ihnen aufgeschlitzt worden waren. Einige der Opfer waren Schwestern und Zauberer, und nicht einmal ihr Han hat sie gewarnt. Sie sagten, sie wären für ihr Erscheinen blind gewesen, so als wären sie ohne die Gabe geboren worden. Wie ist es möglich, daß du einen Mriswith töten konntest?«

Richard erinnerte sich, wie er ihn in seinem Geist hatte kommen sehen. Er löste ihre Hand von seinem Hemd. »Vielleicht hatte ich bloß Glück. Irgend jemand mußte ja früher oder später mal einen erwischen. Vielleicht war dieser hier ein Trottel.«

»Richard, bitte, komm mit mir, fort von hier. Das ist keine Art, seinen Willen mit dem Palast zu messen. Du könntest dabei getötet werden.«

»Ich habe nicht die Absicht, jemandes Willen auf die Probe zu stellen, ich übernehme nur die Verantwortung für mein Tun. Es ist meine Schuld, daß Schwester Verna degradiert wurde, ich muß es wieder richten. Ich trete dafür ein, was richtig ist. Wenn ich das nicht tue, bin ich ein Nichts.«

»Richard, wenn die Sonne über dem Hagenwald untergeht –«

»Du verschwendest kostbare Zeit, Pasha.«

20. Kapitel

Es war später Nachmittag, als er sie kommen hörte. Er hörte das Geräusch von nur einem Pferd und Pashas Stimme, die laut rufend die Richtung angab. Schließlich brachen sie durch das Dickicht und traten auf die Lichtung.

Richard steckte sein Schwert in die Scheide. »Bonnie!« Er kraulte das Pferd am Hals. »Wie geht es dir, Mädchen?«

Bonnie rieb das Maul an seiner Brust. Richard schob ihr die Finger ins Maul und betastete die Trense, während Schwester Maren ihn stirnrunzelnd beobachtete.

»Freut mich zu sehen, daß Ihr eine Gelenktrense benutzt, Schwester.«

»Die Stallburschen meinten, sie könnten die starren Trensen nicht finden.« Sie blickte wütend und voller Argwohn auf ihn herab. »Wie es scheint, sind sie verschwunden. Auf rätselhafte Art und Weise.«

»Tatsächlich?« Richard zuckte mit den Achseln. »Ich kann nicht behaupten, daß mich das traurig macht.«

Pasha keuchte vor Anstrengung, weil sie zu Fuß mit der Schwester auf dem Pferd Schritt halten hatte müssen. Ihre weiße Bluse war schweißnaß. Hilflos versuchte sie das verfilzte Durcheinander ihrer Haare zu richten. Offenbar hatte die Schwester Pasha gezwungen, zu Fuß zu gehen – als Strafe. Schwester Maren in ihrem schlichten braunen, bis zum Hals zugeknöpften Kleid, machte auf ihrem Pferd den Eindruck, als wäre ihr kühl und behaglich zumute.

»Also, Richard«, meinte Schwester Maren, während sie abstieg, »ich bin hier, wie du es verlangt hast. Was willst du also?«

Sie wußte ganz genau, was er wollte, doch Richard beschloß, es ihr noch einmal in freundlichem Tonfall zu erklären. »Ganz einfach. Schwester Verna soll wieder zur Schwester gemacht werden. Sofort. Außerdem müßt Ihr ihr den Dacra wiedergeben.«

Sie machte eine abfällige Handbewegung. »Und ich dachte schon, du wolltest etwas Unvernünftiges. Das ist einfach. Schon erledigt. Verna ist wieder Schwester. Das macht für mich keinen Unterschied.«

»Und wenn sie fragt, warum, möchte ich nicht, daß Ihr ihr von der Geschichte mit mir erzählt. Sagt einfach, Ihr hättet es Euch anders überlegt, was auch immer, und hättet beschlossen, sie wieder einzusetzen. Wenn Ihr wollt, könnt Ihr ihr sagen, Ihr hättet Euren Schöpfer um Weisung gebeten, und dann sei Euch klargeworden, daß sie Schwester bleiben sollte.«

Sie wischte sich ein paar ihrer feinen, sandfarbenen Haare aus dem Gesicht. »Das soll mir recht sein. Bist du zufrieden? Entspricht alles deinen Wünschen?«

»Damit wäre die Sache ausgestanden, und unsere Waffenruhe bleibt gewahrt.«

»Gut. Und jetzt, da die Nebensächlichkeiten erledigt sind, zeige mir diesen toten Bären. Pasha hat mit ihrem Geschwätz, du hättest einen Mriswith getötet, den halben Palast in Aufruhr versetzt.« Pasha sah angestrengt zu Boden, als Schwester Maren einen tadelnden Blick in ihre Richtung schickte. »Das törichte Kind setzt seinen Fuß auf nichts, das nicht gefegt, geschrubbt oder gewienert ist. Sie steckt ihren Kopf nur dann zur Tür hinaus, wenn die Ballen mit der allerneuesten Spitze in Tanimura angeliefert werden. Sie könnte kein Kaninchen von einem Ochsen unterscheiden, und ganz bestimmt würde sie keinen ... was ist das für ein Gestank?«

»Bäreneingeweide«, sagte Richard.

Er streckte den Arm aus und wies ihr den Weg. Pasha trat respektvoll zur Seite. Schwester Maren strich ihr Kleid an den Hüften glatt und ging forschen Schritts zu den Bäumen hinüber. Pasha sah gesenkten Hauptes zu ihm hoch, und als sie hörten, wie Schwester Maren die Luft wegblieb, hob sie schließlich ganz den Kopf und lächelte.

Als Schwester Maren, das Gesicht weiß wie ein Laken, rückwärts zurück zu ihnen kam, nahm Pasha ihr Studium des Bodens wieder auf.

Mit zittrigen Fingern hob Schwester Maren Pashas Kinn. »Du hast die Wahrheit gesagt«, hauchte sie. »Vergib mir, Kind.«

Pasha machte einen Knicks. »Natürlich, Schwester Maren. Vielen Dank, daß Ihr Euch die Zeit genommen habt, meinen Bericht zu bestätigen.«

Schwester Marens Hochmut war verflogen und hatte ernster Sorge Platz gemacht. Sie wandte sich an Richard. »Wie ist dieses Geschöpf gestorben?« Richard zog das Schwert eine Spanne weit aus der Scheide, dann schob er es wieder zurück. »Dann stimmt es also, was Pasha erzählt hat? Du hast es getötet?«

Richard zuckte mit den Achseln. »Ich habe eine ganze Menge meiner Zeit unter freiem Himmel zugebracht. Ich wußte, daß es kein Kaninchen war.«

Schwester Maren kehrte zu dem Geschöpf zurück und murmelte vor sich hin: »Ich muß es untersuchen. Das ist eine noch nie dagewesene Gelegenheit.«

Pasha sah zu Richard hinüber und rümpfte angewidert die Nase, derweil die Schwester mit dem Finger über den lippenlosen Mundschlitz fuhr und dann mit der Hand über die glänzende, schwarze Haut strich. Sie zerrte an der Fellkleidung, zog sie mal hier- mal dorthin, während sie sie untersuchte.

Sie erhob sich und blickte auf die Eingeweide hinab. Schließlich drehte sie sich zu Richard um.

»Wo ist das Cape? Pasha meinte, er hätte ein Cape gehabt.«

Als Richard den Mriswith bei seinem Angriff entzweigeschlagen hatte, hatte sich das Cape aufgebläht und war deshalb unbeschädigt geblieben. Während er darauf gewartet hatte, daß Pasha mit der Schwester zurückkehrte, war er zufällig dahintergekommen, zu welch überraschenden Dingen das Cape fähig war. Daraufhin hatte er das Blut abgewaschen, es zum Trocknen über Zweige gelegt und es schließlich in seinem Rucksack verstaut. Er hatte nicht die Absicht, dieses Cape herzugeben.

»Es gehört mir. Es ist die Trophäe aus diesem Kampf. Ich werde es behalten.«

Sie schien verwirrt. »Aber die Messer ... mögen Männer so etwas nicht lieber als Siegestrophäen? Warum willst du ein Cape statt der Messer?«

Richard tippte auf sein Heft. »Ich habe mein Schwert. Was soll ich mit Messern, die meinem Schwert unterlegen sind, wie sich herausgestellt hat? Ich wollte immer schon ein langes, schwarzes Cape, und das hier ist gut, ich werde es also behalten.«

Die Sorgenfalten schlichen sich erneut auf ihr Gesicht. »Ist das wieder eine Bedingung für die Waffenruhe?«

»Wenn es nicht anders geht.«

Die Furchen glätteten sich. Sie seufzte. »Vermutlich ist es egal. Das Geschöpf zählt, nicht sein Cape.« Sie wandte sich wieder der stinkenden Leiche zu. »Ich muß es unbedingt untersuchen.«

Während sie sich abermals über den Mriswith beugte, hakte Richard seinen Bogen, den Köcher voller Pfeile und den Rucksack vor den Sattel. Er stellte seinen Fuß in den Steigbügel und war mit einem Schwung auf Bonnies Rücken.

»Bleibt nicht bis nach Sonnenuntergang, Schwester Maren.«

Sie sah über ihre Schulter. »Mein Pferd. Du kannst nicht mein Pferd nehmen.«

Richard setzte ein entschuldigendes Lächeln auf. »Ich habe mir beim Kampf mit dem Mriswith den Knöchel umgetreten. Ihr wollt doch sicher nicht, daß der neueste Schüler des Palasts den ganzen Weg nach Hause humpelt, oder? Ich könnte fallen und mir den Kopf aufschlagen.«

»Aber …«

Richard griff hinunter und packte Pashas Arm. Sie japste überrascht, als er sie nach oben zog und sie hinter sich auf Bonnie setzte. »Ihr solltet nicht bis zum Sonnenuntergang hierbleiben. Ich habe gehört, im Hagenwald sei es nach Anbruch der Dunkelheit gefährlich.«

Pasha verbarg ihr Gesicht vor den Blicken der Schwester. Er hörte, wie sie hinter seinem Rücken leise kicherte.

»Ja, ja«, gab Schwester Maren zurück, die für nichts anderes mehr Augen hatte als für den Mriswith, »schon gut. Reitet ihr zwei nur zum Palast. Das habt ihr beide gut gemacht. Ich muß dieses Geschöpf untersuchen, bevor die Tiere darüber herfallen.«

Pasha hielt sich an ihm so fest, daß er kaum Luft bekam. Ihre Brüste drückten sich in seinem Rücken, ein Gefühl, das ihn irritierte. Ihre Finger krallten sich in seine Brust, suchten verkrampft nach Halt, so als hätte Pasha Angst, sie könnte jeden Augenblick hinunterfallen.

Als sie den Wald hinter sich gelassen und das offene, hügelige Gelände erreicht hatten, brachte er Bonnie in eine langsame Gangart und löste Pashas Finger.

Sie krallte sich sofort wieder fest. »Richard! Ich könnte runterfallen!«

Er zog ihre Hände wieder fort. »Du wirst nicht fallen. Halte dich nur locker fest, und bewege deine Hüften zusammen mit dem Pferd. Benutze deinen Gleichgewichtssinn; du brauchst dich nicht festzuhalten, als ginge es um dein Leben.«

Sie umfaßte seine Taille. »Ich werde es versuchen.«

Der Himmel färbte sich golden, als sie die flachen Hügel zur Stadt hinabritten. Richard schwankte mit Bonnies Schritten hin und her, während der Weg sie über Felsen und durch flache Hohlwege führte, und dachte über den Mriswith und über das heftige Verlangen, gegen ihn zu kämpfen, nach. Die Sehnsucht, in den Hagenwald zurückzukehren, brannte immer noch in seinem Hinterkopf.

»Du hast dir gar nicht den Knöchel vertreten, stimmt's?« fragte Pasha, nachdem sie lange schweigend geritten waren.

»Nein.«

»Du hast eine Schwester angelogen. Richard, Lügen ist falsch, das mußt du lernen. Der Schöpfer mag keine Lügen.«

»So hat es Schwester Verna mir auch erklärt.«

Er entschied, nicht weiterzureiten, solange sie sich an ihn klammerte, also stieg er ab und führte Bonnie an der Leine. Pasha rutschte nach vorn in den Sattel.

»Warum hast du es dann getan, wenn du weißt, wie falsch es ist?«

»Weil ich Schwester Maren zwingen wollte, zu Fuß zurückzugehen. Sie hat dich den ganzen Weg bis nach dort draußen laufen lassen, als Strafe für etwas, das du nicht getan hast.«

Pasha glitt von Bonnie herunter, holte ihn ein und ging neben ihm. Sie fuhr sich mit den Fingern durch ihr Haar, versuchte es zu ihrer Zufriedenheit zurechtzurücken.

»Das war sehr nett von dir.« Sie legte ihm die Hand auf den Arm. »Ich glaube, wir werden noch gute Freunde sein.«

Richard tat, als wollte er sich im Gehen umdrehen und nach hinten schauen, wobei ihr Arm von seinem herunterglitt. »Kannst du mir den Ring abnehmen?«

»Den Rada'Han? Nein. Nur eine richtige Schwester kann einen Rada'Han abnehmen. Ich weiß nicht, wie man das macht.«

»Dann werden wir keine Freunde sein. Ich habe keine Verwendung für dich.«

»Du hast für Schwester Verna eine Menge riskiert. Sie muß deine Freundin sein. So etwas tut man nur für Freunde. Du hast dir große Mühe gegeben, damit ich auf einem Pferd zurückreiten konnte. Du hoffst doch sicher auch, daß wir Freunde werden.«

Richard ging weiter und betrachtete die vor ihm liegende Landschaft. »Schwester Verna ist nicht meine Freundin. Was ich getan habe, habe ich nur deshalb getan, weil man sie für meinen Fehler bestraft hat, was ungerecht war. Das ist der einzige Grund.

Wenn ich irgendwann beschließe, diesen Halsring abzunehmen, werden nur diejenigen, die mir dabei helfen, meine Freunde sein. Schwester Verna hat mir deutlich zu verstehen gegeben, daß sie mir nicht helfen wird, den Halsring abzunehmen. Sie besteht darauf, daß ich ihn anbehalte. Wenn die Zeit kommt und sie mir im Wege steht, werde ich sie töten, genau wie jede andere Schwester, die versucht, mich aufzuhalten. Genau wie ich dich töten werde, wenn du mir im Weg bist.«

»Richard«, spottete sie, »du bist bloß ein Schüler, du solltest nicht so mit deinen Kräften prahlen. Das ziemt sich nicht für einen jungen Mann. Du solltest über solche Dinge nicht einmal scherzen.« Sie nahm wieder seinen Arm. »Ich glaube, du könntest niemals einer Frau weh tun …«

»Dann glaubst du eben etwas Falsches.«

»Die meisten jungen Männer haben anfangs Schwierigkeiten, sich einzufügen, aber du wirst noch Vertrauen zu mir fassen. Wir werden Freunde, da bin ich mir ganz sicher.«

Richard riß seinen Arm los und wirbelte zu ihr herum. »Dies ist kein Spiel, Pasha. Wenn du dich mir in den Weg stellst, sollte ich beschließen, die Zeit sei gekommen, dann werde ich dir deine hübsche kleine Kehle durchschneiden.«

Sie sah zu ihm hoch und lächelte kokett. »Findest du meinen Hals wirklich hübsch?«

»Das ist nur so eine Redewendung«, knurrte er.

Er ging weiter, zerrte Bonnie hinter sich her. Pasha mußte fast laufen, um Schritt zu halten. Eine Weile ging sie schweigend weiter und beschäftigte sich damit, kleine Knoten aus ihrem Haar zu ziehen.

Richard war nicht in der Stimmung, nett zu sein. Den Mriswith umzubringen, hatte ihm ein seltsames Gefühl der Erfüllung verschafft, doch das ließ allmählich nach; die Niedergeschlagenheit über seine Lage kehrte zurück und mit ihr seine schlechte Laune.

Pashas Gesicht hellte sich auf. Sie setzte ein freundliches Lächeln auf.

»Ich weiß überhaupt nichts über dich, Richard. Warum erzählst du mir nicht etwas über dich?«

»Was willst du wissen?«

»Na ja, was hast du getan … bevor du in den Palast gekommen bist? Hast du einen Beruf? Oder irgendwelche besonderen Fertigkeiten?«

Richard scharrte mit den Stiefeln im Staub. »Ich war Waldführer.«

»Wo?«

»Dort, wo ich aufgewachsen bin, in Westland.«

Pasha zupfte ihre feuchte weiße Bluse von der Brust, damit sie besser trocknen könnte. »Ich fürchte, ich weiß nicht, wo das ist. Ich weiß gar nichts über die Neue Welt. Eines Tages, wenn ich eine Schwester bin, werde ich vielleicht dorthinberufen, um einem Jungen zu helfen.«

Richard schwieg, also fuhr sie fort. »Du warst also Waldführer. Das muß doch unheimlich gewesen sein, die ganze Zeit im Wald. Hast du keine Angst vor den Tieren gehabt? Ich hätte vor den Tieren Angst.«

»Warum? Wenn ein Kaninchen aus dem Gebüsch springt, kannst du es doch mit deinem Han zu Asche verbrennen.«

Sie kicherte. »Ich hätte trotzdem Angst. Die Stadt gefällt mir besser.« Sie strich sich eine Haarsträhne aus dem Gesicht und sah ihn an, während sie weitergingen. Sie hatte eine komische Art, ihre Nase zu rümpfen. »Hattest du eine ... na ja, du weißt schon, ein Mädchen, eine Liebste oder so was?«

Die Frage überraschte Richard. Sein Mund klappte auf, doch es kamen keine Worte heraus. Er machte den Mund wieder zu. Er war nicht gewillt, sie etwas über Kahlan wissen zu lassen.

»Ich habe eine Frau.«

Pasha blieb einen Schritt lang stehen. Sie mußte sich beeilen, um ihn wieder einzuholen. »Eine Frau!« Sie überlegte einen Augenblick. Ihre Stimme bekam einen scharfen Unterton. »Wie heißt sie?«

Richard ging weiter und hielt den Blick genau nach vorn gerichtet. »Ihr Name ist Du Chaillu.«

Pasha wickelte sich eine Haarsträhne um den Finger. »Ist sie hübsch? Wie sieht sie aus?«

»Ja, sie ist hübsch. Sie hat volles, schwarzes Haar, ein wenig länger als deins. Sie hat hübsche Brüste, und auch der Rest von ihr ist bestens geformt.«

Aus den Augenwinkeln konnte er erkennen, wie Pashas Gesicht rot erglühte. Sie zupfte am Ende ihrer Haarsträhne. Ihre Stimme klang abweisend, obwohl sie sich alle Mühe gab, ihr einen Unterton von Gleichgültigkeit zu geben. »Wie lange kennst du sie schon?«

»Ein paar Tage.«

Sie nahm die Hand aus den Haaren. »Was soll das heißen, ein paar Tage? Wieso kennst du sie erst seit ein paar Tagen?«

»Als Schwester Verna und ich in das Land der Majendie kamen, hatte man sie sie dort angekettet. Die Leute wollten sie ihren Seelen opfern, und ich sollte sie töten. Schwester Verna meinte, ich müßte den Majendie ihren Wunsch erfüllen, damit wir ihr Land passieren könnten.

Ich habe der Schwester nicht gehorcht und statt dessen mit einem Pfeil auf ihre Königin-Mutter geschossen und ihre Hand an einen Pfahl genagelt. Ich erklärte ihnen, wenn sie Du Chaillu nicht gehen ließen und mit den Baka Ban Mana Frieden schlössen, würde ich der Königin-Mutter den nächsten Pfeil in den Kopf schießen. Sie waren klug genug, um zuzustimmen.«

»Sie ist eine Wilde?«

»Sie ist eine Baka Ban Mana. Eine Weise. Sie ist keine Wilde.«

»Und sie hat dich geheiratet, weil du ihr Held warst? Weil du sie gerettet hast?«

»Nein. Schwester Verna und ich, wir mußten ihr Land durchqueren, um hierherzukommen. Während wir dort waren, habe ich ihre fünf Ehemänner getötet.«

Pasha packte ihn am Arm. »Sie sind Meister der Klinge! Du hast es geschafft, fünf von ihnen zu töten?«

Richard ging weiter. »Nein. Ich habe dreißig von ihnen getötet.« Pasha stockte der Atem. »Unter diesen dreißig waren auch ihre fünf Ehemänner. Du Chaillu ist ihre Seelenfrau. Sie meinte, ich sei nun der Führer ihres Volkes. Sie war der Ansicht, da sie die Seelenfrau und ich ihr Führer sei, ihr *Caharin,* wäre ich jetzt ihr Gatte.«

Pashas Lächeln kam langsam zurück. »Dann bist du nicht wirklich ihr Ehemann. Sie hat dir nur irgend etwas von ihren Wilden, von ihrem Baka-Ban-Mana-Geschwätz erzählt.«

Richard erwiderte nichts. Pashas Lächeln verflog. Abermals setzte sie eine finstere Miene auf. »Woher weißt du dann, wie ihre Brüste und ihr Körper überhaupt aussehen?« Sie blickte zur Seite und schnaubte verächtlich. »Wahrscheinlich hat sie dich für deine Gefälligkeit belohnt.«

»Ich weiß es, weil sie einen Ring um den Hals trug und angekettet war, als man mich zu ihr schickte, um sie zu töten. Man hielt sie nackt mit diesem Ring gefangen, damit die Männer sie vergewaltigen konnten, wann immer ihnen danach war.« Pasha schluckte. »Sie bekommt jetzt ein Kind von einem dieser Männer. Wahrscheinlich sind die Schwestern deshalb nie auf die Idee gekommen, dem ein Ende zu machen, weil die Menschen, die geopfert werden sollten, mit einem Ring gefangengehalten werden. Ich glaube, die Schwestern interessiert es nicht groß, was mit jemandem passiert, der einen Halsring trägt.«

»Doch, das interessiert die Schwestern«, meinte Pasha kleinlaut.

Richard widersprach erst gar nicht. Er ging schweigend weiter. Pasha schien zu frieren, denn sie verschränkte die Arme unter ihren Brüsten. Der Himmel verfärbte sich tiefviolett, doch kühler wurde es nicht – es war noch immer warm.

Nach einer Weile gewann Pashas Schritt wieder etwas Schwung zurück. Sie sah zu ihm hinüber, ihr Lächeln war wieder da.

»Und du? Du besitzt die Gabe. Besitzt dein Vater ebenfalls die Gabe? Hat er sie dir vererbt?«

Richards Stimmung sank wie ein Stein im Brunnen. »Ja, mein Vater besaß die Gabe.«

Sie hob hoffnungsvoll den Kopf. »Lebt er noch?«

»Nein. Er wurde vor kurzem umgebracht.«

Pasha strich die Vorderseite ihres Rockes glatt. »Oh, das tut mir leid, Richard.«

Richards Hand schloß sich fester um die Zügel. »Mir nicht. Ich war es, der ihn getötet hat.«

Sie erstarrte. »Du hast deinen Vater getötet? Deinen eigenen Vater?«

Richard sah sie wütend an. »Er hat mich gefangengenommen und in einen Halsring legen lassen, weil er mich foltern wollte. Ich habe erst die wunderschöne junge Frau getötet, die die Leine jenes Ringes in den Händen hielt, und dann ihn.«

Das Bedrohliche in seiner Stimme, seinen Worten und Augen war nicht zu verkennen.

Ihre Unterlippe begann zu beben, dann brach Pasha in Tränen aus, drehte sich um und rannte davon. Ihren Rock mit beiden Händen zusammenraffend, lief sie um einen Felsvorsprung und verschwand hinter der Hügelkuppe.

Richard stieß einen langen Seufzer aus, während er die Zügel an einem Granitsockel festband. Er tätschelte Bonnie den Hals.

»Sei ein gutes Mädchen. Warte hier auf mich.«

Er fand Pasha auf einem Stein sitzend, die Arme um die Knie geschlungen. Sie weinte. Richard ging um sie herum, um ihr ins Gesicht zu sehen, doch sie wandte das Gesicht ab. Ihre Schultern zuckten, während sie gequält schluchzend nach Atem rang.

»Geh fort!« Sie legte die Stirn auf die Knie und weinte. »Oder bist du gekommen, um mich in Stücke zu hacken?«

»Pasha –«

»Das einzige, was dich interessiert, ist Menschen umzubringen!«

»Das ist nicht wahr. Ich wünsche mir nichts mehr, als dem Morden ein Ende zu machen.«

»Ja, sicher«, weinte sie, »deswegen sprichst du ja auch von nichts anderem!«

»Das tue ich doch nur, weil –«

»Fast mein ganzes Leben lang habe ich gebetet, daß dieser Tag endlich kommt! Ich wollte niemals etwas anderes, als eine Schwester des Lichts zu werden. Die Schwestern helfen den Menschen. Ich wollte eine von ihnen sein!« Sie überließ sich ihren Tränen. »Jetzt werde ich nie eine Schwester werden.«

»Doch das wirst du, bestimmt.«

»Nicht, wenn es nach dir geht! Nach dem, was du uns erzählst, hast du vor, uns alle umzubringen! Vom ersten Augenblick an hast du nichts anderes getan, als uns zu drohen!«

»Pasha, du verstehst nicht.«

Sie hob ihr tränenverschmiertes Gesicht. »Ach nein? Wir hatten ein großes Festessen, damit du dich willkommen fühlst, größer noch als das Erntefest. Ich mußte ohne dich hingehen und allen erzählen, du wärst krank. Sie haben mich alle angestarrt! Die anderen Novizinnen bekommen kleine Jungen, die etwas lernen wollen. Meine Freundinnen sind zu mir gekommen und haben sich darüber beschwert, daß ihre jungen Zöglinge einen Frosch oder einen Käfer in ihrer Tasche mitgebracht haben. Und du schleppst einen Mriswith an!

Schwester Maren meinte, wir hätten es heute gut gemacht. Das sagt sie so gut wie nie. So etwas tut sie nur, wenn sie es auch wirklich meint.

Und du warst grausam zu Schwester Maren. Seit ich hierhergekommen bin, ist sie Leiterin der Novizinnen. Sie ist streng, aber doch nur, weil sie sich um uns sorgt. Sie paßt auf uns auf.«

Pasha unterdrückte ein Schluchzen. »Als ich klein war, am ersten Tag, als ich im Palast eintraf, hatte ich Angst. Ich war noch nie von zu Hause fortgewesen. Schwester Maren zeichnete ein kleines Bild für mich. Sie erklärte mir, es sei ein Bild des Schöpfers. Sie legte es mir auf das Kopfkissen und erzählte mir, Er würde des Nachts über mich wachen, damit ich sicher wäre.«

Pasha versuchte die Tränen zu unterdrücken, doch es gelang ihr nicht. »Ich habe dieses Bild immer aufbewahrt. Ich wollte es am ersten Abend meinem Jungen geben, damit er keine Angst zu haben brauchte. Ich hatte es gestern bei mir. Als ich dich sah, als ich sah, daß du erwachsen warst, konnte ich es dir nicht schenken. Ich wollte dich nicht in Verlegenheit bringen.

Ich dachte, also gut, Pasha, er ist kein kleiner Junge, wie ihn all die anderen Novizinnen bekommen, dafür hat mir der Schöpfer den bestaussehenden Mann beschert, den ich je gesehen habe. Ich war so froh, daß ich mein hübschestes Kleid trug, das, welches ich extra für diesen Tag aufgehoben hatte.« Sie schnappte nach Luft. »Und dann erzählst du mir, ich sei häßlich!«

Richard schloß langsam die Augen. »Pasha, es tut mir leid.«

»Nein, das tut es nicht!« weinte sie. »Du bist nichts weiter als ein großer, grober Kerl! Wir hatten alles für dich vorbereitet. Wir haben dir eines der schönsten Zimmer im Palast gegeben. Dir war das egal. Wir haben dich mit Geld versorgt, für alles, was du dir nur wünschen kannst, und du benimmst dich, als hätten wir dich beleidigt. Wir hatten elegante, neue Kleider für dich, und du rümpfst nur die Nase!«

Sie wischte sich die Tränen ab, doch es kamen immer wieder neue nach. »Ich wäre die erste, die einräumt, daß es Schwestern gibt, die eine zu hohe Meinung von sich haben, die meisten aber sind so sanftmütig, daß sie nicht einmal einen Käfer zertreten würden. Und du hältst ihnen dein blutiges Schwert vor die Nase und schwörst, sie umzubringen!«

Sie raffte ihr Kleid zusammen und verbarg ihr Gesicht darin, während sie von Weinkrämpfen geschüttelt wurde. Richard legte ihr eine Hand auf die Schulter, doch sie stieß sie fort.

Richard wußte nicht, was er mit seinen Händen tun sollte. »Pasha, tut mir leid. Ich weiß, es muß ausgesehen haben, als wollte ich –«

»Nein, das tut es nicht! Dir tut es überhaupt nicht leid! Du willst den Rada'Han loswerden, aber das ist genau meine Aufgabe: dir beizubringen, wie du deine Gabe benutzen kannst, damit du den Halsring loswirst. Aber du läßt mich nicht! Ohne den Halsring wärst du gestorben.

Zwei Schwestern haben ihr Leben für dich gelassen. Sie werden nie mehr zu ihren Freunden zurück nach Hause kommen. Diese Freunde haben heimlich geweint – und ein Lächeln aufgesetzt, um dich zu begrüßen. Als Dank dafür, daß sie dir helfen wollten, drohst du, uns alle umzubringen!«

Richard legte ihr sachte die Hand auf den Kopf. »Pasha ...«

»Ich werde niemals eine Schwester werden. Anstatt einen Jungen zu bekommen, der etwas lernen möchte, kriege ich einen Irren mit einem Schwert. Auf ewig werde ich das Gespött der Leute sein. Jungen Mädchen wird man sagen, sie sollten sich benehmen, oder sie würden enden wie Pasha Maes und an die Luft gesetzt wie sie. All meine Träume sind zerstört.«

Es tat ihm weh, sie so voller Schmerz und Kummer schluchzen zu sehen. Richard zog sie hoch und nahm sie in die Arme. Sie wehrte sich zuerst, versuchte ihn fortzuschieben, doch als er sie an sich zog und ihren Kopf an seine Schulter legte, ließ sie sich fallen und weinte um so heftiger. Richard hielt sie fest und strich ihr über den Rücken, während sie zitterte und weinte. Sachte wiegte er sie in den Armen.

»Ich wollte dir doch nur helfen, Richard«, schluchzte sie. »Ich wollte dir nur etwas beibringen.«

Er beruhigte sie. »Ich weiß. Ich weiß. Es wird alles wieder gut.«

Sie schüttelte den Kopf an seiner Schulter. »Nein, das wird es nicht.«

»Doch, das wird es. Du wirst sehen.«

Schließlich hob sie die Hände und klammerte sich weinend in sein Hemd. Richard versuchte nicht, ihre Tränen aufzuhalten, er hielt sie einfach fest und versuchte, ihr etwas Trost zu spenden.

»Glaubst du wirklich, du könntest mir beibringen, wie man die Gabe anwendet, damit mir die Schwestern dann den Halsring abnehmen?«

Sie schniefte. »Das ist meine Aufgabe. Dazu hat man mich ausgebildet. Ich wollte dir so gern die Schönheit des Schöpfers zeigen, und die der Gabe, seines Geschenks an dich. Das ist alles, was ich wollte.«

Ihre Arme schlossen sich um seinen Körper. Sie klammerte sich an ihn, als versuchte sie, seinen Beistand in sich aufzusaugen. Er strich ihr übers Haar.

»Richard, als ich dich gestern berührt habe, als ich deinen Rada'Han berührt und einen Teil des Han gefühlt habe, da konnte ich einen Teil deiner Empfindungen spüren. Ich weiß, unter welchen inneren Qualen du leidest.«

Sie hob die Hand und legte sie ihm an den Hals, als wollte sie ihn trösten. »Ich kenne nicht viele Dinge, die solche Qualen verursachen können. Ich will nicht an deren Stelle treten, Richard.«

Richard schloß die Augen und ließ den Kopf auf ihre Schulter sinken. Er unterdrückte den aufkommenden Schmerz. Sie fuhr mit ihren Fingern durch sein Haar und hielt seinen Kopf an ihren Körper.

Nach einer Weile hatte er seine Stimme wiedergefunden. »Vielleicht würde es mir nicht schaden, gelegentlich einen dieser Anzüge zu tragen.«

Sie löste sich ein Stück von ihm und blickte durch ihre Tränen hindurch zu ihm hoch. »Vielleicht nur im Speisesaal, bei den Schwestern?«

Er zuckte mit den Achseln. »Dort wären sie sicher angebracht. Wähle einen aus, den ich tragen soll. Ich kenne mich mit diesen eleganten Kleidern nicht aus.« Er brachte ein schmales Lächeln zustande. »Ich bin bloß ein Waldführer.«

Ihr Gesicht hellte sich auf. »Die rote Jacke würde dir gut stehen.«

Richard zuckte zusammen. »Die rote? Muß es unbedingt die rote sein?«

Sie strich mit dem Finger über den Strafer, der an seinem Hals hing. »Nein, nicht unbedingt. Ich dachte bloß, auf deinen breiten Schultern würde sie sich gut machen.«

Richard seufzte. »Ich würde mir in jeder von ihnen albern vorkommen. Die rote ist so gut wie jede andere.«

»Du wirst nicht albern aussehen, du wirst gut aussehen.« Pasha strahlte. »Du wirst sehen. Alle Frauen werden dir schöne Augen machen.« Sie nahm den Strafer in die Hand. »Was ist das, Richard?«

»Eine Art Talisman. Bist du soweit, können wir zurück? Ich denke, du solltest mit dem Unterricht anfangen. Je eher du beginnst, desto schneller werde ich diesen Halsring los. Dann sind wir beide glücklich. Du wirst eine Schwester sein und ich frei.«

Er legte ihr den Arm um die Schultern, sie den ihren um seine Hüfte, und sie gingen zurück, um Bonnie zu holen.

21. Kapitel

Auf der Brücke zur Insel Drahle, in einem Lichtkegel unter einer Laterne, bedrängte sie lautstark eine Gruppe von Burschen und jungen Männern. Viele von ihnen waren elegant gekleidet, einige trugen Roben, und jeder hatte einen Rada'Han um seinen Hals. Aufgeregt stellten sie alle gleichzeitig irgendwelche Fragen, wollte wissen, ob es stimmte, daß Richard einen Mriswith getötet hatte, und wie er aussah. Sie wollten Richard ihre Namen zurufen und verlangten lärmend, er solle sein Schwert ziehen und ihnen zeigen, wie er das sagenumwobene Ungeheuer besiegt hatte.

Pasha wandte sich an den hartnäckigsten Burschen, der ihr bis zur Hüfte reichte. »Ja, Kipp, es stimmt, daß Richard einen Mriswith getötet hat. Schwester Maren ist gerade dabei, ihn zu untersuchen, und wenn sie es für richtig hält, wird sie euch erzählen, um was für eine Art Wesen es sich handelt. Aber ich kann euch versichern, es ist ein furchterregend aussehendes Ungetüm. Und jetzt fort mit euch. Es ist bald Zeit fürs Abendessen.«

Sie waren zwar enttäuscht darüber, nichts weiter zu erfahren, trotzdem versetzte sie das wenig Gehörte in große Aufregung. Gemeinsam stürzten sie davon, um den anderen davon zu berichten.

Nachdem sie Bonnie bei den Ställen zurückgelassen hatten, ging Richard mit Pasha durch Flure und riesige Gemächer und versuchte sich deren Lage einzuprägen. Sie zeigte ihm den Speisesaal der Jungen sowie den Saal, wo die Schwester und einige der älteren jungen Männer speisten. Sie führte ihn auch an den Küchen vorbei, wo die Essensdüfte durch die umliegenden Flure wehten.

Pasha zeigte durch einen mit Flechtwerk versehenen Bogen auf eine elegante Steinmauer, die unter dem ausladenden Geäst von Bäumen verlief. Die Mauer war stellenweise unter Kletterpflanzen verborgen. Große, weiße Blumen sprenkelten das Grün.

»Das sind die Arbeitsräume und Gemächer der Prälatin«, meinte Pasha.

»Wird sie heute abend zum Essen erscheinen?«

Pasha mußte leise kichern. »Nein, natürlich nicht. Die Prälatin hat keine Zeit, mit uns zu Abend zu essen.«

Richard bog ab, verließ das Gebäude und ging über einen Weg auf ein Tor in der Mauer zu.

»Richard! Was tust du? Wo willst du hin?«

»Ich möchte die Prälatin kennenlernen.«

»Du kannst nicht einfach so zu ihr gehen!«

»Warum nicht?«

Sie hastete neben ihm her. »Nun, sie ist eine vielbeschäftigte Frau. Man darf sie nicht belästigen. Außerdem wird man dich nicht vorlassen. Die Posten werden uns nicht einmal durch das Tor lassen.«

Er zuckte mit den Achseln. »Fragen kostet nichts, oder? Anschließend kannst du dann einen Anzug für mich aussuchen, und wir gehen mit den Schwestern zum Abendessen. Einverstanden?«

Das Angebot, sie seinen Anzug aussuchen zu lassen, machte Pasha weich. Sie stotterte, es könne vermutlich nicht schaden zu fragen, und hatte Mühe, Schritt zu halten, während er auf den Posten losmarschierte. Der Posten stellte sich breitbeinig vor das Eisentor und hakte die Daumen in seinen Waffengurt, als Richard kurz vor ihm stehenblieb.

Richard legte dem Mann eine Hand auf die Schulter. »Ich bin untröstlich. Verzeih mir, ja? Ich habe dir doch keine Schwierigkeiten gemacht? Hoffentlich nicht. Sie ist doch hoffentlich nicht schon hier gewesen und hat dich angeschrien?«

Der Mann runzelte verwirrt die Stirn, als Richard sich noch näher zu ihm vorbeugte. »Hör mal … wie lautet dein Name?«

»Schwertmann Andellmere. Kevin Andellmere.«

»Hör zu, Kevin, sie hat gesagt, sie würde den Posten am Westtor schicken, um mich zu holen, wenn ich mich auch nur eine Minute verspäte. Wahrscheinlich hat sie vergessen, dich loszuschicken. Du kannst nichts dafür. Ich verspreche dir, ich werde deinen Namen nicht erwähnen. Hoffentlich bist du nicht böse auf mich.«

Richard hatte Pasha den Rücken zugekehrt. »Du verstehst schon.« Er verdrehte die Augen vielsagend in Richtung Pasha und zwinkerte dem Mann dann zu. Kevin warf einen kurzen Blick auf Pasha, die gerade ihr zerzaustes Haar zu richten versuchte. »Was? Du verstehst mich schon, ich bin ganz sicher. Paß auf, Kevin, angenommen, ich lade dich zu einem Bier ein. Einverstanden? Es wäre besser, wenn ich jetzt hineingehe, bevor ich dich in Schwierigkeiten bringe, aber bevor ich gehe, mußt du mir versprechen, daß ich dich zu einem Bier einladen darf, um es wieder gut zu machen.«

»Na ja, ein Bier könnte ich mir von dir schon ausgeben lassen ...«

Richard versetzte Kevin einen Klaps auf die Schulter. »So ist's recht.«

Pasha folgte Richard dicht auf den Fersen, während er an dem Posten vorbei durch das Tor stürmte. Er drehte sich noch einmal um und winkte Kevin lächelnd zu.

Pasha beugte sich zu ihm hinüber. »Wie hast du das geschafft? Niemand kommt an den Posten der Prälatin vorbei.«

Richard hielt die Tür des Gebäudes für sie auf. »Ich habe ihm einfach zu viel zum Nachdenken gegeben und dazu eine Angst eingeredet, die sich, wie er fürchtet, bewahrheiten könnte.«

Als auf ihr Klopfen hin geantwortet wurde, betraten sie einen schwach beleuchteten Raum mit zwei Schreibtischen und zwei Schwestern.

Pasha machte einen Knicks. »Schwestern, ich bin Novizin Pasha Maes, und dies ist unser neuester Schüler, Richard Cypher. Er möchte gern wissen, ob er vielleicht die Prälatin besuchen dürfte.«

Die beiden Schwestern funkelten sie zornig an. Die rechte sprach. »Die Prälatin ist beschäftigt. Du bist entlassen, Novizin.«

Ein wenig bleich machte Pasha erneut einen Knicks. »Vielen Dank für Eure Zeit, Schwester.«

Richard verneigte sich knapp. »Ja, vielen Dank, Schwestern. Bitte überbringt der Prälatin meine besten Empfehlungen.«

»Ich habe dir doch gesagt, sie wird uns nicht empfangen«, meinte Pasha auf dem Weg nach draußen.

Richard schob seinen Rucksack höher auf die Schulter. »Nun, wenigstens haben wir unser Bestes gegeben. Vielen Dank, daß du es mich hast versuchen lassen.«

Natürlich würde Pasha recht behalten und die Prälatin sie nicht empfangen, das war ihm durchaus klar gewesen, doch er hatte gesehen, weshalb er hergekommen war. Er hatte nur das Gebäude und das Gelände kennenlernen wollen, um später dort Bescheid zu wissen.

Richard hatte seine Meinung über seine Gefangenschaft nicht geändert, hingegen beschlossen, es für eine Weile mit gutem Willen zu versuchen. Er wollte abwarten und sehen, was man ihm beibringen konnte. Nichts wäre ihm lieber, als von dem Halsring befreit zu werden, ohne jemandem weh tun zu müssen.

In dem Gebäude, in welchem sein Zimmer untergebracht war, dem Guillaume-Haus, das, wie Richard erfahren hatte, nach einem Propheten benannt worden war, trat ein junger Mann zögernd aus dem Schatten vor den Marmortreppen im unteren Stock. Sein blonder Lockenkopf war an den Seiten kurz geschnitten. Er hatte die Hände in die gegenüberliegenden Ärmel seiner violetten Robe gesteckt. Silberbrokat umgab Manschetten und Halsöffnung. Wegen seiner geduckten Körperhaltung wirkte er kleiner, als er tatsächlich war.

Er verneigte sich vor Pasha, während seinen blauen Augen nach einem Fleck zu suchen schienen, auf dem sein Blick gefahrlos ruhen konnte.

»Gesegnet seist du, Pasha«, sagte er leise. »Du siehst hübsch aus heute abend. Ich hoffe, es geht dir gut.«

Pasha kniff nachdenklich die Augen zusammen. »Warren, nicht wahr?« Er nickte heftig mit dem Kopf, überrascht, daß sie seinen Namen kannte. »Es geht mir gut, Warren. Danke der Nachfrage. Dies ist Richard Cypher.«

Warren lächelte Richard schüchtern an. »Ja, ich habe dich gestern vor den Schwestern gesehen.«

»Wahrscheinlich willst du auch etwas über den Mriswith wissen«, meinte Pasha mit einem Seufzer.

»Mriswith?«

»Richard hat einen Mriswith getötet. Hast du nicht deshalb hier gewartet?«

»Tatsächlich? Einen Mriswith? Nein …« Er wandte sich wieder an Richard. »Ich wollte dich fragen, ob du nicht vielleicht irgendwann einmal in die Kellergewölbe gehen möchtest, um dir mit mir die Prophezeiungen anzusehen.«

Richard wollte den jungen Mann nicht in Verlegenheit bringen, doch an Prophezeiungen hatte er kein Interesse. »Dein Angebot ehrt mich, Warren, aber ich fürchte, ich bin nicht sehr gut im Rätselraten.«

Warren wandte den Blick ab und sah zu Boden. »Natürlich. Verstehe. Auch von den anderen interessiert sich kaum einer besonders für die Bücher. Ich dachte bloß, vielleicht, nun ja, als du gestern von dieser besonderen Prophezeiung gesprochen hast, dachte ich, du wolltest dich vielleicht darüber unterhalten. Es ist ein außergewöhnliches Werk. Aber ich verstehe schon. Tut mir leid, daß ich dich damit behelligt habe.«

Richard runzelte die Stirn. »Welche Prophezeiung?«

»Die, von der du am Schluß gesprochen hast. In der es heißt, daß du der, nun ja« – Warren schluckte – »Bringer des Todes seist. Es ist nur so, ich habe noch nie jemanden aus den Prophezeiungen getroffen.« Er blinzelte vor ehrfurchtsvoller Scheu. »Da du in den Prophezeiungen erscheinst, dachte ich, nun ja, ich dachte, vielleicht …« Seine Stimme verlor sich. Er sah zu Boden und machte Anstalten zu gehen. »Aber ich verstehe. Tut mir leid, wenn ich …«

Richard faßte Warren sanft am Arm und zog ihn wieder herum. »Wie schon gesagt, ich bin nicht gut im Rätselraten. Aber vielleicht könntest du mir etwas darüber beibringen, damit ich nicht so unwissend bleibe. Ich lerne gern etwas dazu.«

Warrens Gesicht hellte sich auf. Er schien zu wachsen. Als er sich aufrichtete, war er fast so groß wie Richard.

»Aber gern. Ich würde mich wirklich gern mit dir über diese Prophezeiung unterhalten. Es ist geradezu eine Scherzfrage. Bis heute konnte der Streit darüber nicht beigelegt werden. Vielleicht mit deiner Hilfe …«

Ein breitschultriger Mann in einem schlichtem Gewand mit einem Rada'Han schlich heran, packte Warrens Robe an der Schulter und zog ihn zur Seite. Er ließ Pasha keinen Augenblick lang aus den Augen und lächelte sie aalglatt an.

»Guten Abend, Pasha. Es ist bald Zeit fürs Abendessen. Ich habe beschlossen, dich mitzunehmen.« Sein Blick glitt von oben bis unten an ihr herab, dann wieder hinauf. »Vorausgesetzt, du schaffst es, dich ein wenig zurechtzumachen. Vor allem deine Haare. Du bietest ja ein Bild des Jammers.«

Er wollte gehen. Pasha hakte sich bei Richard unter.

»Ich fürchte, ich habe schon andere Pläne, Jedidiah.«

Jedidiah warf Richard einen flüchtigen Blick zu. »Was denn, mit diesem Bauernburschen? Wollt ihr zwei etwa Holzhacken gehen oder vielleicht Kaninchen häuten?«

»Du bist das«, meinte Richard. »Ich erkenne deine Stimme wieder. Du hast gestern vom Balkon gerufen und gefragt: ›Du ganz allein?‹«

Das herablassende Lächeln schien Jedidiah keine Mühe zu bereiten. »Die Frage war doch angemessen, findest du nicht?«

Pasha hob ihr Kinn. »Richard hat einen Mriswith getötet.«

Jedidiah zog die Augenbrauen in gespieltem Erstaunen hoch. »Hör an, wie tapfer von unserem Bauernburschen.«

»Du hast noch nie einen Mriswith getötet«, mischte sich Warren ein.

Jedidiah warf Warren einem vernichtenden Blick zu. Warren sackte in sich zusammen. »Was machst du eigentlich hier oben, Maulwurf?« Er drehte sich wieder zu Pasha um. »Und, hast du gesehen, wie er ihn getötet hat? Ich würde wetten, er war allein, als er ihn getötet hat, wie er behauptet. Wahrscheinlich hat er einen Mriswith gefunden, der an Altersschwäche gestorben ist, ihn mit seinem Schwert erstochen und dann vor dir damit geprahlt, um Eindruck zu schinden.« Er richtete sein höhnisches Grinsen wieder auf Richard. »Na, ist es nicht ganz genauso passiert, Bauernbursche?«

Richard grinste. »Verdammt, du hast mich ertappt. Ganz genauso war es.«

»Hab' ich es mir doch gedacht.« Er lächelte Pasha kurz zu. »Komm später zu mir, Kind, dann zeigte dir ein wenig richtige Magie. Die Magie eines Mannes.«

Jedidiah marschierte gebieterisch von dannen und verschwand um eine Ecke. Pasha stemmte ihre Fäuste in die Hüften.

»Warum hast du das gesagt? Warum hast du ihn in dem Glauben gelassen?«

»Ich habe es deinetwegen getan«, meinte Richard. »Ich dachte, es wäre dir lieber, wenn ich aufhöre, dauernd nur Schwierigkeiten zu machen und mich statt dessen benehme wie ein Gentleman.«

Sie verschränkte eingeschnappt die Arme. »Allerdings.«

Richard wandte sich an Warren, der, erneut zusammengesunken, an einem marmornen Geländerpfosten lehnte. »Sollte er dir irgend etwas antun, Warren, möchte ich, daß du zu mir kommst und mir davon erzählst. Ich bin es, der ihm ein Dorn im Auge ist. Sobald er das an dir ausläßt, erzählst du es mir.«

Warrens Miene hellte sich auf. »Wirklich? Danke, Richard. Aber ich glaube, er wird sich kaum mit mir abgeben. Besuch mich im Keller, wenn du Zeit hast.« Er lächelte Pasha schüchtern an. »Gute Nacht, Pasha. War nett, dich wiederzusehen. Du siehst wirklich hübsch aus heute abend. Gute Nacht.«

Sie mußte lächeln. »Gute Nacht, Warren.« Sie sah ihm hinterher, wie er den Flur entlang davoneilte. »Was für ein eigenartiger junger Mann. Fast konnte ich mich nicht an seinen richtigen Namen erinnern. Jeder nennt ihn Maulwurf. Er kommt fast nie aus den Gewölben unter dem Palast nach oben.«

Sie warf Richard einen Seitenblick zu. »Na, und du hast heute abend einen Freund gewonnen, der dir nichts nützen wird, und einen Feind gewonnen, der dir nur schaden kann. Halte dich von Jedidiah fern. Er ist ein erfahrener Zauberer, der kurz vor seiner Entlassung steht. Bevor du nicht gelernt hast, dich mit deinem Han zu verteidigen, kann er dir etwas anhaben. Er kann dich töten.«

»Ich dachte, wir wären eine einzige, große Familie.«

»Es gibt eine Hackordnung unter den Zauberern. Die Zauberer mit der größten Macht wetteifern um die Vorherrschaft. Manchmal wird das sehr gefährlich. Jedidiah ist der Stolz des Palastes und dürfte keinen Gefallen daran finden, wenn ihm ein anderer seine Stellung streitig macht.«

»Für die Macht eines Zauberers bin ich wohl kaum eine Gefahr.«

Pasha runzelte die Stirn. »Jedidiah hat nie einen Mriswith getötet, und jeder weiß das.«

Obwohl Richard sich in der roten Jacke, die Pasha für ihn ausgesucht hatte, entschieden unwohl fühlte, versuchte er den Haferbrei mit Linsen zu genießen, den man extra für ihn zubereitet hatte. Pasha trug ein phantastisches grünes Kleid, das ihre Vorzüge eher preisgab als verhüllte. Richard fand, es zeigte mehr Busen als klug war. Die als Gäste der Schwestern oder der Novizinnen anwesenden jungen Männer kamen kaum zum Essen, soviel gab es zu sehen. Niemandem entging auch nur eine einzige von Pashas Bewegungen.

Viele der jungen Männer mit Halsringen stellten sich Richard vor und äußerten den Wunsch, ihn näher kennenzulernen. Sie versprachen, ihm die Stadt und einige ihrer interessanteren Sehenswürdigkeiten zu zeigen. Bei Bemerkungen wie der letzteren wurde Pasha rot. Richard erkundigte sich, ob sie wüßten, wo die Posten Bier trinken gingen, und man versprach ihm, ihn dorthin zu begleiten, wann immer er es wünschte.

Schwestern jeden Alters, jeder Gestalt und Größe kamen und begrüßten ihn. Sie alle taten, als hätte der Skandal gestern abend niemals stattgefunden. Als Richard Pasha nach dem Grund fragte, meinte sie, alle Schwestern hätten Verständnis für die Schwierigkeiten, die ein junger Mann bei der Ankunft im Palast habe. Sie sagte, sie seien an derartige Gefühlsausbrüche gewöhnt und nähmen sie sich nicht zu Herzen. Richard behielt den Gedanken für sich, daß sie es sich diesmal besser doch zu Herzen nehmen sollten.

Einige der Schwestern äußerten lächelnd die Hoffnung, sie würden Gelegenheit bekommen, mit ihm zu arbeiten, und ein paar setzten eine finstere Miene auf und versprachen, ihm nichts als allergrößtes Bemühen durchgehen zu lassen. Richard antwortete lächelnd, er wolle immer nur sein Bestes geben. Insgeheim fragte er sich, auf was er sich wohl einließ.

Gegen Ende des Mahles kamen zwei junge Frauen hereingestürzt, die eine in einem seidigen rosa Kleid, die andere in Gelb, blieben an verschiedenen Tischen stehen und tuschelten leise mit anderen Frauen. Schließlich kamen sie in die Ecke, wo Richard und Pasha saßen.

Eine von ihnen beugte sich dicht zu Pasha heran. »Hast du schon gehört?« Pasha starrte mit leerem Blick zurück. »Jedidiah ist eine Treppe hinuntergefallen.« Ihre Augen funkelten, weil sie den Tratsch loswerden konnte. Aufgeregt beugte sie sich noch näher heran. »Er hat sich ein Bein gebrochen.«

Pasha stockte der Atem. »Nein! Wann denn? Wir haben ihn gerade eben noch gesehen.«

Die Frauen kicherten und nickten. »Ja, richtig. Es ist gerade erst passiert, gerade mal vor ein paar Minuten. Die Heilerinnen sind bereits bei ihm. Kein Grund zur Sorge, bis zum Morgen ist er wieder wohlauf.«

»Wie ist das passiert?«

Die Frauen zuckten mit den Achseln. »Er war einfach ungeschickt. Er ist über den Teppich gestolpert und gestürzt.« Sie senkte die Stimme. »Er war so wütend, daß er den Teppich zu Asche verbrannt hat.«

»Zaubererfeuer!« hauchte Pasha ungläubig. »Im Palast? Ein solch schweres Vergehen ...«

»Nein, nein, nicht Zaubererfeuer, natürlich nicht, Dummerchen. So frech ist selbst Jedidiah nicht. Trotzdem, es war einer der ältesten Teppiche im Palast. Die Schwestern sind über dieses übellaunige Gehabe nicht begeistert. Sie haben angeordnet, zur Strafe dürfte der Knochen bis zum Morgen nicht gerichtet werden, und er muß die Schmerzen ertragen.«

Als ihnen der Gesprächsstoff schließlich ausging, richteten die beiden jungen Frauen ihre Blicke lächelnd auf Richard. Pasha stellte sie als zwei Freundinnen von ihr vor, Celia und Dulcy, zwei Novizinnen, die selbst Schützlinge hatten. Richard gab sich höflich, lobte ihre hübschen Kleider und die Art, wie sie die Locken in ihrem Haar hergerichtet hatten. Ihre Gesichter strahlten.

Als sie endlich gingen, faßte Pasha ihn am Arm und dankte ihm.

»Wofür?«

»Ich durfte noch nie zusammen mit den Schwestern speisen oder mit den Novizinnen, die einen jungen Mann haben, den sie ausbilden. Dies ist das erste Mal, daß ich am Abendessen teilgenommen habe, so als wäre ich bereits eine Schwester. Du warst höflich und aufmerksam zu allen, ich war so stolz, dich bei mir zu haben. Außerdem siehst du in diesen Kleidern sehr gut aus.«

»Ich bin sicher, in diesem Kleid könntest du einen wohlerzogeneren Tischnachbarn finden als mich.« Richard öffnete den ausgefallenen Kragen seines Hemdes. »Ich habe noch nie einen Kragen mit so vielen Rüschen getragen, oder einen weißen. Oder eine derart rote Jacke. Ich glaube, ich sehe albern aus.«

Auf Pashas Gesicht machte sich ein Grinsen breit, sie war mit sich zufrieden. »Ich kann dir versichern, Celia und Dulcy finden dich ganz bestimmt nicht albern. Mich überrascht, daß du nicht mitbekommen hast, wie sie dich angestrahlt haben. Ich dachte fast, sie würden sich dir glatt auf den Schoß setzen.«

Richard überlegte, wenn Celia und Dulcy die rote Jacke so sehr gefiel, dann sollten sie sie haben; er behielt den Gedanken jedoch für sich. »Wieso trägt ein wichtiger Zauberer wie Jedidiah keine elegante Kleidung?«

»Nur Zaubereranfänger tragen solche Kleidung, und nur ihnen ist es gestattet, in die Stadt zu gehen. An bestimmten Meilensteinen ihrer Entwicklung gehen sie zu einer besondern Art der Kleidung über. Je weiter fortgeschritten ein Zauberer ist, desto bescheidener wird seine Kleidung. Aus diesem Grund trägt Jedidiah ein schlichtes braunes Gewand, denn er hat das Ende seiner Ausbildung fast erreicht.«

»Worin liegt der Zweck einer solchen seltsamen Regelung?«

»Man lernt dadurch Bescheidenheit. Die mit den schönsten Kleidern, den größten Freiheiten und unbegrenzten finanziellen Mitteln sind die, welche die geringste Macht besitzen. Niemand respektiert sie wegen dieser Dinge. Es soll diesen jungen Burschen zeigen, daß Meisterschaft aus dem Innern kommt und nichts mit dem äußerlichen Schmuck zu tun hat.«

»Dann bedeutet das Tragen dieser Kleider für mich eine Degradierung. Ich trug bereits bescheidene Kleidung.«

»Du bist noch nicht berechtigt, bescheidene Kleidung zu tragen. Gelegentlich ist es dir erlaubt, deine eigene Kleidung zu tragen, wenn du das möchtest. War die Kleidung jedoch schlicht, dann ist dies nicht gestattet. Kein Zauberer, der einfache Kleidung trägt, hat die Erlaubnis, in die Stadt zu gehen.« Sie lächelte. »Eines Tages, wenn du weit genug bist, wird man dir erlauben, die Robe eines Zauberers zu tragen.«

»Ich mag keine Roben. Ich mag die Kleidung, die ich anhatte.«

»Wenn du den Halsring losgeworden bist und den Palast verläßt, kannst du tragen, was du willst. Natürlich, die meisten lernen die Kleidung ihres Berufsstandes zu schätzen und tragen sie für den Rest ihres Lebens.«

Richard wechselte das Thema. »Ich möchte Warren besuchen. Erklär mir, wie ich nach dort unten komme.«

»Jetzt? Heute abend? Es war ein langer Tag, Richard, außerdem muß ich dir heute deinen ersten Unterricht geben.«

»Erklär mir nur, wie ich dort hinunterkomme. Wird Warren so spät noch dort unten sein?«

»Ich wüßte nicht, daß man ihn je irgendwo anders gesehen hätte. Wahrscheinlich schläft er auf den Büchern. Ich war überrascht, ihn heute oben im Palast zu sehen. Allein das wird wochenlang Gerede geben.«

»Ich möchte nicht, daß er glaubt, ich hätte ihn vergessen. Erklär mir bloß, wie ich nach dort unten komme.«

»Also schön«, seufzte sie, »wenn du darauf bestehst, dann gehen wir zusammen. Ich soll dich im Palast der Propheten überallhin begleiten. Jedenfalls im Augenblick.«

22. Kapitel

Sie begannen den Abstieg in die Gewölbe des Palastes der Propheten. Die Treppenhäuser in den oberen Stockwerken waren elegant. Weiter unten waren die Treppen dann aus praktischem Stein, dessen Vorderkanten glatt und abgetreten waren. Dienstmädchen, die er in den oberen Stockwerken bemerkt hatte, waren nun nirgends mehr zu sehen.

Getäfelte Wände wichen nackten Mauern. An manchen Stellen mußte er sich unter dicken Balken hindurchducken. An den Wänden hingen keine Lampen mehr, statt dessen beleuchteten Fackeln in großen Abständen den Weg. Einige der Gänge waren naß vom Sickerwasser.

»Was befindet sich in diesen Gewölben?« wollte Richard wissen.

»Die Bücher der Prophezeiungen. Außerdem Geschichtsbücher und Aufzeichnungen des Palastes.«

»Wieso befinden sie sich hier, so weit unten?«

»Aus Sicherheitsgründen. Prophezeiungen sind für den ungeübten Verstand gefährlich. Alle Novizinnen studieren die Bücher mit den Prophezeiungen, doch nur gewissen Schwestern ist es vorbehalten, sie alle zu lesen und mit ihnen zu arbeiten. Junge Zauberer, bei denen sich herausstellt, daß ihnen ihre Gabe ein Talent für Prophezeiungen verleiht, werden von diesen Schwestern unterrichtet.

Es gibt zwar mehrere junge Männer, die hier unten arbeiten und studieren, doch für die Gewölbe ist Warren das, was Jedidiah oben ist. Jeder Zauberer hat sein Spezialgebiet. Wir werden mit dir arbeiten, um herauszufinden, wo deine angeborene Begabung liegt. Bis wir das herausgefunden haben, wird es schwierig sein, mit deiner Ausbildung Fortschritte zu erzielen.«

»Schwester Verna hat mir ein wenig darüber erzählt. Was glaubst du, wo liegt mein Talent?«

»Gewöhnlich können wir das anhand der Persönlichkeit des Jungen feststellen. Einige arbeiten gern mit den Händen und stellen schließlich magische Gegenstände her. Manche helfen gern Kranken und Verwundeten und werden zu Heilern. So in etwa. Gewöhnlich erkennen wir das.«

»Und ich?«

Sie blickte kurz zu ihm hinüber. »Jemand wie du ist noch keinem von uns begegnet. Wir haben keine Ahnung, noch nicht.« Pashas Miene hellte sich auf. »Aber das kommt noch.«

Eine riesige, runde Tür aus Stein, so dick wie Richard groß war, stand im Dämmerlicht offen. Dahinter lagen Räumlichkeiten, die man aus eben jenem Muttergestein gehauen hatte, auf dem der Palast stand. Den Lampen gelang es nur im geringen Maße, den Ort zu erhellen. Es gab eine Anzahl langer, abgenutzter Tische, auf denen Bücher und Papiere verstreut lagen, sowie lange Reihen mit Regalen an den Wänden. Zwei Frauen saßen an den Tischen, machten sich Notizen, während sie bei Kerzenschein lasen.

Eine von ihnen sah auf und sprach Pasha an. »Was tust du hier unten, Kind?«

Pasha machte einen Knicks. »Wir sind gekommen, um Warren zu besuchen, Schwester.«

»Warren? Wieso?«

Just in diesem Augenblick kam Warren aus dem Dunkel hervorgehastet. »Schon gut, Schwester Becky. Ich habe sie gebeten herzukommen.«

»Nun, beim nächsten Mal sag bitte vorher jemandem Bescheid.«

»Ja, Schwester, das werde ich tun.«

Warren schob sich zwischen die beiden, nahm von beiden einen Arm und führte sie zu den Regalen. Als ihm bewußt wurde, daß er Pasha berührte, riß er seine Hand zurück und wurde rot.

»Du siehst … blendend aus, Pasha.«

»Danke, Maulwurf.« Sie errötete ebenfalls. Dann legte sie ihm eine Hand auf die Schulter. »Tut mir leid, Warren … ich habe mir nichts dabei gedacht.«

Er lächelte. »Nicht schlimm, Pasha. Ich weiß schon, die Leute nennen mich doch alle Maulwurf. Sie denken, das sei abschätzig, aber für mich ist es ein Kompliment. Weißt du, ein Maulwurf kann seinen Weg im Dunkeln finden, dort, wo andere blind sind. Das ähnelt sehr dem, was ich tue. Ich finde meinen Weg dort, wo andere nichts sehen.«

Pasha seufzte erleichtert. »Ich bin froh, Warren. Maulwurf, hast du schon gehört, daß Jedidiah eine Treppe hinuntergestürzt ist und sich ein Bein gebrochen hat?«

»Tatsächlich?« Er sah ihr suchend in die Augen. »Vielleicht wollte ihm der Schöpfer zeigen, daß man nicht mehr sieht, wohin man läuft, wenn man die Nase zu sehr in die Höhe reckt.«

»Ich glaube, Jedidiah schenkt den Lektionen des Schöpfers keine große Beachtung«, meinte Pasha. »Ich hab' erzählen hören, er habe einen kostbaren Teppich zu Asche verbrannt.«

Warren hielt ihrem Blick noch immer stand. »Du solltest verärgert sein, nicht Jedidiah. Er hat die widerwärtigen Dinge gesagt. Niemand sollte so etwas zu dir sagen.«

»Normalerweise ist er immer freundlich zu mir, aber ich gebe zu, ich sah wirklich schrecklich aus.«

»Einige dieser Bücher hier sehen für die Leute auch schrecklich aus, doch was zählt, ist das, was drinnen steht, nicht der Staub auf dem Einband.«

Pasha errötete aufs neue. »Trotzdem ... danke, Maulwurf.«

Warren blickte Richard an. »Ich wußte nicht, ob du tatsächlich kommen würdest. Die meisten sagen nur, sie kommen, tun es aber nie. Um so mehr freue ich mich. Hier entlang. Ich fürchte, du mußt hier warten, Pasha.«

»Was?« Sie beugte sich vor, und Richard fürchtete, ihre Brüste könnten aus dem Kleid fallen, wenn sie sich nicht wieder aufrichtete. »Ich komme mit.«

Warren riß die Augen auf. »Aber ich muß ihn in eines der hinteren Zimmer bringen. Du bist Novizin. Novizinnen haben keinen Zutritt.«

Sie richtete sich auf und setzte ein freundliches Lächeln auf.

»Maulwurf, wenn eine Novizin dort keinen Zutritt hat, wie dann ein neuer Schüler?«

Warren kniff nun die Augen zusammen. »Er steht in den Prophezeiungen. Wenn die Prophezeiungen es für richtig halten, über ihn zu schreiben, kann es kaum in ihrer Absicht liegen, daß er sie nicht liest.«

Hier unten in seinem Element wirkte Warren beträchtlich selbstsicherer als zuvor oben im Palast. Er ließ sich nicht von seiner Ansicht abbringen. Pasha strich ihm über die Schulter. Er blickte auf ihre Hand.

»Warren, du bist der Maulwurf, du zeigst anderen den Weg. Ich bin für Richard verantwortlich, ich zeige ihm den Weg. Ich würde meine Pflicht vernachlässigen, wenn ich ihm erlaube, so früh schon ohne mich irgendwohin zu gehen. Du kannst doch bestimmt eine Ausnahme für mich machen. Oder, Warren? Um Richard zu helfen, ihm zu helfen, die Prophezeiung zu verstehen und wie er dem Schöpfer dienen soll. Ist es nicht das, was wirklich wichtig ist?«

Schließlich löste Warren seinen Blick von ihr und meinte, sie sollten warten. Er ging hinüber zu den beiden Schwestern und unterhielt sich leise mit ihnen. Als er schließlich zurückkam, trug er ein Lächeln im Gesicht.

»Schwester Becky meinte, es sei erlaubt. Ich habe ihr erklärt, du verstündest ein wenig Hoch-D'Haran. Sag ihr das, falls sie danach fragt.«

»Was ist Hoch-D'Haran? Warren, soll ich allen Ernstes lügen?«

»Sie wird bestimmt nicht fragen.« Warren wandte sein Gesicht ab. »Ich habe die Lüge für dich erzählt, Pasha, damit du es nicht zu tun brauchst.«

Sie beugte sich näher zu ihm vor. »Du weißt, was geschieht, Warren, wenn man dich beim Lügen erwischt.«

Er lächelte sie gequält an. »Ja, das weiß ich.«

»Und was geschieht dann?« fragte Richard, plötzlich mißtrauisch.

Warren winkte ungeduldig ab. »Keine Sorge. Ihr zwei kommt mit.«

Sie mußten sich beeilen, ihm zu folgen, als er loslief, in die Dunkelheit hinein. Sie gingen an dichtgestellten Reihen von Regalen vorbei, erreichten schließlich eine massive Wand aus Felsgestein. Warren legte die Hand auf eine Metallplatte, und ein Teil der Wand bewegte sich und gab den Blick auf eine Kammer dahinter frei. In dem kleinen Raum standen ein Tisch und vielleicht ein Dutzend Regalreihen. Vier Lampen ließen es drinnen vergleichsweise hell erscheinen.

Drinnen berührte Warren eine weitere Platte. Die Wand glitt zu. Inmitten des Steins herrschte tödliche Stille. Warren zog einen Stuhl für Pasha vor und bat Richard, sich rechts neben sie zu setzen. Schließlich nahm er ein ledergebundenes Buch aus dem Regal und legte es behutsam vor Richard ab.

»Berühr es bitte nicht«, sagte Warren. »Es ist sehr alt und zerbrechlich. In der letzten Zeit ist es häufiger benutzt worden. Laß mich die Seiten umblättern.«

»Wer hat es benutzt?« wollte Richard wissen.

»Die Prälatin.« Ein Lächeln zuckte über Warrens Lippen. »Wann immer es heißt, daß sie nach hier unten kommt, tauchen zuerst ihre beiden großen Wächterinnen auf und treiben jeden hinaus. Sie räumen die Gewölbe, damit die Prälatin sie für sich hat und niemand weiß, was sie liest.«

»Ihre beiden Wächterinnen?« fragte Pasha. »Du meinst die beiden Schwestern in ihrem Vorzimmer?«

»Ja«, antwortete Warren. »Schwester Ulicia und Schwester Finella.«

»Wir haben sie heute gesehen«, meinte Richard. »So groß sind sie mir gar nicht vorgekommen.«

Warren senkte bedeutungsvoll die Stimme. »Solltest du ihnen jemals in die Quere kommen, wirst du anders darüber denken. Dann werden sie dir sehr groß vorkommen.«

Warrens Ausdrucksweise machte Richard nachdenklich. »Wenn der Keller geräumt wird, woher weißt du dann, daß sie dieses Buch gelesen hat?«

»Ich weiß es eben.« Er drehte sich zum Buch auf dem Tisch um. »Ich weiß es. In der letzten Zeit hat sie größtenteils in diesem Raum gelesen. Ich lebe mit diesen Büchern. Ich merke es, wenn jemand sie anfaßt. Siehst du diese Stelle, wo der Staub weggewischt wurde? Die stammt nicht von mir. Sondern von der Prälatin.«

Warren hob den Buchdeckel vorsichtig an und blätterte die vergilbten Seiten um, indem er sie mit beiden Händen behutsam hielt. Auf einer der Seiten, die Warren umblätterte, glaubte Richard etwas zu erkennen: eine Zeichnung. Sie löste eine verschüttete Erinnerung aus. Warren schlug noch weitere Seiten um und hielt schließlich inne. Er beugte sich über Richards Schulter und zeigte ihm etwas.

»Dies ist die Prophezeiung, von der du gesprochen hast.« Warren ging zur rechten Seite des Tisches hinüber. »Dies ist das Original, in der Handschrift des Propheten selbst. Nur wenige haben sie je zu Gesicht bekommen. Verstehst du Hoch-D'Haran?«

»Nein. Für mich sieht das bloß wie Gekritzel aus.« Richard überflog die für ihn bedeutungslose Schrift. »Du hast gesagt, es bestünde Uneinigkeit über ihre Bedeutung.«

Warrens Augen glänzten. »So ist es. Du mußt wissen, dies ist eine sehr alte Prophezeiung, vielleicht so alt wie der Palast, möglicherweise älter. Dies ist das Original der Prophezeiung. Sie ist in Hoch-D'Haran wie alles andere in diesem Raum. Nur sehr wenige verstehen Hoch-D'Haran.«

Richard nickte. »Man hat also immer nur die Übersetzungen gelesen, und es gibt Grund zu der Annahme, daß diese Übersetzungen nicht exakt sind.«

»Du verstehst es«, hauchte Warren. Seine Bewegungen wurden lebendiger. »Ja, ja, du siehst die Schwierigkeit. Die meisten tun das nicht. Die meisten glauben, etwas in der einen Sprache müsse etwas Bestimmtes in einer anderen bedeuten. Um die Übersetzung abzuschließen, entscheiden sie sich für eine Interpretation, die auf ihre Vorstellung von der Bedeutung paßt, doch dabei erzeugen sie einen Sinnzusammenhang, der vielleicht in der Prophezeiung enthalten ist, vielleicht aber auch nicht.«

»Doch das läßt die Möglichkeit unterschiedlicher Bedeutungen außer Betracht«, sagte Richard. »Sie geben ihr in der Übersetzung nur eine einzige Bedeutung. Ihren Doppelsinn können sie nicht erfassen.«

Warren schob sich aufgeregt nach vorn. »Ja! Genau das ist es! Das ist es, was sie nicht begreifen, und deswegen streiten sie über verschiedene Übersetzungen, ganz so, als gäbe es eine richtige und eine falsche. Hier handelt es sich jedoch um Hoch-D'Haran, und Hoch-D'Haran ...«

Warrens Worte verklangen. Richard starrte auf die Seite. Die Bilder dort schlugen ihn in ihren Bann. Fast war es, als flüsterten sie ihm etwas zu. Noch nie zuvor hatte er derartige Worte gesehen, doch sie brachten irgend etwas tief in seinem Innern zum Klingen.

Wie angezogen von einem der Wörter, streckte er langsam die Hand aus. Seine Finger kamen auf dem Wort zur Ruhe.

»Dies hier«, flüsterte Richard wie in Trance. Die Linien der Buchstaben schienen sich aus dem Papier zu heben, als wären sie lebendig, und die dunklen Linien schlängelten sich um seinen Finger, zärtlich, streichelnd, mit intimer Vertrautheit. Zusätzlich schwebte ihm das Bild des Schwertes der Wahrheit vor den Augen.

Warrens weißes Gesicht löste sich aus dem Buch. *»Drauka«*, sagte er kaum hörbar. »Das ist das Wort, das im Mittelpunkt der Auseinandersetzung steht. *Fuer grissa ost drauka* – der Bringer des Todes.«

»Und worum geht es bei dieser Auseinandersetzung?« fragte Pasha. »Willst du sagen, daß man diese Worte unterschiedlich übersetzen kann?«

Warren machte eine vage Geste. »Ja und nein. Das ist die wörtliche Übersetzung dieser Worte. Die Bedeutung ist es, die strittig ist.«

Richard zog seine Hand zurück. Er verbannte das Bild des Schwertes aus seinen Gedanken. »Tod. Das kann vieles heißen.«

Warren lag praktisch auf dem Tisch, als er sich vornüberbeugte. »Ja! Du hast es verstanden!«

»Der Tod – das ist doch absolut eindeutig«, wandte Pasha ein.

Warren richtete sich auf und rieb sich die Hände. »Eben nicht, Pasha. Nicht in Hoch-D'Haran. Die Waffe, die die Schwestern mit sich führen, der Dacra, stammt von diesem Wort ab. *Drauka* bedeutet tot, wenn ich zum Beispiel sage: ›Der Mriswith, den Richard getötet hat, ist tot.‹ *Drauka.* Tot. Aber es hat auch noch andere Bedeutungen. *Drauka* steht auch für die Geister der Toten.«

Pasha beugte sich stirnrunzelnd vor. »Soll das heißen, *drauka* kann in diesem Sinne ›der Bringer der Geister‹ bedeuten?«

»Nein«, sagte Richard. Leise sprach er die zweite Bedeutung des Wortes aus: »Seelen. Der Bringer der Seelen.«

»Ja«, meinte Warren mit leiser Stimme. »Das ist die zweite Interpretation.«

»Wie viele dieser unterschiedlichen Bedeutungen von *drauka* gibt es?« fragte Pasha.

Drei, überlegte Richard.

»Drei«, sagte Warren.

Richard kannte die dritte. »Die Unterwelt«, sagte er leise, während er auf das Wort *drauka* auf der Seite starrte. »Der Ort der Toten. Das ist die dritte Bedeutung von *drauka.*«

Blaß wie ein Gespenst beugte Warren sich zu ihm hinüber. »Aber du verstehst doch kein Hoch-D'Haran?« Richard schüttelte langsam den Kopf, den Blick auf die Buchseite geheftet. Warrens Zunge schnellte vor und befeuchtete seine Lippen. »Jetzt erzähl mir bitte nicht, daß du d'haranisches Blut in den Adern hast.«

»Mein Vater war Darken Rahl«, sagte Richard leise. »Er war der Zauberer, der D'Hara als letzter regiert hat, und vor ihm saß mein Großvater Panis auf dem Thron.«

»Beim Schöpfer«, flüsterte Warren kaum hörbar.

Pasha legte Richard eine Hand auf den Arm, als sie sich zu den beiden hinüberbeugte. »Unterwelt? Wie kann es Unterwelt bedeuten?«

»Weil«, erklärte Warren, »die Unterwelt die Welt der Toten ist.«

Die Falten auf ihrer Stirn wurden tiefer. »Aber wie kann es ›Bringer der Unterwelt‹ bedeuten? Wie kann man die Unterwelt ›bringen‹?«

Richard starrte leeren Blicks nach vorn. »Indem man den Schleier zerreißt.«

Die Stille hallte durch den steinernen Raum. Pasha blickte von einem Gesicht zum anderen. Schließlich brach sie das Schweigen.

»Aber mir hat man beigebracht, um ein Wort aus einer Fremdsprache in einer Prophezeiung zu übersetzen, das unterschiedliche Nuancen in der Bedeutung aufweist, braucht man es nur im Zusammenhang zu deuten. Eigentlich brauchte man doch nur festzustellen, wie es verwendet wird, um seine Bedeutung zu erschließen.«

Warren zog die Augenbrauen hoch. »Eben darum geht der Streit. In dieser Prophezeiung ist von Dingen die Rede, die sich unter Umständen auf alle drei möglichen Bedeutungen des Wortes *drauka* beziehen. Je nachdem, welche Bedeutung beabsichtigt war, verändert sich die Bedeutung der Prophezeiung. Aus diesem Grund kann sie nicht mit Gewißheit gedeutet werden. Es ist wie mit einem Hund, der seinem eigenen Schwanz hinterherjagt. Je mehr er es versucht, desto schneller bewegt er sich im Kreis.

Deswegen bin ich auch so versessen darauf, die beabsichtigte Bedeutung des Wortes *drauka* zu erfahren. Wenn ich die wüßte, dann könnte ich zum ersten Mal den Rest der Prophezeiung korrekt entschlüsseln. Ich wäre der erste in dreitausend Jahren, der sie verstanden hätte.«

Richard schob seinen Stuhl vom Tisch zurück. »Nun, wie schon gesagt, ich bin nicht sehr gut im Rätselraten.« Er zwang sich zu lächeln. »Aber ich verspreche, ich werde darüber nachenken.«

Warrens Miene hellte sich auf. »Würdest du das tun? Ich wüßte es sehr zu schätzen, wenn du mir helfen könntest.«

Richard drückte Warrens Schulter. »Du hast mein Wort darauf.«

Pasha stand auf. »Es wäre besser, wenn wir jetzt mit Richards Unterricht beginnen. Es wird spät.«

»Danke euch beiden, daß ihr gekommen seid. Ich bekomme nur selten Besuch.«

Pasha vorneweg, gingen die drei zur Tür.

Als sie durch die Türöffnung trat, schlug Richard mit der Hand auf die Metallplatte an der Wand.

Die Tür schloß sich mit einem Knirschen. Pasha trommelte mit den Fäusten gegen den Stein, da der Spalt für sie zu schmal geworden war, um umzukehren. Sie rief, sie sollten die Tür aufmachen. Als der Stein sich schloß, wurden ihre Worte abgeschnitten. Um Richard und Warren war es still.

Warren starrte auf die Metallplatte. »Wie hast du das gemacht? Du bist als Zauberer noch blutiger Anfänger. Eigentlich dürftest du noch lange keinen Schutzschild mit deinem Han beeinflussen können.«

Richard wußte keine Antwort, also ging er darüber hinweg. »Erklär mir, was du damit meintest, du wüßtest, was die Schwestern täten, wenn sie dich bei dieser Art von Lüge ertappten.«

Warrens Hand fuhr zu seinem Halsring. »Nun ja, sie würden mir weh tun.«

»Soll das heißen, sie würden die Magie des Halsrings dazu benutzen, dir Schmerzen zuzufügen?«

Warren nickte und krallte seine Faust dabei in seine Robe.

»Tun sie das oft? Uns mit dem Ring Schmerzen zufügen?«

Warren verdrehte die Faust in seiner Robe. »Nein, nicht oft. Doch um Zauberer zu werden, mußt du eine Schmerzensprüfung bestehen. Von Zeit zu Zeit kommen sie und bereiten dir Schmerzen mit dem Rada'Han, um festzustellen, ob du genug gelernt hast, diese Prüfung zu bestehen.«

»Und wie besteht man diese Prüfung?«

»Na ja, ich könnte mir höchstens vorstellen, daß man die Prüfung besteht, wenn man die Schmerzen aushalten kann, ohne sie zu bitten aufzuhören. Sie haben mir nie erklärt, was man tun muß, um zu bestehen.« Er war aschfahl geworden. »Sobald man gelernt hat, die Schmerzen auszuhalten, die sie einem bereiten, tun sie einem noch mehr weh.«

»So etwas Ähnliches habe ich mir fast gedacht. Danke, daß du es mir verraten hast.« Richard strich sich über den Bart. »Warren, ich brauche deine Hilfe.«

Warren wischte sich mit dem Ärmel seines Gewandes über die feuchten Augen. »Wie kann ich dir helfen?«

»Du hast gesagt, es gäbe Prophezeiungen, in denen von mir die Rede ist. Ich möchte, daß du dir alles über mich ansiehst, was du finden kannst. Und über die Türme der Verdammnis und das Tal der

Verlorenen. Außerdem muß ich alles über den Schleier wissen, was ich in Erfahrung bringen kann.« Richard deutete auf das Buch, das auf dem Tisch lag. »Dort war eine Zeichnung, ein paar Seiten vor der Prophezeiung. Ein tropfenförmiger Gegenstand. Weißt du, was das ist?«

Warren ging zum Buch und blätterte zurück. »Das hier?«

»Ja, das ist es.« Ihm fiel ein, daß er es an Rachels Hals gesehen hatte, in seiner Vision von ihr und Chase im Tal der Verlorenen. Ein Bild von Zedd erschien vor Richards innerem Auge. Sein Herz schlug schneller. »Das sieht so ähnlich aus wie etwas, das ich mal gesehen habe. Was ist es?«

Warren sah ihn verwirrt an. »Der Stein der Tränen. Was soll das heißen, du hast ihn gesehen?«

»Was ist der Stein der Tränen?«

»Nun, sicher bin ich nicht. Ich müßte darüber nachlesen, aber ich würde mal denken, er könnte etwas mit dem Schleier zu tun haben, vorausgesetzt, *drauka* müßte als etwas gedeutet werden, das mit der Unterwelt zu tun hat. Wie meinst du das, du hättest ihn gesehen?«

Richard überging die Frage ein zweites Mal. »Warren, ich muß auch über den Stein der Tränen Bescheid wissen sowie über alles, was du über das Volk herausfinden kannst, das früher im Tal der Verlorenen gelebt hat. Die Baka Ban Mana. Ihr Name bedeutet ›die ohne Herrscher‹. Und über den, den sie *Caharin* nennen.«

Warren starrte ihn sprachlos an. »Das ist eine Menge Arbeit.«

»Wirst du mir helfen, Warren?«

Warren senkte den Blick und zupfte an seiner Robe. »Unter einer Bedingung. Ich komme nie raus aus dem Palast. Nicht, daß mir die Arbeit mit den Prophezeiungen nicht gefällt, versteh mich nicht falsch, aber die Leute denken, ich interessiere mich für nichts anderes. Dennoch würde ich gern mal die Gegend rings um den Palast sehen – die Wälder, die Hügel.«

Er rang die Hände. »Ich habe Angst vor der Weite. Der Himmel ist so weit. Das ist der andere Grund, weshalb ich hier unten bleibe, weil ich mich sicher fühle. Aber ich bin es leid, wie ein Maulwurf zu leben. Ich würde gern den Versuch unternehmen und nach draußen gehen und mir die Welt anschauen. Würdest du, na ja, mir die Landschaft zeigen? Du siehst aus wie jemand, der mit dem Leben unter freiem Himmel vertraut ist. Ich glaube, ich würde mich sicher fühlen, wenn du mich begleitest.«

Richard lächelte ihn freundlich an. »Du hast dir genau den Richtigen ausgesucht, Warren. Ich war Waldführer, bevor all das hier angefangen hat. Ich kenne die Gegend um den Palast noch nicht, aber ich will sie auf jeden Fall erkunden. Es wäre mir ein Vergnügen, dich herumzuführen. Es wäre genau wie in alten Zeiten.«

Warrens Miene hellte sich auf. »Danke, Richard. Ich freue mich darauf, die Welt draußen kennenzulernen. Ich brauche ein wenig Abenteuer in meinem Leben. Ich werde sofort mit dem anfangen, worum du mich gebeten hast, doch die Schwestern geben mir ebenfalls viel Arbeit, daher kann ich diese Nachforschungen nur betreiben, wenn ich Zeit dafür finde. Und ich fürchte, ich muß ehrlich sein, es wird lange dauern. Hier gibt es Tausende von Bänden. Es wird Monate dauern, sich nur richtig einzuarbeiten.«

»Warren, dies ist vielleicht das Wichtigste, was du je untersucht hast. Vielleicht kannst du dir eine Menge Zeit sparen, wenn du mit dem anfängst, was die Prälatin gelesen hat.«

Ein schlaues Lächeln huschte über Warrens Lippen. »Ich dachte, du hättest gesagt, du wärst nicht gut im Rätselraten. Genau das habe ich mir auch überlegt.« Sein Lächeln wandelte sich zu einem besorgten Stirnrunzeln. »Wozu willst du diese Dinge wissen?«

Richard blickte seinem Gegenüber lange prüfend in die blauen Augen. »Ich bin *fuer grissa ost drauka.* Warren, ich weiß, was es bedeutet.«

Warren krallte sich in den Ärmel von Richards roter Jacke. »Du weißt es? Du kennst die korrekte Übersetzung?« Seine Finger zitterten. »Würdest du sie mir verraten?«

»Wenn du mir versprichst, es niemandem weiterzuerzählen. Jedenfalls im Augenblick nicht.« Warren nickte eifrig. »Bislang war niemand imstande festzustellen, welche der drei Übersetzungen die richtige ist, weil ihnen bei dem Versuch, eine zu rechtfertigen, das

Ganze verlorenging.« Warren runzelte die Stirn. Richard beugte sich zu ihm vor. »Sie sind alle richtig, Warren.«

»Was?« sagte er leise. »Wie ist das möglich?«

»Ich habe mit diesem Schwert Menschen getötet. In diesem Sinne bin ich der Bringer des Todes. Das ist die erste Bedeutung von *drauka.*

Um auch in ansonsten ausweglosen Situationen zu bestehen, wie zum Beispiel im Kampf gegen den Mriswith, habe ich die Magie des Schwertes dazu benutzt, die Seelen derer auf den Plan zu rufen, die es vor mir benutzt haben. Ich habe die Toten herbeigerufen, die Vergangenheit in die Gegenwart geholt. In diesem Sinn bin ich der Bringer der Seelen. Das ist die zweite Bedeutung von *drauka.*

Was die dritte Bedeutung anbelangt, die Unterwelt, so habe ich Grund zu der Annahme, daß ich den Schleier irgendwie eingerissen habe. Das wäre die dritte Bedeutung von *drauka.*«

Warren stockte der Atem.

»Es ist sehr wichtig, daß du mir das Wissen besorgst, um das ich dich gebeten habe. Ich fürchte jedoch, es bleibt mir nicht mehr viel Zeit.«

Warren nickte. »Ich werde es versuchen. Aber ich glaube, du setzt zuviel Vertrauen in mich.«

Richard zog die Augenbrauen hoch. »Ich setze mein Vertrauen in einen Mann, der fähig ist, Jedidiah ein Bein zu brechen.«

»Ich habe Jedidiah nichts getan. Jedidiah ist ein mächtiger Zauberer. Ich würde es niemals wagen, mich einer seiner Kräfte zu widersetzen.«

»Ach, komm schon, Warren. Auf der Schulter deines Gewandes ist noch Asche von dem verbrannten Teppich.«

Warren wischte sich hektisch die Schulter ab. »Da ist keine Asche. Ich sehe keine Asche.«

Richard wartete, bis Warren den Kopf hob. »Und warum wischst du dann an deinem Umhang herum?«

»Nun ich wollte nur ... ich ...«

Richard legte Warren die Hand auf den Rücken, um ihn zu beruhigen. »Ist schon in Ordnung, Warren. Ich glaube an die Gerechtigkeit. Ich glaube, Jedidiah hat bekommen, was er verdient. Ich werde niemandem etwas verraten. Und du darfst auch niemandem etwas hiervon verraten.«

»Ich muß dich warnen, Richard. Du hast gestern etwas sehr Gefährliches getan, als du den Schwestern gesagt hast, du seist der Bringer des Todes. Dies ist eine wohlbekannte und heiß umstrittene Prophezeiung. Es gibt Schwestern, die glauben, sie bedeutet, daß du jemand bist, der Menschen tötet. Sie werden versuchen, dir Trost zu spenden. Es gibt andere, die glauben, es bedeutet, daß du die Seelen herbeirufst. Sie werden dich studieren wollen.« Er kam ein wenig näher. »Und dann sind da noch jene, die denken, es bedeutet, daß du den Schleier zerreißen und dem Namenlosen dazu verhelfen wirst, uns alle zu verschlingen. Sie können versuchen, dich zu töten.«

»Ich weiß, Warren.«

»Warum hast du ihnen dann erzählt, du seist der, von dem in der Prophezeiung die Rede ist?«

»Weil ich der *fuer grissa ost drauka* bin. Wenn die Zeit kommt, werde ich jede von ihnen töten, die ich töten muß, um diesen Ring herunterzubekommen. Fairerweise mußte ich sie vorher warnen und ihnen so eine Chance geben.«

Warren legte einen Finger an die Unterlippe. »Aber Pasha würdest du doch nichts tun. Nicht Pasha.«

»Ich hoffe, ich muß niemandem etwas antun, Warren. Mit dem Wissen, mit dem du mir hilfst, brauche ich vielleicht niemandem Schaden zuzufügen. Ich hasse es, der *fuer grissa ost drauka* zu sein, aber ich bin es nun mal.«

Warrens Augen füllten sich mit Tränen. »Bitte, Pasha würdest du doch nichts tun.«

»Ich mag sie, Warren. Ich finde, sie ist ein wunderbarer Mensch, innerlich – wie du gesagt hast. Ich töte nur, um mein Leben oder das Leben Unschuldiger zu schützen. Hoffentlich wird mir Pasha niemals einen Grund dazu geben, aber du mußt begreifen, daß, wenn ich recht habe und der Schleier eingerissen ist, mehr auf dem Spiel steht als das Leben eines einzelnen. Sei es meins, deins oder Pashas.«

Warren nickte. »Ich habe die Prophezeiungen gelesen. Ich verstehe. Ich werde nach den Dingen forschen, die du brauchst.«

Richard versuchte ihn mit einem freundlichen Lächeln zu beruhigen. »Alles wird gut gehen, Warren. Ich bin der Sucher, ich werde mein Bestes tun. Ich will niemandem etwas antun.«

»Sucher? Was ist das, der Sucher?«

Richard schlug mit der flachen Hand auf die Metallplatte. »Das erkläre ich dir später.«

Warren starrte auf die Platte, als die Tür sich öffnete. »Wie kommt es, daß du das kannst?«

Pasha stand ruhig da und wartete. Man sah ihrem Gesicht an, welche Mühe sie hatte, sich ihren Ärger nicht anmerken zu lassen.

»Und was, bitte, sollte das?«

Richard trat durch die Öffnung. »Ein Gespräch unter Jungen.«

Pasha hielt ihn am Arm zurück. »Was soll das heißen ›ein Gespräch unter Jungen‹?«

Richard sah ihr in die warmen, braunen Augen. »Ich habe Warren den Arm verdreht und ihn gezwungen, mir von der Schmerzensprüfung zu erzählen. Du hast nichts davon erwähnt, also mußte ich ihn danach fragen.«

Pasha rieb sich die nackten Arme, als wäre ihr kalt. »Ich nehme keine Prüfungen ab, Richard. Ich bin nur Novizin. Das müssen voll ausgebildete Schwestern tun.«

»Warum hast du mir nichts davon erzählt?«

Tränen schossen ihr in die Augen. »Ich mag es nicht, wenn Menschen Leid geschieht. Du sollst keine Angst vor etwas haben, das vielleicht erst in langer Zeit stattfindet. Manchmal kann das Warten schlimmer sein als die tatsächliche Erfahrung. Ich wollte nicht, daß du verängstigt warten mußt.«

»Oh.« Richard atmete erleichtert auf. »Nun, das ist wohl ein guter Grund. Ich möchte mich für das, was ich über dich gedacht habe, entschuldigen, Pasha.«

Sie rang sich ein Lächeln ab. »Sollen wir jetzt gehen und mit dem Unterricht beginnen?«

Wieder oben, gingen sie schließlich durch Flure und mehrere Gebäude, bis sie schließlich das Guillaume-Haus erreichten, wo sich Richards Zimmer befand. Der Stoff von Pashas Kleid raschelte, als sie über die breite Marmortreppe nach oben stiegen. Wände und Säulen waren aus passendem, hellbraun-buntem Marmor.

Es war ein wundervoller Ort mit eleganten Räumlichkeiten, aber er war nicht so eindrucksvoll wie der Palast des Volkes in D'Hara. Bevor er jenes prächtige Bauwerk gesehen hatte, hätte ihn die Pracht dieses Gebäudes in Erstaunen versetzt. Jetzt merkte er sich nur seinen Grundriß und die Lage der einzelnen Gebäude und Räume. Als sie oben durch einen weiteren mit Teppich ausgelegten Flur gingen, sah er mehrere andere junge Männer, die einen Rada'Han trugen. Schließlich kamen sie zu seinem Zimmer.

Richard faßte sie am Handgelenk, als sie nach der Türklinke greifen wollte. Sie sah verwundert auf.

»Drinnen ist jemand«, sagte er.

23. Kapitel

Es ist meine Pflicht, auf dich aufzupassen«, sagte Pasha. Sie benutzte ihr Han, löste seinen Griff an ihrem Handgelenk, schleuderte ihn wie mit unsichtbarer Hand zur Seite und stürmte durch die Tür. Richard rollte ab, landete auf den Füßen, zog sein Schwert und stürzte ihr hinterher. Einzig die kleinen Flammen aus dem Kamin erhellten das ansonsten dunkle Zimmer. Die beiden kamen stolpernd in fast völliger Dunkelheit zum Stehen.

Aus einem Sessel neben dem Feuer kam eine Stimme. »Erwartest du einen Mriswith, Richard?«

»Schwester Verna!« Richard ließ sein Schwert zurück in die Scheide gleiten. »Was tut Ihr hier?«

Sie erhob sich, machte eine Handbewegung Richtung Lampe und brachte den Docht zum Brennen. »Ich wußte nicht, ob du es schon gehört hast.« Ihrem Gesicht war nichts zu entnehmen. »Ich bin wieder eine Schwester des Lichts.«

»Wirklich?« sagte Richard. »Das sind ja gute Neuigkeiten.«

Schwester Verna faltete die Hand. »Da ich wieder eine Schwester bin, wollte ich dich einen Augenblick lang unter vier Augen sprechen.« Sie sah zu Pasha hinüber. »Über eine unerledigte Angelegenheit zwischen Richard und mir.«

Pasha blickte von der Schwester zu Richard. »Nun, ich denke, dieses Kleid ist, nun ja, vielleicht nicht gerade das bequemste, um darin Unterricht zu geben. Vielleicht sollte ich mich umziehen.« Sie machte einen Knicks vor Schwester Verna. »Gute Nacht, Schwester. Ich freue mich so für Euch. Ihr solltet wirklich Schwester sein. Und Richard, vielen Dank, daß du heute ein solcher Gentleman warst. Wenn ich mich umgezogen habe, komme ich zurück.«

Richard stand mit dem Gesicht zur Tür, nachdem sie sich hinter Pasha geschlossen hatte.

»Gentleman«, meinte Schwester Verna. »Ich bin entzückt, das zu hören, Richard. Außerdem möchte ich mich bei dir bedanken, weil man mich wieder zur Schwester gemacht hat. Schwester Maren hat mir erzählt, was passiert ist.«

Richard drehte sich lachend zu ihr um. »Ihr wart zu lange in meiner Gegenwart, Schwester. Trotzdem braucht Ihr noch mehr Übung im Lügen. Ihr seid noch nicht ganz überzeugend.«

Sie konnte nicht verhindern, daß ein Lächeln über ihre Lippen huschte. »Nun, Schwester Maren erzählte mir, sie habe für Unterweisung gebetet und sei zu dem Entschluß gekommen, ich könne dem Schöpfer angesichts meiner Erfahrung am besten als Schwester dienen.« Sie zog die Augenbrauen hoch. »Arme Schwester Maren. Seit deiner Ankunft scheint das Lügen zu einer ansteckenden Krankheit geworden zu sein.«

Er zuckte mit den Achseln. »Schwester Maren hat das Richtige getan. Ich glaube, Euer Schöpfer wäre mit dem Ergebnis zufrieden.«

»Wie ich gehört habe, hast du einen Mriswith getötet. Neuigkeiten breiten sich im Palast aus wie ein Feuersturm im trockenen Gras.«

Richard ging zum Kamin. Er lehnte sich an den dunklen, granitenen Sims und starrte in die Flammen. »Ich hatte keine Wahl.«

Schwester Verna strich ihm zärtlich übers Haar. »Ist alles in Ordnung mit dir, Richard? Wie geht es dir?«

»Gut.« Richard zog den Schwertgurt über seinen Kopf und legte ihn und das Schwert zur Seite. Die rote Jacke warf er über einen Stuhl. »Es ginge mir besser, wenn ich nicht diese albernen Kleider tragen müßte. Aber vermutlich ist das ein geringer Preis für den Frieden. Im Augenblick. Worüber wolltet Ihr mit mir sprechen, Schwester?«

»Ich weiß nicht, was du getan und wie du es angestellt hast, daß ich wieder als Schwester eingesetzt wurde, trotzdem danke, Richard. Ist das ein Freundschaftsangebot?«

»Nur, wenn Ihr diesen Halsring abnehmt.« Sie wich seinem Blick aus. »Eines fernen Tages, Schwester, werdet Ihr euch entscheiden müssen. Wenn es soweit ist, hoffe ich, Euch auf meiner Seite wissen zu dürfen. Nach allem, was wir zusammen durchgemacht haben, wäre es mir äußerst unangenehm, Euch töten zu müssen, aber Ihr wißt, wozu ich fähig bin. Ihr kanntet meine Antwort. Gewiß seid Ihr nicht allein deshalb hergekommen.«

»Ich habe dir einmal gesagt, du würdest dein Han benutzen, ohne zu wissen, was du tust, erinnerst du dich noch?«

»Ja. Aber ich glaube nicht, ich benutze mein Han gar nicht.«

Sie runzelte die Stirn. »Richard, du hast einen Mriswith getötet. Soweit ich weiß, hat das in den letzten dreitausend Jahren niemand geschafft. Um das zu schaffen, mußt du dein Han benutzt haben.«

»Nein, Schwester, ich habe die Magie des Schwertes benutzt, um ihn zu töten.«

»Richard, ich habe dich beobachtet und ein wenig herausgefunden über dich und dein Schwert. Der Grund, aus dem niemand je einen Mriswith töten konnte, ist der, weil niemand merkt, wenn er kommt. Selbst das Han der Schwestern und Zauberer spürt das nicht. Vielleicht hat dein Schwert den Mriswith getötet, aber dein Han hat dir gesagt, daß er sich nähert. Du greifst auf deine Gabe zurück, aber unkontrolliert.«

Richard war müde. Ihm war nicht nach Widersprechen zumute. Er ließ sich in einen gepolsterten Sessel fallen. Er mußte daran denken, wie er den Mriswith im Geiste kommen gesehen hatte. »Ich begreife nicht, was ich tue, Schwester. Der Mriswith kam, und ich habe mich eben verteidigt.«

Sie setzte sich in den Sessel ihm gegenüber. »Betrachte es einmal von dieser Seite, Richard. Du hast eine Bestie getötet, die so gefährlich ist wie kaum eine andere, die diesen Landstrich unsicher macht, doch dieses kleine Mädchen mit den großen, braunen Augen und vielleicht ebensoviel Kraft im Vergleich zu dir wie ein Spatz verglichen mit einem Habicht, hat dich gerade mit seinem Han durch den Flur geschleudert. Ich hoffe nur, daß du fleißig studierst, damit du lernst, dein Han zu kontrollieren. Du mußt lernen, es zu beherrschen.«

Sie sah ihn aufmerksam an. »Wieso bist du in den Hagenwald gegangen, obwohl ich dir erklärt habe, daß es dort gefährlich ist? Den wahren Grund. Nicht die Rechtfertigung. Bitte sag mir die Wahrheit, Richard.«

Richard lehnte sich weit zurück und starrte an die Decke. Schließlich gab er mit einem Nicken nach. »Es war, als hätte mich irgend etwas dorthingezogen. Es war ein Bedürfnis. Eine Art Hunger. Es war, als müßte ich mit der Faust gegen eine Wand schlagen, und dies wäre genau die Möglichkeit, es zu tun.«

Er befürchtete, sie könnte eine Strafpredigt vom Stapel lassen, doch das tat sie nicht. Ihr Ton verriet Mitgefühl.

»Richard, ich habe mit ein paar Freunden gesprochen. Keiner von uns weiß alles über die Magie des Palastes und ganz besonders nicht über den Hagenwald, trotzdem gibt es Grund zu der Annahme, daß man den Hagenwald speziell für ganz bestimmte Zauberer an dieser Stelle angelegt hat.«

Richard betrachtete ihren ruhigen Gesichtsausdruck, ihre ernsten Augen. »Wollt Ihr damit sagen, Schwester, wenn ich mit der Faust gegen eine Wand schlagen muß, dann soll ich es vielleicht einfach tun?«

»Der Schöpfer hat uns den Hunger gegeben, damit wir essen, weil Essen notwendig ist.«

»Und was wäre der Zweck eines Hungers wie des meinen?«

Sie schüttelte den Kopf. »Ich weiß es nicht. Zum zweiten Mal in ebenso vielen Tagen hat es die Prälatin abgelehnt, mir eine Audienz zu gewähren. Doch ich werde trotzdem versuchen, Antworten zu finden. Laß es inzwischen bitte auf keinen Fall so weit kommen, daß die Sonne im Hagenwald über dir untergeht.«

»War es das, was Ihr mir mitteilen wolltet, Schwester?«

Sie wandte den Blick ab und hielt inne, rieb sich mit zwei Fingern die Stirn. Sie wirkte unsicher. So hatte er sie noch nie gesehen. »Richard, es geschehen Dinge, die ich nicht begreife, und sie stehen im Zusammenhang mit dir. Die Dinge geschehen nicht so, wie sie sollten.« Sie bemerkte seinen fragenden Blick. »Ich kann im Augenblick noch nicht darüber sprechen.«

Sie räusperte sich. »Richard, du darfst nicht jeder Schwester vertrauen.«

Richard machte ein erstauntes Gesicht. »Schwester, ich traue keiner einzigen von euch.«

Das lockte ihr ganz kurz ein Lächeln auf die Lippen. »Im Augenblick ist das wohl am besten. Das war es, was ich dir sagen wollte. Ich werde die Antworten finden, doch im Augenblick, nun, sagen wir einfach, ich weiß, daß du tun wirst, was du mußt, um in Sicherheit zu bleiben.«

Nachdem Schwester Verna gegangen war, dachte Richard über das nach, was sie und was Warren ihm erzählt hatte. Am meisten beschäftigte ihn der Stein der Tränen.

Es gab ihm zu denken, daß ihm die Magie im Tal der Verlorenen eine Vision von einem Gegenstand eingegeben hatte, den er noch nie gesehen hatte und ihn um Rachels Hals hängte. Die anderen Visionen schienen auf seine Sehnsüchte und Ängste zurückzugehen. Vielleicht sah er auch deshalb eine Vision von Rachel, weil er seinen Freund Chase vermißte. Rachel war bestimmt bei Chase. Doch warum trug sie in der Vision einen Gegenstand um den Hals, den er noch nie gesehen hatte, und der, wie sich herausstellte, aussah wie eine Zeichnung in einem Buch?

Vielleicht war es nicht derselbe Gegenstand. Er versuchte sich einzureden, daß es unmöglich derselbe sein konnte, doch ein beklemmendes Gefühl in seinem Innern sagte ihm etwas anderes.

So sehr er Chase und Rachel vermißte, es war der Stein um Rachels Hals, der seine Aufmerksamkeit erregte. Es war, als brächte Rachel ihn für Zedd zu ihm, und Zedd wäre mit ihm zusammen dort gewesen und hätte ihn gedrängt, den Stein anzunehmen.

Pashas Klopfen an der Tür riß ihn aus seinen Grübeleien. Sie trug ein schlichtes, bräunlich-graues Kleid mit kleinen rosa Stoffknöpfen auf der Vorderseite bis hoch zum Kragen. Es ließ zwar nicht so viel Haut erkennen wie das grüne Kleid, doch war es so geschnitten, daß man praktisch jede Einzelheit ihres Körpers erahnen konnte. Da es alles bedeckte, wurde das, was es bedeckte, nur noch verlockender. Die Farbe unterstrich irgendwie die Samtheit ihrer braunen Haare.

Pasha saß mit gekreuzten Beinen auf dem Boden, auf dem blaugelben Teppich vor dem Kamin. Sie drapierte ihr Kleid sorgsam über ihre Knie und hob dann den Kopf.

»Hier. Setz dich genauso hin wie ich, mir gegenüber.«

Richard setzte sich auf den Boden und schlug die Beine übereinander. Sie machte ihm ein Zeichen, er solle näher kommen, bis ihre Knie sich berührten. Sie nahm seine Hände und hielt sie locker fest, während sie auf ihrer beider Knien ruhten.

»Schwester Verna hat das nicht gemacht, wenn ich geübt habe.«

»Und zwar deswegen, weil sich der Rada'Han im Einflußkreis der Magie des Palastes befinden muß, bevor wir auf diese Weise üben können. Bis jetzt hast du allein geübt, wenn du versucht hast, dein Han zu berühren. Die meiste Zeit von jetzt an werden ich oder eine Schwester ihr Han benutzen, um dich zu unterstützen.« Sie lächelte. »Das wird dir helfen, schnellere Fortschritte zu machen, Richard.«

»Also schön. Was soll ich tun?«

»Sie hat dir erzählt, wie man versucht, sein Han zu erreichen? Wie man sich konzentriert, um diesen Ort in seinem Innern zu finden?« Richard nickte. »Dann möchte ich, daß du genau das tust. Während du nach diesem Ort suchst, werde ich mein Han benutzen, durch den Rada'Han hindurch, und versuchen, dich zu lenken.«

Richard rutschte ein wenig hin und her, setzte sich bequemer hin. Pasha nahm eine Hand zurück und fächelte sich das Gesicht.

»Dieses Kleid kommt mir so warm vor, nachdem ich das andere getragen habe.«

Sie öffnete die obersten fünf Knöpfe ihres Kleides und ergriff erneut seine Hand. Richard warf einen Blick in das Kaminfeuer und sah nach den Scheiten, damit er hinterher feststellen konnte – wenn er die Augen wieder öffnete –, wie lange die Übung gedauert hatte. Er schien die Zeit nie einschätzen zu können, wenn er nach seinem Han suchte. Es kam ihm immer vor, als wären es bloß Minuten, doch gewöhnlich dauerte es wenigstens eine Stunde.

Richard schloß die Augen. Er rief das Bild des Schwertes der Wahrheit vor einem farblosen Hintergrund hervor. Als ihn die Stille überkam, als er nach dem Frieden in seinem Innern forschte, wurde sein Atem langsamer. Er holte einmal tief Luft, dann ließ er sich in das ruhige Zentrum sinken.

Er war sich Pashas Hände bewußt, die seine hielten, ihrer Knie, die an seine stießen, und ihres gleichmäßigen Atems, der allmählich mit seinem in Einklang kam. Es war angenehm, sich von ihr die Hände halten zu lassen. Er fühlte sich nicht so isoliert wie sonst. Er wußte nicht, ob sie tatsächlich die Magie des Halsrings nutzte, um ihn zu begleiten, doch er spürte, wie er in Spiralen tiefer versank als je zuvor.

Er trieb durch den zeitlosen Raum, ohne zu denken, ohne Mühe oder Sorge. Was immer sein Han war, er sah oder fühlte nichts, was er nicht schon früher gesehen oder gefühlt hatte. Abgesehen davon, daß er sich entspannter fühlte als zuvor und daß er das ermutigende Gefühl von Pashas Gegenwart verspürte, war es nicht anders als sonst. Schwach war er sich seines Körpers, der allmählich steifer wurde, und der Wärme des Feuers bewußt. Der kalte Stahl des Schwertes war in dieser Hitze wie ein Kern aus Eis.

Schließlich öffnete er die Augen. Pasha schlug die Augen zugleich mit ihm auf. Richard warf einen kurzen Blick ins Feuer. Die Scheite waren zu glühenden Kohlen heruntergebrannt. Zwei Stunden, schätzte er.

Ein Rinnsal Schweiß lief Pashas Hals hinunter. »Oh je, heute abend ist es aber warm.«

Sie machte Knöpfe auf. Viele Knöpfe. Jetzt war von ihr schon mehr zu sehen als in dem grünen Kleid. Richard zwang sich, ihr in die sanften Augen zu blicken. Pasha bedachte ihn mit einem kleinen, selbstbewußten Lächeln.

»Ich habe nichts gefühlt«, sagte Richard. »Ich habe mein Han nicht gespürt. Ich weiß allerdings auch nicht, was ich spüren soll.«

»Ich auch nicht, und ich hätte etwas spüren müssen. Seltsam,« seufzte sie wie zu sich selbst und zog ein verwirrtes Gesicht. Dann hellte sich ihre Miene auf. »Aber das braucht Übung. Hast du mein Han gespürt? Hat es dir geholfen?«

»Nein«, gestand er. »Ich habe gar nichts gespürt.«

Ihr Mund verzog sich kurz, und sie legte die Stirn in Falten. »Du hast überhaupt nichts von mir gespürt?« Er schüttelte den Kopf. »Nun, dann mach die Augen zu und versuch es noch einmal.«

Es war schon spät, und Richard wollte nicht mehr üben, es war ermüdend. Doch er beschloß zu tun, was sie verlangte. Er schloß die Augen. Er konzentrierte sich darauf, das Schwert zurückzuholen.

Plötzlich spürte er Pashas volle Lippen auf seinem Mund. Er öffnete die Augen, als sie sich an ihn schmiegte. Sie hatte die Augen geschlossen, die Stirn in Falten gelegt. Sie packte sein Gesicht mit beiden Händen.

Richard faßte sie an den Schultern und stieß sie fort. Sie öffnete die Augen und leckte sich die Lippen.

Sie lächelte scheu. »Hast du das gespürt?«

»Ja, habe ich.«

Sie schlang ihm einen Arm um den Hals. »Offenbar nicht genug.«

Richard wehrte sie sachte mit einer Hand ab, als sie versuchte, sich vorzubeugen. Er wollte sie nicht in Verlegenheit bringen, also versuchte er auch weiterhin freundlich zu bleiben. »Pasha, nicht.«

Sie strich ihm mit ihrer freien Hand über den Bauch. »Es ist schon spät. Bestimmt ist niemand in der Nähe. Wenn du dich dabei wohler fühlst, schirme ich die Tür ab. Sei ganz unbesorgt.«

»Ich bin nicht besorgt. Ich … ich will bloß nicht.«

Sie wirkte etwas gekränkt. »Findest du, ich bin nicht hübsch genug?«

Richard wollte sie nicht beleidigen, und er wollte sie nicht verärgern. Aber ermutigen wollte er sie auch nicht.

»Das ist es nicht, Pasha. Du bist sehr attraktiv. Es ist nur so, daß …«

Sie knöpfte einen weiteren kleinen Knopf auf. Richard langte hoch und packte ihre Hand, um sie daran zu hindern. Er merkte, wie die Situation brenzlig wurde. Sie war seine Lehrerin. Wenn er sie verärgerte oder demütigte, konnten die Dinge gefährlich kompliziert werden. Er hatte eine Aufgabe zu erledigen und konnte es sich nicht leisten, sie gegen sich aufzubringen.

Sie zog ihr Kleid hoch und legte seine Hand auf ihren Schenkel. »Gefällt dir das besser?« hauchte sie.

Richard erschrak, als er ihren festen, sinnlichen Körper spürte. Er mußte daran denken, was Schwester Verna gesagt hatte, daß er schon bald ein anderes Paar schöner Beine finden würde. Das waren sie zweifellos, und Pasha überließ reichlich wenig der Phantasie. Er zog seine Hand zurück. »Pasha, du verstehst nicht. Ich finde, du bist eine wunderhübsche junge Frau ...«

Sie heftete den Blick auf sein Gesicht, während sie ihm mit den Fingern durch den Bart strich. »Ich finde, du bist der bestaussehende Mann, den ich je gesehen habe.«

»Nein, das ist nicht wahr ...«

»Ich mag deinen Bart. Schneide ihn bloß niemals ab. Ich finde, ein Zauberer muß einen Bart haben.«

Richard erinnerte sich, wie Zedd sich mit Hilfe von additiver Magie einen Bart hatte wachsen lassen, um ihm eine Lehre zu erteilen, und ihn dann mit der Erklärung abrasiert hatte, er könne ihn nicht mit Magie verschwinden lassen, denn dazu sei subtraktive Magie erforderlich, und die besäßen Zauberer nicht. Subtraktive Magie stamme aus der Unterwelt.

Er packte sie am Handgelenk und zog ihre Hand von seinem Gesicht. Für Richard war der Bart ein Symbol seiner Gefangenschaft. Gefangene rasierten sich nicht, so hatte er es Schwester Verna erklärt. Doch jetzt war nicht der rechte Augenblick, dies Pasha zu erklären.

Sie gab ihm einen Kuß auf den Hals. Irgendwie war es ihm unmöglich, sie aufzuhalten. Ihre Lippen waren so weich, und er hörte ihren beharrlichen Atem ganz nah an seinem Ohr. Es war, als ginge ihm der Kuß durch und durch, bis hinunter in die Zehenspitzen, ganz ähnlich dem Gefühl, als sie ihre Hände auf den Rada'Han gelegt hatte. Das Kribbeln betäubte seinen Verstand. Er stöhnte innerlich auf. Sein Widerstand schmolz unter ihren Küssen dahin ...

Als er von Denna in einem Halsring gehalten worden war, hatte er keine Wahl gehabt – nicht einmal der Tod hätte ihn vor Dennas Wünschen retten können –, trotzdem spürte er noch immer Scham über das, was er getan hatte.

Jetzt hatte man ihm wieder einen Halsring angelegt, und Pasha wandte irgendeine Art Magie bei ihm an, doch diesmal wußte er, daß er eine Wahl hatte. Er zwang sich, den Kopf einzuziehen und ihre Lippen von sich zu lösen. Sanft stieß er sie zurück.

»Pasha, bitte ...«

Sie richtete sich ein wenig auf. »Wie heißt sie noch, dieses Mädchen, das du liebst?«

Richard wollte ihr Kahlans Namen nicht verraten. Es war sein Leben. Es ging niemanden etwas an. Diese Leute waren seine Häscher, nicht seine Freunde. »Das ist nicht wichtig. Darum geht es nicht.«

»Was hat sie, das ich nicht habe? Ist sie hübscher als ich?«

Du bist ein Mädchen, dachte Richard, und sie ist eine Frau. Doch das konnte er nicht sagen. Du bist wie eine hübsche Kerze, dachte er, und bei Kahlan geht die Sonne auf. Doch auch das konnte er nicht sagen.

Wenn er Pasha reizte, hatte er einen Krieg am Hals. Er mußte diese Situation beenden, ohne sie zu verstimmen oder ihr das Gefühl zu geben, sie werde zurückgewiesen.

»Pasha ich fühle mich geehrt, geschmeichelt, wirklich, aber wir haben uns gerade erst kennengelernt.«

»Richard, der Schöpfer gibt uns das Verlangen – und das Vergnügen, wenn wir ihm nachgeben, damit wir Seine Herrlichkeit durch Seine Schöpfung begreifen. Daran ist nichts verkehrt. Es ist etwas Wunderbares.«

»Er hat uns auch einen Verstand gegeben, damit wir unterscheiden können, was richtig und was falsch ist.«

Sie hob ihr Kinn ein ganz kleines Stück. »Richtig und falsch? Wenn sie dich liebte, wäre sie bei dir und hätte dich nicht gehen lassen. Das ist es, was nicht stimmt. Sie glaubt, du bist nicht gut genug für sie. Offenbar hat sie den Wunsch, dich los zu sein. Wärst du ihr nicht egal, hätte sie dafür gesorgt, daß du bei ihr bleibst. Sie ist fort. Ich bin hier, und mir bist du nicht egal. Ich würde darum kämpfen, dich zu behalten. Hat sie vielleicht gekämpft?«

Richard öffnete den Mund, brachte vor Schmerz jedoch kein Wort hervor. Ihm war, als sei der Wille, alles durchzustehen, aufgebraucht und hätte nichts zurückgelassen als eine hohle, abgestorbene Schale.

Pasha streckte die Hand aus und berührte seine Wange. »Du wirst sehen, du bist mir nicht egal, Richard. Ich mag dich mehr, als sie es je getan hat. Du wirst es sehen. Es ist richtig, wenn ein Mensch sich sorgt wie ich.« Sie legte ihre Stirn in sorgenvolle Falten. »Es sei denn, du findest mich unattraktiv. Ist es das? Du hast so viele Frauen gesehen und glaubst, ich bin häßlich im Vergleich zu ihnen?«

Richard legte ihr die Hand auf die Wange. »Pasha … du bist hinreißend. Das ist es nicht.« Er schluckte die Trockenheit hinunter, versuchte seinen Worten einen ernsten Unterton zu geben. »Pasha, könntest du mir vielleicht noch etwas Zeit lassen? Es ist einfach noch zu früh. Kannst du das nicht verstehen? Könntest du einen Mann wirklich mögen, der seine Gefühle so schnell vergißt? Könntest du mir einfach noch etwas Zeit lassen?«

Sie schlang die Arme um ihn und legte ihren Kopf an seine Brust. »Ich wußte gestern schon, als du mich so sanft im Arm gehalten hast, daß dies ein weiteres Zeichen dafür war, daß der Schöpfer dich mir schickt. Da wußte ich, daß ich nie einen anderen haben will. Da ich auf ewig dir gehöre, kann ich warten. Zeit haben wir im Überfluß. Du wirst sehen, ich bin die Richtige für dich. Du brauchst mir nur zu sagen, wann du soweit bist, und ich werde dir gehören.«

Richard schloß seufzend die Tür hinter ihr und lehnte sich mit dem Rücken daran. Er dachte nach. Es gefiel ihm nicht, Pasha etwas vorzumachen, sie in dem Glauben zu lassen, er werde mit der Zeit anders für sie empfinden, doch irgend etwas mußte er tun. Wie gering war Pashas Menschenkenntnis, wenn sie tatsächlich glaubte, man könne die Liebe eines Menschen gewinnen, indem man an die Lust appelliert!

Er holte die Locke von Kahlans Haar hervor, drehte sie in seinen Fingern und betrachtete sie. Es ärgerte ihn, daß Pasha behauptet hatte, Kahlan hätte nicht um ihn gekämpft. Pasha konnte unmöglich wissen, welche Kämpfe er und Kahlan durchgestanden hatten. Welches Elend sie hatten überwinden müssen, welche Angst sie zusammen durchlitten, welche Schlachten sie zusammen geschlagen hatten. Eine Frau von Kahlans Intelligenz, Stärke und Mut war für Pasha wahrscheinlich unvorstellbar.

Kahlan hatte durchaus um ihn gekämpft. Mehr als einmal hatte sie selbstlos ihr Leben für ihn aufs Spiel gesetzt. Was wußte Pasha von den Schrecken, denen Kahlan tapfer ins Gesicht gesehen und die sie besiegt hatte? Pasha konnte Kahlan nicht im mindesten das Wasser reichen.

Er steckte die Haarlocke zurück in seine Tasche. Den Gedanken an Kahlan verbannte er aus seinem Kopf. Der Schmerz war unerträglich. Er hatte anderes zu tun.

Er ging ins Schlafzimmer, stellte den großen Spiegel mit dem Rahmen aus Eschenholz auf, dann holte er seinen Rucksack aus der Ecke. Er zog das schwarze Cape des Mriswith hervor, warf es sich über die Schultern und betrachtete sein Bild im Spiegel.

Es sah aus wie ein ganz normales Cape. Er fand es eigentlich recht edel. Der Schnitt und die Länge stimmten, denn der Mriswith hatte in etwa seine Größe gehabt. Der schwere Stoff war tintenschwarz, fast so schwarz wie der Stein der Nacht, den Adie ihm geschenkt hatte, um ihm über den Paß zu helfen, fast so schwarz, wie die Kästchen der Ordnung. Fast so schwarz wie der ewige Tod.

Doch es war nicht der ansprechende Schnitt des Capes, der ihn so faszinierte.

Richard trat zurück und stellte sich vor die helle, bräunliche Wand. Er zog die Kapuze hoch, warf sie über seinen Kopf und schloß das Cape mit dem Band. Während er sein Abbild im Spiegel betrachtete, konzentrierte er sich auf die Wand, vor der er stand.

Im Zeitraum eines Atemzugs erlosch sein Bild.

Das Cape hatte die Farbe der Wand angenommen, vor der er stand, auf eine Weise, daß er genau hinsehen und sich auf den Rand des Capes konzentrieren mußte, um sich von der Wand abzuheben. Obwohl sein Gesicht frei geblieben war, schaffte es die Magie des Capes oder möglicherweise auch die Magie des Capes zusammen mit seiner eigenen, auch dieses zu maskieren, es irgendwie in die alles verbergende Farbe einzubinden.

Das erklärte, weshalb der Mriswith in verschiedenen Farben aufgetreten war.

Richard schob Gegenstände hinter sich, um festzustellen, was sie bewirkten. Er stand teils vor der Wand und teils vor einem Stuhl, über dem seine rote Jacke hing. Das Cape erzeugte einen roten Farbtupfer, der die Farbe und Gestalt des Hintergrundes recht gut nachahmte. Es war zwar nicht ganz so makellos wie vor der glatten Wand, doch war er noch immer leicht zu übersehen, wenn er sich nicht bewegte.

Bewegung verzerrte die Bilder, während das Cape die Farbe wechselte, um sich den neuen Gegebenheiten anzupassen, auch wenn es das Auge noch immer so weit täuschte, daß man ihn übersehen konnte. Doch wenn er stillstand, war er praktisch vor jedem Hintergrund unsichtbar. Gelegentlich erzeugte der Effekt beim Hinschauen ein Schwindelgefühl. Sobald er aufhörte, sich zu konzentrieren, wurde das Cape wieder schwarz.

Dieses Ding, dachte er, während er sich im schlichten, schwarzen Cape im Spiegel betrachtete, könnte sich als nützlich erweisen.

24. Kapitel

Während die Wochen vergingen, war Richard ständig beschäftigt.

Er erinnerte sich, daß Kahlan und Zedd ihm erzählt hatten, es gäbe in den Midlands keine Zauberer mit der Gabe mehr. Das konnte kaum verwundern, offenbar hielten sie sich alle im Palast der Propheten auf. Es gab gut über hundert Burschen und junge Männer im Palast. Nach dem, was Richard in Erfahrung bringen konnte, stammte eine gute Zahl, zumindest von den älteren, aus den Midlands, einige sogar aus D'Hara.

Das Töten eines Mriswith hatte Richard bei den jüngeren Burschen zu einer Berühmtheit gemacht. Zwei von ihnen, Kipp und Hersh, waren am aufdringlichsten. Sie folgten ihm, wohin er auch ging, baten ihn, von seinen Abenteuern zu erzählen. Manchmal schienen sie die Reife, ja, fast die Weisheit alter Männer zu besitzen. Zu anderen Zeiten schienen sie sich, wie alle Jungen, für nichts anderes als Unfug zu interessieren.

Opfer dieses Unfugs war gewöhnlich eine Schwester. Im Ersinnen neuer Streiche, die sie ihnen spielen konnten, schienen die Jungen unermüdlich zu sein. Die meisten dieser Possen hatten entweder etwas mit Wasser, Schlamm oder Reptilien zu tun. Die Schwestern bekamen nur selten einen Wutanfall, wenn sie in die Mätzchen der beiden verwickelt wurden, doch selbst dann verziehen sie ihnen schnell. Soweit Richard erkennen konnte, brachte ihnen dies nie mehr ein als eine ernste Strafpredigt.

Anfangs spielten die jungen Burschen mit dem Gedanken, Richard zu einem ihrer Opfer zu machen. Richard hatte zu tun und für dergleichen weder Zeit noch Geduld. Als die Burschen dahinterkamen, daß Richard weder schüchtern noch langsam mit Strafen bei der Hand war, zogen sie mit ihren Wassereimern schnell zu anderen Opfern weiter.

Weil Richard Grenzen setzte, liebten Kipp und Hersh ihn nur noch mehr. Sie schienen geradezu nach älterer männlicher Gesellschaft zu hungern. Richard belohnte sie mit Abenteuergeschichten, oder manchmal, wenn er unterwegs von einem Ort zum andern war und ihre Gegenwart ihn nicht behinderte, brachte er ihnen etwas über den Wald, das Spurenlesen und die Tiere bei.

Sie waren geradezu versessen darauf, in Richards Gunst zu stehen, daher genügte ein Nicken oder Fingerzeig, wenn er allein sein wollte, und sie verschwanden augenblicklich. Sie durften oft dabei sein, wenn er bei Pasha war, zumal er sich dann ohnehin keinen wichtigeren Dingen widmen konnte. Pasha war enttäuscht, weil sie scheinbar keine Zeit mit ihm allein finden konnte, und ließ sich erst besänftigen, als Richard sie von der Liste mit Opfern der Burschen streichen ließ. Sie wußte es zu schätzen, daß niemand ihre eleganten Kleider naß spritzte und sie nicht befürchten mußte, eine Schlange in ihrem Halstuch vorzufinden.

Gelegentlich bat Richard Kipp und Hersh, kleinere Botengänge für ihn zu erledigen, nur um sie auf die Probe zu stellen. Er hatte vor, ihre Fähigkeiten auszunutzen.

Die anderen jungen Männer mit Halsring wollten Richard die Stadt zeigen. Zwei von ihnen, Perry und Isaac, die mit ihm zusammen im Guillaume-Haus lebten, nahmen ihn mit in die Stadt und zeigten ihm das Gasthaus, wo viele der Wachen zum Trinken hingingen, und schon bald darauf lud er den Schwertmann Kevin Andellmere zu jenem Bier ein, das er ihm versprochen hatte.

Richard fand heraus, daß die meisten der jungen Männer die Nächte außerhalb des Palasts in verschiedenen eleganten Gasthäusern überall in der Stadt verbrachten. Richard brauchte nicht lange, bis er in Erfahrung gebracht hatte, warum. Man hatte sie, genau wie ihn, mit Geld versorgt, und sie waren geübt darin, es auszugeben. Sie kauften sich elegante Kleidung, kleideten sich wie Prinzen und suchten sich die vornehmsten Unterkünfte zum Übernachten aus.

An Frauen, die den Wunsch hegten, diese Unterkünfte mit ihnen zu teilen, bestand kein Mangel. Und es handelte sich um erstaunlich schöne Frauen.

Wenn Perry und Isaac ihn in die Stadt begleiteten, waren sie stets bald von hübschen Mädchen umringt. Richard hatte noch nie so dreiste Frauen gesehen. Jeden Abend wählten die beiden Männer sich je eine Frau aus, manchmal mehrere, kauften ihnen ein Kleid oder irgendwelchen Tand und zogen sich auf ihre Zimmer zurück.

Die beiden erklärten ihm, wenn er sich nicht die Mühe machen und seine Zeit auch für Kaufen von Geschenken verschwenden wolle, könne er auch einfach in eines der Bordelle gehen, sie versicherten ihm jedoch, die Frauen dort seien weder so jung noch annähernd so hübsch wie die Mädchen, die sich auf der Straße an sie heranmachten. Sie gaben allerdings zu, selbst manchmal die Huren aufzusuchen, wenn ihnen nicht danach zumute war, für nichts weiter als einen schlichten Akt der Paarung ihre Zeit mit Geselligkeiten zu vergeuden.

Sobald sein Halsring entdeckt wurde, zog Richard die Frauen ebenso an wie Perry oder Isaac. Richard begann in einem neuen Licht zu sehen, was Schwester Verna mit ihrer Äußerung gemeint hatte, er werde bald ein anderes Paar hübscher Beine finden. Die beiden anderen Männer hielten Richard für verrückt, weil er all die Offerten ablehnte. Manchmal fragte sich Richard, ob sie nicht vielleicht sogar recht hatten.

Richard fragte Perry und Isaac, ob sie nicht befürchteten, daß der Vater einer der Frauen ihnen den Schädel spaltete. Lachend erwiderten sie, manchmal würden Väter ihre Töchter sogar zu ihnen bringen. Richard warf die Arme in die Höhe und fragte sie, ob sie keine Angst hätten, eine Frau, die sie nicht einmal kannten, zu schwängern. Sie erklärten, wenn eine Frau ›schwanger wurde‹, sorgte der Palast für sie und das Kind und für ihre gesamte Familie.

Als Richard Pasha fragte, was hinter solch seltsamen Gebräuchen steckte, verschränkte sie die Arme über der Brust und kehrte ihm den Rücken zu, während sie ihm erklärte, Männer verspürten unkontrollierbare Gelüste, und diese Gelüste könnten sie davon ablenken zu lernen, wie man sein Han gebrauchte. Daher ermutigten die Schwestern die Männer, ihre Bedürfnisse zu befriedigen. Deswegen ging sie nie des Nachts mit ihm in die Stadt. Es war ihr untersagt, sich seinen … Bedürfnissen in den Weg zu stellen.

Dann drehte sie sich wieder zu ihm und flehte ihn an, er möge doch mit seinen Bedürfnissen zu ihr kommen, sie wolle dafür sorgen, daß er gar nicht erst den Wunsch verspürte, zu einer anderen Frau zu gehen. Und wenn er doch in die Stadt ging, sollte er ihr wenigstens erlauben, eine der Frauen zu sein, mit denen er schlief. Sie erklärte ihm, sie könne ihn besser befriedigen als jede andere Frau, und bot sich an, es zu beweisen.

Solche Reden ließen Richard sprachlos zurück, von ihrem Benehmen ganz zu schweigen. Er erklärte Pasha, er gehe nur in die Stadt, um sich die Sehenswürdigkeiten anzusehen. Da er in den Wäldern aufgewachsen sei, habe er noch nie zuvor in einer Stadt herumstreifen können. Er erkläre ihr, dort, wo er herkomme, sei es nicht recht, eine Frau auf diese Weise zu behandeln.

Er versprach, zuerst zu ihr zu kommen, sollte ihn das Bedürfnis jemals überkommen. Sie war so glücklich, als sie dies hörte, daß es ihr nichts ausmachte, als er sie daran erinnerte, daß er noch nicht soweit sei. Sie hatte keine Ahnung von den Zeiten, in denen er sich so einsam fühlte, daß er arg versucht war, ihr nachzugeben. Sie war fraglos verführerisch, und manchmal fiel es ihm schwer, der Versuchung nicht nachzugeben.

Richard ließ sich von Pasha alles im Palast zeigen, was sie ihm zeigen konnte. Er bat sie, ihr etwas von der Stadt zu zeigen und sie zu einem Rundgang über die Hafenanlagen mitzunehmen, um sich die großen Boote anzusehen. Sie erklärte, daß man diese Boote Schiffe nannte, weil sie hinaus aufs Meer fuhren. Richard hatte auf dem Wasser noch nie so etwas Riesiges gesehen. Sie erklärte ihm, mit ihnen würden Handelsgüter aus den Städten der Alten Welt weiter unten an der Küste herbeigebracht.

Pasha ging mit ihm ans Meer. Dort saßen sie stundenlang und beobachteten die Wellen oder erforschten die Tümpel, die die Gezeiten zurückließen. Richard war überrascht, als er hörte, daß das Meer sich mit den Gezeiten auf und ab bewegte – ganz von selbst. Sie versicherte ihm, das habe nichts mit der Magie des Palastes zu tun, denn es sei überall am Meer so. Das Meer faszinierte Richard. Pasha war zufrieden, einfach mit ihm dazusitzen. Doch oft konnte sich Richard diese Mußestunden nicht erlauben. Er hatte etwas zu erledigen.

Abends durfte Pasha ihn nicht in die Stadt begleiten, denn er könnte sich ja entschließen, mit einer Frau zusammenzusein. Ständig mußte er sie beruhigen, daß dies nicht der Grund sei, weshalb er nachts ausging. Da es der Wahrheit entsprach, fiel es ihm nicht schwer, sie davon zu überzeugen. Doch was er wirklich tat, erzählte er ihr nicht.

Richard kam zu der Überzeugung, solange der Palast gewillt war, ihn mit Geld zu versorgen, sollte er ruhig seinen eigenen Untergang finanzieren. Er gab das Geld des Palastes aus, wo immer es ihm von Nutzen war. Er wurde zum Stammkunden in den Tavernen und Gasthäusern, die regelmäßig von den Palastwachen aufgesucht wurden. Wann immer er dort war, brauchte niemand für seine Getränke zu zahlen.

Richard machte sich die Mühe, alle ihre Namen zu lernen. Nachts schrieb er den Namen jedes neuen Postens nieder, den er kennengelernt hatte, sowie alles, was er über diesen oder einen der anderen Posten hatte in Erfahrung bringen können. Die größte Aufmerksamkeit widmete er denen, die den Komplex der Prälatin und die anderen Orte bewachten, zu denen ihm der Zutritt untersagt war. Wann immer er sich im Palast aufhielt, blieb er bei den Posten stehen und erkundigte sich nebenbei nach ihrem Leben, ihren Freundinnen, ihre Frauen, Eltern, Kindern, dem Essen und ihren Schwierigkeiten.

Richard kaufte Kevin besondere, teure Pralinen, auf die seine Freundin ganz versessen war, die Kevin sich jedoch von seinem Gehalt kaum leisten konnte. Die Pralinen brachten Kevin die besondere Gunst seines Mädchens ein. Kevins Miene hellte sich auf, sobald er Richard kommen sah, auch wenn er manchmal müde wirkte.

Richard lieh jedem Posten Geld, der ihm darum bat, obwohl er wußte, daß es nie zurückgezahlt werden würde. Als einige sich zu entschuldigen suchten, warum sie das Geld nicht zurückzahlen könnten, wollte Richard nichts davon wissen und erklärte ihnen, er habe Verständnis und käme sich komisch vor, wenn sie sich Sorgen machten.

Zwei der Hartgesottensten, die eine verbotene Zone an der Westseite des Palastes bewachten, ließen sich zwar von ihm zum Bier einladen, ansonsten wurde er mit ihnen nicht recht warm. Richard betrachtete dies als Herausforderung. Schließlich kam er auf die Idee, ihnen die Dienste von vier Prostituierten zu bezahlen – zwei für jeden – um ihre Aufmerksamkeit zu gewinnen. Sie wollten wissen, warum. Richard erklärte ihnen, daß der Palast ihn mit Geld versorge und er nicht einsehe, warum nur er etwas davon haben sollte. Er erklärte ihnen, sie müßten den ganzen Tag auf den Beinen sein, um den Palast zu bewachen, deshalb sei es nur gerecht, wenn der Palast ihnen mal eine Frau bezahlte.

Das Angebot war zu gut, um es auszuschlagen. Schon bald zwinkerten sie ihm verstohlen zu, wenn er vorüberging. Nachdem er sie erst einmal mit seinem Angebot gefügig gemacht hatte, sorgte er dafür, daß sie Grund hatten, ihm noch häufiger zuzuzwinkern.

Wie Richard vorausgesehen hatte, begann die beiden Posten mit ihren Techtelmechteln zu prahlen. Als einige der anderen Männer dahinterkamen, daß Richard den beiden bereitwillig die Dienste der Damen zur Verfügung gestellt hatte, wiesen sie darauf hin, es sei den anderen gegenüber nicht gerecht, ausgeschlossen zu werden. Richard gestand ihrem Argument eine gewisse Logik zu. Doch fehlte ihm die Zeit, individuelle Wünsche zu erfüllen, und schließlich hatte er eine Idee.

Er fand die Madame eines Bordells, die aufgeschlossen war für ein originelles geschäftliches Arrangement. Er stellte dem Etablissement einen Vorschuß zur Verfügung, der nur seinen ›Freunden‹ offenstand. Er rechnete sich aus, daß er auf diese Weise dem Palast einer individuellen Regelung gegenüber tatsächlich sogar Geld ersparte.

Die Männer sollten sich daran erinnern, wem sie ihren Dank schuldig waren, daher mußten sie der Madame das Losungswort ›ein Freund von Richard Cypher‹ angeben, bevor sie eingelassen wurden. Andere Auflagen gab es nicht. Richard gewährte der Madame eine kräftige Erhöhung des Vorschusses, als sie sich bei ihm beschwerte, die Geschäfte würden sich beständiger entwickeln, als sie vorausgesehen hatte.

Richard tröstete sein Gewissen wegen der moralischen Bedenken über sein Vorgehen, indem er sich immer wieder sagte, daß er für das, was die Menschen taten, keine Verantwortung trüge, daß es ihm vielleicht jedoch ersparte, Wachen töten zu müssen, wenn der Zeitpunkt gekommen war. In diesem Licht betrachtet ergab es Sinn.

Eines Tages war Pasha bei ihm, als ein Mann ihm zuzwinkerte. Sie wollte wissen, warum. Er erklärte ihr, das läge daran, daß er in Begleitung der attraktivsten Frau aus dem Palast sei. Sie strahlte eine Stunde lang.

Richard gewöhnte die Wachen auch an das schwarze Cape des Mriswith, welches er ständig trug. Wenn Pasha ihn begleitete, machte er sie glücklich, indem er häufig jene rote Jacke trug, die sie am liebsten mochte. Gelegentlich trug er auch die anderen: die blaue, die dunkelblaue, die braune oder die grüne. Am liebsten ging Pasha mit ihm in die Stadt, doch führten sie ihre Spaziergänge auch in die nähere Umgebung, wo sie an den Dingen teilzuhaben versuchte, die Richard interessierten.

Richard fand heraus, daß die Wachen Soldaten der Imperialen Ordnung waren, ein für den Palast abgestelltes Sonderkommando. Die Imperiale Ordnung herrschte überall in der Alten Welt, schien gegenüber dem Palast jedoch eine Politik der Nichteinmischung zu verfolgen. Keine der Schwestern und kein Mann, der den Rada'Han trug, wurde je von ihnen behelligt.

Die Wachen waren im Palast stationiert und kümmerten sich um all die Menschen, die die Drahle-Insel aufsuchten. Jeden Tag strömten Menschen über die Brücken, um den Palast zu besuchen. Schwestern empfingen Bittsteller mit jeglichem Anliegen. Manche ersuchten um Mildtätigkeit, andere um Schlichtung bei einem Streit, und einige wollten in der Weisheit des Schöpfers unterwiesen werden. Wieder andere kamen, um in den Höfen zu beten, die über die gesamte Insel verstreut waren. Ihnen war der Palast heilig, in dem die Schwestern des Lichts lebten.

Richard erfuhr, daß die Stadt Tanimura, so riesig sie war, nur einen Außenposten der Alten Welt am Rande des Imperiums darstellte. Offenbar hatte der Kaiser der Imperialen Ordnung eine Übereinkunft mit dem Palast getroffen, die Wachen zu stellen, jedoch keine Gesetze vorgeschrieben. Richard vermutete, daß die Wachen sich in den Augen des Kaisers in einem Gebiet seines Reiches befanden, wo man ihm die Regierungsgewalt abstritt. Richard fragte sich, was der Kaiser als Gegenleistung für diese Regelung erhielt.

Richard erfuhr auch, daß in wenigstens einer der verbotenen Zonen die Schwestern einen ›besonderen Gast‹ beherbergten, der sich niemals zeigte. Mehr jedoch konnte er nicht in Erfahrung bringen.

Richard ging dazu über, die Loyalität der Wachen mittels kleiner, harmloser Wünsche auf die Probe zu stellen. Er erklärte Kevin, er wolle eine besondere Rose für Pasha, die nur im Trakt der Prälatin wuchs. Richard machte es sich zur Gewohnheit, Pasha Kevin zu präsentieren, wenn sie die gelbe Rose trug. Kevin strahlte vor Stolz.

In anderen verbotenen Zonen benutzte Richard die Ausrede mit der Blume ebenfalls, oder er erzählte, er wolle den Blick aufs Meer von einer bestimmten Mauer aus genießen. Er achtete darauf, zu jeder Zeit im Blick zu bleiben, um die Wachen zu beruhigen und ihre Vorsicht zu mindern.

Es dauerte nicht lange, bis er alle Wachen an seine Ausflüge gewöhnt hatte. Nach einer Weile kam und ging er fast nach Belieben. Er war ihr Freund – ein vertrauenswürdiger und nützlicher Freund.

Da er schon so viele Blumen aus den verbotenen Bereichen sammelte, setzte er sie auch zu seinem Vorteil ein – er verschenkte sie an die Schwestern, die mit ihm übten. Sie reagierten verwirrt darauf, daß er ihnen Blumen aus den verbotenen Bereichen schenkte. Er erklärte, die Schwestern, die ihn ausbildeten, wären für ihn etwas Besonderes, daher wolle er ihnen nicht irgendwelche Blumen schenken. Abgesehen davon, daß dies sie erröten ließ, entschärfte diese Erklärung auch den ansonsten unvermeidbaren Verdacht, wenn er sich häufig in verbotenen Bereichen aufhielt.

Soweit Richard feststellen konnte, gab es an die zweihundert Schwestern, aber nur sechs arbeiteten mit ihm.

Die Schwestern Tovi und Cecilia waren älter und so liebevoll wie vernarrte Großmütter. Tovi brachte immer Kekse oder eine andere Kleinigkeit zu ihren Sitzungen mit. Cecilia bestand darauf, ihm das Haar mit den Fingern aus der Stirn zu streichen und ihm dorthin einen Kuß zu geben, bevor sie nach getaner Arbeit aufbrach. Beide erröteten heftig, als er ihnen seltene Blumen schenkte. Richard fiel es schwer, sich die beiden als mögliche Feinde vorzustellen.

Als Schwester Merissa zum ersten Mal an seiner Tür erschien, hätte Richard fast seine Zunge verschluckt. Ihr dunkles Haar und die Art, wie sie ihr rotes Kleid ausfüllte, ließen ihn stammeln wie einen Trottel. Schwester Nicci, die niemals eine andere Farbe trug als Schwarz, hatte die gleiche Wirkung auf ihn. Wenn Schwester Nicci ihn mit ihren blauen Augen durchbohrte, hatte er Mühe, das Atmen nicht zu vergessen.

Die Schwestern Merissa und Nicci waren älter als Pasha – in seinem Alter oder höchstens vielleicht ein paar Jahre älter. Sie traten selbstsicher und mit gesetztem Charme auf. Obwohl Merissa dunkel und Nicci blond war, schienen sie aus demselben seltenen Holz geschnitzt zu sein.

Ihrer beider Han verstrahlte eine Kraft, die sie fast erglühen ließ. Manchmal glaubte Richard, er könne die Luft um sie geradezu knistern hören. Die beiden gingen nicht. Sie schwebten dahin – wie Schwäne, kühl und heiter. Und doch war Richard überzeugt, daß sie beide mit ihrem freundlichen Lächeln Eisenerz zum Schmelzen bringen konnten.

Keine von ihnen grinste jemals. Sie ließen einem höchstens ein kleines, gezähmtes Lächeln zuteil werden. Und auch nur dann, wenn sie ihm in die Augen sahen. Richard spürte, wie sein Herz schneller schlug, wenn sie es taten.

Einmal bot er Schwester Nicci eine seiner seltenen Blumen aus einem verbotenen Bereich an. Seine Erklärung, woher sie stammte und weshalb er sie ihr zum Geschenk machte, war augenblicklich wie verflogen. Sie nahm die weiße Rose behutsam zwischen Daumen und Zeigefinger, so als könnte sie ihre Hand beschmutzen, und während sie den Blick auf seine Augen geheftet hielt, lächelte sie, wie immer zurückhaltend, und meinte in gleichgültigem Ton: »Danke, Richard.« Er mußte daran denken, wie Pasha ihm erzählt hatte, daß manche Burschen den Schwestern Frösche mitbrachten. Nie wieder schenkte er den Schwester Merissa oder Nicci eine Blume. Alles andere als Juwelen von unschätzbarem Wert schien sie zu beleidigen.

Keine der beiden erbot sich, bei den Sitzungen auf dem Fußboden Platz zu nehmen. Bereits die Vorstellung, Schwester Merissa oder Nicci könnten auf dem Boden sitzen, erschien ihm lächerlich. Die älteren Schwestern, Tovi und Cecilia, saßen, genau wie Pasha, auf dem Fußboden, und es wirkte vollkommen normal. Die Schwestern Merissa und Nicci saßen auf Sesseln und hielten seine Hände über einem kleinen Tisch. Es hatte irgendwie etwas Erotisches. Ihm brach der Schweiß dabei aus.

Beide sprachen in ruhigen, gewählten Worten, was ihrem Auftreten einen Hauch von Adel verlieh. Zwar machten sie nie ein direktes Angebot, doch irgendwie gelang es ihnen, Richard nicht im Zweifel zu belassen, daß sie für eine Nacht mit ihm zur Verfügung stünden. Richard hätte niemals etwas Konkretes an ihren Äußerungen festmachen können, was diesen Eindruck bestätigt hätte, doch Zweifel hatte er keine. Ihre verblümte Ausdruckweise ließ ihm den Raum, so zu tun, als habe er ihre Absicht überhört, und keine der beiden erläuterte das Gesagte je näher.

Er betete dafür, daß sie ihr Angebot nie deutlicher zum Ausdruck brächten, denn täten sie es, dann, so wußte er, hätte er sich die Zunge abbeißen müssen, um sich zurückzuhalten und nicht einzuwilligen. Die beiden riefen stets in Erinnerung, was Pasha ihn über die Männer und ihre unkontrollierbaren Triebe erzählt hatte. Nie war er in der Gegenwart von Menschen gewesen, die ihn so stammeln und herumtappen ließen und bei denen er sich scheinbar so zum Narren machte, wie bei diesen beiden. Die Schwestern Merissa und Nicci waren die Verkörperung purer, unverfälschter Lust.

Als Pasha herausfand, daß die Schwestern Merissa und Nicci zwei seiner Lehrerinnen waren, zuckte sie kurz mit den Achseln und meinte, sie seien äußerst begabte Schwestern und würden ihm sicherlich helfen, sein Han zu finden. Doch auf ihren Wangen erschienen plötzlich rote Flecken.

Als Perry und Isaac von den Schwestern Merissa und Nicci hörten, hätte sie fast der Schlag getroffen. Sie sagten, sie würden alle Frauen der Stadt aufgeben, für immer, nur um eine Nacht mit einer der beiden verbringen zu können. Richard solle, wenn sich ihm je die Gelegenheit böte, unbedingt annehmen und ihnen alles bis in die Einzelheiten berichten. Richard versicherte ihnen, daß Frauen wie diese beiden sich niemals für einen Waldführer wie ihn interessieren würden.

Er wagte nicht laut auszusprechen, daß man ihm das Angebot bereits gemacht hatte.

Die fünfte Schwester, Armina, war älter – eine reife Frau, die durchaus freundlich war, aber durch und durch bei der Sache. Als er bei seiner Suche, sein Han zu finden, bei ihr ebensowenig Glück hatte wie bei den anderen, erklärte sie ihm, das werde mit der Zeit schon kommen, und er solle nicht enttäuscht sein. Aber vielleicht sollte er versuchen, sich ein wenig mehr Mühe zu geben. Mit der Zeit erwärmte sie sich für ihn und lächelte häufiger. Sie war überrascht über die besonderen Blumen und fühlte sich geschmeichelt. Dabei errötete sie darüber, daß sie errötete. Richard mochte ihre gerade, offene Art.

Die letzte, Liliana, war Richards Lieblingsschwester. Ihr unbeschwertes Lächeln war entwaffnend, ihr schlichtes, knochiges Äußeres irgendwie gewinnend, dank ihrer offenen, netten Art. Sie behandelte Richard wie einen Vertrauten. Richard fühlte sich bei ihr gelöst und verbrachte manchmal mehr Zeit mit ihr, als er sich erlauben konnte, unterhielt sich mit ihr bis tief in die Nacht, einfach, weil er ihre Gesellschaft genoß. Auch wenn er keine Freundinnen unter seinen Häschern hatte, sie kam dem näher als alle anderen.

Als Richard ihr eine der besonderen Blumen schenkte, strich sie sich ihre braunen Haare hinters Ohr und beugte sich nach vorn. Ihre großen Augen glitzerten schelmisch, als sie wissen wollte, wie er an den Wachen vorbeigekommen war. Sie mußte kichern, als er ihr die Geschichte erzählte, die er sich ausgedacht hatte: Er sei hinter ihrem

Rücken vorbeigeschlichen. Sie steckte jede Rose von ihm stolz in ein Knopfloch und trug sie, bis sie entweder verwelkt war oder er ihr eine neue geschenkt hatte.

Wenn sie ihn auf freundschaftliche Weise berührte, so schien dies ganz natürlich. Er stellte fest, daß er ihr auf die gleiche Art die Hand auf den Arm legte, wenn er ihr komische Geschichten aus seiner Zeit als Waldführer erzählte. Sie brüllten zusammen vor Lachen, hielten sich die Bäuche, bis ihnen die Tränen kamen.

Schwester Liliana erzählte ihm, wie sie auf einem Bauernhof aufgewachsen war und wie sehr sie das Land liebte. Mehrere Male lud Richard sie zu einem Picknick draußen in den Hügeln ein. Sie fühlte sich wohl auf dem Land und war glücklich. Es machte ihr nichts aus, sich das Kleid schmutzig zu machen. Richard konnte sich nicht vorstellen, daß weder Schwester Merissa noch Schwester Nicci je den Fuß auf nackte Erde setzen würden, Schwester Liliana dagegen hockte sich einfach neben ihm auf den Boden.

Sie machte ihm niemals das Angebot, mit ihm zu schlafen. Allein das nahm ihm alle Befangenheit. Nie war ihr irgendeine Verstellung anzumerken, sie schien ihre Zeit mit ihm ehrlich zu genießen. Wenn er die Augen nach einer Sitzung mit ihr öffnete und gestand, kein Han gespürt zu haben, dann drückte sie ihm die Hände und erklärte ihm, das sei in Ordnung, und sie wolle sich beim nächsten Mal noch mehr Mühe geben, ihm zu helfen.

Richard ertappte sich dabei, wie er ihr Dinge erzählte, die er keiner der anderen verriet. Als er ihr anvertraute, wie sehr er sich wünschte, den Rada'Han loszuwerden, legte sie ihm eine Hand auf den Arm, zwinkerte ihm zu und meinte, sie wolle dafür sorgen, daß er seinen Wunsch erfüllt bekäme, und sie es, wenn die Zeit gekommen sei, selbst tun werde. Sie sagte, sie verstehe, wie er empfinde, und meinte, er solle Vertrauen haben.

Sie versprach, ihm zu helfen und den Halsring abzunehmen, sollte seine Geduld eines Tages zu Ende sein und er es wirklich nicht mehr aushalten. Sie wollte aber, daß er wußte, wie sehr sie an ihn glaube, wie sehr sie wollte, daß er sich alle Mühe gab, um zu lernen, sein Han zu kontrollieren, bevor er dies auch nur in Erwägung zog.

Sie meinte, andere junge Männer versuchten, ihren Halsring zu vergessen, indem sie mit jeder willigen Frau ins Bett gingen. Sie erklärte ihm, sie verstehe seine Triebe, hoffe aber, sollte er sich je entscheiden, mit einer Frau ins Bett zu gehen, dann deswegen, weil er sie liebte, und nicht, weil er versuchte, seinen Halsring zu vergessen. Sie riet ihm, nicht zu den Huren zu gehen, denn die seien schmutzig, und dort könne er sich Krankheiten holen.

Richard erzählte ihr, er sei in eine Frau verliebt und wolle ihr nicht untreu sein. Sie schmunzelte, gab ihm einen Klaps auf den Rücken und meinte, sie sei stolz auf ihn. Richard verriet ihr nicht, daß Kahlan ihn fortgeschickt hatte, hätte es aber gern getan. Er wußte, eines Tages, wenn er es nicht länger aushielt, konnte er dies Liliana sagen, und sie würde zuhören und ihn verstehen.

Weil er sich in ihrer Gegenwart so wohl fühlte, hatte er das Gefühl, wenn ihm überhaupt jemand helfen konnte, seinen Han zu finden, dann sie. Richard hatte nur einen Bruder gehabt und wußte nicht, wie es war, eine Schwester zu haben, doch er stellte sich vor, wenn er eine hätte, dann müßte sie wie Liliana sein. Der Name Schwester Liliana hatte für ihn eine andere Bedeutung als beabsichtigt. Sie schien eine Seelenverwandte zu sein.

Trotzdem konnte er sich ihr nicht völlig öffnen. Die Schwestern waren seine Häscher, nicht seine Freunde. Sie waren im Augenblick der Feind. Dennoch wußte er, wenn die Zeit käme, würde sich Liliana auf seine Seite schlagen.

Richards Unterricht mit den sechs Schwestern nahm höchstens zwei Stunden pro Tag in Anspruch. Zwei vergeudete Stunden, soweit es ihn betraf. Er war dem Berühren seines Han nicht näher als beim ersten Mal, als Schwester Verna es ihn hatte versuchen lassen.

Wenn Richard es einrichten konnte, allein zu sein, erkundete er das Land um den Palast, und dabei entdeckte er die Grenzen seiner unsichtbaren Kette. Als er die weiteste Entfernung erreicht hatte, die ihm sein Halsring zugestand, fühlte sich dies an, als ginge er durch eine drei Meter dicke Lage Schlamm. Es war niederschmetternd, ungehindert darüber hinausblicken, jedoch nicht weitergehen zu können.

Soweit er es beurteilen konnte, lag diese Grenze in jeder Richtung gleich weit vom Palast entfernt. Es waren etliche Meilen, doch nachdem er die Grenze einmal gefunden hatte, begann seine Welt sehr zu schrumpfen.

Am Tag, als er die Grenze seines Gefängnisses entdeckte, ging er in den Hagenwald und tötete einen Mriswith.

Sein einziger wahrer Trost war Gratch. Richard verbrachte die meisten Nächte mit dem Gar. Er machte Ringkämpfe mit seinem pelzigen Freund und aß mit ihm. Richard jagte Nahrung für Gratch, doch der Gar lernte, allein auf die Jagd zu gehen. Richard war erleichtert, als er dies bemerkte. Er hatte nicht die Zeit, jede Nacht bei ihm zu sein. Hungrig oder nicht, Gratch war immer besorgt, wenn Richard eine Nacht ausblieb.

Richard war besorgt, Pasha könnte durch seinen Halsring erfahren, wo er ständig hinging, ganz zufällig jedoch entdeckte er eine weitere Fähigkeit des Mriswith-Capes: Es verbarg seinen Aufenthaltsort vor Pasha. Wenn er das Cape trug, konnte sie ihn mit Hilfe seines Halsrings, seines Han, nicht aufspüren.

Das Verschwinden seines Aufenthaltsortes aus ihren Sinnen verwirrte sie, doch sie wirkte nicht übermäßig besorgt und meinte, dafür gäbe es vielleicht eine Erklärung, auf die sie eines Tages noch kommen werde. Richard fragte sich, wieso er die Bestie in Gedanken hatte sehen können. Vielleicht war es, wie Schwester Verna gesagt hatte, daß er sein Han gebrauchte. Doch Schwestern und Zauberer wußten ebenfalls, wie man sein Han benutzt, und konnten den Mriswith trotzdem nicht entdecken.

Für Richard war es einfacher, hingehen zu können, wo er wollte, und dabei zu wissen, daß Pasha keine Ahnung hatte, wo er sich befand. Es ersparte ihm, sich Erklärungen ausdenken zu müssen. Er befürchtete, sollte sie je dahinterkommen, könnte sie das Cape zerstören, daher versteckte er ein zweites für eben diesen Fall.

Gratch schien jedesmal gewachsen zu sein, wenn Richard ihn sah. Gegen Ende von Richards erstem Monat im Palast war der Gar bereits einen Kopf größer als Richard und bedeutend kräftiger. Gratch lernte, vorsichtig zu sein, damit er Richard nicht verletzte, wenn sie miteinander rangen.

Abgesehen davon verbrachte Richard einen Teil seiner Zeit mit Warren und brachte ihm die Welt draußen näher. Anfangs nahm er Warren nachts mit hinaus in die Innenhöfe. Warren hatte ihm erklärt, die Weite des Himmels und der Landschaft machten ihm angst. Richard folgerte daraus, daß er nachts weniger von der Landschaft sehen würde.

Warren meinte, die Schwestern hätten ihn so lange in den Gewölben hocken lassen, bis er glaubte, er habe sich einfach an das Eingeschlossensein gewöhnt, doch jetzt sei er es leid. Richard hatte Mitleid mit ihm und wollte ihm helfen. Er mochte Warren wirklich. Er war so ziemlich der klügste Mensch, den Richard je kennengelernt hatte. Es schien keine Sache zu geben, über die Warren nichts wußte.

Warren wurde nervös, wenn er sich aus der Geborgenheit des Palastes entfernen sollte, doch Richards Gegenwart und der Umstand, daß er sich nie über seine Ängste lustig machte, beruhigten ihn. Richard war stets voller Rücksicht und nahm Warren niemals weiter mit, als es diesem ohne Beschwerden möglich war. Richard erklärte ihm, es sei wie nach einer Verletzung, wenn man eine Zeit ans Bett gefesselt war: Es dauere eine Weile, bis man die alten Muskeln wieder strecken konnte.

Nach ein paar Wochen dieser nächtlichen Ausflüge ging Richard dazu über, Warren bei Tageslicht mit hinauszunehmen, anfangs hinauf auf die Mauern, von wo aus man die Weite des Himmels und des Meeres betrachten konnte. Warren blieb stets in der Nähe einer Treppe, die zurück ins Innere des Palastes führte, damit er immer einen Fluchtweg in der Nähe wußte, sobald er das Gefühl bekam, zurück nach drinnen zu müssen. Ein paarmal war dies der Fall, und Richard begleitete ihn und lenkte das Gespräch auf andere Themen, um ihn von diesem unangenehmen Gefühl abzulenken. Richard ermutigte Warren, ein Buch mit nach draußen zu nehmen, so daß er sich mit Lesen ablenken konnte. Warren dazu zu bringen, die Weite des Himmels zu vergessen, half.

An einem hellen, sonnigen Tag, nachdem Warren seine Beklommenheit im Freien abgelegt hatte, beschloß Richard ihn in die Hügel mitzunehmen. Zunächst war Warren ein wenig schwindelig, doch als sie dann auf einem Felsen hoch in den Hügeln saßen und auf die Landschaft und die Stadt hinunterblickten, meinte Warren, er habe das Gefühl, seine Angst überwunden zu haben. Er fühlte sich zwar immer noch beklommen, spüre jedoch, daß er die Angst unter Kontrolle habe.

Er mußte grinsen über die weite Landschaft, die sich unter ihm ausbreitete, und genoß den Ausblick, der ihm wegen seiner Ängste so lange vorenthalten worden war. Richard sagte ihm, er sei froh, derjenige zu sein, der ihn aus seinem Maulwurfsloch hätte holen können. Warren mußte lachen.

Warren sagte, er brauche ein wenig Abenteuer in seinem Leben, und dies scheine der Anfang dazu zu sein.

Was Warrens Nachforschungen anbetraf, so hatte er reichlich wenig in Erfahrung bringen können. Bislang hatte er nur ein paar Hinweise in alten Büchern entdeckt, in denen vom Tal der Verlorenen und den Baka Ban Mana die Rede war. Was er jedoch gefunden hatte, war faszinierend. In der Quelle war von der Macht die Rede, die die Zauberer den Baka Ban Mana als Gegenleistung für ihr Land gegeben hatten, damit sie eines Tages ihr Land zurückbekommen konnten. Dort hieß es, sobald das Bindeglied sich mit der Macht vereinte, mit der ihre Seelenfrau ausgestattet war, würden die Türme fallen.

Richard dachte daran, daß Du Chaillu davon gesprochen hatte, er sei der *Caharin,* und sie beide jetzt Mann und Frau. Das war eine Art Verbindung. Er fragte sich, ob in der Zwischenzeit sich dieses Wort für Verbindung entgegen der ursprünglichen Bedeutung zu Ehe gewandelt haben konnte.

Während sie dasaßen und die weite Landschaft betrachteten, meinte Warren: »Die Prälatin hat Prophezeiungen und Geschichten gelesen, in denen vom ›Kiesel im Teich‹ die Rede ist.«

Richard wurde hellhörig. Er erinnerte sich, daß Kahlan ihm ein Lied über Screelings vorgesungen hatte, in dem ein ›Kiesel im Teich‹

vorkam. Warren hatte diese Prophezeiungen zuvor nicht untersucht und war bislang nicht imstande gewesen, das Puzzle ihrer Wichtigkeit zusammenzusetzen.

»Weißt du, wie das Zweite Gesetz der Magie lautet?« fragte Richard.

»Das Zweite Gesetz? Zauberer haben Gesetze? Wie lautet das Erste?«

Richard schaute hinüber. »Erinnerst du dich an den Abend, als Jedidiah sich das Bein brach und ich zu dir sagte, du hättest Teppichasche auf der Schulter? Und wie du versucht hast, sie abzuwischen? Da habe ich das Erste Gesetz der Magie angewandt.« Warren runzelte die Stirn. »Denk darüber nach, Warren, und sag mir, zu welchem Ergebnis du kommst. In der Zwischenzeit ist es wichtig, daß du deine Suche nach den Informationen vorantreibst, um die ich dich gebeten habe.«

»Nun, jetzt wird es etwas einfacher, da es Schwester Becky jeden Morgen übel ist und sie mir nicht mehr über die Schulter sieht. Sie ist schwanger«, gab er als Antwort auf Richards fragendes Stirnrunzeln.

»Haben viele Schwestern Kinder?«

»Klar«, sagte Warren. »Bei all den Zauberern, die nicht mehr in die Stadt gehen können. Die Schwestern helfen ihnen bei der Befriedigung ihrer Bedürfnisse, damit sie sich ihren Studien widmen können.«

Richard warf Warren einen argwöhnischen Blick zu. »Ist Schwester Beckys Kind von dir?«

Warren wurde heftig rot. »Nein.« Er hielt den Blick auf die Stadt gerichtet. »Ich warte auf die Frau, die ich liebe.«

»Pasha«, meinte Richard.

Warren nickte. Richard blickte hinunter zum Palast der Propheten und auf die Stadt, die ihn umgab. Bedürfnisse.

»Warren, erben alle Kinder die Gabe ihrer Väter?«

»O nein. Man sagt, vor vielen tausend Jahren, bevor die Alte und die Neue Welt getrennt wurden, hätten viele die Gabe besessen. Doch im Laufe der Zeit haben die Machthaber alle jungen Männer mit der Gabe methodisch ausgerottet, damit sie ihre Herrschaft nicht gefährden konnten. Sie versagten ihnen auch die nötige Ausbildung. Früher war es so, daß die Väter ihre Söhne ausbildeten, doch als immer weniger mit der Gabe geboren und immer mehr Generationen übersprungen wurden, behielten diejenigen, die wußten, wie man es macht, ihre Kenntnisse für sich. Aus diesem Grunde wurde auch der Palast der Propheten geschaffen – um denen zu helfen, die die Gabe besaßen, aber keinen Lehrer hatten.

Im Laufe der Zeit wurde die Gabe den Menschen weggezüchtet, so wie man Tieren ein bestimmtes Merkmal wegzüchtet. Dadurch bot sich den Zauberern, die die Macht in Händen hielten, noch weniger Widerstand.

Jetzt, da dieses Merkmal weggezüchtet ist, wird nur noch äußerst selten jemand mit der Gabe geboren. Vielleicht nur eins von tausend Kindern, die von einem Zauberer gezeugt werden, wird noch mit der Gabe geboren. Wir sind eine aussterbende Art.«

Richard sah wieder auf die Stadt, dann auf den Palast.

Den Blick auf den Palast geheftet, stand Richard langsam auf. »Sie kümmern sich nicht um unsere ›Bedürfnisse‹«, sagte er leise, »sie benutzen uns als Zuchtvieh.«

Warren sprang auf. Er runzelte die Stirn. »Was?«

»Sie benutzen den Palast, die jungen Männer im Palast, um Zauberer zu züchten.«

Die Falten auf Warrens Stirn wurden tiefer. »Aber warum?«

Richards Kiefernmuskeln spannten sich. »Ich weiß es nicht, aber ich habe die Absicht, es herauszufinden.«

»Gut«, meinte Warren grinsend. »Ich könnte ein Abenteuer gebrauchen.«

Richard sah ihn kalt an. »Weißt du, was ein Abenteuer ist, Warren?«

Warren nickte, das Lächeln noch immer im Gesicht. »Eine aufregende Erfahrung.«

»Abenteuer bedeutet, Todesangst zu haben und nicht zu wissen, ob man überleben oder sterben wird, oder ob die, die man liebt, überleben oder sterben werden. Abenteuer bedeutet, daß man in

Schwierigkeiten steckt, aus denen man nicht wieder rauszukommen weiß.«

Warren spielte nervös mit dem Aufschlag seines Ärmels. »So habe ich das noch nie gesehen.«

»Das solltest du aber tun«, sagte Richard. »Ich habe nämlich vor, ein Abenteuer anzufangen.«

»Nun«, meinte Warren mit einem Zwinkern in den Augen, »ich habe wenigstens eines herausgefunden, das helfen kann.«

»Der Stein der Tränen?«

Warren nickte grinsend. »Ich habe herausgefunden, daß du ihn unmöglich gesehen haben kannst. Er ist hinter dem Schleier eingesperrt. In gewisser Weise ist er Teil des Schleiers.«

»Bist du sicher? Bist du sicher, daß ich ihn unmöglich gesehen haben kann?«

»Absolut. Der Stein der Tränen ist das Siegel, das den Namenlosen in seinem Gefängnis des Todes, in der Unterwelt eingesperrt hält. Er kann die Seelen der Toten beherrschen, die mit ihm dort sind, aber er kann nicht in unsere Welt hinein. Der Stein der Tränen sperrt ihn aus.«

»Gut«, meinte Richard mit einem Seufzer der Erleichterung. »Das ist großartig, Warren. Gute Arbeit.« Er packte sanft Warrens Gewand und zog ihn an sich. »Du bist also sicher. Es ist völlig ausgeschlossen, daß der Stein der Tränen sich in dieser Welt befindet.«

Warren nickte. »Völlig. Es ist unmöglich. Die einzige Möglichkeit, in diese Welt zu gelangen, besteht darin, durch das Tor zu kommen.«

Richard spürte, wie seine Haut zu kribbeln begann. »Das Tor? Was ist ›das Tor‹?«

»Nun, der Name sagt es bereits. Ein Durchgang. In diesem Fall ein Durchgang zwischen der Welt der Lebenden und der Welt der Toten. Es ist Magie aus beiden Welten, ein Durchgang, konstruiert aus Magie. Das Tor kann nur sowohl mit additiver als auch mit subtraktiver Magie geöffnet werden. Der Namenlose verfügt nur über subtraktive Magie, daher kann er das Tor nicht öffnen. Genauso, wie jemand aus dieser Welt es nicht öffnen kann, da wir nur über additive Magie verfügen.«

Richard bekam eine Gänsehaut. »Aber jemand aus dieser Welt, jemand, der über beide Formen der Magie verfügt, könnte das Tor öffnen?«

»Nun ja, sicher«, stammelte Warren. »Vorausgesetzt, er ist im Besitz des Tores. Doch es ist seit über dreitausend Jahren verschollen. Es ist verschwunden.« Er lächelte Richard selbstbewußt an. »Wir sind in Sicherheit.«

Richard lächelte nicht. Er packte Warren mit beiden Händen an der Robe und riß sein Gesicht heran. »Warren, sag mir, daß das Tor nicht Magie der Ordnung genannt wird. Sag mir, daß das Tor nicht aus den drei Kästchen der Ordnung besteht.«

Warrens Augen weiteten sich langsam bis zur Größe zweier Goldmünzen. »Wo hast du die Namen dafür gehört?« fragte er leise in besorgtem Ton. »Ich bin neben der Prälatin und den beiden Schwestern der einzige im Palast, dem es gestattet ist, die Bücher zu lesen, die das Tor bei seinem alten Namen nennen.«

Richard biß die Zähne aufeinander. »Was geschieht, wenn eines der Kästchen geöffnet wird?«

»Sie können nicht geöffnet werden«, beharrte Warren. »Es geht nicht. Wie gesagt, man braucht beide Arten von Magie, additive wie auch subtraktive, um ein Kästchen zu öffnen.«

Richard rüttelte ihn. »Was passiert!«

Warren schluckte, die Augen noch immer aufgerissen. »Dann wird das Tor zwischen den Welten geöffnet. Der Schleier bekommt einen Riß. Das Siegel wird vom Namenlosen entfernt.«

»Und der Stein der Tränen befände sich in dieser Welt?« Warren nickte, während Richards Griff an seinem Gewand immer fester wurde. »Und wenn die Kästchen geschlossen würden, damit schlösse sich auch das Tor? Und der Riß wäre versiegelt?«

»Nein. Na ja, schon, aber es kann nur von jemandem mit der Gabe geschlossen werden. Man braucht das magische Gepräge, um das Tor zu schließen. Schließt jedoch jemand mit der Gabe der Kästchen und damit das Tor, dann wird das Gleichgewicht zerstört, denn er verfügt nur über additive Magie, und der Namenlose flieht aus der Unterwelt. Um es genauer zu sagen, diese Welt würde von der Welt der Toten geschluckt werden.«

»Wie kann man dann die Kästchen schließen, um die beiden Welten auseinanderzuhalten?«

»Genauso, wie sie geöffnet werden. Mit additiver und subtraktiver Magie.«

»Und was ist mit dem Stein der Tränen?«

»Das weiß ich nicht. Das müßte ich nachlesen.«

»Dann solltest du dich damit beeilen.«

»Bitte«, greinte Warren, »du willst doch damit nicht etwa sagen, daß du weißt, wo die Kästchen sind. Du hast sie doch nicht etwa gefunden, oder?«

»Sie gefunden? Das letzte Mal, als ich die Kästchen gesehen habe, wurde eins geöffnet und war im Begriff, meinen Vater, diesen Bastard, in die Unterwelt zu ziehen.«

Warren fiel in Ohnmacht.

25. Kapitel

Unter den kraftlosen Strahlen der Sonne des späten Tages streute eine alte Frau Holzasche auf das Eis, das die weite Treppenflucht bedeckte. Kahlan ging vorbei, erleichtert, daß die alte Frau den Kopf nicht hob und in der Person in den schweren Kleidern und dem weißen Fellumhang, die einen Rucksack und einen Bogen bei sich trug, nicht die nach Aydındril zurückgekehrte Mutter Konfessor erkannte.

Sie war nicht in der Stimmung, an diesem Abend zum Anlaß einer Feier zu werden. Sie war erschöpft. Sie war bereits vor ihrer Heimkehr in den Palast den Hang zur Burg der Zauberer hinaufgeklettert, doch in der Burg war es eiskalt und dunkel wie der Tod. Die Schilde befanden sich an ihrem Platz. Ein Konfessor konnte zwar hinein, doch drinnen war niemand.

Zedd war nicht da.

Die Burg lag jetzt da, wie sie sie beim letzten Mal vor so vielen Monaten gesehen hatte, als sie aufgebrochen war, um den verschollenen großen Zauberer zu finden. Sie hatte ihn gefunden und ihm geholfen, der Bedrohung durch Darken Rahl ein Ende zu machen, doch jetzt brauchte sie den großen Zauberer ein weiteres Mal.

Seit ihrem Abschied von der galeanischen Armee vor fast einem Monat hatte sie den beschwerlichen Weg, nach Aydindril zu gelangen – und zu Zedd –, hinter sich gebracht. Tagelang hatten Unwetter gewütet. Pässe waren durch Wetter und Schnee unpassierbar geworden, hatten sie gezwungen, umzukehren und Umwege zu machen. Die Reise war ermüdend und voller Rückschläge gewesen, doch die Verzweiflung darüber, ihr Ziel erreicht, Zedd aber nicht gefunden zu haben, war niederschmetternd.

Kahlan hatte die Königsstraße gemieden und sich ihren Weg durch die Seitenstraßen gebahnt. In den Palästen längs der Königsstraße waren Würdenträger, Personal und Gardetruppen jener Länder untergebracht, die in Aydindril vertreten waren. Die Könige und Königinnen und Herrscher jener Länder wohnten ebenfalls in ihren Palästen, wenn sie kamen, um sich an den Rat zu wenden. Die Paläste waren für alle Länder eine Frage des Stolzes, und von daher war jeder einzelne prachtvoll gestaltet, auch wenn sich keiner von ihnen auch nur annähernd mit dem Palast der Konfessoren messen konnte.

Kahlan hatte die Königsstraße gemieden, weil man sie dort erkennen würde, im Augenblick aber wollte sie nicht erkannt werden. Sie wollte nichts weiter als Zedd finden, und, wenn dies fehlschlug, mit dem Rat sprechen, also hielt sie auf den seitlichen Dienstbotentrakt in der Nähe der Küchen zu.

Chandalen wartete draußen im Wald. Er wollte nicht nach Aydindril. Die Größe der Stadt und die Menschenmassen machten ihm angst, auch wenn er dies abstritt und behauptete, unter freiem Himmel lediglich bequemer schlafen zu können. Kahlan konnte ihm keinen Vorwurf daraus ziehen. Nachdem sie so lange allein draußen in den Bergen gewesen war, wurde selbst sie auf dem Weg in die Stadt unsicher, und das, obwohl sie an diesem Ort aufgewachsen war und ihr die Straßen und die majestätischen Gebäude hier ebenso vertraut waren, wie Chandalen die Ebene rings um das Dorf der Schlammmenschen. Das Gedränge überall gab ihr wie nie zuvor ein Gefühl des Eingesperrtseins.

Nachdem er sie sicher in Aydindril abgeliefert hatte, zog es Chandalen zurück nach Hause zu seinem Volk. Sie konnte verstehen, wie sehr es ihn danach verlangte aufzubrechen, bat ihn aber, sich die Nacht über auszuruhen und sich am Morgen von ihr zu verabschieden.

Orsk ließ sie über Nacht bei Chandalen. Seine Gegenwart war aufreibend: sein eines Auge, das ihr überallhin folgte, seine Beflissenheit, ihr bei allem zu helfen, seine unerschütterliche Bereitschaft, auf das geringste Zeichen hin zu tun, was immer sie verlangte. Es war, als hätte man ständig einen Hund bei Fuß. Sie brauchte eine Nacht weit weg von alledem. Chandalen schien sie zu verstehen. Was sie mit Orsk machen sollte, wußte sie noch nicht.

Ein atemberaubender Schwall warmer Luft schlug ihr entgegen, als sie durch den Kücheneingang trat. Beim Geräusch der Tür wirbelte eine dürre Frau in einer blitzweißen Schürze zu ihr herum.

»Was willst du hier! Verschwinde, Bettlerin!«

Als die Frau ihren Holzlöffel in bedrohlicher Manier erhob, schob Kahlan die Kapuze ihres Umhangs zurück. Der Frau stockte der Atem. Kahlan lächelte.

»Fräulein Sanderholt. Ich freue mich so, Euch wiederzusehen.«

»Mutter Konfessor!« Die Frau fiel auf die Knie und faltete die Hände. »Oh, Mutter Konfessor, vergebt mir! Ich habe Euch nicht erkannt. Oh, den Seelen sei Dank, seid Ihr es wirklich?«

Kahlan zog die drahtige Frau auf die Füße. »Ich habe Euch so vermißt, Fräulein Sanderholt.« Kahlan breitete die Arme aus. »Nehmt Ihr mich in die Arme?«

Fräulein Sanderholt fiel Kahlan in die Arme. »Oh, Kind, es tut so gut, Euch wiederzusehen!« Sie löste sich, Tränen strömten ihr übers Gesicht. »Wir wußten nicht, was aus Euch geworden ist. Wir waren so besorgt. Ich dachte schon, ich sehe Euch nie wieder.«

»Es war eine lange und schwere Zeit. Ich kann Euch gar nicht sagen, wie gut es tut, Euer Gesicht wiederzusehen.«

Fräulein Sanderholt wollte Kahlan zu einem Seitentisch hinüberziehen. »Kommt. Ihr braucht eine Schale Suppe. Ich habe etwas auf dem Feuer, wenn die Spatzenhirne, deren Tun man wohl kaum als Kochen bezeichnen kann, sie nicht mit zuviel Pfeffer verdorben haben.«

Der lärmende, chaotische Haufen von Köchen und Küchenhilfen bekam die Worte mit, und jeder senkte den Kopf über seiner Arbeit. Das Klappern von Schneebesen und Löffeln in Schüsseln schwoll an. Männer nahmen Säcke auf und eilten davon. Bürsten schrubbten mit gesteigertem Eifer in den Töpfen. Butter zischte in heißen Pfannen, und plötzlich mußte nach dem Brot in den Öfen, dem Fleisch an den Spießen gesehen werden.

»Dafür habe ich im Augenblick keine Zeit, Fräulein Sanderholt.«

»Aber ich muß Euch einiges erzählen. Wichtige Dinge.«

»Ich weiß. Auch ich habe Euch einiges zu erzählen. Aber zuerst muß ich den Rat aufsuchen. Es ist dringend. Ich war lange unterwegs und bin erschöpft, aber ich muß den Rat aufsuchen, bevor ich mich ausruhe. Wir werden morgen miteinander sprechen.«

Fräulein Sanderholt mußte sie einfach noch einmal in die Arme schließen. »Natürlich, Kind. Ruht Euch nur aus. Wir werden morgen miteinander sprechen.«

Kahlan nahm den kürzesten Weg durch die gewaltige Halle, die für wichtige Zeremonien und Feierlichkeiten benutzt wurde. Feuer in den großen, prachtvollen, zu allen Seiten zwischen ausgekehlten Säulen plazierten Kaminen bewirkten, daß ihr eigener Schatten sie umkreiste, als sie den Boden aus grünem Schiefer überquerte. Der Saal war im Augenblick leer, und ihre Schritte hallten von oben aus dem fein gearbeiteten Zwischenrippengewölbe mit den wellenförmigen, weit geschwungenen Bögen wider. Ihr Vater hatte früher des öfteren Tausende von Walnüssen und Eicheln, die Soldaten darstellten, überall auf dem Boden dieses Raumes ausgelegt, um ihr Schlachttaktiken beizubringen.

Sie bog in die Halle am anderen Ende ein, zum Korridor, der zu den Ratskammern führte. In der privaten Galerie des Konfessors stützten Gruppen von vier glänzenden, schwarzen Marmorsäulen zu jeder Seite eine Folge mehrfarbiger Gewölbe. Am Ende, vor den Ratskammern, befand sich ein rundes, zwei Stockwerke hohes Pantheon, dem Gedenken der Heldinnen gewidmet: den Gründungsmüttern Konfessor. Deren Porträts, als Fresken zwischen sieben wuchtigen, bis zum Oberlicht aufragenden Säulen, waren doppelt lebensgroß.

Kahlan kam sich in der Gegenwart der sieben strengen Gesichter, die dem Raum zu überwachen schienen, immer vor, als hätte sie sich dieses Amt erschlichen. Sie schienen zu sagen: »Und wer bist du, Kahlan Amnell, daß du dich für die Mutter Konfessor hältst?« Daß sie die Geschichte dieser Heldinnen kannte, unterstrich noch ihr Gefühl der Unzulänglichkeit.

Beide Messingklinken packend, warf sie die hohen Mahagonitüren auf und betrat forschen Schritts die Ratskammer.

Eine riesige Kuppel überspannte den gewaltigen Raum. Am hinteren Ende war das Hauptgewölbe mit einem Zierfresko geschmückt, das den Ruhm der Magda Searus feierte, der ersten Mutter Konfessor. Ihre Finger lagen auf dem Handrücken ihres Zauberers Meritt, der sein Leben geopfert hatte, um sie zu beschützen. Auf ewig in dem farbenfrohen Fresko vereint, überwachten die beiden jetzt gemeinsam die Mütter Konfessor, die ihnen nachfolgten und auf dem Obersten Sitz saßen – sowie deren Zauberer.

Zwischen den kolossalen Kapitellen der Säulen, die sich rings um den Saal in die Höhe reckten, begrenzten wellenförmig geschwungene, polierte Mahagonigeländer Balkone, die einen Ausblick auf den eleganten Saal boten. Die bogenförmigen, rund um den Saal in bestimmten Abständen verteilten Öffnungen, die bis an die Balkone heranreichten, waren mit Stuckreliefs heroischer Szenen dekoriert. Dahinter gab es Fenster, von denen aus man in die Innenhöfe blickte. Runde Fenster entlang des unteren Kuppelrandes ließen zusätzliches Licht in den prachtvollen Raum. Am hinteren Ende befand sich das halbkreisförmige Podium, auf dem die Räte hinter einem reich verzierten Schreibtisch saßen. Der opulente Oberste Sitz in der Mitte war der höchste.

Um den Obersten Sitz hatte sich eine dicht gedrängte Gruppe von Männern versammelt. Ihrer Zahl nach zu schließen war ungefähr die Hälfte des Rates anwesend. Als sie energisch die langen Streifen aus Sonnenlicht auf dem gemusterten Marmorboden durchschritt, folgten ihr die ersten Blicke.

Auf dem Obersten Sitz saß jemand. Auch wenn man die Strafe in letzter Zeit nicht vollstreckt hatte, es galt als Kapitalverbrechen, wenn ein Ratsmitglied den Obersten Sitz einnahm, da dies dem Ausrufen einer Revolution gleichkam. Das Gespräch verstummte, als sie sich näherte.

Es war der Hohe Prinz Fyren von Kelton, der den Sitz eingenommen hatte. Seine Füße lagen auf dem Schreibtisch, und er nahm sie auch nicht herunter, als er sie kommen sah. Er hielt den Blick auf sie gerichtet, lauschte jedoch einem Mann mit glattgestrichenem Haar und graudurchsetztem Bart, der sich tuschelnd über ihn beugte. Der Mann hatte die Hände in die gegenüberliegenden Ärmel seiner schlichten Robe gesteckt. Seltsam, dachte sie, daß ein Berater sich kleidet wie ein Zauberer.

Prinz Fyren zog erfreut die Brauen hoch. »Mutter Konfessor!« Mit übertriebener Umsicht nahm er seine Stiefel vom Schreibtisch und erhob sich. Er stützte seine Hände auf, beugte sich über den Tisch und sah hinunter. »Wie schön, Euch zu sehen!«

Früher hatte Kahlan immer einen Zauberer bei sich gehabt, jetzt hatte sie keinen. Keinerlei Schutz. Sie konnte es sich nicht leisten, zaghaft oder verletzlich zu wirken.

Wütend sah sie zu Prinz Fyren hoch. »Wenn ich Euch noch ein einziges Mal auf dem Platz der Mutter Konfessor erwische, werde ich Euch töten.«

Er richtete sich mit einem affektierten Grinsen auf. »Ihr würdet Eure Kraft gegen ein Ratsmitglied einsetzen?«

»Wenn es sein muß, werde ich Euch die Kehle mit einem Messer aufschlitzen.«

Der Mann im schlichten Gewand beobachtete sie aus unbeweglichen, dunklen Augen. Die anderen Räte wurden blaß.

Prinz Fyren öffnete seine dunkelblaue Jacke und stemmte eine Hand in die Hüfte. »Mutter Konfessor, ich hatte nicht die Absicht, Euch zu beleidigen. Ihr wart lange fort. Wir dachten alle, Ihr wärt tot. Im Palast hat es keinen Konfessor gegeben seit ... wie lange ist das her?« Er sah einige der anderen Männer an. »Seit vier, fünf, sechs Monaten?« Die eine Hand noch immer an der Hüfte, streckte er die andere aus und machte eine Verbeugung. »Ich wollte Euch nicht beleidigen, Mutter Konfessor. Selbstverständlich bekommt Ihr Euren Sitz zurück.«

Kahlan musterte die übrigen Männer. »Es ist spät. Der Rat wird morgen früh als allererstes zu einer Sitzung zusammenkommen. Alle Räte werden anwesend sein. Die Midlands befinden sich im Kriegszustand.«

Prinz Fyren runzelte die Stirn. »Im Krieg? Auf wessen Befugnis hin? Eine solch schwerwiegende Angelegenheit wurde hier nicht diskutiert.«

Kahlan ließ den Blick über die Räte schweifen, bis er schließlich auf Prinz Fyren zur Ruhe kam. »Auf meine Befugnis als Mutter Konfessor hin.« Unter den Männern machte sich Gemurmel breit. Prinz Fyrens Blick wich keine Sekunde von ihren Augen. Indem sie den tuschelnden Männern einen zornerfüllten Blick zuwarf, sprudelte es aus ihr heraus. »Ich will jedes Ratsmitglied hier sehen, gleich als erstes morgen früh. Für jetzt seid Ihr entlassen, meine Herren.«

Kahlan machte auf dem Absatz kehrt und marschierte hinaus. Sie erkannte keine der Wachen wieder, die sie überall im Palast erblickte, aber das war auch nicht zu erwarten. Zedd hatte ihr bereits erzählt, daß die meisten der Palastwache getötet worden waren, als Aydindril an D'Hara gefallen war. Sie vermißte die alten Gesichter.

Der Mittelpunkt des Konfessorenpalastes in Aydindril wurde von einer monumentalen, achtfach verzweigten Treppe beherrscht, die vier Stockwerke weiter oben vom Tageslicht erhellt wurde, das durch ein Glasdach fiel. Das riesige Geviert war auf halber Höhe von Arkadengängen umgeben, deren überwölbte Öffnungen von polierten Säulen aus wild gemasertem, goldenem und grünem Marmor getrennt wurden. Diese standen auf quadratischen Säulenplatten, die mit jeweils einem Medaillon eines früheren Herrschers der Midlands verziert waren. Die Hunderte und Aberhunderte von glänzenden, bauchigen Treppensäulen waren aus einem sanftgelben Stein gedrechselt, der von innen heraus zu leuchten schien. Die quadratischen Endpfosten waren fast so hoch wie sie, und jeder wurde von einer mit Blattgold überzogenen Lampe gekrönt. Überladene Steinschnitzereien füllten weite Flächen unterhalb komplexer Zackenbänder, die als infulierte Streifen über den oberen Rand der Kapitelle liefen. Der zentrale Treppenabsatz trug Statuen von acht Müttern Konfessor. Kahlan hatte bescheidene Paläste gesehen, die in dieses Treppenhaus hineinpassen würden.

Vierzig Jahre hatte es gedauert, die monumentale Treppe und den Raum, der sie beherbergte, zu errichten. Die Kosten waren gänzlich von Kelton übernommen worden, als teilweise Entschädigung für dessen Widerstand gegen die Vereinigung aller Länder zu den Midlands und für den Krieg, der sich daraus entwickelt hatte. Gleichzeitig hatte man verfügt, kein Herrscher Keltons dürfe je mit einem

Medaillon am Fuß der Säulen geehrt werden. Die Treppe war den Völkern der Midlands gewidmet und sollte diese ehren, nicht jene, deren Strafe es war, sie zu erbauen. Kelton war mittlerweile ein mächtiges, gutangesehenes Land der Midlands, und Kahlan fand es dumm, ein Volk weiterhin für etwas zu bestrafen, was seine Vorfahren vor Jahrhunderten verbrochen hatten.

Als sie den zentralen Treppenabsatz erreichte und die zweite Treppenflucht hinauf zu ihrem Zimmer ging, sah sie eine Phalanx von Bediensteten, die am oberen Treppenrand warteten. Sie alle verneigten sich wie ein Mann, als Kahlans Blick sie traf. Sie fand es absurd – an die dreißig glänzende, gekämmte und herausgeputzte Menschen in sauberen, flotten Uniformen, die sich allesamt vor einer verdreckten Frau in Wolfsfellen und mit einem Bogen und schwerem Gepäck verneigten. Dies konnte jedenfalls nur eins bedeuten: Die Kunde ihres Eintreffens hatte sich mittlerweile im gesamten Palast herumgesprochen. Vermutlich gab es selbst im entferntesten Gewächshaus keinen Gärtner mehr, der nicht längst wußte, daß die Mutter Konfessor wieder zu Hause war.

»Erhebt euch, meine Kinder«, sagte Kahlan, oben auf der Treppe angekommen. Sie wichen zurück, um ihr Platz zu machen.

Und dann ging es los. Möchte die Mutter Konfessor ein Bad, möchte die Mutter Konfessor eine Massage, möchte die Mutter Konfessor ihr Haar gewaschen und gebürstet bekommen, möchte die Mutter ihre Nägel poliert bekommen, möchte die Mutter Konfessor vielleicht Antragsteller hören, möchte die Mutter Konfessor irgendwelche Ratgeber sehen, möchte sie Briefe geschrieben bekommen, möchte die Mutter Konfessor dies, verlangt es ihr nach jenem. Eine ganze Liste von Dingen wurde aufgezählt.

Kahlan wandte sich an das oberste Dienstmädchen. »Bernadette, ich hätte gern ein Bad. Sonst nichts. Nur ein Bad.«

Zwei Frauen eilten davon, sich um das Bad zu kümmern.

Bernadettes Blick wanderte unfreiwillig an Kahlans Aufzug hinab. »Möchte die Mutter Konfessor vielleicht, daß Ihre Kleider geflickt oder gereinigt werden?«

Kahlan mußte an das blaue Kleid in ihrem Rucksack denken. »Ich habe ein paar Dinge, die wohl gereinigt werden müssen.« Sie dachte an all ihre übrigen Kleidungsstücke, von denen die meisten mit Blut durchtränkt waren. »Ich glaube, ich habe eine Menge Dinge, die gewaschen werden müssen.«

»Ja, Mutter Konfessor. Möchtet Ihr, daß ich Euch Euer weißes Kleid für heute abend bereitlege?«

»Heute abend?«

Bernadette errötete. »Man hat bereits Läufer zur Königsstraße ausgesandt, Mutter Konfessor. Jeder wird die Mutter Konfessor daheim willkommen heißen wollen.«

Kahlan stöhnte. Sie war todmüde. Sie wollte niemanden empfangen, nur um irgendwelchen Frauen zu erzählen, wie wundervoll ihr hochgestecktes und verziertes Haar aussah, oder Männern, wie elegant sie den Schnitt ihrer Jacken fand, oder um geduldig irgendwelchen Gesuchen zu lauschen, die unweigerlich auf die Verteilung von Geldern hinausliefen und die stets zu beweisen suchten, daß der Bittsteller keinesfalls den eigenen Vorteil suchte, sondern nichts weiter als die Befreiung aus einer Notlage, in die er schuldlos geraten war.

Bernadette sah sie tadelnd an, wie sie es getan hatte, als Kahlan noch klein gewesen war, so als wolle sie sagen: »Jetzt hör mal zu, junges Fräulein, du hast Pflichten, und ich erwarte keinen Ärger damit.«

Was sie jedoch sagte, war: »Alle waren voller Sorge über das lange Ausbleiben der Mutter Konfessor. Es würde ihnen das Herz erleichtern, wenn sie sähen, daß Ihr gesund und wohlauf seid.«

Kahlan bezweifelte das. Was Bernadette tatsächlich meinte, war: Es wäre gut für Kahlan, wenn sie die Menschen daran erinnerte, daß die Mutter Konfessor noch lebte und die Fäden in den Händen hielt. »Natürlich, Bernadette. Danke, daß Ihr mich erinnert habt, daß die Menschen mich in ihren Herzen bewahrt und sich um mich gesorgt haben.«

Bernadette lächelte. »Ich denke, dafür seid ihr doch zu klug, Mutter Konfessor.« Sie wischte sich einen unsichtbaren Flecken vom Handrücken. »Mutter Konfessor … habt Ihr einen der anderen

Konfessoren mit zurückgebracht? Wird von den anderen bald jemand zurückkommen?«

Kahlan setzte übergangslos ihre Konfessorenmiene auf, so wie ihre Mutter es ihr beigebracht hatte. »Tut mir leid, Bernadette, ich dachte, Ihr wüßtet Bescheid. Sie sind alle tot. Ich bin der letzte lebende Konfessor.«

Bernadettes Augen füllten sich mit Tränen, während sie leise ein Gebet sprach. »Mögen die guten Seelen immer mit ihnen sein.«

»Warum sollten sie jetzt damit beginnen?« meinte Kahlan knapp. »Als Dennee von dem Quadron geschnappt wurde, haben sie sich diese Mühe auch nicht gemacht.«

Die Feuer in ihren Gemächern brannten alle lichterloh, so wie Kahlan es vorhergesehen hatte, und so wie sie es jeden Tag während ihrer Abwesenheit getan hatten, Monat für Monat. Man ließ die Feuer in den Gemächern der Mutter Konfessor im Winter niemals ausgehen, für den Fall, daß sie zurückkehrte. Auf einem Tisch stand ein silbernes Tablett mit einem frischen Laib Brot, einer Kanne Tee und einer Schale dampfender Gewürzsuppe. Fräulein Sanderholt wußte, was Kahlan am liebsten aß.

Bei Gewürzsuppe mußte Kahlan an Richard denken. Sie erinnerte sich, daß sie sie für ihn gekocht hatte, und er für sie.

Nachdem sie ihren Rucksack und Bogen hatte fallen lassen, schritt Kahlan über die edlen Teppiche und ging ins Nachbarzimmer. Dort blieb sie stehen, strich gedankenverloren mit den Fingern über einen der prächtigen, polierten Pfosten am Fußende ihres Bettes, starrte vor sich hin und dachte daran, daß sie eigentlich mit Richard hätte hier sein sollen. Am Tage ihrer Ankunft in Aydindril hätten sie bereits verheiratet sein sollen. Sie hatte ihm dieses große Bett versprochen.

Kahlan mußte daran denken, welche Freude sie an jenem Tag in ihrem Herzen gespürt hatte, als sie über ihre Trauung und über ihre Rückkehr nach Aydindril als Mann und Fau gesprochen hatten. Da spürte sie, wie ihr eine Träne über die Wange lief. Sie holte tief Luft, um den Schmerz zu unterdrücken, der glühend ihre Brust durchbohrte, und wischte die Träne mit den Fingerspitzen fort.

Kahlan trat an die verglasten Türen, öffnete sie und trat hinaus auf den weiten Balkon. Sie legte ihre zitternden Finger auf das breite, eiskalte Geländer, stand in der kalten Luft und blickte den Hang hinauf zur Burg der Zauberer, zu ihren düsteren Steinmauern, die in den letzten goldenen Strahlen des Sonnenuntergangs aufleuchteten.

»Wo bist du nur, Zedd?« sagte sie leise. »Ich brauche dich.«

Er fuhr mit einem Keuchen aus dem Schlaf hoch, glitt aus und stieß sich den Kopf. Blinzelnd setzte er sich auf. Ihm gegenüber saß, in eine Ecke gekauert, eine alte Frau mit glattem, schwarzem und weißem, kinnlangem Haar. Die beiden befanden sich im Innern einer Kutsche. Das Gefährt schwankte unvermittelt, so daß er zur anderen Seite hinüberrutschte.

»Wer bist du?« fragte er.

»Und wer bist du?« fragte sie prompt zurück.

»Ich habe zuerst gefragt.«

»Ich …« Sie raffte ihren Umhang um das elegante grüne Kleid zusammen. »Ich weiß nicht, wer ich bin. Und wer bist du?«

Er hob den Zeigefinger. »Ich bin … ich bin …« Er stieß einen schwachen Seufzer aus. »Ich fürchte, ich weiß auch nicht, wer ich bin. Erkennst du mich nicht wieder?«

Sie raffte ihren Umhang noch ein wenig enger um sich. »Ich weiß es nicht. Ich bin blind. Ich kann nicht erkennen, wie du aussiehst.«

»Blind. Oh. Das tut mir leid.«

Er rieb sich die Stelle, wo er sich den Kopf an der Kutschenwand gestoßen hatte. Derweil blickte er an sich hinab und stellte fest, wie elegant er gekleidet war: ein kastanienbraunes Gewand mit schwarzen Ärmeln, das mit drei Reihen Silberbrokat besetzt war. Wenigstens, dachte er, scheine ich nicht arm zu sein.

Er hob einen schwarzen Stock vom Boden auf und betrachtete die feine Silberarbeit. Dann drehte er sich um und stieß ihn an die Decke, in die Richtung, wo ganz vorn der Fahrer sitzen mußte. Die alte Frau fuhr vor Schreck hoch.

»Was soll denn dieser Lärm!«

»Entschuldigung. Ich habe nur versucht, den Kutscher auf uns aufmerksam zu machen.«

Offenbar hatte der Kutscher ihn gehört. Die Kutsche kam rutschend zum Stehen und schaukelte leicht, als jemand vom Kutschbock kletterte.

Als die Tür aufgerissen wurde und er den riesigen Kerl in der langen Jacke sah, der sein wettergegerbtes Gesicht ins Wageninnere schob, riß er seinen Stock an sich und wich zurück.

»Wer bist du?« fragte er, den Stock bedrohlich schwingend.

»Ich? Ich bin bloß ein großer Narr«, knurrte der große Mann. Sein tief zerfurchtes Gesicht entspannte sich zu einem schwachen Lächeln. »Ich heiße Ahern.«

»Also schön, Ahern, und was tust du hier mit uns? Hast du uns entführt? Werden wir festgehalten, weil man ein Lösegeld erpressen will?«

Ahern lachte in sich hinein. »Eher umgekehrt, würde ich sagen.«

»Wie meinst du das? Wie lange haben wir geschlafen? Und wer sind wir?«

Ahern blickte in den Himmel. »Bei den Seelen, wie gerate ich nur immer wieder in so etwas hinein?« Er stieß einen Seufzer aus. »Ihr beide habt seit gestern spät am Abend geschlafen. Ihr habt die letzte Nacht durchgeschlafen und den ganzen heutigen Tag. Du bist Ruben. Ruben Rybnik.«

»Ruben?« räusperte er sich gewichtig. »Ruben. Nun, das ist ein wohlklingender Name.«

»Und wer bin ich?« erkundigte sich die Frau.

»Du bist Elda Rybnik.«

»Sie heißt auch Rybnik?« fragte Ruben. »Sind wir miteinander verwandt?«

Ahern zögerte. »Ja und nein. Ihr zwei seid Mann und Frau. Gewissermaßen.«

Ruben beugte sich zu dem großen Mann vor. »Ich finde, das bedarf der Erklärung.«

Ahern stieß einen Seufzer aus und nickte. »Dein Name lautet Ruben und ihrer Elda. Aber das sind nicht eure richtigen Namen. Ihr habt mir erklärt, im Augenblick wäre es besser, wenn ich euch eure richtigen Namen nicht verrate.«

»Du hast uns entführt! Du hast uns eins übergezogen und dann verschwinden lassen!«

»So beruhige dich doch. Ich werde dir alles erklären.«

»Dann fang schon an, bevor ich dir mit meinem Stock eine Tracht Prügel verpasse!«

»Das lohnt nicht«, murmelte Ahern wie zu sich selbst. »Wie bin ich nur hier reingeraten? Gold, das war's«, beantwortete er sich die Frage selbst.

Ahern schob sich in die Kutsche und setzte sich neben Ruben. Die Tür zog er wegen des Schneegestöbers draußen zu.

»Recht so, mach es dir nur bequem«, meinte Ruben.

Ahern räusperte sich. »Also schön, jetzt hört zu, ihr zwei. Ihr wart beide krank. Ihr habt euch von mir zu drei Frauen bringen lassen.« Er beugte sich näher zu Ruben heran und runzelte die Stirn. »Drei Magierinnen.«

»Magierinnen!« japste Ruben. »Kein Wunder, daß wir nicht wissen, wer wir sind! Du hast uns zu diesen Hexen gebracht und verzaubern lassen.«

Ahern legte ihm beschwichtigend die Hand auf den Arm. »Sei still und hör zu. Du bist Zauberer.« Ruben glotzte Ahern an. Ahern wandte sich an Elda. »Und du bist eine Magierin.«

Ruben fuchtelte wild mit den Armen. »Nein, das ist nicht wahr«, fauchte er schließlich, »sonst hättest du dich längst in eine Kröte verwandelt.«

Ahern schüttelte knurrend den Kopf. »Du hast deine Kraft verloren.«

»Hm, wie?« fragte Ruben und richtete sich auf. »War ich ein begabter Zauberer?«

»Du warst gut genug, um mir deine verfluchten Finger an die Schläfen zu legen und mich zu überreden, dir zu helfen. Du meintest, manchmal müßten Zauberer Menschen benutzen, damit sie tun, was getan werden muß. Die Bürde des Zauberers, hast du es genannt. Du hast behauptet, ich hätte dir ohnehin geholfen und du hättest nur deshalb an meine ›Anständigkeit‹ appelliert, damit ich nicht so lange nachzudenken brauchte. Wie auch immer, das und mehr Gold, als ich je zuvor auf einem Haufen gesehen habe, haben mich überzeugt, etwas zu tun, auf das ich mich eigentlich nicht hätte einlassen dürfen. Mit Zauberern und Magie will ich wirklich nichts zu schaffen haben.«

»Und ich bin eine Magierin?« fragte Elda. »Eine blinde Magierin?«

»Nun, eigentlich nicht. Du warst zwar blind, konntest mit Hilfe deiner Gabe aber sehen – besser als ich mit meinen Augen.«

»Und wieso bin ich dann jetzt blind?«

»Ihr wart beide krank. Ihr wart an irgendeiner Art böser Magie erkrankt. Die drei Magierinnen waren bereit, euch zu helfen, doch um euch zu heilen, mußten sie … nun, sie mußten euch beiden etwas geben, wodurch eure magischen Kräfte, eure Gabe, verschwand. Ihr habt mich draußen warten lassen, daher weiß ich nicht, was sie gemacht haben. Ich weiß nur, was ihr mir erzählt habt, bevor ihr zum letzten Mal hineingegangen seid, um euch behandeln zu lassen.«

Ruben beugte sich nach vorn. »Das hast du dir ausgedacht.«

Ahern achtete nicht auf ihn und fuhr fort. »Die Krankheit, die ihr beide hattet, hat sich von eurer guten Magie ernährt. Ich weiß nicht, wie Magie funktioniert, und bei den Seelen, ich will es auch gar nicht wissen. Ich weiß nur, was ihr mir erzählt habt. Was ihr mir erklärt habt, als ihr herausgekommen seid, um mich zu überreden, euch zu helfen. Ihr habt gesagt, um euch zu helfen, müßten die drei Magierinnen euch etwas geben, damit eure Magie verschwindet. Nur so konntet ihr beide wieder gesund werden. Die böse Magie kann erst dann verdorren und absterben, eure Wunden können erst dann verheilen, wenn sie keine gute Magie mehr hat, von der sie sich ernähren kann.«

»Jetzt haben wir also keine magischen Kräfte mehr?«

»Also, ich weiß nicht, wie das alles funktioniert, aber so wie ich es verstehe, kann man seine Magie nicht wirklich verlieren. Die drei Frauen haben folgendes getan: Sie haben dafür gesorgt, daß ihr alles über euch vergeßt, damit ihr nicht mehr wißt, daß ihr Magie besitzt, damit auch die böse Magie nichts mehr davon weiß. Deswegen wißt ihr beide weder wer ihr seid noch wie man Magie benutzt. Aus diesem Grund ist Elda auch blind.«

Ruben kniff die Augen zusammen. »Warum sollten uns die Magierinnen helfen wollen?«

»Hauptsächlich wegen Elda. Sie meinten, sie sei eine Legende bei den Magierinnen aus Nicobarese. Wegen irgendeiner Geschichte, als sie noch jünger war und hier gelebt hat.«

Ruben starrte den großen Mann an. »Es muß einfach stimmen.« Er drehte sich zu Elda um. »Es muß einfach stimmen. Kein Mensch könnte sich eine solch absurde Geschichte ausdenken. Was meinst du?«

»Ich bin der gleichen Meinung wie du. Ich denke, er erzählt uns die Wahrheit.«

»Gut«, sagte Ahern. »Jetzt kommt der Teil, der euch nicht gefallen wird.«

»Was wird aus unserer Magie? Wann kommt sie zurück? Wann erinnern wir uns wieder, wer wir sind?«

Ahern fuhr sich mit seinen fleischigen Fingern durch das struppige, graue Haar. »Genau das ist der Teil, der euch nicht gefallen wird. Die drei Frauen hatten Zweifel, ob ihr sie je zurückbekommen werdet. Vielleicht erinnert ihr euch nie mehr an sie. Womöglich habt ihr eure Magie für immer verloren.«

Unbehagliche Stille machte sich in der Kutsche breit. Schließlich sprach Ruben. »Warum sollten wir uns auf so etwas einlassen?«

Ahern spielte verlegen mit den Fingern. »Weil ihr keine Wahl hattet. Ihr wart beide krank. Sehr krank, Elda noch mehr als du. Sie wäre mittlerweile gestorben, und du wärst morgen, spätestens übermorgen damit drangewesen. Ihr hattet keine Wahl. Es war die einzige Möglichkeit.«

Ruben verschränkte die Hände über dem silbernen Knauf seines Stocks. »Nun, wenn es so war, mußten wir es tun. Wenn wir uns nicht erinnern, werden wir eben lernen müssen, Ruben und Elda zu sein und ein neues Leben anzufangen.«

Ahern schüttelte den Kopf. »Es gibt da noch einen Haken bei der

Sache. Du hast mir erzählt, die drei Frauen hätten gesagt, wenn die böse Magie euch schließlich verlassen hätte, dann könntet ihr vielleicht euer Gedächtnis und eure Magie zurückbekommen. Du meintest, es sei ungeheuer wichtig, daß du sie zurückbekommst. Es gäbe gewaltige Schwierigkeiten in der Welt, um die du dich kümmern müßtest. Dies sei für jeden Lebenden von schwerwiegender Bedeutung. Du meintest, es gäbe da etwas, das du unbedingt erledigen müßtest.«

»Was für Schwierigkeiten? Was muß ich unbedingt erledigen?«

»Das hast du mir nicht verraten. Angeblich würde ich es nicht verstehen.«

»Schön, und wie bekommen wir nun unsere Erinnerung und unsere Magie zurück?«

Ahern sah die beiden nacheinander an. »Vielleicht kommt sie gar nicht zurück. Die drei Frauen wußten nicht, ob sie je wiederkommen würde, doch wenn, dann nur durch einen Schock. Durch eine große Gefühlserschütterung oder einen Schock.«

»Durch einen gefühlsmäßigen Schock? Zum Beispiel?«

»Zum Beispiel durch Ärger. Vielleicht, wenn du dich ausreichend ärgerst.«

Ruben runzelte die Stirn. »Und … weiter? Sollst du mich ohrfeigen, damit ich wütend werde?«

»Nein. Du hast gesagt, du wüßtest zwar nicht wieso, aber etwas Derartiges werde nicht funktionieren. Du hast auch gesagt, wenn tatsächlich irgend etwas diesen Zorn auslösen sollte, dann wäre er, wegen der Magie, grausam und fürchterlich. Du hast gesagt, du hättest trotzdem keine Wahl, denn du würdest sterben, wenn du es nicht tätest.«

Ruben und Elda saßen schweigend da und dachten nach, während Ahern sie beobachtete. »Wo bringst du uns nun also hin? Wieso sitzen wir in dieser Kutsche?«

»Nach Aydindril.«

»Aydindril? Nie davon gehört. Wo liegt das? Wie weit ist es?«

»Aydindril ist der Sitz der Konfessoren, drüben auf der anderen Seite des Rang'Shada-Gebirges. Die Reise dahin ist lang: mehrere

Wochen, vielleicht einen Monat. Wir werden wohl erst kurz vor der Wintersonnenwende, der längsten Nacht des Jahres, dort sein.«

»Scheint ein ziemlich weiter Weg zu sein. Warum bringst du uns dorthin?«

»Du hast gesagt, du müßtest in die Burg der Zauberer. Du hast gemeint, man käme dort nur mit Magie hinein, doch jetzt hast du keine Magie, also hast du mir erzählt, wie ich dich hineinbringen kann. Offenbar warst du als Kind ein Lausebengel und hattest einen Geheimgang, durch den du in die Burg hinein und herausschleichen konntest, ohne die Magie auszulösen.«

Ruben rieb sich mit Daumen und Zeigefinger das glattrasierte Kinn. »Und du sagst, ich hätte behauptet, es sei eilig?«

Ahern nickte grimmig.

»Dann brechen wir wohl am besten auf.«

Kahlan hatte schon den ganzen Abend Menschen angelächelt und lächelte nun auch die Frau in dem feinen, blauen Gewand vor ihr an. Die Frau berichtete, wie besorgt alle um die Mutter Konfessor gewesen seien. Ihre Verlogenheit war ebenso durchschaubar wie die Heuchelei all der anderen. Kahlan hatte ihr ganzes Leben damit zugebracht, doppelzüngigen Menschen zuzuhören, wie sie ihr habsüchtiges Wesen hinter selbstlosen und freundschaftlichen Worten zu verbergen suchten.

Kahlan wünschte sich, daß nur ein einziges Mal einer dieser Menschen, mit denen sie lebte und zusammenarbeitete, die Ehrlichkeit besäße zuzugeben, wie sehr sie sie haßten und wie wütend sie waren, weil sie ihnen nicht gestattete, die Midlands und ihre Bevölkerung zu ihrem eigenen Wohl zu unterjochen. Nun ja, nicht alle waren so, ermahnte sie sich.

Während sie mit halbem Ohr zuhörte, überlegte Kahlan, was diese ehrbare Gattin eines Botschafters wohl denken würde, wenn nicht die Mutter Konfessor in ihrem strahlend weißen Kleid und mit einem mächtigen Juwelenhalsband im Werte ihres halben Königreiches vor ihr stünde, sondern wenn sie statt dessen Kahlan auf einem Pferd sehen würde, nackt, mit weißer Farbe beschmiert und blutüberströmt, während sie mit einem Schwert auf die Gesichter der Männer eindrosch, die versuchten, sie umzubringen. Wahrscheinlich würde sie in Ohnmacht fallen, überlegte Kahlan.

Als die Frau endlich Luft holte, bedankte Kahlan sich für ihre Sorge und ging weiter. Es war spät, und sie war müde. Sie hatte morgen früh ein Treffen mit dem Rat. Als sie an einem Spiegel vorüberging und sich selbst betrachtete, kam es Kahlan so vor, als hätte sie sehr lange Zeit geträumt und wäre genauso aufgewacht wie früher, als Mutter Konfessor, in ihrem weißen Konfessorenkleid, im Palast der Konfessoren in Aydindril.

Doch sie war nicht mehr dieselbe wie bei ihrem letzten Aufenthalt. Sie fühlte sich um hundert Jahre gealtert. Sie mußte lächeln. Wenigstens war das Bad herrlich gewesen. Sie konnte sich nicht erinnern, ein Bad je als solchen Luxus empfunden zu haben. Sie hatte fast vergessen, wie es war, sich sauber zu fühlen.

In der Nähe der Tür trat eine weitere elegant gekleidete Dame an sie heran. Ein leises Runzeln zuckte über Kahlans Stirn. Das sandfarbene Haar der Frau erschien ihr zu kurz – es paßte nicht zum Haarstil der anderen Frauen, die es bis auf die Schultern trugen. Ihr Kleid jedoch paßte. Es war ein kostbar aussehendes Abendkleid, das ihre Schultern freigab und die funkelnde Smaragdhalskette zur Geltung brachte.

Die Frau versperrte Kahlan den Weg durch die Tür. Sie machte hastig einen Knicks. Ihre blauen Augen fuhren unruhig umher.

»Mutter Konfessor, ich muß Euch sprechen. Es ist dringend.«

»Tut mir leid, aber ich fürchte, ich kann mich nicht an Euch erinnern.«

Die Frau hob kein einziges Mal den Kopf. Ständig hielt sie mit ihren blauen Augen Ausschau nach den anderen Leuten. »Wir sind uns noch nie begegnet. Wir haben einen gemeinsamen Freund …«

Als sie eine ältere Frau mit säuerlicher Miene entdeckte, die in ihre Richtung blickte, drehte sie ihr den Rücken zu.

»Mutter Konfessor, seid Ihr allein nach Aydindril gekommen, oder habt Ihr jemanden mitgebracht?«

»Ein Freund, Chandalen, hat mich begleitet, doch er befindet sich im Wald südlich der Stadt. Warum?«

»Das ist nicht der Name, den ich zu hören gehofft hatte.« Sie hob den Kopf und sah Kahlan in die Augen. »Ihr müßt ...«

Ihre Worte verklangen. Ihre durchdringenden blauen Augen wurden noch größer. Sie stand da, als wäre sie zu Stein erstarrt.

»Was ist?« fragte Kahlan.

Die Frau schien Gespenster zu sehen. »Ihr ... Ihr ...«

Die Farbe war ihr erschreckend schnell aus dem Gesicht gewichen. Die Frau taumelte einen Schritt zurück. Durch die plötzliche Blässe ihrer Schultern wirkte sie im Kontrast zum dunklen Stoff ihres Kleides wie ein Geist in Abendgala. Ihr Kinn zitterte, während sie erfolglos versuchte, etwas hervorzubringen. Ihr Gesicht verzerrte sich zu einer Maske des Entsetzens.

Ihre blauen Augen verdrehten sich nach oben. Zu spät versuchte Kahlan, sie zu halten. Die Frau sackte in sich zusammen.

Die Leute in der Nähe schrien erschrocken auf. Kahlan beugte sich zusammen mit anderen über die Frau. Männer und Frauen umdrängten sie und murmelten etwas von zuviel Wein.

Die sauertöpfische Frau bahnte sich mit den Ellenbogen einen Weg nach vorn. »Jebra! Dachte ich mir doch, daß das Jebra ist!«

Kahlan sah hoch. »Ihr kennt diese Frau? Und wer seid Ihr?«

Plötzlich wurde der Frau bewußt, mit wem sie sprach. Sofort setzte sie ein Lächeln auf und machten verlegen einen Knicks. »Ich bin Lady Ordith Condatith de Dackidvich, Mutter Konfessor. Ich freue mich sehr, endlich Eure Bekanntschaft zu machen. Ich wollte schon seit langem mit Euch ...«

Kahlan schnitt ihr das Wort ab. »Wer ist diese Frau? Kennt Ihr sie?«

»Ob ich sie kenne?« Ihre säuerliche Miene kehrte zurück. »Sie ist meine Zofe. Ihr Name ist Jebra Bevinvier. Ich werde das faule Luder auspeitschen lassen!«

»Zofe?« sagte ein Mann. »Das glaube ich kaum. Ich habe mit Lady Jebra zu Abend gespeist, und ich kann Euch versichern, daß sie eine Dame ist.«

Lady Ordith rümpfte verächtlich die Nase. »Sie ist eine Heuchlerin.«

»Dann müßt Ihr sie gut bezahlen«, erwiderte der Mann voller Sarkasmus. »Sie wohnt in den elegantesten Gasthöfen und zahlt in Gold.«

Lady Ordith bedachte den Mann mit einem weiteren verächtlichen Naserümpfen und packte einen Wachposten am Arm. »Du! Bring dieses Luder in meine Gemächer! Ich wohne im Kelton-Palast. Ich werde der Sache auf den Grund gehen.«

Kahlan erhob sich und warf Lady Ordith einen vernichtenden Blick zu. »Ihr werdet nichts dergleichen tun. Es sei denn, Ihr erdreistet Euch, der Mutter Konfessor vorzuschreiben, was sie in ihrem eigenen Palast zu tun und zu lassen hat.«

Lady Ordith stammelte eine Entschuldigung. Kahlan schnippte mit den Fingern, ohne den Blickkontakt mit Lady Ordiths Augen abzubrechen. Wächter sprangen vor.

Kahlan drehte sich um. »Bringt Lady Jebra in ein Gästezimmer. Ein Diener soll ihr einen Ingwertee bringen, kalte Tücher für ihren Kopf und alles, was sie sonst noch wünscht. Sie soll von niemandem gestört werden, auch nicht von Lady Ordith. Ich ziehe mich jetzt für die Nacht zurück und wünsche ebenfalls keine Störung. Ich habe in aller Frühe eine Sitzung mit dem Rat. Sobald ich mich mit dem Rat getroffen habe, wünsche ich zudem, daß man Lady Jebra zu mir bringt.«

Die Wachen salutierten und verneigten sich vor Jebra.

Als Kahlan bei ihrem Gemach ankam, wurde sie von zwei keltonischen Wachen aus dem Kelton-Palast vor ihrer Tür aus ihren grüblerischen Gedanken gerissen. Als die Wachen sie erblickten, pochte einer von ihnen kühl mit dem Ende seines Speeres gegen die Tür. In ihren Gemächern war jemand. Kahlan warf den teilnahmslosen Wachen einen ernsten Blick zu, als sie erhobenen Hauptes durch die Tür schritt.

Im Vorzimmer war niemand. Sie stürmte ins Schlafzimmer und blieb wie erstarrt stehen, als sie ihn sah. Prinz Fyren stand auf ihrem Bett, mit dem Rücken zu ihr.

Er grinste fies über seine Schulter, während er mitten auf ihr Bett urinierte.

Als er fertig war, drehte er sich um und köpfte sich dabei die Hosen zu.

»Was im Namen der Seelen glaubt Ihr, was Ihr da tut?« hauchte sie.

Er sah sie mit hochgezogenen Augenbrauen an und ging forschen Schritts an ihr vorbei. »Ich gebe der Mutter Konfessor lediglich zu verstehen, wie glücklich wir alle sind, sie wieder im Hause zu wissen.« Seine Jacke war offen. Er glättete die Rüschen auf seiner weißen Hemdbrust, während er an der Tür stehenblieb. »Geruhsamen Schlaf, Mutter Konfessor.«

Kahlan riß sechsmal an der Klingelschnur. Sechs Dienstmädchen kamen ihr auf dem Korridor atemlos entgegengeeilt.

»Habt Ihr einen Wunsch, Mutter Konfessor?«

Kahlan biß die Zähne aufeinander. »Bringt meine Matratze und meine Bettwäsche nach draußen in den Hof und verbrennt sie dort.«

Die Mädchen waren fassungslos. »Mutter Konfessor?«

»Reißt die Matratze aus meinem Bett, zusammen mit sämtlichen Laken, schleppt sie in den Hof unter meinem Fenster und zündet sie an.« Kahlan ballte die Fäuste. »Was ist daran so schwer zu verstehen?«

Die sechs wichen einen Schritt zurück. »Ja, Mutter Konfessor.« Sie standen bebend da, die Augen aufgerissen. »Jetzt sofort, Mutter Konfessor?«

»Hätte ich es morgen erledigt haben wollen, hätte ich euch morgen gerufen!«

Kahlan erreichte die Treppe über dem großen Eingang gerade noch rechtzeitig, um zu sehen, wie Prinz Fyren sich zu dem Mann in schlichter Robe gesellte, der dort auf ihn gewartet hatte. Einen ganzen Augenblick lang sah er sie aus seinen dunklen Augen an.

»Wachen!« schrie sie nach unten Richtung Eingang. Die uniformierten Männer blickten hoch, als sie angerannt kamen. »Die diplomatischen Privilegien sind außer Kraft! Wenn ich dieses keltonische Schwein oder einen aus seiner Leibgarde vor der Ratssitzung morgen früh noch einmal zu Gesicht bekomme, ziehe ich jedem von euch persönlich bei lebendigem Leib das Fell über die Ohren, nachdem ich ihn getötet habe!«

Sie salutierten. Unten in der Eingangshalle sah Kahlan Lady Ordith, die beobachtet hatte, was gerade geschehen war.

»Lady Ordith.« Lady Ordith starrte bereits zu ihr hoch. »Wenn ich mich nicht irre, sagtet Ihr, Ihr wärt Gast im Kelton-Palast. Dann laßt Euch in meinem nicht mehr blicken.«

Die Angesprochene stammelte Abschiedsworte, während Kahlan auf dem Absatz kehrtmachte und zurück in ihre Gemächer ging. Auf dem Weg dorthin wählte sie eine Handvoll Wachen aus.

Sie wartete vor ihren Gemächern, bis die Männer vor ihrer Tür Aufstellung genommen hatten. »Sollte irgend jemand heute nacht meine Räume betreten, dann nur über eure Leichen. Habt ihr das begriffen?«

Sie alle salutierten, zum Zeichen, daß sie verstanden hatten. Kahlan warf sich ihren weißen Umhang über die Schultern und ging hinaus auf den Balkon, hinaus in die bitterkalte Nacht. Sie stand da mit durchgedrücktem Rücken in der Nähe des Geländers, während sie auf das Geschehen unten im Hof hinabblickte.

Zu gern wäre sie davongelaufen, doch das konnte sie nicht. Sie war die Mutter Konfessor. Sie mußte tun, was all die anderen Mütter Konfessor vor ihr getan hatten – die Midlands beschützen. Sie war allein und hatte niemanden, der ihr bei der Erfüllung ihrer Pflicht helfen konnte.

Tränen liefen ihr über die Wangen, während sie zusah, wie ihr Bett im Hof in Flammen aufging – das Bett, das sie Richard versprochen hatte.

26. Kapitel

Die Spiegelbilder der Mutter Konfessor in ihrem weißen Kleid kreisten um die polierten schwarzen Marmorsäulen, als sie die Galerie entlangmarschierte, dem privaten Zugang der Mutter Konfessor zum Ratssaal. Kahlan war eine Stunde vor der Zeit gekommen. Sie hatte vor, vom Obersten Sitz aus das Eintreffen sämtlicher Ratsmitglieder zu beobachten. Sie wollte verhindern, daß sie Absprachen trafen, bevor sie zugegen war.

Als sie die Türflügel aufstieß, blieb sie wie erstarrt stehen. Jeder Ratssitz war besetzt. Auf den Galerien drängten sich die Menschen – nicht nur Offizielle, Verwalter, Personal und Adel, sondern ganz normale Leute: Bauern, Händler, Köche, Fuhrleute, Arbeiter. Männer und Frauen aller Art. Aller Augen ruhten auf ihr, als sie in der Tür stand.

Auf der anderen Seite des Saales hatten die Ratsmitglieder auf ihren Sitzen Platz genommen. Alles war mucksmäuschenstill. Auch auf dem Obersten Sitz saß jemand. Von weitem konnte sie nicht erkennen, um wen es sich handelte, doch sie wußte es ohnehin.

Als Kahlan den geschwungenen Schreibtisch erreichte, stellte sich heraus, daß der Mann auf dem Obersten Sitz nicht der war, den sie erwartet hatte. Auf einer Trage vor dem Podium lag hingestreckt die Leiche von Prinz Fyren. Seine Haut war wachsfarben. Er hatte die Arme verschränkt, seine Hände ruhten auf den blutdurchtränkten Rüschen seines Hemdes. Sein Schwert lag quer über seinem Körper. Jemand hatte Prinz Fyren die Kehle fast bis zur Wirbelsäule aufgeschlitzt.

Kahlan blickte hinauf in die ernsten, dunklen Augen, die auf sie gerichtet waren. Der Mann beugte sich aus der Tiefe des Obersten Sitzes nach vorn und faltete seine Hände auf dem Schreibtisch. Ein kurzer Blick enthüllte, was ihr zuvor nicht aufgefallen war: ein Ring aus Wachen umgab den Saal.

Wütend sah sie zu dem Mann mit dunklem Haar und Bart hinauf. »Runter von meinem Sitz, oder ich bringe Euch eigenhändig um.«

Das Klirren von Schwertern, die gezogen wurden, erfüllte den Saal. Der Mann machte eine knappe Handbewegung, ohne seine dunklen Augen von ihr zu nehmen. Jedes Schwert glitt zögernd zurück in die Scheide.

»Mit dem Morden ist jetzt Schluß für Euch, Mutter Konfessor«, meinte er mit ruhiger Stimme. »Prinz Fyren war Euer letztes Opfer.«

Kahlan runzelte die Stirn. »Wer seid Ihr?«

»Neville Ranson.« Ohne sie aus den Augen zu lassen, drehte er seine Hand nach oben. Ein Ball aus Feuer entzündete sich über seiner Handfläche. »Zauberer Neville Ranson.«

Den Blick weiterhin auf sie gerichtet, schleuderte er den Ball gen Decke. Der stieg gehorsam in die Höhe bis unter die Kuppel, wo er mit einem dumpfen Knall zu tausend Funken zerbarst. Ein verblüfftes Raunen ging durch den Saal.

Zauberer Ranson lehnte sich zurück und zog eine Schriftrolle auf. »Wir haben hier eine große Zahl von Anklagen, Mutter Konfessor. Womit wollt Ihr beginnen?«

Ohne den Kopf zu drehen, suchte Kahlan jenen Teil des Saales ab, der in ihrem Blickfeld lag. Keine Hoffnung zu entkommen. Keine. Selbst wenn der Mann vor ihr kein Zauberer gewesen wäre.

»Da sie sämtlich erdichtet sein werden, spielt das vermutlich keine Rolle. Warum verzichten wir nicht einfach auf die Posse und schreiten gleich zur Hinrichtung?«

Im Saal blieb es totenstill. Zauberer Ranson lächelte nicht. Er zog die Augenbrauen hoch.

»Oh, keine Posse, Mutter Konfessor, sondern ernsthafte Vorwürfe. Wir sind hier, um sie auf ihre Wahrheit hin zu überprüfen. Im Gegensatz zu den Konfessoren widerstrebt es mir, einen Unschuldigen hinzurichten. Ehe wir hier und heute fertig sind, wird jeder im Saale die Wahrheit über Euern Verrat erfahren haben. Ich will, daß die Menschen das volle Ausmaß Eurer ekelhaften Tyrannei erkennen.«

Kahlan verschränkte die Hände und stand aufrecht da. Sie hatte ihre Konfessorenmiene aufgesetzt. Die Leute beugten sich alle ein Stück vor.

»Da die Liste lang ist«, sagte Ranson, »beginnen wir vielleicht am besten mit dem ernstesten Anklagepunkt.« Er blickte kurz nach unten. »Verrat.«

»Seit wann ist es Verrat, das Volk der Midlands zu verteidigen?«

Zauberer Ranson hämmerte mit der Faust auf den Tisch und sprang auf. »Das Volk der Midlands verteidigen! Noch nie in meinem ganzen Leben habe ich einen derartigen Unflat aus dem Munde einer Frau gehört!« Er strich die hellbraune Robe über seinem Bauch glatt und nahm wieder Platz. »Eure ›Verteidigung‹ des Volkes bestand darin, es in einen Krieg zu stürzen. Ihr verurteilt Tausende zum Tod, nur weil Ihr fürchtet, jemand anderes als Ihr selbst könnte die Herrschaft übernehmen. Die Herrschaft mit der einstimmigen Zustimmung des Rates, wie ich hinzufügen möchte.«

»Sie kann wohl kaum einstimmig sein, wenn die Mutter Konfessor anderer Meinung ist.«

»Anderer Meinung aufgrund ihrer eigenen, selbstsüchtigen Beweggründe.«

»Und wer soll Eurer Ansicht nach die Midlands beherrschen? Kelton? Ihr selbst?«

»Der Retter der Menschheit. Die Imperiale Ordnung.«

Ein Kribbeln kroch Kahlans Beine hoch. Kahlan war, als bräche die Kuppel über ihrem Kopf zusammen. Vor ihren Augen begann sich alles zu drehen. Sie glaubte, sich gleich hier, vor allen Menschen, übergeben zu müssen. Sie zwang ihren Magen, sich zu beruhigen.

»Die Imperiale Ordnung! Die Imperiale Ordnung hat Ebinissia in Schutt und Asche gelegt! Sie zerschlägt jeden Widerstand, um selbst die Herrschaft an sich zu reißen.«

»Lügen. Die Imperiale Ordnung hat sich der Herrschaft der Güte verschrieben. Man wünscht nichts weiter, als Euren mörderischen Absichten ein Ende zu machen.«

»Güte! Diese Schlächter haben die Menschen in Ebinissia vergewaltigt und hingemetzelt!«

Ranson lachte leise in sich hinein. »Ich bitte Euch, Mutter Konfessor. Die Imperiale Ordnung hat niemanden ermordet.« Er wandte sich an einen Mann, den Kahlan nicht kannte. »Ratsmann Thurstan, ist dem Sitz Eurer Krone von irgend jemandem Schaden zugefügt worden?«

Der Mann mit den hängenden Wangen tat überrascht. »Ich bin erst vor zwei Tagen aus der wundervollen Stadt Ebinissia eingetroffen, und dort weiß niemand, daß er abgeschlachtet worden ist.«

Die Menge fiel in sein Lachen ein. Ranson lächelte Kahlan gereizt an.

»Habt Ihr etwa erwartet, wir hätten keine Zeugen, die Eure grotesken Geschichten bloßstellen? Hier handelt es sich schlicht um eine Erfindung, die die Angst der Menschen entflammen und sie zu einem Krieg anstacheln soll.«

Ranson schnippte mit den Fingern. Eine Frau in trister, abgetragener Kleidung kam herein und blieb etwas seitlich stehen. Ranson erklärte ihr freundlich, sie brauche keine Furcht zu haben und solle ihre Geschichte erzählen. Die Frau erzählte, wie ihre Kinder hungrig zu Bett gehen müßten, weil sie kein Geld habe. Sie sagte, man habe sie zur Prostituion gezwungen, damit sie ihre Kinder ernähren könne. Kahlan wußte, das war gelogen. Es herrschte kein Mangel an wohltätigen Menschen und Organisationen, die jedem halfen, der wirklich bedürftig war.

In der nächsten Stunde ließ man einen Zeugen nach dem anderen auftreten, und jeder erzählte eine Geschichte von Hunger und Not und davon, daß der Palast sich weigerte, ihm Geld zu geben, damit er essen und sich kleiden konnte, und daß sich dort niemand darum scherte, ob Kinder verhungerten. Die Menschen auf den Balkonen lauschten aufmerksam und gespannt den traurigen Geschichten und klagten ihr Weh mit den Zeugen.

Kahlan erkannte einige der Leute wieder, die eine Zeugenaussage machten. Sie erinnerte sich, daß ihnen Fräulein Sanderholt früher einmal Arbeit angeboten hatte. Sie hatte Kahlan berichtet, sie hätten nur über die Arbeiten gespottet, die man ihnen aufgetragen hatte. Am Ende hatte Fräulein Sanderholt vieles davon selbst machen müssen.

Zauberer Ranson erhob sich, nachdem der letzte Zeuge seine tränenreiche Geschichte vorgetragen hatte, verneigte sich zu beiden Seiten und sprach zu den versammelten Menschen. »Die Mutter Konfessor verfügt über einen gewaltigen Staatsschatz, und sie hatte die Absicht, ihn zur Finanzierung eines Krieges gegen jene Völker der Midlands zu benutzen, die sich von ihrer Herrschaft befreien wollten. Zuerst stiehlt sie euch und euern Kindern das Essen vom Mund, und dann, um zu verhindern, daß ihr über den nagenden Hunger in euern Mägen nachdenkt, erfindet sie einen Feind und bricht mit euerm hartverdienten Geld, das sie für ihre jetzt schon reichen Freunde gestohlen hat, einen Krieg vom Zaun.

Während ihr hungrig seid, läßt sie es sich schmecken! Während ihr Kleidung braucht, kauft sie Waffen! Während eure Söhne in der Schlacht verbluten, läßt sie es sich im Schoß des Luxus wohl ergehen! Beschuldigt man Mitglieder eurer Familien ungerechterweise eines Verbrechens, zwingt sie sie mit ihrer Magie dazu, Verbrechen zu gestehen, die sie nicht begangen haben, damit der Protest gegen ihre Tyrannei verstummt!«

Menschen weinten. Ein paar schrien beim letzten Teil gequält auf. Andere verlangten wütend nach Gerechtigkeit. Kahlan bekam erste Zweifel, ob man sie enthaupten würde. Dieser Mob riß sie vermutlich in Stücke, bevor sie es bis zum Schafott geschafft hatte.

Ranson breitete vor den versammelten Menschen die Arme aus. »Als Vertreter der Imperialen Ordnung verfüge ich, daß die Menschen das bekommen, was sie wirklich brauchen. Der Staatsschatz von Aydindril wird seiner bestmöglichen Verwendung zugeführt. Er wird den Unterdrückten zurückgegeben werden. Jeder Familie soll pro Monat ein Goldstück zustehen, um die Kinder zu kleiden und zu ernähren. Unter der Herrschaft der Imperialen Ordnung wird es keinen Hunger geben.«

Im riesigen Saal brach Jubel aus. Der wilde Beifall und die Hurrarufe hielten gute fünf Minuten lang unvermindert an. Ranson setzte sich, legte die Fingerspitzen aneinander und lauschte seiner Verherrlichung. Dabei ließen weder Kahlan noch er sich auch nur für einen Moment aus den Augen.

Kahlan wußte, daß die Härten dieses Lebens nicht so einfach zu beseitigen waren. Scheinbare Mildtätigkeit konnte in Wahrheit grausam sein. In spätestens sechs Monaten mußte die Kasse leer sein, rechnete sie. Sie fragte sich, was dann im siebten Monat geschehen würde, wenn das Geld ausgegeben war und die Menschen längst aufgehört hatten, zu arbeiten und zu pflanzen, um für sich selbst zu sorgen. Dann kam es mit Sicherheit zu Hunger und Elend – unter dem Deckmantel der Großzügigkeit.

Endlich ließ der Lärm nach, und es wurde still. Ranson beugte sich vor.

»Man kann unmöglich sagen, wie viele Menschen auf Euren Befehl hin gehungert haben oder verhungert und im Krieg umgekommen sind, Mutter Konfessor. Offenkundig ist, Ihr seid des Verrats an den Völkern der Midlands schuldig. Ich sehe keinen Grund, die Beweisaufnahme auf Wochen zu verlängern, obwohl wir dies könnten.« Die anderen Ratsmitglieder taten mit Zurufen ihre Zustimmung kund. Ranson schlug mit der flachen Hand auf den Tisch. »Des ersten Punktes also schuldig: des Verrats.«

Die Menschen jubelten erneut. Kahlan stand mit durchgedrücktem Rücken da, hatte ihre Konfessorenmiene aufgesetzt. Ranson verlas Anklagepunkte, bei denen sie es kaum für möglich hielt, daß jemand sie vortrug, ohne eine Miene zu verziehen. Zeugen traten vor und bezeugten Greueltaten, über die nach Kahlans Ansicht jeder hätte lachen müssen, der gesunden Menschenverstand besaß. Doch es lachte niemand.

Menschen, die sie noch nie gesehen hatte, gaben intime Kenntnisse dessen preis, was Konfessoren angeblich insgeheim taten. Ein Kloß setzte sich in Kahlans Hals fest, als sie hörte, was die Leute von ihr dachten. Die Menschen plapperten irrationale Ängste und Gerüchte über jede Art von Ungeheuerlichkeit nach, die angeblich von Konfessoren begangen wurden und ganz besonders von der Mutter Konfessor.

Ihr ganzes Leben lang hatte sie, wie auch die anderen Konfessoren, alles dafür geopfert, die Menschen zu beschützen, und die ganze Zeit über hatten sie diese Ungeheuerlichkeiten von ihr geglaubt. Als sie einen Zeugen erklären hörte, Konfessoren müßten regelmäßig Menschenfleisch verspeisen, um ihre magische Kraft zu erhalten, rechnete Kahlan damit, man werde über diesen Vorwurf lachen. Statt dessen rissen die Menschen die Augen auf und beugten sich entsetzt vor. Sie biß sich auf die Innenseite ihrer Wangen, um nicht in Tränen auszubrechen, weniger, weil man ihr solche Dinge zur Last legte, sondern weil die Menschen sie dieser Dinge überhaupt für fähig hielten.

Schließlich gab Kahlan es auf zuzuhören. Während Ranson weiter Anklagepunkte auflistete, Zeugen aufrief und der Rat sie eines Vorwurfs nach dem anderen für schuldig befand, dachte sie an Richard. Sie versuchte sich all die Augenblicke in Erinnerung zu rufen, die sie mit ihm verbracht hatte, all die Male, die er sie berührt hatte. Sie versuchte, sich an jeden einzelnen Kuß zu erinnern.

»Ihr findet das also amüsant?« fuhr Ranson sie an.

Kahlan hob den Kopf. Sie merkte, wie sie lächelte. »Was?«

Etwas seitlich stand eine Frau und weinte in ihr Taschentuch. Kahlan sah sie blinzelnd an, dann blickte sie zu Ranson hoch.

»Tut mir leid, ich nehme an, ich habe ihren Auftritt verpaßt.«

Die Menge stimmte ein wütendes Murren an. Ranson lehnte sich in seinem Sessel zurück und schüttelte angewidert den Kopf.

»Schuldig der Ausübung der Magie von Konfessoren an Kindern.«

»Was? Habt Ihr den Verstand verloren? An Kindern?«

Ranson zeigte mit der Hand auf die Frau, die daraufhin in wildes Schluchzen ausbrach. »Sie hat gerade ausgesagt, ihr Kind sei verschollen. Sie hat erzählt, anderen Frauen seien ebenfalls Kinder abhanden gekommen, und es sei allgemein bekannt, daß die Kinder entführt worden seien, damit Konfessoren ihre Magie an ihnen üben können. Als Zauberer kann ich dies nur bestätigen.« Die Menge heulte wütend auf.

Kahlan sah fassungslos zu ihm hinauf. »Ich habe Kopfschmerzen. Warum hackt Ihr meinen Kopf nicht einfach ab?«

»Fühlt Ihr Euch nicht wohl, Mutter Konfessor? Nicht wohl, weil die Menschen Gelegenheit erhalten, ihrer Unterdrückerin gegenüberzutreten und das ganze Ausmaß ihrer scheußlichen Verbrechen zu erfahren?«

Kahlan behielt ihre Konfessorenmiene bei, um nicht in Tränen auszubrechen. »Mir tut bloß leid, daß ich mein ganzes Leben den Menschen der Midlands hingegeben habe. Hätte ich gewußt, wie undankbar sie sind und welchen Unfug sie glauben, nach allem, was ich für sie geopfert habe, wäre ich egoistischer gewesen und hätte sie echter Tyrannei überlassen.«

Ranson blickte finster auf sie herab. »Ihr habt Euer ganzes Leben lang dem Hüter zugearbeitet.« Erneut heulte die Menge entsetzt auf. »Ihm dient Ihr. Dafür arbeitet Ihr. Ihr opfert die Seele Eures Volkes Euerm Herrn und Meister, dem Hüter der Unterwelt.«

Auf den Balkonen schrien Menschen entsetzt auf. Wütende Schreie und Rufe nach Rache hallten unter der Kuppel wider. Die Fäuste schüttelnd, versuchte die Menschenmenge im Hauptteil des Saales nach vorn zu drängen, doch die Wachen breiteten die Arme aus und hielten sie zurück. Ranson hob die Hände und bat um Ruhe.

Kahlan ließ ihren Blick über die Menschen zu beiden Seiten schweifen.

»Ich überlasse euch der Imperialen Ordnung«, rief sie mit lauter Stimme. »Ich mühe mich nicht länger ab, um euch zu retten. Ihr werdet für eure gedankenlose Bereitschaft, diese Lügen zu glauben, bestraft werden. Bestraft durch das, was eure eigenen egoistischen Wünsche euch bringen. Ihr werdet die Qualen noch bedauern, auf die ihr euch so bereitwillig eingelassen habt. Glücklicherweise werde ich dann tot sein und nicht in Versuchung kommen, euch zu helfen. Ich bedaure bloß, auch nur eine Träne für euer Leiden vergossen zu haben. Zum Hüter mit euch allen!«

Kahlan funkelte den spöttisch grinsenden Zauberer Ranson wütend an. »Macht schon! Schlagt mir den Kopf ab! Ich bin diese Verhöhnung der Wahrheit leid! Ihr und Eure Imperialer Ordnung habt gewonnen. Tötet mich, damit ich aus diesem Leben erlöst werde und in die Welt der Seelen eintreten kann, wo ich nicht leiden muß, um jemandem zu helfen. Ich gestehe alles. Richtet mich hin. Ich bin in allen Punkten schuldig.« Ihr Blick fiel auf den toten Körper zu ihren Fußen. »Bis auf die Ermordung dieses keltonischen Schweins. Ich wünschte, ich hätte ihn getötet, aber leider kann ich dieses Verdienst nicht für mich in Anspruch nehmen.«

Ranson zog die Augenbrauen hoch. «Eine Lügnerin bis zum Schluß, Mutter Konfessor? Nicht einmal über diesen Mord könnt Ihr die Wahrheit zugeben?«

Lady Ordith betrat den Saal, die Nase in die Luft gereckt, und bezeugte, sie habe erst am Abend zuvor gehört, wie Kahlan Prinz Fyren bedroht hätte. Der gesamte Rat bekundete laut und deutlich, auch sie hätten gehört, wie sie gedroht habe, ihm die Kehle durchzuschneiden.

»Das ist Euer Beweis?« fragte Kahlan.

Ranson machte eine Handbewegung zur Seite hin. »Schafft die Zeugin rein. Ihr seht, Mutter Konfessor, wir kennen die Wahrheit. Eine Eurer früheren Freundinnen wollte dabei helfen, die Wahrheit über Euch zu verschleiern, daher mußten wir zum Äußersten greifen, bis sie mit uns zusammenarbeitete, doch am Ende tat sie es.«

Man führte das zitternde Fräulein Sanderholt in den Saal. Zu beiden Seiten ihres gebeugten, dürren Körpers standen Wachen. Ihr Gesicht war ausgezehrt, ihre roten Augen wirkten durch die dunklen Ränder unter ihnen schwer. Ihre gewohnte Lebendigkeit war dahin. Sie schwankte leicht und erweckte den Eindruck, als könne sie sich ohne fremde Hilfe kaum auf den Beinen halten.

Fräulein Sanderholt hielt ihre verstümmelten Hände weit vor den Körper, aus Angst, sie könnten irgendwo anstoßen. Man hatte ihr sämtliche Fingernägel mit der Zange ausgerissen, Kahlan kam die Galle hoch.

Neville Ranson blickte mit versteinerter Miene auf die Frau herab. »Erzählt uns, was Ihr über diesen Mord wißt.«

Fräulein Sanderholt sah ihn an, ohne mit der Wimper zu zucken.

Sie biß sich auf die Unterlippe. Ihre Augen füllten sich mit Tränen. Es war offenkundig, daß sie nicht sprechen wollte.

Ranson schlug mit der Faust krachend auf den Tisch. »Redet! Oder wir verurteilen Euch, weil Ihr die Mörderin gedeckt habt!«

»Fräulein Sanderholt«, sagte Kahlan leise. Der Blick der Frau ging zu ihr. »Ich kenne die Wahrheit, und Ihr kennt die Wahrheit – das ist alles, was zählt. Diese Leute werden tun, was immer sie sich in den Kopf gesetzt haben, mit oder ohne Euer Dazutun. Ich will nicht, daß Ihr meinetwagen leidet. Bitte sagt ihnen, was sie hören wollen.«

Tränen liefen ihr übers Gesicht. »Aber …«

Kahlan drückte den Rücken durch. »Fräulein Sanderholt, als Mutter Konfessor befehle ich Euch, gegen mich auszusagen.«

Ein winziges Lächeln zuckte über Fräulein Sanderholts Gesicht. Sie drehte ihr Gesicht der Ratsversammlung zu. »Ich habe gesehen, wie die Mutter Konfessor sich von hinten an Prinz Fyren herangeschlichen hat. Sie hat ihm die Kehle durchgeschnitten, bevor er überhaupt merkte, daß sie da war. Sie ließ ihm keine Chance, sich zu verteidigen.«

Ranson lächelte von oben herab und nickte. »Vielen Dank, Fräulein Sanderholt. Ihr wart ihre Freundin, und doch seid Ihr vorgetreten und habt Euch bereit erklärt auszusagen, weil Ihr wolltet, daß der Rat und das Volk die Wahrheit erfahren?«

Noch mehr Tränen strömten über ihr Gesicht. »Ja. Ich habe sie geliebt, und doch mußte ich den Menschen die Wahrheit über ihr mörderisches Wesen sagen.«

Nachdem man sie hinausgeführt und der Rat Kahlan einstimmig für schuldfähig befunden hatte, erhob sich Ranson und bat mit einem Handzeichen um Ruhe, bevor er das Wort an die Versammlung richtete.

»Die Mutter Konfessor wurde in allen Punkten für schuldig befunden!« Alles grölte und brüllte seine Zufriedenheit heraus. Man schrie nach sofortiger Exekution. »Die Mutter Konfessor wird hingerichtet werden, jedoch nicht heute.« Verärgert hob er angesichts der Proteste die Hand. Die Menge verstummte. »Sie hat Verbrechen gegen alle Völker begangen. Alle müssen Gelegenheit erhalten, davon zu erfahren, daß hier dem Recht Geltung verschafft wird. Sie müssen Gelegenheit erhalten, der Enthauptung beizuwohnen. Die Hinrichtung wird in ein paar Tagen stattfinden, damit jedem, der durch diese Kriminelle zu Schaden gekommen ist, Gelegenheit gegeben wird, der Hinrichtung beizuwohnen.«

Neville Ranson stieg vom Podium herunter. Er blieb vor ihr stehen und sah ihr in die Augen. Er sprach leise, zu ihr, nicht zur Menge.

»Ihr denkt daran, Eure Kraft bei mir einzusetzen, Mutter Konfessor?«

Genau daran hatte sie gedacht: Ihre Kraft einzusetzen und dabei zu sterben. Doch sie sagte nichts.

Ransons Lächeln war kalt und grausam. »Dazu werdet Ihr keine Gelegenheit haben. Ich werde Euch drei Dinge nehmen. Erstens Eure Kraft und ihr Symbol. Zweitens Eure Würde. Drittens Euer Leben.«

Kahlan stürzte sich auf ihn. Er stand da, die Hände gefaltet, und verfolgte, wie sie sich nur zentimeterweit bewegen konnte, bevor sie in einer Verdickung der Luft feststeckte, die sie gefangenhielt. Erfolglos kämpfte sie gegen die übermächtige Kraft an.

Der Zauberer hob die Hände. Kahlan sah einen Blitz. Sie schrie auf, als sie einen kalten Schock spürte, der ihren gesamten Körper durchflutete. Es war, als wäre sie nackt in einen eiskalten Fluß gesprungen. Sie zitterte heftig. Die beißende Kälte trieb ihr die Tränen in die Augen. Der kalte Schmerz schien nicht mehr schlimmer werden zu können, tat es aber doch.

Es war, als würde ihr Innerstes auseinandergerissen, als würde ihr das Herz aus der Brust gezerrt. Sie schrie vor Schmerzen. Benommen vom Schock, stellte sie fest, daß sie auf den Knien lag. Ranson hielt seine Hände über ihren Kopf.

Als der Schmerz nachließ, überkam sie ein kribbelndes Gefühl von Panik.

Ihre Kraft war verschwunden.

Wo sie sie zuvor immer gespürt hatte, meist ohne sich ihrer bewußt zu sein, spürte sie jetzt eine tiefe Leere.

So oft hatte sie sich gewünscht, sie los zu sein, doch niemals war ihr klargewesen, wie es ohne ihre Magie sein würde. Sie schrie erneut auf. Tränen strömten ihr angesichts der Trostlosigkeit über die Wangen. Sie fühlte sich nackt vor diesem Mob.

Sie zwang sich, die Tränen zurückzuhalten. Diese Leute sollten die Mutter Konfessor nicht weinen sehen. Nein – diese Leute sollten Kahlan Amnell nicht weinen sehen.

Ranson zog Prinz Fyrens Schwert aus seiner Scheide. Er trat hinter sie. Er packte ihr Haar mit seiner Faust und riß es fest nach hinten, während sie auf dem kalten Boden kniete.

Er schnitt ihr das Haar mit dem Schwert ab, kurz, dicht über ihrem Halsansatz. Das Geschorenwerden war fast ein ebensogroßer Schock wie der Verlust ihrer Kraft. Das Haar, das Richard so liebte. Sie verkniff sich ihre Tränen.

Neville Ranson hielt ihren abgetrennten Haarschopf unter wildem Jubel in die Höhe. Kahlan starrte kniend wie betäubt ins Leere, während ihr Soldaten die Hände auf den Rücken banden. Ranson packte sie am Arm, unterhalb der Schulter, und riß sie auf die Beine.

»Das wäre also das erste, Mutter Konfessor. Soeben wurdet Ihr Eurer Kraft beraubt und ihres Symbols. Wie ich es Euch versprochen habe. Und nun das übrige.«

Kahlan schwieg – es gab nichts zu sagen –, als Ranson und eine Gruppe feixender Wachen sie durch den Palast führten. Sie achtete nicht darauf, wohin man sie schleppte. Sie dachte an Richard und hoffte, er werde nie vergessen, wie sehr sie ihn liebte. Sie verlor sich in Erinnerungen an ihn. Sie ließ die Welt ringsum von sich abfallen. Schon bald würde sie auch die Welt des Lebens fahrenlassen. Die Guten Seelen hatten sie verlassen.

Sie registrierte kaum, was mit ihr geschah. Die Leere, die das Fehlen ihrer Kraft hinterließ, gab ihr das Gefühl, bereits tot zu sein. Erst als sie verschwunden war, wurde ihr bewußt, wieviel ihr die Magie bedeutete, wie sehr sie ein Teil von ihr war. Sie fragte sich, ob diese trostlose Trägheit der Normalzustand der Menschen ohne diese Kraft war. Ohne die Magie zu leben, war für sie unvorstellbar.

Jetzt sehnte sie den Tod herbei, um diesem Gefühl der Leblosigkeit ein Ende zu machen. Allein Richard hatte sie zusammen mit ihrer Kraft akzeptiert. Sie selbst hatte sie nie völlig akzeptiert, aber Richard hatte es getan. Jetzt war es zu spät. Den Verlust ihrer Magie betrauerte sie mehr als den ihres Lebens. Jetzt wußte sie, was die anderen Geschöpfe der Magie empfanden, wenn ihnen dies geschah. Sie trauerte auch um sie.

Ranson packte ihren Arm und riß sie zurück, in die schreckliche Gegenwart zurück. Vor einer Eisentür in einem schwach beleuchteten Gang blieb sie stehen. Eine Wachen bearbeitete das rostige Schloß an der Eisentür. Kahlan erkannte die Tür wieder. Hier unten hatte sie Beichten entgegengenommen.

»Und nun zu meinem zweiten Versprechen, Mutter Konfessor«, sagte Ranson mit einem spöttischen Grinsen. »Jetzt werdet Ihr Eurer Würde beraubt.«

Kahlan stockte der Atem, als er mit der geballten Faust nach dem Rest ihrer Haare griff und ihren Kopf nach hinten zog. Während sie hilflos war, weil man ihr die Hände schmerzhaft fest hinter dem Rücken gefesselt hatte, weil er ihr Haar in der Faust hielt, küßte Ranson sie auf den Hals.

Genau dort, wo Darken Rahl sie auf den Hals geküßt hatte.

Dasselbe Grauen wie damals schoß ihr durch den Kopf, als Darken Rahl sie an derselben Stelle geküßt hatte. Sie schüttelte sich voller Abscheu, unter dem Grauen ihrer Visionen. Vor ihrem inneren Auge sah sie die jungen Frauen von Ebinissia, nur diesmal war sie selbst eine von ihnen.

»Ich würde Euch höchstpersönlich vergewaltigen«, flüsterte Ranson ihr ins Ohr, »aber Euer Ehrgefühl widert mich an.«

Die Tür ging kreischend auf, und ohne ein weiteres Wort stieß Ranson sie hindurch und in die Kerkergrube.

27. Kapitel

Das Gefühl, ins Leere zu stürzen, raubte Kahlan den Atem, doch bevor sie Gelegenheit fand, sich auszumalen, was geschehen würde, wenn sie unten aufschlug, bekamen derbe Hände sie zu fassen. Sie wurde auf den kalten Steinboden gedrückt. Sie sah, wie das Licht in der Türöffnung erlosch, als die Tür sich mit dumpfem Schlag schloß. Im Schein einer rußig flackernden Fackel in einer Wandhalterung sah sie sich von feixenden Männern umgeben, die sie bedrängten.

Das Seil schnitt ihr in die Handgelenke. Das Gefühl entsetzlicher Hilflosigkeit wich verzweifelter Gegenwehr. Kahlan trat einem Mann in den Unterleib. Einem anderen Mann, der sich über sie beugte, rammte sie die Ferse ins Gesicht. Er sank mit einem Aufschrei nach hinten. Verzweifelt trat sie nach den anderen.

Grapschende Hände bekamen ihre Knöchel zu fassen. Sie trat aus, doch die Männer hielten fest. Sie wälzte sich auf die Seite, löste sich aus dem Zugriff und rutschte in eine Ecke. Die Freiheit war von kurzer Dauer. Erneut packten sie ihre strampelnden Beine.

Ganz hinten in ihrem Kopf versuchte Kahlen nachzudenken, während sie verzweifelt kämpfte. Der Funke einer Idee versuchte ihre Aufmerksamkeit zu erregen. Es ging irgendwie um Zedd, aber zu einem klaren Gedanken war sie nicht fähig.

Die Männer, die versuchten, an sie ranzukommen, schoben ihr das weiße Kleid die Beine hoch. Hände grapschten nach ihren Schenkeln. Dicke, fleischige Finger hakten sich in ihre Unterkleider, streiften sie ihre Beine hinunter und über die Füße. Sie spürte derbe Hände und kalte Luft auf ihrer Haut. Sie wehrte sich gleichzeitig gegen die Männer und ihre aufkommende Panik.

Zwei der Männer lagen auf dem Boden. Der eine hielt sich den Unterleib, der andere lag dahingestreckt, während ihm das Blut aus dem zerschmetterten Gesicht strömte. Seine Nase war zertrümmert. Zehn andere versuchten, alle gleichzeitig, an sie ranzukommen. Sie rissen sich gegenseitig zurück, wollten sich mit Gewalt auf sie werfen, während der Kräftigste sich durcharbeitete. Kahlan bekam keine Luft.

In einem verzweifelten Kraftakt drängte sich der Gedanke in den Vordergrund. Sie erinnerte sich, Zedd gefragt zu haben, ob er ihr ihre Kraft nehmen könne. Sie wollte von ihr befreit werden, um bei Richard sein zu können. Zedd hatte ihr erklärt, es sei nicht möglich, einem Konfessor seine Kraft zu nehmen, sie sei mit der Magie geboren und mit ihr zeitlebens untrennbar verbunden.

Wie war es dann möglich, daß Ranson sie ihrer Kraft beraubt hatte? Zedd war ein Zauberer der Ersten Ordnung, es gab keinen Zauberer, der mehr Kraft besaß als ein Zauberer der Ersten Ordnung. Warum wollte Ranson sie nicht als erster vergewaltigen? Er hatte gesagt, sie widerte ihn an. Dabei hatte er ihr doch ihre Würde nehmen wollen. Wieso sträubte er sich dagegen?

Vielleicht hatte er Angst.

Angst, sie käme dahinter. Aber hinter was?

Dann fiel es ihr wie Schuppen von den Augen. Das Erste Gesetz der Magie.

Die Menschen glaubten alles, wenn sie es nur glauben wollten. Oder wenn sie Angst hatten, es könnte wahr sein. Sie hatte Angst, es könnte stimmen, daß er sie ihrer Kraft beraubt hatte. Vielleicht hatte er Magie benutzt, um ihr weh zu tun und ihre Fähigkeit, ihre eigene Magie zu spüren, zu überdecken – sie zu täuschen, damit sie glaubte, wovor sie sich fürchtete.

So wie die Männer suchend nach ihr tasteten, so suchte sie nach ihrer Kraft. Sie versuchte die Ruhe zu finden, den Ort ihrer Magie, doch der war einfach nicht da. Sie verspürte nichts als Leere. Dort, wo sie zuvor stets ihre Magie gespürt hatte, empfand sie jetzt nichts als ein dumpfes, hohles Gefühl der Leere.

Am liebsten hätte sie geschrien, als sie die Hände der Männer auf ihren Beinen und dazwischen spürte, doch sie durfte die Beherrschung nicht verlieren, es war ihre einzige Chance. So sehr sie es auch versuchte, sie konnte ihre Magie nicht finden, konnte sie nicht auf den Plan rufen. Sie war einfach fort. Verzweifelt wünschte sie sich, die Hände frei zu haben.

»Wartet!« kreischte sie.

Die Männer hielten alle einen Augenblick lang inne, ihre Gesichter wichen zurück, sahen sie an. Keuchend rang sie nach Luft.

Rede, befahl sie sich, solange du noch Gelegenheit dazu hast. »Ihr macht das völlig falsch!«

Sie lachten. »Wir werden schon herausfinden, wie es geht«, meinte einer.

Kahlan riß sich zusammen, um ihre Angst im Zaum zu halten und nachzudenken. Sie würden tun, was immer sie tun wollten, daran hindern konnte sie sie nicht. Es brachte nichts, sich auf diese Weise gegen sie zu wehren. Damit gab sie ihrer Panik nur neue Nahrung. Sie hatte nur eine Chance, sie mußte ihren Kopf gebrauchen. Sie mußte sie besänftigen und Zeit zum Nachdenken gewinnen.

»Wenn ihr es auf diese Weise tut, nehmt ihr euch selbst den Spaß.«

Sie runzelten die Stirn. »Was soll das heißen?«

»Wenn ihr euch alle gegenseitig bekämpft und mich obendrein, werdet ihr nicht viel von mir als Frau haben. Wäre es nicht besser, wenn ich mitmachte?«

Sie sahen sich an. Einer, seitlich von ihr, meinte lauthals: »Da ist was dran. Die Königin war nicht halb soviel Spaß, nachdem sie verrückt geworden ist.«

»Königin?« fragte Kahlan. »Welche Königin? Ihr prahlt doch bloß. Ihr habt keine Königin hier unten gehabt.«

»Doch, Königin Cyrilla«, meinte ein anderer. »Erst ist sie uns in den Händen ohnmächtig geworden, dann hat sie den Verstand verloren. Sie lag die ganze Zeit bloß da wie ein toter Fisch. Wir haben sie trotzdem genommen. Wir haben eine Königin genommen. Trotzdem …«

Kahlan unterdrückte den Schrei, bemühte sich zu verhindern, daß sie aus Wut über das gerade Gehörte wieder um sich trat. Damit würde sie sich nur das gleiche Schicksal einhandeln wie Königin Cyrilla.

Ihre einzige Chance bestand darin, ihren Kopf zu gebrauchen. Sie brauchte Zeit, um nach ihrer Magie zu suchen, und wenn es ihr irgendwie gelang, sie zu finden, mußte sie die Männer voneinander trennen. Sonst würden die neun Mann den einen überwältigen. Zuerst mußte sie die Dinge ordnen, für den Fall, daß die Magie wirkte. Außerdem mußte der Kräftigste der Auserwählte sein.

Einen Augenblick lang verwarf sie den Plan. Sie hatte Angst, sich damit nicht retten zu können. Schlimmer noch, sie befürchtete, nicht den Nerv zu haben, den Plan durchzuführen. Doch dann wurde ihr mit aller Trostlosigkeit bewußt, daß es keine Rolle spielte, selbst wenn er nicht funktionierte. Sie würden sie so oder so vergewaltigen. Sie hatte nichts zu verlieren.

»Genau das meine ich. Wäre es euch nicht lieber, ich spielte mit? Ich werde tagelang hier unten sein. Jeder einzelne von euch wird mehr als genug von mir bekommen. Wäre es euch nicht lieber, wenn ich nicht nur leblos daläge? Auf diese Weise bekämt ihr alle, was ihr wollt.« Ihr war, als müßte sie sich übergeben.

»Sprich weiter«, meinte der größte Kerl mit barscher Stimme.

Kahlan wurde entschlossener. »Ich war … noch nie zuvor mit einem Mann zusammen.« Alle jubelten über ihr Glück. Sie wartete, bis die lüsternen Blicke sich wieder auf sie richteten. Sie unterdrückte den Wunsch, beim Anblick dieser Blicke in den Augen lauthals loszuschreien. »Wie gesagt, ich war noch nie mit einem Mann zusammen. Ich weiß, daß ihr mich nehmen werdet, und ich kann euch nicht daran hindern. Wenn es ohnehin geschehen muß, hätte ich gern auch etwas davon.«

Das gierige Grinsen wurde breiter. »Ach, ja? Und wie hättest du es am liebsten, Kleine?«

»Wenn ihr es einer nach dem anderen tätet. Wäre das nicht auch für euch angenehmer? Wenn ihr euch nicht streitet, sondern wartet, bis ihr an der Reihe seid, dann könnt ihr euch auf den Genuß konzentrieren, den eine richtige Frau zu bieten hat.«

Ein paar der Männer packten ihre Beine und zogen sie auseinander. Knurrend meinten sie, sie würden sich nehmen, was sie wollten, und zwar auf ihre Art. Der größte, der Kerl mit der barschen

Stimme, riß sie zurück und stieß sie gegen die Wand. Der Kopf des einen gab einen dumpfen Laut von sich.

»Laßt sie ausreden! Was sie sagt, ergibt Sinn!« Er sah sie aus seinen wilden Augen an. »Laß hören, was du vorzuschlagen hast.«

Kahlan versuchte ihre Stimme in den Griff zu bekommen und so zu klingen, als wäre sie von ihrer Idee begeistert. Sie versuchte, sicher zu klingen, während sie mit den Achseln zuckte.

»Wenn ihr es auf meine Art macht, gebe ich euch, was immer ihr wollt. Ich werde dafür sorgen, daß ihr Spaß bekommt, wie immer ihr es mögt.«

Ein paar der Männer feixten hörbar. Dem großen Kerl war sein Argwohn an den Augen anzusehen. »Warum? Und woher sollen wir wissen, daß du es ernst meinst?«

»Weil ich es auf diese Weise selbst genießen kann.« Kahlan schluckte ihre Angst hinunter. »Bindet meine Hände los, dann zeige ich dir, daß ich es ernst meine.«

Sie beugte sich vor, als er ihr die Hände losband, während ein anderer die Gelegenheit ergriff und ihre Brüste betatschte. Sie verharrte regungslos. Schließlich waren ihre Hände frei. Sie rieb sich die schmerzenden Handgelenke, dann lächelte sie den großen Kerl an und strich ihm mit den Fingern über die Wange.

Er schlug ihre Hand fort. »Deine Zeit läuft ab. Es wäre besser, wenn du uns jetzt beweist, daß du meinst, was du sagst.«

Kahlan wappnete sich und lehnte sich nach hinten gegen die Wand. Sie zog ihr Kleid über ihre Hüfte, zog die Knie an und machte die Beine breit. Sie sah den großen Kerl an. »Faß mich an.«

Drei der anderen Kerle versuchten nach ihr zu greifen. Sie schlug ihre Hände fort. »Ich sagte, einer nach dem andern!« Dann sah sie dem Großen in die Augen, als er den Kopf hob. Er überragte die anderen Männer. »Wie heißt du?«

»Tyler.«

»Einer nach dem anderen. Du zuerst, Tyler. Faß mich an.«

Die steinernen Mauern hallten von seinem schweren Atem wider. Der große Kerl streckte die Hand aus und streichelte sie. Es kostete sie ihre gesamte Kraft, die Knie auseinanderzulassen. Sie zwang sich, Luft zu holen. Sie betete, daß er nicht sah, wie sie zitterte.

Ein Grinsen machte sich auf der grobschlächtigen Visage breit, als er sie mit seiner rauhen Hand betatschte. Schüchtern schob sie seine Hand fort und legte die Knie aneinander.

»Siehst du? Ist das nicht besser, als eine überzarte Frau, die bei der ersten Berührung in Ohnmacht fällt und auf dem Boden liegt wie ein toter Fisch?«

Die anderen nickten zustimmend. Tyler sah sie voller Argwohn an.

»Du siehst wie eine dieser Konfessoren aus.«

Kahlan prustete vor Lachen. »Konfessor! Sie zupfte an einer ihrer kurze Haarsträhnen. Als sie fühlte, wie kurz es war, hätte sie fast erneut laut gequält aufgeschrien. »Sieht das aus, als sei ich ein Konfessor?«

»Nein … aber das Kleid …«

»Na ja«, meinte Kahlan, »sie hat es kaum angezogen, also hab' ich es mir ausgeborgt.«

»Nach allem, was ich gehört habe, wird kein Mensch enthauptet, weil er ein Kleid gestohlen hat. Was hast du angestellt, daß man dich zu uns geworfen hat?«

Sie reckte das Kinn in die Höhe. »Ich habe gar nichts angestellt. Ich bin unschuldig.«

Die Männer lachten und meinten, unschuldig seien sie auch. Tyler lachte nicht. Er hatte einen gefährlichen Blick in den Augen. Sie wußte, daß sie irgend etwas tun mußte, und zwar schnell.

Ihr Herz schlug so heftig, daß sie glaubte, es müsse ihr jeden Augenblick aus der Brust springen, als sie mit beiden Händen Tylers Hand ergriff und sie wieder zwischen ihre Beine legte und ihre Schenkel zusammenpreßte.

Sein lüsternes Grinsen wischte alle Vorsicht aus seinem Gesicht. »Was sollen wir also tun?« fragte er.

»Ich lege mich hier hin, und die übrigen von euch gehen alle nach dort drüben, während ich nacheinander mit jedem von euch zusammen bin. Auf diese Weise fühle ich mich sicher genug, um es ebenfalls zu genießen, und ungehemmt genug, damit ihr auch euern Spaß habt.« Sie blickte wieder zu dem großen Kerl hinüber und leckte sich lächelnd die Lippen. »Ich habe noch eine Bedingung. Dich will ich zuerst. Ich habe mir immer einen richtig großen Kerl gewünscht.«

Ihr schauderte, als sie den Blick in seinen Augen sah. Sie redete sich ein, daß sie die Mutter Konfessor sei, daß sie einen klaren Kopf behalten müsse. Sie leckte sich noch mal die Lippen, als sie sich windend gegen seine Hände preßte.

Tyler prustete vor Lachen. Die anderen kicherten nervös. »Ihr hochmütigen Damen tut alle so, als wärt ihr etwas Besseres, aber wenn es zur Sache geht, seid ihr auch nur Huren, genau wie alle anderen.«

Sein Lächeln erlosch auf eine Art, die ihr Herz für einen Schlag aussetzen ließ. »Der letzten Hure, die so getan hat, als wäre sie was Besseres, und die es sich dann anders überlegte, hab' ich den Hals umgedreht. Der Zauberer hat uns erklärt, was er mit uns machen wird, wenn wir dich umbringen, aber das soll nicht heißen, daß du es nicht bedauern würdest, wenn du einen Rückzieher machst. Dafür werden wir schon sorgen.« Außer einem Lächeln und einem Nicken brachte Kahlan nichts zustande. »Fangen wir also an.«

Mit einer weiten Armbewegung scheuchte er die anderen auf die andere Seite der Grube, während sie verzweifelt nach dem Gefühl ihrer Magie suchte. Er erklärte ihnen, sie könnten unter sich ausmachen, wer als nächstes an die Reihe kam. Und dann drehte er sich zu ihr. Er fing an, die Schnalle seiner Hose aufzumachen.

Wie von Sinnen suchte Kahlan ihren Verstand nach einer Möglichkeit ab, ihn hinzuhalten. Sie brauchte Zeit, um sich zu überlegen, wie sie ihre Kraft finden sollte. »Wie wär's zuerst mit einem Kuß?«

»Ich pfeife auf einen Kuß«, knurrte er. »Mach die Beine breit, wie eben. Das hat mir gefallen.«

»Es ist nur so, ein Kuß von einem großen, hübschen Kerl macht eine Frau so richtig scharf darauf, ihn zu verwöhnen.«

Er zögerte einen Augenblick, dann legte er ihr den rechten Arm um die Schultern und schmetterte sie neben sich auf den Boden. »Du tätest gut daran, schnell scharf zu werden, bevor ich die Geduld verliere.«

»Versprochen. Nur küß mich vorher.«

Tyler preßte seine Lippen auf ihren Mund. Ihr verschlug es den Atem, als er seine andere Hand plötzlich zwischen ihren Beinen nach oben schob, diesmal nicht sanft wie zuvor, sondern mit zwingender Unnachgiebigkeit. Er hielt das Keuchen für Bereitwilligkeit und preßte seine Lippen noch fester auf ihren Mund. Sie schlang die Arme um seinen Hals. Er stank so übel, daß sie sich fast erbrochen hätte.

Kahlan versuchte sich darauf zu konzentrieren, ihren Ruhepunkt zu finden, wie sie es zuvor immer getan hatte, wenn sie ihre Kraft benutzte. Sie fand den Ort nicht. Verzweifelt suchte sie nach ihrer Magie, konnte aber nichts finden.

Der Fehlschlag trieb ihr Tränen der Verzweiflung in die Augen. Tylers Atem ging schneller. Sein Druck war so stark, daß ihr die Lippen an den Zähnen schmerzten. Sie tat, als genieße sie es.

Das Entsetzen darüber, was er mit seiner Hand zwischen ihren Beinen anstellte, machte es ihr fast unmöglich, sich zu konzentrieren, aber sie wagte es nicht, ihn davon abzuhalten. Panik kroch ihr die Kehle hinauf, indes sie sich zwang, die Beine weiter für ihn breit zu machen. Sie stemmte die Fersen fester in den Boden. Ihre Füße in den Stiefeln zitterten.

Kahlan rügte sich selbst. Sie war die Mutter Konfessor. Sie hatte ihre Kraft zahllose Male angewendet. Sie versuchte es erneut, doch nichts geschah. Die Erinnerung an die jungen Mädchen aus Ebinissia machte alle Konzentration unmöglich.

Und dann dachte sie an Richard. Fast hätte sie laut aufgeschrien vor Sehnsucht. Wenn sie noch eine Chance haben wollte, Richard wiederzusehen, dann mußte sie ihre Magie anwenden. Sie mußte stark sein. Sie mußte es tun – für ihn.

Nichts geschah. Sie merkte, daß sie vor Verzweiflung in Tylers Mund winselte. Er hielt es für Leidenschaft.

Er zog das Gesicht ein paar Zentimeter weit zurück. »Mach die

Beine breiter, damit alle sehen können, wie scharf eine noble Dame auf Tyler ist.«

Gehorsam zog sie die Fersen näher an den Körper und drückte die Knie weiter auseinander. Die Kerle johlten vor Begeisterung. Sie fühlte, wie ihr die Ohren brannten. Sie mußte daran denken, wie Ranson davon gesprochen hatte, ihr die Würde zu nehmen. Tyler preßte seine Lippen wieder auf ihren Mund. Tränen liefen ihr aus den Augenwinkeln.

Es funktionierte nicht. Sie konnte ihre Kraft nicht finden – selbst wenn sie dagewesen wäre. Sie hatte keine Wahl. Sie mußte zu Ende bringen, was sie den Männern angeboten hatte. Es nicht zu tun, würde ihr nur eine zusätzliche Tracht Prügel einbringen. Es gab kein Entrinnen.

Sie dachte an die armen Frauen in Ebinissia. Genau dasselbe würde auch mit ihr geschehen. Es war hoffnungslos. Innerlich gab sie sich auf. Sie überließ sich dem Geschehen.

Dann kam ihr etwas in den Sinn, was ihr Vater ihr einmal erklärt hatte: *Solltest du jemals aufgeben, Kahlan, dann bist du verloren. Kämpfe mit jedem Atemzug. Bis zum letzten, wenn es sein muß, aber gib nicht auf. Niemals. Überlaß den anderen nicht den Sieg. Kämpfe mit allem, was du hast, bis zum allerletzten Atemzug.«* Das tat sie im Augenblick nicht. Sie war dabei aufzugeben.

Tyler richtete sich auf. »Genug geküßt, jetzt bist du reif.«

Ihre Zeit war abgelaufen. Sie überlegte, ob Richard sie deswegen hassen würde. Nein. Er wüßte, daß sie keine Wahl gehabt hatte. Er wäre nur dann enttäuscht, wenn sie sich schämen müßte, weil sie zum Opfer geworden war. Er hatte selbst unvorstellbare Qualen erlitten, bevor Denna ihren Willen durchsetzen konnte. Er wußte, was es hieß, hilflos zu sein. Sie machte ihm keinen Vorwurf für das, was man ihm aufgezwungen hatte. Er würde ihr auch keinen Vorwurf machen. Er würde sie trösten.

Wenn es bei diesem Mann nicht funktionierte, sagte sie sich, vielleicht funktionierte es dann mit dem nächsten. Sie würde es immer weiter versuchen, bei jedem. Sie würde nicht aufgeben. Sie würde immer weiter versuchen, ihre Kraft zu finden, bei jedem.

»Laß die Beine auseinander«, knurrte Tyler, als er seine Hosen öffnete. Sie hatte, ohne es zu merken, die Knie zusammengelegt. Gehorsam machte sie sie wieder breit, während eine Träne über die Seite ihres Gesichtes kullerte.

Gute Seelen, betet sie, *so helft mir doch.*

Nein. Die Guten Seelen hatten ihr noch nie geholfen. Sie waren ihr noch nie zur Hilfe gekommen, obwohl sie sich so viel Mühe gegeben hatte, obwohl sie so sehr darum gefleht hatte. Sie würden auch jetzt nicht kommen.

Zum Hüter mit den wertlosen Guten Seelen.

Weine nicht, Mädchen, redete sie sich ein, *bekämpfe sie. Bis zum letzten Atemzug, wenn es sein muß.*

»Bitte«, sagte sie, »nur noch einen Kuß.«

»Du hast genug Küsse bekommen. Jetzt ist es Zeit, dein Versprechen einzulösen. Zeit für mich, und zwar jetzt.«

Kahlan zog die Fersen an den Körper, machte die Beine so breit wie möglich und wackelte mit dem Hintern, während er sie lüstern ansah. »Bitte. Deine Küsse sind die besten, die ich je bekommen habe. Nur noch einen, ja? Bitte!« Sie sah, wie seine Brust sich hob. »Dann werde ich dich so befriedigen wie noch keine Frau zuvor. Nur noch einen Kuß.«

Er ließ sich auf sie fallen, zwischen ihre Beine. Sein Gewicht preßte ihr die Luft aus den Lungen. »Einen noch, und dann bist du dran.«

Er brachte sein schnauzbärtiges Gesicht dicht an ihres. Er hatte die Beherrschung verloren. Sein Mund quetschte ihre Lippen. Sie versuchte seine glühende Erregung zu ignorieren, als er sich schmerzhaft an sie drückte.

Kahlan schlug ihm die Hände seitlich an den muskulösen Hals. Ihre Lungen brannten, sie bekam kaum Luft. Dies war ihre letzte Chance. Ihr letzter Atemzug. Benutze ihn zum kämpfen, redete sie sich ein. Kämpfe.

Für Richard. So wie zahllose Male zuvor ließ sie alle Schranken fallen, obwohl sie keinen Widerstand verspürte.

Es war, als stürze man sich in ein dunkles, bodenloses Loch.

Es gab ein Donnern, doch ohne Hall.

Der heftige Schlag gegen die Luft ließ einen Schauer aus Steinstaub herabregnen.

Die Männer schrien auf vor Schmerz, weil sie so nahe standen, als sie ihre Kraft freisetzte.

Kahlan hätte vor Freude fast aufgeschrien. Plötzlich spürte sie die Magie in ihrer Mitte wieder. Schwach nur, da sie gerade gebraucht worden war, aber sie spürte sie wieder. Sie war wieder da. Sie war nie verschwunden gewesen. Ranson hatte sie mit Magie dazu gebracht, eine Lüge zu glauben.

Tylers Kiefer war erschlafft, als er von ihr abließ und ihr in die Augen sah. »Herrin!« hauchte er. »Befehlt mir.«

Die anderen Männer kamen auf die beiden zugekrochen.

»Beschütze mich!«

Köpfe schlugen krachend gegen die Wand, Blut spritzte über den Stein. Tyler brach einem Mann den Arm. Schmerzensschreie hallten durch den Raum. Minutenlang kam es zu einem wüsten Kampf, bis es Kahlan gelang, Tyler so zu steuern, daß sie das bekam, was sie wollte – einen Waffenstillstand.

Sie wollte nicht, daß er gegen alle Männer kämpfte. Wenn es ihnen gelang, ihn zu überwältigen, war sie erledigt. Sie wollte sie nur trennen. Tyler sollte sie beschützen und die Männer auf Abstand halten. So hatte sie die besten Chancen zu überleben, bis sie ihre Kraft wiedergewonnen hatte.

Sie schrie den Männern und Tyler Befehle zu. Sechs waren noch auf den Beinen und in der Verfassung zu kämpfen. Sie waren außer sich vor Wut. Einer wand sich vor Schmerzen schreiend auf dem Boden. Die anderen vier, darunter auch der, den sie ins Gesicht getreten hatte, rührten sich nicht mehr.

Kahlan erklärte den Männern, daß sie Tyler im Zaum halten werde, solange sie in ihrer Ecke blieben. Widerwillig zogen sie sich auf die andere Seite zurück, die anderen mit sich schleppend. Deren Schreie überzeugten sie davon, den rechten Zeitpunkt abzuwarten, bevor sie über den großen Mann mit dem wilden Blick herfielen. Mit der Drohung, Tyler auf sie zu hetzen, brachte sie sie dazu, ihr ihre Unterkleider zuzuwerfen.

Kahlan hockte in der Ecke, den Rücken an der Wand. Tyler stand vor ihr, in halb gehockter Stellung, balancierte auf den Zehen, die Arme ausgestreckt, bereit. Die Männer beobachteten ihn, während sie an der gegenüberliegenden Wand lehnten. Kahlan wußte, dieser unbehagliche Waffenstillstand konnte nicht tagelang halten. Früher oder später würde Tyler die Kraft ausgehen. Dann würden sie über ihn herfallen. Und über sie. Das wußten auch die Männer.

28. Kapitel

Die Nacht schleppte sich dahin, während die Männer sie beobachteten und Tyler sie bewachte. Ab und zu gelang es ihr, für ein paar Augenblicke in einen unruhigen Schlaf zu fallen. Kahlan hatte keine Ahnung, wie spät es war. Ihrer Schätzung nach mußte es irgendwann zwischen Mitternacht und kurz vor der Dämmerung sein.

Auch wenn sie Angst hatte und wußte, daß sie früher oder später kommen würden, um sie zu enthaupten, so empfand sie doch Freude über ihre zurückgewonnene Kraft und den Sieg. Nicht die Guten Seelen hatten ihr beigestanden, sondern sie hatte sich selbst geholfen. Darüber war sie zufrieden mit sich. Sie hatte sich nicht aufgegeben.

Und die Guten Seelen hatten sie wie immer damit allein gelassen. Kahlan war außer sich über die Guten Seelen. Obwohl sie ihr ganzes Leben lang dafür gekämpft hatte, daß ihre Ideale hochgehalten wurden, hatten sie ihr nicht ein einziges Mal geholfen.

Nun, das war vorbei. Sie war fertig mit den Guten Seelen, sie war fertig damit, den undankbaren Menschen in den Midlands zu helfen. Was hatte es ihr eingebracht? Im Ratssaal hatte sie das erfahren. Den unsterblichen Haß ihres Volkes. Eben jenes Volkes, für das sie gekämpft hatte, obwohl sie dafür Kindern hatte weh tun müssen. Die Menschen mochten keine Konfessoren und hatten aus einer Vielzahl von Gründen Angst vor ihnen, doch Kahlan war verblüfft gewesen, als sie entdeckt hatte, wie sie wirklich über sie dachten.

Von jetzt an wollte sie sich nur noch um sich selbst kümmern, um ihre Freunde und um Richard, und zum Hüter mit all den anderen. Er konnte sie alle haben. Mit denen war sie fertig.

Sie war die längste Zeit die Mutter Konfessor gewesen. Jetzt war sie Kahlan.

Die Fackel erlosch flackernd und tauchte das Verlies in tiefe Dunkelheit.

»Nochmals vielen Dank, ihr Guten Seelen!« schrie sie aus Leibeskräften. Ihre Worte hallten durch das Verlies. »Zum Hüter mit euch!«

Die Männer fielen in der Dunkelheit über Tyler her. Kahlan wußte nicht, was vor sich ging. Sie hörte Ächzen, Schreie und dumpfe Schläge.

Dann vernahm sie ein hallendes, schlagendes Geräusch. Sie begriff nicht, was es war. Und dann hörte sie eine gedämpfte Stimme, die sie leise bei ihrem Titel rief. Die vertraute Stimme kam von oben.

»Chandalen! Chandalen! Ich bin hier unten! Mach die Tür auf!«

»Mutter Konfessor!« erscholl die Stimme hinter der Tür. »Wie soll ich denn die Tür aufmachen?«

Kahlan stieß einen spitzen Schrei aus, als eine Hand sie am Knöchel packte und sie von den Füßen riß. Als Chandalen ihren Schrei hörte, rief er etwas. Tyler packte die Finger an ihrem Knöchel und bog sie zurück, bis sie brachen. Der Mann schrie in der Dunkelheit auf.

»Chandalen! Du brauchst einen Schlüssel! Nimm den Schlüssel!«

»Schlüssel? Was ist das, ein Schlüssel?«

»Chandalen!« Sie stieß einen Kopf von ihrem Bauch. »Chandalen! Weißt du noch, als wir in der Stadt mit all den toten Menschen waren? Erinnerst du dich an das Gemach der Königin, das abgeschlossen war? Erinnerst du dich, wie ich dir einen Schlüssel gezeigt habe, mit dem man die Tür öffnen konnte? Chandalen, einer der Wachen hat einen Ring an seinem Gürtel! Daran hängt der Schlüssel! Beeil dich!«

Kahlan hörte Tylers Ächzen, als er krachend gegen die Wand geschleudert wurde. Sie hörte die knochenerschütternden Schläge seiner Fäuste. Von oben vernahm sie ein metallisches Klingeln.

»Mutter Konfessor! Er läßt sich nicht drehen!«

»Dann ist es der falsche! Probiere einen anderen!«

Jemand prallte gegen sie, stieß sie zu Boden. Sie kratze ihm die Augen aus. Er boxte sie in den Bauch.

Plötzlich fiel ein Streifen Licht in die Grube. Tyler erblickte den Kerl auf ihr und riß ihn herunter. Eine Leiter wurde heruntergelassen.

»Tyler! Halte sie von der Leiter fern!«

Kahlan stürmte zur Leiter und krabbelte nach oben. Die Männer warfen sich auf Tyler. Sie hörte ihn stöhnen, hörte, wie sein Genick brach. Als ihr jemand mit der Faust gegen die Wade schlug, glitt sie mit dem Fuß an einer Sprosse ab. Hände griffen nach ihren Knöcheln. Kahlan trat dem Mann unter ihr ins Gesicht und kletterte mühsam weiter. Er stürzte rücklings hinab und riß die anderen mit. Im Nu waren sie jedoch wieder hinter ihr her.

Kahlan streckte sich nach der Hand, die ihr nach unten gereicht wurde. Chandalen umklammerte ihr Handgelenk und riß sie durch den Türeingang. Den Kerl gleich hinter ihr erstach er. Als der Mann nach hinten stürzte, schloß Chandalen die Tür mit einem Knall. Keuchend sank sie ihm in die Arme.

»Komm, Mutter Konfessor. Wir müssen hier raus.«

Überall lagen tote Wachen, alle geräuschlos von Chandalens *troga* getötet. Er hielt ihre Hand, während sie durch die feuchten, dunklen Korridore und die Treppen hinaufrannten. Wie war es Chandalen nur gelungen, den Weg nach hier unten zu finden? Irgend jemand mußte ihn ihm gezeigt haben.

Hinter einer Ecke bot sich ihnen der Anblick eines blutigen Gefechts. Überall lagen Leichen. Nur ein Mann war noch auf den Beinen. Orsk. Seine riesige Streitaxt troff von Blut. Orsk wäre vor Freude fast aus der Haut gefahren, als er sie sah. Und auch sie verspürte zum ersten Mal Freude, sein zernarbtes Gesicht zu erblicken.

»Ich habe ihm gesagt, er soll warten«, erklärte Chandalen, während er sie durch das Chaos von Blut und Leichen zerrte. »Ich habe ihm gesagt, ich würde dich holen, wenn er wartet und diesen Flur bewacht.«

Chandalen sah sie stirnrunzelnd an. Kahlan merkte, daß er auf ihre Haare starrte, oder besser, darauf, was davon noch übrig war. Er sagte jedoch nichts, und sie war froh darüber. Es war mehr als seltsam, das Gewicht der Haare nicht zu spüren, nein, es zerriß ihr fast das Herz. Sie hatte ihr Haar geliebt, genau wie Richard.

Kahlan bückte sich und nahm einem der toten Wachsoldaten seine Axt ab. Solange ihre Kraft noch nicht völlig wiederhergestellt war, fühlte sie sich mit einer Waffe in der Hand wohler.

Chandalen, der Kahlan an der Hand voranzog, während Orsk die Nachhut bildete, stürzte durch eine Tür. Unmittelbar dahinter stand der Hauptmann der Palastwache und drückte eine Frau an die Wand. Er hatte ihr die Arme um den Hals geschlungen, während sie ihn küßte. Seine Hände steckten unter ihrem Kleid.

Der Hauptmann hob verblüfft den Kopf, als sie vorbeirannten. Chandalen stieß dem Mann sein langes Messer in die Rippen.

»Komm!« sagte er zu der Frau. »Wir haben sie!«

Die Frau schloß sich den anderen an, und gemeinsam arbeiteten sie sich mühsam durch den Palast nach oben. Kahlan sah sich verwirrt um. Die Frau in dem Kapuzengewand war dieselbe, die vor ihr in Ohnmacht gefallen war – Jebra Bevinvier.

»Was wird hier eigentlich gespielt?« fragte Kahlan Jebra.

»Vergebt mir, Mutter Konfessor, weil ich in Ohnmacht gefallen bin. Ich hatte eine Vision, ich sah, wie man Euch enthauptet. Es war so grauenhaft, daß ich in Ohnmacht gefallen bin. Dann wurde mir klar, daß ich helfen muß, damit die Vision nicht Wahrheit wird. Ihr hattet mir erzählt, Ihr hättet einen Freund im Wald. Ich bin ihn holen gegangen.«

Sie drückten sich alle flach an eine Wand und warteten, bis eine Patrouille einen angrenzenden Raum passiert hatte. Als die Schritte der Soldaten verhallten, drehte Chandalen sich um und blickte Jebra wütend an.

»Was hast du dort mit diesem Mann getrieben?«

Sie blinzelte überrascht. »Er war der Hauptmann der Wachmannschaft. Er machte gerade mit einer ganzen Abteilung die Runde. Ich habe ihn überredet, die Wachen eine Weile fortzuschicken. Mir fiel nichts anderes ein, um zu verhindern, daß fünfzig Mann dir hier unten eine Falle stellen.«

Chandalen meinte knurrend, das ergäbe vielleicht sogar Sinn.

Während sie weiterrannten, erklärte Kahlan Jebra, sie sei sehr mutig gewesen. Sie wisse, wieviel Mut dazu gehöre. Jebra protestierte, sie sei keine Heldin und wolle auch keine sein.

An einer Kreuzung mit einem Gewölbegang wartete Fräulein Sanderholt. Kahlan stieß einen Schrei aus und schlang die Arme um die Frau. Fräulein Sanderholt streckte die bandagierten Hände aus.

»Nicht jetzt, Mutter Konfessor. Ihr müßt fliehen. Hier entlang ist die Luft rein.«

Als alles bereits in die Richtung stürzte, die Fräulein Sanderholt angegeben hatte, schlug Kahlan die entgegengesetzte Richtung ein. Sie machten kehrt und rannten ihr hinterher.

»Was tust du!« schrie Chandalen. »Wir müssen fliehen!«

»Ich muß etwas aus meinem Zimmer holen!«

»Was könnte wichtiger sein, als zu fliehen?«

»Das Messer deines Großvaters«, rief sie im Laufen.

Als ihnen klar wurde, daß sie ihre Meinung nicht ändern würde, folgten die vier ihr durch ein Labyrinth aus kleineren und weniger häufig benutzten Fluren. Mehrere Male stießen sie auf Wachen. Orsk hackte sie in Stücke, wenn sie Kahlan nachsetzen wollten.

Als sie am oberen Absatz einer Treppe um eine Ecke bogen, wirbelte ein überraschter Wachsoldat zu ihnen herum. Kahlan versenkte ihre Axt mit aller Kraft mitten in seiner Brust. Sein Schwert rutschte über den Boden, als er auf den Rücken stürzte.

Nachdem er zusammengebrochen war, stemmte Kahlan ihm einen Fuß auf seinen sich hebenden Bauch und versuchte, die Axt herauszubrechen. Blutbläschen schäumten hervor, doch die Axt saß in seinem Brustbein fest, daher griff sich Kahlan einfach das keltonische Schwert der Wache. Chandalen war verblüfft. Noch bevor sie ihr Gemach erreichten, hatte sie Gelegenheit, mit ähnlich tödlicher Wirkung von dem Schwert Gebrauch zu machen.

Die anderen warteten im Vorzimmer und versuchten, wieder zu Atem zu kommen, während sie ins Schlafzimmer eilte. Sie blieb wie erstarrt stehen, als sie ihr blaues Hochzeitskleid erblickte. Sie nahm es hoch und hielt es sich an. Deswegen war sie hergekommen. Sie hatte nicht die Absicht, jemals wieder an diesen Ort zurückzukehren und wollte es nicht zurücklassen. Kahlan vergoß eine Träne über das Kleid, rollte es zu einem festen Bündel zusammen und stopfte es in ihren Rucksack.

Man hatte alle anderen Sachen aus ihrem Rucksack ebenfalls gereinigt und für sie bereitgelegt. Sie stopfte sie in ihren Rucksack, nachdem sie sich das Knochenmesser um den rechten Arm gebunden hatte. Sie warf sich den Umhang um die Schultern. Hastig legte sie die Sehne des Bogens ein.

Sie eilte durch das Vorzimmer, Rucksack und Köcher auf dem Rücken, den Bogen über der Schulter. Jetzt hatte sie alles, was sie wollte. Alles, was ihr etwas bedeutete. Sie zögerte einen Augenblick, warf einen letzten Blick in ihr Gemach, während sie spielerisch den runden Knochen an ihrer Halskette drehte, dann führte sie die anderen nach draußen, einen Nebengang entlang. Sie hielt auf eine Tür zu, die hinausführte.

Sie zählte nicht, wie viele Männer Chandalen mit seiner *troga* oder seinem Messer tötete. Ein großer Wachmann kam aus einem Seitengang gestürzt und versuchte sie zu überrennen. Kahlan rannte ihm das Schwert in den Körper. Die vier bewegten sich unerbittlich wie der Tod durch den Palast. Im Turm läuteten wie wild die Alarmglocken.

Auf dem Absatz, der zur großen Treppe führte, köpfte Orsk einen Posten. Seine Leiche rollte die Stufen hinunter und hinterließ dabei eine Blutspur wie einen roten Teppich, den man für sie ausrollen wollte. Der kopflose Körper blieb hilflos zappelnd am Fuß einer Statue von Magda Searus liegen, der ersten Mutter Konfessor.

Sie liefen die steinernen Stufen hinunter. Ihr Lärm hallte durch die riesige Halle. Kurz bevor sie unten ankamen, riß ein plötzlicher, stechender Schmerz Kahlan die Füße unterm Körper weg. Die letzten Stufen stürzte sie hinunter. Die anderen riefen etwas und eilten zu ihr, wollten wissen, ob ihr etwas zugestoßen sei. Sie erklärte ihnen, sie sei nur gestolpert.

Sie war nicht nur gestolpert.

Kahlan nahm ihren Bogen von der Schulter und zeigte damit nach vorn. »Durch den Saal. Los, lauft durch den Saal. Biegt am Ende rechts ab. Ich hole euch ein. Los.«

»Wir lassen dich nicht zurück!« beharrte Chandalen.

»Ich habe gesagt, lauft.« Kahlan blieb trotz der brennenden Schmerzen in ihren Beinen stehen. »Bring sie auf Trab, Orsk, sofort. Ich folge euch später. Los, verschwindet schon!«

Orsk hob die Axt und knurrte. Die beiden anderen wichen zurück in den Saal, versuchten dabei, auf Kahlan einzureden. Sie beschwerten sich, sie hätten ihr Leben aufs Spiel gesetzt, um sie zu retten, und würden sie jetzt nicht im Stich lassen.

»Orsk! Schaff sie hier raus!«

»Warum?« brüllten Chandalen und Jebra wie aus einem Mund.

Kahlan zeigte mit ihrem Bogen auf die andere Seite des riesigen Saales, nach oben in eine der hinteren Arkaden. Dort stand eine Gestalt. »Weil er euch sonst töten wird!«

»Wir müssen fliehen! Dich wird er auch umbringen!«

»Wenn er überlebt, wird er uns mit seiner Magie alle zur Strecke bringen und umbringen.«

Ein gelber Lichtblitz zuckte in hohem Bogen durch den weiten Saal. Steine stürzten krachend herab und verdeckten fast die Öffnung, wo die anderen standen.

Kahlan zog einen von Chandalens Pfeilen mit flacher Spitze aus dem Köcher.

»Mutter Konfessor!« kreischte Chandalen. »Den Schuß schaffst du nie! Den würde nicht einmal ich schaffen! Du mußt fliehen!«

Sie verschwieg, daß der Zauberer ihr schneidende Schmerzexplosionen durch den Körper jagte und sie nicht fliehen konnte. Sie konnte sich gerade mit letzter Kraft noch auf den Beinen halten. »Orsk! Schaff sie raus! Sofort! Ich komme nach!«

Ein weiterer Lichtblitz schleuderte weitere Steine umher und scheuchte die drei durch den Saal, angetrieben von Orsk.

Kahlan stellte ein Knie auf den Boden, um einen festen Stand zu haben, als sie den Pfeil einlegte. Sie zog die Sehne an ihre Wange. Die Pfeilspitze lag waagerecht in ihrem Blickfeld. Sie konnte Ranson kaum erkennen, so weit entfernt war er, zudem trübte der Schmerz ihren Blick.

Aber sie konnte ihn lachen hören, während er ungestüm magische Stöße durch ihren Körper jagte. Es klang wie Darken Rahls Lachen. Sie biß sich auf die Innenseite der Wangen, um die Schmerzen zu beherrschen, um den Schrei, der sich seinen Weg nach draußen bahnen wollte, zurückzuhalten. Ein stoßweises Wimmern ließ sich nicht unterdrücken.

»Die Mutter Konfessor als Bogenschützin?« rief er ihr von weitem zu. Sein Lachen wurde vom Gestein, daß sie umgab, zurückgeworfen. »Eure Freiheit war nur von kurzer Dauer, Mutter Konfessor. Hoffentlich war sie Euch das wert. Ihr werdet eine Menge Zeit in der Grube verbringen und darüber nachdenken können.«

Er war zu weit entfernt. Aus so großer Entfernung hatte sie noch nie einen Schuß abgegeben. Richard schon. Sie hatte ihn mit eigenen Augen dabei beobachtet. *Bitte, Richard, hilf mir. Zeig mir, wie es geht, wie an jenem Tag. Hilf mir.*

Steinerne Ranken lösten sich neben ihr von der Wand, wanden sich peitschengleich um ihre Körpermitte und drückten zu. Der schneidende Schmerz ließ sie aufschreien.

Sie riß den Bogen erneut hoch. Wenn es sein muß, bis zum letzten Atemzug, sagte sie sich. Ihre Arme zitterten. Sie konnte den Zauberer kaum erkennen. Er war zu weit entfernt. Die Ranken hielten sie fest umklammert. Sie konnte nicht fortlaufen, selbst wenn sie gewollt hätte.

Hilf mir, Richard.

Die nächste brutale Schmerzwelle kroch brennend ihre Beine hoch und durch ihren Körper. Tränen strömten brennend über ihre Wangen, während sie sich keuchend schüttelte. Sie konnte den Bogen nicht hochhalten.

Ein Lichtbogen spannte sich um das Treppenhaus. Der Lärm war ohrenbetäubend. Gesteinssplitter pfiffen vorbei. Staubwolken stiegen auf, als eine Säule krachend in sich zusammenstürzte.

In Gedanken hörte sie Richards Stimme: *Du mußt schießen können, egal, was gerade geschieht. Nur du und das Ziel, das ist alles, was es gibt. Nichts anderes zählt. Du mußt in der Lage sein, alles andere abzublocken. Du darfst nicht daran denken, wieviel Angst du hast, oder was geschehen wird, wenn du das Ziel verfehlst. Du mußt in der Lage sein, den Schuß unter Druck abzufeuern.*

Sie mußte daran denken, wie er leise auf sie eingeredet hatte, ihr zugeflüstert hatte, das Ziel herbeizurufen.

Mit einem Ruck kam das Ziel auf sie zu, so als stünde der Zauberer direkt vor ihr. Sie sah, wie Blitze flüssigen Lichts aus seinen Fingerspitzen zuckten.

Sie konnte ihr Ziel sehen – die Erhebung an seinem Kehlkopf, die auf und ab tanzte, während er lachte. Sie ließ ihren Atem hinausströmen, so wie Richard es ihr beigebracht hatte. Der Pfeil fand die Rille in der Luft.

Sachte wie der Atem eines Säuglings verließ der Pfeil den Bogen.

Sie sah, wie die Federn sich vom Bogen lösten. Sie sah, wie die Sehne gegen ihr Handgelenk prallte. Die steinerne Ranke schlang sich um ihren Hals. Sie ließ das Ziel nicht aus den Augen. Sie beobachtete die Federn des Pfeiles im Flug. Der Schmerz, der sie innerlich zerriß, nahm mit dem Lachen des Zauberers zu.

Plötzlich riß das Lachen ab. Kahlan hörte den dumpfen Aufprall, als die Pfeilspitze seine Kehle traf. Plötzlich ließ die steinerne Ranke von ihr ab, und Kahlan fiel nach vorn, auf Hände und Knie. Tränen tropften ihr vom Gesicht, während sie darauf wartete, daß der Schmerz nachließ. Er verschwand barmherzig schnell.

Kahlan rappelte sich auf. »Zum Hüter auch mit dir, Zauberer Neville Ranson!«

Es gab ein ohrenzersplitterndes Krachen, wie ein Blitzeinschlag, doch statt eines Lichtblitzes fegte eine Welle völliger Dunkelheit durch den Saal. Sie bekam eine Gänsehaut. Die Lampen erloschen flackernd und gingen wieder an.

Kahlan wußte, der Hüter hatte Zauberer Neville Ranson zu sich geholt.

Sie hörte ein Ächzen und drehte sich gerade noch rechtzeitig um, um einen Wachposten zu sehen, der die Treppe hinab auf sie zugesprungen kam. Kahlan duckte sich und richtete sich unter ihm auf, als er landete. Sie benutzte seinen Schwung und warf ihn über das Geländer in den dahinterliegenden Treppenschacht.

Er schnappte nach ihr, als er über das Geländer ging, bekam aber nur ihre Halskette zu fassen. Sie zerriß und fiel mit ihm in die Tiefe. Kahlan beugte sich über das Geländer und sah ihn drei Stockwerke tiefer auf den Steinfußboden schlagen. Sie sah, wie ihm die Halskette beim Aufprall entglitt und über den Fußboden schlidderte.

»Verflucht sollen die Guten Seelen sein«, brummte sie.

Kahlan wollte zur Treppe, um ihr Knochenhalsband wiederzuholen. Doch als sie das Geräusch von Stiefeln auf dem steinernen Boden hörte, kam sie rutschend zum Stehen und hob den Kopf. Weitere Wachen rückten an. Einen Augenblick lang zögerte sie, warf einen Blick nach unten, rannte jedoch statt dessen zum Korridor. Die Seelen hatten ihr nicht geholfen, was sollte dann eine Halskette bewirken? Sie war es nicht wert, ihr Leben zu riskieren.

Kahlan holte die anderen ein, als sie gerade die Tür ins Freie erreichten. Sie seufzten erleichtert auf, als sie Kahlan sahen und erfuhren, daß der Zauberer ihnen nicht mehr auf den Fersen war. Kahlan voran stürzten sie nach draußen in die Nacht. Die vier rannten die breite Treppenflucht hinunter, verfolgt vom unbarmherzigen Lärm der Alarmglocken. Sie lief nach Süden – auf dem kürzesten Weg in den Wald.

Atemlos packte Jebra sie am Arm und riß sie zurück, so daß sie stehenbleiben mußte. »Mutter Konfessor …!«

»Ich bin nicht mehr die Mutter Konfessor. Ich bin Kahlan.«

»Dann also Kahlan. Ihr müßt mir zuhören. Ihr könnt nicht weglaufen.«

Kahlan drehte sich zum Pfad um, der durch den Innenhof führte. »Ich habe diesen Ort satt.«

»Zedd braucht Euch.«

Kahlan wirbelte herum. »Zedd? Du kennst Zedd? Wo ist er?«

Jebra schnappte nach Luft. »Zedd hat mich nach Aydindril geschickt. Am Tag nach Eurer Abreise aus D'Hara. Er sagte, er müsse zu einer Frau namens Adie, und dann werde er zur Burg der Zauberer kommen. Er hat mich hergeschickt, damit ich Euch und Richard helfe und dafür sorge, daß ihr wartet. Zedd braucht Euch.«

Kahlan faßte Jebra bei den Schultern. »Ich brauche Zedd. Ich brauche ihn dringend.«

»Dann müßt Ihr Euch von mir helfen lassen. Ihr dürft nicht fort. Bestimmt rechnen sie damit, daß Ihr flieht, und suchen die Umgebung ab. Sie erwarten sicherlich nicht, daß Ihr in Aydindril bleibt.«

»Bleiben? Ich soll in Aydindril bleiben?«

Sie dachte einen Augenblick lang nach. In Aydindril kannte man sie. Nein, genaugenommen stimmte das nicht. Man kannte ihr langes Haar. Abgesehen von den Ratsmitgliedern, den Botschaftern, dem Personal und Edelleuten bekam kaum jemand die Mutter Konfessor aus der Nähe zu Gesicht, und wenn doch, dann starrten sie bloß auf ihr langes Haar. Dieses Haar hatte sie nicht mehr.

Der Gedanke an den Verlust schnürte ihr das Herz zusammen. Ihr war gar nicht klar gewesen, wieviel ihr ihre Kraft und ihr langes Haar bedeuteten – bis sie beides nicht mehr besessen hatte.

»Es könnte eine Möglichkeit sein, Jebra. Aber wo sollen wir uns verstecken?«

»Zedd hat mir Gold gegeben. Niemand weiß, daß ich mit Eurer Flucht etwas zu tun habe. Ich werde Zimmer anmieten und Euch verstecken, Euch alle.«

Kahlan dachte einen Augenblick lang nach, dann lächelte sie. »Wir könnten als deine Diener auftreten. Eine Lady wie du hätte sicher Personal.«

Jebra wich erschrocken zurück. »Das könnt Ihr unmöglich tun, Mutter Konfessor. Ich bin doch selbst nur eine Dienerin. Zedd hat mich gezwungen, so zu tun, als sei ich eine Dame. Aber ich kann nicht heucheln. Ihr seid eine richtige Dame.«

»Daß du eine Dienerin bist, macht dich nicht zu etwas Geringerem, als ich es bin. Wir können immer nur das sein, was wir sind, nicht mehr und nicht weniger.« Kahlan setzte die Gruppe wieder in Bewegung und führte sie in ein Viertel von Aydindril mit ruhigen, vornehmen Gasthäusern. »Außerdem ist es verblüffend zu erfahrend, wozu man fähig ist, wenn man muß. Wir werden tun, was wir müssen. Aber wenn du mich weiter Mutter Konfessor nennst, bringst du uns alle um.«

»Ich werde mein Bestes geben … Kahlan. Ich weiß nur, daß wir warten müssen, bis Zedd nach Aydindril zurückkehrt.« Sie zupfte beharrlich an Kahlans Ärmel. »Mutter Konfessor! Wo steckt Richard? Das ist von äußerster Wichtigkeit!« Sie senkte beklommen die Stimme. »Ich will Euch nicht herabwürdigen und hoffe, Ihr faßt es nicht so auf, aber es geht um Richard. Zedd braucht Richard.«

»Und deswegen brauche ich Zedd«, sagte Kahlan.

29. Kapitel

Richard schnappte sich die beiden Jungen beim Arm. »Langsam«, sagte er leise. »Ich hab' euch doch erklärt, ich muß zuerst gehen.«

Kipp und Hersh seufzten ungeduldig. Richard sah um die Ecke, blickte den Gang hinunter, dann drückte er die beiden Jungs an die Wand. Frösche strampelten in ihren Hosentaschen.

»Dies ist eine ernste Angelegenheit. Ich hab' euch zwei ausgesucht, weil ich weiß, daß ihr die Besten seid. Und jetzt tut, was ich euch erklärt habe, so wie wir es geplant haben. Bleibt hier stehen, mit dem Rücken zur Wand, und zählt bis fünfzig. Bevor ihr bei fünfzig seid, dürft ihr nicht einmal um die Ecke linsen. Ich verlasse mich auf euch.«

Die beiden grinsten. »Wir sind deine Leute«, meinte Kipp. »Wir holen sie da raus.«

Richard hockte sich vor sie und hielt den beiden drohend den Finger vors Gesicht. »Dies ist eine ernste Angelegenheit. Das ist nicht einfach irgendein Spiel. Diesmal könnt ihr richtigen Ärger bekommen. Seid ihr sicher, daß ihr mitmachen wollt?«

Kipp streckte die Hände in die Taschen und betastete die Frösche. »Du hast die Richtigen gefragt. Wir schaffen das. Wir wollen ganz bestimmt, Richard.«

Sie waren so aufgeregt, weil sie noch nie an den Wachen vorbeigekommen waren. Dies war Neuland für ihre Streiche. Richard wußte, sie konnten die Gefahr dabei nicht einschätzen, und er fand es abscheulich, sie auf diese Art mißbrauchen zu müssen, doch es war die einzige Möglichkeit, die ihm eingefallen war.

»Also gut, dann fangt an zu zählen.«

Richard bog um die Ecke und rannte mit wehendem Mriswith-Cape den Gang entlang. Als er die richtige Tür erreicht hatte, stellte er sich vor die weiße Marmorwand gegenüber der Doppeltür und streifte die Kapuze über. Er schloß das Cape und konzentrierte sich auf den Marmor hinter sich.

Er stand regungslos da. Die Jungen kamen lärmend um die Ecke, brüllten und schrien aus Leibeskräften und rannten den Gang entlang. Vor der Doppeltür blieben sie stehen und warfen einen Blick in beide Richtungen. Sie merkten nicht, daß er hinter ihnen stand, und er wußte, daß sie sich fragten, wo er sich versteckte.

Wie man ihnen aufgetragen hatte, stießen sie die Doppeltür auf und begannen, vor Aufregung kichernd, Frösche aus ihren Taschen zu ziehen und in das Zimmer zu werfen. Die beiden Schwestern waren einen Augenblick lang vor Schreck wie erstarrt. Richard beobachtete, wie sie dann um ihre Tische herumgeeilt kamen und wie eine von ihnen sich dabei eine Rute schnappte. Die beiden Jungs schleuderten ihre letzten Frösche kreischend von sich, dann flitzten sie, spöttisch rufend ›Ihr kriegt uns nicht! Ihr kriegt uns nicht!‹ in entgegengesetzten Richtungen davon.

Die Schwestern Ulicia und Finella kamen rutschend auf dem polierten Marmorboden draußen vor der Tür zum Stehen. Fast wären sie genau in ihn hineingeschlittert – sie waren nur noch Zentimeter entfernt. Richard hielt den Atem an.

Die Schwestern verfolgten, wie die beiden Jungs an den entgegengesetzten Enden des Ganges um die Ecke bogen. Sie warfen die Hände nach vorn. Bilder stürzten krachend zu Boden, als leuchtende Lichtblitze sie von den Wänden an den Stirnseiten fegten, doch die Jungs wurden nicht getroffen. Verärgert vor sich hin brummend, teilten sich die Schwestern auf und rannten je einem Jungen hinterher.

Richard wartete ab, bis sie um die Ecke waren, dann löste er sich von der Wand und ließ das Cape wieder schwarz werden. Er fragte sich, wie es wohl auf einen Beobachter wirken mochte, wenn plötzlich jemand aus dem Nichts auftauchte.

Im Vorzimmer war niemand. Vor der Tür, zwischen den beiden Schreibtischen, schien die Luft zu schimmern und zu summen. Richard steckte probeweise seine Hand hinein. Die Luft fühlte sich dick an, schien aber keine schädlichen Auswirkungen zu haben. Er schob sich durch die Funken hindurch und trat durch die dahinterliegende Tür.

Der Raum dahinter, der nicht ganz so groß war wie das Vorzimmer, war schummrig beleuchtet und in edlem, dunklem Holz getäfelt. In der Mitte stand ein schwerer Tisch aus Walnußholz voller Stapel aus Papieren und Büchern sowie drei Kerzen. Zu beiden Seiten gab es wandhohe Bücherregale, übervoll mit zerlesenen Büchern und ein paar anderen Gegenständen.

Eine alte Frau, eine Putzfrau, in einem dunkelgrauen, schweren Wollkleid stand auf einem Hocker und staubte einen der oberen Regalböden ab. Sie drehte sich überrascht um, als er stehenblieb. Kurz sah sie zur Tür, dann wieder zu ihm.

»Wie bist du …?«

»Tut mir leid. Ich wollte Euch nicht erschrecken. Ich bin gekommen, um die Prälatin zu sprechen. Ist sie hier?«

Die Frau bückte sich, suchte mit dem Fuß nach dem Boden. Richard reichte ihr die Hand. Dankbar lächelnd strich sie sich eine Strähne ihres ergrauenden Haars aus dem Gesicht. Das meiste davon hatte sie zu einem lockeren Knoten hinter ihrem Kopf zusammengebunden. Als sie wieder auf dem Fußboden stand, reichte ihr Kopf gerade bis an das untere Ende seines Brustbeines. Ihr Körper ging ein wenig in die Breite, so als wäre sie früher größer gewesen, und ein Riese hätte ihr die Hand auf den Kopf gelegt und sie einen guten Fuß weit gestaucht.

Sie hob den Kopf und sah ihn mit einem neugierigen Stirnrunzeln an. »Haben die Schwestern Ulicia und Finella dich hereingelassen?«

»Nein«, sagte Richard und sah sich in dem gemütlich vollgestellten Zimmer um. »Sie sind hinausgegangen.«

»Aber sie hätten doch bestimmt einen Schild …«

»Entschuldigung, aber ich muß dringend die Prälatin sprechen.« Auf der anderen Seite des Zimmers sah Richard eine Doppeltür, die offenstand und in den Innenhof hinausführte. »Ist sie in der Nähe?«

»Bist du angemeldet?« fragte sie mit ruhiger, sanfter Stimme.

»Nein«, gestand er. »Ich habe es tagelang versucht. Die beiden waren nicht sehr hilfsbereit, also habe ich mich selbst eingelassen.«

Sie legte einen Finger an die Unterlippe. »Verstehe. Aber du mußt angemeldet sein. So lauten die Regeln. Tut mir leid.«

Richard wandte sich zur offenen Tür. Er wurde ungeduldig, hielt seine Stimme jedoch im Zaum, da er die alte Dienstmagd nicht erschrecken wollte. »Hört, gute Frau, ich muß die Prälatin sprechen, sonst sind wir alle beim Hüter persönlich angemeldet.« Er ging los.

Sie zog erstaunt die Brauen hoch. »Tatsächlich?« Sie schnalzte mit der Zunge. »Der Hüter also, so, so.«

Abrupt blieb Richard stehen. Er zuckte zusammen und stöhnte. Dann machte er auf dem Absatz kehrt.

»Die Prälatin, das seid Ihr, nicht wahr?«

Ein schelmisches Grinsen huschte über ihr Gesicht, ihre Augen begannen zu funkeln. »Ja, Richard, ich denke, das bin ich.«

»Ihr wißt, wer ich bin?«

Sie lachte stillvergnügt in sich hinein. »Oh, ja, das weiß ich.«

Ihr Lachen wurde lauter. »Wie mir zu Ohren gekommen ist, scheinst du hier die Leitung übernommen zu haben. Du bist kaum einen Monat da, und schon hast du den halben Palast um den Finger gewickelt. Ich hatte bereits mit dem Gedanken gespielt, mir einen Termin geben zu lassen, um *dich* zu sprechen.«

Richard blickte sie freundlich an. »Ich hätte ihn Euch gewährt.«

»Ich habe mich darauf gefreut, dich kennenzulernen.« Sie tätschelte seinen Arm. »Von nun an kannst du mich besuchen, wann immer du willst.«

»Wieso habt Ihr mich dann vorher nicht zu Euch vorgelassen?«

Sie verschränkte die Arme unter ihren schweren, runden Brüsten. »Eine Prüfung, mein Junge, eine Prüfung.« Sie lächelte zu ihm hinauf. »Ich bin beeindruckt. Ich hatte erwartet, du würdest noch sechs oder acht Monate brauchen.«

Die Tür flog auf. Richard wurde von den Beinen geholt, von seinem Halsring nach hinten gerissen und gegen eine Wand geworfen. Er saß fest, die Luft wurde ihm aus den Lungen gepreßt. In der Tür standen die beiden wutentbrannten Schwestern, die Fäuste in die Hüften gestemmt.

»Na, na«, meinte die Prälatin, »hört auf damit, ihr zwei. Laßt den Jungen runter.«

Richard schlug dumpf auf dem Boden auf und sah die beiden Schwestern wütend an. »Ich war es, der die beiden Jungs zu ihrem Streich überredet hat. Was sie getan haben, ist meine Schuld. Wenn sich irgend jemand dafür rächen will, dann an mir und nicht an ihnen. Wenn Ihr ihnen etwas tut, habt Ihr Euch vor mir dafür zu verantworten.«

Eine der Schwestern machte einen Schritt auf ihn zu. »Ihre Strafe wurde bereits angeordnet. Diesmal werden sie endlich eine Lektion erteilt bekommen.« Wütend zeigte sie mit einer kräftigen Rute auf ihn. »Du kannst dir über deine eigene Bestrafung Gedanken machen.«

»Ganz recht, Schwester Ulicia«, meinte die Prälatin. »Ich denke, eine Bestrafung ist durchaus angebracht.« Die Schwester sah Richard selbstzufrieden lächelnd an. »Und zwar für Euch.«

Schwester Ulicia blieb die Luft weg. »Prälatin Annalina?«

»Habe ich Euch nicht ausdrücklich angewiesen, daß Richard hier nicht eingelassen werden darf?«

Die beiden Schwestern richteten sich auf. »Doch, Prälatin Annalina.«

»Und trotzdem steht er hier. Mitten in meinem Arbeitszimmer.«

Schwester Ulicia deutete auf die Tür. »Aber ... wir haben einen Schild hinterlassen. Er hätte niemals ...«

»Ach nein? Niemals?« Die Schwester ließ die Hand an ihre Seite fallen, als sie die düstere Miene der Prälatin sah. »Mir scheint, als sehe ich ihn vor mir stehen. Oder etwa nicht, Schwestern?«

»Ja, Prälatin Annalina«, meinten die beiden wie aus einem Mund.

»Und jetzt wollt Ihr Euer beider Versagen auch noch damit belohnen, daß Ihr auf Euern Posten zurückkehrt, als sei nichts geschehen, und die Jungen für ihren Erfolg bestrafen?« Die Prälatin schnalzte mit der Zunge. »Ihr werdet die Strafe auf Euch nehmen, die Ihr für die Jungen angeordnet habt.«

Die Schwestern wurden bleich. »Aber Prälatin …«, hauchte die zweite. »Das könnt Ihr keiner Schwester antun.«

»Wirklich nicht, Schwester Finella? Was habt Ihr für die beiden Jungen angeordnet?«

»Daß sie den Hintern versohlt bekommen … öffentlich … morgen früh, gleich nach dem Frühstück.«

»Das klingt gerecht. Ihr zwei werdet ihre Plätze einnehmen.«

»Aber Prälatin«, zischelte Schwester Ulicia erstaunt. »Wir sind Schwestern des Lichts. Das wäre doch demütigend.«

»Es hat noch niemandem geschadet, ein wenig Demut beigebracht zu bekommen. Vor dem Schöpfer leben wir alle in Demut. Für euer Versagen wird man Euch an ihrer Statt schlagen.«

Schwester Ulicia richtete sich zu ganzer Größe auf. »Und wenn wir uns weigern, Prälatin Annalina?«

Die Prälatin lächelte. »Damit gäbt Ihr mir zu verstehen, daß Ihr mein Vertrauen nicht länger verdient habt, und weiterhin, daß Ihr nicht länger Schwestern des Lichts sein wollt.«

Die beiden verneigten sich. Als die Tür sich hinter ihnen schloß, sah Richard die Prälatin erstaunt an.

»Hoffentlich errege ich niemals Euern Zorn, Prälatin Annalina.«

Sie lachte stillvergnügt. »Nenn mich bitte Ann. So nennen mich alle meine alten Freunde.«

»Ich fühle mich geehrt, Euch Ann zu nennen, Prälatin, aber ich bin kein alter Freund.«

»Du glaubst, das bist du nicht?« Sie lächelte. »Was für ein gescheiter Junge. Nun, wie auch immer. Nenne mich trotzdem Ann. Weißt du, warum ich sie bestraft habe? Weil du die Verantwortung für dein Tun übernommen hast. Sie haben noch nicht erkannt, was das heißt. Du bist auf dem Weg, zu lernen, wie man ein Zauberer wird.«

»Wie meint Ihr das?«

»Du wußtest, daß es gefährlich war, die beiden zu verärgern, nicht wahr?« Richard nickte. »Und dennoch hast du die beiden Jungen benutzt, obwohl du wußtst, ihnen könnte etwas zustoßen.«

»Ja. Aber ich mußte es tun. Es war zu wichtig. Außerdem ist mir nichts anderes eingefallen.«

»Die Bürde eines Zauberers. So nennt man es. Die Menschen zu benutzen. Ein weiser Zauberer begreift, daß er nicht alles allein machen kann und, wenn eine Angelegenheit wichtig genug ist, andere Menschen benutzen muß, um das zu erreichen, was getan werden muß. Selbst wenn es den einen oder anderen dieser Menschen das Leben kosten sollte. Dies ist eine seltene Fähigkeit, und für einen guten Zauberer lebenswichtig. Für eine gute Prälatin vielleicht auch.«

»Ann, es ist dringend. Ich muß mit Euch sprechen.«

»Dringend, ja? Nun, warum gehen wir dann nicht in meinen Garten, dann können wir diese dringende Angelegenheit besprechen.«

Sie hakte sich bei ihm ein und führte ihn durch die offene Tür. Draußen im Mondschein lag ein prächtiger, großzügiger Innenhof mit Bäumen, Pfaden, Blumenbeeten, wild überwucherten Stellen und einem wunderschönen Teich. Richard entging die Schönheit des Gartens vollkommen. Seit seiner Unterredung mit Warren hatte er kaum essen oder schlafen können. Sollte der Hüter entfliehen, würde er alle Menschen bekommen, auch Kahlan. Richard mußte etwas unternehmen.

»Ann, der Welt steht großer Ärger ins Haus. Ich brauche Eure Hilfe. Ich muß diesen Halsring loswerden, damit ich selbst helfen kann.«

»Dafür bin ich da, Richard. Um zu helfen. Was ist das für ein Ärger?«

»Der Hüter ...«

»Der Namenlose«, verbesserte sie.

»Was macht das für einen Unterschied?«

»Ihn beim Namen zu nennen, weckt seine Aufmerksamkeit.«

»Ann, das ist doch nur ein Wort. Die Bedeutung eines Wortes zählt, nicht die Zusammensetzung der Buchstaben. Glaubt Ihr, wenn Ihr den Hüter statt dessen den Namenlosen nennt, daß er sich dadurch täuschen ließe und nicht wüßte, daß Ihr von ihm sprecht? Es ist ein Fehler, seine Feinde für dumm zu halten und sich selbst für zu schlau.«

Ein herzhaftes Lachen entfuhr ihrer Brust. »Ich habe sehr lange darauf gewartet, daß jemand darauf kommt.«

Sie blieb mit ihm am Rand des Teiches stehen, und er fragte: »Was ist ›der Kiesel im Teich‹?«

Sie blickte über das Wasser. »Du bist einer, Richard.«

»Soll das heißen, daß es mehr als einen gibt?«

Ein kleiner Stein schwebte durch die Luft, hinauf in ihre Hand. »Jeder hat eine Wirkung auf andere. Manche Menschen inspirieren andere dazu, Großes zu tun. Manche ziehen andere mit sich ins Verderben. Die Menschen, die die Gabe besitzen, haben einen noch größeren Einfluß auf ihre Umgebung. Je stärker das Han, desto größer die Wirkung.«

»Und was hat das mit mir zu tun? Was hat das mit dem Kiesel im Teich zu tun?«

»Siehst du die Entengrütze, die auf der Oberfläche treibt? Nimm einmal an, das sind die anderen Menschen, die Welt der Lebenden, und dieser Kiesel, das bist du.« Sie warf den Stein in den Teich. »Siehst du, was geschieht? Die von dir hervorgerufenen Wellen beeinflussen alle anderen. Ohne dich wäre es zu all diesen Wellen nicht gekommen.«

»Sie treiben also auf und ab, auf den Wellen. Doch der Stein geht unter.«

Sie lächelte ihn ohne jeden Humor an. »Vergiß das nie.«

Die Antwort machte ihn nachdenklich. »Ich glaube, Ihr setzt zu viel Vertrauen in mich. Ihr wißt doch gar nichts über mich.«

»Vielleicht mehr, als du denkst, Junge. Und was besorgt dich am Hüter so?«

»Es muß etwas geschehen. Er kann jeden Augenblick entkommen. Eines der Kästchen der Ordnung wurde geöffnet, das Tor steht offen. Der Stein der Tränen befindet sich in dieser Welt. Ich muß etwas tun.«

»Ahh.« Sie lächelte und blieb langsam stehen. »Du, der du gerade eben vom Han einer einfachen Schwester an die Wand geworfen wurdest, du willst also ausziehen und höchstpersönlich gegen den Hüter kämpfen?«

»Aber es ist viel passiert. Es muß etwas geschehen.«

»Wie ich sehe, hast du mit Warren gesprochen. Ein sehr heller junger Mann, dieser Warren. Doch er ist noch sehr jung. Manchmal braucht er Führung. Anleitung.« Sie zog einen Ast näher heran. »Er studiert hart und liebt diese Bücher. Bestimmt kennt er jeden Fingerabdruck auf ihnen.«

Sie betrachtete eine Blüte auf dem Ast. Während er sich so im Mondschein betrachtete, entschied er, daß er sich vielleicht doch für etwas schlauer gehalten hatte, als er war. Warren ebenfalls.

»Und was ist nun mit dem Hüter? Was ist mit dem Stein der Tränen?«

Sie hakte sich wieder bei ihm ein und führte ihn weiter. »Wenn das Tor offensteht und der Stein der Tränen sich in dieser Welt befindet, Richard, wieso hat der Hüter uns dann nicht längst überwältigt? Hmm?«

»Vielleicht steht er kurz davor, uns alle jeden Augenblick zu verschlingen.«

»Aha. Du glaubst also, er ist vielleicht noch mit seinem Abendessen beschäftigt, und wenn er damit fertig ist, dann kommt er endlich dazu, die Welt alles Lebendigen zu verschlingen. Und deshalb willst du losrennen und das Tor schließen, bevor er sich die Serviette vom Schoß nimmt? Glaubst du tatsächlich, so funktioniert die Welt jenseits der unseren? Auf dieselbe Weise wie die unsere auch?«

Richard fuhr sich nervös mit den Fingern durchs Haar. »Ich weiß es nicht. Ich weiß nicht, wie das alles funktioniert. Warren meinte jedenfalls ...«

»Warren weiß auch nicht alles. Er ist nur ein Schüler. Er ist begabt, was die Prophezeiungen anbetrifft, aber er hat noch viel zu lernen.

Weißt du, warum wir die Prophezeiungen unten in den Gewölbekellern aufbewahren und beschränken, wer sie lesen darf? Aus demselben Grund, weshalb wir auch diese Diskussion führen. Weil Prophezeiungen für den ungeschulten Verstand gefährlich sind, manchmal sogar für den geschulten. An den Dingen ist oft mehr, als einem ins Auge fällt, sonst hätte der Hüter uns längst übermannt.«

»Wollt Ihr damit sagen, wir würden nicht in Gefahr schweben?«

Sie setzte ein verschmitztes Lächeln auf. »Wir schweben ständig in Gefahr, Richard. Solange es eine Welt der Lebenden gibt, solange gibt es auch Gefahr. Alles Leben ist sterblich.«

Sie tätschelte erneut seinen Arm. »Du bist eine wichtige Person, eine Person aus den Prophezeiungen, doch wenn du unüberlegt oder töricht handelst, richtest du mehr Schaden an als Nutzen. Daß der Stein der Tränen in dieser Welt ist, das allein ermöglicht es dem Hüter noch nicht, durch das Tor zu entkommen. Der Stein ist nur eins der Mittel zu diesem Zweck.«

»Hoffentlich habt Ihr recht«, meinte Richard im Weitergehen.

Sie sah kurz auf. »Wie geht es deiner Mutter?«

Richard blickte hinaus in die Dunkelheit. »Sie starb, als ich noch klein war. Bei einem Brand.«

»Das tut mir leid, Richard. Und dein Vater?«

»Welcher«, murmelte er.

»Dein Stiefvater, George.«

Richard räusperte sich. »Er wurde von Darken Rahl umgebracht.« Er warf ihr einen kurzen Seitenblick zu. »Woher kennt Ihr meinen Stiefvater?«

Sie sah ihn mit einem jener zeitlosen Blicke an, die er schon bei anderen gesehen hatte: bei Adie, bei Shota, Schwester Verna, Du Chaillu und Kahlan. »Tut mir leid, Richard. Ich wußte nicht, daß er gestorben ist. George Cypher war ein bemerkenswerter Mann.«

Er blieb stehen. Er hatte eine Gänsehaut bekommen. »Ihr wart es«, sagte er kaum hörbar. »Durch Euch ist mein Vater an dieses Buch gekommen.« Er ließ die Bemerkung vage genug, daß sie die Einzelheiten ergänzen mußte, wenn sie sie bestätigen wollte.

Ihr Lächeln kam zögernd zurück. »Du hast Angst, es laut auszusprechen? Das Buch der Gezählten Schatten, das ist das Buch, welches du meinst.« Sie deutete auf eine Bank aus Stein. »Setz dich, Richard, bevor du umfällst.«

Richard ließ sich auf die Bank fallen. Er hob den Kopf, als sie vor ihm stand. »Ihr? Ihr habt meinem Vater das Buch gegeben?«

»Genaugenommen habe ich ihm dabei geholfen, es zu bekommen. Siehst du, Richard, es ist, wie ich gesagt habe. Du und ich, wir sind alte Bekannte. Natürlich, als ich dich das letzte Mal gesehen habe, hast du dir noch die Seele aus dem Leib geschrien. Du warst gerade erst ein paar Monate alt.«

Sie lächelte versonnen. »Wenn deine Mutter dich jetzt sehen könnte. Sie war so ungeheuer stolz auf dich. Sie sagte, du seist der Segen, der den Fluch ausgleicht. Weißt du, Richard, Ausgewogenheit, das ist es, worum es in der Welt der Lebenden im wesentlichen geht. Du bist ein Kind dieser Ausgewogenheit. Ich habe viel in dich investiert.«

Richard hatte das Gefühl, seine Zunge würde am Gaumen kleben. »Wieso?«

»Weil du ein Kiesel im Teich bist.« Ihr Blick schien zu verschwimmen. »Vor über dreitausend Jahren besaßen Zauberer subtraktive Magie. Seitdem wurde keiner mehr mit ihr geboren. Wir haben darauf gehofft, doch kein einziger ist mit dieser Gabe geboren worden – bis jetzt. Ein paar hatten die Berufung dazu, aber nicht die Gabe. Du besitzt die Gabe sowohl für die additive als auch die subtraktive Magie.«

Richard fuhr hoch. »Was! Seid Ihr verrückt?«

»Setz dich, Richard.«

Die ruhige Kraft ihrer Stimme, ihr durchdringender Blick, ihre Präsenz ließen ihn auf die Bank zurücksinken. Aus irgendeinem Grund kam sie ihm plötzlich sehr groß vor. Sie war genauso groß wie zuvor, und doch schien sie ihn zu überragen. Auch ihre Stimme verstärkte diesen Eindruck.

»Und jetzt hör mir zu. Du bereitest mir große Unannehmlichkeiten. Du benimmst dich wie ein wilder Bulle, der ständig Zäune niederrennt und Ernten zertrampelt. Es steht zuviel auf dem Spiel, als daß du handeln könntest, ohne zu wissen, was du tust. Ich weiß, du glaubst, du tust das Richtige, aber das glaubt der Bulle auch. Dein Problem ist, es fehlt dir an Wissen. Ich habe die Absicht, dir eine Ausbildung zu geben.

Auch wenn du mir einiges nicht glauben wirst, was ich dir zu sagen habe, so tätest du gut daran, es zu akzeptieren, oder du wirst eine sehr lange Zeit in diesem Halsring stecken, denn er löst sich erst, wenn du die Wahrheit akzeptierst.«

»Man hat mir gesagt, die Schwestern nähmen einem den Halsring ab.«

Der Blick in ihren Augen ließ ihn wünschen, er hätte den Mund gehalten oder er könnte den Platz mit den beiden Schwestern tauschen, die öffentlich eine Tracht Prügel bekommen sollten.

»Nur wenn du dich selbst akzeptierst, deine Fähigkeit und deine wahre Kraft, wird er sich lösen. Du hast dir den Rada'Han selbst um den Hals gelegt. Wir haben nicht die Macht, ihn abzunehmen, bevor du uns nicht helfen kannst, mit deiner eigenen Kraft. Und das kannst du einzig dadurch erreichen, daß du lernst und akzeptierst, wer du bist.

Und jetzt mußt du als allererstes etwas über den Hüter lernen und über den Schöpfer und über das Wesen dieser Welt. Dein Problem, das Problem, das die meisten Menschen haben, das Problem, das auch Warren hat, besteht darin, daß du die Welt des Jenseits vom Standpunkt dieser Welt aus zu verstehen suchst.

Gut und Böse, Schöpfer und Hüter, bilden ein Chaos, das in zwei entgegengesetzte Kräfte aufgespalten ist. Obwohl die beiden sich gegenseitig verabscheuen, so sind sie dennoch voneinander abhängig und können ohne den jeweils anderen nicht existieren. Sie bedingen sich gegenseitig. Unser Kampf, unser Existenzkampf in dieser Welt, bewahrt dieses Gleichgewicht.«

Richard hielt zwar den Mund, aber er konnte nicht verhindern, daß seine Stirn sich in Falten legte.

»Aus dem Schöpfer entspringt das Leben, die Seele des Lebens. Es erblüht in dieser Welt. Ohne den Hüter, ohne den Tod, kann es kein Leben geben. Ohne den Tod wäre das Leben zeitlich unbegrenzt.

Kannst du dir eine Welt vorstellen, in der niemand jemals stirbt? In der jedes Neugeborene überlebt? Auf ewig? In der jede Pflanze, die keimt, zur Blüte gelangt? In der jeder Baum ewig lebt und jeder Samen keimt und zu einem Baum heranwächst?

Was geschähe dann? Wie könnten wir essen, wenn wir kein Tier töten, kein Getreide ernten könnten, wenn alles ewig lebte und nicht sterben könnte? Ein niemals endendes Leben in nagendem Hunger wäre die Folge. Die Welt der Lebenden ginge im Chaos unter und vernichtete sich selbst für immer.

Der Tod, die Unterwelt, wie ihn manche nennen, ist ewig. Du stellst ihn dir vom Standpunkt dieses Lebens aus vor. In der Ewigkeit hat Zeit keine Bedeutung, keine Dimension. Für den Hüter ist eine Sekunde oder auch ein Jahr bedeutungslos.

Nur durch die Menschen, die ihm in dieser Welt dienen, erlangt der Hüter eine Dimension der Zeit. Auf ihr Drängen hin treibt er seinen Kampf voran, denn sie haben einen Begriff von Zeit. Er braucht die Lebenden, wenn er erfolgreich sein will. Die Versprechungen, die er ihnen macht, sind verlockend, und sie gieren danach, daß er obsiegt.«

»Und welche Rolle spielen nun die Lebenden dabei?«

»Wir teilen und bestimmen das Chaos mittels Ordnung und halten es dadurch getrennt: Licht und Dunkel, Gut und Böse. Die Ausgewogenheit, das sind wir.

Wir sind wie die Entengrütze, die auf der Oberfläche eines Teiches treibt. Die Luft darüber ist der Schöpfer, die Tiefen darunter der Hüter. Die Seelen der Lebenden, die vom Schöpfer herabgestiegen sind, erblühen an diesem Ort zum Leben, und wenn sie sterben, sinken sie hinab in die Welt der Toten.

Doch das bedeutet nicht, daß dieser böse ist. Böse, das ist ein Urteil, das wir ihm auferlegen. Der Hüter ist wie der Schlick am Grunde des Teiches. Die Seelen der Toten wohnen überall, angefangen von den Tiefen dieses Chaos und des Hasses in der Nähe des Hüters, bis in die Nähe der Lebenden, in die Nähe des Lichts des Schöpfers. Es ist die Hoffnung der Lebenden, die Ewigkeit in der Wärme dieses Lichtes zu verbringen.

Wir, die Lebenden, sind es, die die Welten trennen und sie zu beiden Seiten des Lebens bestimmen. Magie ist das Element, das dieser Welt die Kraft dazu gibt. Magie ist der Ausgleichspunkt.

Der Hüter würde gern die Welt der Lebenden verschlingen, um zu triumphieren. Dazu muß er die Magie ausmerzen. Gleichzeitig jedoch muß er, um zu triumphieren, Magie einsetzen, um das Gleichgewicht zu kippen.«

Richard hatte Mühe, den Kopf nicht in den trüben Wassern der Verwirrung zu verlieren. »Und Zauberer haben die Kraft, diese Ausgewogenheit zu beeinflussen?«

Sie stand noch immer über ihn gebeugt. Sie hob den Zeigefinger. »Ja. Und du besitzt beide Seiten der Magie.« Ihr Lächeln löste sich auf eine Weise auf, die ihm den Atem raubte. »Das macht dich zu einem äußerst gefährlichen Menschen, Richard.

Du besitzt beide Seiten der Gabe, du hast die Kraft, den Schleier zu richten oder zu zerstören. Es gibt gute Menschen, die dich im Handumdrehen töten würden, wüßten sie von deiner Kraft – aus Angst, du könntest uns alle, wenn nicht absichtlich, so doch aus Versehen, vernichten.«

»Und Ihr? Gehört Ihr auch zu denen?«

»Wenn, dann hätte ich deinem Vater nicht geholfen, das Buch der Gezählten Schatten zu bekommen. Durch deine Beteiligung wurde die unmittelbare Bedrohung abgewendet, aber dadurch wurde dem Tor auch Magie zugeführt, wodurch sich das Risiko erhöht, daß uns in Zukunft noch größere Gefahren drohen. Ich mußte dieses Risiko eingehen. Es nicht zu tun, hätte eine Katastrophe bedeutet. Doch wenn das, was schiefgelaufen ist, nicht gerichtet wird, dann wird es am Ende zu einer noch größeren Katastrophe kommen.«

»Was ist der Schleier? Wo befindet er sich?«

Sie streckte die Hand aus und tippte ihm gegen die Stirn. »Der Schleier befindet sich in denen von uns, die Magie besitzen. Wir sind seine Wächter. Deswegen bedeutet den Menschen mit der Gabe Ausgewogenheit so viel. Wenn der Schleier eingerissen ist, beginnt das Gleichgewicht zu kippen. Je mehr es kippt, um so weiter reißt der Schleier ein.

Der Schöpfer herrscht über sein Reich, der Hüter über das seine. Der Hüter braucht den Schöpfer, da dieser ihm Leben zuführt, der Schöpfer braucht den Hüter, damit sich das Leben erneuern kann. Der Schleier wahrt dieses Gleichgewicht.«

Ihre Miene wurde grimmig. »Viele würden dies als Blasphemie bezeichnen. Sie sehen den Hüter nur als Übel, das vernichtet werden muß. Doch damit bewirkte man genau das Gegenteil – alles Leben würde fortgeschwemmt wie eine Sandbank von der Flut.«

»Nur um der Debatte willen, was wäre, wenn ich tatsächlich beide Arten von Magie besäße? Wozu dient meine Kraft?«

»Die meisten Zauberer haben ein Talent, das in eine bestimmte Richtung geht. Einige sind Heiler, manche stellen magische Gegenstände her, Propheten sind schon seltener. Am seltensten sind Kriegszauberer. Seit über dreitausend Jahren wurde keiner mehr geboren. Bis du kamst.«

Richard wischte sich die schweißnassen Hände an den Hosenbeinen ab. »Das gefällt mir überhaupt nicht.«

»Das Wort *Kriegszauberer* hat zwei Bedeutungen, die sich, wie alle Dinge der Magie, ausgleichen. Die erste hat zum Inhalt, daß sie den Schleier einreißen, Tod und Zerstörung bringen können – eben Krieg. Und die zweite, daß sie jene Magie besitzt, die man braucht, um gegen die Kräfte des Hüters anzukämpfen. Ein Kriegszauberer zu sein, bedeutet nicht, daß du böse bist, Richard. Viele, die kämpfen, tun dies, um Wehrlose zu schützen. Es bedeutet vielmehr, daß du genug Verantwortungsbewußtsein besitzt, um zu kämpfen und die Wehrlosen zu verteidigen.«

»›Nur der, der aus der Wahrheit geboren wurde, kann um die Bande des Lebens kämpfen. Und dieser ist gezeichnet, er ist der Kiesel im Teich‹«, zitierte Richard.

Sie zog eine Augenbraue hoch. »Für jemanden, der vorgibt, sich nichts aus Prophezeiungen zu machen, ist es erstaunlich, wie gut du einige der zentraleren Stellen zu kennen scheinst. Wenn ich nicht völlig verwirrt bin, müßtest du gezeichnet sein.«

Richard spürte die Narbe auf seiner Brust, als er nickte. »Wollt Ihr damit sagen, das Ende meines Lebens zeichnet sich bereits ab? Daß ich es nur zu Ende leben soll, so wie es vorherbestimmt ist?«

»Nein, Richard. Das Leben ist nicht vorherbestimmt. Die Prophezeiungen bedeuten lediglich, daß du über das Potential verfügst. Du besitzt die Fähigkeit, Ereignisse zu beeinflussen. Deswegen ist das Lernen für dich so wichtig.

Du mußt, und das ist von äußerster Wichtigkeit, lernen, dich selbst zu akzeptieren. Wenn du das nicht tust, dann fügst du dem entscheidendsten Teil deines Ichs Schaden zu: deinem freien Willen. Wenn du handelst, ohne zu verstehen, überläßt du dich dem Chaos.

Ich habe dich bei deiner Geburt am Leben gelassen, weil du die Fähigkeit besitzt, Gutes zu tun. In dir ruht die Hoffnung des Lebens. Doch bis du wirklich beide Seiten deiner Magie akzeptierst, stellst du für jedes lebendige Wesen eine Gefahr dar.«

Richard wollte verzweifelt das Thema wechseln. Er fühlte sich von alldem, von der ganzen Welt erdrückt. »Was ist der Stein der Tränen?«

Sie zuckte kurz mit den Achseln. »In der Welt der Toten existiert er als eine Kraft. In dieser Welt ist er ein Gegenstand, der Macht besitzt, und diese Kraft repräsentiert.

Der Stein der Tränen ist wie ein Gewicht, das den Hüter am grenzenlosen Ende seiner Welt gefangenhält, wohingegen hier sein Einfluß bis zur Ausgewogenheit abgeschwächt ist.«

»Wenn er sich also hier befindet, von ihm gelöst, dann ist der Hüter aus seinem Gefängnis frei.«

»Wenn das stimmte, dann wären wir alle längst tot. Hmmm?« Sie zog fragend die Augenbrauen hoch, doch Richard sagte nichts. »Er ist eines der Siegel, die den Hüter ins Jenseits sperren. Es gibt andere, die noch immer halten. Magie hält ihn fürs erste noch zurück.

Der Stein der Tränen besitzt allerdings die Kraft, das Gleichgewicht zu zerstören, den Schleier einzureißen und den Hüter zu befreien, wenn ihn jemand wie du in dieser Welt auf die falsche Art benutzt. Du siehst, der Stein hat die Kraft, jede Seele in die unendlichen Tiefen der Unterwelt zu verbannen. Doch würde er auf diese Art benutzt, aus Haß und Selbstsucht, dann gäbe er Kraft an diese Seite ab und zerstörte den Schleier.

Der Schleier kann nur von jemandem wiederhergestellt werden, der die Gabe für beide Seiten der Magie besitzt. Der Stein muß wieder dorthin zurückgebracht werden, wo er hingehört.

Wir müssen darum kämpfen, daß die anderen Siegel bis zu jenem Tag intakt bleiben, an dem jemand wie du den Schleier erneuern kann – solange noch Zeit ist. In der Zwischenzeit gewinnt der Hüter hier an Kraft. Seine Günstlinge kämpfen darum, die anderen Siegel aufzubrechen. Es gibt noch andere Wege, den Hüter zu befreien.

»Ann ... seid Ihr sicher, was mich anbetrifft? Vielleicht ...«

»Du hast es heute abend erst bewiesen, indem du durch diesen Schild gegangen bist. Unsere Schilde sind aus additiver Magie gemacht. Du hast es nur durchdringen können, weil dein Han subtraktive Magie benutzt.«

»Vielleicht ist mein Han, meine Additive Magie, bloß stärker.«

»Als du durch das Tal der Verlorenen gekommen bist, bist du doch bestimmt von den Türmen angezogen worden. Hab' ich recht?«

»Es könnte doch sein, daß ich ganz zufällig auf sie gestoßen bin.«

Sie seufzte matt. »Die Türme wurden von Zauberern geschaffen, die über beide Arten von Kraft verfügen. Im weißen Turm gibt es weißen Sand, Zauberersand. Ich glaube nicht, daß du welchen mitgenommen hast.«

»Das beweist gar nichts. Was ist Zauberersand überhaupt?«

»Zauberersand ist äußerst wertvoll, fast unbezahlbar. Er sammelt sich nur in den Türmen an. Zauberersand besteht aus den kristallisierten Knochen von Zauberern, die den Türmen ihr Leben geopfert haben. Es handelt sich um eine Art destillierter Magie. Er verleiht den Bannen, die damit gezeichnet werden, Macht – im guten wie im bösen Sinn. Der richtige Bann, in weißem Zauberersand gezeichnet, kann den Hüter heraufbeschwören.

Du hast statt dessen etwas von dem schwarzen Sand mitgenommen, nicht wahr?«

»Na ja, stimmt. Ich wollte nur ein kleines bißchen, das ist alles.«

Sie nickte. »Nur ein kleines bißchen! Richard, seit der Errichtung der Türme hat kein Zauberer mehr schwarzen Zauberersand einsammeln können. Nur wer subtraktive Magie besitzt, kann ihn aus dem Turm entfernen. Hüte diesen schwarzen Sand wie dein Leben. Er ist wertvoller, als du dir vorstellen kannst.«

»Wieso? Was kann man damit machen?«

»Schwarzer Zauberersand ist das Gegenstück des weißen. Sie heben sich gegenseitig auf. Der schwarze, nur ein einziges Körnchen davon, vergiftet einen Bann, der gezeichnet wurde, um den Hüter zu beschwören. Er zerstört diesen Zauber. Ein Löffel voll ist eine Waffe, die Königreiche wert ist.«

»Trotzdem«, meinte er, »könnte es doch sein –«

»Die letzten Zauberer, die mit beiden Arten von Magie geboren wurden, haben den Palast der Propheten mit ihrer Magie ausgestattet. Die Propheten jener Zeit wußten, daß einst wieder jemand mit beiden Seiten der Magie geboren werden würde, und so schufen sie auch den Hagenwald und die Mriswiths. Wer mit subtraktiver Magie geboren wurde, würde sich dort hingezogen fühlen. Um dort zu kämpfen.

Der Halsring verhindert, daß die additive Magie dich tötet. Der Hagenwald stellt ein Ventil für die andere Seite deiner Kraft dar. Das ist etwas, das dir die Schwestern nicht bieten können.«

»Aber ich habe doch das Schwert der Wahrheit benutzt.« Seine Stimme kam ihm vor wie ein in den Sturm gerufenes Flehen. »Es war das Schwert.«

»Auch das Schwert der Wahrheit wurde von Zauberern mit der Gabe für beide Seiten der Magie geschaffen. Nur jemand, der von Geburt an war wie sie, kann ihm das volle Maß an Magie entlocken. Nur du kannst die Möglichkeiten des Schwertes voll ausschöpfen. Das hast du aber bis jetzt noch nicht getan.

Es hilft dir, und doch benötigst du es nicht, um einen Mriswith zu töten. Deine Gabe genügt. Wenn du mir nicht glaubst, dann laß dein Schwert zurück und geh nur mit deinem Messer in den Hagenwald. Du wirst den Mriswith trotzdem töten.«

»Andere haben die Klinge auch schon benutzt. Sie hatten nicht einmal die Gabe, noch viel weniger subtraktive Magie.«

»Sie haben nicht wirklich die Magie des Schwertes eingesetzt. Die Klinge wurde für dich gemacht. Sie ist ein Hilfsmittel, so wie Prophezeiungen und die Mriswiths Hilfsmittel sind, die man dir durch die Zeit hindurch zukommen läßt.«

»Ich glaube nicht, daß ich einer dieser Kriegszauberer bin.«

»Magst du Fleisch?«

»Was hat das damit zu tun?«

»Du bist ein Kind der Ausgewogenheit. Zauberer müssen sich

selbst ausgleichen, die Dinge, die sie tun, ihre Kraft. Kriegszauberer essen selten Fleisch. Ihre Enthaltsamkeit in diesem Punkt ist ein Ausgleich für das Töten, zu dem sie gelegentlich gezwungen sind.«

»Tut mir leid, Ann, aber ich kann einfach nicht glauben, daß ich subtraktive Magie besitze.«

»Deshalb bist du eine solche Gefahr. Jedesmal, wenn du Magie begegnest, lernt dein Han mehr darüber, wie es dich schützen und dir dienen kann, obwohl du selbst gar nicht merkst, daß es etwas dazulernt. Der Rada'Han hilft ihm nur beim Wachsen.

Du tust Dinge, ohne die Wichtigkeit oder den Grund zu kennen, wie zum Beispiel, als du dich zum schwarzen Zauberersand hingezogen fühltest und ihn nahmst oder als du den runden Skrinknochen von Adie mitgenommen hast.«

Richards Brauen zogen sich zusammen. »Adie kennt Ihr auch?«

»Ja. Sie hat deinem Vater und mir geholfen, durch den Paß zu gelangen, damit wir das Buch der Gezählten Schatten zurückholen konnten.«

»Welchen runden Knochen meint Ihr?«

Richard bemerkte, wie ihre Augen kurz alarmiert aufblitzten.

»Adie hatte einen runden Knochen, in den ringsum Bestien geschnitzt waren. Es handelt sich um einen Gegenstand von großer Kraft. Bestimmt hat dich deine subtraktive Magie zu ihm hingezogen.«

Richard erinnerte sich, den runden Knochen oben auf einem Regal gesehen zu haben. »Ich habe so etwas in ihrem Haus gesehen, aber ich habe den Knochen nicht mitgenommen. Ich würde niemals etwas nehmen, was mir nicht gehört. Vielleicht besitze ich also in Wirklichkeit doch keine subtraktive Magie?«

Sie richtete sich auf. »Nein. Er ist dir aufgefallen. Daß du ihn nicht mitgenommen hast, bedeutet bloß, daß deine Kraft noch nicht genug entwickelt war, um dich zu dem Skrinknochen ebenso hinzuziehen wie zu dem schwarzen Sand – und zwar deshalb, weil du den Rada'Han noch nicht getragen hast.«

Richard war unschlüssig. »Ist das ein Problem?«

Sie lächelte. Ihm kam dieses Lächeln gezwungen vor. »Nein. Adie würde diesen Knochen mit ihrem Leben verteidigen. Sie weiß, wie wichtig er ist. Du kannst ihn später wiederfinden.«

»Was kann man damit tun?«

»Er hilft, den Schleier zu beschützen. Von einem Kriegszauberer benutzt, der wie du über beide Kräfte verfügt, ruft er den Skrin herbei. Die Skrin sind eine Kraft, die dafür sorgt, daß die Welten getrennt bleiben. Man könnte sie als Wächter der Grenze zwischen den Welten bezeichnen.«

»Und wenn er in die falschen Hände gerät? In die Hände eines Menschen, der dem Hüter helfen will?«

Sie zupfte an seinem Hemd, drängte ihn, sich zu erheben. »Du machst dir zu viele Gedanken, Richard. Ich habe noch zu tun. Du mußt mich jetzt damit allein lassen. Gib dein Bestes, Kind, und lerne. Lerne, dein Han zu berühren, es zu beherrschen. Du mußt lernen, wenn du dem Schöpfer eine Hilfe sein willst.«

Richard drehte sich wieder zu ihr um. Ihr Blick war ins Ferne gerichtet.

»Ann, wozu will der Hüter die Welt der Lebenden? Was bringt ihm das? Was ist sein Ziel?«

Sie gab die Anwort mit leiser, entrückter Stimme. »Der Tod ist die Antithese des Lebens. Es ist der Lebenszweck des Hüters, die Lebenden zu verschlingen. Sein Haß für das Leben kennt keine Grenzen. Sein Haß ist genauso ewig wie sein Gefängnis des Todes.«

30. Kapitel

Richard hatte sich vollkommen in seinen Gedanken verloren, als er auf die Steinbrücke zusteuerte. Tagelang hatte er sich in sein Zimmer zurückgezogen und nachgedacht. Wenn die Schwestern kamen, um ihm seinen Unterricht zu geben, war er nur halbherzig bei der Sache. Mittlerweile hatte er Angst, er könnte tatsächlich sein Han berühren.

Warren war Tag und Nacht in den Gewölbekellern beschäftigt, überprüfte, was Richard ihm gesagt hatte, und suchte nach weiteren Hinweisen. Irgend etwas mußte dran sein, an dem, was die Prälatin ihm erzählt hatte – warum sonst hätte der Hüter das Tor nicht längst benutzen sollen, wenn er dazu in der Lage war.

Er mußte ein wenig raus. Der Kopf schien ihm zu platzen. Er wollte einfach eine Weile fort vom Palast.

Plötzlich tauchte Pasha an seiner Seite auf. »Ich habe schon nach dir gesucht.«

Er ging weiter und starrte geradeaus. »Warum?«

»Ich wollte einfach bei dir sein.«

»Also, ich habe jedenfalls vor, einen Spaziergang hinaus aufs Land zu machen.«

Sie zuckte mit den Achseln. »Gegen einen Spaziergang hätte ich nichts einzuwenden. Darf ich mitkommen?«

Richard sah sie an. Sie trug ihr hauchdünnes, kastanienbraunes Kleid, das mit dem V-Ausschnitt. Der Tag war kühl. Wenigstens hatte sie einen ganz brauchbar aussehenden violetten Umhang an. In den Ohren trug sie große goldene Ringe. Ihr Gürtel paßte zur Halskette, er wies dieselbe Art goldener Medaillons auf. Sie sah verführerisch aus, so wie sie vor ihm stand, wenn es auch nicht gerade die richtige Bekleidung für eine ländliche Wanderung war.

»Hast du wieder diese Pantöffelchen an?«

Sie streckte einen Fuß vor, um ihm ihre handgearbeiteten Lederstiefel zu zeigen. »Habe ich mir extra anfertigen lassen, damit ich mit dir wandern kann.«

Extra anfertigen lassen, dachte er. Richard erinnerte sich, wie verletzt sie gewesen war, als er ihr erklärt hatte, das blaue Kleid stehe ihr nicht gut. Er wollte sie nicht verletzen, indem er sie fortschickte. Sie versuchte nur, ihm zu gefallen. Vielleicht täte ihm die Gesellschaft eines lächelnden Gesichtes ganz gut, überlegte er.

»Also gut, von mir aus. Du kannst mitkommen, solange du keine fröhlichen Plaudereien von mir erwartest.«

Schmunzelnd hakte sie sich bei ihm ein. »Ich bin schon glücklich, wenn ich dich nur begleiten darf.«

Zumindest hielt ihm Pasha an seinem Arm die meisten Frauen fern, als sie die Stadt durchquerten. Die, die sich trotzdem dreist an ihn ranmachten, handelten sich einen wütenden Blick von Pasha ein. Wer diesem wütenden Blick die Stirn bot, bekam etwas anderes zu spüren, eine Berührung durch ihr Han. Die Frauen schrien auf, sobald sie etwas Unsichtbares zwackte, und machten sich auf und davon.

Inzwischen begriff Richard, warum der Palast Zauberer heranzüchtete. Sie versuchten einen Zauberer mit additiver und subtraktiver Magie hervorzubringen.

Und jetzt hatten sie einen.

Schweigend wanderten sie hinauf in die Hügel, die ins goldene Licht der späten Nachmittagssonne getaucht waren. Hier draußen, in den offenen, felsigen Hügeln, von denen man die Stadt überblicken konnte, fühlte Richard sich besser. Auch wenn es eine Selbsttäuschung war, er fühlte sich frei. Plötzlich wünschte er sich, Pasha wäre nicht mitgekommen. Seit Tagen war er nicht mehr hergekommen, um Gratch zu besuchen. Wahrscheinlich war Gratch schon ganz verzweifelt.

Er wußte nicht recht, was er als nächstes tun sollte. Er wußte nicht, ob alles stimmte, was die Prälatin gesagt hatte, er wußte auch nicht, wovor er sich mehr fürchtete – davor, daß es eine Lüge war oder die Wahrheit.

Pashas Hand auf seinem Arm verkrampfte sich. Das riß ihn aus seinen düsteren Grübeleien und ließ ihn stehenbleiben. Sie sah sich nervös um. An der Art, wie sie durch ihren Mund atmete, konnte er erkennen, daß sie sich fürchtete.

»Was ist?« fragte er.

Ihr Blick wanderte suchend über die umliegenden Felsen. »Richard, hier draußen ist irgendwas. Bitte, laß uns umkehren.«

Richard zog das Schwert. Das einzigartige Klirren erfüllte die stille Nachmittagsluft. Er spürte nichts, kein Gefühl von Gefahr, doch offenkundig hatte Pashas Han etwas gespürt, das ihr angst machte.

Pasha stieß einen leisen Schrei aus. Richard wirbelte herum. Gratchs Kopf schob sich hinter einem Felsen vor. Pasha wich zurück.

»Schon gut, er tut dir nichts.«

Gratch lächelte zögernd und zeigte seine Reißzähne, während er sich zu seiner vollen Größe aufrichtete.

»Töte ihn!« kreischte sie. »Das ist eine wilde Bestie!«

»Beruhige dich, Pasha. Er tut dir nichts.«

Sie wich noch weiter zurück. Gratch stand da, blickte von Richard zu Pasha und wußte nicht, was er tun sollte. Richard wurde klar, daß sie möglicherweise ihr Han benutzen würde, um dem Gar weh zu tun, also stellte er sich zwischen die beiden.

»Richard! Geh dort weg! Man muß ihn töten! Das ist eine Bestie!«

»Er wird dir nichts tun. Ich kenne ihn. Pasha ...«

Sie machte kehrt und lief davon, ihr violetter Umhang flatterte hinter ihr her. Stöhnend verfolgte Richard, wie sie von einem Fels zum anderen sprang und sich auf diese Weise den Hügel hinunterarbeitete. Er warf Gratch einen wütenden Blick zu.

»Was ist los mit dir! Mußtest du sie unbedingt erschrecken! Was fällt dir ein, dich vor anderen Menschen blicken zu lassen!«

Gratch ließ die Ohren hängen. Seine Schultern fielen herunter, und er fing an zu jammern. Als seine Flügel zu zittern begannen, ging Richard zu ihm.

»Zum Jammern ist es jetzt zu spät. Komm und nimm mich in die Arme.« Gratch senkte den Blick zu Boden. »Es wird schon alles wieder gut.«

Er schlang die Arme um das große, pelzige Geschöpf. Schließlich erwiderte Gratch die Umarmung. Er warf Arme und Flügel um Richard und gluckste glücklich. Im Handumdrehen hatte er Richard vom Felsen heruntergezogen und ihn zu Boden gerungen. Richard kitzelte ihn an den Rippen und wehrte sich, bis Gratch vor Wonne jauchzte.

Als sie sich wieder beruhigt hatten, hakte Gratch die Spitze einer Kralle in die Tasche, in der Richard die Locke von Kahlans Haar aufbewahrte. Er blickte Richard unter den Brauen hervor an, die so groß wie Axtgriffe waren. Endlich begriff Richard, was Gratch meinte.

»Nein, nein. Das ist nicht dieselbe Frau. Das ist jemand anderes.«

Gratch runzelte die Stirn. Er verstand nicht. Richard war nicht nach Erklärungen zumute, wieso die Haarlocke, die er immer betrachtete, nicht Pasha gehörte. Auf Gratchs Drängen ließ er sich auf einen zweiten Ringkampf ein.

Es dämmerte bereits, als Richard wieder im Palast eintraf. Er mußte Pasha finden und ihr erklären, daß Gratch sein Freund war und keine gefährliche Bestie. Er war noch nicht weit gekommen, als er statt dessen Schwester Verna traf.

»Hast du den kleinen Gar aus der Wildnis etwa gefüttert, obwohl ich dir befohlen habe, ihn zu töten? Hast du zugelassen, daß das Tier uns folgt?«

Richard starrte sie an. »Er war hilflos, Schwester. Ich konnte doch kein Tier töten, das mir nichts anhaben kann. Wir haben uns angefreundet.«

Brummend wischte sie sich mit der Hand übers Gesicht. »So absurd es klingt, aber ich denke, ich kann dich verstehen. Du hast Gesellschaft gesucht, und das ganz sicher nicht bei mir.«

»Schwester Verna ...«

»Aber warum hast du ihn Pasha gezeigt?«

»Hab' ich nicht. Ich wußte gar nicht, daß er da war. Pasha hat ihn gesehen, bevor ich etwas davon mitbekommen habe.«

Sie stieß einen verzweifelten Seufzer aus. »Die Menschen in dieser Gegend haben Angst vor wilden Tieren, sie töten sie. Pasha kam schreiend zu den Schwestern gelaufen, in den Hügeln sei ein wildes Tier.«

»Ich werde es ihnen erklären. Ich werde dafür sorgen, daß sie verstehen …«

»Richard! Hör mir zu!« Er wich einen Schritt zurück und wartete schweigend, daß sie weitersprach. »Der Palast ist der Ansicht, ›Haustiere‹ würden stören, wenn man lernen will, sein Han zu kontrollieren. Die Schwestern glauben, daß es die Gefühle von ihnen auf das Tier umlenkt. Ich halte das für Unsinn, aber darum geht es nicht.«

»Worum denn dann? Wollt Ihr damit sagen, sie werden versuchen, mich daran zu hindern, ihn zu sehen?«

Sie legte ihm ungeduldig die Hand auf den Arm. »Nein, Richard. Sie halten ihn für eine scheußliche Bestie, die dich anfallen könnte. Sie glauben, er wäre gefährlich für dich. Deshalb wollen sie ihn zu deinem Schutz töten.«

Richard starrte nur eine einzige Sekunde lang in ihr sorgenvolles Gesicht, dann rannte er bereits davon. Er hetzte über die Brücke und zurück in die Stadt. Leute starrten ihm offenen Mundes hinterher, als er vorüberflog. Er sprang über Karren hinweg, die nicht schnell genug ausweichen wollten. Er rannte einen Stand um, an dem Amulette verkauft wurden. Leute riefen ihm wütend etwas hinterher, doch er rannte weiter.

Das Herz klopfte ihm bis in die Ohren, als er die Hügel hinaufhastete. Mehrere Male stürzte er über Gräben oder Steine, rollte ab, kam wieder auf die Füße, japste nach Luft und rannte weiter. Wenn er Hohlwege überqueren mußte, sprang er im Dunkeln von Stein zu Stein.

Auf dem Kamm einer Hügelkuppe, in der Nähe der Stelle, wo er Gratch zuvor getroffen hatte, fing er an, nach ihm zu rufen, wobei er zwischendurch keuchend um Atem rang. Die Fäuste in die Hüften gestemmt, legte er den Kopf nach hinten und rief Gratchs Namen. Seine Stimme wurde von den umliegenden Hügeln zurückgeworfen. Das Echo verhallte, und die einzige Antwort war Stille.

Erschöpft ließ Richard sich auf die Knie fallen. Bestimmt waren sie bald hier. Die Schwestern benutzten mit Sicherheit ihr Han, um den Gar aufzuspüren. Gratch hätte keine Ahnung, was sie von ihm wollten. Selbst wenn er sich von ihnen fernhielt, konnten sie ihn mit ihrer Magie erreichen und töten. Sie konnten ihn aus der Luft holen oder einfach in Brand stecken.

»Graaaaatch! Graaaaaatch!«

Ein schwarzer Schatten verdunkelte ein Stück des Sternenhimmels. Der Gar landete mit dumpfem Aufprall auf dem Boden und faltete seine Flügel zusammen. Er legte den Kopf zur Seite und gab ein leises Gurgeln von sich.

Richard krallte Gratch die Fäuste in das Fell.

»Hör zu, Gratch. Du mußt fort von hier. Du kannst hier nicht länger bleiben. Sie wollen dich umbringen. Du mußt verschwinden.«

Gratch stieß ein fragendes Winseln aus, das gegen Ende höher wurde. Er stellte die Ohren auf und versuchte Richard in die Arme zu schließen.

Richard stieß ihn fort. »Verschwinde! Du hast mich verstanden, das weiß ich ganz genau! Geh! Ich will, daß du verschwindest! Sie werden versuchen, dich umzubringen! Geh fort und komm niemals zurück!«

Gratch ließ die Ohren hängen und legte den Kopf auf die andere Seite. Richard klopfte dem Gar mit der Faust vor die Brust. Er zeigte nach Norden.

»Geh fort!« Er streckte die Arme aus und zeigte es ihm noch einmal. »Ich will, daß du fortgehst und nie mehr wiederkommst!«

Gratch versuchte, die Arme um Richard zu legen. Richard stieß sie fort. Gratch legte die Ohren an den Kopf.

»Grrratch haaaag Raaaach aaaarrgh liiiig.«

Richard hätte nichts lieber getan, als seinen Freund in die Arme zu nehmen und ihm zu erklären, daß er ihn ebenfalls lieb hatte. Doch er konnte nicht. Er mußte ihn dazu bringen, daß er verschwand, wenn er ihm das Leben retten wollte.

»Aber ich liebe dich nicht! Geh fort und komm niemals wieder zurück!«

Gratch sah hinüber zu dem Hang, den Pasha hinuntergerannt war. Dann sah er Richard wieder an. Seine grünen Augen füllten sich mit Tränen. Er streckte die Arme nach Richard aus.

Richard stieß ihn fort. Gratch stand mit ausgestreckten Armen da. Richard mußte daran denken, wie er das pelzige Geschöpf zum ersten Mal in den Armen gehalten hatte. Damals war er noch so klein gewesen. Und jetzt war er so groß. Doch mit ihm war auch seine Freundschaft, seine Liebe gewachsen.

Er war Richards einziger Freund, und einzig Richard konnte ihn retten. Wenn Richard ihn wirklich liebte, mußte er es tun.

»Geh fort! Ich will dich nicht mehr bei mir haben! Ich will nicht, daß du jemals wiederkommst! Du bist nichts weiter als ein großes, dummes, pelziges Etwas! Verschwinde! Wenn du mich wirklich liebst, dann tu, was ich sage und verschwinde!«

Richard wollte ihn weiter anbrüllen, doch die Worte kamen an dem Kloß in seinem Hals nicht vorbei. Er wich zurück. Gratch schien in der kühlen Nachtluft in sich zusammenzusinken. Wieder reckte er die Arme vor, während er ein klagendes, verlorenes Jammern ausstieß. Er rief in jämmerlichem, schneidendem Ton nach ihm.

Richard ging einen weiteren Schritt zurück. Gratch kam einen Schritt auf ihn zu. Richard hob einen Stein auf und schleuderte ihn auf den Gar. Er prallte von seiner stattlichen Brust ab.

»Geh weg!« schrie Richard. Er warf noch einen Stein. »Ich will dich nicht mehr um mich haben! Verschwinde! Ich will dich nicht mehr sehen!«

Die Tränen strömten aus den leuchtenden grünen Augen über die Falten seiner Wangen. »Graaaaatch haaag Raaach aaarrrg liiiieg.«

»Wenn du mich wirklich lieb hast, dann wirst du es tun! Lauf!«

Der Gar blickte noch einmal zu dem Hang hinüber, den Pasha hinuntergerannt war, dann drehte er sich um und breitete die Flügel aus. Mit einem letzten Blick über die Schulter sprang er in die Luft und verschwand in die Nacht.

Als er den dunklen Schatten vor dem Hintergrund der Sterne nicht mehr sehen, den Schlag seiner Flügel nicht mehr hören konnte, brach Richard auf dem Boden zusammen. Sein einziger Freund war fort.

»Ich liebe dich auch, Gratch.«

Er schüttelte sich schluchzend. »Ihr guten Seelen, warum habt ihr mir das angetan? Er war alles, was ich hatte. Ich hasse euch. Jede einzelne von euch.«

Er hatte den Rückweg bereits halb hinter sich gebracht, als es ihn traf wie ein Schlag. Er blieb wie erstarrt auf der Stelle stehen, sein Mund stand offen. In der Stille der Nacht griff er mit zitternden Fingern nach seiner Tasche.

Nicht weit von ihm entfernt flackerten die Lichter der Stadt. Dächer schimmerten im Mondschein. Die fernen Geräusche der Stadt wehten zu ihm am Rand der Hügel hinauf.

Er nahm Kahlans Haarlocke heraus.

»*Wenn du mich wirklich liebst*, hatte Kahlan gesagt, *dann wirst du es tun.* Genau dasselbe hatte er zu Gratch gesagt. Blitzartig wurde ihm alles klar. Die Wucht der Begreifens raubte ihm den Atem.

Kahlan hatte ihn nicht fortgeschickt, sie hatte ihm das Leben gerettet. Sie hatte für ihn dasselbe getan, was er gerade für Gratch getan hatte.

Der Schmerz darüber, daß er an ihr gezweifelt hatte, warf ihn auf die Knie. Es mußte ihr das Herz gebrochen haben. Wie hatte er nur an ihr zweifeln können?

Der Halsring. Er hatte solche Angst vor dem Halsring gehabt, daß er blind dafür gewesen war. Sie liebte ihn. Sie wollte nicht frei sein, sie wollte ihm nur das Leben retten.

Sie liebte ihn.

Er breitete die Arme aus und richtete sein Gesicht gen Himmel.

»Sie liebt mich!«

Er kniete nieder, starrte auf die Haarlocke, die sie ihm geschenkt hatte, um ihn an ihre Liebe zu erinnern. Sein ganzes Leben hatte er nie ein größeres Gefühl der Erleichterung verspürt. Die Welt erwachte für ihn zu neuem Leben.

Richard drehte sich der Kopf in einem Wirrwarr widersprüchlicher Gefühle. Er war zutiefst betrübt, daß er den Gar fortgeschickt hatte, daß Gratch denken mußte, Richard wollte ihn nicht mehr in seiner Nähe haben, gleichzeitig verspürte er jedoch eine überwältigende Freude darüber, daß Kahlan ihn liebte.

Am Ende überwog die Freude. Gratch würde vielleicht eines Tages ebenso verstehen wie er, daß es notwendig gewesen war. Eines Tages würde er den Halsring los sein, dann wollte er Gratch finden und alles wiedergutmachen. Und selbst wenn nicht, so war der Gar besser dran, wenn er lebte wie ein Gar, jagte und sich auf die Suche nach seinesgleichen machte. Irgendwann würde er sein Glück finden, genau wie Richard.

Mehr als alles andere wollte er jetzt die Arme um Kahlan schlingen, sie fest an sich drücken und ihr erklären, wie sehr er sie liebte. Doch das war ausgeschlossen. Er war noch immer ein Gefangener der Schwestern, aber er nahm sich vor, zu studieren, zu lernen und den Halsring loszuwerden. Er würde den Halsring loswerden und zu Kahlan zurückkehren. Er hatte nicht den geringsten Zweifel, daß sie auf ihn wartete. Sie hatte gesagt, sie werde ihn immer lieben.

Als er am Stadtrand von Tanimura auf den Suchtrupp aus Schwestern stieß, erklärte er ihnen, sie sollten sich keine Mühe mehr machen. Sie würden feststellen, daß das Tier verschwunden sei. Doch glaubten sie ihm nicht und zogen weiter in die Hügel. Richard war es egal. Gratch war fort. Sein Freund war in Sicherheit.

Von einem Straßenhändler kaufte er eine goldene Halskette. Ob das Gold echt war, wußte er nicht, aber es war ihm auch egal, sie sah hübsch aus. Das letzte Stück zum Palast lief er im Trab.

Pasha lief im Flur vor seinem Zimmer auf und ab.

»Richard! Richard, ich habe mir solche Sorgen gemacht. Ich weiß, im Augenblick bist du wütend auf mich, aber mit der Zeit wirst du verstehen …«

Er grinste. »Ich bin nicht wütend, Pasha. Ich habe dir sogar ein Geschenk mitgebracht, um dir zu danken.«

Sie lächelte verlegen, überrascht, als er ihr die Halskette reichte. »Für mich? Warum?«

»Durch dich bin ich darauf gekommen, daß sie mich noch liebt, mich immer lieben wird. Ich war nichts weiter als ein blinder Narr. Du hast mir geholfen, das zu erkennen.«

Sie betrachtete ihn mit frostigem Blick. »Aber jetzt bist du hier, Richard. Du wirst sie mit der Zeit vergessen. Du wirst erkennen, daß ich die Richtige für dich bin.«

Er lächelte sie glücklich an. »Pasha, tut mir leid. Das ist nicht gegen dich gerichtet. Du bist eine wundervolle junge Frau. Irgendwann wirst du den Richtigen für dich finden. Du kannst praktisch unter allen Männern wählen. Jeder mag dich. Aber ich bin nicht der Richtige für dich. Vielleicht wenn ich hundert werde, aber vorher ...«

Ihr verlegenes Lächeln kam zurück. »Dann warte ich.«

Er küßte sie auf den Kopf, bevor er durch die Tür ging. Wahrscheinlich konnte er nicht schlafen, solange er so aufgeregt war, aber all das viele Laufen hatte ihn erschöpft. Sein letzter Gedanke, bevor ihn der Schlaf übermannte, galt Kahlan. Er stellte sie sich vor, als wäre sie hier bei ihm: ihr besonderes Lächeln, ihre tiefen, grünen Augen, ihr leuchtendes, langes Haar. In dieser Nacht schlief er so gut wie schon seit Monaten nicht mehr.

In den darauffolgenden Tagen fühlte sich Richard, als berührten seine Füße kaum den Boden. Seine gute Laune verwirrte alle. Anfangs sah man ihn mißbilligend an, doch dann steckte seine gute Laune die anderen an. So manche der Schwestern kicherte vergnügt, wenn er ihnen erzählte, sie wären schön wie ein Tag, an dem die Sonne schien.

Er drängte die Schwestern, die zu ihm kamen, sich noch mehr Mühe zu geben, ihm die Beherrschung seines Han beizubringen. Er ließ sie länger bleiben als gewöhnlich. Die Schwestern Tovi und Cecilia waren über alle Maßen begeistert, Merissa und Nicci ließen ihm ein schwaches Lächeln der Freude zuteil werden, Armina war vorsichtig erfreut und Liliana entzückt. Er wollte seinen Halsring loswerden, aber er wußte, solange er noch nicht zu dem fähig war, was sie von ihm verlangten, würde er sich nicht entfernen lassen.

Er hatte Warren eine Weile nicht gesehen und ging schließlich hinunter in die Gewölbekeller, um zu sehen, wie seine Suche voranging.

Schwester Becky hatte sich mit Übelkeit entschuldigt, und die andere Schwester kicherte, als er ihr zuzwinkerte.

Warren war angenehm überrascht, ihn zu sehen, und gänzlich aufgeregt über einige der Dinge, die er herausgefunden hatte. Er konnte es kaum erwarten, Richard davon zu berichten. Als sich die Tür zu einer der hinteren Kammern mit einem Knirschen geschlossen hatte, legte er mehrere Bücher auf den Tisch und schlug sie auf.

»Was du mir erzählt hast, hat sehr geholfen. Sieh her.« Warren zeigte auf Wörter, die Richard nicht verstand. »Genau wie du gesagt hast. Hier heißt es, der Umstand, daß der Stein der Tränen sich in dieser Welt befindet, könne allein den Hüter noch nicht befreien.«

»Und was bedeutet er dann?«

»Nun, man muß es sich wie eine Reihe von Schlössern an einer Gefängnistür vorstellen, und dieser Stein ist der Schlüssel von einem, doch er allein befreit den Hüter nicht. Sicherlich ist er ihm auf die eine oder andere Art hilfreich, aber es gibt schließlich noch eine ganze Reihe von magischen Gegenständen, die dem Hüter helfen. Doch der Stein der Tränen selbst muß von jemandem aus dieser Welt benutzt werden, von einem, der sowohl die Gabe für additive wie für subtraktive Magie besitzt, wenn er den Hüter befreien soll. Wer nur die Gabe für additive Magie besitzt, könnte Unheil anrichten und den Schleier weiter einreißen, ihn jedoch nicht damit befreien.

Ich glaube«, meinte Warren augenzwinkernd, »daß wir uns mit diesem schwarzen Stein in dieser Welt sicher fühlen können, solange wir vorsichtig sind.«

»Er ist nicht schwarz. Ich habe nie gesagt, er sei schwarz. Ich habe dir nur seine Form und Größe beschrieben.«

Warren legte einen Finger an die Unterlippe. »Er ist nicht schwarz? Welche Farbe hat er dann?«

»Bernstein.«

Warren schlug sich erleichtert stöhnend die flache Hand vor die Brust. »Dem Schöpfer sei Dank.« Er stieß einen Jubelschrei aus, was gar nicht seine Art war. »Das ist die beste Neuigkeit seit einem Jahr! Bernstein bedeutet, daß er von den Tränen eines Zauberers berührt wurde. Das stößt den Hüter ab. Es wirkt auf ihn wie verwestes, fauliges Fleisch auf uns. Seine Agenten würden ihn nicht anfassen!«

Richards Grinsen wurde breiter. Das mußte Zedd gewesen sein. Deswegen hatte er Zedds Sog aus dem Stein verspürt. Dies und dazu die Entdeckung über Kahlan war einfach zuviel. Er konnte sein Glück nicht für sich behalten. »Warren, ich habe auch noch eine gute Neuigkeit. Ich bin verliebt. Ich werde heiraten.«

Warren jubelte erneut, doch dann erlosch sein Lächeln. »Es ist doch nicht Pasha, oder? Ich meine, ich würde das schon irgendwie verstehen. Ihr zwei gebt ein hübsches …«

Richard legt ihm die Hand leicht auf die Schulter. »Nein, es ist nicht Pasha. Ich erzähle dir ein anderes Mal von ihr. Es ist die Mutter Konfessor. Ich wollte dich nicht unterbrechen. Was ist mit den anderen Dingen?«

»Nun ja.« Er zog ein weiteres Buch heran. »Es gibt reichlich wenig Hinweise auf den runden Knochen, von dem du gesprochen hast, und auf diesen Skrin. Einer von ihnen findet sich in einer Gabelprophezeiung, in der es um die Wintersonnenwende geht, die uns in ein paar Wochen ins Haus steht. Es handelt sich um eine komplizierte Verbindung von Gabelungen und Kreuzungen. Erst vor kurzem sind wir dahintergekommen, daß die Prophezeiung über diese Frau und ihr Volk von einem echten Ast stammt …«

Jedesmal, wenn Warren mit seinem Gerede über Äste und Gabelungen abhob, kam Richard sich verloren vor. So ziemlich das einzige Wort, das er verstand, war ›Wintersonnenwende‹.

»Was hat die Wintersonnenwende damit zu tun?«

Warren hob den Kopf. »Die Wintersonnenwende. Der kürzeste Tag des Jahres. Der kürzeste Tag, die längste Nacht. Verstehst du, was ich meine?«

»Nein. Was hat das mit dem Skrin zu tun?«

»Die längste Nacht des Jahres. Die längste Nacht, die längste Dunkelheit. Du siehst, es gibt gewisse Zeiten, in denen der Hüter einen größeren, wieder andere, in denen er einen geringeren Einfluß in dieser Welt nehmen kann. Seine Welt ist die Welt der Finsternis, und wenn wir uns in der Zeit der längsten Dunkelheit befinden, ist der Schleier am schwächsten. Dann kann er am meisten Schaden anrichten.«

»Dann schweben wir in ein paar Wochen, zur Wintersonnenwende, in Gefahr.«

Warrens Brauen schossen entzückt in die Höhe. »Genau. Aber du hast mir mit dem, was du mir erzählt hast, geholfen, eine bevorstehende Prophezeiung zu entschlüsseln, zusammen mit dem, wie wir mittlerweile wissen, echten Ast, der wiederum mit ihr in Zusammenhang steht. Du siehst, mit dieser Wintersonnenwende hängt eine Prophezeiung zusammen, in der es um eine Gefahr für die Welt der Lebenden geht.

Damit es sich um einen echten Ast handeln kann, müssen für den Hüter eine Reihe von Elementen an Ort und Stelle sein – wie zum Beispiel ein offenes Tor –, doch dazu muß er einen Agenten in diese Welt berufen« – Warren beugte sich entzückt nach vorn – »und dieser wiederum benötigt den Skrin. Befindet er sich im Besitz des Skrinknochens, von dem du erzählt hast, kann er den Wächter herbeirufen und ihn vernichten. Wenn der Wächter zerstört ist, kann der Hüter durch das Tor gelangen.«

»Warren ich finde, das klingt ziemlich furchterregend.«

Warren machte eine abwehrende Handbewegung. »Nein, nein. Manche Prophezeiungen klingen unheilvoll, so wie diese. Doch die Elemente befinden sich nur selten alle an Ort und Stelle, daher erweisen sich die Prophezeiungen als falsche Äste, wie meistens. Die Bücher sind voll von solchen falschen Ästen, denn –«

»Warren, komm zur Sache.«

»Ach ja. Nun, du hast erzählt, dein Freund hätte den Knochen, der den Skrin herbeirufen kann. Und der Hüter braucht einen Agenten, hat aber keinen. Ohne den Skrinknochen und mit der bevorstehenden Gabelung, die, wie wir wissen, korrekt passiert werden muß – was sie wohl auch wird –, handelt es sich hier bloß um eine weitere falsche Gabelung, also sind wir in Sicherheit!«

Richard verspürte ein fernes, besorgtes Kribbeln, doch Warrens überschäumende Zuversicht war stärker. Er ließ sich von Warrens

Begeisterung mitreißen. Er gab dem jungen Mann einen Klaps auf den Rücken.

»Gute Arbeit, Warren. Jetzt kann ich mich darauf konzentrieren, mein Han zu gebrauchen.«

Warren strahlte. »Danke, Richard, ich bin so froh, daß du mir helfen konntest. Ich bin besser vorangekommen, als ich es, bevor ich dich kennengelernt habe, jemals für möglich gehalten hätte!«

Immer noch grinsend, schüttelte Richard verwundert den Kopf. »Warren, ich habe noch nie jemanden getroffen, der so klug und dabei noch so jung ist.«

Warren lachte, als sei dies das Komischste, was er je gehört hatte.

»Was ist denn so komisch?«

»Dein Scherz«, meinte Warren und wischte sich die Tränen aus den Augen.

»Welcher Scherz?«

Warrens lautes Lachen ebbte ab und wurde zu einem stirnrunzelnden Glucksen. »Daß ich jung bin. Das war komisch.«

Richard blieb bei seinem höflichen Lächeln. »Warren, wieso ist das komisch?«

Warrens Glucksen schwand zu einem Grinsen. »Weil ich hundertsiebenundfünfzig Jahre alt bin.«

Richard bekam eine Gänsehaut. »Jetzt machst du einen Scherz. Das ist doch ein Scherz? Das ist doch ein Scherz, Warren, oder?«

Warrens gute Laune schwand dahin. Er zog ein verblüfftes Gesicht. »Richard ... du weißt doch Bescheid, oder? Sie müssen es dir doch gesagt haben. Ich war sicher, sie hätten es dir mittlerweile gesagt ...«

Richard fegte die Bücher mit dem Arm zur Seite. Er schob seinen Stuhl näher heran. »Mir was gesagt? Warren, hör auf mit diesen Andeutungen. Du bist mein Freund, also red schon.«

Warren räusperte sich, dann befeuchtete er sich die Lippen mit der Zunge. Er beugte sich ein Stückchen vor. »Tut mir leid, Richard, ich dachte, du wüßtest es, sonst hätte ich es dir selbst längst erzählt. Bestimmt.«

»Was erzählt?«

»Von der Magie. Von der Magie des Palastes der Propheten. Sie besitzt additive und subtraktive Elemente, die mit den anderen Welten verbunden sind. Dadurch vergeht die Zeit hier anders.«

»Warren«, meinte Richard mit belegter Stimme, »willst du damit sagen, daß das uns alle betrifft? Alle, die den Halsring tragen?«

»Nein ... aber alle im Palast. Die Schwestern auch. Der Palast steht unter einem Bann. Solange die Schwestern im Palast leben, solange altern sie genau wie wir. Der Bann läßt uns langsamer altern, gibt uns ein anderes Zeitgefühl.«

»Was meinst du mit ›anders‹?«

»Der Bann verzögert unseren Alterungsprozeß. Für jedes Jahr, das wir altern, altern die Menschen draußen zwischen zehn und fünfzehn Jahren.«

Richard drehte sich der Kopf. »Warren, daß kann nicht stimmen. Das darf einfach nicht stimmen.« Er suchte verzweifelt nach einem Beweis. »Pasha. Pasha kann doch höchstens ...«

»Richard, ich kenne Pasha seit über hundert Jahren.«

Richard schob den Stuhl zurück und stand auf. Er fuhr sich mit den Fingern durchs Haar. »Das ergibt doch keinen Sinn. Das muß doch irgend eine Art von ... wie sollte das so funktionieren?«

Warren faßte Richard am Arm und drückte ihn auf seinen Stuhl zurück. Er zog seinen eigenen Stuhl dicht heran. Dann begann er, in sanftem, besorgtem Tonfall zu sprechen, wie jemand, der einem anderen etwas Entsetzliches mitzuteilen hat.

»Es dauert lange, einen Zauberer auszubilden. Draußen, in der übrigen Welt, waren bereits über zwanzig Jahre vergangen, als ich in der Lage war, mein Han überhaupt zu berühren. Weil ich aber hier lebte, war ich um weniger als zwei Jahre gealtert. Auch hier waren zwanzig Jahre vergangen, ich war aber nur um zwei gealtert. Würde der Palast unseren Alterungsprozeß nicht verlangsamen, dann würden wir alle an Altersschwäche sterben, bevor wir auch nur eine Lampe mit unserem Han entzünden könnten.

Ich habe noch nie gehört, daß es weniger als zweihundert Jahre gedauert hätte, einen Zauberer auszubilden. Normalerweise dauert es an die dreihundert, manchmal sogar vierhundert Jahre.

Die Zauberer, die diesen Ort geschaffen haben, wußten das und haben die Magie hier mit den jenseitigen Welten verknüpft, wo Zeit bedeutungslos ist. Wie es funktioniert weiß ich nicht, nur, daß es funktioniert.«

Richards Hände zitterten. »Aber ich … ich muß diesen Halsring unbedingt loswerden. Ich muß zu Kahlan. So lange kann ich nicht warten. Hilf mir, Warren. Ich kann nicht so lange warten.«

Warren blickte zu Boden. »Tut mir leid, Richard. Ich weiß nicht, wie wir unsere Halsringe loswerden können, und ich weiß auch nicht, wie man die Barriere überwindet, die uns hier gefangenhält. Aber ich kann es dir nachempfinden. Mich hat es für die letzten fünfzig Jahre in die Kellergewölbe getrieben. Einigen der anderen scheint es egal zu sein. Sie sagen, dadurch hätten sie nur mehr Zeit, die sie mit Frauen verbringen können.«

Richard erhob sich langsam. »Ich kann es einfach nicht glauben.«

Warren hob den Kopf. »Bitte, Richard, verzeih mir, daß ich dir davon erzählt habe. Es tut mir leid. Ich wollte dir bestimmt nicht weh tun. Du warst immer …«

Richard legte Warren eine Hand auf die Schulter. »Du kannst nichts dafür. Du hast ja nichts getan. Du hast mir bloß die Wahrheit erzählt.« Seine Stimme schien vom Grunde eines Brunnens heraufzukommen. »Ich danke dir für die Wahrheit, mein Freund.«

Er war nur zu einem einzigen Gedanken fähig, während ihn seine Füße schweren Schrittes nach oben trugen: Alle seine Träume waren zerstoben. Wenn er den Halsring nicht loswurde, war alles verloren.

Die Schwestern Ulicia und Finella standen mit drohender Miene vor der Tür, als er eintrat. Genau wie die Wachen wichen sie zurück, als sie seinen Gesichtsausdruck sahen. Ein funkelnder Schild erhob sich vor der Tür. Er ging hindurch, ohne seine Schritte zu verlangsamen. Die Tür dahinter sprang für ihn auf, ohne daß er sie berührt hätte. Ein Teil des Rahmens zersplitterte. Er kam gar nicht auf die Idee, den Türgriff zu benutzen.

Die Prälatin saß da, die Hände auf dem schweren Tisch aus Walnußholz gefaltet. Mit ernstem Blick beobachtete sie, wie er näher kam. Richard stemmte sich gegen den Tisch und ragte turmhoch über ihr auf.

»Ich muß gestehen, Richard«, meinte sie betrübt, »auf diesen Besuch habe ich mich nicht gefreut.«

Seine Stimme brach. »Warum hat Schwester Verna mir nichts davon gesagt?«

»Ich habe es ihr befohlen.«

»Und warum habt Ihr es mir nicht gesagt?«

»Weil ich wollte, daß du erst ein paar bedeutsame Dinge über dich erkennst, damit du die Wichtigkeit dessen besser begreifst. Die Bürde eines Zauberers – und auch die einer Prälatin.«

Richard sank vor ihrem Schreibtisch auf die Knie. »Ann«, sagte er leise, »helft mir, bitte. Ich muß den Rada'Han loswerden Ich liebe Kahlan. Ich brauche sie. Ich muß zurück zu ihr. Ich war schon lange fort. Bitte, Ann, helft mir. Nehmt mir den Halsring ab.«

Sie schloß eine ganze Weile die Augen. Als sie sie wieder öffnete, waren sie voller Bedauern.

»Ich habe die Wahrheit gesagt, Richard. Wir können den Rada'Han erst dann abnehmen, wenn du genug gelernt hast, um uns zu helfen. Und das wird dauern.«

»Bitte, Ann, so helft mir doch. Gibt es denn keinen anderen Weg?«

Sie sah ihm in die Augen, während sie ganz langsam den Kopf schüttelte. »Nein, Richard. Mit der Zeit wirst du es akzeptieren. Alle tun das. Für die anderen ist es einfacher, denn sie kommen als Jungen her, die nichts begreifen und erst im Laufe der Zeit verstehen. Wir hatten noch nie jemanden hier, dem wir es, so wie dir, als Erwachsenem sagen mußten, der weiß, was es bedeutet.«

Richard konnte keinen klaren Gedanken fassen. Es war, als taumele er durch einen düsteren Traum. »Aber wir verlieren soviel Zeit, die wir zusammen verbringen könnten. Sie wird alt sein. Alle, die ich kenne, werden alt sein.«

Ann strich ihr Haar zurück, während sie seinem Blick auswich. »Richard, wenn deine Ausbildung abgeschlossen ist und du von hier fortgehst, werden die Ur-Ur-Urenkel von allen, die du kennst, bereits über hundert Jahre zuvor an Altersschwäche gestorben sein und in der Erde begraben liegen.«

Er blinzelte sie fassungslos an, versuchte, diese Generationenrechnung zu begreifen, doch in seinem Kopf verwandelte sich das alles in einen Brei. Plötzlich fiel ihm ein, wovor Shota ihn gewarnt hatte – vor einer Falle in der Zeit. Dies war die Falle.

Diese Menschen hatten ihm alles genommen. Alles, was er liebte, war dahin. Er würde Zedd nie wiedersehen oder Chase oder sonst irgend jemanden, den er kannte. Er würde Kahlan niemals wieder in den Armen halten. Er würde ihr niemals wieder sagen können, daß er sie liebte, daß er verstand, welches Opfer sie für ihn gebracht hatte.

31. Kapitel

Richard blickte von der Stelle auf, wo er am Boden saß, und sah Warren in der Tür stehen. Er hatte das Klopfen nicht gehört. Als er nichts sagte, kam Warren herbeigeeilt und hockte sich neben ihn.

»Hör mal, Richard, du hast etwas gesagt, das mich nachdenklich gemacht hat. Du hast gesagt, du würdest die Mutter Konfessor heiraten.«

Richards Gedanken lösten sich aus der Benommenheit, und er hob plötzlich die Augen. »In der Prophezeiung ist von ihr die Rede, hab' ich recht? Die Prophezeiung, die, wie du gesagt hast, sich zur Wintersonnenwende erfüllen wird.«

»Das wäre möglich. Aber ich weiß nicht genug über sie, über Konfessoren, um es mit Sicherheit zu sagen. Trägt die Mutter Konfessor Weiß?«

»Ja. Konfessoren werden geboren, um die Wahrheit zu finden. Sie ist die letzte ihrer Art.«

»Ich glaube, das sind gute Neuigkeiten, Richard. Ich glaube, zur Wintersonnenwende wird sie das Glück finden und ihrem Volk bringen.«

Richard mußte an die Vision denken, die er im Turm der Verdammnis gehabt hatte. Er erinnerte sich, welches Ensetzen er dabei empfunden hatte. Kahlans Worte hatten sich in seine Erinnerung eingebrannt. Er zitierte sie für Warren.

»Nur eine einzige von allen, die aus der Magie geboren sind, wird übrigbleiben, um die Wahrheit zu verkünden, wenn die Bedrohung des Schattens aufgehoben ist. Aus diesem Grunde kommt die größere Finsternis der Toten. Damit es eine Chance auf die Bande des Lebens gibt, muß diejenige in Weiß ihrem Volk geopfert werden, zu dessen Freude und unter seinem Jubel.«

»Ja! Das ist es! Ich glaube, mit der ›größeren Finsternis‹ ist sowohl der Hüter als auch die Wintersonnenwende gemeint. Ich denke, es bedeutet ... Richard, wo hast du diese Prophezeiung gelesen?«

»Ich habe sie nirgendwo gelesen. Sie wurde mir in einer Vision von ihr überbracht.«

Warren bekam große Augen, so wie oft, wenn ihn etwas zum Staunen brachte. »Du hattest eine Vision von einer Prophezeiung?«

»Ja. Sie brachte mir den Wortlaut und auch eine Vision dessen, was sie bedeutet.«

»Und was bedeutet sie?«

Richard strich sich über sein Hosenbein. »Das darf ich dir nicht sagen. Sie meinte, ich dürfte die Worte aussprechen, aber nichts von der Vision erwähnen. Tut mir leid, Warren, aber ohne die Folgen zu kennen, traue ich mich nicht, diese Warnung zu mißachten. Aber ich kann dir nur verraten, wenn diese Prophezeiung sich erfüllt, hat das weder für sie noch für mich erfreuliche Folgen.«

Warren überlegte einen Augenblick. »Ja, du hast recht.« Er sah ihn aus den Augenwinkeln an. »Ich denke, ich muß dir etwas über die Prophezeiungen verraten. Kaum jemand weiß das, aber oft geben ihre Worte nicht ihre wahre Absicht zu erkennen.«

»Wie meinst du das?«

»Nun, ein paarmal schon hatte ich beim Lesen einer Prophezeiung eine Vision. Diese Vision hat sich denn als wahr herausgestellt, und mit der Prophezeiung war es ebenso, aber anders, als man es nach dem Lesen vermuten würde. Ich glaube, in Wahrheit soll man Prophezeiungen mit Hilfe der Gabe verstehen, durch die Visionen.«

»Wissen die Schwestern das?«

»Nein. Vermutlich macht genau dies den Propheten aus. Richard, wenn du diese Vision hattest und diese Worte gehört und die Bedeutung erkannt hast, bedeutet das vielleicht, daß du ein Prophet bist.«

»Nach Ansicht der Prälatin habe ich ein anderes Talent. Wenn sie recht hat, dann stellen diese Visionen nur einen Teil meiner eigentlichen Begabung dar.«

»Und die wäre?«

»Die Prälatin meinte, ich sei ein Kriegszauberer.«

Er bekam wieder große Augen. »Richard, Kriegszauberer haben die Gabe für beide Arten von Magie. Seit ... Tausenden von Jahren wurde niemand mehr mit der Gabe für das Subtraktive geboren. Vielleicht irrt sich die Prälatin.«

»Hoffentlich. Trotzdem würde das einiges erklären. Nachdem, was einer meiner Freunde mir erzählt hat, bedeutet additive Magie, das zu benutzen, was existiert, und dann etwas hinzuzufügen, es zu vermehren, zu verändern. Subtraktive Magie ist das Gegenteil, das Vernichten und Ungeschehenmachen von Dingen.

Sämtlich Schilde wurden von den Schwestern errichtet. Sie haben nur additive Magie. Selbst wer die Gabe hat, kommt nicht so ohne weiteres hindurch, kann sie nicht brechen, denn auch diese Leute haben nur additive Magie. Kraft gegen Kraft. Ich jedoch kann durch die Schilde hier einfach hindurchmarschieren und brauche mich nicht einmal anzustrengen.

Eine Erklärung dafür wäre subtraktive Magie. Subtraktive Magie würde die additive Magie der Schilde aufheben, sie zunichte machen.«

»Aber du hast doch gesagt, du hättest versucht, die Barriere zu durchbrechen, die uns daran hindert, von hier fortzugehen. Das ist doch auch ein Schild. Warum kannst du diesen Schild nicht durchbrechen, wenn du tatsächlich über subtraktive Magie verfügst?«

Richard zog eine Braue hoch und beugte sich vor. »Warren, wer hat diese Schilde eingerichtet?«

»Na ja, die, die auch die übrige Magie des Palastes eingerichtet haben, die Zauberer aus alter Zeit ...«

»Die, wie du gesagt hast, subtraktive Magie besaßen. Dieser Schild ist der einzige, der von ihnen eingerichtet wurde. Es ist der einzige, den ich nicht durchbrechen kann. Es ist der einzige, den meine subtraktive Magie, wenn ich sie denn tatsächlich habe, nicht aufheben kann. Verstehst du, was ich meine?«

Warren ließ sich auf seine Fersen nieder. »Ja ...« Er rieb sich das Kinn und dachte nach. »Das gäbe Sinn. Das stimmt möglicherweise mit einigen der Prophezeiungen überein, die dich betreffen. Vorausgesetzt, du bist tatsächlich ein Kriegszauberer und derjenige, der aus der Wahrheit geboren wurde.«

»Und heißt es in diesen Prophezeiungen, daß ich obsiegen werde?«

Warren zögerte. Er blickte kurz zum Schwert der Wahrheit hinüber, das in der Nähe auf dem Boden lag. »Die ›weiße Klinge‹, sagt dir das irgend etwas!«

Richard stieß einen schweren Seufzer aus, als er sich daran erinnerte. »Ich kann die Klinge meines Schwertes weiß färben, mit Hilfe von Magie.«

Warren wischte sich mit der Hand durchs Gesicht. »Dann stecken wir möglicherweise in Schwierigkeiten. Es gibt eine Prophezeiung, in der es heißt: »*Werden die Kräfte der Bestrafung freigelassen, so fällt ein noch viel düsterer Schatten durch das Zerrissene auf die Welt. Die Hoffnung auf Erlösung wird dann so schmal wie die weiße Klinge des aus der Wahrheit Geborenen.*«

»Das Zerrissene. Das offene Tor«, sagte Richard.

»Damit wäre der ›düstere Schatten‹ der Hüter.«

»Warren, ich muß wegen dieser Prophezeiung irgend etwas unternehmen. Wegen der Prophezeiung über ›die in Weiß‹. Hast du irgendeine Idee?«

Warren sah ihn an, als versuchte er, sich zu irgend etwas durchzuringen. »Ich weiß nicht, ob uns das weiterhilft.« Er rieb sich verlegen die Schenkel. »Es gibt da einen Propheten, hier im Palast. Ich habe ihn noch nie gesehen. Ich würde gern, aber sie lassen mich nicht. Sie behaupten, es wäre zu gefährlich für mich, mit ihm zu sprechen, bevor ich nicht mehr gelernt hätte. Sie haben mir versprochen, wenn ich genug gelernt habe, lassen sie mich mit ihm sprechen.«

»Hier im Palast? Wo?«

Warren zog eine Falte seines Gewandes unter dem Knie hervor. »Das weiß ich nicht. Es befindet sich bestimmt in einer der verbotenen Zonen, ich weiß aber nicht in welcher, und ich weiß auch nicht, wie wir es herausfinden können.«

Richard stand auf. »Aber ich.«

Als der Schwertmann Kevin Andellmere bleich wie ein Gespenst wurde, wußte Richard, daß er zum richtigen Posten gegangen war. Anfangs war er widerwillig, tat, als wisse er nichts, doch als Richard ihn vorsichtig an all die Gefälligkeiten erinnerte, verriet ihm Kevin flüsternd den Ort.

Der Gebäudekomplex, den Kevin ihm verraten hatte, gehörte zu den bestbewachten. Richard wußte, wo sämtliche Wachen postiert waren, da er hier weiße Rosen gepflückt hatte und oben auf der Mauer gewesen war, ›um hinaus auf das Meer zu blicken‹. Außerdem kannte er alle Wachen. Sie waren häufige Besucher bei den Huren, die er bezahlte.

Am äußeren Tor verlangsamte er nicht einmal seinen Schritt, sondern nickte den Wachen als Antwort auf ihr Zwinkern lediglich zu. Die Wachen auf dem Festungswall zeigten sich erheblich zurückhaltender, stammelten etwas und streckten die Hand aus, um ihn aufzuhalten. Er schüttelte ihnen einfach die Hand und tat, als hätte er ihre Geste so verstanden. Schließlich nahmen sie seufzend wieder ihren Posten ein, während er mit wehendem Mriswith-Cape davonmarschierte.

Am Ende des Festungswalls gab es einen kleinen Säulengang, und an dessen Ende wiederum eine Wendeltreppe, die in die Gemächer des Propheten hinunterführte. Die Wachen an der Tür, auf die er es abgesehen hatte, waren jene beiden, die auf seine Seite zu ziehen ihm zunächst schwergefallen war, die aber dann als erste durch ihn in die Gunst weiblicher Gesellschaft gekommen waren. Sie nahmen Haltung an, als sie ihn sahen.

Richard hielt wie selbstverständlich auf die Tür zwischen ihnen zu. »Walsh, Bollesdun, wie geht es euch?«

Sie kreuzten ihre Hellebarden vor der Tür. »Richard, was tust du hier unten? Die Rosen wachsen oben.«

»Hör zu, Walsh, ich muß den Propheten sprechen.«

»Richard, tu uns das nicht an. Du weißt genau, daß wir dich nicht reinlassen dürfen. Die Schwestern würden uns bei lebendigem Leib das Fell über die Ohren ziehen.«

Richard zuckte mit den Achseln. »Ich werde ihnen nicht sagen, daß ihr mich reingelassen habt. Ich werde sagen, ich hätte euch überlistet. Wenn jemand etwas merkt, was nicht passieren wird, erzählt ihnen einfach, ich hätte mich vorbeigeschlichen, und das sei euch erst aufgefallen, als ich schon wieder auf dem Weg nach draußen war. Ich werde eure Geschichte bestätigen.«

»Richard, du kannst wirklich nicht ...«

»Habe ich jemals Ärger bereitet? Habe ich je etwas anderes getan, als euch allen zu helfen? Ich halte euch aus, ich leihe euch Geld, wenn ihr es braucht, ich bezahle die Mädchen für euch. Habe ich dafür jemals eine Gegenleistung verlangt?«

Richard hatte die Hand am Heft seines Schwertes. So oder so, er würde durch diese Tür gehen.

Walsh trat mit dem Stiefel gegen einen kleinen Stein. Mit einem schweren Seufzer nahm erst der eine, dann der andere seine Hellebarde hoch. »Bollesdun, geh und mach deine Runde. Ich verschwinde inzwischen mal kurz auf dem Abort.«

Richard nahm die Hand von seinem Schwert und gab dem Mann einen Klaps auf die Schulter. »Danke, Walsh. Ich weiß das zu schätzen.«

Nachdem er die Hälfte des Gangs zurückgelegt hatte, spürte Richard Schichten des Widerstandes, Schilde wie die vor der Tür der Prälatin, doch sie hielten ihn nur geringfügig auf. Er betrat den Raum, der so geräumig war wie sein eigener, vielleicht ein wenig eleganter eingerichtet. Eine Wand war mit riesigen Wandteppichen bedeckt, an einer anderen standen große Bücherregale. Die meisten Bücher jedoch lagen im Zimmer verstreut auf Stühlen und Sofas und überall auf den gelbblauen Teppichen, die den Boden bedeckten.

Im Sessel neben dem erkalteten Kamin erblickte Richard den Rücken eines Mannes.

»Du mußt mir erklären, wie du das machst«, meinte der Mann mit tiefer, kraftvoller Stimme. »Ich wäre sehr daran interessiert, den Trick zu lernen.«

»Machen? Was denn?« fragte Richard.

»Durch die Schilde hindurchzumarschieren, als wären sie nicht vorhanden. Wenn ich es versuchte, würde es mir glatt das Fleisch von den Knochen schmoren.«

»Wenn ich jemals selbst dahinterkomme, verrate ich es dir. Mein Name ist Richard. Ich würde mich gern mit dir unterhalten, wenn du nicht zu beschäftigt bist.«

»Beschäftigt!« Der Mann mußte herzhaft lachen. Als er sich erhob, war Richard ein wenig überrascht, wie groß er war. Sein langes, weißes Haar hatte Richard vermuten lassen, er sei alt und verschrumpelt. Alt war er tatsächlich, verschrumpelt jedoch nicht. Er wirkte kräftig und voller Lebensenergie. Sein Lächeln war gleichzeitig einladend und bedrohlich. Er trug einen Rada'Han genau wie Richard.

»Ich heiße Nathan, Richard. Ich habe mich darauf gefreut, dich kennenzulernen. Ich hatte nicht erwartet, daß du den Weg hierher allein finden würdest.«

»Ich wollte allein kommen, damit wir uns ungestört unterhalten können.«

»Und, weißt du, daß ich ein Prophet bin?«

»Ich bin nicht gekommen, um zu lernen, wie man Brot backt.«

Nathans Lächeln wurde breiter, doch er lachte nicht. Seine Brauen zogen sich zusammen wie die eines Habichts. Seine Stimme bekam etwas Zischendes. »Möchtest du, daß ich dir von deinem Tod erzähle, Richard? Wie du sterben wirst?«

Richard ließ sich auf das Sofa fallen und knallte seine Füße auf den Tisch. Er erwiderte das habichtähnliche, wütende Funkeln und zahlte ihm das bedrohliche Lächeln mit gleicher Münze heim. »Klar. Ich würde gern alles darüber wissen. Und wenn du damit fertig bist, erzähle ich dir, wie du sterben wirst.«

Nathan zog die Augenbrauen hoch. »Du bist auch ein Prophet?«

»Prophet genug, um dir zu sagen, wie du sterben wirst.«

Der finstere Blick bekam etwas Neugieriges. »Wirklich. Dann erzähl es mir.«

Richard nahm eine Birne aus einer Schale auf dem Tisch, polierte sie an seinem Hosenbein und biß davon ab. Kauend meinte er: »Du wirst genau hier sterben, in diesen Räumen, und zwar an Altersschwäche und ohne die Außenwelt jemals wiederzusehen.«

Die Falten in Nathans Gesicht wurden tiefer, sein Gesichtsausdruck erschlaffte. »Du scheinst tatsächlich ein Prophet zu sein, Junge.«

»Es sei denn, du hilfst mir. Wenn du mir hilfst, vielleicht kann ich dann wiederkommen und dir helfen, ebenfalls hier rauszukommen.«

»Und was möchtest du?«

»Ich will diesen Halsring loswerden.«

Nathans Gesicht verzog sich zu einem verschmitzten Grinsen. »Es scheint, als hätten wir ein gemeinsames Interesse, Richard.«

»Aber die Schwestern behaupten, ohne ihn würde ich sterben.«

Das verschmitzte Grinsen wurde breiter. »Von anderen verlangen sie die Wahrheit, doch sie selbst belasten sich nur selten damit. Die Schwestern haben ihre eigenen Pläne, Richard. Es gibt mehr als einen Pfad, der durch die Wälder führt.«

»Die Schwestern sagen, ich müsse lernen, mein Han zu gebrauchen, um den Ring loszuwerden. Sie scheinen dabei keine große Hilfe zu sein.«

»Es wäre einfacher, einem Baumstumpf das Singen beizubringen, als daß eine einfache Schwester dir beibringt, dein Han zu gebrauchen. Sie können dir nicht helfen.«

»Kannst du mir helfen, Nathan?«

»Vielleicht.« Nathan setzte sich auf seinen Stuhl und beugte sich entschlossen vor. »Sag mal, Richard, hast du je *Die Abenteuer von Bonnie Day* gelesen?«

»Gelesen? Es ist mein Lieblingsbuch. Ich habe es so oft gelesen, daß meine Augen fast die Buchstaben von den Seiten abgetragen haben. Ich würde gern den kennenlernen, der es geschrieben hat, und ihm sagen, wie sehr es mir gefallen hat.«

Ein breites, kindliches Grinsen stahl sich auf Nathans Gesicht. »Das hast du gerade, Junge. Das hast du gerade getan.«

Richard schnellte von der Sofalehne nach vorn. »Du! Du hast *Die Abenteuer von Bonnie Day* geschrieben?«

Nathan zitierte einige Passagen, um seine genaue Kenntnis zu beweisen. »Ich habe das Buch deinem Vater gegeben. Er sollte es dir schenken, sobald du alt genug zum Lesen warst. Du warst damals gerade geboren.«

»Du warst zusammen mit der Prälatin dort? Davon hat sie mir nichts erzählt.«

»Ich bezweifele, daß ihr die Wahrheit klar gewesen ist. Du mußt wissen, Ann verfügt nicht über die Macht, um in die Burg der Zauberer in Aydindril zu gelangen. Ich half George hineinzukommen, damit er das Buch der Gezählten Schatten besorgen konnte. Es gibt dort eine Reihe sehr interessanter Bücher mit Prophezeiungen.«

Richard sah ihn erstaunt an. »Wie es aussieht, sind wir dann alte Bekannte.«

»Mehr als das, Richard Rahl.« Nathan sah ihn vielsagend an. »Mein Name ist Nathan Rahl.«

Richard fiel die Kinnlade herunter. »Du bist mein … Ur-Ur-Urirgendwas?«

»Es wären zu viele ›Urs‹, als daß man sie zählen könnte. Ich bin fast eintausend Jahre alt, mein Junge.« Er drohte scherzend mit dem Finger. »Ich interessiere mich schon sehr lange für dich. In den Prophezeiungen ist von dir die Rede.

Die Abenteuer von Bonnie Day habe ich für die wenigen geschrieben, die über das Potential verfügen. In gewisser Weise ist es ein Buch der Prophezeiungen. Eine Fibel der Prophezeiungen, eine, die du in der Lage wärst zu verstehen, damit sie dir helfen kann. Das Buch hat dir doch geholfen, oder?«

»Mehr als einmal«, sagte Richard, der immer noch Mühe hatte, seinen Mund zu schließen.

»Gut. Dann bin ich zufrieden. Wir haben das Buch an ein paar ausgesuchte Jungen weitergegeben. Du bist der einzige, der noch lebt. Die übrigen sind bei ›unerklärlichen Unfällen‹ ums Leben gekommen.«

Richard aß die Birne zu Ende und dachte nach. »Und, kannst du mir nun helfen, meine Kraft zu benutzen?«

»Denk doch einmal nach, Richard. Die Schwestern haben dir mit Hilfe des Halsrings doch noch keine Schmerzen zugefügt, oder?«

»Nein. Aber das werden sie noch.«

»Den letzten Krieg kämpfen. Was hat Bonnie Day den Truppen Warwicks gesagt, die die Moore bewachten? Daß der Feind nicht angreifen werde wie zuvor. Daß sie töricht ihre Zeit vergeuden würden, wenn sie versuchten, den letzten Krieg zu kämpfen.« Nathan zog eine Braue hoch. »Offenbar hast du die Lehre nicht begriffen. Daß dir schon einmal etwas geschehen ist, bedeutet keineswegs, daß es dir wieder geschehen wird. Denk nach vorn, Richard, nicht zurück.«

Richard zögerte. »Ich ... ich hatte eine Vision, in einem der Türme. Eine Vision, daß Schwester Verna mir mit dem Halsring Schmerz bereiten würde.«

»Und das rief deinen Zorn auf den Plan.«

Richard nickte. »Ich rief den Zorn herbei und tötete sie.«

Nathan schüttelte kurz enttäuscht den Kopf. »Diese Vision, das war dein Verstand, der dir etwas sagen wollte, der dir zeigen wollte, wie du dich selbst schützen kannst, wenn sie das tun – wie du sie besiegen kannst. Deine Gabe und dein Verstand haben Hand in Hand gearbeitet und versucht, dir zu helfen. Du warst zu sehr mit dem letzten Krieg beschäftig, um die Botschaft zu beachten.«

Richard schwieg verärgert. Er hatte sich so lange mit der Vorstellung herumgeschlagen, daß sie ihm weh tun könnten, bis er nichts anderes mehr gesehen hatte. Er hatte die wahre Bedeutung dessen, was Kahlan getan hatte, übersehen, weil er Angst gehabt hatte, die Vergangenheit könnte wieder aufleben. Denk an die Lösung, nicht an das Problem – das war es, was Zedd ihm beigebracht hatte. Er hatte sich von der Vergangenheit für die Zukunft blenden lassen.

»Ich verstehe, was du meinst, Nathan«, gestand er ein. »Wie war das gemeint, die Schwestern würden mir mit dem Halsring keine Schmerzen zufügen?«

»Ann weiß, daß du ein Kriegszauberer bist, das habe ich ihr bereits vor deiner Geburt gesagt. Vor fast fünfhundert Jahren. Sie hätte die Schwestern entsprechend angewiesen. Einem Kriegszauberer Schmerzen zuzufügen ist dasselbe, als wollte man den Teufel mit dem Beelzebub austreiben.«

»Du meinst, der Schmerz ist irgendwie das Geheimnis meiner Kraft?«

»Nein. Sie ist die Folge der Schmerzen. Der Zorn.« Er deutete auf Richards Hüfte. »Auf diese Weise gebrauchst du dein Schwert. Der Zorn beschwört die Magie. Genaugenommen beschwörst du die Magie, sie bringt dir den Zorn, und so funktioniert die Magie. Soll ich dir zeigen, wie man sein Han berührt?«

Richard rutschte nach vorn. »Ja. Ich hätte nicht gedacht, daß ich das sagen würde, trotzdem: ja. Ich muß in der Lage sein, von hier fortzukommen.«

»Dreh deine Handfläche nach oben. Gut.« Er schien eine Aura der Autorität um sich zusammenzuziehen. »Und nun sieh mir tief in die Augen.«

Richard starrte in die halbgeöffneten, tiefen, dunklen, himmelblauen Augen. Der Blick sog seinen auf. Richard fühlte sich, als fiele er in den klaren, blauen Himmel. Sein Atem ging stoßweise, folgte nicht mehr seinem Willen. Nathans Befehle spürte er mehr, als daß er sie hörte.

»Beschwöre die Wut herauf, Richard. Den Zorn. Beschwöre den Haß und die Raserei herauf.« Richard spürte es. Es war, als zöge er das Schwert. Als er spürte, wie der Atem in ihn hineingesogen wurde, spürte er auch, wie der Zorn ihn erfüllte. »Und nun spüre die Hitze dieses Zorns. Spüre seine Flammen. Gut. Und jetzt richte diese Gefühle in der Fläche deiner Hand.«

Richard bündelte den Zorn der Magie in seiner Hand, lenkte seinen Fluß, spürte seine Kraft. Sie war so stark, daß er die Zähne zusammenbeißen mußte.

»Sieh in deine Hand, Richard. Sieh es dort. Sieh dort, was du fühlst.«

Richards Blick wanderte langsam zu seiner Hand. Ein Ball aus blaugelbem Feuer wälzte sich über seine Handfläche. Er spürte, wie die Energie aus ihm herausströmte, hinein ins Feuer. Er verstärkte den Strom des Zorns, und der wütende Feuerball wurde größer.

»Und nun schleudere den Zorn, den Haß, die Wut, das Feuer in den Kamin.«

Richard warf die Hand nach vorn. Der sich langsam drehende Flammenball blieb bei seiner Hand. Er blickte zum Kamin, richtete den Zorn nach außen, schleuderte ihn von sich.

Heulend schoß das flüssige Feuer in den Kamin und explodierte dort krachend wie ein Blitz.

Nathan lächelte stolz. »So wird das gemacht, mein Junge. Ich glaube kaum, daß dir die Schwestern das in hundert Jahren beibringen könnten. Du bist ein Naturtalent. Kein Zweifel. Du bist ein Kriegszauberer.«

»Aber ich habe mein Han gar nicht gespürt, Nathan. Ich habe überhaupt nichts Besonderes gespürt. Nur, daß ich zornig war, so, als hätte ich das Schwert benutzt. Oder, von mir aus, als hätte ich mir den Finger in einer Tür geklemmt.«

Nathan nickte weise. »Natürlich nicht. Du bist ein Kriegszauberer. Andere besitzen nur eine Seite der Gabe. Sie benutzen, was in ihrer Nähe ist: die Luft, die Wärme, Kälte, Feuer, Wasser, was immer sie brauchen.

Kriegszauberer sind anders. Sie zapfen den Kern der Kraft in ihrem Innern an. Du lenkst nicht dein Han, du lenkst deine Gefühle. Die Schwestern zeigen dir immer nur das ›Wie‹, wie man etwas tut. Für deine Kraft ist das bedeutungslos. Für dich zählen immer nur die Folgen, denn du ziehst deine Kraft aus deinem Innern. Deswegen können die Schwestern dich auch nicht ausbilden.«

»Wie meinst du das, deshalb können sie mich auch nicht ausbilden?«

»Hast du jemals gesehen, daß eine Näherin ein Nadelkissen verfehlt? Die Schwestern wollen, daß du deine Hand beobachtest, die Nadel und das Nadelkissen. Auf diese Weise benutzen andere Zauberer ihre Magie. Kriegszauberer beobachten nicht, sie handeln einfach. Ihr Han reagiert instinktiv.«

»War das eben ... Zaubererfeuer?«

Nathan lachte in sich hinein. »Verglichen mit Zaubererfeuer war das eine zornige Motte, die einem rasenden Bullen gegenübersteht.«

Richard versuchte es erneut, doch das Feuer wollte nicht entstehen. Der Zorn wollte nicht kommen. Er konnte den Zorn des

Schwertes auf den Plan rufen, doch das funktionierte nicht so, wie das, was er mit Nathan getan hatte – aus seinem Innern heraus.

»Es funktioniert nicht. Wieso kann ich es nicht wiederholen?«

»Weil ich dir geholfen und mit meiner eigenen Kraft gezeigt habe, wie es sich anfühlt. Allein schaffst du es noch nicht.«

»Warum nicht?«

Nathan streckte die Hand aus und tippte gegen Richards Kopf. »Weil es von hier drinnen kommen muß. Du mußt dich selbst akzeptieren, akzeptieren, wer du bist. Du kämpfst immer noch gegen dich selbst an. Solange du dich nicht akzeptierst, solange du nicht überzeugt bist, solange kannst du dein Han nicht benutzen, es sei denn, du bist in großer Gefahr.«

»Und was ist mit den Kopfschmerzen, die durch meine Gabe hervorgerufen werden? Die Schwestern meinten, ohne den Halsring würden sie mich töten.«

»Die Schwestern nagen um die Wahrheit herum, als sei sie der Knorpel in einem Stück Fleisch. Sie essen sie nur dann, wenn sie auch hungrig sind. Sie wollen uns als Gefangene, damit sie uns ihren Willen aufzwingen können.

Was sie versuchen, wenn sie dich ausbilden, ist genau das, was ich gerade getan habe. Die Kopfschmerzen sind gefährlich, aber nur dann, wenn man einen jungen Zauberer mit seiner Kraft allein läßt. Als du die Kopfschmerzen hattest, konntest du sie jemals zwingen, zu verschwinden?«

»Ja. Manchmal, wenn ich mich auf das Bogenschießen konzentriert habe, oder wenn irgend etwas in meinem Innern mich vor etwas gewarnt hat, oder wenn ich wütend war und die Magie des Schwertes benutzt habe, dann sind sie für eine Weile verschwunden.«

»Sie taten es, weil du die Gabe mit deinem Geist in Übereinstimmung gebracht hast. Das einzige, was du brauchst, um zu verhindern, daß dir die Gabe Schaden zufügt, ist ein wenig Unterricht – so wie ich ihn dir gerade erteilt habe.

Zauberer auszubilden sollte die Angelegenheit von Zauberern sein. Für einen Zauberer ist es einfach, deinen Geist mit deiner Gabe in Übereinstimmung zu bringen, denn in diesem Fall bildet die männliche Gabe die männliche Gabe aus. Was ich gerade mit dir angestellt habe, genügt, um eine ganze Weile zu verhindern, daß dir die Gabe Schaden zufügt – und zwar ohne den Rada'Han.

In Zukunft wird dich jedes Zusammentreffen mit einem Zauberer an die nächste Stufe heranführen und so lange beschützen, bis du die darauffolgende Ebene erreicht hast. Diese Hilfe muß dir zur Verfügung stehen, wenn du ihrer tatsächlich bedarfst. Die Schwestern hätten hundert Jahre gebraucht, um dir zu zeigen, was ich gerade getan habe.

Sie benutzen den Halsring als Vorwand, um uns für ihre eigenen Zwecke als Gefangene zu halten. Sie haben ihre eigenen Vorstellungen von der Ausbildung von Zauberern. Ihre Vorstellung ist es, die Zauberer zu kontrollieren.«

»Warum?«

»Sie glauben, die Zauberer seien verantwortlich für alles Übel, das die Menschheit heimgesucht hat, sie glauben, wenn sie die Kraft mit einem Halsring bändigen, sie kontrollieren und sie in ihrem Sinne unterweisen, könnten sie das Licht ihrer Theologie unter die Menschen bringen. Sie sind Fanatikerinnen, die sich für die einzigen halten, die den wahren Weg zum gerechten Lohn im Licht des Schöpfers kennen. Sie glauben, es sei ihr Recht, für die Erreichung dieses Ziels jedes Mittel einzusetzen.«

»Willst du damit sagen, daß das, was du mir gerade gezeigt hast, mit meiner Kraft, genügt, um zu verhindern, daß die Gabe mich tötet – auch ohne den Halsring?«

»Es reicht, um zu verhindern, daß die Gabe dich tötet, doch es wären weitere Lektionen nötig, um dir beizubringen, wie man ein wahrer Zauberer ist. Ich habe nichts weiter getan, als die Trense des Hengstes festzuhalten, damit er dich nicht abwirft. Es wäre viel mehr Arbeit nötig, dir beizubringen, wie man voller Anmut reitet.«

Richard fühlte, wie sich die Muskeln in seinem Gesicht anspannten. »Wenn das stimmt, dann versuchen sie tatsächlich, den Teufel mit dem Beelzebub auszutreiben. Danke für deine Hilfe.« Richard rieb sich die Hände. »Nathan, uns steht großer Ärger ins Haus.

Schon sehr bald. Ich muß ein paar Dinge wissen. Kennst du das Zweite Gesetz der Magie?«

»Natürlich. Doch bevor du das Zweite benutzen kannst, mußt du das Erste lernen.«

»Das erste kenne ich bereits. Mit seiner Hilfe habe ich Darken Rahl getötet. Es besagt, daß man Menschen dazu bringen kann, jede Lüge zu glauben, entweder weil sie sie glauben wollen oder weil sie Angst haben, sie könnte wahr sein.«

»Und das Gegenmittel?«

»Das Geheimnis ist, daß es kein Gegenmittel gibt. Ich muß immer wachsam sein, denn auch ich bin dafür anfällig. Ich darf niemals so arrogant sein zu glauben, ich sei immun. Ich muß stets darauf gefaßt sein, zum Opfer zu werden.«

»Sehr gut.«

»Und das Zweite Gesetz?«

Nathans weiße Lider schlossen sich halb über seinen himmelblauen Augen. »Das Zweite Gesetz hat mit unbeabsichtigten Ergebnissen zu tun.«

»Und wie lautet es?«

»Das Zweite Gesetz besagt, daß aus den besten Absichten der größte Schaden entstehen kann. Es klingt paradox, doch Freundlichkeit und gute Absichten können ein heimtückischer Pfad in den Untergang sein. Manchmal ist es verkehrt, das scheinbar Richtige zu tun, und man richtet Schaden damit an. Das einzige Mittel dagegen ist Wissen, Weisheit, Voraussicht und das Begreifen des ersten Gesetzes. Selbst das genügt nicht immer.«

»Man kann Schaden anrichten, wenn man gute Absichten hat oder das Richtige tut? Zum Beispiel?«

Nathan zuckte mit den Achseln. »Man sollte meinen, es sei nett, einem kleinen Kind Süßigkeiten zu schenken, weil es die so gern mag. Wissen, Weisheit und Voraussicht sagen uns, daß es das Kind krank machen würde, wenn wir diese ›Nettigkeit‹ auf Kosten gesunder Ernährung fortführten.«

»Das versteht sich doch von selbst. Jeder weiß das.«

»Angenommen, jemand bricht sich das Bein, und du bringst diesem Jemand etwas zu essen, während er wieder gesund wird. Doch nach einer Weile will er immer noch nicht wieder aufstehen, weil es anfangs noch schmerzt. Also bist du weiterhin freundlich und bringst ihm weiter das Essen. Mit der Zeit verkümmert das Bein, und es wird noch schmerzhafter, aufzustehen. Also bist du so nett und bringst ihm weiter zu essen. Am Ende wird er wegen deiner Freundlichkeit ans Bett gefesselt sein und nie wieder laufen können. Du hast mit deinen guten Absichten Schaden angerichtet.«

»Ich glaube, so etwas kommt nicht so oft vor, als daß es ein Problem wäre.«

»Ich versuche dir einfache Beispiele zu geben, damit du von ihnen auf schwierigere Probleme schließen kannst und das verborgene Prinzip verstehst.

Mit guten Absichten und Freundlichkeit ermutigt man möglicherweise die Trägen und hält die Vernünftigen dazu an, faul zu werden. Je mehr man sie unterstützt, desto mehr Unterstützung brauchen sie. Solange deine Freundlichkeit unbegrenzt ist, erlangen sie niemals Disziplin, Würde oder Selbstvertrauen. Deine Freundlichkeit läßt ihre Menschlichkeit verkümmern.

Wenn du einem Bettler eine Münze gibst, weil er behauptet, seine Familie sei hungrig, und er benutzt sie dazu, sich zu betrinken und tötet dann jemanden, ist das dann dein Fehler? Nein. Er war es, der jemanden getötet hat, doch hättest du ihm statt dessen etwas zu essen gegeben oder wärst hingegangen und hättest seiner Familie etwas zu essen gegeben, wäre es nicht zu dem Mord gekommen. Deine Absicht war gut, und doch hat sie Schaden angerichtet.

Das Zweite Gesetz der Magie: Die besten Absichten können den größten Schaden zur Folge haben. Zuwiderhandlung kann alles mögliche hervorrufen: angefangen von Unbehagen bis hin zu Katastrophe oder Tod.

So manche Herrscher haben Frieden gepredigt und behauptet, es sei bereits falsch, sich selbst zu verteidigen. Mit den besten Absichten, wie es schien, Gewalt zu vermeiden. Am Ende hat dies oft zu einem Gemetzel geführt, wo doch die Androhung von Gewalt gleich zu Beginn einen Konflikt vermieden hätte. Diese Leute haben ihre guten Absichten über die Realitäten des Lebens gestellt. Sie beschuldigten Krieger, blutrünstig zu sein, wo doch die Krieger tatsächlich Blutvergießen hätten verhindern können.«

»Willst du damit sagen, daß ich mich nicht schämen soll, ein Kriegszauberer zu sein?«

»Es nützt dem Schaf wenig, den Nutzen einer Diät aus Gras zu predigen, wenn die Wölfe anderer Ansicht sind.«

Richard kam sich vor, als unterhalte er sich mit Zedd. »Aber Freundlichkeit kann doch nicht immer falsch sein.«

»Natürlich nicht. An dieser Stelle nun kommt die Weisheit ins Spiel. Du mußt weise genug sein, die Folgen deines Tuns vorauszusehen.

Doch das Problem beim Zweiten Gesetz liegt darin, daß man niemals mit Sicherheit ausschließen kann, ob man es verletzt oder ob man schlicht das Richtige tut. Schlimmer noch, Magie ist gefährlich. Fügt man den guten Absichten Magie hinzu, kann ein Verletzen des Zweiten Gesetzes in die Katastrophe führen.

Magie anzuwenden ist nicht schwer. Zu wissen, wann man Magie anwenden soll, das macht es schwierig. Jedesmal, wenn du sie einsetzt, kannst du unerwartete Zerstörung heraufbeschwören.

Wußtest du, Richard, daß es das Gewicht einer einzigen Schneeflocke ist, welches die Lawine auslöst? Ohne diese eine letzte Schneeflocke käme es nicht zur Katastrophe. Wenn du Magie einsetzt, mußt du wissen, welches diese eine überzählige Schneeflocke ist, bevor du ihr Gewicht hinzufügst. Die Lawine wird in keinerlei Verhältnis stehen zu dem, was deiner Ansicht nach das Gewicht dieser Schneeflocke bewirken kann.«

Richard strich mit dem Daumen über das Heft des Schwertes. »Nathan, ich glaube, ich habe den Schleier eingerissen, weil ich das Zweite Gesetz der Magie gebrochen habe.«

»So ist es.«

»Was habe ich getan?«

»Du hast deine Magie mit Hilfe des Ersten Gesetzes eingesetzt, um zu gewinnen. Dabei hast du die Kästchen, das Tor, mit Magie gefüttert und den Schleier eingerissen. Du hast es aus Unwissenheit getan. Du kanntest die Folgen dessen nicht, was du für richtig hieltest, das jedoch die Zerstörung allen Lebens zur Folge haben könnte. Eine Schneeflocke, fürwahr. Magie ist gefährlich.«

»Wie kann ich das wieder richten?«

»Der Stein der Tränen muß dem Hüter wieder auferlegt werden. Der Stein der Tränen muß an seinen rechtmäßigen Platz zurückgeschickt werden, in die Unterwelt, wo er dazu beitragen wird, die Macht des Hüters in dieser Welt einzuschränken. Das erfordert beide Arten von Magie.

Dann muß der Schlüssel im Schloß gedreht werden, sozusagen, indem man das Tor schließt. Auch dazu benötigt man beide Arten von Magie. Mit nur einer Seite der Magie würde dies den Schleier zerreißen. Daher wäre ein Zauberer keine Hilfe, der nur mit additiver Magie begabt ist. Nur jemand wie du kann dies vollbringen.

Bis es soweit ist, schweben wir in schrecklicher Gefahr. Handelst du falsch und gebrauchst den Stein für deine eigenen Zwecke, dann hast du die Macht, das Gleichgewicht zu zerstören, den Schleier ganz aufzureißen und uns alle in die ewige Nacht zu schicken.«

Richard starrte auf den Tisch und dachte nach. »Weißt du, was ein ›Agent‹ ist?«

»Ah. Du sprichst bestimmt von dem bevorstehenden Ärger zur Wintersonnenwende. Ein Agent ist jemand, der mit dem Hüter Gefälligkeiten austauscht. Gefälligkeiten wie zum Beispiel die unschuldige Seele von Kindern als Gegenleistung für das Wissen um den Gebrauch von subtraktiver Magie.«

Er warf Richard einen finsteren Blick zu. »Doch das wäre kein Problem, denn du hast Darken Rahl in die Unterwelt geschickt, von wo aus er im Diesseits keine Macht mehr hat. Darken Rahl befindet sich doch in der Unterwelt, oder?«

Richard verspürte einen bohrenden Schmerz in seiner Magengrube. Er hatte nicht nur den Schleier eingerissen, sondern dadurch, daß er das Zweite Gesetz erneut gebrochen hatte, weil er mit einer Versammlung hatte helfen wollen, hatte er einen Agenten, Darken Rahl, in diese Welt gebracht, wo dieser daran arbeiten konnte, den Schleier zu zerstören. Richard war an allem schuld. Ihm war heiß, sein Kopf drehte sich. Er glaubte, sich jeden Augenblick übergeben zu müssen.

»Nathan, ich muß diesen Halsring loswerden.«

Nathan zuckte mit den Achseln. »Dabei kann ich dir nicht helfen.«

Richard war aus einem bestimmten Grund hergekommen. Er wollte versuchen, die Antwort zu bekommen. Er räusperte sich.

»Nathan, da ist jemand, der mir sehr viel bedeutet. Sie schwebt in Gefahr, und ich muß ihr helfen. Es existiert eine Prophezeiung über sie, die mir auch in einer Vision erschienen ist.«

»Welche ist das?«

»Nur eine einzige von allen, die aus der Magie geboren sind, wird übrigbleiben, um die Wahrheit zu verkünden, wenn die Bedrohung des Schattens aufgehoben ist …«

Nathan beendete die Prophezeiung mit seiner tiefen, kraftvollen Stimme. *»Aus diesem Grunde kommt die größere Finsternis der Toten. Damit es eine Chance auf die Bande des Lebens gibt, muß diejenige in Weiß ihrem Volk geopfert werden, zu dessen Freude und unter seinem Jubel.«*

»Dann hast du von ihr gehört. Nathan, ich habe die Bedeutung der Prophezeiung gesehen. Man hat mir gesagt, ich dürfe nicht von der Vision sprechen, doch soweit ich es beurteilen kann, ist das kein freudiges Ende.«

»Sie wird enthauptet werden«, sagte Nathan ruhig. »Das ist die eigentliche Bedeutung dieser Prophezeiung.«

Richard verschränkte die Arme über seinem aufgewühlten Bauch. Genau das hatte er in der Vision gesehen. Die Welt begann sich erneut um ihn herum zu drehen.

»Nathan, ich muß fort von hier. Ich muß verhindern, daß das geschieht.«

»Sieh mich an, Richard.« Richard hob den Kopf, wobei es ihm gelang, seine Tränen zu unterdrücken. »Ich muß dir die Wahrheit sagen, Richard. Wenn diese Prophezeiung nicht Wahrheit wird, dann folgt darauf nichts mehr. Wir werden alle sterben. Es wird das Ende allen Lebens sein. Der Hüter wird uns alle bekommen.

Benutzt du deine Macht, um es zu verhindern, dann reißt du damit den Schleier entzwei und gestattest dem Hüter, die Welt der Lebenden zu verschlingen.«

Richard sprang auf. »Warum! Warum sollte sie sterben müssen, um die Lebenden zu retten! Das ergibt doch keinen Sinn!« Seine Faust ballte sich um das Heft des Schwertes. »Ich muß es verhindern! Das ist doch nur ein dummes Rätsel! Ich lasse sie doch nicht wegen eines Rätsels sterben!«

»Richard, es wird die Zeit kommen, wenn du eine Entscheidung treffen mußt. Ich habe lange, lange darauf gehofft, daß du, wenn diese Zeit kommt, klug genug bist, die richtige Wahl zu treffen. Es steht in deiner Macht, uns alle zu vernichten, wenn du dich falsch entscheidest.«

»Ich werde hier nicht einfach rumstehen, während du mir erklärst, daß ich sie sterben lassen soll. Die Guten Seelen haben nichts unternommen, um ihr zu helfen. Also muß ich es tun. Und ich werde es tun.«

Richard stürmte aus dem Zimmer. Risse liefen neben ihm die Wand entlang, als er den Gang entlangmarschierte. Brocken von Putz regneten hinter ihm herab, während er vorüberging. Richard bemerkte es kaum, und doch kam es ihm in dieser Stimmung gerade recht. Als er den Schild durchbrach, verkohlte die Farbe seitlich an den Wänden und rollte sich zusammen.

Richards Gedanken rasten. Jetzt wußte er mit Gewißheit, daß er eine Vision dessen gesehen hatte, was geschehen würde, wenn er es nicht verhinderte. Sie würde sich bewahrheiten, falls es ihm nicht gelang, aus dem Palast herauszukommen. Vielleicht war es das, was die Prophezeiung bedeutete: Wenn man ihn hier als Gefangenen hielt, könnte er nicht helfen, und Kahlan würde sterben.

Unten im Innenhof bemerkte er einen Tumult. Von allen Seiten kamen Wachen herbeigeeilt. Als er näher kam, erkannte er einen der Baka-Ban-Mana-Schwertmeister. Es mußten wenigstens einhundert besorgt aussehende Wachen sein, die ihn in einem Ring umstellten und ihren Abstand wahrten. Der Mann in weiter Kleidung, in der Mitte des Ringes, wirkte unbekümmert.

Richard drängte sich durch die Menge. »Was ist hier los?«

Der Mann verneigte sich vor Richard. »*Caharin.* Ich bin Jiaan. Dein Weib, Du Chaillu, hat mich geschickt, um dir eine Botschaft zu überbringen.«

Richard beschloß, der Bemerkung, sie sei seine Frau, nicht zu widersprechen. »Worum handelt es sich?«

»Ich soll dir sagen, daß sie die Anweisungen ihres Mannes befolgt hat. Wir haben die Majendie dazu gebracht, Frieden mit uns zu schließen. Wir befinden uns nicht mehr im Krieg mit ihnen oder mit den Menschen hier.«

»Das sind wunderbare Neuigkeiten, Jiaan. Sag ihr, ich bin stolz auf sie und auf ihr Volk.«

»Dein Volk«, verbesserte Jiaan. »Sie läßt dir mitteilen, daß sie sich entschieden hat, das Kind auszutragen. Und daß wir bereit sind, in unsere Heimat zurückzukehren. Sie möchte wissen, wann du kommst, um uns dorthin zu führen.«

Richard drehte sich kurz zu den Menschen um. Nicht nur Wachen waren zusammengekommen, sondern auch Schwestern. Er erkannte einige seiner Lehrerinnen, die abwartend in der Nähe standen: die Schwestern Tovi, Nicci und Armina. Auch Pasha entdeckte er. Am gegenüberliegenden Rand der Menschenmenge sah er Schwester Verna. Auf einem Balkon in der Ferne stand die gedrungene Gestalt der Prälatin.

Richard wandte sich wieder an Jiaan. »Sag ihr, sie soll sich bereithalten, es wird nicht mehr lange dauern.«

Jiaan verneigte sich. »Danke, *Caharin.* Wir werden bereit sein.«

Richard wandte sich an die Wachen, die einen Kreis um sie bildeten. »Der Mann ist in friedlicher Absicht gekommen. Man soll ihn auch in Frieden ziehen lassen.«

Jiaan schlenderte von dannen, so unbesorgt, als befände er sich auf einem Spaziergang, doch der Ring aus Wachen folgte ihm – bis ein gutes Stück hinaus vor die Stadt, wie Richard wußte. Der Menschenauflauf begann sich aufzulösen.

Richard dröhnte der Kopf. Er hatte seinen Vater aus der Unterwelt zurückgeholt, indem er im Haus der Seelen das Zweite Gesetz der Magie ein zweites Mal verletzt hatte; er hatte versucht, das Richtige zu tun, und hatte statt dessen Unheil angerichtet. Warren hatte ihm erklärt, daß der Hüter einen Agenten brauchte, um aus der Unterwelt entkommen zu können, und genau den hatte Richard ihm geliefert.

Ihm drehte sich der Kopf. Gerade hatte er herausgefunden, daß Kahlan ihn liebte, und das Leben schien wieder lebenswert, nur um zu entdecken, daß er hier auf Hunderte von Jahren in der Falle saß, und Kahlan am Tag der Wintersonnenwende sterben würde, wenn es ihm nicht gelang zu fliehen. Seine Gedanken drehten sich im Kreis, verzweifelt und ohne Ausweg.

Er mußte etwas unternehmen. Die Zeit wurde knapp. Er beschloß, den einzigen Menschen aufzusuchen, der ihm vielleicht helfen konnte.

32. Kapitel

Sie hörte die Stimme im Vorzimmer und hoffte, es wäre die, die sie erwartete. Sie sah dem nicht gerade freudig entgegen, andererseits wurde ihr die Zeit knapp. Richard hatte inzwischen bestimmt eine Möglichkeit gefunden, Nathan aufzusuchen, und Nathan hatte seinen Part gewiß gespielt. Jetzt war es an der Zeit, daß sie den ihren übernahm.

Natürlich konnte sie Nathan nicht vollkommen vertrauen, in dieser Angelegenheit jedoch hatte er bestimmt das Erforderliche getan. Er kannte die Folgen eines Versagens. Er hatte eine Aufgabe, um die sie ihn nicht beneidete – er sollte das Gewicht besagter Schneeflocke hinzufügen.

Ein Fingerschnippen von ihr, und die Tür flog auf. Sie hatte den Türrahmen von Schreinern reparieren lassen müssen. Richard hatte ihn mit seinem Han zertrümmert, ohne überhaupt zu merken, was er angerichtet hatte. Und das war sogar noch vor seinem Besuch bei Nathan gewesen.

»Schwester Ulicia, Schwester Finella, es ist spät, warum geht ihr nicht in eure Arbeitszimmer und kümmert euch um den Papierkram. Ich werde sie empfangen. Schwester Verna, bitte tretet ein.«

Ann erhob sich, als Schwester Verna forschen Schritts ins Zimmer trat. Sie mochte Verna. Ihr war zuwider, was sie ihr jetzt antun mußte, aber die Zeit wurde knapp. Hunderte von Jahren für die Vorbereitung, und jetzt liefen ihr sowohl die Zeit als auch die Ereignisse davon.

Die Welt stand am Abgrund.

Verna verneigte sich. »Prälatin Annalina.«

»Bitte, Verna, setzt Euch. Es ist so lange her.«

Verna zog einen Stuhl an die gegenüberliegende Seite des Tisches. Sie setzte sich, den Rücken gerade, die Hände im Schoß gefaltet.

»Sehr freundlich von Euch, Eure kostbare Zeit zu opfern, um mich zu empfangen.

Fast hätte Ann gelächelt. Fast. *Geliebter Schöpfer, danke, daß Du sie in gereizter Stimmung zu mir schickst; das macht meine Aufgabe zwar nicht weniger lästig, aber gewiß einfacher.*

»Ich hatte viel zu tun.«

»Ich auch«, fauchte Verna. »In den letzten mehr als zwanzig Jahren.«

»Offensichtlich nicht genug. Wie es scheint, haben wir Schwierigkeiten mit einem jungen Mann, den Ihr gebracht habt, und der längst, bevor er überhaupt hier eintraf, hätte ins Gebet genommen werden müssen.«

Vernas Gesicht verfärbte sich tiefrot. »Hättet Ihr mir nicht untersagt, meine Pflicht zu tun und mein Können einzusetzen, dann hätte ich das auch getan.«

»Ach ja? Seid Ihr so arm an Findigkeit, Verna, daß Ihr bei so geringfügigen Einschränkungen bereits nicht mehr Eure Pflicht erfüllen könnt? Pasha, gerade erst Novizin, scheint da bessere Erfolge zu erzielen, und sie arbeitet mit den gleichen Einschränkungen.«

»Glaubt Ihr das wirklich? Glaubt Ihr tatsächlich, er ist unter Kontrolle?«

»Er hat niemanden mehr umgebracht, seit Pasha die Verantwortung übernommen hat.«

Verna versteifte sich. »Ich denke, ich kenne mich ein wenig aus mit Richard. Ich möchte der Prälatin raten, mit Ihrem Vertrauen vorsichtig umzugehen.«

Ann hielt den Kopf gesenkt, schob Papiere hin und her, als richtete sie ihr Augenmerk auf Worte, die sie in Wahrheit gar nicht sah. »Ich werde Euern Rat berücksichtigen. Vielen Dank, daß Ihr gekommen seid, Verna.«

»Ich bin noch nicht am Ende! Ich habe noch nicht einmal angefangen!«

Sie hob langsam den Blick. »Wenn Ihr mir gegenüber noch ein einziges Mal die Stimme erhebt, Verna, dann werdet Ihr sehr wohl am Ende sein.«

»Prälatin Annalina, bitte verzeiht meinen Ton, doch es gibt Dinge von äußerster Wichtigkeit, die ich einfach zur Sprache bringen muß.«

Ann seufzte und tat ungeduldig. »Na schön, aber dann kommt bitte zur Sache. Ich bin ausgesprochen beschäftigt.« Sie faltete die Hände auf dem Schreibtisch und sah Verna ausdruckslos an. »Also bitte, sprecht.«

»Richard ist bei seinem Großvater aufgewachsen ...«

»Wie schön für ihn.«

Verna hielt verärgert über die Unterbrechung inne. »Sein Großvater ist ein Zauberer. Ein Zauberer der Ersten Ordnung. Sein Großvater wollte ihn ausbilden.«

»Nun, um seine Ausbildung kümmern wir uns. Ist das alles?«

Verna kniff die Augen zusamen. »Ich muß die Prälatin doch nicht erst daran erinnern, daß es einen glatten Bruch der Waffenruhe darstellt, einen Jungen einem Zauberer fortzunehmen, der bereit wäre, ihn auszubilden. Mir hat man erzählt, es gäbe in der Neuen Welt keine Zauberer mehr, die Jungen ausbilden. Man hat mich angelogen. Man hat mich mißbraucht. Wir haben Jungen gestohlen. Und Ihr habt mich in diese Sache hineingezogen.«

Ann lächelte nachsichtig. »Schwester, wir dienen dem Schöpfer, damit alle lernen, in seinem Licht zu leben. In Anbetracht Eurer Pflicht dem Schöpfer gegenüber, was bedeutet da ein Waffenstillstand mit heidnischen Zauberern?«

Verna verschlug es die Sprache.

Geliebter Schöpfer, ich mag diese Frau so sehr. Bitte gib mir die Kraft, sie zu brechen. Nathan hatte seine Schneeflocke hinzugefügt, sie mußte ihre hinzufügen.

»Man hat mich auf eine zwanzig Jahre währende Jagd geschickt, man hat mich getäuscht, ohne daß ich den Grund dafür kannte, meine beiden Begleiterinnen sind durch meine Hand gestorben, man hat mir untersagt, bei meiner Arbeit von meiner Kraft Gebrauch zu machen ...«

»Glaubt Ihr, ich hätte Euch den Gebrauch Eurer Kraft aus einer Laune heraus untersagt? Ist es das, was Euch Kummer macht,

Schwester Verna? Also schön, wenn Ihr den Grund unbedingt wissen wollt: Es geschah, um Euch das Leben zu retten.«

Verna versteifte sich und wurde vorsichtig. »Wenn ich mich recht an meine Lektionen unten in den Gewölben erinnere, dann gibt es nur einen Grund, weshalb derartige Einschränkungen mein Leben retten könnten.«

Ann mußte innerlich lächeln. Verna wollte, daß es laut ausgesprochen wurde. »So ist es. Richard besitzt subtraktive Magie.«

»Das wußtet Ihr? Ihr habt jemanden mit subtraktiver Magie den Halsring anlegen lassen? Dieses Risiko seid Ihr eingegangen? Ihr habt ihn tatsächlich herbringen lassen, in den Palast?« Sie faltete ihre Hände auseinander und beugte sich ein wenig vor. »Warum?«

Ann hielt dem Blick der anderen Frau stand. »Weil es Schwestern der Finsternis im Palast gibt.«

Sie zuckte nicht einmal zusammen. Sie wußte es. Zumindest hatte sie bereits den Verdacht gehabt. *Gesegnet seist du, Verna, du bist ein heller Kopf. Vergib mir, was ich tun muß.*

»Ist dieser Raum abgeschirmt?« erkundigte sich Verna mit ruhiger Stimme.

»Selbstverständlich.« Sie verschwieg, daß ihr Schild gegen diese Schwestern keinen Schutz bot.

»Habt Ihr Beweise für eine derartige Behauptung, Prälatin?«

»Ich brauche fürs erste keine Beweise, denn diese Unterredung bleibt unter uns. Ihr werdet kein Wort davon erwähnen. Es sei denn, Ihr wolltet Anklage erheben. Tut Ihr dies, werde ich natürlich alles abstreiten und erklären, Ihr wäret eine verbitterte Schwester, welche eines persönlichen Vorteils wegen versucht, die Prälatin der Gotteslästerung zu bezichtigen. Und dann würden wir Euch hängen müssen. Das liegt doch nicht in Eurem Interesse, oder täusche ich mich da?«

Verna saß steif und reglos da. »Nein, Prälatin. Doch was hat das damit zu tun, daß Richard hergebracht wurde?«

»Wenn Euer Haus von Ratten überrannt wird, bleibt Euch nichts anderes übrig, als eine Katze zu besorgen.«

»Diese Katze hält uns alle für Ratten. Und das vielleicht aus gutem

Grund. Manch einer könnte sagen, Ihr hättet die Katze nicht wegen Eurer Ratten hergebracht, sondern als Köder. Richard ist ein guter Mensch. Der Gedanke, daß er geopfert werden soll, gefällt mir nicht.«

»Wißt Ihr, warum man Euch ausgesucht hat, Richard aufzuspüren?«

»Ich dachte, damit hättet Ihr mir Euer Vertrauen ausgesprochen.«

Ann zuckte mit den Achseln. »In gewisser Weise war es so. Wenngleich ich nicht ganz sicher bin, ob sich Schwestern der Finsternis im Palast befinden, und ich, wenn es denn zutrifft, keine Ahnung habe, wer sie sind, so mußte ich doch annehmen, daß die Schwestern Grace und Elizabeth Schwestern der Finsternis waren, da sie ganz oben auf der Liste standen. Aus einer Prophezeiung, die nur meine Augen gesehen haben, wußte ich, daß Richard wahrscheinlich subtraktive Magie besitzt und daß er darüber hinaus die ersten beiden Angebote ablehnen würde. Die beiden ersten Schwestern würden also sterben.

Hätten die Jünger des Hüters etwas davon gewußt, dann hätten sie bestimmt gewollt, daß auch der dritte Name auf der Liste einer der ihren ist. Ich habe mein Privileg als Prälatin dazu benutzt, die dritte Schwester selbst auszusuchen.«

»Ihr habt mich ausgewählt, weil Ihr darauf vertraut habt, daß ich nicht eine von denen bin?«

Ann hätte gerne geantwortet: *Ich kenne dich seit deiner Kindheit, Verna. Ich kenne deinen regen Verstand, dein Herz und deine Seele. Von all den Schwestern habe ich ausgerechnet dir das Schicksal der Welt anvertraut. Ich wußte, daß Richard in deinen Händen sicher wäre.*

Doch das durfte sie nicht sagen.

»Ich habe Euch ausgewählt, Verna, weil Ihr ganz unten auf der Liste standet und weil Ihr, alles in allem, recht wenig bemerkenswert seid.«

Eine ganze Weile herrschte Stille im Raum. Verna mußte schlucken. »Verstehe.«

»Ich war nicht der Ansicht, daß Ihr eine von ihnen seid. Ihr seid ein Mensch, von dem man wenig Notiz nimmt. Ich bin überzeugt, die Schwestern Grace und Elizabeth haben es nur deshalb bis ganz oben auf der Liste geschafft, weil der, der die Schwestern der Finsternis befehligt, wer immer das ist, sie für verzichtbar hielt. Ich befehlige die Schwestern des Lichts. Ich habe Euch aus demselben Grund ausgewählt.

Es gibt Schwestern, die für unsere Sache wertvoll sind. Für diese Aufgabe mußte ich eine Schwester aussuchen, deren Verlust uns nicht schmerzen würde. Der Junge erweist sich möglicherweise als wertvoll für uns, doch er ist nicht so wichtig wie andere Angelegenheiten im Palast. Möglicherweise ist er eine Hilfe. Es war schlicht eine Gelegenheit, die zu ergreifen ich für angebracht hielt.

Hätte es Schwierigkeiten gegeben und keine von Euch hätte es geschafft, zurückzukommen, nun, ich bin sicher, Ihr habt Verständnis dafür, daß ein General seine Truppen nicht bei einer Mission von geringer Dringlichkeit verlieren möchte.«

Vernas Atem wirkte gepreßt. Ihre Stimme klang ebenso. »Selbstverständlich, Prälatin Annalina.«

Ann schob ungeduldig ihre Papiere ineinander. »Ich muß mich jetzt wieder um wichtige Dinge kümmern. Gibt es sonst noch etwas, Schwester?«

»Nein, Prälatin.«

Als die Tür sich schloß, senkte die Prälatin ihr Gesicht in die zitternden Hände. Auf ihre Unterlagen fielen Tränen.

Sie sah ihm lange musternd in die Augen. Richard wußte nicht, ob sie zustimmen würde oder nicht, doch er hatte ihr einen Großteil dessen erzählen müssen, was er hatte in Erfahrung bringen können, damit sie wenigstens einverstanden war, sich seine Bitte anzuhören. Ein Scheitern konnte er sich nicht erlauben. Er brauchte Hilfe. Irgend jemandem mußte er vertrauen.

»Also gut, Richard, ich werde dir helfen. Wenn nur die Hälfte von dem stimmt, was du sagst, muß ich dir helfen.«

Richard seufzte und schloß erleichtert die Augen. »Danke, Liliana. Das werde ich Euch nie vergessen. Ihr seid die einzige hier, die bereit ist, auf die Vernunft zu hören. Können wir es jetzt sofort tun? Die Zeit ist knapp.«

»Jetzt?« flüsterte sie mit rauher Stimme. »Hier? Wenn es stimmt, daß du subtraktive Magie besitzt, geht es nicht einfach nur darum, dir den Rada'Han abzunehmen. Ich werde mir einen magischen Gegenstand besorgen müssen, den die Schwestern unter Verschluß halten. Es handelt sich um ein Hilfsmittel, mit dem man Kraft vermehren kann. Vielleicht gelingt es damit und mit deiner Hilfe, den Halsring abzunehmen.

Und nicht nur das. Wenn der Namenlose seine Hand im Spiel hat, läßt sich unmöglich sagen, wer dich belauscht oder mit seinem Han ausspioniert.«

»Wann also? Und wo? Es muß bald geschehen.«

Sie wischte sich mit der Hand über die Augen und überlegte. »Nun, ich denke, ich kann den Gegenstand vor heute abend besorgen, also können wir es noch heute abend versuchen. Aber wo? Im Palast geht es nicht. Das wäre zu gefährlich.«

»Im Hagenwald«, schlug Richard vor. »Kein Mensch traut sich in den Hagenwald.«

Liliana hob den Kopf. »Das ist doch nicht dein Ernst, Richard. Es ist gefährlich dort.«

»Nicht für mich. Ich habe Euch doch schon erzählt, daß ich spüre, wenn die Mriswiths kommen. Dort ist es sicher genug. Außerdem brauchen wir nicht zu befürchten, daß irgendwelche Schwestern oder Pasha zufällig des Weges kommen, während wir versuchen, dieses vermaledeite Ding von meinem Hals herunterzubekommen.«

Sie blies nachdenklich ihre Wangen auf. Schließlich legte sie ihm eine Hand auf die Schulter, drückte sie und lächelte. »Also gut. Also dann im Hagenwald.

Mit strengem Blick packte sie ihn an der Schulter und hielt ihn auf Armeslänge von sich. »Ich breche jede Menge Regeln, wenn ich das tue. Ich weiß, es ist wichtig, doch wenn sie uns erwischen, bevor wir fertig sind, werden sie dafür sorgen, daß ich nie wieder nah genug an dich herankomme, um es noch einmal zu versuchen.«

»Ich bin soweit. Gehen wir.«

»Nein. Zuerst muß ich versuchen, den Gegenstand zu besorgen.« Sie legte den Kopf auf die Seite und runzelte die Stirn. »Gerade fällt mir noch etwas anderes ein. Immer wieder sagen sie dir, du dürftest nie die Sonne im Hagenwald über dir untergehen lassen. Warum?«

Richard zuckte mit den Achseln. »Weil es gefährlich ist.«

»Und nach allem, was du erfahren hast, glaubst du ihnen? Du vertraust ihnen? Und wenn sie nur deshalb wollen, daß du die Sonne hier nicht über dir untergehen läßt, weil du dadurch etwas Nützliches in Erfahrung bringen könntest? Du hast gesagt, die Zauberer aus alter Zeit, die subtraktive Magie besaßen, hätten den Hagenwald geschaffen, um Menschen wie dir zu helfen. Was, wenn die Schwestern dir einfach nur diese Hilfe versagen wollen? Was, wenn sie dir nur Angst machen wollen, damit du nicht dahinterkommst?«

Das Erste Gesetz der Magie. Führte man ihn hinters Licht? Glaubte er einer Lüge? »Vielleicht habt Ihr recht. Wir brechen kurz vor Sonnenuntergang auf.«

»Nein. Es ist besser, wenn wir nicht zusammen gesehen werden. Außerdem werde ich einige Zeit brauchen, um die Hilfe zu stehlen. Weißt du, wo der lange, gespaltene Felsen im Bach steht, in der südwestlichen Ecke des Hagenwaldes?«

»Ich kenne die Stelle.«

»Gut. Geh dorthin, bevor die Sonne untergeht. Du bist es, für den die Magie bestimmt ist. Geh zu dem gespaltenen Felsen im Wald. Dort werde ich dich treffen, wenn der Mond zwei Handbreit hoch am Himmel steht. Und, Richard, du darfst niemandem auch nur ein Sterbenswörtchen davon erzählen, sonst setzt du nicht nur mein und dein Leben aufs Spiel, sondern auch Kahlans.«

Richard nickte dankbar lächelnd. »Mein Wort darauf. Also, bis heute abend.«

Nachdem sie gegangen war, lief er im Zimmer auf und ab. Er konnte kaum erwarten, es hinter sich zu bringen und von hier fortzukommen. Die Zeit lief ihm davon. Wenn Darken Rahl den Skrinknochen hatte, wäre es bereits zu spät. Doch das war töricht. Wie sollte er ihn bekommen? Er war ein Geist. Vielleicht war es, wie Warren gesagt hatte, daß kaum jemals alle Elemente an Ort und Stelle waren.

Kahlan war es, um die er sich Sorgen machte. Er mußte ihr helfen.

Ein Klopfen an der Tür riß ihn aus seinen Gedanken. Er dachte, es könnte vielleicht Liliana sein, die zurückgekehrt war, doch als er die Tür öffnete, drängte sich Perry, das Gesicht in Sorgenfalten gelegt, herein.

»Richard! Ich brauch' deine Hilfe.« Er deutete auf seine Robe. »Sieh dir das an! Ich bin befördert worden!«

Richard betrachtete die schlichte, braune Robe von oben bis unten. »Glückwunsch. Das ist großartig, Perry.«

»Es ist eine Katastrophe! Richard, ich brauche deine Hilfe!«

Richard runzelte die Stirn. »Wieso ist das eine Katastrophe?«

Perry warf die Arme in die Luft, als müßte dies für jeden offensichtlich sein. »Weil ich nicht mehr in die Stadt kann! In dieser Robe unterliege ich Beschränkungen. Es ist mir nicht erlaubt, die Brücke zu überqueren!«

»Nun, das tut mir leid, Perry, aber ich sehe nicht, wie ich dir helfen könnte.«

Perry nahm einen tiefen Atemzug, um sich zu beruhigen. Er sah flehend auf. »Es gibt da eine Frau in der Stadt … ich habe mich in der letzten Zeit regelmäßig mit ihr getroffen. Ich mag sie wirklich, Richard. Ich bin heute abend mit ihr verabredet. Wenn ich heute nicht hingehe, wenn ich überhaupt nicht mehr komme, wird sie denken, ich würde mir nichts aus ihr machen.«

»Ich begreife immer noch nicht, was ich dabei tun kann, Perry.«

Perry packte ihn an seinem Hemd. »Man hat mir alle meine Kleider abgenommen. Richard, du könntest mir welche von deinen leihen. Dann würde mich niemand erkennen, und ich könnte heimlich in die Stadt gehen und mich mit ihr treffen. Bitte, Richard, leihst du mir ein paar von deinen Sachen?«

Richard dachte einen Augenblick lang nach. Ihm war es egal, ob er irgendeine undurchschaubare Regel des Palastes brach, verglichen mit dem, was er vorhatte, schien das unbedeutend, trotzdem machte er sich Sorgen wegen Perry.

»Die Wachen kennen mich. Sie werden merken, daß du das bist, in meinen Kleidern, und es den Schwestern verraten. Dann bist du dran.«

Perry blickte zur Seite und dachte hektisch nach. »Nachts. Ich warte, bis es Nacht ist, und dann gehe ich. Nachts werden sie vielleicht nicht erkennen, wer ich bin. Bitte, Richard? Bitte?«

Richard seufzte. »Von mir aus gern, Perry, wenn du es riskieren willst. Laß dich nur nicht erwischen. Ich will wirklich nicht dabei geholfen haben, dich in Schwierigkeiten zu bringen.« Er deutete zum Schlafzimmer, wo der Kleiderschrank stand. »Komm mit. Nimm dir, was immer dir gefällt. Du hast nicht ganz meine Größe, aber bestimmt wird dir etwas einigermaßen passen.«

Perry sah ihn von der Seite an und lächelte. »Die rote Jacke? Kann ich die rote Jacke nehmen? Darin werde ich ihr gefallen.«

»Sicher.« Richard führte den überglücklichen Perry ins Schlafzimmer.

»Nimm sie dir ruhig. Es freut mich, wenn sie dir gefällt.«

Perry durchwühlte den Kleiderschrank auf der Suche nach einer Hose und einem Hemd, die zur roten Jacke paßten.

»Ich habe gesehen, wie Schwester Liliana dein Zimmer verlassen hat, kurz bevor ich gekommen bin.« Er zog ein weißes Rüschenhemd heraus. »Ist sie eine deiner Lehrerinnen?«

»Ja. Ich mag sie. Sie ist die netteste von allen.«

Perry hielt das Hemd vor seinen Körper. »Wie steht mir das?«

»Besser als mir. Kennst du Liliana?«

»Eigentlich nicht. Mir läuft es nur immer kalt den Rücken runter, wenn ich sie sehe. Sie hat so seltsame Augen.«

Richard mußte an Lilianas sehr, sehr blasse blaue Augen denken, die mit violetten Sprenkeln durchsetzt waren. Er zuckte mit den Achseln. »Zuerst dachte ich auch, sie wären komisch. Aber sie ist so temperamentvoll und feundlich, daß sie mir kaum noch auffallen. Sie hat so ein warmes Lächeln, daß es schwerfällt, überhaupt noch etwas anderes zu sehen.«

33. Kapitel

Richard saß ruhig da, die Beine untergeschlagen, während das Schwert auf seinen Knien ruhte. Er trug das Cape des Mriswith, um sich vor Pasha und Schwester Verna zu verbergen. Keine der beiden sollte wissen, daß die Sonne im Hagenwald über ihm untergegangen war. Wenn sie wüßten, was er gerade tat, würden sie ihm gewiß beide folgen.

Er hatte eine kleine Lichtung gefunden, die hoch genug lag, um trocken zu sein, und dort seit Sonnenuntergang gewartet. Durch das dichte Astgeflecht konnte er den Mond erkennen und schätzte, daß er ungefähr zwei Handbreit hoch stand. Was nun eigentlich im Hagenwald geschah, wenn die Sonne dort über einem untergegangen war, wußte er nicht, bislang schien alles so zu sein wie immer, wenn er sich des Nachts dort aufgehalten hatte.

Er antwortete auf Lilianas Ruf, und sie trat hinter einer dicken Eiche hervor. Sie sah sich im Wald um. Ihr Blick war keinesfalls zaghaft, sondern taxierte ihn selbstbewußt.

Sie setzte sich vor ihm hin und schlug die Beine übereinander. »Ich habe den Gegenstand, der uns helfen wird. Den, von dem ich dir erzählt habe.«

Richard lächelte erleichtert. »Ich danke Euch, Liliana.«

Sie holte ihn unter ihrem Umhang hervor. Im Schein des Mondes konnte er erkennen, daß es sich um die kleine Statue eines Mannes handelte, der einen Gegenstand, klar wie Glas, in den Händen hielt. Sie hielt sie hoch, um sie ihm zu zeigen.

»Was ist das?«

»Der Kristall, der durchsichtige Teil hier, besitzt die Fähigkeit, die Gabe zu verstärken. Wenn es stimmt, daß du subtraktive Magie besitzt, habe ich nicht die Macht, dir den Rada'Han abzunehmen, denn ich besitze nur additive Magie. Halte dies in deinem Schoß. Wenn wir uns dann im Geist vereinigen, wird dies dir helfen, deine Kraft zu verstärken, damit ich sie benutzen und den Zugriff brechen kann.«

»Gut. Fangen wir an.«

Sie zog die Statuette zurück. »Erst muß ich dir den Rest erklären.«

Er blickte in ihre bleichen, blassen blauen Augen, betrachtete die dunklen Sprenkel, mit denen sie durchsetzt waren. »Also gut, erzählt es mir.«

»Der Grund, weshalb du nicht helfen kannst, den Halsring abzunehmen, ist der, daß du nicht ausgebildet bist, deine Gabe zu gebrauchen. Du weißt nicht, wie du deine Kraft lenken sollst. Dies wird diesen Mangel beheben. Hoffe ich.«

»Du versuchst mich vor irgend etwas zu warnen.«

Sie nickte einmal knapp. »Du weißt nicht, wie man den Fluß kontrolliert, daher bist du dem Gegenstand auf Gedeih und Verderb ausgeliefert. Doch diese magische Hilfe weiß nicht, was Schmerzen sind. Sie tut ganz einfach das, was sie tun muß. Was ich benötige.«

»Ihr sagt mir also, daß es weh tun könnte. Ich bin bereit, Schmerzen auszuhalten. Fangen wir endlich an.«

»Nicht ›könnte‹.« Sie hob warnend einen Finger. »Es ist gefährlich, Richard. Es wird dir bestimmt weh tun. Es wird sich anfühlen, als würde dein Verstand in Stücke gerissen. Ich weiß, du willst es unbedingt tun, doch ich will dir nichts vormachen. Du wirst glauben, daß du stirbst.«

Er spürte, wie ihm der Schweiß den Nacken hinablief.

»Ich muß es tun.«

»Ich werde mein Han lenken und auf diese Weise versuchen, den Zugriff des Halsrings zu brechen. Die Hilfe wird dir Kraft entziehen, damit ich das Nötige tun kann, um den Rada'Han zu überwinden. Es wird dir weh tun.«

»Liliana, ich halte alles aus, wenn es sein muß. Es geht nicht anders.«

»Hör mir zu, Richard. Ich weiß, du willst es unbedingt tun, aber hör mir trotzdem zu. Ich werde dir deine Gabe entziehen, um dir auf diese Weise zu helfen, den Halsring zu zerbrechen. Dein Geist wird denken, ich würde versuchen, dir das Leben zu entziehen. Ganz tief in deinem Innern könntest du glauben, ich wollte dir die Gabe, das Leben selbst aussaugen.

Du wirst das Gefühl aushalten müssen, daß jemand dir das Leben entreißen will. Und zwar so lange, bis der Halsring bricht. Versuchst du, den Prozeß aufzuhalten, solange sich meine Kraft in deinem Körper befindet, so lange ich das tue, was ich tun muß ...«

»Wenn ich dich recht verstehe, heißt das: Wenn es zuviel wird, und ich aufhören will, kann ich das nicht. Der Versuch, den Sog an meiner Gabe aufzuhalten, wäre tödlich.«

»Ja. Du darfst keinen Widerstand leisten. Tust du es doch, wirst du sterben.« Er hatte sie noch nie mit einem derart ernsten Ausdruck im Gesicht gesehen. »Du mußt mir unbedingt vertrauen und darfst auf keinen Fall versuchen, das, was mit dir geschieht, zu unterbinden, oder du stirbst und dadurch schließlich auch Kahlan. Bist du sicher, daß du das schaffst?«

»Liliana, um Kahlan zu retten, würde ich alles tun, alles aushalten. Ich vertraue dir. Ich lege mein Leben in deine Hände.«

Schließlich nickte sie und legte ihm die Statuette in den Schoß. Sie sah ihm lange in die Augen, dann küßte sie ihren Finger. Mit dem geküßten Finger berührte sie ihn an der Wange.

»Also dann, hinein ins Nichts, zusammen. Danke für dein Vertrauen, Richard. Du wirst niemals ermessen können, was das für mich bedeutet.«

»Oder für mich, Liliana. Was soll ich tun?«

»Das gleiche, was wir zuvor auch immer getan haben. Du versuchst einfach, dein Han zu berühren, alles übrige mache ich.«

Sie rutschte nach vorn, bis ihre Knie sich aneinanderdrückten. Dann faßten sie sich an den Händen, die sie locker auf die Knie legten. Jeder atmete einmal tief durch und schloß dann die Augen.

Anfangs war es so wie immer: ein tiefer Zustand der Entspannung, während er sich auf das Bild des Schwertes der Wahrheit konzentrierte. Der Schmerz war zu Beginn nichts weiter als ein unangenehmes Kribbeln. Er bohrte sich kreisend tiefer, setzte sich am unteren Ende seiner Wirbelsäule fest, wo er sich anfühlte wie ein gezerrter Muskel. Der Schmerz arbeitete sich seinen Rücken hoch.

Völlig unvermittelt brach er überall gleichzeitig aus, vergleichbar mit dem Schmerz des Strafers. Ein heißes Stechen, das sich durch sein Mark brannte. Denna hatte ihm beigebracht, Schmerzen auszuhalten. Im stillen bedankte er sich bei Denna für das, was sie getan hatte. Vielleicht konnte es nur dadurch alles aushalten und Kahlan so retten.

Die bohrende Qual nahm ihm den Atem. Richard saß steif da. Im Nu war sein Gesicht schweißüberströmt. Seine Lungen brannten nach Luft. Unter allergrößter Anstrengung nahm er einen Atemzug.

Schmerz explodierte in seinem Kopf und stürzte ihn in einen zeitlosen Ort endloser Qual, die ihn zu zerreißen schien. Er hatte Mühe, das Schwert in Gedanken festzuhalten. Tränen strömten ihm über das Gesicht. Er hatte keine Wahl.

Es fühlte sich an, als läge jeder Nerv in seinem Körper blank und werde in eine offene Flamme gehalten. Er glaubte, seine Augen würden zerplatzen. Er glaubte, sein Herz würde zerplatzen. Bei jedem quälenden, schmerzhaften Ziehen zuckte er zusammen. Es war eine Folter, die alles Erträgliche überstieg.

Und dann war ihm, als hätte es noch nicht einmal richtig angefangen. Er war weder imstande zu schreien, zu atmen noch sich zu bewegen. Die Seele schien ihm aus dem Leib gerissen zu werden.

Wie Liliana ihn gewarnt hatte, schien ihm das Leben selbst entrissen zu werden. Panikartig überkam ihn die Befürchtung, daß dies sein Tod sein könnte. Er spürte, wie die Finsternis des Todes in die Leere hineinsickerte, die das Entreißen bei ihm hinterließ. Verschwommen dämmerte ihm, daß dies vielleicht nicht richtig war. Tief in seinem Innern keimte eine entsetzliche Angst, dann wurde auch sie in den brodelnden Sturzbach hineingerissen, der sich gewaltsam einen Weg nach außen bahnte.

Er hatte keinen größeren Wunsch als zu schreien, so als könnte das die Qual irgendwie lindern. Doch er konnte nicht. Seine Muskeln schienen wie der Rest von ihm ihr Leben zu verlieren. Er konnte nicht atmen, konnte nicht mal seinen Kopf hochhalten.

Bitte, Liliana, bitte beeilt Euch.

Es fiel ihm schwer, ihrem Tun keinen Widerstand entgegenzusetzen. Er flehte darum, sich ihr nicht zu widersetzen. Er mußte zu Kahlan. Sie brauchte ihn.

Seine Augen standen offen. Das merkte er, als er die Statuette in seinem Schoß wiedererkannte. Sein Kopf hing herab. Der Kristall begann in einem matten Orange aufzuleuchten. Irgend etwas in ihm dachte, dies müsse bedeuten, daß er funktionierte, daß er seine Arbeit tat. Sein Kopf fühlte sich an, als wollte er in die Brüche gehen. Er erwartete, Blut herabtropfen zu sehen, doch er sah nur, wie das orangene Leuchten immer heller wurde.

Bitte, Liliana, beeilt Euch.

Schwärze hüllte ihn ein. Selbst die unerträglichen Schmerzen schienen plötzlich wie entrückt. Er spürte, wie ihm das Leben durch die Finger rann. Er spürte, wie ihn eine Leere überkam, die grauenhafter war, als alles, was er je für möglich gehalten hatte.

In den hintersten Winkeln seines schwindelnden Verstandes spürte er etwas.

Mriswiths.

Er fühlte, daß sie ganz nahe waren. Seine Beunruhigung wuchs. Sie waren überall ringsum und kamen näher.

Und dann hörte er wie aus großer Ferne Lilianas Stimme. »Wartet, meine Lieben. Ihr könnt haben, was übrig ist, wenn ich mit ihm fertig bin. Wartet.«

Im Geiste konnte er die Mriswiths undeutlich erkennen, so wie immer, wenn sie sich anschlichen. Auf Lilianas Worte hin zogen sie sich zurück.

Warum hatte sie das gesagt? Warum sollten die Mriswiths auf ihren Befehl hin zurückweichen? Was hatte sie damit gemeint? Vielleicht hatten ihn die Schmerzen wahnsinnig gemacht, und dies war nur eine krankhafte Täuschung.

Er spürte etwas hinter sich. Kein Mriswith. Schlimmer. Zehnmal grauenvoller. Er spürte fauligen Atem in seinem Nacken.

Lilianas Stimme ertönte als ein gefährliches Zischen. »Ich habe gesagt, warte.« Das Etwas zog sich ein Stück zurück, doch nicht so weit wie die Mriswiths.

Was hatte sie damit gemeint, sie könnten kriegen, was übrigbliebe? Er starb, das hatte sie gemeint. Er spürte es. Er war dabei zu sterben.

Unsinn. Liliana hatte gesagt, daß er genau das empfinden würde. Es geschah schlicht so, wie sie es vorhergesagt hatte, das war alles. Er mußte stark sein, für Kahlan. Dabei hatte er nur noch so wenig, was er geben konnte. Er war im Begriff zu sterben. Er wußte es einfach. Die Statuette in seinem Schoß leuchtete heller.

Dann saß ihm der heiße Atem wieder im Nacken. Er hörte, wie dieses abscheuliche Etwas leise knurrte. Er wünschte sich heftig, es würde von ihm ablassen.

Erneut war Lilianas drohende Stimme zu hören. »Warte. Noch einen Augenblick, dann bin ich fertig, dann kannst du seinen Körper haben. Warte.«

In diesem Augenblick verriet ihm etwas tief in seinem Innern, daß dies seine letzte Chance war. Jetzt sofort. Der Entschluß zu handeln erwuchs aus jäher Verzweiflung.

Tief aus dem Innern, aus dem Zentrum seines Geistes, aus dem Kern seines Seins, aus dem Innersten seiner Seele riß er seinen Willen los, und durch reine Willenskraft zerrte er in einer verzweifelten, ungeheuren Anstrengung seine Kraft, sein Leben – sein Selbst – zurück.

Ein donnerndes Krachen ertönte, ein Beben teilte die Luft und schleuderte die beiden auseinander. Richard landete an einem Rand der Lichtung auf dem Rücken, Liliana am gegenüberliegenden. Das Schwert der Wahrheit lag in der Mitte. Die Mriswiths und die andere Kreatur verschmolzen wieder mit den dunklen Schatten zwischen den Bäumen.

Richard rang keuchend nach Atem. Er setzte sich auf und schüttelte den Kopf. Die Statuette lag in der Mitte auf dem Boden, in der Nähe seines Schwertes. Das orangene Leuchten war erloschen.

Liliana kam mühelos, als würde sie schweben, auf die Beine. Es sah aus, als hätte eine unsichtbare Hand sie behutsam auf die Füße gestellt. Die Nackenhaare sträubten sich ihm, als er das sah.

Sie lächelte ihn voller Bosheit an. Richard hatte nie gedacht, daß Liliana zu einem derart widerlichen Grinsen fähig wäre. Die Zehen rollten sich in seinen Stiefeln ein.

»Ah, Richard, ich war ganz dicht davor. Ich habe noch nie etwas Vergleichbares erlebt. Du hast ja keine Vorstellung, wie herrlich das ist, was du besitzt. Aber ich werde es doch noch bekommen.«

Richard sah kurz nach beiden Seiten, um zu entscheiden, in welche Richtung er fliehen sollte. Er kam sich vor wie ein Narr, gleichzeitig aber überkam ihn das Gefühl eines schweren Verlustes. »Liliana, ich habe Euch vertraut. Ich dachte, Ihr mögt mich.«

Sie zog die Augenbrauen hoch. »Tatsächlich?« Das verhaltene Lächeln kehrte zurück. »Vielleicht hab' ich das. Vielleicht habe ich es deshalb auf die angenehme Art versucht. Jetzt werden wir es auf die harte Tour machen.«

Richard sah sie ungläubig an. »Die harte Tour? Wie meint Ihr das?«

»Der Quillion, das war der leichte Weg. Ich habe vielen Männern ihre Gabe abgenommen. Doch du hast dich gewehrt, wo sie es nicht konnten. Jetzt muß ich dich bei lebendigem Leib häuten, um deine Gabe zu bekommen. Zuerst werde ich dich kampfunfähig machen. Und du wirst dabei hilflos zusehen.«

Sie strecke eine Hand aus. Ein Schwert kam hinter einer Eiche hervorgeschwebt, aus der Dunkelheit, und landete in ihrer Hand.

Mit einem schrillen Aufschrei stürzte sie über die Lichtung auf ihn zu. Ihr Schwert blinkte im Mondschein.

Ohne nachzudenken hob Richard seine Hand und rief sein Schwert und dessen Magie herbei. Die Reaktion erfolgte prompt. Der Zorn überflutete ihn. Er spürte, wie das Heft in seine Handfläche schlug, als Liliana mit ihrem Schwert ausholte. Das Schwert, die Magie, die Seelen, alles stand ihm bei. Er riß die Klinge hoch und blockierte ihren Schlag.

Benommen fragte sich Richard, wieso sein Schwert das ihre nicht zerbrach. Doch dann war er in Bewegung. Der Tanz mit dem Tod hatte begonnen.

Er konterte ihre Schläge, und sie die seinen. Er wich Attacken aus, die ihn eigentlich hätten treffen müssen, und sie vereitelte Angriffe, mit denen er sie hätte erwischen müssen. Sie wirbelte wie der Wind, parierte oft im allerletzten Augenblick. Er hatte das Gefühl, gegen einen Schatten anzukämpfen. Kein Mensch konnte sich so bewegen, wie sie es in diesem Augenblick tat. Nicht einmal er.

Hinter sich spürte er das grauenhafte Etwas. Er parierte den Stoß ihrer Klinge, riß das Schwert mit der Geschwindigkeit des Lichts herum. Einen Augenblick lang sah er ein Gewirr aus Reißzähnen, ein boshaft wütendes Funkeln, dann traf das Schwert auf etwas Festes, und was immer es gewesen war, es wurde bei seiner Vernichtung bis zur Unkenntlichkeit zerstört.

Er fühlte ihre Klinge kommen und machte einen Satz über den zusammensinkenden Koloß. Er rollte sich ab und kam auf die Füße und erwiderte ihren Angriff. Wieder und wieder hallte das Klirren von Stahl auf Stahl durch die Nachtluft.

Richard erkannte, daß ihre Klinge der seinen ähnlich sein mußte. Sie besaß eine Waffe, die dem Schwert der Wahrheit ebenbürtig war. Darüber hinaus beherrschte sie die Magie, wie er es sich nur erträumen konnte. Viel Zeit zum Träumen blieb ihm nicht.

Die Kämpfenden bahnten sich einen Weg quer über die Lichtung, und beide verausgabten sich mit aller verfügbaren Wut. Plötzlich sprang sie zurück und jagte einen Feuerstrahl in seine Richtung. Richard duckte sich im letzten Augenblick, und der Strahl flog vorbei und traf einen Baum. Der Stamm explodierte in einem Splitterregen. Die Baumkrone ging krachend neben ihm nieder, wobei einige der Äste ihn von den Füßen rissen.

Liliana schlug sich durch das Geäst, das so dick wie seine Arme war, um an ihn heranzukommen. Es zersplitterte wie zuvor der Stamm. Richard kam darunter hervorgekrochen und kämpfte sie zurück ins dichte Unterholz.

Während sie, einen steilen Hang hinuntersteigend, immer wieder aneinandergerieten, begann er, über ihre Taktik nachzudenken. Sie kämpfte voller Grimm, doch ohne Eleganz – wie ein Soldat im Kampf zwischen den Linien. Wie er darauf kam, wußte er nicht – vielleicht dank der Seelen aus der Magie seines Schwertes.

So wie sie ihn attackierte, in weitem Bogen um sich schlagend, war sie offen für eine gerade, schnelle Riposte. Richard bedrängte sie hart mit seinem Vorstoß, doch als es ihm endlich gelang, ihr einen Stoß in die Körpermitte zu versetzen, glitt dieser seitlich ab, dabei hätte er eigentlich treffen müssen. Irgend etwas schützte sie. Sie beherrschte die Magie auf eine Weise, die er nicht verstand.

Richard war erschöpft und kämpfte nur noch mit Hilfe der reinen Wut und Raserei seiner Magie. Sie schien nicht mal außer Atem zu sein. »Du hast keine Chance, Richard. Ich werde dich besiegen.«

»Wieso? Am Ende kannst du nicht gewinnen!«

»Ich werde meinen Lohn bekommen.«

Er duckte sich hinter einen Baum und entwischte so knapp einem Schlag, der das Holz in einem Splitterregen davonschleuderte. »Wenn du dem Hüter hilfst zu entkommen, wird er alles Leben verschlingen!«

»Glaubst du das wirklich? Da täuschst du dich. Er wird all die belohnen, die ihm dienen. Er wird mir Dinge gewähren, die der Schöpfer mir niemals gewähren könnte.«

Er stach nach ihr, doch das Schwert glitt seitlich an ihr ab. »Er belügt dich!«

Ihre Klinge verfehlte pfeifend sein Gesicht. In aller Ruhe und Bedachtsamkeit griff sie unerbittlich an. »Wir haben einen Handel abgeschlossen. Mein Eid besiegelt ihn.«

»Und Ihr glaubt tatsächlich, er wird sich an seinen Teil halten?«

»Schließ dich uns an, Richard, und ich werde dir die Herrlichkeit zeigen, die jene erwartet, die ihm dienen. Du könntest ewig leben!«

Richard sprang auf einen Fels. »Niemals!«

Sie hob den Kopf und sah ihn mit kalter Gleichgültigkeit an. »Ich dachte, dies würde vergnüglich werden, aber ich muß feststellen, daß ich mich zunehmend langweile.«

Liliana streckte schwungvoll eine Hand aus. Aus der Hand wand sich schlängelnd ein Blitz hervor, doch er war anders als alle Blitze, die er zuvor gesehen hatte.

Es war ein schwarzer Blitz.

Statt aus Hitze und einem Lichtblitz bestand er aus einer wellenförmigen Leere, die so dunkel war wie der Stein der Nacht, so dunkel wie die Kästchen der Ordnung, so finster wie der ewige Tod. Die schwach vom Mond beschienene Szene war im Vergleich dazu ein heller Sonnentag.

Richard wußte: Er hatte subtraktive Magie vor sich.

Liliana fegte mit dem schwarzen Blitz über den Fels unter seinen Füßen hinweg. Mühelos schnitt dieser eine scharfkantige Leere durch den Stein. Der Rest, auf dem er stand, sackte auf die untere Hälfte. Bis weit nach hinten gingen Bäume, die auf die gleiche Weise von eben diesem schwarzen Blitz getroffen worden waren, unter donnerndem Getöse krachend zu Boden.

Richard verlor den Halt und stürzte rücklings in den steilen Hang. Er rollte sich überschlagend den Hügel hinunter. Als er den ebenen Boden unten erreichte, breitete er die Arme aus, um sich zu bremsen, und wälzte sich augenblicklich auf den Rücken. Er hob den Kopf. Ihm stockte der Atem.

Liliana stand direkt über ihm, das Schwert mit beiden Händen erhoben. Er sah, wohin ihr Blick gerichtet war, und wußte, daß sie die Absicht hatte, ihm die Beine abzuhacken. Er erstarrte, als er sah, wie sich ihr Schwert zu senken begann.

So, wie er sich bisher verteidigt hatte, würde er sie nicht aufhalten können. Er mußte etwas anderes versuchen, sonst wäre dies sein Tod.

Ihre Klinge war eine verwischte Bewegung im Schein des Mondes. Er befreite sich, ließ seinem inneren Selbst, seiner Gabe, vollkommen freien Lauf. Was immer dort war, er wollte sich ihm hingeben – oder sterben. Es war seine einzige Chance. Er fand das ruhige Zentrum in seiner Mitte und überließ sich dessen Willen.

Er sah, wie er das Schwert der Wahrheit nach oben stieß. Seine Knöchel waren weiß vor Anstrengung. Das Schwert erglühte weiß im trügerischen Licht.

Mit aller Kraft trieb er die zischend weiße Klinge in Liliana hinein, unterhalb der Rippen. Sie erschlaffte, als die Spitze ihr das Rückgrat durchtrennte und zwischen den Schulterblättern wieder zum Vorschein kam. Nur sein Schwert und seine Körperkraft hielten sie noch aufrecht.

Ihr Kinn klappte mit einem Stöhnen herunter. Ihr Schwert fiel ihr aus den Händen, blieb seitlich im Boden stecken. Aus aufgerissenen, blassen Augen starrte sie auf ihn herab.

»Ich vergebe Euch, Liliana«, sagte Richard leise.

Ihre Arme zuckten unkontrolliert. Todesangst füllte ihre Augen. Sie versuchte zu sprechen, doch es kam nur blutiger Schaum über ihre Lippen.

Es gab ein ohrenbetäubendes Krachen, wie bei einem Blitzeinschlag, doch statt eines Lichtblitzes fegte ein Kräuseln aus aboluter Finsternis durch den Wald. Als es ihn berührte, setzte sein Herz einen Schlag lang aus. Nachdem es sich verzogen hatte, schien das Licht des Mondes zu gleißen, und Liliana war tot.

Richard wußte es – der Hüter hatte sie geholt.

Früher hatte er die weiße Magie des Schwertes auf den Plan gerufen und genau gewußt, was sie bedeutete. Diesmal hatte er getan, was Nathan ihm geraten hatte, und sie durch seinen Instinkt, durch seine Gabe rufen lassen. Es hatte ihn überrascht, wie er die weiße Magie hatte heraufbeschwören können, ohne sich dessen bewußt zu sein.

Irgend etwas in seinem Innern hatte gewußt, was man brauchte, um sich des Hasses des Hüters zu erwehren, von dem Liliana erfüllt war. Richard war immer noch benommen. Er betrachtete Liliana, während er sein Schwert aus ihr herauszog. Er hatte sich ihr anvertraut. Er hatte ihr vertraut.

Ihm wurde bewußt, daß er genausoweit war wie zuvor – er hatte den Ring noch immer um den Hals und keine Ahnung, wie er ihn herunterbekommen konnte. Ring oder nicht, er mußte die Barriere durchbrechen, die ihn an diesem Ort gefangenhielt. Er beschloß, seine Sachen aus dem Palast zu holen und sich dann einen Weg durch die unsichtbare Mauer zu suchen.

Als er das Schwert an ihren Kleidern abwischte, mußte er daran denken, wie es in der Mitte der Lichtung gelegen hatte, ein gutes Stück von ihm entfernt. Irgendwie hatte er es zu sich gerufen, zusammen mit der Magie. Das Schwert war durch die Luft geflogen und in seiner Hand gelandet.

Er legte das Schwert auf die Erde und rief versuchsweise seine Magie. Der Zorn, die Wut erfüllte ihn, ganz so wie immer. Er streckte die Hand aus und wünschte, daß die Klinge zu ihm kam. Sie blieb felsenfest auf dem Boden liegen. Sosehr er sich auch mühte, sie wollte sich nicht von der Stelle rühren.

Entnervt steckte er das Schwert in die Scheide zurück. Er nahm Lilianas Schwert vom Boden auf und zerbrach die Klinge über seinem Knie. Als er es zur Seite warf, entdeckte er in der Nähe etwas Weißes.

Weiße, im Mondlicht leuchtende Knochen waren im wesentlichen alles, was von einer vertrockneten Leiche übrig war. Nur die obere Hälfte war vorhanden. Vermutlich hatten sich Tiere über den Rest hergemacht. Doch dann entdeckte er ein Stück entfernt das Becken und die Beine. Zerfetzte Überreste eines Kleides, das mit der oberen Hälfte übereinstimmte, umschlangen noch immer die Knochen der Beine.

Richard kniete nieder und untersuchte den Oberkörper. Da waren keine Tiere dran gewesen. Auf keinem der Knochen gab es auch nur eine einzige Spur von einem Zahn. Die Leiche lag genau so da, wie sie gefallen war.

Mit einem Stirnrunzeln stellte er fest, daß die Knochen der unteren Wirbelsäule zertrümmert waren. Er hatte noch nie gesehen, daß Knochen auf diese Weise zersplittert waren. Die Frau schien bei lebendigem Leib in zwei Hälften gesprengt worden zu sein.

Schweigend kniete er da, starrte, dachte nach. Irgend jemand hatte diese Frau umgebracht. Und irgendwie wußte er auch wie: durch Magie.

»Wer hat Euch das nur angetan?« flüsterte er der Toten kaum hörbar zu.

Langsam reckte sich ein Skelettarm im Mondschein zu ihm hoch. Die Finger öffneten sich. Ein dünnes Kettchen fiel herab und blieb am Knochen eines Fingers hängen.

Richard, dessen Haar sich aufzurichten schien, nahm das Kettchen vorsichtig aus den Fingern. An der Kette hing ein einzelner Gegenstand. Er hielt ihn ins Mondlicht und sah, daß es ein klumpiges Gold war, zum Buchstaben *R* geformt.

»Jedidiah«, sagte Richard tonlos, ohne zu wissen, wie er darauf kam.

34. Kapitel

Im Näherkommen bemerkte Richard ein aufgeregtes Durcheinander auf der steinernen Brücke. Eine Menschenmenge drängte sich auf der einen Seite und blickte hinunter in den Fluß. In der Mitte angekommen, bahnte er sich einen Weg durch die Leute bis zum niedrigen, gemauerten Geländer. Dabei entdeckte er auf dem höchsten Punkt der Brücke Pasha, die sich ebenfalls über das Steingeländer beugte und nach unten sah.

»Was ist denn los?« fragte er, als er sich von hinten näherte.

Pasha fuhr herum, als sie seine Stimme hörte, zuckte zusammen, als sie ihn sah. »Richard! Ich dachte ...« Sie blickte nach hinten über das Geländer, hinunter zum Fluß, dann wieder zurück zu ihm.

»Was dachtest du?«

Sie schlang die Arme um seine Taille. »Oh, Richard! Ich dachte, du wärst tot! Dem Schöpfer sei Dank!«

Richard riß ihre Arme los, dann beugte er sich hinüber und blickte hinunter auf den dunklen Fluß. Mehrere kleine Boote, jedes mit einer Laterne, hatten eine Leiche im Schlepptau, die sich in ihren Wurfnetzen verfangen hatte.

Richard rannte über die Brücke, die Böschung hinunter und erreichte das Ufer, als die Männer gerade anlegten. Im flackernden, gelblichen Licht erkannte er die rote Jacke. Er riß einem Mann die Netze aus der Hand und zog sie mitsamt ihrer Ladung auf die grasbewachsene Böschung.

Im unteren Rückenteil der roten Jacke war ein kleines rundes Loch. Er rollte die Leiche herum und blickte in die toten Augen von Perry. Richard stöhnte auf.

Das Zweite Gesetz der Magie. Perry war gestorben, weil Richard es verletzt hatte. Er hatte etwas Gutes tun wollen, mit allerbesten

Absichten, und hatte damit Schaden angerichet. Richard war es, für den der Dacra bestimmt gewesen war.

Pasha stand auf der Uferböschung hinter ihm. »Richard, ich hatte solche Angst. Ich dachte, das wärst du.« Sie fing an zu weinen. »Warum hat er deine rote Jacke getragen?«

»Ich habe sie ihm geliehen.« Er nahm sie kurz in den Arm. »Ich muß fort, Pasha.«

»Du meinst doch nicht, fort vom Palast. Das war doch nicht dein Ernst, als du gemeint hast, du müßtest fort. Ich weiß, daß du es nicht so meinst. Du kannst nicht von hier fort, Richard.«

»Mir ist jedes Wort ernst. Gute Nacht, Pasha.«

Er überließ die Männer ihrer schauerlichen Arbeit und ging auf sein Zimmer. Irgend jemand hatte ihn umbringen wollen, und Liliana war es nicht gewesen. Irgend jemand anders versuchte ihn umzubringen.

Er war gerade dabei, seine Sachen in seinen Rucksack zu stopfen, als er hörte, wie es an der Tür klopfte. Er erstarrte, ein Hemd halb gefaltet in den Händen. Dann hörte er auf der anderen Seite der Tür die Stimme von Schwester Verna, die wissen wollte, ob sie hereinkommen dürfe.

Richard riß die Tür auf, bereit, eine Tirade vom Stapel zu lassen, doch als er den Ausdruck auf ihrem Gesicht sah, blieben ihm die Worte in der Kehle stecken. Sie stand hölzern da, den Blick ins Leere gerichtet.

»Schwester Verna, was ist passiert?« Er faßte sie am Arm und führte sie ins Zimmer. »Hier bitte, setzt Euch.«

Sie sank auf die Stuhlkante. Richard kniete vor ihr nieder und ergriff ihre Hände.

»Was ist, Schwester Verna?«

»Ich habe darauf gewartet, daß du zurückkommst.« Endlich suchte sie mit ihren verschwollenen, roten Augen seinen Blick. »Richard«, sagte sie mit gedämpfter Stimme, »ich kann jetzt wirklich einen Freund gebrauchen. Du bist der einzige, der mir in den Sinn gekommen ist.«

Richard zögerte. Sie wußte, wie es um ihn stand, obwohl er mittlerweile sicher war, daß sie ihm den Halsring nicht abnehmen konnte.

»Richard, als die Schwestern Grace und Elizabeth starben, haben sie ihre Gabe an mich weitergegeben. Ich besitze mehr Macht als jede andere Schwester im Palast, jede andere normale Schwester. Du wirst es bestimmt nicht glauben, aber ich bezweifele, ob selbst die genügen wird, deinen Halsring abzunehmen. Aber ich möchte es versuchen.«

Richard wußte, sie würde ihn nicht entfernen können. So zumindest hatte man es ihm erklärt. Vielleicht irrte sich Nathan.

»Also gut. Dann versucht es.«

»Es wird weh tun ...«

Richard runzelte die Stirn und wurde mißtrauisch. »Wieso überrascht mich das nicht?«

»Nicht dir, Richard. Mir.«

»Wie meint Ihr das?«

»Ich bin dahintergekommen, daß du subtraktive Magie besitzt.«

»Und was hat das damit zu tun?«

»Du hast dir den Rada'Han selbst umgelegt. Er schließt sich, indem er die Magie dessen benutzt, an dem er befestigt ist. Ich besitze nur additive Magie. Ich glaube nicht, daß das genügt, um diese Verbindung zu brechen.

Ich habe keinen Einfluß auf deine subtraktive Magie. Sie wird sich meinen Bemühungen widersetzen, und das wird schmerzen. Doch hab keine Angst. Dir wird es nicht weh tun.«

Richard wußte nicht, was er tun, was er glauben sollte. Sie legte ihre Hände an seinen Hals, neben den Ring. Bevor sie die Augen schloß, sah er den vertrauten, glasigen Blick. Sie berührte ihr Han.

Die Muskeln angespannt, die Hand am Heft seines Schwertes, wartete er ab, bereit zu reagieren, sollte sie versuchen, ihm irgend etwas anzutun. Er wollte nicht glauben, daß Schwester Verna ihm etwas antun würde, aber schließlich hatte er auch nicht glauben wollen, daß Liliana ihm jemals weh tun könnte.

Sie runzelte die Stirn. Richard spürte ein warmes, angenehmes

Kribbeln. Der Raum begann dumpf surrend zu vibrieren. Die Ecken der Teppiche rollten sich ein. Fenster schepperten in ihrem Rahmen. Schwester Verna zitterte vor Anstrengung.

Der hohe Spiegel im Schlafgemach zersprang. Glasscheiben in den Türen zerbrachen, als die Türen zum Balkon mit lautem Knall aufflogen. Die Vorhänge blähten sich nach außen, als hätte sie ein Wind erfaßt. Putz fiel von der Decke, und ein hoher Schrank stürzte krachend um.

Ein leises Stöhnen entwich ihrer Kehle, während die Muskeln in ihrem Gesicht vor Anspannung zitterten.

Richard packte ihre Handgelenke und löste ihre Hände von seinem Halsring. Sie sackte nach vorn.

»Oh, Richard«, sagte sie mit betrübter Stimme. »Es tut mir so leid, ich kann es nicht.«

Richard nahm sie in die Arme und drückte sie fest an sich. »Schon gut, ich glaube Euch. Ich weiß, Ihr habt es versucht. Ihr habt einen Freund gewonnen.«

Sie hielt ihn fest im Arm. »Richard, du mußt fort von hier.«

Er schob sie zurück, während sie sich mit den Fingern über die unteren Lider ihrer Augen strich. Richard ließ sich nach hinten auf die Fersen sinken. »Erzählt mir, was geschehen ist.«

»Im Palast gibt es Schwestern der Finsternis.«

»Schwestern der Finsternis? Was heißt das?«

»Die Schwestern des Lichts arbeiten dafür, den Lebenden das Licht des Schöpfers Herrlichkeit zu bringen. Die Schwestern der Finsternis dienen dem Hüter. Es wurde nie bewiesen, daß es sie überhaupt gibt. Ohne Beweis ist die Behauptung ein Verbrechen. Ich weiß, du wirst mir nicht glauben, Richard. Es klingt wirklich, als sei ich nur –«

»Ich habe heute abend Schwester Liliana getötet.«

Sie sah ihn verständnislos an. »Du hast was getan?«

»Sie wollte mir den Halsring abnehmen, hat sie jedenfalls gesagt. Ich mußte mich mit ihr im Hagenwald treffen. Sie hat versucht, mir die Gabe fortzunehmen, Schwester Verna, für sich selbst.«

»Das kann sie nicht. Eine Frau kann sich nicht die Gabe eines

Mannes zu eigen machen, ebensowenig umgekehrt. Das ist nicht möglich.«

»Sie behauptete, sie hätte es schon oft getan. Als sie es dann versuchte, schien es zu funktionieren. Ich konnte fühlen, wie sie die Gabe, das Leben glatt aus mir herauszog. Fast wäre es ihr gelungen. Ich war kurz davor zu sterben.«

Sie strich das lockige Haar zurück. »Aber ich verstehe nicht, wie ...«

Richard zog die Statuette hervor. »Das hier hat sie dabei benutzt. Der Kristall fing an orange zu glühen, als sie es tat. Wißt Ihr, was das ist?«

Schwester Verna schüttelte den Kopf. »Ich glaube, ich habe es irgendwo schon einmal gesehen, aber ich kann mich nicht mehr genau erinnern. Es ist so lange her. Das war noch, bevor ich den Palast verlassen habe. Was geschah dann?«

»Als das nicht funktionierte, weil ich meine Kraft benutzte, um sie daran zu hindern, rief sie ein Schwert aus den Schatten herbei. Sie wollte mich verwunden. Sie sagte, sie wolle mir bei lebendigem Leib die Haut abziehen und dann meine Gabe für ihre eigenen Zwecke stehlen. Sie versuchte mir die Beine abzuhacken. Irgendwie habe ich sie dann zuerst getroffen.

Schwester Verna, sie besaß subtraktive Magie. Ich habe gesehen, wie sie sie angewendet hat. Und nicht nur das, da ist noch jemand, der mich töten will. Ich habe heute Perry meine rote Jacke geliehen. Gerade eben wurde seine Leiche aus dem Fluß gezogen. Jemand hat ihn mit einem Dacra hinterrücks erstochen.«

Sie verzog das Gesicht. »Oh, mein Schöpfer.« Sie schlang die Finger in ihrem Schoß umeinander. »Im Palast weiß man, daß du subtraktive Magie besitzt. Man benutzt dich, um die Jünger des Hüters aus dem Palast zu treiben.« Sie nahm seine Hand. »Ich war auch in die Sache verwickelt, Richard. Ich hätte mich längst fragen sollen, was alles hier nicht stimmt, doch das habe ich nicht getan. Statt dessen habe ich so getan, als wäre ich im Recht.«

»Was hättet Ihr Euch fragen sollen?«

»Vergib mir, Richard. Man hätte dir niemals einen Rada'Han um den Hals legen dürfen. Es war nicht nötig. Man hat mir erzählt, in der Neuen Welt gäbe es keine Zauberer mehr, die Jungen helfen könnten. Ich war überzeugt, du würdest ohne unsere Hilfe sterben. Dein Freund Zedd hätte verhindern können, daß dir die Gabe Leid zufügt. Die Prälatin wußte, daß es Zauberer gibt, die dir helfen konnten. Sie hat dich aus egoistischen Gründen von deinen Freunden, deinen Lieben wegzerren lassen. Du brauchtest keinen Rada'Han, um dein Leben zu retten.«

»Ich weiß. Ich habe mit Nathan gesprochen. Er hat es mir erzählt.«

»Du warst bei dem Propheten? Was hat er dir sonst noch erzählt?«

»Daß ich mehr Kraft besitze als jeder Zauberer, der in den letzten dreitausend Jahren geboren wurde. Aber ich habe keine Ahnung, wie ich sie einsetzen soll. Und daß ich subtraktive Magie besitze. Er meinte, die Schwestern könnten den Halsring überhaupt nicht abnehmen.«

»Es tut mir leid für das, was ich dir da eingebrockt habe, Richard.«

»Man hat Euch ebenso getäuscht wie mich, Schwester Verna. Ihr seid auch ein Opfer. Sie haben uns beide mißbraucht.

Es kommt noch schlimmer. Es gibt eine Pophezeiung, demzufolge Kahlan am Tag der Wintersonnenwende sterben wird. Das muß ich verhindern. Außerdem befindet sich Darken Rahl, der mein Vater und ein Agent des Hüters ist, in dieser Welt. Ihr habt das Zeichen gesehen, daß er mir eingebrannt hat. Er ist ein Agent, der den Schleier zerreißen kann, vorausgesetzt, er hat alle Elemente an ihrem Platz. Ich bezweifle allerdings, ob dies der Fall ist.

Ich muß fort von hier, Schwester Verna. Ich muß die Barriere durchbrechen.«

»Ich helfe dir. Irgendwie werde ich dir helfen, durch die Barriere zu gelangen. Schwierig wird es für dich im Tal der Verlorenen. Ich glaube, du wirst nicht noch einmal durch das Tal hindurchkommen. Jetzt, nachdem dir der Ring geholfen hat, deine subtraktive Magie anwachsen zu lassen, wird sie die Banne auf dich ziehen. Diesmal wird die Magie dich finden.«

»Vielleicht weiß ich einen Weg. Ich muß es versuchen.«

Schwester Verna dachte einen Augenblick lang nach. »Der Hüter wird dich aufhalten wollen, wenn die Möglichkeit besteht, daß diese Prophezeiung durch seinen Agenten Wirklichkeit wird. Die Schwestern der Finsternis werden alles daran setzen, dich aufzuhalten. Bestimmt war Schwester Liliana nicht die einzige.«

»Wer hat sie als meine Lehrerin eingesetzt?«

»Lehrerinnen werden vom Büro der Prälatin berufen. Aber wahrscheinlich hat die Prälatin das nicht persönlich getan. Solche Angelegenheiten werden gewöhnlich von ihren Verwalterinnen bearbeitet.«

»Ihren Verwalterinnen?«

»Den Schwestern Ulicia und Finella.«

»Ich dachte, das wären ihre Wächterinnen?«

»Wächterinnen? Nein. Die Prälatin hat mehr Macht als sie. Sie braucht keine Wächterinnen. Einige der Jungen halten sie für Wächterinnen, weil sie von den beiden Schwestern immer vor der Tür der Prälatin abgewiesen werden. Einen Teil ihrer Arbeit machen sie im Büro der Prälatin, darüber hinaus haben sie ihre eigenen Büros, wo sie eine Vielzahl administrativer Aufgaben erledigen.«

»Vielleicht waren die Schwestern der Finsternis hinter mir her und haben beschlossen, sofort zu handeln, weil man sie entdeckt hatte.«

»Nein. Die Prälatin meinte zu mir, niemand außer ihr wüßte davon.«

»Hätte jemand sie belauschen können?«

»Nein. Sie hatte den Raum abgeschirmt.«

Richard beugte sich vor. »Schwester Verna, Liliana hatte subtraktive Magie. Dagegen wäre der Schild der Prälatin machtlos gewesen. Eine der beiden Verwalterinnen hat mir Schwester Liliana zugeteilt.«

Sie atmete erschrocken ein. »Und die anderen fünf auch. Wenn eine oder sogar alle beide im Vorzimmer mitangehört haben, was die Prälatin weiß, dann hat die Prälatin ... Schwester Ulicias Büro – dort habe ich die kleine Statue gesehen!«

Richard packte sie am Handgelenk und riß sie aus ihrem Stuhl.

»Kommt! Wenn sie versucht haben, mich zu töten, dann versuchen sie vielleicht auch die Prälatin umzubringen, bevor sie jemanden warnen kann!«

Die beiden rannten die Treppen hinunter und verließen das Guillaume-Haus. Sie überquerten die Rasenflächen im Dunkeln, liefen durch Korridore und Passagen. Kevin war nicht da. Ein anderer Wachmann hatte Dienst, doch der hielt sie nicht auf, da auch er Richard kannte, und Schwestern keinen Einschränkungen unterlagen.

Richard wußte, daß sie zu spät gekommen waren, als sie die rußgeschwärzte Tür zum Büro der Prälatin sahen, die aus den Angeln gebrochen war. Er kam auf dem glatten Marmorboden des Ganges rutschend zum Stehen. Papiere und Hauptbücher lagen bis hinaus auf den Gang verstreut.

Schwester Verna war ein Stück hinter ihm, als er schon das Vorzimmer mit blankgezogenem Schwert betrat. Drinnen sah es aus, als hätte sich dort ein Wirbelsturm verausgabt. Was von Schwester Finella übrig war, lag auf dem Fußboden hinter dem Schreibtisch. Der Rest war quer über die Wand gespritzt. Er hörte, wie Schwester Verna der Atem stockte, als er die Tür zum Zimmer der Prälatin eintrat.

Richard warf sich gegen die Tür, die aufschwang. Er rollte sich ab und landete, das Schwert in beiden Händen haltend, auf den Füßen. Im Zimmer der Prälatin herrschte ein noch größeres Chaos als im Vorzimmer. Papiere bedeckten fast einen Fuß hoch den größten Teil des Fußbodens. Es sah aus, als wären sämtliche Bücher in den Regalen explodiert und hätten ihre Seiten überall verstreut. Der schwere Tisch aus Walnußholz lag in Trümmern an der gegenüberliegenden Wand. Der Raum lag fast völlig im Dunkeln. Lediglich die Tür hinter ihm und die offenen Türen zum mondsbeschienenen Garten hinaus ließen Licht herein.

Schwester Verna entzündete eine helle Flamme in ihrer Hand. In der plötzlichen Helligkeit sah er hinten im Zimmer, in der Nähe des umgestürzten Tisches, eine Gestalt. Langsam hob sie ihren Kopf. Ihr Blick fand seine Augen. Es war Schwester Ulicia.

Richard warf sich auf die Seite, als ein blauer Lichtblitz durch den

Raum geschossen kam und hinter ihm die Wand aufriß. Schwester Verna erwiderte den Angriff mit einem sengenden Feuerstoß aus gelben Flammen. Schwester Ulicia sprang durch die Tür in den Innenhof, um dem Feuer auszuweichen. Richard verfolgte sie. Schwester Verna eilte zu dem umgekippten, zertrümmerten Tisch und fegte irgendwelche Fetzen zur Seite.

»Duckt Euch!« schrie Richard ihr zu.

Ein sich windendes Band aus schwarzen Blitzen durchschnitt die Wand genau über seinem Kopf, als er sich flach auf den Boden warf. Mehrere Regale brachen krachend zusammen. Durch das Nichts, das der schwarze Blitz hinterließ, konnte er ins nächste Zimmer sehen und in die dahinterliegenden. Putz und Täfelung stürzten herab, wirbelten quellende Staubwolken auf.

Als der schwarze Blitz vorüber war, sprang Richard wie rasend wieder auf die Füße und rannte nach draußen. Er sah eine dunkle Gestalt den Pfad entlanglaufen.

Wieder schoß ein schwarzer, bogenförmiger Blitz aus den Schatten heran. Das peitschende Vakuum fegte über den Innenhof hinweg. Bäume stürzten um, Äste knickten ab und brachen, als die Bäume umstürzten. Der Lärm war ohrenbetäubend.

Als es vorbei war, sprang Richard wieder auf die Füße. Er stand gerade im Begriff, den Pfad entlangzurennen, um sie zu suchen, als ihn eine unsichtbare Hand packte und nach hinten riß.

»Richard!« Er hatte Schwester Verna noch nie so wütend grollen hören. »Komm sofort hier rein!«

Er kehrte ins Zimmer der Prälatin zurück und beugte sich keuchend über Schwester Verna. »Ich muß …«

Sie sprang auf die Füße und packte ihn mit ihrer rechten Hand am Hemd. »Was mußt du! Dich umbringen lassen? Was soll das? Wie soll das Kahlan nützen? Schwester Ulicia beherrscht meisterhaft Kräfte, die du dir nicht einmal vorstellen kannst!«

»Aber sie könnte entkommen!«

»Wenn ihr das gelingen sollte, lebst du wenigstens noch. Jetzt komm und hilf mir mit diesem Tisch. Ich glaube, die Prälatin lebt noch.«

Plötzlich keimte wieder Hoffnung in ihm auf. »Seid Ihr sicher?«

Richard ging daran, die zerbrochenen Einzelteile fortzuzerren und sie hinter sich zu werfen. Ganz unten unter den Trümmern fand er den reglosen Körper. Schwester Verna hatte recht gehabt. Die Prälatin lebte noch, schien aber ernsthaft verletzt zu sein.

Schwester Verna benutzte ihre Kraft, um die schweren Tischteile und Regale anzuheben, während Richard vorsichtig kleinere Trümmerstücke von der zierlichen Frau herunterzog. Sie war zwischen dem unteren Regal und der Wand eingeklemmt und voller Blut.

Sie stöhnte, als Richard behutsam seine Hände um sie legte und sie herauszog. Er glaubte nicht, daß ihr noch viel Zeit in diesem Leben blieb.

»Wir müssen Hilfe holen«, sagte er.

Schwester Verna tastete den Körper der Prälatin ab. »Es sieht sehr übel aus, Richard. Ich kann einige ihrer Verletzungen erfühlen. Es ist so schlimm, daß ich ihr nicht helfen kann. Ich weiß nicht, ob ihr überhaupt noch jemand helfen kann.«

Richard hob Ann in seinen Armen hoch. »Sie darf nicht sterben. Wenn ihr irgend jemand helfen kann, dann Nathan. Kommt.«

Wachen und Schwestern hatten das ohrenbetäubende Donnern der Kraft gehört, die Schwester Ulicia freigesetzt hatte, und kamen herbeigeeilt. Richard hatte auf dem Weg zu Nathans Trakt keine Zeit für Erklärungen. Er versuchte, Ann im Laufen vorsichtig zu tragen, ihr Ströhnen verriet ihm jedoch, wie sehr er ihr weh tat.

Nathan kam aus dem Garten, als er sie rufen hörte. »Was war das für ein Lärm? Was ist los? Was ist passiert?«

»Es geht um Ann. Sie ist verletzt.«

Nathan führte ihn ins Schlafzimmer. »Ich wußte ja, das dickköpfige Frauenzimmer wollte es nicht anders.«

Richard legte Ann sachte auf das Bett und blieb in der Nähe, während Nathan seine Finger der Länge nach über ihren Körper breitete. Schwester Verna blieb abwartend stehen und sah von der Tür aus zu.

Nathan schob seine Ärmel hoch. »Es ist ernst. Ich weiß nicht, ob ich ihr helfen kann.«

»Du mußt es versuchen, Nathan!«

»Das werde ich selbstverständlich tun, Junge.« Er verscheuchte sie mit einer Geste. »Ihr beide geht und wartet dort draußen. Es wird eine Weile dauern – wenigstens ein oder zwei Stunden, bevor ich weiß, ob ich ihr mit meinen Mitteln helfen kann. Laßt mich dabei allein. Ihr könnt mir sowieso nicht helfen.«

Schwester Verna saß mit steifem Rücken da, Richard dagegen lief nervös auf und ab.

»Warum machst du dir solche Sorgen, was mit der Prälatin geschieht? Sie hat dich holen lassen, obwohl sie es nicht hätte tun sollen.«

Richard kämmte sich die Haare mit den Fingern nach hinten. »Wahrscheinlich, weil sie die Gelegenheit hatte, mich mitzunehmen, als ich klein war, und sie es nicht getan hat. Sie hat mich bei meinen Eltern aufwachsen lassen. Sie hat mir die Liebe meiner Eltern gelassen. Was hat das Leben sonst für einen Sinn, wenn man nicht die Chance bekommt, in Liebe aufzuwachsen. Sie hätte mir auch das nehmen können, sie hat es aber nicht getan.«

»Wenigstens bist du nicht verbittert.«

Richard ging auf und ab und dachte nach. Lange hielt er es nicht aus.

»Schwester, ich kann hier nicht einfach untätig herumsitzen. Ich werde mit den Wachen sprechen. Wir müssen wissen, wo sich meine Lehrerinnen aufhalten und was sie tun. Die Wachen werden es für mich herausfinden.«

»Schaden kann es vermutlich nicht. Geh und sprich mit den Wachen. Dann vergeht die Zeit schneller.«

Richard schritt durch die dunklen, steinernen Korridore, tief in Gedanken versunken. Er mußte herausfinden, wo sich die Schwestern Tovi, Cecilia, Merissa, Nicci und Armina befanden. Jede von ihnen – vielleicht auch alle – waren möglicherweise Schwestern der Finsternis. Wer wußte schon, was sie als nächstes planten. Vielleicht suchten sie nach ihm. Vielleicht wollten sie …

Ein lähmender Schmerz warf ihn nach hinten. Es war, als hätte man ihm mit einem Knüppel ins Gesicht geschlagen.

Taumelnd kam er wieder auf die Beine, die Welt drehte sich und kippte weg. Benommen tastete er sich nach Blut ab, fand aber keins.

Der nächste Schlag traf ihn am Hinterkopf. Er stemmte sich hoch, stützte sich auf seine Hände und versuchte zu enträtseln, wo er sich befand. Seine Gedanken bewegten sich schwerfällig und langsam. Er versuchte zu begreifen, was vor sich ging.

Ein dunkler Schatten überragte ihn. Schwerfällig und mit zögernden Bewegungen rappelte er sich wieder auf. Er tastete nach seinem Schwert, konnte sich aber nicht mehr erinnern, welche Hand er nehmen mußte. Es gelang ihm nicht, sich schnell genug zu bewegen.

»Spaziergang, Bauernbursche?«

Richard hob den Kopf und sah den feixenden Jedidiah, der hochaufgerichtet dastand, die Hände jeweils in den anderen Ärmel gesteckt. Richard bekam das Heft seines Schwertes zu fassen. Schwerfällig mühte er sich ab, es zu ziehen. Mit letzter Kraft versuchte er, seine Magie herbeizurufen und taumelte zurück.

Als der Zorn sein umnebeltes Hirn flutete, zog Jedidiah seine Hände heraus. Er hatte einen Dacra. Er hob den Arm, das silberne Messer in der Hand. Richard überlegte, was er machen solle und ob dies wirklich sei. Vielleicht wachte er ja auf und stellte fest, daß alles nur ein Traum war.

Auf dem höchsten Punkt seiner ausholenden Bewegung schienen Jedidiahs Augen plötzlich von innen aufzuleuchten. Langsam erst, dann mit wachsender Geschwindigkeit, kippte Jedidiah nach vorn und schlug mit dem Gesicht zuerst auf den Steinfußboden.

Ein Kräuseln schwärzester Finsternis fegte durch den Korridor.

Als die Fackel wieder aufleuchtete, stand plötzlich Schwester Verna da, wo kurz zuvor noch Jedidiah gestanden hatte. Sie hielt einen Dacra in der Hand. Richard sackte auf die Knie, immer noch bemüht, wieder zur Besinnung zu kommen.

Schwester Verna eilte herbei und legte ihm die Hände seitlich an den Kopf. Als er wieder auf die Füße kam, starrte er auf die Leiche und entdeckte ein kleines rundes Loch im Rücken.

»Ich hielt es für besser, mit einigen der Schwestern zu sprechen«, erklärte sie. »Mir wurde klar, je mehr Menschen von den Schwestern der Finsternis wissen, desto besser.«

»Er war es, hab' ich recht? Ihr habt ihn geliebt.«

Sie schob den Dacra wieder in ihren Ärmel zurück. »Er war nicht mehr der Jedidiah, den ich gekannt habe. Der Jedidiah, den ich gekannt habe, war ein guter Mensch.«

»Es tut mir leid, Schwester Verna.«

Sie nickte abwesend. »Geh du und sprich mit den Wachen. Ich werde mit den Schwestern reden. Wenn du fertig bist, treffen wir uns wieder bei Nathan. Ich denke, am besten versuchen wir dort, ein paar Stunden zu schlafen, und nicht in unseren Zimmern.«

»Ihr habt wahrscheinlich recht. Wir können unsere Sachen holen, sobald es hell ist, und dann gleich aufbrechen.«

Als er Nathan ins Zimmer kommen hörte, setzte Richard sich in seinem Sessel auf und rieb sich die Augen. Schwester Verna auf der Couch kam schneller hoch. Richard blinzelte und versuchte, seine schläfrige Benommenheit loszuwerden.

Sie waren beide lange wach gewesen. Der gesamte Palast war in Aufruhr. Was im Büro der Prälatin geschehen war, genügte als Beweis für die Existenz der sagenumwobenen Schwestern der Finsternis. Wer Zweifel hegte, brauchte nur einen einzigen Blick auf die scharfkantigen leeren Stellen zu werfen, die sich durch Dutzende von Wänden zogen, oder auf die säuberlich durchtrennten Bäume und Steine, um zu wissen: Hier war nichts geringeres als subtraktive Magie angewendet worden.

Richard hatte Wachen ausgeschickt, die sich diskret auf die Suche nach den sechs Schwestern machen sollten: Schwester Ulicia und seine fünf Lehrerinnen. Auch die Schwestern waren auf der Suche. Er war außerdem zu Warren gegangen, um mit ihm zu sprechen und ihm zu berichten, was geschehen war.

Richard stand auf und vertrat sich die Beine. »Wie geht es ihr? Wird sie sich erholen?«

Nathan wirkte erschöpft. »Sie schläft jetzt, aber es ist zu früh, um etwas Genaueres zu sagen. Wenn sie ausgeruht ist, kann ich mehr für sie tun.«

»Danke, Nathan. Ich weiß, daß Ann bei dir in besten Händen ist.«

Er brummte und setzte dazu noch eine säuerliche Miene auf. »Du bittest mich, meine Gefängniswärterin gesund zu machen.«

»Ann wird es dir sicher danken. Vielleicht überdenkt sie deine Gefangenschaft noch einmal. Wenn nicht, komme ich zurück und sehe, was ich tun kann.«

»Zurück? Willst du etwa fort, Junge?«

»Ja. Und dazu brauche ich deine Hilfe, Nathan.«

»Wenn ich dir helfe, ziehst du womöglich los und setzt dir in deinen Dickschädel, die ganze Welt zu vernichten.«

»Ist in den Prophezeiungen vielleicht die Rede davon, daß du mich daran hindern sollst?«

Nathan stieß einen matten Seufzer aus. »Was willst du?«

»Wie komme ich durch die Barriere? Der Halsring hält mich zurück.«

»Wieso sollte ich das wissen?«

Richard ging wütend einen Schritt auf den hochaufragenden, alten Zauberer zu. »Nathan, spiel keine Spiele mit mir. Ich bin nicht in der Stimmung, außerdem ist die Angelegenheit zu wichtig. Du hast sie doch durchquert. Du hast Ann begleitet, um das Buch aus der Burg der Zauberer in Aydindril zu holen. Hast du das schon vergessen?«

Er schob seine Ärmel herunter. »Man braucht nur den Rada'Han abzuschirmen. Mir hat Ann hindurchgeholfen, Schwester Verna kann das gleiche für dich tun. Ich werde ihr sagen, wie es funktioniert.«

»Und was ist mit dem Tal der Verlorenen? Komme ich auch dort ein weiteres Mal hindurch?«

Nathans Augen nahmen plötzlich einen gespannten, finsteren Ausdruck an. Er schüttelte den Kopf. »Du hast zuviel Kraft in dir vereint. Der Ring hat dazu beigetragen, daß sie wuchs. Außerdem wirst du die Banne auf dich ziehen. Schwester Verna kann nicht mehr hindurch, sie hat das Tal bereits zweimal durchquert. Hinzu kommt, daß sie mittlerweile zuviel Kraft besitzt. Sie hat es zweimal durchquert und die Gabe zweier anderer Schwestern übernommen, jetzt sitzt sie hier fest.«

»Und wie bist du dann dreimal hindurchgekommen? Du stammst aus D'Hara, das war das erste Mal. Du bist mit Ann in die Neue Welt gegangen und wieder zurückgekommen. Das wären drei. Wie hast du das geschafft, wenn es unmöglich ist?«

Ein verschmitztes Lächeln huschte über seine Lippen. »Ich bin nicht dreimal durch das Tal gegangen. Sondern nur einmal.« Er hob die Hand und wehrte damit Richards Einwand ab. »Ann und ich haben das Tal gar nicht durchquert. Wir haben das Hindernis umgangen. Wir haben den Einflußbereich der Banne umsegelt, weit draußen auf dem Meer, und sind schließlich in den südlichsten Gefilden Westlands an Land gegangen. Die Reise ist lang und beschwerlich, aber wir haben die Überfahrt geschafft. Das gelingt nicht vielen.«

»Übers Meer!« Richard sah nach hinten zu Schwester Verna. »Soviel Zeit habe ich nicht. Die Wintersonnenwende ist in einer Woche. Ich muß durch das Tal.«

»Richard«, sagte Schwester Verna mit sanfter Stimme, »ich kann verstehen, was du fühlst, aber so lange dauert es fast schon, das Tal der Verlorenen zu erreichen. Selbst wenn du einen Weg hindurch finden solltest, bleibt dir keine Zeit mehr, dein Ziel zu erreichen.«

Richard hielt seinen Zorn im Zaum. »Als Zauberer habe ich keine Erfahrung. Auf meine Gabe kann ich mich nicht verlassen. Was das anbelangt, ist es mir ziemlich egal, ob ich je lerne, sie zu beherrschen.

Aber ich bin auf der Suche. Darin, Schwester Verna, bin ich nicht so unerfahren. Nichts wird mich aufhalten. Nichts. Ich habe Kahlan mein Versprechen gegeben, selbst in die Unterwelt zu gehen und höchstpersönlich mit dem Hüter zu kämpfen, wenn ich sie nicht anders retten kann.«

Nathans Gesichtsausdruck verfinsterte sich. »Ich habe dich gewarnt, Richard. Wenn man verhindert, daß diese Prophezeiung sich bewahrheitet, wird der Hüter uns alle bekommen. Du darfst nicht versuchen, sie zu verhindern. Es steht in deiner Macht, die gesamte Welt der Lebenden dem Hüter in die Hand zu geben.«

»Das ist doch bloß ein bedeutungsloses Rätsel«, brummte Richard verzweifelt, obwohl er es besser wußte.

Nathans finsterer Blick war der Blick eines Rahl, jener finstere Blick, den auch Richard geerbt hatte. »Richard, allem Leben wohnt der Tod inne. Der Schöpfer hat auch ihn geschaffen. Wenn du die falsche Wahl triffst, werden alle Lebenden für deine Dickköpfigkeit bezahlen.

Und, Richard, vergiß nicht, was ich dir über den Stein der Tränen erzählt habe. Mißbrauchst du ihn, um eine Seele in die Tiefen der Unterwelt zu verbannen, zerstörst du damit jedes Gleichgewicht.«

»Der Stein der Tränen?« fragte Schwester Verna mißtrauisch. »Was hat denn Richard mit dem Stein der Tränen zu schaffen?«

Richard drehte sich wieder zu Schwester Verna um. »Wir verlieren bloß Zeit. Ich gehe in mein Zimmer und hole meine Sachen. Wir müssen aufbrechen.

»Richard«, sagte Nathan. »Ann hat all ihre Hoffnungen in dich gesetzt. Sie hat dafür gesorgt, daß du die Liebe deiner Familie bekommst, vielleicht damit du die wahre Bedeutung des Lebens begreifst. Bitte denke daran, wenn der Zeitpunkt kommt, dich zu entscheiden.«

Richard blickte Nathan lange an. »Danke, für deine Hilfe, Nathan. Aber ich werde die eine, die ich liebe, nicht wegen eines Rätsels aus einem Buch sterben lassen. Hoffentlich sehen wir uns wieder. Wir haben noch viel zu besprechen.«

Richard schüttelte die Schale voller Goldmünzen ganz unten in seinen Rucksack, bevor er seine übrigen Sachen hineinstopfte. Wenn die Münzen ihm dabei halfen, Kahlan zu retten, so überlegte er, dann war dies das mindeste, was der Palast tun konnte, nach allem, was man ihm hier angetan hatte.

Das Gold war eine Aufmerksamkeit, die die übrigen jungen Männer im Palast zu Trägheit animierte. Es verletzte ihre Menschenwürde, wie Nathan es ausgedrückt hatte. Vielleicht hatte Jedidiah sich deshalb den Versprechungen des Hüters zugewandt.

Richard bezweifelte, daß außer Warren einer der jungen Männer hier seit ihrem Eintreffen im Palast und bei freiem Zugang zu unbegrenzten Mengen von Gold – ohne um seinen Wert zu wissen – auch nur einen einzigen Tag gearbeitet hatte. Auch auf diese Weise zerstörte der Palast die Leben von Menschen. Richard fragte sich, wie viele Kinder junge Zauberer wohl mit Hilfe dieses Goldes gezeugt hatten.

Richard trat hinaus auf den Balkon, um sich vor seiner Abreise noch einmal einen Überblick über die Lage zu verschaffen. Wachen patrouillierten auf dem Gelände. Auch Schwestern suchten eifrig jedes Gebäude, jeden überdachten Gang ab. Irgendwie würden sich die Schwestern dieser sechs annehmen müssen. Er selbst hatte jedenfalls keine Ahnung, wie er ihre Kraft bändigen konnte.

Als er die Tür im vorderen Zimmer hörte, nahm er an, es sei Schwester Verna. Sie mußten los. Als er sich umdrehte, blieb ihm jedoch keine Zeit zu reagieren.

Pasha kam durch die Tür auf ihn zugestürmt. Sie warf die Hände in die Höhe. Die Türen flogen aus den Angeln, wirbelten über das Balkongeländer und stürzten zehn Meter hinab bis auf den gepflasterten Innenhof.

Die Wucht einer festen Wand aus Luft warf ihn zurück. Lediglich das Geländer verhinderte, daß er zusammen mit den zersplitterten Türen hinübergeschleudert wurde. Der Aufprall trieb ihm die Luft aus den Lungen, und ein bohrender Schmerz in seiner Seite machte jeden Atemzug unmöglich.

Als er sich taumelnd von Balkongeländer löste, warf ihn der nächste Schlag wieder zurück, diesmal schlug sein Kopf gegen das steinerne Geländer. Zu seinem Entsetzen sah er, wie ein Schwall Blut auf den Stein klatschte, bevor der Schieferboden ihm entgegenkam.

Pasha schrie vor Wut. Anfangs waren ihre Worte nichts als ein unverständliches Tosen. Er stemmte sich mit den Händen hoch. Blut rann aus seinem Kopf. Es sammelte sich unter ihm in einer immer größeren Pfütze. Kreisend kippte er zur Seite.

Es gelang ihm, sich aufzusetzen und sich rücklings gegen das Geländer kippen zu lassen. »Pasha, was ...«

»Halt dein dreckiges Schandmaul. Ich will nichts davon hören!«

Sie stand in der Tür, die Fäuste in die Hüften gestemmt. In einer Hand hielt sie einen Dacra. Ihr Gesicht war tränenüberströmt.

»Du bist eine Ausgeburt des Hüters! Ein widerlicher Jünger dieses Unholds! Du tust nichts anderes, als anständigen Menschen weh zu tun!«

Richard betastete seinen Kopf. Seine Hände waren blutverschmiert. Ihm war schwindelig, und er mußte gegen den Drang ankämpfen, sich zu übergeben.

»Wovon redest du?« brachte er undeutlich hervor.

»Schwester Ulicia hat mir alles erzählt! Sie hat mir gesagt, daß du dich dem Hüter verschrieben hast! Sie hat mir erzählt, wie du Schwester Liliana getötet hast!«

»Pasha, Schwester Ulicia ist eine Schwester der Finsternis ...«

»Sie hat mir vorausgesagt, du würdest genau das sagen! Sie hat mir auch erzählt, wie du deine abscheuliche Magie dazu benutzt hast, Schwester Finella und die Prälatin umzubringen! Deswegen wolltest du auch immer in das Zimmer der Prälatin! Damit du unsere Führerin ins Licht töten konntest! Du bist Abschaum!«

Die Welt verschwamm vor seinen Augen. Er sah sie doppelt, zwei Bilder, die ständig umeinander kreisten. »Das ... das ist nicht wahr, Pasha.«

»Nur die Tricks des Hüters haben dich gestern gerettet. Du hast meine geliebte Jacke einem anderen gegeben, weil du mich demütigen wolltest. Schwester Ulicia hat mir erzählt, wie dir der Hüter alles einflüstert!

Ich hätte dich gleich auf der Brücke töten sollen, dann wäre das alles nicht passiert. Aber törichterweise glaubte ich, dich aus den Fängen des Hüters retten zu können! Die beiden Schwestern und die Prälatin könnten noch leben, hätte ich meine Arbeit getan. Als du mich verleitet hast, Perry zu töten, da habe ich den Schöpfer im Stich gelassen, aber so wirst du dich nicht noch einmal retten können. Deine abscheulichen Unterwelttricks werden dich nicht noch einmal retten!«

»Pasha, bitte, hör mir zu. Man hat dich angelogen. Hör bitte zu. Die Prälatin ist nicht tot. Ich kann dich zu ihr bringen.«

»Mich willst du auch umbringen! Von nichts anderem redest du – nur vom Töten! Du entweihst uns alle! Wenn ich mir vorstelle, daß ich einmal geglaubt habe, dich zu lieben!«

Sie hob den Dacra und stürzte sich mit einem Schrei auf ihn. Irgendwie gelang es Richard, das Schwert zu ziehen, während er benommen überlegte, welches Bild von ihr er bekämpfen sollte. Die Wut, die Magie seines Schwertes, verlieh seinen Armen Kraft. Er riß das Schwert hoch, als sie sich, Dacra voran, auf ihn warf. Die beiden Bilder von ihr verschmolzen miteinander.

Das Schwert berührte sie nicht einmal. Mit einem Aufschrei wurde sie über ihn hinweg und über das Geländer geschleudert. Sie schrie den ganzen Weg, bis nach unten. Richard fuhr zusammen und schloß die Augen, als der Schrei mit ihrem Aufprall auf dem Pflaster endete.

Als er die Augen aufmachte, sah er Warren erstarrt in der Tür stehen. Er mußte an Jedidiahs Sturz auf der Treppe denken.

»Bei den guten Seelen, nein«, hauchte Richard.

Er stemmte sich auf seine Beine hoch und warf einen kurzen Blick über den Rand. Menschen kamen aus allen Richtungen auf die Leiche zugerannt.

Warren schlurfte hölzern zum Geländer. Richard hielt ihn auf halbem Weg dorthin zurück.

»Nein, sieh nicht hin, Warren.«

Warren kamen die Tränen. Richard legte den Arm um seinen Freund. Warum hast du das getan, dachte er, ich hätte es selbst tun können. Ich war kurz davor. Du mußtest es nicht tun.

Über Warrens Schulter hinweg sah Richard, daß Schwester Verna im Zimmer stand.

»Sie hat Perry umgebracht«, erklärte Warren. »Ich habe gehört, wie sie es selbst zugegeben hat. Eigentlich wollte sie dich töten.«

Ich hätte es selbst tun können, dachte Richard, du hättest es nicht zu tun brauchen. Doch statt dessen sagte er: »Danke, Warren. Du hast mir das Leben gerettet.«

»Sie wollte dich umbringen«, weinte er an Richards Schulter. »Warum wollte sie so etwas tun?«

Schwester Verna legte Warren eine Hand auf den Rücken, um ihn zu trösten. »Die Schwestern der Finsternis haben sie belogen. Der Hüter hat ihr Falschheiten eingeflüstert. Und sie hat darauf gehört. Dem Hüter gelingt es sogar, daß die Guten auf seine Einflüsterungen hören. Du warst sehr tapfer, Warren.«

»Aber warum schäme ich mich dann so? Ich habe sie geliebt, und jetzt habe ich sie umgebracht.«

Richard nahm ihn einfach in die Arme, als er weinte.

Schwester Verna zog die beiden ins Zimmer zurück. Richard mußte sich vorbeugen, und sie untersuchte die Wunde an seinem Kopf. Blut tropfte überall auf den Fußboden.

»Jemand muß sich darum kümmern. Eine solche Verletzung kann ich nicht behandeln.«

»Aber ich«, sagte Warren. »Ich bin ein ganz guter Heiler. Laßt mich das machen.«

Als Warren fertig war, mußte Richard auf Schwester Vernas Geheiß den Kopf über das Becken halten, während sie ihm den Krug Wasser über den Kopf schüttete und das Blut abwusch. Warren saß auf einer Stuhlkante, den Kopf in seine Hände gestützt.

Warren hob den Kopf, als die Schwester fertig war. »Ich habe über das Gesetz nachgedacht, von dem du mir erzählt hast. Die Menschen glauben eine Lüge, weil sie wollen, daß sie wahr ist, oder weil sie befürchten, daß sie wahr sein könnte. Genau, wie Pasha die Lüge geglaubt hat. Habe ich recht?«

Richard mußte lächeln »Hast du, Warren.«

»Schwester«, sagte Richard. »Was hat er Eurer Meinung nach gerade getan?«

»Was meinst du?«

»Die jungen Zauberer, die durch das Tal zurückgeschickt werden, können passieren, weil sie nicht genügend Kraft besitzen, um die Banne auf sich zu ziehen. Sie sind noch keine vollwertigen Zauberer. Zedd hat mir erklärt, Zauberer müßten eine Schmerzprüfung bestehen.

Im Laufe der Jahrtausende haben die Schwestern diese Prüfung darauf reduziert, daß sie körperliche Schmerzen aushalten müssen.

Ich glaube, sie irren sich. Ich glaube, die Prüfung, die Warren gerade bestanden hat, war schmerzhafter als alles, was ihm die Schwestern jemals zufügen könnten. Habe ich recht, Warren?«

Er nickte. Sein Gesicht wurde wieder blaß. »Nichts, was sie gemacht haben, hat jemals so weh getan.«

»Schwester, erinnert Ihr Euch noch, wie ich Euch erzählt habe, ich hätte die Klinge weiß gefärbt und diese Frau durch Liebe getötet? Vielleicht war das auch eine Art Schmerzprüfung. Ich weiß, wie schmerzhaft das war.«

Sie breitete verzweifelt die Hände aus. »Glaubst du wirklich, ein Mensch, der die Gabe besitzt, muß jemanden töten, den er liebt, um diese Prüfung zu bestehen? Das ist ausgeschlossen, Richard.«

»Nein, Schwester, er muß niemanden töten, den er liebt. Aber er muß beweisen, daß er die richtige Entscheidung fällen kann. Er muß beweisen, daß er sich für das größere Wohl entscheiden kann. Wäre jemand mit der Gabe ein guter Diener Eures Schöpfers, der Hoffnung auf das Leben, wenn er nur aus eigensüchtigen Motiven handeln könnte?

Jemandem Schmerzen zuzufügen, wie es die Schwestern tun, führt zu gar nichts.

Müßte nicht jemand, der dem Licht des Lebens dienen will, der das Leben liebt, sich aus freien Stücken für dieses Licht und für die Menschen entscheiden?«

»Gütiger Schöpfer«, hauchte sie, »sollten wir uns all die Zeit getäuscht haben?« Einen Augenblick lang legte sie die Hand vor den Mund. »Und wir haben geglaubt, wir brächten diesen Jungen das Licht des Schöpfers.«

Schwester Verna richtete sich entschlossen auf. Sie stellte sich vor Warren und legte die Hände seitlich an seinen Rada'Han. Als sie so dastand, mit geschlossenen Augen, die Hände am Halsring, entstand in der Luft eine summende Schwingung. Nach einer Weile breitete sich Stille in dem Raum aus, und dann hörte Richard ein Schnappen. Der Rada'Han zerbrach und fiel ab.

Warren war überglücklich, als er den zerbrochenen Halsring sah. Richard wünschte sich, es könnte auch für ihn so einfach sein.

»Was wirst du jetzt tun, Warren?« fragte Richard. »Wirst du den Palast verlassen?«

»Vielleicht. Aber zuerst möchte ich die Bücher noch ein wenig studieren, wenn die Schwestern es gestatten.«

»Sie gestatten es«, sagte Schwester Verna. »Dafür werde ich schon sorgen.«

»Dann werde ich vielleicht nach Aydindril gehen, zur Burg der Zauberer, und die Bücher und Prophezeiungen studieren, die dort aufbewahrt werden, wie du mir erzählt hast.«

»Das scheint ein weiser Plan zu sein, Warren. Schwester, ich muß aufbrechen.«

»Warren«, sagte sie, »warum begleitest du mich nicht bis zum Tal? Du bist jetzt frei.« Sie sah kurz zum Balkon hinüber. »Ich denke, es würde dir gut tun, eine Weile von hier fortzugehen und auf andere Gedanken zu kommen. Außerdem könnte ich ein wenig Hilfe gebrauchen, wenn wir das Tal erreichen.«

»Wirklich? Sehr gern.«

Als die drei ihre Sachen zu den Ställen schleppten, wurden sie von drei Wachen entdeckt – Kevin, Walsh und Bollesdun – die ihnen nachliefen, bis sie sie eingeholt hatten.

»Wir haben sie vielleicht gefunden, Richard«, sagte Kevin.

»Vielleicht? Was soll das heißen? Wo sind sie?«

»Nun, gestern abend hat die *Lady Sefa* die Segel gesetzt. Wir haben mit Leuten im Hafen gesprochen, die behaupten, sie hätten gesehen, wie sechs Frauen, möglicherweise die Schwestern, kurz vor dem Ablegen an Bord gegangen sind.«

»Vor dem Ablegen!« stöhnte Richard. »Was ist das, die *Lady Sefa*?«

»Ein Schiff. Ein großes Schiff. Es ist gestern spät abends mit der Flut ausgelaufen. Es hat einen guten Vorsprung, und, soweit ich gehört habe, liegt kein einziges Schiff im Hafen, daß die *Lady Sefa* einholen oder ebensoweit aufs Meer hinausfahren könnte.«

»Wir können sie nicht verfolgen und gleichzeitig der anderen Sache nachgehen«, meinte Schwester Verna.

Richard schob gereizt seinen Rucksack zurecht. »Ihr habt recht.

Wenn sie es tatsächlich sind, dann sind sie erst einmal fort. Aber zumindest weiß ich, wohin sie fahren. Wir werden uns später um sie kümmern müssen. Wenigstens ist der Palast der Propheten sicher. Im Augenblick müssen wir uns um wichtigere Dinge kümmern. Holen wir die Pferde, damit es endlich losgehen kann.«

35. Kapitel

Kahlan rannte durch die dunklen, steinernen Gänge und durch die grabähnlichen Kammern. Die ersten Lichtstrahlen warfen goldene Flecken auf die rauhe, dunkelgraue Granitwand gegenüber den Fenstern, während sie eine Osttreppe hinaufhastete. Sie war sofort losgelaufen, als Jebra ihr erzählt hatte, sie habe in der Burg der Zauberer ein Licht gesehen.

Sie mußte daran denken, wie es war, mit langem Haar zu rennen: an das Gewicht des Haares, wie es hinter ihr herwehte, mit ihren Schritten zu fließen schien. Jetzt spürte sie dieses Gefühl nicht mehr. Doch das war egal, sie freute sich einfach darüber, daß Zedd zurückgekehrt war. Sie hatte so lange darauf gewartet. Im Laufen rief sie seinen Namen.

Sie platzte in das übervolle Lesezimmer, kam stolpernd zu Stehen, rang nach Atem. Zedd stand hinter einem Tisch, der mit Büchern und Papieren übersät war, genau wie sie ihn vom letzten Mal, Monate zuvor, noch in Erinnerung hatte. Kerzen verliehen dem Zimmer eine warme Behaglichkeit. Das Lesezimmer hatte nur ein einziges Fenster, das auf den noch dunklen Himmel im Westen hinausging.

Ein großer Mann mit buschigen brauen, größtenteils grauem Haar und einem verwitterten, faltigen Gesicht blickte von einem Spazierstock auf, den er gerade begutachtete. Adie saß etwas seitlich davon in einem Sessel. Ihr Kopf zuckte herum, als sie das Geräusch hörte. Zedd legte den Kopf fragend auf die Seite und runzelte die Stirn.

»Zedd!« Sie schluckte Luft. »Oh, Zedd, ich bin ja so froh, dich wiederzusehen.«

»Zedd?« Er drehte sich zu dem großen Mann um. »Zedd?« Der große Mann nickte. »Ruben gefällt mir aber besser.«

»Zedd! Du mußt mir helfen!«

»Wer ist das?« fragte Adie aus dem Sessel.

»Adie, ich bin's, Kahlan.«

»Kahlan?« Ihr Kopf ruckte herum zu Zedd. »Kahlan, wer ist das?«

Zedd zuckte mit den Achseln. »Ein hübsches Mädchen mit kurzem Haar. Offenbar kennt sie uns.«

»Was redest du da? Zedd, ich brauche Hilfe! Richard ist in Schwierigkeiten! Ich brauche dich!«

Zedd runzelte verwirrt die Stirn. »Richard. Den Namen kenne ich. Glaube ich wenigstens ...«

Kahlan war außer sich. »Was ist mit dir, Zedd! Erkennst du mich nicht? Bitte, Zedd, ich brauche dich. Richard braucht dich.«

»Richard.« Er strich sich über sein glattrasiertes Kinn und sah nachdenklich auf den Tisch. »Richard ...«

»Dein Enkel! Bei den Seelen, kannst du dich nicht an deinen Enkel erinnern?«

Er starrte auf den Tisch und dachte nach. »Enkel ... ich glaube, ich erinnere mich ... nein, doch wohl nicht.«

»Zedd! Hör mir zu! Die Schwestern des Lichts halten ihn gefangen! Sie haben ihn mitgenommen!«

Kahlan stand stumm da und rang nach Atem. Zedd hob langsam den Kopf und sah sie mit seinen braunen Augen an. Sein Gesicht verlor seinen fragenden Ausdruck, als sich seine Brauen zusammenzogen und er wütend darunter hervorblickte. »Die Schwestern des Lichts halten Richard gefangen?«

Kahlan hatte schon gesehen, wie Zauberer wütend wurden, doch einen Blick wie jetzt bei Zedd hatte sie noch nie in den Augen eines Zauberers gesehen.

»Ja«, sagte sie. Sie wischte sich ihre schweißnassen Hände an den Hüften ab und betrachtete einen Riß, der hinter ihm die Wand hinauflief. »Sie sind gekommen und haben ihn mitgenommen.«

Zedd stemmte sich mit den Knöcheln auf den Tisch und beugte sich zu ihr. »Ausgeschlossen. Sie hätten ihn nicht mitnehmen können, es sei denn, sie hätten ihm einen dieser gottverfluchten Ringe um den Hals gelegt. Richard würde sich niemals einen Ring um den Hals legen lassen.«

Kahlans Knie begannen zu zittern. »Er hat es aber getan.«

Sein wutschäumender Gesichtsausdruck schien die Luft in Brand zu setzen. »Warum sollte er sich einen Ring um den Hals legen lassen, Konfessor?«

»Weil«, meinte sie kleinlaut, »ich ihn gezwungen habe.«

Plötzlich schmolzen die Kerzen in einem der Ständer gleich neben ihm, und ihr Wachs sammelte sich in zischenden Pfützen auf dem Boden. Die Eisenarme, die die Kerzen gehalten hatten, erschlafften wie eine Pflanze, die verdurstet. Der große Mann drückte sich ängstlich an die mit Regalen vollgestellte Wand.

Zedd zischte sie bedrohlich an: »Du hast *was* getan, Konfessor?«

Das Schweigen hallte durch den Raum, sie stand da und zitterte. »Er wollte nicht. Ich mußte es tun. Ich habe ihm erklärt, er müsse ihn anlegen, als Beweis dafür, daß er mich liebt.«

Kahlan hatte das Gefühl, gegen eine Wand zu prallen. Sie begriff nicht, wieso sie hingestreckt auf dem Fußboden lag. Mit zitternden Armen stemmte sie sich hoch. Sie japste nach Luft, als sie plötzlich auf die Füße gerissen und ein weiteres Mal gegen die Wand geschleudert wurde.

Zedd stand mit wildem Blick unmittelbar vor ihr. »Genau dasselbe hast du Richard angetan!«

Kahlan drehte sich der Kopf. Ihre eigene Stimme schien aus weiter Ferne zu kommen. »Du verstehst nicht. Ich mußte es tun. Zedd, ich brauche deine Hilfe. Richard hat mir aufgetragen, dich zu suchen und dir zu erklären, was ich getan habe. Bitte, Zedd, hilf ihm.«

In einem Anfall von Wut schlug er ihr den Handrücken ins Gesicht. Als sie hinschlug, schürfte sie sich die Hände auf dem Steinfußboden auf. Er riß sie auf die Beine und schmetterte sie erneut gegen die Wand.

»Ich kann ihm nicht helfen! Niemand kann das! Du törichtes Weib!«

Tränen liefen ihr übers Gesicht. »Wieso? Ich muß ihm helfen, Zedd!«

Als er erneut ausholte, hielt sie sich die Arme vors Gesicht, um sich vor ihm zu schützen. Es half nichts. Ihr Kopf schlug abermals krachend gegen die Wand. Das Zimmer drehte sich. Sie zitterte am ganzen Körper. Noch nie hatte sie einen Zauberer in derart unbeherrschtem Zorn gesehen. Kahlan wußte, er würde sie umbringen für das, was sie Richard angetan hatte.

»Du Närrin. Du verräterische Närrin. Jetzt kann ihm niemand mehr helfen.«

»Zedd, bitte. Du kannst es. Bitte hilf ihm.«

»Nein, nicht einmal ich. Niemand kann zu ihm. Ich kann die Türme nicht passieren. Richard ist für uns verloren. Alles, was mir noch geblieben war, ist verloren.«

»Was meinst du damit, er ist für uns verloren?« Mit zittrigen Fingern wischte sie sich Blut aus dem Mundwinkel. Die Tränen wischte sie sich nicht ab. »Er wird zurückkommen. Er muß zurückkommen.«

Zedd starrte ihr in die Augen und schüttelte langsam den Kopf. »Nicht, solange wir noch leben. Der Palast der Propheten ist in einem Zeitbann gefangen. Richard wird für die nächsten dreihundert Jahre dort bleiben, während man ihn ausbildet. Wir werden ihn nie wiedersehen. Für diese Welt ist er verloren.«

Kahlan schüttelte fassungslos den Kopf. »Nein. Bei den Seelen, nein. Das kann nicht sein. Wir werden ihn wiedersehen. Das darf nicht wahr sein!«

»Es ist wahr, Mutter Konfessor. Du hast ihn in eine Lage gebracht, in der ihm niemand helfen kann. Ich werde meinen Enkelsohn nie wiedersehen. Und du wirst ihn auch nie wiedersehen. Richard wird nicht vor Ablauf von dreihundert Jahren in diese Welt zurückkehren. Und schuld bist du. Weil du ihn gezwungen hast, diesen Halsring anzulegen, als Beweis dafür, daß er dich liebt.«

Er drehte ihr den Rücken zu. Kahlan fiel auf die Knie. »Neeeiiin!« Sie trommelte mit den Fäusten auf den Boden. »Geliebte Seelen, warum habt ihr mir das angetan!« Sie erstickte fast an ihren Tränen.

»Was ist mit deinem Haar passiert, Mutter Konfessor?« fragte Zedd in bedrohlichem Ton, immer noch mit dem Rücken zu ihr.

Kahlan setzte sich auf die Fersen. Was spielte das noch für eine Rolle? »Der Rat hat mich des Verrats für schuldig befunden. Man hat mich zum Tod verurteilt. Bei der Verkündung des Urteils hat das Volk gejubelt. Alle wollten es vollstreckt sehen. Aber ich konnte entkommen.«

Zedd nickte. »Das Volk soll seinen Willen bekommen.« Er packte die Überreste ihres Haars mit seiner Faust und machte sich daran, sie aus dem Zimmer zu zerren. »Du sollst enthauptet werden für das, was du angerichtet hast.«

»Zedd!« kreischte sie. »Zedd! Bitte, tu das nicht!«

Mit Hilfe seiner Magie schleppte er sie wie einen Sack voll Federn durch den Gang.

»Morgen, beim Fest zur Wintersonnenwende, soll dem Volk sein Wunsch erfüllt werden. Es wird sehen, wie die Mutter Konfessor enthauptet wird. Als Oberster Zauberer werde ich mich persönlich darum kümmern. Ich werde mich selbst um die Vollstreckung des Urteils kümmern.«

Kahlan sackte in sich zusammen. Was spielte es noch für eine Rolle? Die Guten Seelen hatten sie im Stich gelassen. Sie hatten ihr alles genommen, was zählte.

Schlimmer noch, sie selbst hatte Richard für dreihundert Jahre zu dem verdammt, was er am meisten fürchtete.

Ja, sie wollte sterben. Der Tod konnte ihr nicht schnell genug kommen.

Die Hände in die Hüften gestemmt, beobachtete Richard die von den Bannen erzeugten Wolken in der Ferne, im Tal der Verlorenen. Im Sonnenaufgang boten sie einen wundervollen Anblick mit ihren goldenen Rändern und der Streifenbildung glühender Strahlen. Er hingegen wußte, wie tödlich sie waren.

Du Chaillu legte ihm zärtlich die Hand auf den Arm. »Mein Gatte macht mich stolz an diesem Tag. Er gibt uns unser Land zurück, wie es die alten Worte uns geweissagt haben.«

»Ich habe es dir schon ein dutzendmal erklärt, Du Chaillu: Ich bin nicht dein Gatte. Du hast die alten Worte schlicht falsch gedeutet. Sie bedeuten lediglich, daß wir dies zusammen tun müssen. Außerdem haben wir es noch nicht hinter uns. Ich wünschte, du hättest mich allein begleitet und nicht all die anderen mitgebracht. Ich weiß doch nicht einmal, ob es mir überhaupt gelingt. Wir könnten dabei getötet werden.«

Sie tätschelte beruhigend seinen Arm. »Der *Caharin* ist gekommen. Er kann alles tun. Er wird uns unser Land zurückgeben.« Sie überließ ihn seinen Gedanken und machte sich auf den Weg zurück ins Lager. »Unser ganzes Volk soll bei uns sein. Es ist sein gutes Recht.« Sie blieb stehen und drehte sich um. »Werden wir bald aufbrechen, *Caharin?*«

»Ja, bald«, sagte Richard abwesend.

Sie machte sich erneut auf den Weg. »Ich bin bei unserem Volk, wenn du bereit für mich bist.«

Der gesamte Stamm der Baka Ban Mana hatte hinter ihnen sein Lager aufgeschlagen. Tausende und Abertausende von Zelten verteilten sich über die Hügel – wie Pilze nach einem monatelangen Regen. Er hatte ihnen nicht ausreden können mitzukommen, hatte sie nicht überzeugen können abzuwarten, und so waren sie alle hier bei ihm.

Richard seufzte. Was machte das schon für einen Unterschied? Wenn er sich irrte und die Sache fehlschlug, brauchte er sich nicht darum zu sorgen, ob die Baka Ban Mana von ihm enttäuscht waren. Denn dann würde er tot sein.

Warren und Schwester Verna näherten sich leise von hinten.

»Richard«, fragte Warren, »können wir mit dir reden?«

Richard starrte weiter hinaus in die Stürme. »Natürlich, Warren.« Er sah sich kurz um. »Was hast du auf dem Herzen?«

Warren schob die Hände in den jeweils anderen Ärmel seiner Robe. Richard fand, daß er durchaus wie ein Zauberer aussah, wenn er das tat. Eines Tages würde Warren das verkörpern, was Richard sich unter einem idealen Zauberer vorstellte: Weisheit, Einfühlungsvermögen und ein Wissen, über das Richard nur staunen konnte. Vorausgesetzt, sie kamen hier nicht alle um.

»Also, Schwester Verna und ich haben miteinander gesprochen. Über das, was geschieht, wenn du durch das Tal hindurch bist. Ich weiß, was du vorhast, Richard, aber unsere Zeit ist knapp. Wir hatten von Anfang an nicht genügend Zeit. Morgen ist die Wintersonnenwende. Es ist unmöglich.«

»Nichts ist nur deshalb unmöglich, weil man nicht weiß, wie man es anstellen soll.«

»Das verstehe ich nicht.«

Richard lächelte die beiden an. »Das werdet ihr noch. In ein paar Stunden werdet ihr es verstehen.«

Warren blickte fort, ins Tal. Er kratzte sich ruhig an der Nase. »Wenn du es sagst, Richard.«

Schwester Verna schwieg. Richard fiel es noch immer schwer, sich daran zu gewöhnen, daß sie nicht mehr widersprach, sobald er sich unklar ausdrückte. Vielleicht hätte sie es doch gern getan.

»Warren, diese Prophezeiung, in der es um das Tor und die Wintersonnenwende geht. Bist du sicher, daß diese Wintersonnenwende gemeint war?« Warren nickte. »Und angenommen, es gibt einen Agenten, dazu ein geöffnetes Kästchen der Ordnung sowie den Skrinknochen, sind das die einzigen Elemente, die benötigt werden, um das Tor zu öffnen und den Schleier zu zerreißen?«

Ein heißer Windhauch fuhr in Warrens Haar. »Ja … aber du hast mir doch erzählt, Darken Rahl sei tot. Es gibt keinen Agenten.«

Es war eher eine besorgte Frage als eine Feststellung.

»Muß der Agent lebendig sein?« fragte Schwester Verna.

Warren verlagerte das Gewicht auf den anderen Fuß. »Nun, prinzipiell vermutlich nicht. Vorausgesetzt, man hätte ihn irgendwie in diese Welt zurückgerufen. Aber ich wüßte nicht, wie man das hätte bewerkstelligen sollen. Aber wenn, dann wäre das alles, was man brauchte.«

Richard seufzte frustriert. »Und dann könnte dieser Agent das tun, was auch ein lebendiger Agent tun würde?«

Warren kam ein Verdacht. »Ja und nein. Man brauchte ein weiteres Element. Ein Geist kann die körperlichen Bedingungen nicht erfüllen, um das Bündnis zu vollziehen. Er braucht einen Gehilfen.«

»Du meinst, der Geist könnte bestimmte notwendige Aufgaben nicht erfüllen, deshalb braucht er Gehilfen, die in dieser Welt handlungsfähig sind.«

»Ja. Mit einem Helfer könnte ein Geist das tun, was nötig ist. Aber wie könnte ein Geist in die Welt zurückgerufen worden sein? Ich wüßte nicht, wie man das machen soll.«

Schwester Verna wandte den Blick ab. »Es wäre besser, du sagst es ihm.«

Richard zog sein Hemd hoch und zeigte Warren die Narbe. »Darken Rahl hat mich mit seiner Hand verbrannt, als ich ihn versehentlich in diese Welt zurückgerufen habe. Er meinte, er sei gekommen, um den Schleier zu zerreißen.«

Warren starrte ihn mit großen Augen an. Sein besorgter Blick fuhr hinüber zu Schwester Verna, dann zurück zu Richard. »Wenn Darken Rahl ein Agent ist, wie du sagst, und er jemanden hat, der ihm hilft, dann fehlt nur noch ein Element zur völligen Vernichtung – der Skrinknochen. Das müssen wir wissen.«

Richard schob das Mriswith-Cape auf seine Schulter zurück. »Schwester Verna, würdet Ihr mir helfen?«

»Was soll ich tun?«

»Als Ihr mir zum ersten Mal erklärt habt, wie ich versuchen soll, mein Han zu berühren, beschloß ich, mich auf ein geistiges Bild meines Schwertes zu konzentrieren. Aber damals, beim ersten Mal, habe ich einen Hintergrund benutzt, etwas aus dem magischen Buch, von dem ich Euch erzählt habe. Dem Buch der Gezählten Schatten.

Als ich versuchte, mein Han mit Hilfe des Schwertes vor diesem Hintergrund zu berühren, ist etwas passiert. Irgendwie war ich plötzlich in D'Hara, im Palast des Volkes, dort, wo sich die Kästchen befinden. Ich sah Darken Rahl. Er sah mich ebenfalls und sprach zu mir. Er meinte, er hätte auf mich gewartet.«

Schwester Verna zog die Brauen hoch. »Ist das später jemals wieder passiert?«

»Nein. Es hat mich fast um den Verstand gebracht vor Angst. Ich habe den Hintergrund nie wieder benutzt. Ich denke, wenn ich den Hintergrund jetzt wieder benutze, kann ich vielleicht erkennen, was dort geschieht.«

Sie faltete die Hände vor ihrem Körper. »So etwas habe ich noch nie gehört. Aber möglicherweise hat es etwas mit der Magie der

Ordnung zu tun. Es wäre nicht das erste Mal, daß du mich überraschst. Es könnte Wirklichkeit sein oder auch nur eine Befürchtung, wie in einem Traum.«

»Ich muß es versuchen. Setzt Ihr Euch zu mir? Ich habe Angst, nicht wieder herauszukommen.«

»Natürlich, Richard.« Sie setzte sich auf die Erde und hielt eine Hand in die Höhe. »Komm. Ich werde dir beistehen.«

Richard zog das Mriswith-Cape um sich, setzte sich und schlug die Beine übereinander. »Dieses Cape verbirgt mein Han, vielleicht kann mich Darken Rahl dann auch nicht sehen.«

Richard entspannte sich, während er Schwester Vernas Hände hielt. Er konzentrierte sich auf das geistige Bild des Schwertes vor dem schwarzen Hintergrund mit der weißen Umrandung, genau wie beim ersten Mal. Als er sich konzentrierte, den ruhigen Mittelpunkt suchte, geschah etwas.

Das Schwert, das schwarze Rechteck und der weiße Rand begannen zu flirren, als betrachtete man sie durch Hitzeschlieren – genau wie beim ersten Mal. Die klaren Umrisse des Schwertes lösten sich auf, es wurde durchsichtig und verschwand schließlich ganz. Der Hintergrund löste sich auf. Richard blickte wieder in den Garten des Lebens im Palast des Volkes.

Er ließ den Blick über das verschleierte Bild schweifen und sah weiße Knochen an der Stelle, wo er zuvor die verkohlten Leichen gesehen hatte. Er erinnerte sich, daß die Leichen auf der niedrigen Mauer gelegen hatten, im Gebüsch und im Gras verteilt. Sie lagen größtenteils noch so da wie in seiner Erinnerung, nur waren es jetzt blanke Knochen.

Richard sah die weiße, leuchtende Gestalt Darken Rahls. Doch stand er nicht vor dem steinernen Altar, nicht vor den drei Kästchen der Ordnung. Er stand neben dem Rund, das weißen Sand enthielt. Als er diese Vision beim ersten Mal hatte, war der weiße Sand noch nicht dagewesen.

Eine Frau in einem langen, braunen Rock und einer weißen Bluse kniete zu Darken Rahls Füßen und beugte sich über den Kreis aus weißem Sand. Richard wünschte sich näher heran. Sie zeichnete Linien in den weißen, glitzernden Zauberersand. Richard erkannte einige der Symbole wieder, die sie zeichnete. Als Darken Rahl damals das Kästchen geöffnet hatte, hatte er sie noch selbst gezeichnet.

Richard beobachtete, wie die Frau ihre Hand langsam und mit Bedacht bewegte und die Linien der Banne zog. Ihm fiel auf, daß an ihrer rechten Hand der kleine Finger fehlte.

In der Mitte des Kreises, in der Mitte des Zauberersandes, lag ein runder Gegenstand. Richard ging näher. Er war überall mit Schnitzereien wilder Tiere verziert, genau wie die Prälatin ihn beschrieben hatte.

Richard hätte vor Wut am liebsten aufgeschrien.

Genau in diesem Augenblick hob Darken Rahl den Kopf und blickte genau in Richards Augen. Ein Lächeln breitete sich langsam auf seinen Lippen aus.

Richard wußte nicht, ob Darken Rahl ihn tatsächlich ansah oder nicht, er wollte es auch nicht wissen. Mit verzweifelter Anstrengung zwang er das Bild des Schwertes wieder vor sein inneres Auge und verbannte gleichzeitig den schwarz-weißen Hintergrund.

Richard schnappte nach Luft und riß die Augen auf. Schwer atmete er.

Auch Schwester Verna öffnete die Augen. »Ist alles in Ordnung, Richard? Du warst eine ganze Stunde fort. Ich spürte, wie du versucht hast, dich herauszuziehen, also habe ich mit dir gezogen. Was ist passiert? Was hast du gesehen?«

»Eine Stunde?« Richard hatte noch immer Mühe, wieder zu Atem zu kommen. »Ich habe Darken Rahl gesehen und den Skrinknochen. Bei ihm war eine Frau, die ihm half, Banne in den Zauberersand zu zeichnen.«

Warren beugte sich über Richards Schulter. »Vielleicht war es nur eine Angstvision. Möglicherweise war sie nicht real.«

»Warren könnte recht haben«, meinte Schwester Verna. Sie biß sich auf die Unterlippe und dachte nach »Wie sah die Frau aus?«

»Welliges, schulterlanges, braunes Haar, vielleicht Eure Größe. Sie hatte sich über eine Zeichnung im Sand gebeugt, deshalb konnte ich ihre Augen nicht erkennen.« Richard preßte seine Finger an die Stirn und überlegte. »Ihre Hand. Ihr fehlte der kleine Finger ihrer rechten Hand.«

Warren stöhnte. Schwester Verna schloß entsetzt die Augen.

»Was ist? Was ist denn los?«

»Schwester Odette«, sagte sie. »Das ist Schwester Odette.«

Warren bestätigte es mit einem Nicken. »Sie ist jetzt fast sechs Monate fort. Ich dachte, sie sei losgezogen, um einen Jungen abzuholen.«

»Fluch den Seelen«, stieß Richard kaum hörbar hervor. Er sprang auf. »Warren, lauf und hole Du Chaillu. Erkläre ihr, daß wir sofort aufbrechen müssen.«

Er biß verzweifelt die Zähne aufeinander. Er hatte geglaubt, alle Zeit zu haben, die er brauchte. Nun, ihm blieb noch genug Zeit, wenn er sich beeilte.

Du Chaillu schien wie in Trance zu sein, als Richard sie an der Hand weiterzog. Richard hielt das Schwert der Wahrheit in der anderen Hand. Auch er befand sich in einer ganz eigenen Welt. Sein wütender Zorn war den zornigen, schwarzen Wolken ebenbürtig. Die magischen Banne umkreisten sie wie eine Meute von Hunden ein Stachelschwein: wütend und hartnäckig, dabei auf Abstand bedacht, suchten sie nach einer Blöße.

Feine Lichtstreifen stießen aus der Dunkelheit hervor und umwirbelten sie spiralförmig, um dann in einer Aura rings um Du Chaillu zu verschwinden. Sie schien die Magie in sich aufzusaugen, wie sie es laut Schwester Verna früher schon getan hatte. Zusammen bildeten sie jene Verbindung, die, so stand es nach Warrens Angaben in den alten Büchern, die Kraft bändigen und die Türme zum Einsturz bringen würde.

Richard entdeckte den ersten Turm inmitten der Hitzewellen und des brodelnden Dunstes. Er zog Du Chaillu zu der glänzenden, schwarzen Wand, die sich nach oben in der Dunkelheit verlor. Überall wirbelten Staub und Schmutz auf, als sie auf die bogenförmige Öffnung in der Mauer zustürzten. Banne versuchten, sie zu packen, ihr Licht jedoch wurde von Du Chaillu angesogen.

Richard handelte ohne nachzudenken. Er wußte nicht, was ihn weiterzog, er versuchte nicht, es aufzuhalten. Wenn er siegen und Kahlan retten wollte, dann mußte er sich von seinem Instinkt leiten lassen. Er mußte darauf hoffen, daß die Gabe von sich aus reagierte, wie Nathan es ihm erklärt hatte, und das Erforderliche tat – vorausgesetzt, er besaß sie tatsächlich.

Du Chaillu schien den funkelnden, schwarzen Sand nicht zu bemerken, auf dem sie jetzt in der Mitte des Turmes standen. Offenbar war sie in einem eigenen Zauber verloren, in der Kraft, die von den Erbauern der Türme, den Räubern ihres Landes, auf sie übergegangen war. Bis hierher hatte sie ihren Teil erledigt, sie hatte ihn beschützt. Jetzt war Richard an der Reihe.

Einer Eingebung folgend umklammerte er fest ihre Hand und hob mit der anderen Hand das Schwert in die Höhe, die Spitze senkrecht nach oben gerichtet. Er verlor sich in der Raserei der Magie, ließ sich von ihr überwältigen. Er fühlte ihre Glut in seinem ruhigen Mittelpunkt, den er immer gesucht hatte. Er füllte die Leere mit seinem Zorn.

Ein Lichtblitz zuckte aus dem Schwert hervor, bildete einen Lichtbogen in der Dunkelheit über ihren Köpfen, sprang von einer Wand zur anderen und tauchte sie alle in flüssiges Licht. Der Lärm war ohrenbetäubend.

Feuer raste durch den schwarzen Stein, bis der ganze Turm erglühte, der Stein sich in der Hitze der strahlenden Entladung weiß verfärbte.

Richard hatte das Gefühl, als durchdringe der Blitz auch ihn. Das grelle Licht versengte ihn mit seiner Energie, brach aus und schoß hinauf durch sein Schwert. Nur sein Zorn ermöglichte es ihm, die Heftigkeit der unaufhaltsamen Kraft aus seinem Innern auszuhalten.

Zuckende Blitzgeflechte stürzten die Wände hinunter und über den schwarzen Sand hinweg, bis alles nur so von ihnen wimmelte. Der schwarze Sand verfärbte sich weiß wie vorher schon die Wände, und die Welt entzündete sich in einem Pulsieren aus Licht und Feuer.

Plötzlich war es vorbei. Das Blitzen hörte auf, das Feuer erlosch mit einem letzten Flackern, das donnernde Getöse ließ nach und hinterließ eine Stille, die ihm in den Ohren klang. Der polierte schwarze Stein des Turmes blieb als gleißend weiß zurück.

Du Chaillu schien noch immer keine Notiz von ihrer Umgebung zu nehmen, also zog Richard sie weiter, um das Werk zu vollenden, für das sie beide geboren worden waren.

Als er im weißen Turm das Schwert in die Höhe hielt, erwartete er wieder ein Aufblitzen von Hitze und Licht, doch nichts dergleichen geschah. Statt dessen kam es zu einer Explosion des Gegenteils, des Gegengewichtes.

Eine Erschütterung zerriß die Luft, drohte ihnen das Fleisch von den Knochen zu reißen, als ein schwarzer Blitz in die Höhe schoß – eine Leere inmitten des Lichts. Wie zuvor den Blitz, spürte Richard, wie die Wucht der Energie tief in seinem Innern explodierte, als entstamme sie seiner Seele selbst. Die peitschende Leere fetzte durch die Wände und jagte unter donnerndem Getöse einen Keil aus Nichts in das Dunkel über ihren Köpfen.

Als der schwarze Blitz schlängelnd in der Finsternis verschwand, sickerten Schatten die weißen Wände herab, und es schien, als verschmolzen sie mit den Tiefen ewiger Nacht. Die Finsternis erreichte den Erdboden, kam auf sie zugekrochen, versickerte im weißen Sand und färbte ihn schwarz.

Richard dachte keinen Augenblick daran, vor der um sich greifenden Nacht zu fliehen. Als sie die beiden erreichte, war es, als werde er in Eiswasser getaucht. Du Chaillu, die Augen geschlossen, erzitterte unter der Berührung. Richard sah es, doch wegen des Zorns der Magie des Schwertes blieb es ein ferner Eindruck, der seiner Wut nur neue Nahrung gab.

Es schien, als wäre eine ganze Welt für immer in pechschwarzer Vergessenheit versunken. Helligkeit, die Fähigkeit, etwas zu sehen, waren nicht einmal mehr Erinnerung.

Richard spürte, wie das wellenförmig sich bewegende, sich windende Band des schwarzen Blitzes, das Vakuum in der Welt des Lebens, abgeschnitten wurde. Eine plötzliche Stille trat an die Stelle des chaotischen Lärms. Er konnte seinen eigenen schweren Atem hören. Er hörte, wie auch Du Chaillu schwer atmete. Licht und Leben und Wärme stiegen aus dem kalten Nichts empor.

Durch die Bögen im Stein, die jetzt glänzend schwarz und nicht mehr weiß wie früher waren, sah Richard, wie Licht durch den dünner werdenden Nebel sickerte. Der Boden, eben noch verbrannt und öde, war jetzt üppig und grün. Immer noch Hände haltend, standen er und Du Chaillu im Torbogen und verfolgten, wie sich Rauch und Dunst über einer Welt lichteten, die seit Tausenden von Jahren niemand mehr gesehen hatte.

Hand in Hand traten sie hinaus in die kühle Luft, durch das hohe Gras und durch die Balken der Sonnenstrahlen. Das Unwetter der Banne war verschwunden, die dunklen Wolken, die es hervorgebracht hatte, waren aufgestiegen und hatten sich dabei aufgelöst. Die Luft roch frisch und sauber. Ringsum vibrierte das Leben.

Das Tal bis hin zu der blaßblauen Gebirgskette in der Ferne war üppig und grün. Kleine Wäldchen säumten mäandernde Flüsse. Sanfte Hügel überlagerten einander in verschiedenen Tönen von Grün.

Richard verstand, warum die Baka Ban Mana ihr Land hatten zurückhaben wollen. Es war ein Ort, der einfach nach Heimat aussah. Es war ein Ort voller Licht und Hoffnung, und es konnte nicht verwundern, daß er durch all die finsteren Jahrhunderte hindurch in den Herzen des Volkes bewahrt geblieben war. Der Ort gehörte nicht den Baka Ban Mana – sie waren es, die hierhergehörten.

»Du hast es geschafft, *Caharin*«, sagte Du Chaillu. »Du hast unser Land hinter dem Nebel hervorgeholt.«

In der Ferne sah Richard ein paar vereinzelte Gestalten. Es waren die, die ungezählte Jahre in einem Bann gefangen gewesen waren. Ziellos und verwirrt wanderten sie umher. Er mußte zwei von ihnen suchen, zwei, die er kannte.

Schwester Verna und Warren kamen auf sie zugaloppiert und brachten ihm sein Pferd. Sie hatten noch nicht angehalten, als Richard bereits auf Bonnie saß. Du Chaillu streckte ihm die Hand entgegen. Sie wollte ihn begleiten. Widerstrebend zog er sie hinter sich aufs Pferd.

»Richard«, sagte Warren, »das war unglaublich! Wie hast du das gemacht?«

»Ich habe nicht die geringste Ahnung, Warren. Ich hatte gehofft, du könntest mir das erklären.«

Richard ließ Bonnie in die Richtung galoppieren, wo er Chase und Rachel bei seiner ersten Durchquerung des Tales gesehen zu haben glaubte. Warren und Schwester Verna folgten ihm. Es dauerte nicht lange, und er fand sie am Ufer eines Baches sitzend. Chase wirkte verwirrt. Er hatte den Arm um Rachel gelegt und schien überhaupt nicht so ungeduldig und gereizt zu sein wie gewöhnlich.

Richard schwang sein Bein über Bonnies Hals und sprang ab. »Chase! Alles in Ordnung?«

»Richard? Was ist passiert? Wo sind wir? Wir waren auf dem Weg, dich abzuholen. Du darfst nicht ...« Er sah sich um. »Du darfst nicht in das Tal. Zedd braucht dich. Der Schleier ist eingerissen.«

»Ich weiß.« Richard gab Schwester Verna die Zügel und stellte alle rasch einander vor. »Meine Freunde werden dir alles erklären.« Er ging vor Rachel auf ein Knie. Der dunkle, bernsteinfarbene Stein der Tränen hing an einer Kette um ihren Hals, genau wie in seiner Erinnerung. »Rachel, alles in Ordnung? Wie fühlst du dich?«

Sie blinzelte zu ihm hinauf. »Ich war an einem wunderschönen Ort, Richard.«

»Hier ist es auch wunderschön. Du wirst dich bestimmt wohl fühlen. Rachel, hat Zedd dir diesen Stein gegeben?«

Sie nickte. »Er meinte, daß du ihn vielleicht haben willst. Ich sollte ihn für dich aufbewahren, bis du ihn holen kommst.«

»Deswegen bin ich hier, Rachel. Darf ich ihn jetzt haben?«

Lächelnd streifte sie ihn über ihren Kopf. Richard hakte die Kette auseinander und nahm den Stein ab. Als er ihn in der Hand hielt, spürte er Wärme und Zedds Gegenwart.

Die Kette war für ihn zu kurz. Er gab sie Rachel zurück und sagte, sie stünde ihr besser als ihm. Dann band er den Stein an einen Lederriemen, den er bereitgehalten hatte.

Er hängte sich den Stein der Tränen um den Hals, zusammen mit dem Strafer und dem Drachenzahn. Aus den Augenwinkeln beobachtete er, wie ein ferner Punkt am Himmel immer größer wurde.

»Richard«, sagte Warren, »nach allem, was ich gerade beobachtet habe, zweifele ich nicht mehr daran, daß du alles kannst, was du behauptest, tun zu können. Nur bleibt dir keine Zeit mehr, an dein Ziel zu kommen. Morgen wird diese Welt untergehen, wenn du es nicht erreichst. Was wirst du tun?«

»Wo gehen wir jetzt hin, mein Gatte?« fragte Du Chaillu.

»Wir werden nirgendwo hingehen, Du Chaillu. Du bleibst hier bei deinem Volk.«

»Gatte?« fragte Chase, auf dessen Gesicht sich nun ein finsterer Blick breitmachte.

»Ich bin nicht ihr Mann. Das ist nur so eine verrückte Idee, die sie sich in den Kopf gesetzt hat.« Richard beobachtete, wie die rote Gestalt hoch oben am Himmel immer größer wurde. »Hör zu, ich hab' keine Zeit, dir das alles zu erklären. Schwester Verna und Warren werden es dir erzählen.«

Schwester Verna zog ein mißtrauisches Gesicht und trat einen Schritt auf ihn zu. »Was wirst du tun? Warren hatte recht, du hast keine Zeit mehr.«

In der Ferne breiteten sich die roten Flügel aus, als der Drache zum Sturzflug ansetzte. Richard band seinen Rucksack von Bonnie los und setzte ihn sich auf den Rücken. Zum Abschied drückte er Bonnies Hals. Er hakte den Köcher fest und schlang den Bogen über seine Schulter. Aus den Augenwinkeln beobachtete er, wie der Drache senkrecht in die Tiefe stürzte.

»Ich habe noch Zeit. Ich muß nur jetzt aufbrechen, Schwester.«

»Was soll das heißen, du brichst auf? Wie denn?«

Der Drache löste sich im allerletzten Augenblick aus seinem Sturzflug. Er reckte seinen langen Hals nach vorn, breitete die Flügel aus, schoß mit unglaublicher Geschwindigkeit auf sie zu und berührte dabei fast den Boden.

»Ich habe nur eine Chance, mein Ziel rechtzeitig zu erreichen. Ich muß fliegen.«

»Fliegen!« riefen Warren und Schwester Verna gleichzeitig.

Scarlet kam mit Gebrüll herangebraust. Alle anderen sahen sie zum ersten Mal. Sie schlug mit ihren ungeheuren Flügeln, um ihr Tempo zu drosseln.

Kleider flatterten im plötzlich aufkommenden Wind. Das Gras ringsum wurde von den Böen niedergedrückt. Warren, Schwester Verna und Du Chaillu wichen überrascht zurück. Scarlet landete, nachdem sie ihren Vorwärtsschwung abgebremst hatte.

»Richard«, sagte Schwester Verna und schüttelte langsam den Kopf, »von allen Menschen, die ich kenne, hast du die seltsamsten Haustiere.«

»Rote Drachen lassen sich von niemandem als Haustiere halten, Schwester. Scarlet ist eine liebe Freundin.«

Richard trabte auf den riesigen Drachen zu, der im Schein der Sonne glänzte. Scarlet stieß eine kleine Wolke grauen Rauches aus.

»Richard! Wie schön, dich wiederzusehen. Du hast mich so dringlich mit meinem Zahn gerufen, also steckst du vermutlich wieder mal in Schwierigkeiten. Wie üblich.«

»Ganz recht, meine Freundin.« Richard tätschelte eine glänzende rote Schuppe. »Du hast mir gefehlt, Scarlet.«

»Nun, gegessen habe ich schon. Ich werde dir also wohl einen Ritt durch die Lüfte anbieten müssen, um wieder Appetit zu bekommen. Danach werde ich dich fressen.«

Richard mußte lachen. »Wo steckt dein Kleiner?«

Ihre Augen zuckten. »Er ist auf der Jagd. Gregory ist gar nicht mehr so klein. Er vermißt dich und würde dich gern wiedersehen.«

»Das geht mir genauso. Aber im Augenblick habe ich es schrecklich eilig. Die Zeit läuft mir davon.«

»Richard!« Du Chaillu kam auf ihn zugerannt. »Ich muß mit dir aufbrechen. Ich muß meinen Gatten überallhin begleiten!«

Richard beugte sich vor Scarlets Ohr, als sie den Kopf senkte und ihn aus einem ihrer gelben Augen tadelnd ansah. »Einen kleinen Feuerstoß, Scarlet«, flüsterte er ihr zu. »Nur wegen der Wirkung. Tu ihr nicht weh.«

Du Chaillu sprang mit einem Aufschrei zurück, als der Feuerstoß das Gras zu ihren Füßen versengte.

»Du Chaillu, dein Volk hat sein Land zurückerhalten. Du mußt bei ihnen bleiben. Du bist ihre Seelenfrau, die Menschen brauchen dich. Sie brauchen deine Führung. Ich möchte dich um etwas anderes bitten: Beschütze die Türme, die auf eurem Land stehen. Ich weiß nicht, ob sie irgendwelchen Schaden anrichten können, doch als *Caharin* ordne ich an, daß niemand sie betreten soll. Bewacht sie und haltet alle anderen von ihnen fern.

Lebt in Frieden mit allen, die mit euch in Frieden leben wollen, aber übt euch weiter im Gebrauch der Klingen, damit ihr euch wehren könnt, falls das notwendig sein sollte.«

Du Chaillu richtete sich zu voller Größe auf. Die kleinen Stoffstreifen an ihrem Gebetskleid flatterten im Wind ebenso wie ihr dichtes, schwarzes Haar.

»Du bist ein weiser Mann, *Caharin.* Ich werde dafür sorgen, daß alles so geschieht wie du sagst, bis du zu deinem Weib und deinem Volk zurückkehrst.«

»Richard«, warf Schwester Verna ein. Ihr Gesicht war ernst. »Weißt du, wo Kahlan ist?«

»In Aydindril. Sie ist ganz bestimmt dort hingegangen. Die Prophezeiung soll sich vor den Augen ihres Volkes bewahrheiten. Sie ist bestimmt in Aydindril.«

»Du mußt selbst entscheiden, Richard. Wohin wirst du jetzt gehen?«

Er sah ihr lange in die unerschütterlichen Augen.

»Nach D'Hara.«

Nachdem sie ihn einen Augenblick lang stumm gemustert hatte, schloß sie ihn schließlich herzlich in die Arme. Sie gab ihm einen Kuß auf die Wange. »Und danach?«

Richard fuhr sich mit den Fingern durch sein dichtes Haar. »Ich werde das Unheil irgendwie verhindern, das in D'Hara bevorsteht, und dann muß ich nach Aydindril, bevor es zu spät ist. Paßt auf Euch auf, meine Freundin.«

Sie nickte. »Warren und ich werden uns hier um die Menschen kümmern, die aus den Bannen befreit wurden. Sie werden etwas Orientierung nötig haben. Ich bin seit fast zweihundert Jahren eine

Schwester des Lichts. Ich habe nie etwas anderes gewollt, als denen zu helfen, die Hilfe brauchen. Du dagegen hattest jemanden, der dir hilft. Es gab keinen Grund, dich oder andere aufzugreifen. Ich will versuchen gutzumachen, was gutzumachen ist.«

Warren drückte Richard fest an sich. »Danke, Richard. Für alles. Ich freue mich darauf, dich wiederzusehen.«

Richard zwinkerte ihm zu. »Geh allen Abenteuern aus dem Weg.«

»Ich werde dich begleiten«, sagte Chase.

»Nein.« Richard fuhr sich mit der Hand übers Gesicht. »Nein, Chase. Geh nach Hause. Bring Rachel zu ihrer neuen Mutter und zu ihren Brüdern und Schwestern. Emma ist bestimmt bereits krank vor Sorge. Sie hat dich seit Ewigkeiten nicht gesehen. Ich werde auch bald nach Hause zurückkehren müssen.«

Richard drehte sich zu Schwester Verna um. »Wir müssen etwas gegen diese sechs Schwestern unternehmen. Sie sind mit dem Schiff unterwegs nach Westland. Die Menschen dort können sich gegen Magie nicht wehren. In Westland werden diese Schwestern Füchse im Hühnerstall sein.«

»Ich denke, sie werden eine Weile für die Reise brauchen. Dir bleibt noch genug Zeit, um dich darum zu kümmern, Richard.«

»Gut. Kahlan wird bei den Schlammenschen heiraten wollen. Dann werde ich vermutlich kommen und mir einen Rat holen müssen, wie ich mit den sechs verfahren soll. Sprich mit Nathan und Ann. Danach können wir entscheiden, wie wir vorgehen sollen.«

»Sei vorsichtig«, sagte Warren. Er stand unerschütterlich da, die Hände in die Ärmel seiner Robe gesteckt. »Und damit meine ich nicht nur dich selbst. Vergiß nicht, daß du auch alle anderen mit dem Stein der Tränen in Gefahr bringen kannst. Ich glaube, der Augenblick der Entscheidung ist für dich noch nicht gekommen.«

»Ich werde mein Bestes tun.«

Scarlet machte sich klein, damit er auf ihre Schultern klettern konnte. Er umfaßte die Wirbeldorne mit den schwarzen Spitzen und zog sich hoch. Richard versetzte einer der roten Schuppen einen Klaps. »Nach D'Hara, meine Freundin. Auf ein neues.«

Mit einem donnernden Flammenstoß stieg Scarlet in den Himmel.

36. Kapitel

In der Dunkelheit vor Sonnenaufgang war der grüne Lichtschein gut zu sehen. Wie ein Leuchtfeuer erhob er sich über dem Palast des Volkes, drang durch das Glasdach über dem Garten des Lebens. Diesen Grünton hatte Richard bislang nur an einem einzigen Ort gesehen. In der Unterwelt.

Der eisige Wind zerrte an seinen Kleidern, während Scarlets Flügel in gleichmäßigem Rhythmus schlugen. Sie hatte sich mächtig angestrengt auf diesem Flug nach D'Hara. Sie begriff, welche Gefahr der Hüter darstellte. Die Unterwelt würde auch sie verschlingen. Außerdem haßte sie Darken Rahl. Er hatte damals das Ei gestohlen und es dazu benutzt, sie zu versklaven.

Als sie zur Landung ansetzte, sah sie sich nach ihm um. »Wir haben Zeit genug, Richard. Wir können es noch bis Aydindril schaffen. Er dämmert gerade erst.«

»Ich weiß, du wirst mich hinbringen, Scarlet. Ich werde mich anstrengen und dir nicht allzuviel Zeit zum Ausruhen lassen.«

Scarlet schwenkte nach links ab. Ihr Sinkflug in den Innenhof, in dem sie beide bereits einmal gewesen waren, wurde steiler. Hier konnte der riesige Drachen im Dunkeln landen und hatte ausreichend Platz. Das endlose Durcheinander von Dächern und Mauern stürzte ihnen mit beängstigender Geschwindigkeit entgegen. Richard kribbelten die Zehen. Er hatte das Gefühl, von ihrem Rücken gehoben zu werden, als sie in die Tiefe stürzte.

Plötzlich schoß ein blendender Blitz knisternd aus dem Dunkel unter ihnen in die Höhe und hüllte sie auf allen Seiten ein. Auf Richards Netzhaut blieben gelbe Linien als Nachbilder zurück. Ein weiterer folgte, bevor Richard noch recht wußte, wie ihm geschah.

Scarlet brüllte vor Schmerzen und kippte nach links. Sie trudelten in einer schwindelerregenden Spirale Richtung Erdboden. Richard umklammerte Scarlets Wirbeldorne, während der riesige Drache versuchte, sich wieder zu fangen.

Im Schein des nächsten Lichtblitzes, den die Frau aus ihren Händen schleuderte, sah er sie auf den breiten Treppenstufen, die unter ihnen kreisten. Wieder brüllte Scarlet vor Schmerz auf. Als der Blitz erlosch, war die Frau im Dunkeln nicht mehr zu erkennen.

Scarlet hatte Mühe, einen unkontrollierten Absturz zu verhindern. Richard wußte, ein weiterer Blitz wäre für sie das Ende. Er riß den Bogen von seinem Rücken und zog einen Pfeil aus dem Köcher.

»Scarlet, mach Feuer, damit ich sie sehen kann!«

Als Richard die Sehne an seine Wange zog, stieß Scarlet einen feurig-wütenden Schmerzensschrei aus. In dessen rotem Schein sah er, wie die Frau erneut die Arme hob. Bevor er das Ziel herbeirufen konnte, verschwand sie wegen Scarlets Kreisbewegung wieder aus dem Blickfeld.

»Scarlet, paß auf!«

Scarlet zog ihren rechten Flügel ein und neigte sich zur anderen Seite. Der gelbe Lichtblitz schoß links vorüber und verfehlte sie nur knapp. Der Boden kam rasch näher.

Im flackernden roten Schein des Feuerstoßes sah Richard, wie die Frau erneut die Hände hob. Er spannte die Bogensehne und schraubte seinen Körper gegen Scarlets Drehung, um sie im Blick zu behalten.

Bevor sie erneut verschwinden konnte, rief er sein Ziel herbei. Im selben Augenblick, als es zu ihm kam, flog der Pfeil davon.

»Dreh ab!«

Scarlet flatterte mit dem rechten Flügel, so daß sie taumelnd in der Luft standen, als der gelbe Blitz zwischen Drachenhals und -flügel vorüberschoß. Das Licht erlosch, fast bevor es richtig aufgeleuchtet war.

Ein Kräuseln schwärzester Finsternis zog über sie hinweg. Der Pfeil hatte sein Ziel gefunden. Jetzt hatte der Hüter sich auch Schwester Odette geholt.

Mit einem derben Ruck schlugen sie auf dem Erdboden auf.

Richard wurde abgeworfen und überschlug sich. Er setzte sich auf und schüttelte den Kopf, dann sprang er auf die Füße.

»Scarlet! Bist du schwer verletzt? Lebst du noch?«

»Lauf«, stöhnte sie mit tiefer, dröhnender Stimme. »Beeil dich. Du mußt ihn erwischen, bevor er uns alle holt.« Sie streckte den zitternden linken Flügel aus.

Richard strich ihr über die Schnauze. »Ich komme zurück. Halte durch.«

Richard zog das Schwert blank, als er die Stufen hinaufstürmte. Er brauchte den Zorn nicht herbeizurufen, er war da, noch ehe er das Heft des Schwertes überhaupt berührt hatte. In blinder Wut raste er auf die Türen zwischen den gigantischen Säulen zu.

Als er durch die Tür stürzte, griff ihn eine Handvoll Soldaten aus der Dunkelheit heraus an. Ohne stehenzubleiben, fuhr Richard wie eine Sichel zwischen ihnen hindurch. Seine Klinge blitzte im Schein der Fackeln auf, der aus den weiten Hallen im Innern hervordrang. Richard tanzte mit den Seelen. Seine Klinge bewegte sich mit fließender Eleganz inmitten der stumpf um sich hackenden Soldaten.

Den ersten schnitt er in zwei Teile – mitsamt Brustpanzer. Jeder Angriff wurde von seiner flinken Klinge abgewehrt. Es war nur eine Frage von Augenblicken, bis die fünfzehn Mann verstreut auf dem blutüberströmten Boden lagen und Richard weiterging.

Ein schöner Willkommensgruß zu seiner Rückkehr. Er mußte daran denken, wie die d'haranische Armee ihm ihre Ergebenheit geschworen hatte, als er das letzte Mal hiergewesen war und Darken Rahl getötet hatte. Vielleicht wußten sie nicht, wer er war. Wahrscheinlich aber wußten sie es ganz genau.

Richard wählte eine Halle, die in die Richtung des Gartens des Lebens führte. Drei Etagen mit Balkonen blickten auf diese Halle hinab. Die meisten Fackeln waren erloschen. Kein Mensch war zu sehen, als er einen Andachtsplatz mit dem zu einem Kreis geharkten weißen Sand um einen löchrigen Stein passierte.

Ein halbes Dutzend Mord-Sith stürzte aus einem seitlichen Treppenhaus und kam auf ihn zugerannt. Sie alle trugen die rote Lederuniform, und jede hielt einen Strafer in der Hand. Trotz seines Zorns war ihm bewußt, daß er sein Schwert nicht gegen sie benutzen konnte, sonst würden sie ihn mit Hilfe von dessen Magie gefangennehmen. Er war außer sich vor Wut. Er mußte unbedingt zu Darken Rahl. Er hatte keine Zeit, sich mit diesen todbringenden Frauen herumzuschlagen.

Widerstrebend schob Richard das Schwert in die Scheide und zog sein Messer. Denna hatte ihm einst erklärt, wenn er sein Schwert anstelle seines Messers benutzt hätte, dann hätte er sie überwältigen können.

Die Größte, eine Blonde, die ganz vorn lief, hielt ihre Hände abwehrend vor sich, als er sich auf sie stürzte. »Nicht, Lord Rahl!«

Die anderen fünf kamen hinter ihr zum Stehen. Richard schlug nach ihr, doch sie zuckte zurück und ging halb in die Hocke, die offenen Hände seitlich ausgestreckt.

»Lord Rahl, hört auf! Wir sind hier, um Euch zu helfen!«

Er hatte zwar sein Schwert weggesteckt, doch an Wut fehlte es ihm nicht. Er mußte unbedingt zu Darken Rahl, wenn er Kahlan rechtzeitig erreichen wollte. »Ihr könnt mir im Jenseits helfen – denn da werdet ihr euch gleich befinden!«

»Nein, Lord Rahl! Ich bin Cara. Wir sind hier, um Euch zu helfen. Diesen Weg könnt Ihr nicht nehmen. Die Halle ist nicht sicher.«

Richard stand keuchend da, das Messer in der Hand. »Ich glaube euch nicht. Ihr wollt mich gefangennehmen. Ich weiß sehr gut, was Mord-Sith mit ihren Gefangenen anstellen.«

»Ich kannte Denna, Eure Herrin. Ihr tragt ihren Strafer. Der Sinn des Lebens einer Mord-Sith liegt nicht mehr darin Gefangene zu quälen. Ihr habt uns befreit. Wir verehren Euch.«

»Als ich von hier fortging, habe ich die Soldaten angewiesen, all diese Anzüge zu verbrennen und euch neue Kleider zu geben. Ich habe befohlen, euch den Strafer abzunehmen. Wenn ihr mich so verehrt, wieso habt ihr dann die Anweisungen nicht befolgt?«

Ein verschmitztes Lächeln huschte über ihre Lippen, als sie eine Braue über einem ihrer kalten, blauen Augen hochzog. »Weil Ihr uns nicht befreien könnt, nur um uns wie Sklaven auf ein Leben Eurer

Wahl zu verpflichten. Es steht uns frei, selbst zu entscheiden. Das haben wir Euch zu verdanken.

Wir haben uns entschlossen, zu kämpfen und unseren Lord Rahl zu schützen. Wir haben geschworen, wenn nötig, unser Leben für Euch zu opfern. Nicht nur die Soldaten der Ersten Rotte können Euch beschützen. Wir haben uns entschlossen, Eure persönlichen Leibwächter zu sein. Nicht einmal die Erste Rotte hat gewagt, sich uns zu widersetzen. Außer von Lord Rahl nehmen wir von niemandem Befehle entgegen.«

»Dann befehle ich Euch, mich in Ruhe zu lassen!«

»Tut mir leid, Lord Rahl, aber diesen Befehl können wir nicht befolgen.«

Richard wußte nicht, was er glauben sollte. Dies konnte schlicht eine Falle sein. »Ich bin hier, weil ich Darken Rahl Einhalt gebieten will. Ich muß in den Garten des Lebens. Wenn ihr mir nicht aus dem Weg geht, werde ich euch töten müssen.«

»Wir wissen, wohin Ihr wollt«, meinte Cara. »Wir bringen Euch dorthin, doch diesen Weg dürft Ihr nicht nehmen. Wir haben nicht den gesamten Palast in unserer Hand. Dieser Weg ist nicht sicher. Genaugenommen befindet sich dieser ganze Teil des Palastes in der Hand der Rebellen. Die Erste Rotte hätte tausend Mann verloren, wäre sie hierher vorgerückt. Wir haben ihnen erklärt, wir würden gehen – das Risiko wäre so für Euch geringer. Nur deshalb waren sie einverstanden.«

Richard versuchte sich an den Frauen vorbeizudrängen. »Ich glaube euch nicht. Und was ihr mit mir vorhabt, wenn es doch gelogen ist, kann ich nicht riskieren. Die Angelegenheit ist zu wichtig. Wenn ihr versucht, mich aufzuhalten, werde ich euch töten müssen.«

»Wenn Ihr diesen Weg wählt, Lord Rahl, werdet Ihr sterben. Bitte, laßt mich Euch eine geheime Botschaft ins Ohr flüstern.« Cara reichte der Frau hinter ihr den Strafer. »Ihr könnt mir Euer Messer an den Hals legen. Ich bin unbewaffnet.«

Richard packte ihre Haare mit einer Faust und hielt ihr das rasiermesserscharfe Messer an die Kehle. Cara schob ihren Mund ganz dicht an sein Ohr.

»Wir sind hier, um Euch zu helfen, Lord Rahl«, flüsterte sie. »Das ist die … Wahrheit der gerösteten Kröte.«

Richard richtete sich auf. »Wo hast du denn das aufgeschnappt?«

»Ihr wißt, was es bedeutet? Der kommandierende General Trimack meinte, es sei eine verschlüsselte Nachricht vom Obersten Zauberer Zorander, damit Ihr wißt, daß wir Euch ergeben sind. Er sagte, ich dürfe es niemandem sagen außer Euch.«

»Wer ist der kommandierende General Trimack?«

»Der oberste Befehlshaber der Ersten Rotte der Palastwache. Sie sind Euch ergeben. Die Erste Rotte ist der Ring aus Stahl um Lord Rahl. Zauberer Zorander hat General Trimack damit beauftragt, den Garten des Lebens um jeden Preis zu bewachen.

Vor zwei Tagen ist dann diese magische Frau aufgetaucht. Sie hat fast dreihundert unserer Soldaten getötet, um in den Garten des Lebens zu gelangen. Wir haben versucht sie aufzuhalten, aber es ist uns nicht gelungen. Heute abend hat sie auf dem Weg nach draußen wieder fast einhundert Mann getötet.

Wir sind ihr nach draußen gefolgt und haben sie von einem Fenster im dritten Stock aus beobachtet. Wir haben gesehen, wie sie Blitze geschleudert hat, um Euren Drachen vom Himmel zu holen. Dann haben wir gesehen, wir Ihr sie getötet habt. Nur der echte Lord Rahl ist zu so etwas imstande.

Bitte, Lord Rahl, im Garten des Lebens geschehen entsetzliche Dinge. Erlaubt, daß wir Euch dorthin bringen, auf daß ihr dem bösen Geist ein Ende macht.«

Richard hatte keine Zeit zu verlieren. Offenbar hatten sie die Nachricht von Zedd bekommen. Er mußte ihnen vertrauen.

»Also gut, gehen wir. Aber schnell!«

Die Frauen grinsten. Cara nahm ihren Strafer wieder an sich und packte Richard an der Schulter seines Hemdes. Eine zweite Mord-Sith packte ihn an der anderen Schulter. Sie rannten los, zogen ihn mit. Cara zischte, sie sollten so leise wie möglich sein. Die anderen vier schwärmten vor ihnen aus, um den Weg auszukundschaften.

Schnell und doch leise schleusten sie ihn durch kleine Nebengänge und dunkle Gemächer. Als die Kundschafterinnen einen engen

Dienstbotenaufgang hinaufhuschten, drückten Cara und die andere ihn gegen eine Wand, legten den Zeigefinger an die Lippe und warteten ab, bis sie einen kurzen Pfiff hörten, dann rannten sie, ihn an seinem Hemd mit sich ziehend, die Stufen hinauf.

Oben angekommen, wäre er fast über die Leiche einer der Mord-Sith gestolpert. Man hatte ihr das Gesicht mit einem Schwert aufgeschlitzt. Acht d'haranische Soldaten lagen mit verdrehten Gliedern im Gang verteilt. Aus ihren Ohren troff Blut. Richard sah sofort, daß ein Strafer ihren Tod verursacht hatte.

Eine der Frauen im roten Leder winkte ihnen vom Ende des Ganges zu, sie sollten weitergehen. Cara zog ihn um eine Ecke, auf die die Frau gezeigt hatte, und eine weitere Treppe hinauf. Er kam sich vor wie ein Sack Wäsche. Mal zogen sie ihn hier-, mal dorthin, drückten ihn gegen Wände und in Ecken, während die anderen einen freien Weg auskundschafteten.

Er konnte kaum mit ihnen mithalten, als sie durch die Gänge hasteten, während sie ihn noch immer am Hemd hielten und mitschleiften. Richard verlor die Orientierung, als es die Treppen hinauf- und durch zahllose Gemächer hindurchging. Einige der Räume hatten Fenster, und er konnte sehen, daß die Sonne aufging.

Völlig außer Atem erkannte Richard endlich den breiten Korridor wieder, den sie jetzt betraten. Hunderte von Soldaten in Uniformen aus Kettenhemden und glänzenden Brustpanzern fielen gleichzeitig auf ein Knie, als sie ihn erblickten. Das Scheppern ihrer Rüstungen und Waffen hallte durch den breiten Korridor. Jeder Mann schlug sich mit der Faust vors Herz. Als sie sich wieder erhoben, trat einer von ihnen vor.

»Lord Rahl, ich bin der kommandierende General Trimack. Wir befinden uns noch am Garten des Lebens. Ich werde Euch hinbringen.«

»Ich weiß, wie ich ihn finde.«

»Lord Rahl, Ihr müßt Euch beeilen. Die Generäle der Rebellen haben losgeschlagen. Ich weiß nicht, ob wir diese Stellung lange halten können, aber solange Ihr dort drinnen seid, werden wir sie bis zum letzten Mann verteidigen.«

»Vielen Dank, General. Haltet sie einfach auf, bis ich diesen Bastard Darken Rahl in die Unterwelt zurückbefördert habe.«

Der General salutierte mit einem Faustschlag aufs Herz, derweil Richard sich in Bewegung setzte. Er trabte durch eine Halle aus poliertem Marmor, die ihm bekannt vorkam. Sie führte ihn zu den riesigen, goldbeschlagenen Doppeltüren des Gartens des Lebens.

Die Wut hatte Richard in eine Art Trancezustand versetzt, als er durch die Türen hindurch in den Garten platzte. Die Sonne war mittlerweile aufgegangen. Ihre ersten Strahlen berührten die Wipfel der Bäume im Garten. Entschlossenen Schritts ging Richard den Pfad entlang, vorbei an niedrigen, efeuüberwucherten Mauern, und trat hinaus auf die Rasenflache.

In der Mitte des Gartens befand sich ein Kreis aus weißem Sand – Zauberersand. In seiner Mitte lag der runde Skrinknochen, umgeben von komplizierten Linien, die jemand in den Sand gezeichnet hatte. Dahinter stand der Altar mit den drei Kästchen der Ordnung – das Tor zu einer anderen Welt. Jedes einzelne von ihnen war schwärzer als schwarz und schien das Licht aus dem Raum zu saugen.

Aus dem geöffneten Kästchen strahlte ein Balken grünen Lichts nach oben durch das Glasdach und in den Himmel. Was immer Darken Rahl getan hatte, das Tor öffnete sich. Funkelndes Licht in Blau, Gelb und Rot durchzog spiralförmig den Balken.

Die weiße, leuchtende Gestalt Darken Rahls beobachtete Richard, wie er über den Rasen geschritten kam. Richard blieb ihm gegenüber vor dem Kreis aus Zauberersand stehen. Ein verhaltenes Lächeln huschte über Darken Rahls Lippen.

»Willkommen, mein Sohn«, war seine zischelnde Stimme zu vernehmen.

Richard spürte die Narbe des Handabdrucks auf seiner Brust. Er ignorierte den Schmerz. Darken Rahls leuchtend blaue Augen entdeckten den Stein der Tränen, der an Richards Hals baumelte.

Darken Rahl blickte Richard in die Augen. »Ich habe einen großen Zauberer gezeugt. Wir möchten, daß du dich uns anschließt, Richard.«

Richard schwieg. Er schäumte vor Wut, als er sah, wie Darken

Rahls Lächeln breiter wurde. Er betrachtete ihn durch den rasenden Zorn, den magischen Zorn hindurch, und versuchte gleichzeitig, die Ruhe seiner Mitte zu finden.

»Wir können dir etwas bieten, was dir niemand sonst bieten kann, Richard. Was dir nicht einmal der Schöpfer selbst bieten kann. Wir sind größer als der Schöpfer. Wir möchten, daß du dich uns anschließt.«

»Was könntest du mir wohl bieten?«

Darken Rahl breitete seine leuchtenden Arme aus. »Unsterblichkeit.«

Richard war zu erzürnt, um lauthals loszulachen. »Wann hast du dich der Selbsttäuschung hingegeben, ich könnte irgend etwas glauben, was du sagst?«

»Aber es stimmt, Richard«, sagte er leise. »Wir haben die Macht, dir Unsterblichkeit zu gewähren.«

»Bloß weil du einige der Schwestern mit deinen Lügen betören konntest, bedeutet das noch lange nicht, daß ich sie dir ebenfalls abnehme.«

»Wir sind der Hüter der Unterwelt. Wir herrschen über Leben und Tod. Es steht in unserer Macht, sowohl das eine wie das andere zu gewähren, besonders jemandem mit deiner Magie. Du könntest der Herrscher über die Welt des Lebendigen sein. Der ich geworden wäre, hättest du … dich nicht eingemischt.«

»Kein Interesse. Hast du nichts Besseres zu bieten?«

Darken Rahls grausames Grinsen wurde breiter. Er zog die Brauen hoch. »Aber ja, mein Junge«, zischte er. »Aber ja.«

Er machte eine ausladende Handbewegung über den Kreis aus Sand hinweg. Glitzerndes Licht formte sich zu einer knienden Gestalt, die sich vornüberbeugte. Ihr Haar war kurzgeschnitten, genau wie in der Vision, die er im Turm gesehen hatte. Eine Träne drang aus ihrem geschlossenen Auge hervor, als sie ihr Gesicht mit der Seite auf den Richtblock preßte. Sie formte mit den Lippen seinen Namen und flüsterte, daß sie ihn liebte. Richards Herz schlug wild.

»Der Drache ist verletzt, Richard. Scarlet kann dich nicht nach

Aydindril bringen. Deine Zeit ist abgelaufen. Du hast keine andere Wahl, als dir von uns helfen zu lassen.«

»›Helfen lassen‹, was soll das heißen?«

Rahls Lächeln kehrte zurück. »Wie gesagt, wir herrschen über Leben und Tod. Ohne unsere Hilfe wird heute nachmittag Folgendes geschehen – vor den Augen ihres Volkes.«

Seine leuchtende Hand wiederholte die Bewegung. Die breite Kante einer Klinge blitzte in der Luft über Kahlan auf. Die Axt fiel herab, grub sich mit dumpfem Schlag in den Block aus Holz. Blut spritzte. Richard zuckte zusammen.

Kahlans Kopf rollte davon. Unter ihr breitete sich hellrotes Blut aus, versickerte im Sand, durchtränkte ihr weißes Kleid, während ihr Körper seitlich herunterglitt.

»Neeiiiin!« schrie Richard. »Neeiiiin!«

Darken Rahl wischte mit der Hand über die Leiche, sie verschwand in funkelndem Licht und verblaßte.

»Genau, wie ich die Vision dessen, was sich heute zutragen wird, habe verschwinden lassen, genau so können wir der Wirklichkeit Einhalt gebieten. Wir können nicht nur dir Unsterblichkeit bieten, sondern auch Kahlan, vorausgesetzt, du schließt dich uns an.«

Richard stand da wie betäubt. Jetzt dämmerte es ihm, zum ersten Mal drang es in sein Bewußtsein vor. Scarlet war verletzt. Sie konnte ihn nicht nach Aydindril fliegen. Heute war der Tag der Wintersonnenwende. Kahlan würde an diesem Tag sterben, und er hatte keine Möglichkeit, zu ihr zu gelangen. Sein Atem ging keuchend, abgehackt.

Das war das Ende.

Das war es, was die Prophezeiung bedeutete. Nahm er das Angebot an, entschied er sich, ihren Tod zu verhindern, dann würde die Welt für alle enden.

Er mußte an Chase denken, der Rachel mit nach Hause nahm, wo sie ihre neue Mutter kennenlernen sollte. Er dachte an all das Glück, das ihr in diesem Leben, umgeben von Liebe, widerfahren würde. Er dachte an sein eigenes Leben mit seinem Vater und seiner Mutter, an die Liebe, die glücklichen Zeiten miteinander, an die nicht ganz so glücklichen Zeiten und wieviel sie ihm bedeutet hatten.

Er dachte an die Zeit, die er mit Kahlan verbracht hatte, an das Glück, in sie verliebt zu sein, und an all die anderen Menschen, die dieses Glück ebenfalls kannten und es in Zukunft noch erleben würden. Wenn es noch eine Zukunft gab.

»Du kannst Hand in Hand mit ihr durchs Leben schreiten, Richard. Für immer.«

Richards Blick löste sich vom weißen Sand. »Hand in Hand durch die Asche des Todes. Für immer.«

Was hieße das für Kahlan, für die Liebe, die sie für ihn empfand, wenn er ihr ein derart selbstsüchtiges Angebot machte? Sie wäre entsetzt. Und jedesmal, wenn sie ihn dann ansah, sähe sie ein Ungeheuer. Für alle Zeiten.

Statt mit ihrer Liebe müßte er dann für immer mit ihrer Abscheu leben. Wenn er sie rettete, vernichtete er nicht nur alle anderen, sondern zerstörte auch ihr Herz.

Der Preis war zu hoch, selbst für seine Liebe.

Damit wäre sein Leben beendet und seine Liebe auch.

Der Zorn zerfraß Richard, und gleichzeitig wurde er innerlich ganz ruhig. Er blickte in die glühenden Augen des Bösen. »Du willst unsere Liebe mit dem Gift deines Hasses verpesten. Du weißt ja nicht einmal, was Liebe überhaupt bedeutet.«

Sein Zorn schwoll zu einem Unwetter in seinem Innern an. Zumindest wollte er seinen Preis. Seine Rache.

Richard hob den Stein der Tränen in die Höhe. Darken Rahl torkelte einen Schritt zurück.

»Richard, überleg dir, was du tust.«

»Dafür wirst du bezahlen.«

Richard holte eine Handvoll schwarzen Zauberersandes aus seiner Tasche und warf ihn auf den Kreis aus weißem Sand.

Darken Rahl breitete die Arme auseinander. »Nicht! Du Narr!«

Der weiße Sand fing an zu wimmeln, ganz so, als lebte er, als hätte er Schmerzen. Die in ihn gezeichneten Symbole verdrehten sich, wanden sich umeinander. Der Boden bebte. Dampfende Risse rasten über die grasbewachsene Erde.

Lichtblitze loderten plötzlich aus dem funkelnden weißen Sand hervor, zuckten durch den Garten des Lebens. Der Raum erzitterte unter einem Ausbruch von Lärm und gleißendem Licht. Der Zauberersand schmolz zu einer flüssigen Lache aus blauem Feuer. Die Luft erbebte unter heftigen Erschütterungen.

Darken Rahl drohte dem Himmel mit den Fäusten. »Nein!«

Er senkte den Kopf und verstummte, als er Richard langsam auf sich zukommen sah, den Stein der Tränen in der ausgestreckten Faust. Drohend hob er die Hand.

Richard taumelte und blieb stehen, der Schmerz der Narbe auf seiner Brust nahm ihm den Atem. Unerträgliche Qualen durchzogen seinen ganzen Körper. Tief in seinem Innern entschloß er sich, trotz der Qualen weiterzugehen. Die Schmerzen wurden mit jedem Schritt schlimmer. Es war, als würde man ihm das Fleisch von den Knochen brennen, als kochte selbst das Mark. Im ruhigen Mittelpunkt dieses Unwetters aus Zorn konnte er das alles ignorieren.

Richard streifte sich den Stein der Tränen über seinen Kopf. Er hielt das Lederband in der ausgestreckten Hand. Der Stein baumelte vor Darken Rahls Gesicht. Rahl wich ängstlich zurück.

»Du wirst dies in den Tiefen des Todes tragen. Für immer.« Richard kam näher. »Knie nieder.«

Die leuchtende Gestalt sank auf die Knie. Die glühenden Augen wichen nicht vom Stein der Tränen, der über ihnen hing. Richard senkte das Lederhalsband und hängte es dem Geist seines Vaters um den Hals. Er wartete.

Hinter Darken Rahl sah er den Altar, auf dem die Kästchen standen. Das offene in der Mitte, in dem es von Dingen wimmelte, die alles Wissen überstiegen, strahlte sein grünes Licht wie ein Leuchtzeichen in den Himmel.

Richard erinnerte sich daran, was Ann, Nathan und Warren ihm erklärt hatten. Gebrauchte er den Stein aus egoistischen Motiven, aus Haß, so würde dies den Schleier zerreißen. Mehr als alles andere wollte er Darken Rahl in die Tiefen der Unterwelt verbannen, um ihn auf ewig für seine Untaten zu bestrafen. Doch damit erreichte er nur das, was einen viel zu hohen Preis darstellte, wie ihm bereits klargeworden war.

Außerdem hatte er sich dies selbst eingebrockt. Es machte keinen Unterschied, daß er es nicht absichtlich getan hatte. Das Leben war nicht gerecht, es war ganz einfach das Leben. Trat man versehentlich auf eine giftige Schlange, wurde man eben gebissen. Absichten waren ohne Belang.

»Ich bin an meinem Kummer selbst schuld«, sagte Richard leise. »Ich muß die Konsequenzen meines Tuns tragen. Ich kann niemand anderen zwingen, für das zu zahlen, was ich bewirkt habe, ob es nun Absicht war oder nicht.«

Richard hängte sich den Stein der Tränen wieder um den Hals. Darken Rahl erhob sich erschrocken.

»Richard ... du weißt nicht, was du sagst. Bestrafe mich. Häng mir den Stein der Tränen um den Hals. Nimm Rache!«

Richard drehte sich ein Stück weit zur Mitte des Gartens des Lebens um und streckte die Hand aus. Der runde Skrinknochen schoß aus der Lache blauen Feuers in seine Hand. Seine Magie beschützte ihn.

Richard hielt den Skrinknochen in die Höhe. In den Klauen seines Zorns, in der Gewalt seiner Ruhe, rief er die Kraft herbei. In einer Explosion brach sie aus seiner Hand hervor.

Blitze, gelb und heiß, schossen hervor und bohrten sich in Darken Rahl.

Blitze, schwarz und kalt, schossen hervor und bohrten sich in Darken Rahl.

Sie verbanden sich im entfesselten Zorn des Skrin.

Ein Kräuseln schwärzester Finsternis fegte durch den Raum, und als es nachließ, waren die Blitze und Darken Rahl verschwunden. Der Skrinknochen war in seiner Hand erkaltet.

Das grüne Licht aus dem Kästchen wurde heller und ließ den Raum vibrieren. Richard nahm den Stein der Tränen von seinem Hals. Das Lederband löste sich, als der Stein sich in seiner Hand schwarz färbte.

Richard streckte die Hand aus. Der Stein der Tränen flog ins grüne

Licht, schwebte einen Augenblick lang darin, rotierte im Lichtbalken. Das grüne Licht erlosch, als der Stein der Tränen sich in das Kästchen senkte, durchsichtig wurde und seine materielle Existenz verlor. Das Leuchtfeuer aus grünem Licht erlosch. Im Garten des Lebens wurde es still.

Richard hielt den Skrinknochen in der ausgestreckten Hand, und ein weiteres Mal brach der Zwillingsblitz explosionsartig hervor, überbrückte donnerd die Entfernung. Weißglühendes Gleißen zuckte über ihn hinweg, eine eiskalte Schwärze hüllte ihn ein. Als es vorbei war, und ihm die Stille wieder in den Ohren klang, standen die drei Kästchen auf dem Altar.

Ein jedes war geschlossen.

Richard wußte, daß sie ohne das Buch der Gezählten Schatten nicht wieder geöffnet werden konnten, und das Buch existierte nur in seinem Kopf. Die Kästchen der Ordnung und das Tor, für das sie standen, würden für alle Zeiten geschlossen bleiben.

Richard hörte ein metallisches Klicken. Er fühlte, wie etwas seinen Hals streifte, fühlte, wie ihm etwas vor die Füße fiel.

Er blickte nach unten und sah auf der Erde den Halsring. Der Rada'Han hatte sich von seinem Hals gelöst. Richard hatte sich von ihm befreit.

Auch die Schmerzen waren verschwunden. Er betastete seine Brust. Die Narbe war verschwunden.

Richard stand benommen in der Stille. Er wußte nicht genau, was gerade geschehen war. Er hatte nicht die geringste Ahnung, wie er das gemacht hatte.

Es war vorbei.

Für ihn war alles vorbei.

An diesem Tag würde Kahlan sterben.

Und dann rannte er. Noch war der Tag nicht vorüber.

Als er durch die Tür des Gartens des Lebens schoß, umringten ihn die fünf Mord-Sith auf der anderen Seite. Er beachtete sie nicht und lief weiter. Im Korridor dahinter wartete verschwitzt und schmutzig General Trimack mit Hunderten von Männern, die ebenso verdreckt aussahen. Viele waren blutverschmiert.

Unter dem Getöse scheppernder Rüstungen und Waffen sanken die Soldaten, so weit er dies in dem verrauchten Korridor erkennen konnte, auf die Knie und schlugen sich die Faust vors Herz. General Trimack erhob sich wieder. Als er sich mit drei großen Schritten Richard näherte, stellte sich Cara schützend vor ihn.

»Geh mir aus dem Weg, Frau!«

Cara rührte sich nicht von der Stelle. »Niemand krümmt Lord Rahl auch nur ein Haar.«

»Ich bin ebenso sein Wächter wie …«

»Hört auf, alle beide.«

Cara entspannte sich und trat zur Seite. General Trimack packte Richard an den Schultern. »Lord Rahl, Ihr habt es geschafft. Es hat lange gedauert, aber Ihr habt es geschafft.«

»Was geschafft? Was meint Ihr damit, es hätte lange gedauert?«

Er zog erstaunt die Augenbrauen hoch. »Ihr wart fast den ganzen Tag dort drinnen.«

Richards Atem setzte aus. »Was?«

»Wir haben sie mit aller Heftigkeit stundenlang verteidigt, und trotzdem wurden wir zurückgedrängt. Sie waren uns zehn- oder fünfzehnfach überlegen. Dann habt Ihr die Blitze geschickt. Dergleichen habe ich noch nie gesehen.

Zauberer Zorander hat mir erklärt, der Palast sei ein auf den Boden der Hochebene gezeichneter gewaltiger Machtzauber, der den Lord Rahl schützen und ihm Kraft verleihen soll. Wenn ich es nicht mit eigenen Augen gesehen hätte, ich würde es nicht glauben. Im gesamten Palast hat es von Blitzen nur so gewimmelt. Sie haben jede Mauer des Palasts durchbrochen.

Jeder einzelne dieser verfluchten Generäle, die Darken Rahl ergeben waren, wurde von diesen Blitzen niedergestreckt. Ihre Truppen, die weiterkämpften, wurden ebenfalls davon in Stücke gerissen. Nur wer seine Waffen niederlegte und sich uns anschloß, blieb verschont.«

Richard wußte nicht, was er sagen sollte. »Das freut mich, General, aber ich kann mir das nicht als Verdienst anrechnen. Ich war die ganze Zeit dort drinnen. Ich weiß nicht einmal genau, was ich dort gemacht habe, und schon gar nicht, was hier draußen passiert ist.«

»Wir sind der Stahl gegen den Stahl. Ihr habt Euren Part gespielt. Ihr wart Lord Rahl, die Magie gegen die Magie. Wir sind alle stolz auf Euch.« General Trimack klopfte Richard auf die Schulter. »Was immer Ihr getan habt, Ihr habt Euch offenbar richtig entschieden.«

Richard legte seine Finger an die Stirn und versuchte nachzudenken. »Wie spät ist es?«

»Wie gesagt, Ihr wart fast den ganzen Tag dort drin, während wir hier draußen gekämpft haben. Es ist später Nachmittag.«

Richard faßte sich an die Brust. »Ich muß fort.«

Er begann zu rennen. Alles rannte ihm hinterher. Es dauerte nicht lange, und die riesigen, sich nach allen Seiten verzweigenden Gänge verwirrten ihn. Er kam auf den glatten Marmorboden rutschend zum Stehen und drehte sich zu Cara um, die dicht neben ihm stand.

»Wo geht es lang?«

»Wohin, Lord Rahl?«

»Dorthin, wo ich reingekommen bin! Und zwar auf dem schnellsten Weg!«

»Folgt uns, Lord Rahl.«

Richard rannte den fünf Mord-Sith hinterher. Offenbar folgte ihnen die komplette Armee des Palastes. Der Lärm all der Waffen und Stiefel hallte ohrenbetäubend von den Wänden und den hohen Decken wider. Säulen, Bögen, Treppenhäuser, Andachtsplätze und kreuzende Hallen flogen vorbei. Sie rannten durch Gänge, flogen Treppen hinunter.

Richard war völlig außer Atem, als er fast eine Stunde später durch die Türen zwischen den gewaltigen Säulen und hinaus in die kalte Luft rannte. Hinter ihm strömten Soldaten ins Freie. Er nahm vier Stufen auf einmal.

Scarlet lag auf der Seite im Schnee, die schimmernden roten Schuppen hoben und senkten sich unter ihrem schwerfälligen Atem.

»Scarlet! Du lebst!« Richard rieb ihr über die Schnauze. »Ich habe mir solche Sorgen gemacht.«

»Richard. Wie ich sehe, hast du es ebenfalls überlebt. Dann war es vermutlich nicht ganz so schwer, wie du befürchtet hast.« Sie rang sich ein Drachengrinsen ab. Es erlosch. »Tut mir leid, mein Freund, aber fliegen kann ich nicht. Ich habe mir den Flügel verletzt. Ich habe es versucht, aber bis er wieder ausgeheilt ist, sitze ich wohl am Boden fest.«

Richard vergoß eine Träne über ihrer Schnauze. »Ich verstehe, meine Freundin. Du hast mich hergebracht. Du hast die Welt alles Lebendigen gerettet. Du bist die edelste Heldin, die die Geschichte je gesehen hat. Wirst du wieder gesund werden? Wirst du wieder fliegen können?«

Sie stieß einen lauten, knurrigen, halbherzigen Lacher aus. »Ich werde wieder fliegen. Aber frühestens in einem Monat – vielleicht. Es ist nicht so schlimm, wie es aussieht.«

Richard wandte sich an die hinter ihm stehenden Offiziere. »Scarlet ist eine Freundin von mir. Sie hat uns alle gerettet. Ich möchte, daß Ihr sie versorgt. Bringt ihr, was immer sie braucht, bis sie sich wieder erholt hat. Beschützt sie, wie Ihr mich beschützen würdet.«

Fäuste wurden auf Herzen geschlagen.

Richard packte den General am Arm. »Ich brauche ein Pferd, ein kräftiges Pferd. Und zwar sofort. Und ich muß wissen, wie man nach Aydindril gelangt.«

Der General drehte sich um. »Besorgt ein kräftiges Pferd, sofort! Du, geh und hole Lord Rahl Karten für den Weg nach Aydindril!«

Soldaten setzten sich in Bewegung. Richard wandte sich wieder dem Drachen zu.

»Es tut mir leid, daß du so leiden mußt, Scarlet.«

Scarlets Lachen schnarrte tief in ihrer Kehle. »Die Verletzung ist nicht so schmerzhaft. Komm her und sieh – hier auf diese Seite.«

Ihr Kopf am Ende ihres langen Halses folgte ihm. Zu Richards Verblüffung lag ein Ei in der Beuge ihres Schwanzes.

Sie sah ihn aus einem ihrer großes, gelben Augen an. »Ich habe gerade ein Ei gelegt. Größtenteils rührt meine Schwäche daher. Es macht also nichts, wenn ich am Boden festsitze.«

Sie überzog das Ei mit einem Feuerstoß. Zärtlich strich sie mit ihren Krallen darüber. Als Richard das sah, mußte er an die Herrlichkeit des Lebens denken und wie glücklich er darüber war, daß andere sie auch weiterhin genießen konnten.

Doch die Vision der fallenden Axt ging ihm immer wieder durch den Kopf. Er wurde das Entsetzen nicht los. Seine Hände zitterten. Sein Atem ging in unregelmäßigen Stößen.

Schließlich kam ein Soldat mit einer Karte angerannt. Er hielt sie ihm hin und zeigte auf etwas. »Hier, Lord Rahl, liegt Aydindril. Dies ist die schnellste Route. Aber Ihr werdet trotzdem mehrere Wochen brauchen.«

Richard stopfte sich die Karte in sein Hemd, als ein anderer Soldat auf dem Pferd angaloppiert kam. Richard nahm seinen Rucksack und seinen Bogen aus dem Schnee, wo er die Sachen bei Scarlets Landung hatte fallen lassen.

General Trimack hielt die Zügel des muskulösen Pferdes, während Richard rasch sein Gepäck an den Sattel schnürte. »In den Satteltaschen ist Proviant. Wann werdet Ihr zurück sein, Lord Rahl?«

Richards Verstand war wie in einem Nebel, seine Gedanken rasten in tausend Richtungen gleichzeitig. Alles was er sah, war die sich senkende Axt.

Er sprang in den Sattel. »Ich weiß es nicht. Sobald ich kann. Macht bis dahin weiter. Und bewacht weiterhin den Garten des Lebens. Laßt niemanden hinein.«

»Sichere Rückkehr, Lord Rahl. Unsere Herzen sind mit Euch.«

Fäuste wurden auf Herzen geschlagen, als er das kräftige Pferd zu einem Galopp antrieb und in vollem Tempo durch das riesige Tor hetzte, das man für ihn geöffnet hatte.

37. Kapitel

Richard fluchte leise, als das Pferd unter ihm tot zusammenbrach. Er rollte im Schnee ab, rappelte sich wieder auf und machte sich daran, seine Sachen von dem leblosen, mit schaumigem Schweiß bedeckten Tier zu zerren. Die Sorge um das Tier versetzte ihm einen Stich. Es hatte alles gegeben.

Er hatte aufgehört zu zählen, wie viele Pferde unter ihm gestorben waren. Einige waren einfach stolpernd stehengeblieben und hatten sich geweigert weiterzugehen. Andere waren in Schritt verfallen und hatten nicht mehr galoppieren wollen. Wieder andere hatten alles gegeben, bis ihr Herz aussetzte.

Richard wußte, daß er zu hart mit ihnen umging, und hatte versucht, sie im Paßgang gehen zu lassen, aber er konnte sich selbst nicht bremsen. Wenn ein Pferd starb oder aufhörte zu rennen, fand er ein anderes. Manche Besitzer verkauften nur widerstrebend und wollten mit ihm feilschen. Richard warf ihnen eine Handvoll Gold an den Kopf und schnappte sich ihr Pferd.

Er war selbst halbtot vor Erschöpfung. Er hatte wenig gegessen oder geschlafen. Gelegentlich war er zu Fuß weitergegangen, während sein Pferd sich erholte. Wann immer er ein neues Pferd hatte finden müssen, war er gerannt.

Richard wuchtete sich den Rucksack auf den Rücken und trabte weiter. Zwei Wochen war es her, seit er D'Hara verlassen hatte. Er wußte, er mußte ganz in der Nähe von Aydindril sein.

Daß die Wintersonnenwende bereits zwei Wochen hinter ihm lag, schien irgendwie nicht so wichtig wie sein Drang, zu Kahlan zu gelangen. Ihm kam es so vor, als brauchte er sich nur genügend zu beeilen, um sie zu retten, als würde die Zeit schon auf ihn warten, wenn er sich nur allergrößte Mühe gab. Daß er zu spät kommen könnte, war für ihn unvorstellbar.

Am Scheitelpunkt einer Steigung der Straße blieb er keuchend stehen. Vor ihm lag Aydindril im gleißenden Licht der Sonne. In der Gebirgswand auf der anderen Seite der Stadt sah er die grauen Mauern der Burg der Zauberer. Richard rannte weiter durch den Schnee.

Die Straßen waren voller Menschen, Menschen, die durch die kalte Nachmittagsluft eilten, Menschen, die herumstanden und mit den Füßen stampften, um sie warm zu halten, während sie ihre Waren feilboten. Richard eilte an ihnen allen vorbei. Als er merkte, wie ihn die Leute wegen seines Schwerts der Wahrheit anstarrten, zog er das Mriswith-Cape darüber.

Am Straßenrand stand ein Händler, in der Hand eine Latte, die auf der Erde ruhte. Die Latte hatte ein Querholz, von dem dünne Fäden herabhingen. Als Richard hörte, was der Mann rief, wurde er mit einem Ruck aus seinem Dämmerzustand gerissen.

»Konfessorenhaar!« blökte der Mann. »Holt euch eine Locke vom Haar des Konfessors! Ganz frisch von ihrem gottlosen Kopf! Nur solange der Vorrat reicht! Zeigt euern Kindern das Haar des letzten Konfessors!«

Richards Blick blieb an dem langen Haar hängen. Es war Kahlans. Er holte alles von der Latte herunter und stopfte es sich ins Hemd. Als der Mann auf den Gedanken kam, es zu verteidigen drückte Richard ihn krachend gegen eine Wand. Er packte das Hemd des Mannes mit den Fäusten und hob ihn glatt vom Boden.

»Wo hast du das her?«

»Vom … Rat. Ich hab' es denen abgekauft und wollte es verhökern. Gleich nachdem sie es ihr abgeschnitten hatten. Es gehört mir.« Er rief um Hilfe. »Dieb! Dieb!«

Indes die erzürnte Menge näher rückte, um den Mann zu verteidigen, kam das Schwert zum Vorschein. Die Menschen stoben auseinander. Der Straßenhändler rannte um sein Leben.

Obwohl er das Schwert wegsteckte, wuchs Richards Zorn, je mehr er sich dem Palast der Konfessoren näherte. Er sah, wie sich das Gebäude auf dem weiten Platz vor ihm erhob. Er mußte daran denken, wie Kahlan ihm den Prunk des Palastes beschrieben hatte. Er kannte ihn fast so, als hätte er ihn schon einmal gesehen.

Auch fiel ihm wieder ein, daß Kahlan von einer Frau dort gesprochen hatte, einer Köchin. Nein, der obersten Köchin. Wie war ihr Name doch? Sanderholt, richtig. Fräulein Sanderholt.

Der Essensgeruch lockte ihn zum Kücheneingang. Er stürmte duch die Tür. Ein ganzer Raum voller arbeitender Menschen wich bei seinem Anblick erschrocken zurück. Es war offenkundig, daß niemand etwas mit ihm zu schaffen haben wollte, was immer er vorhatte.

»Sanderholt!« rief er. »Fräulein Sanderholt! Wo steckt sie?«

Die Leute zeigten nervös auf eine Diele. Er war noch nicht zehn Schritte durch den Gang gelaufen, als ihm eine Frau aus der anderen Richtung entgegeneilte.

»Was ist? Wer ruft mich?«

»Ich«, erwiderte Richard.

Ihr Stirnrunzeln wich einem bestürzten Blick. »Was kann ich für Euch tun, junger Mann?« fragte sie mit Beklemmung in der Stimme.

Richard hatte Mühe, alles Bedrohliche aus seiner Stimme zu verbannen. Er fand nicht, daß es ihm besonders gut gelang. »Kahlan. Wo kann ich sie finden?«

Ihr Gesicht wurde fast so weiß wie ihre Schürze. »Ihr seid bestimmt Richard. Ihr seht genau so aus, wie sie Euch beschrieben hat.«

»Sicher! Wo ist sie!«

Fräulein Sanderholt mußte schlucken. »Tut mir leid, Richard«, sagte sie leise. »Der Rat hat sie zum Tod verurteilt. Das Urteil wurde anläßlich der Wintersonnenwendfeier vollstreckt.«

Richard stand da und starrte die zierliche Frau an. Es fiel ihm schwer, zu entscheiden, ob sie über dieselbe Person sprachen.

»Ich glaube, Ihr habt mich mißverstanden«, brachte er hervor. »Ich spreche von der Mutter Konfessor. Mutter Konfessor Kahlan Amnell. Ihr meint sicher jemand anderes. Meine Kahlan kann unmöglich tot sein. Ich bin so schnell gekommen, wie ich konnte. Ich schwöre es.«

Tränen traten ihr in die Augen. Sie versuchte sie fortzublinzeln und starrte zu ihm hoch. Langsam schüttelte sie den Kopf.

Sie legte ihm eine bandagierte Hand an die Hüfte. »Kommt, Richard. Ihr seht aus, als könntet Ihr etwas zu essen gebrauchen. Laßt mich Euch eine Schale Suppe holen.«

Richard ließ seinen Rucksack, seinen Bogen und den Köcher zu Boden fallen.

»Der Zentralrat hat sie zum Tod verurteilt?«

Sie nickte kaum merklich. »Sie ist geflohen, wurde aber wieder gefangengenommen. Der Zentralrat hat das Urteil vor dem Volk bei der Enthau … der Hinrichtung wiederholt. Und dann standen die Mitglieder des Rates lächelnd da, während das Volk ihnen zujubelte.«

»Vielleicht konnte sie noch einmal fliehen. Sie ist eine einfallsreiche Frau …«

»Ich war dabei«, meinte sie mit gebrochener Stimme, während ihr die Tränen übers Gesicht liefen. »Bitte zwingt mich nicht, Euch zu erzählen, was ich gesehen habe. Ich kannte Kahlan seit ihrer Geburt. Ich habe sie geliebt.«

Vielleicht gab es eine Möglichkeit, noch mal zurückzugehen und rechtzeitig wieder herzukommen. Es mußte einen Weg geben. Ihm war heiß, ihm schwindelte.

Nein. Er war zu spät. Kahlan war tot. Er hatte sie sterben lassen müssen, um dem Hüter Einhalt zu gebieten. Die Prophezeiung hatte sich bewahrheitet.

Richard biß die Zähne aufeinander. »Wo sitzt der Rat?«

Endlich gelang es ihr, den Blick von ihm zu nehmen. Mit ihrer bandagierten Hand zeigte sie den Gang entlang und beschrieb ihm den Weg.

Sie drehte sich um. »Bitte, Richard, ich habe sie auch geliebt. Jetzt kann man nichts mehr tun. Ihr könnt nichts mehr erreichen.«

Doch da war er bereits unterwegs. Mit wehendem Mriswith-Cape eilte er den Gang entlang. Wie ein Pfeil auf sein Ziel, bewegte er sich auf den Ratsaal zu.

Überall standen Wachen, doch schenkte er ihnen keinerlei Beachtung. Er hatte keine Ahnung, ob sie ihm Beachtung schenkten, es war ihm auch egal. Zielstrebig flog er seinem Ziel entgegen. Er hörte, wie überall unter Waffen stehende Soldaten durch die Seitengänge liefen. Von denen auf den Galerien nahm er kaum Notiz.

Die Türen zum Sitzungssaal des Rates befanden sich am Ende einer von Säulen gesäumten Halle. Während er durch den Gang marschierte, nahmen Soldaten vor den Türen Aufstellung. Er nahm sie nur undeutlich wahr. Er sah nichts als die Türen.

Sein Schwert hatte die Scheide an seiner Hüfte noch immer nicht verlassen, und doch durchtoste die Magie ihn mit voller Wucht. Die Soldaten vor den Türen schlossen die Reihen. Er lief im gleichen Tempo weiter. Das schwarze Cape blähte sich auf, und Richard setzte eine grimmige Miene auf, während er vorwärtsstürmte.

Sie bereiteten sich darauf vor, ihn aufzuhalten. Richard marschierte weiter. Er wollte, daß sie ihm aus dem Weg gingen. Die Kraft kam instinktiv, ohne bewußte Anstrengung. Er spürte die Erschütterung. Am Rand seines Gesichtsfeldes sah er, wie Blut auf den weißen Marmor klatschte.

Ohne auch nur einen Schritt zu zögern, kam er aus dem Feuerball in dem klaffenden Loch von der doppelten Größe der Tür wieder hervor. Riesige Steinbrocken wurden durch die Luft geschleudert, zogen Rauchfahnen hinter sich her. Überall regneten Trümmer herab. Eine der Türen kreiste um die eigene Achse, als sie zusammen mit scharfkantigen Rüstungsfetzen und zerbrochenen Waffen über den Boden des Ratssaales schlitterte.

Am anderen Ende des Raumes erhoben sich wütend Männer hinter einem geschwungenen Tisch. Richard ging unaufhaltsam weiter und zog sein Schwert blank. Das unverwechselbare Klirren von Stahl hallte durch den riesigen Saal.

»Ich bin der Oberste Rat Thurstan!« meinte der in der Mitte, in dem größten Sessel. »Ich verlange zu erfahren, was dieser Auftritt zu bedeuten hat!«

Richard ging immer weiter. »Gibt es einen unter Euch, der gegen das Todesurteil über die Mutter Konfessor gestimmt hat?«

»Sie wurde wegen Verrats verurteilt. Rechtmäßig und einstimmig, durch diesen Rat! Wachen! Entfernt diesen Mann!«

Soldaten kamen durch den gewaltigen Raum herbeigeeilt, doch

Richard hatte das Podest bereits erreicht. Die Räte zogen ihre Messer.

Richard sprang mit einem wütenden Aufschrei auf den Tisch. Die Klinge spaltete Thurstan in zwei Hälften, vom Ohr bis zum Schritt. Ein schwungvoller Schlag zu beiden Seiten ließ Köpfe rollen. Mehrere der Männer unternahmen den Versuch, ihn zu erstechen. Sie waren nicht annähernd schnell genug. Das Schwert erwischte jeden, auch die, die zu fliehen versuchten. Sekunden später war alles vorbei, noch bevor die Wachen auch nur die Hälfte ihres Weges zurückgelegt hatten.

Richard sprang zurück auf den Tisch. Er befand sich in der Gewalt ungezügelten Zorns, hielt das Schwert mit beiden Händen. Er wartete darauf, daß sie kamen. Er wünschte sich, daß sie kämen.

»Ich bin der Sucher! Diese Männer haben die Mutter Konfessor ermordet! Entscheidet euch, ob ihr auf Seiten der toten Halsabschneider stehen wollt oder auf der Seite des Rechts!«

Der Ansturm der Soldaten geriet ins Stocken. Zögernd sahen sie sich an. Schließlich blieben sie stehen. Richard stand da und rang nach Atem.

Ein Soldat drehte sich in dem Loch in der Wand um, wo die Türen gewesen waren, und ließ dann den Blick über die am Boden verstreuten Trümmer schweifen. »Ihr seid ein Zauberer?«

Richard sah dem Mann in die Augen. »Ja, ich denke, das bin ich.«

Der Mann schob sein Schwert in die Scheide. »Das ist eine Angelegenheit unter Zauberern. Es ist nicht unsere Aufgabe, Zauberer anzugreifen. Ich werde nicht für etwas sterben, das nicht in meiner Pflicht liegt.«

Ein weiterer steckte sein Schwert zurück. Kurz darauf hallte der Saal von stählernem Scheppern wider, als die Klingen in Schlaufen und Scheiden zurückgeschoben wurden. Die ersten Männer zogen sich zurück, und das Geräusch ihrer Stiefel hallte durch den Saal. Augenblicke später war der gewaltige Ratssaal menschenleer – bis auf Richard.

Er sprang vom Tisch herunter und betrachtete den hohen Sessel in der Mitte. Er war so ungefähr der einzige Gegenstand, der nicht von Blut troff. Das mußte der Sitz der Mutter Konfessor sein, Kahlans Platz. Auf diesem Platz hatte sie gesessen.

Ohne jede Regung steckte Richard das Schwert in die Scheide zurück. Es war vorbei. Er hatte alles getan, was zu tun war.

Die Guten Seelen hatten ihn verlassen. Sie hatten Kahlan verlassen. Er hatte alles daran gesetzt, damit Gerechtigkeit geschah, und die Guten Seelen hatten nichts getan, um dabei zu helfen.

Zum Hüter mit den Guten Seelen.

Richard ließ sich auf die Knie fallen. Er dachte an das Schwert der Wahrheit. Es besaß Magie – er konnte sich vermutlich nicht darauf verlassen, daß es bei dem, was er jetzt vorhatte, seinem Willen folgte.

Statt dessen zog er das Messer aus seinem Gürtel.

Richard setzte sich die Messerspitze aufs Herz.

Mit kalter Präzision blickte er an sich hinab, um zu sehen, ob es genau auf sein Herz zeigte. Kahlans Haar, das Haar, das er dem Händler abgenommen hatte, lugte aus seinem Hemd hervor. Richard zog die Locke, die sie ihm geschenkt hatte, aus seiner Tasche.

Sie hatte sie ihm geschenkt, um ihn daran zu erinnern, daß sie ihn immer lieben würde. Er wollte nichts weiter, als seiner zügellosen Qual ein Ende zu bereiten.

»Sie ist wach«, sagte Prinz Harold. »Sie fragt nach dir.«

Schließlich löste Kahlan ihren Blick von den Flammen im Kamin. Sie warf einen kühlen Blick auf den Zauberer, der neben Adie auf der Holzbank saß. Zedd hatte zwar sein Gedächtnis wiedergefunden, Adie jedoch nicht. Sie hielt sich immer noch für Elda und war noch immer blind.

Kahlan durchquerte den dunklen Gastraum. Bei ihrem Eintreffen war das Gasthaus verlassen gewesen, genau wie der Rest der Stadt – aus Angst vor dem Vormarsch der keltonischen Truppen. Die menschenleere Stadt war ein guter Ort, um sich auf ihrer Flucht aus Aydindril auszuruhen. Zwei Wochen Flucht hatten in ihnen allen das Bedürfnis nach einer Pause und ein wenig Wärme geweckt.

Eine Woche, nachdem sie Aydindril verlassen hatten, war ihre kleine Gruppe, bestehend aus Zedd, Adie, Ahern, Jebra, Chandalen, Orsk und Kahlan, von einem kleinen, von Prinz Harold angeführten Trupp abgefangen worden. Prinz Harold und eine Handvoll seiner Männer waren dem Gemetzel an seiner Streitmacht in Aydindril entkommen und hatten in Lauerstellung gelegen. Während man Königin Cyrilla zum Richtstock führte, hatte Prinz Harold einen mutigen Stoßangriff gewagt, und in dem Durcheinander von Menschen, die gekommen waren, um der Hinrichtung beizuwohnen, hatte er seine Schwester dem Henker unter der Axt entreißen können.

Vier Tage nachdem sie sich Prinz Harold angeschlossen hatten, begegneten sie Hauptmann Ryan und seinen verbliebenen neunhundert Mann. Sie hatten das Heer der Imperialen Ordnung bis auf den letzten Mann aufgerieben. Sie hatten einen hohen Preis dafür gezahlt, ihren Auftrag jedoch ausgeführt.

Nicht einmal der Stolz auf diese Männer konnte ihre Stimmung heben, auch wenn sie vermied, sich dies ihnen gegenüber anmerken zu lassen.

Nachdem sie ein Tuch über dem Becken ausgewrungen hatte, setzte sich Kahlan zu ihrer Halbschwester auf die Bettkante. Cyrilla war bei Bewußtsein, was nur gelegentlich vorkam, wenn es auch nie lange dauerte, bis sie wieder in ihren starren Dämmerzustand zurückfiel. Dann sah sie nichts, hörte sie nichts, sagte sie nichts. Sie starrte nur vor sich hin.

Kahlan war ermutigt, als sie jetzt ihre Tränen sah. Es bedeutete, daß sie wach war. Wenn sie bei Bewußtsein war, konnte nur Kahlan mit ihr sprechen. Der Anblick eines Mannes rief einen Schreikrampf hervor oder ließ sie wieder in einen Dämmerzustand fallen.

Cyrilla packte Kahlans Arm, als Kahlan ihr mit dem kühlen Tuch die Stirn abtupfte. »Kahlan, hast du über meinen Vorschlag nachgedacht?«

Kahlan zog den Lappen zurück. »Ich will nicht Königin von Galea sein. Du bist Königin, meine Schwester.«

»Bitte Kahlan, unser Volk braucht jemanden, der es führt. Ich bin dazu im Augenblick nicht in der Lage.« Sie krallte ihre Hand fester um Kahlans Arm. Die Tränen standen ihr in den Augen. »Kahlan, du mußt es tun, für mich und für die Menschen.«

Kahlan wischte die Tränen mit dem Tuch fort. »Cyrilla, alles wird wieder gut werden, du wirst schon sehen.«

Ihre Hand krampfte sich über ihrem Bauch zusammen. »Ich kann im Augenblick niemanden führen.«

»Cyrilla, ich verstehe dich, wirklich. Man hat mir zwar nicht dasselbe angetan wie dir, aber ich war ebenfalls in diesem Kerker. Ich verstehe dich. Aber du wirst dich wieder erholen. Ganz bestimmt, das verspreche ich dir.«

»Und du wirst unsere Königin sein? Für unser Volk?«

»Wenn ich zustimme, dann nur vorübergehend. Nur bis du deine Kräfte wiedergefunden hast.«

»Nein …«, stöhne sie. Sie schluchzte, verbarg ihr Gesicht im Kopfkissen. »Tu das nicht … bitte. Ihr Guten Seelen, so helft mir doch. Nein …«

Und dann war sie wieder bewußtlos. Hinübergewechselt in das Reich der Visionen. Sie erschlaffte, war reglos wie der Tod und starrte an die Decke. Kahlan gab ihr einen Kuß auf die Wange.

Prinz Harold wartete draußen vor der Tür im Dunkeln. »Wie geht es meiner Schwester?«

»Unverändert, fürchte ich. Doch verlier nicht die Hoffnung. Sie wird sich erholen.«

»Kahlan, du mußt tun, worum sie dich bittet. Sie ist Königin.«

»Warum kannst du nicht König werden? Das würde viel mehr Sinn ergeben.«

»Ich muß weiter für unser Volk kämpfen, für die gesamten Midlands. Diesem Kampf kann ich mich nicht widmen, wenn ich mich gleichzeitig mit der Sorge um das Amt des Königs belaste. Ich bin Soldat und möchte so dienen, wie ich es am besten kann. Das ist meine Bestimmung. Du bist eine Amnell, Tochter des Königs Wyborn, du mußt Königin von Galea werden.«

Kahlan wollte ihr langes Haar über die Schulter werfen, doch es war nicht da. Es fiel schwer, die lebenslangen Gewohnheiten abzulegen, zu vergessen, daß man ihr den Kopf geschoren hatte.

»Ich werde darüber nachdenken«, erwiderte sie und ging.

Wieder stand sie vor dem Kamin, der einzigen Lichtquelle im Gastraum, starrte in die Flammen, beobachtete, wie die einst lebendigen Scheite zu Asche wurden. Jeder ging ihr aus dem Weg und überließ sie sich selbst.

Nach einer Weile bemerkte sie, daß Zedd neben ihr stand. Sie gewöhnte sich erst allmählich daran, daß er diese elegante Kleidung trug.

Er hielt ihr seine Tasse hin. »Warum nimmst du nicht einen Schluck Gewürztee?«

Sie sah nicht von den Flammen auf. »Nein, danke.«

Er rollte die Tasse zwischen seinen Händen hin und her. »Kahlan, du mußt aufhören, dir die Schuld zu geben. Es war nicht dein Fehler.«

»Lügen stehen dir nicht gut, Zauberer. Ich habe den Blick in deinen Augen gesehen, als ich es dir erzählt habe. Hast du das schon vergessen?«

»Das habe ich dir bereits erklärt. Du weißt, daß ich unter dem Bann der drei Magierinnen stand, den nur ein großer emotionaler Schock brechen konnte. Zorn vermochte das, doch ist der Zorn erst einmal ausgelöst, muß man ihn ungehemmt wüten lassen, wenn er den Bann brechen soll. Ich habe dir bereits erklärt, wie leid es mir tut, was ich dir angetan habe.«

»Ich habe den Blick in deinen Augen gesehen. Du wolltest mich töten.«

Er sah sie unter seinen Brauen hervor an. »Ich mußte es tun, Mutter Konfessor ...«

»Kahlan. Ich habe es dir erklärt, ich bin nicht mehr die Mutter Konfessor.«

»Nenn dich, wie du willst, aber du bist immer die, die du bist. Den Namen zu leugnen ändert nichts daran. Und wie gesagt, ich mußte es tun. Um einen Todesbann auszulösen, muß die Person, die verzaubert werden soll, irgendwie überzeugt werden, daß sie sterben wird, sonst funktioniert er nicht.

Als ich durch die Wut dann mein Gedächtnis wiedergefunden

hatte, wußte ich, daß ich einen Todesbann benutzen mußte, daher habe ich einfach das, was gerade geschah, dazu benutzt, das Nötige zu tun. Es war eine Verzweiflungstat. Hätte ich es anders gemacht, wären die Menschen nicht überzeugt gewesen, Zeugen deiner Enthauptung zu sein.«

Kahlan fröstelte, sobald sie an diese Art von Magie dachte. Die eisige Berührung durch den Todesbann würde sie ihr Lebtag nicht vergessen.

»Du hättest Magie benutzen und statt dessen diesen Rat des Bösen vernichten sollen. Du hättest mir erspart, diese Männer umzubringen.«

»Dann hätte jeder gewußt, daß du noch lebst. Alle, die dort waren, waren von einem wahnhaften Haß ergriffen. Hätte ich das getan, dann hätten wir die gesamte Armee und Zehntausende von Menschen auf den Fersen gehabt. So verfolgt uns niemand. Jetzt können wir weiter das tun, was nötig ist.«

»Du kannst allein weitermachen. Ich habe die Sache der Guten Seelen aufgegeben.«

»Kahlan, du weißt, was geschieht, wenn du aufgibst. Du selbst bist letzten Herbst nach Westland gekommen, um mich zu suchen und mir genau das zu sagen. Du hast dazu beigetragen, mich zu überzeugen, daß wir dem Feind den Sieg kampflos überlassen, wenn wir die Seite der Magie, des Rechts verlassen und den Machtlosen nicht helfen.«

»Die Seelen haben es für richtig befunden, mich im Stich zu lassen. Sie haben tatenlos mitangesehen, als ich Richard in die Hände der Schwestern des Lichts ausgeliefert habe, sie haben zugelassen, daß ich ihm weh tue, daß er mir für immer genommen wurde. Diese Guten Seelen haben sich entschieden, allerdings nicht für mich.«

»Es ist nicht die Aufgabe der Guten Seelen, die Welt der Lebenden zu bestimmen. Es ist unsere Aufgabe, die Aufgabe der Lebenden, uns um unsere Welt zu kümmern.«

»Erzähl das jemandem, dem daran gelegen ist.«

»Dir ist doch daran gelegen. Nur ist dir das im Augenblick nicht bewußt. Ich habe Richard ebenfalls verloren, aber ich weiß, ich darf nicht zulassen, daß mich das vom rechten Weg abbringt. Glaubst du, Richard würde dich lieben, wenn du wirklich zu der Sorte Menschen gehörtest, die jene im Stich lassen, welche Hilfe brauchen?«

Sie schwieg, also fuhr er mit seiner Attacke fort.

»Richard liebt dich zum Teil wegen deiner Lebenslust. Er liebt dich, weil du mit allem, was du hast, dafür kämpfst, mit derselben Inbrunst wie er. Das hast du längst bewiesen.«

»Er war das einzige, was ich je vom Leben wollte, das einzige, um das ich die Guten Seelen je gebeten habe. Und sieh, was sie ihm angetan haben. Er denkt, ich hätte ihn verraten. Ich habe ihn gezwungen, einen Halsring anzulegen, etwas, das er mehr fürchtet als den Tod. Ich bin nicht dafür geschaffen, jemandem zu helfen. Ich richte nichts als Unheil an.«

»Kahlan, du besitzt Magie. Wie ich dir bereits erklärt habe, man darf nicht zulassen, daß die Magie ausstirbt. Die Welt der Lebenden braucht Magie. Wird die Magie ausgerottet, wird alles Leben ärmer und kann sogar vernichtet werden.

Niemand weiß von uns. Wir werden nach Ebinissia gehen, was niemand erwartet, und von dort aus die Streitkräfte der Midlands zusammenziehen und zum Gegenschlag ausholen. Niemand wird wissen, daß wir Ebinissia der Asche des Todes entrissen haben.«

»Also gut! Wenn es dich endlich zum Schweigen bringt, werde ich Königin sein. Aber nur, bis es Cyrilla besser geht.«

Das Feuer knisterte und knackte. Zedd sprach mit leise warnendem Unterton. »Du weißt genau, daß ich das nicht meine, Mutter Konfessor.«

Kahlan schwieg. Sie biß sich auf die Innenseite ihrer Wange, um nicht in Tränen auszubrechen. Sie wollte nicht, daß er sah, wie sie weinte.

»Die Zauberer von einst haben die Konfessoren geschaffen. Du besitzt einzigartige Magie. Sie weist Elemente auf, die keine andere Magie besitzt, nicht einmal meine. Du bist der letzte Konfessor, Kahlan. Man darf nicht zulassen, daß deine Magie mit dir stirbt. Richard ist für uns verloren. So ist es eben. Wir aber müssen weiterbestehen. Das Leben und die Magie müssen weiterbestehen.

Du mußt einen Gefährten erwählen und der Welt diese Magie in die Zukunft mitgeben.«

Sie starrte immer noch ins Feuer.

»Kahlan«, sagte er leise, »du mußt es tun, um Richards Liebe und seinen Glauben an dich zu bestätigen.«

Langsam drehte sie sich um und blickte hinter sich. Orsk saß mit verschränkten Beinen auf dem Boden neben Chandalen. Er allein sah sie aus seinem einen Auge an, während die Narbe über seinem anderen im Schein des Feuers weiß und zornig leuchtete. Er verfolgte jede ihrer Bewegungen. Alle anderen im Raum versuchten den Eindruck zu erwecken, sie seien mit ihren eigenen Angelegenheiten beschäftigt.

»Orsk«, rief sie.

Der riesenhafte Mann war sofort auf den Beinen und kam herüber. Geduckt blieb er vor ihr stehen und wartete auf den Befehl, ihr eine Tasse Tee zu bringen oder jemanden umzubringen.

»Orsk, geh hinauf in mein Zimmer und warte dort auf mich.«

»Ja, Herrin.«

Nachdem er die Treppen hinaufgesprungen war, durchquerte sie langsam den Raum. Sie hörte das Bett knarren, als er sich darauf setzte, um zu warten.

Als sie ihre Hand auf den Geländerpfosten legte, legte Zedd seine Hand darüber und hielt sie so zurück. »Mutter Konfessor, es muß nicht unbedingt er sein. Du findest bestimmt einen, der eher deinem Geschmack entspricht.«

»Was macht das für einen Unterschied? Ich habe ihn bereits mit meiner Kraft berührt. Warum soll ich noch einem anderen weh tun, wenn es um nichts weiter geht als das?«

»Kahlan, es muß nicht sofort geschehen. Nicht so kurz danach. Ich sage nur, daß du es irgendwann akzeptieren mußt und daß es irgendwann geschehen muß.«

»Heute, morgen, nächstes Jahr. Was macht das schon? In zehn Jahren wird es noch das gleiche sein wie heute. Zauberer haben Konfessoren Jahrtausende lang benutzt. Warum sollte es bei mir anders sein? Ich kann es ebensogut hinter mich bringen, damit du endlich zufrieden bist.«

Sein tränenfeuchter Blick ließ sie nicht los. »So ist das nicht, Kahlan. Es geht um die Hoffnung auf das Leben.«

Sie spürte, wie ihr eine Träne über die Wange lief. Sie sah den Schmerz in seinen Augen, zeigte ihm aber deswegen keine Gnade.

»Nenn es, wie du willst. Das ändert nichts daran, was es ist. Es ist Vergewaltigung. Meine Feinde haben es nicht geschafft, es brauchte meine Freunde, um es zu vollenden.«

»Ich weiß das, meine Liebe. Wie gut ich das weiß.«

Sie machte sich erneut auf den Weg die Treppe hinauf, doch seine Hand auf ihrem Arm hielt sie zurück.

»Bitte, Kahlan, tust du mir noch einen Gefallen? Geh und mache zuerst einen kleinen Spaziergang, denke über alles nach und bitte die Seelen um Unterweisung. Bete zu den Guten Seelen, ersuche sie um Führung.«

»Ich habe den Guten Seelen nichts zu sagen. Sie wollen es so, sie haben dich geschickt, damit du mir ›Führung‹ gibst.«

Er strich ihr mit seiner dürren Hand über das kurzgeschorene Haar »Dann tu es für Richard.«

Sie stand da und starrte ihn an. Schließlich warf sie einen kurzen Blick durch das Fenster der Hintertür hinaus in den kleinen, erfrorenen Garten hinter dem Gasthaus. Draußen wurde er gerade dunkel.

Kahlan kam von der Treppe herunter. »Für Richard.«

38. Kapitel

Richard saß auf Kahlans Sitz und strich über ihre langen Locken. Er hatte sie aus seinem Hemd herausgezogen, da er sich nicht durch ihr Haar hindurch erstechen wollte. Er wußte nicht, wie lange er dort, verloren in Erinnerungen an sie, gesessen und ihr Haar befühlt hatte, doch er merkte, daß es draußen vor den Fenstern gerade dunkel zu werden begann.

Richard legte das Haar sorgfältig über die Lehne des Sessels und nahm erneut das Messer zur Hand. Von seinen Seelenqualen wie betäubt, legte er die Spitze auf sein Herz. Seine Knöchel am Griff waren weiß.

Es war an der Zeit.

Endlich war es vorbei. Die Schmerzen hatten ein Ende.

Er runzelte die Stirn. Was hatte Fräulein Sanderholt doch gleich gesagt? Kahlan hätte ihr von ihm erzählt? Er fragte sich, ob Kahlan ihr vielleicht noch etwas erzählt hatte. Vielleicht ein letztes Wort an ihn, bevor sie starb. Was konnte es schaden zu fragen? Sterben konnte er auch nachher noch.

Richard zerrte Fräulein Sanderholt aus ihrer Küche in eine kleine, mit Vorräten vollgestellte Speisekammer. Er schloß die Tür.

»Was habt Ihr nur getan, Richard?«

»Ich habe Kahlans Mörder umgebracht.«

»Ich kann nicht behaupten, daß ich deswegen traurig wäre. Diese Männer hatten im Rat nichts zu suchen. Kann ich Euch etws zu essen holen?«

»Nein, ich möchte nichts. Aber Ihr habt mir gesagt, Kahlan hätte Euch von mir erzählt. Stimmt das?«

Sie sah nicht so aus, als wollte sie alte Erinnerungen heraufholen, schließlich jedoch atmete sie tief durch und nickte. »Sie kam zurück in ihr Zuhause, doch hier hatte sich alles verändert. Kelton hatte …«

»Was hier passiert ist, interessiert mich nicht. Erzählt mir nur von Kahlan.«

»Prinz Fyren wurde ermordet. Dann befand man sie fälschlicherweise wegen dieses und einer ganzen Liste anderer Verbrechen für schuldig, darunter auch Verrat. Der verantwortliche Zauberer verurteilte sie … zum Tode.«

»Durch Enthaupten«, sagte Richard.

Widerstrebend nickte sie. »Sie entkam mit Hilfe einiger ihrer Freunde, tötete dabei den Zauberer und versteckte sich. Aber es gelang ihr, mir eine Nachricht zu schicken, und ich habe sie besucht, mehrmals. Bei diesen Besuchen erzählte sie mir von all den Dingen, die sie durchgemacht hatte. Sie hat mir alles über Euch erzählt. Von nichts hat sie lieber gesprochen.«

»Wieso ist sie nicht geflohen? Warum ist sie nicht fortgelaufen?«

»Sie sagte, sie müsse auf einen Zauberer namens Zedd warten. Um Euch zu helfen.«

Richard schloß die Augen, als ein Schmerz seine Brust zusammenschnürte. »Und man hat sie gefangengenommen, während sie wartete.«

»Nein, nein.« Richard starrte auf die Maserung des Holzfußbodens, während sie fortfuhr. »Der Zauberer, auf den sie wartete, kam zurück. Er war es auch, der sie verraten hat.«

Richard hob den Kopf. »Was? Zedd war hier? Zedd würde Kahlan niemals ihren Henkern übergeben.«

Sie drückte den Rücken durch. »Und doch hat er es getan. Er stand oben auf der Plattform vor der jubelnden Menge und gab den Befehl. Ich habe selbst mitangesehen, wie dieser widerwärtige Kerl dem Henker zugenickt hat.«

Richard drehte sich verwirrt der Kopf. »Zedd? Ein dürrer, alter Mann mit langem, welligem weißem Haar, das in allen Richtungen absteht?«

»Das ist er. Erster Zauberer Zeddicus Z'ul Zorander.«

Zum ersten Mal keimte ein Fünkchen Hoffnung in ihm auf. Er wußte nicht alles über Zedd, aber er wußte, daß er zu ähnlichen Dingen in der Lage war. Sollte es möglich sein?

Er packte sie an den Schultern. »Wo liegt sie begraben?«

Fräulein Sanderholt führte ihn hinaus in die Abenddämmerung, in einen abgelegenen Innenhof, wo Konfessoren begraben wurden. Sie erklärte ihm, man habe Kahlans Leichnam auf einem Scheiterhaufen unter der Aufsicht der Ersten Zauberer verbrannt. Dann ließ sie ihn vor dem gewaltigen Grabstein über ihrer Asche allein.

Richard strich mit den Fingern über die in grauen Granit gehauenen Buchstaben. KAHLAN AMNELL MUTTER KONFESSOR SIE LIEGT NICHT HIER SONDERN IN DEN HERZEN DERER DIE SIE LIEBEN.

»Sie liegt nicht hier«, zitierte er vom Grabstein.

War es möglicherweise eine Nachricht? War es möglich, daß sie noch lebte? War alles nur ein Trick von Zedd gewesen, um ihr das Leben zu retten? Warum hatte er das getan?

Vielleicht ... vielleicht, um zu verhindern, daß man sie verfolgte.

Richard fiel vor dem Grabstein auf die Knie, in den Schnee. Sollte er es wagen zu hoffen, nur damit abermals seine Hoffnungen zunichte gemacht wurden?

Er legte seine zitternden Hände aneinander und senkte den Kopf.

»Ihr Guten Seelen, ich weiß, ich habe üble Dinge getan, aber ich habe immer versucht, es recht zu machen. Ich habe gekämpft, um den Menschen zu helfen und um eure Prinzipien von Ehrlichkeit und Gerechtigkeit hochzuhalten.

Bitte, ihr Guten Seelen, helft mir.

Ich habe euch noch nie ernsthaft um irgend etwas angefleht. Jedenfalls nicht auf diese Weise. Noch nie war mir etwas so ernst. Bitte, wenn ihr mir auch nie wieder helft, dann helft mir wenigstens dieses eine Mal.

Bitte, ihr Guten Seelen, ich kann nicht weiterleben, wenn ich es nicht weiß. Ich habe alles aufgegeben, um dafür zu sorgen, daß Gerechtigkeit geschieht. Bitte, gewährt mir diesen einen Wunsch. Laßt mich wissen, ob sie noch lebt.«

Mit gesenktem Kopf, während ihm die Tränen aus dem Gesicht tropften, sah er vor sich auf der Erde das Flackern eines Lichtes.

Richard hob den Kopf. Eine leuchtende Seele stand hoch aufgerichtet über ihm.

Er erstarrte, als er erkannte, wer es war.

Zahllose Male war Kahlan bereits um den Garten herumgegangen. Ihr Zögern lag teils in der Angst begründet, daß ihre Befürchtungen bestätigt werden könnten. Schließlich kniete sie nieder und faltete ihre Hände auf einem Stein vor ihr. Sie senkte den Kopf.

»Ihr Guten Seelen, ich weiß, ich bin dessen nicht würdig, aber bitte, gewährt mir einen Wunsch. Ich muß wissen, ob es Richard gut geht. Ob er mich noch immer liebt.«

Sie schluckte das Brennen in ihrer Kehle hinunter. »Ich muß wissen, ob ich ihn jemals wiedersehen werde.

Ich war respektlos, ich weiß, und ich habe auch keine Entschuldigung dafür, daß ich mich nicht als guter Mensch erwiesen habe. Dennoch, erfüllt mir diesen einen Wunsch, und ich werde alles tun, was die Guten Seelen von mir verlangen.

Aber bitte, ihr Guten Seelen, ich muß wissen, ob ich Richard jemals wiedersehen werde.«

Weinend ließ sie den Kopf hängen. Tränen rannen über ihr Gesicht und fielen in den Schnee. Vor ihr auf dem Boden tanzte ein flackerndes Licht.

Kahlan hob den Kopf und blickte in das Gesicht der strahlenden Seele, die hoch aufgerichtet über ihr stand. Sie spürte die Wärme des ruhigen Lächelns – aus einem Gesicht, das sie kannte.

Langsam, wie von selbst, kam Kahlan auf die Füße.

»Bist du es … wirklich?«

»Ja, Kahlan, ich bin es, Denna.«

»Aber … du bist doch zum Hüter gefahren. Du hast das Mal auf dich genommen, mit dem Darken Rahl Richard gezeichnet hat. Du bist an Richards Stelle zum Hüter gefahren.«

Das strahlende, friedvolle Lächeln erfüllte Kahlans Herz mit Freude.

»Der Hüter hat sich vor meiner Tat geekelt. Er hat mich abgewiesen. Statt dessen ging ich dann zu denen, die du die Guten Seelen nennst.

Ganz so, wie meine Tat mir meinen unverhofften Seelenfrieden brachte, habt ihr beide euch dank der vielen Opfer, die du und Richard selbstlos anderen und euch gegenseitig brachtet, die Gewährung dieses Seelenfriedens verdient. Weil ihr beide die beiden Seiten der Magie besitzt und ihr durch euer Tun mit mir verbunden seid, hat man mich ermächtigt, bevor ich durch den Schleier gehe, euch zwei für eine kurze Zeit an einem Ort zwischen den Welten zu vereinen.«

Denna, die in lange, fließende Gewänder gehüllt war, breitete die Arme aus. Die leuchtenden Falten hingen von ihren Armen herab, bis ganz zum Boden.

»Komm, Kind. Komm in meine Arme, und ich werde dich zu Richard bringen.«

Zitternd trat Kahlan unter Dennas ausgestreckten Arm.

Richard stand im strahlenden Licht von Dennas Arm, als dieser sich zärtlich um ihn legte. Die Welt verschwand im gleißenden Licht. Er wußte nicht, was ihn erwartete, nur daß er sich mehr als nach dem Leben selbst danach sehnte, Kahlan wiederzusehen.

Das überwältigende weiße Gleißen schwand zu einem sanften Glühen.

Vor ihm erschien Kahlan. Ihr stockte der Atem, dann warf sie sich ihm in die Arme. Wehklagend sprach sie seinen Namen, als sie sich an ihn klammerte.

Sie umarmten sich stumm, spürten nichts als die Gegenwart des anderen. Er fühlte ihre Wärme, ihren Atem, ihr Zittern. Am liebsten hätte er sie nie wieder losgelassen.

Sie sanken auf den weichen Grund. Er wußte nicht, was es war, und es interessierte ihn auch nicht, er war stabil genug, um sie zu tragen. Er wollte ihre Arme für immer um sich spüren. Schließlich hörte sie auf zu weinen und legte ihren Kopf an seine Schulter, während er sie festhielt.

Endlich sah sie ihm ins Gesicht, blickte ihm mit ihren wundervollen grünen Augen tief in die seinen. »Richard, es tut mir so leid, daß ich dich gezwungen habe, diesen Halsring …«

Richard legte ihr den Finger auf die Lippen. »Das alles ist nicht ohne Grund geschehen. Es hat gedauert, bis ich begriff, wie töricht ich mich verhalten habe und wie tapfer du warst. Das allein zählt. Ich liebe dich deswegen nur um so mehr, denn du hast alles geopfert, um mich zu retten.«

Sie schüttelte den Kopf. »Mein Richard. Wie bist du hierhergekommen?«

»Ich habe zu den Guten Seelen gebetet. Dann ist Denna erschienen.«

»Ich habe es ebenso gemacht. Denna hat auch für dich ein Opfer gebracht. Sie hat die Kraft des Zeichens auf sich genommen, damit du weiterleben konntest. Denna hat mir dein Leben zurückgegeben. Sie hat jetzt ihren Frieden gefunden.«

»Ich weiß.« Er strich ihr mit der Hand über den Kopf, über ihr kurzes Haar. »Was ist mit deinem Haar passiert?«

»Ein Zauberer hat es abgeschnitten.«

»Ein Zauberer. Na gut, dann wird ein Zauberer es dir wohl auch wiedergeben müssen.«

Richard strich ihr liebevoll übers Haar. Er erinnerte sich, wie Zedd sich mit der Hand übers Kinn gestrichen hatte, um seinen Bart wachsen zu lassen. Er schien zu wissen, wie man es macht, weil er Zedd dabei beobachtet hatte. Mit jedem Streicheln seiner Hand wurde ihr Haar länger. Je länger Richard aus dem ruhigen Zentrum in seinem Innern schöpfte, desto länger wurde auch ihr Haar. Als es genauso lang war wie zuvor, hörte er auf.

Kahlan betrachtete ihr Haar voller Verwunderung. »Richard, wie hast du das gemacht?«

»Ich besitze die Gabe, hast du das vergessen?«

Sie lächelte ihr ganz besonderes Lächeln, ein Lächeln der Verbundenheit, das sie keinem sonst schenkte. Kahlan strich ihm mit der Hand über die Wange.

»Entschuldige, Richard, aber dein Bart gefällt mir nicht. Ich mag dich, wie du früher ausgesehen hast.«

Er zog eine Augenbraue hoch. »Wirklich? Also gut, wir haben dich wieder in Ordnung gebracht, dann werden wir mit mir das gleiche machen müssen.«

Richard fuhr sich mit der Hand übers Kinn, schöpfte erneut Kraft aus seinem ruhigen Zentrum.

Kahlan stockte staunend der Atem. »Er ist verschwunden, Richard! Dein Bart ist verschwunden! Du hast ihn verschwinden lassen! Wie hast du das gemacht?«

»Ich besitze die Gabe für beide Seiten der Magie.«

Sie sah ihn verblüfft an. »Subtraktive Magie? Richard, ist das Wirklichkeit oder träume ich?«

Und dann küßte er sie, lange und innig.

»Ich glaube, das ist kein Traum«, meinte er atemlos.

»Ich habe Angst, Richard. Du bist bei den Schwestern. Ich werde nie wieder bei dir sein können. Ich kann nicht weiterleben, wenn du von den …«

»Ich bin nicht mehr bei den Schwestern. Ich bin in Aydindril.«

»In Aydindril?«

Er nickte. »Ich habe den Palast der Propheten verlassen. Schwester Verna hat mir dabei geholfen. Anschließend mußte ich nach D'Hara.«

Richard erzählte ihr alles, was passiert war, seit er sie verlassen hatte, und sie berichtete ihm alles, was sie durchgemacht hatte. Richard konnte kaum glauben, was sie getan hatte.

»Ich bin so stolz auf dich«, meinte er. »Du bist wirklich die Mutter Konfessor. Du bist die größte Mutter Konfessor, die je gelebt hat.«

»Geh zurück in die Halle vor dem Ratssaal, dort wirst du Gemälde von Konfessoren sehen, die größer waren, als ich es je sein werde.«

»Das, meine Liebe, bezweifele ich.«

Er küßte sie abermals. Es war ein heißer, leidenschaftlicher Kuß. Sie erwiderte ihn voller Verzweiflung, so als brauchte sie nichts so sehr im Leben, als in seinen Armen zu liegen und ihn zu küssen. Sie schmiegte sich stöhnend an ihn.

»Richard, ist die Narbe, Darken Rahls Zeichen, wirklich verschwunden?«

Er öffnete sein Hemd, um es ihr zu zeigen.

Sie strich ihm mit der Hand über die Brust. »Es ist tatsächlich wahr«, sagte sie kaum hörbar.

Sie küßte ihn zärtlich auf die Brust. Sie streichelte ihn, küßte die Stelle, wo die Narbe gewesen war. Sie nahm seine Brustwarze in den Mund.

»Das ist nicht fair«, hauchte er atemlos. »Ich werde dich überallhin küssen, wo du mich küßt.«

Kahlan sah ihm in die Augen, während sie sein Hemd aufknöpfte. »Abgemacht.«

Sie begann, an seinen Kleidern zu zerren, während seine Lippen über ihre zarte Haut wanderten. Mit jedem Kuß ging ihr Atem schneller.

»Kahlan«, brachte er hervor, während er sich ein kleines Stück von ihr zurückzog, »die Guten Seelen könnten uns beobachten.«

Sie drückte ihn auf den Rücken und küßte ihn. »Wenn es wirklich Gute Seelen sind, dann drehen sie sich um.«

Das Gefühl ihrer warmen Haut ließ ihn schwindelig werden. Ihr Körper ließ ihn vor Verlangen aufstöhnen. Das sanfte Glühen rings um sie pulsierte im Rhythmus ihres Atems. Es schien eine Aura ihrer Erregung zu sein.

Richard wälzte sich auf sie. Er sah ihr in die grünen Augen. »Ich liebe dich, Kahlan Amnell. Jetzt und für immer.«

»Ich dich auch, mein Richard.«

Ihre Lippen berührten sich, sie schlang ihm die Arme um den Hals, und ihre zarten Beine um die seinen.

In dem leeren Raum zwischen den Welten, im sanften Glühen dieses zeitlosen Ortes, wurden sie eins.

39. Kapitel

Kahlan schlenderte zurück ins Gasthaus. Im Schatten am Ende des Flures, der in den Gastraum führte, blieb sie stehen. Noch immer spürte sie das Glühen, die Wärme, die benommen machende Freude, die Erfüllung. Alle sahen auf, als sie sie kommen hörten.

Zedd war sofort auf den Beinen. »Kahlan! Verdammt, Mädchen, wo hast du die ganze Nacht gesteckt? Es fängt schon an zu dämmern! Du warst fort, seit es dunkel wurde! Wir haben die ganze Nacht die Stadt nach dir abgesucht! Wo warst du?«

Sie drehte sich um und streckte die Hand aus. »Im kleinen Garten hinterm Haus.«

Zedd stürmte auf sie zu. »Du warst nicht im Garten!«

Sie lächelte verträumt. »Doch, dort bin ich hingegangen, doch dann habe ich diesen Ort verlassen. Ich war bei Richard. Zedd, er ist von den Schwestern geflohen. Er ist in Aydindril.«

Zedd blieb ruckartig stehen. »Kahlan, ich weiß, du hast harte Zeiten hinter dir, aber das war einfach eine Vision von etwas, das du dir wünschst.«

»Nein, Zedd. Ich habe zu den Guten Seelen gebetet. Und dann kam sie und brachte mich zu Richard. Damit ich an einem Ort zwischen den Welten mit ihm zusammen sein konnte.«

»Kahlan, das ist einfach nicht ...«

Kahlan trat aus dem Schatten hervor in den Schein des Feuers. Zedd riß die Augen auf.

»Was ... was ist mit deinem Haar passiert?« meinte der Zauberer leise. »Es ist wieder lang.«

Kahlan schmunzelte. »Richard hat es gerichtet. Er besitzt die Gabe, weißt du.« Sie zeigte ihm den Strafer, der um ihren Hals hing. »Das hier hat er mir geschenkt. Er meinte, jetzt braucht er es nicht mehr.«

»Aber ... es muß doch noch eine andere Erklärung dafür geben ...«

»Er hat mir eine Nachricht für dich mitgegeben. Ich soll dir dafür danken, daß du das offene Kästchen der Ordnung nicht geschlossen hast. Er sagte, er sei froh, daß sein Großvater weise genug war, nicht das Zweite Gesetz der Magie zu verletzen.«

»Sein Großvater ...« Ihm liefen die Tränen über das faltige Gesicht. »Du hast ihn gesehen! Du hast ihn tatsächlich gesehen! Richard ist in Sicherheit!«

Sie schlang die Arme um ihn. »Ja, Zedd. Jetzt wird alles wieder gut. Er hat den Stein der Tränen wieder dorthin gebracht, wo er hingehört, und das Kästchen der Ordnung geschlossen. Er nannte es ›das Tor‹. Er meinte, man brauchte sowohl additive wie auch subtraktive Magie, um dies zu tun, da sonst alles Leben dadurch vernichtet worden wäre.«

Er packte sie an den Schultern. »Richard besitzt subtraktive Magie? Ausgeschlossen.«

»Er hatte einen Bart, und hat ihn verschwinden lassen. Offenbar hat er sich an die Lektion erinnert, die du ihm erteilt hast, daß so etwas nur mit subtraktiver Magie möglich ist.«

»Wunder über Wunder.« Er beugte sich zu ihr vor. »Du bist ja schweißgebadet, Mädchen.« Er legte ihr seine knochendürre Hand auf die Stirn. »Fieber hast du keins. Wieso schwitzt du so?«

»Es war ... heiß in dieser anderen Welt. Ziemlich heiß.«

Er betrachtete ihr Haar. »Dein Haar ist ganz zerzaust. Was für ein Zauberer würde dir zerzaustes Haar wachsen lassen? Ich hätte es gerade wachsen lassen. Der Junge hat noch einiges zu lernen. Das hat er nicht richtig gemacht.«

Kahlans Blick senkte sich. »Glaub mir, er hat es richtig gemacht.«

Er drehte den Kopf und sah sie mit einem Auge forschend an. »Was habt ihr zwei eigentlich die ganze Nacht gemacht?«

Kahlan spürte, wie sie heiße Ohren bekam. Zum Glück hatte sie wieder langes Haar. »Nun, ich weiß nicht. Was machst du mit Adie, wenn ihr die ganze Nacht allein seid?«

Zedd richtete sich auf. »Nun, äh ...« Er räusperte sich. »Nun ja, wir …« Er hob das Kinn und reckte einen Finger in den Himmel. »Wir reden miteinander. Genau das tun wir. Wir reden miteinander.«

Kahlan zuckte mit den Achseln. »Genau das haben wir auch gemacht. Genau dasselbe, was du und Adie die ganze Nacht macht. Wir haben miteinander geredet.«

Ein verstohlenes Grinsen huschte über sein Gesicht. Er schloß sie fest in seine dürren Arme und tätschelte ihr den Rücken. »Ich freue mich so für dich, Liebes.«

Zedd nahm sie bei den Händen und tanzte durch den Raum. Ahern grinste und zog eine kleine Flöte heraus und spielte eine fröhliche Melodie. »Mein Enkel ist ein Zauberer! Mein Enkel wird ein großer Zauberer werden! Genau wie sein Großvater!«

Die Feier ging ein paar Minuten weiter, alles gesellte sich hinzu und lachte. Man klatschte zum Rhythmus der Melodie, während Zedd mit ihr durch den Gastraum tanzte.

Dann sah Kahlan jemanden, der nicht mitmachte. Adie saß in einem Schaukelstuhl in der Ecke. Sie hatte ein dünnes, trauriges Lächeln im Gesicht, während sie ihnen mit dem Gehör folgte.

Kahlan ging zu der alten Frau und kniete vor ihr nieder. Sie ergriff ihre zerbrechlichen Hände.

»Ich freue mich für dich, mein Kind.«

»Adie«, sagte Kahlan mit leiser Stimme, »die Seelen haben mir eine Nachricht für dich mitgegeben.«

Sie schüttelte bedauernd den Kopf. »Tut mir leid, mein Kind. Aber sie wird mir nichts bedeuten. Ich erinnere mich nicht, diese Frau namens Adie zu sein.«

»Ich habe versprochen, die Nachricht weiterzugeben. Es gibt im Jenseits jemanden, für den es wichtig ist, daß du sie erhältst. Willst du sie hören?«

»Dann sag sie mir, auch wenn ich ihre Bedeutung leider nicht verstehen werde.«

Im Raum hinter ihr wurde es still. Adie hörte auf zu schaukeln. Sie richtete sich ein Stück weit auf. Ihre Augen füllten sich mit Tränen.

Adies Hände schlossen sich fester um Kahlans. »Von Pell? Du hat eine Nachricht von meinem Pell?«

»Ja, Adie. Du sollst wissen, daß er dich liebt und daß er sich an einem Ort des Friedens befindet. Ich soll dir ausrichten, er weiß, daß du ihn niemals verraten hast. Er weiß, wie sehr du ihn liebst, und es tut ihm leid, daß du so leiden mußtest. Ich soll dir sagen, du sollst in Frieden ruhen, denn du weißt, daß zwischen euren Seelen alles geklärt ist.«

»Mein Pell weiß, daß ich ihn nicht verraten habe?«

Kahlan nickte. »Ja, Adie. Er weiß es, und er liebt dich wie eh und je.«

Adie zog Kahlan in ihre Arme und weinte. »Danke, Kahlan. Du wirst nie ermessen können, wieviel mir das bedeutet. Du hast mir alles zurückgegeben Du hast mir den Sinn meines Lebens zurückgegeben.«

»Ich weiß, was das bedeutet, Adie.«

Adie streichelte Kahlan über den Kopf und drückte sie fest an sich. »Ja, Kind, vielleicht weißt du es.«

Jebra und Chandalen bereiteten das Frühstück vor, während die anderen das weitere Vorgehen besprachen. Ebinissia von all den Leichen zu räumen würde zwar ein grausiges Stück Arbeit werden, doch wenigstens war es noch Winter und die Arbeit wäre nicht ganz so grauenvoll, wie im Frühjahr, wenn es taute. Von Ebinissia aus wollten sie dic Midlands wieder miteinander vereinen.

Kahlan erklärte ihnen, Richard wolle versuchen, in der Stadt der galeanischen Krone zu ihnen zu stoßen. Außerdem habe er erzählt, er werde Zedd wohl zurück nach Westland bringen müssen, damit sich dieser dort um die Schwestern der Finsternis kümmern könne. Im Augenblick jedoch seien sie auf hoher See und stellten keine Gefahr dar.

Nach einer guten Mahlzeit gingen sie, beseelt von der Freude und der glücklicher Plauderei, die sie so lange vermißt hatten, daran, ihre Sachen zu packen. Chandalen machte ein beklommenes Gesicht und zog Kahlan auf die Seite.

»Mutter Konfessor, ich wollte dich etwas fragen. Ich würde dich nicht fragen, aber ich weiß nicht, wen ich sonst fragen soll.«

»Was ist denn, Chandalen?«

»Wie sagt man ›Brüste‹ in deiner Sprache?«

»Was?«

»Wie heißt das Wort für Brüste? Ich will Jebra sagen, daß sie schöne Brüste hat.«

Kahlan rollte verlegen mit den Schultern. *»Tut mir leid, Chandalen, aber darüber wollte ich immer schon mal mit dir sprechen. Doch bei allem, was passiert ist, bin ich nie dazu gekommen.«*

»Dann machen wir das jetzt. Ich will Jebra sagen, wie sehr ich ihre hübschen Brüste mag.«

»Chandalen, bei den Schlammenschen gilt es vielleicht als schicklich, einer Frau so etwas zu sagen. Woanders versteht man das aber nicht als Kompliment, sondern es gilt als ungehörig. Sehr ungehörig, und zwar solange, bis zwei Menschen sich gut kennen.«

»Ich kenne sie schon gut.«

»Noch nicht gut genug. Vertrau mir. Wenn du sie wirklich magst, dann darfst du ihr das nicht sagen, denn sonst wird sie dich nicht mehr mögen.«

»Die Frauen hier hören nicht gern die Wahrheit?«

»So einfach ist das nicht. Würdest du zu einer Frau aus deinem Dorf sagen, du möchtest sie sehen, wenn sie sich den Schlamm aus den Haaren gewaschen hat – auch wenn es die Wahrheit ist?«

Er sah sie erstaunt an. *»Ich verstehe, was du meinst.«*

»Gefallen dir noch andere Dinge an ihr?«

Er nickte begeistert. »Ja. Mir gefällt alles an ihr.«

»Dann sag ihr, daß dir ihr Lächeln gefällt, oder ihr Haar oder ihre Augen.«

»Woher weiß ich, wann ich ihr das richtige Kompliment mache?«

Kahlan seufzte. *»Also, fürs erste hältst du dich einfach an alles, was nicht von Kleidern bedeckt ist, dann bewegst du dich auf sicherem Grund.«*

Er nickte nachdenklich. *»Du bist sehr weise, Mutter Konfessor. Ich bin froh, daß du Richard wieder als Gefährten hast, sonst hättest du bestimmt Chandalen ausgewählt.«*

Kahlan lachte und umarmte ihn. Er erwiderte die Umarmung herzlich.

Draußen kümmerte sie sich um die Männer: Hauptmann Ryan, Leutnant Hobson, Brin und Peter und die anderen, die sie kannte. Kahlans Lächeln und ihre gute Laune steckte alle an.

Im Stall sah sie nach Nick. Chandalen hatte ihn zurückgestohlen, als sie aus Aydindril geflohen waren. Das große Schlachtroß wieherte leise, als sie sich ihm näherte.

Kahlan rieb ihm seine graue Schnauze, als er sie mit dem Kopf stupste. »Wie geht es dir, Nick?« Er wieherte. »Wie würde es dir gefallen, die Königin von Galea in den Palast nach Ebinissia zu tragen?«

Nick warf begeistert den Kopf hin und her, er konnte es kaum erwarten, aus dem Stall herauszukommen.

Wasser tropfte von schmelzenden Eiszapfen am Rand des Stalldachs. Kahlan blickte über die Hügel. Es würde ein selten warmer Wintertag werden. Bald würde es Frühling sein.

Fräulein Sanderholt war überrascht, als Richard eine zweite Schale mit Suppe und noch ein Stück Brot annahm.

»Fräulein Sanderholt, Ihr macht die beste Gewürzsuppe auf der Welt – nach mir.«

In der Küche hinter ihr waren die Gehilfen mit den Vorbereitungen für das Frühstück beschäftigt. Sie schloß die Tür.

»Es freut mich, Richard, daß es Euch soviel besser geht. Gestern abend hatte ich Angst, Ihr könntet etwas Schreckliches tun, so sehr habt Ihr Euch gegrämt. Aber das kommt mir doch ein wenig plötzlich. Irgend etwas muß passiert sein, was Eure Stimmung so verändert hat.«

Er sah kauend zu ihr auf. Er schluckte das Brot. »Ich werde es Euch verraten, wenn Ihr versprecht, es im Augenblick noch wie ein Geheimnis zu hüten. Es könnte ernste Schwierigkeiten geben, wenn Ihr es irgend jemandem erzählt.«

»Ich verspreche es.«

»Kahlan ist nicht tot.«

Sie starrte ihn ausdruckslos an. »Richard, Ihr seid noch schlimmer, als ich dachte. Ich habe mit eigenen Augen gesehen …«

»Ich weiß, was Ihr gesehen habt. Der Zauberer, den Ihr gesehen habt, ist mein Großvater. Er hat einen Bann benutzt, damit alle glauben, sie werde hingerichtet, damit man sie nicht verfolgt und sie fliehen konnte. Sie ist in Sicherheit.«

Sie schlang ihm die Arme um den Hals. »Oh, seid gelobt, Ihr Guten Seelen.«

»Allerdings«, meinte Richard feixend.

Richard nahm die Schale mit der Suppe mit nach draußen, um mitanzusehen, wie es hell wurde. Er war zu aufgewühlt, um hinter verschlossenen Türen eingesperrt zu sein. Er setzte sich auf die breiten Stufen und betrachtete den prachtvollen Palast, der zu allen Seiten aufragte. Türme und Zinnen und weit geschwungene Dächer ragten in das Licht der frühen Morgendämmerung.

Während er seine Suppe aß, betrachtete er einen Wasserspeier am Rand eines gewaltigen Zierfrieses, das von gekehlten Säulen gestützt wurde. Gerade leuchteten die rosafarbenen Wolken hinter ihm auf, so daß die groteske, geduckte Gestalt sich scharf als Silhouette abhob.

Richard hatte gerade einen Löffel Gewürzsuppe im Mund, als er zu sehen glaubte, wie der Wasserspeier tief durchatmete. Richard stellte die Schale ab. Er erhob sich, ohne den Blick von der dunklen Gestalt zu lassen. Jetzt bewegte sie sich wieder, es war nur ein kaum merkliches Zucken.

»Gratch! Gratch, bist du das?«

Die Gestalt rührte sich nicht. Vielleicht bildete er es sich bloß ein. Richard breitete die Arme aus.

»Gratch, bitte, wenn du es bist, vergib mir. Gratch, du hast mir gefehlt.«

Einen Augenblick lang tat sich nichts, und dann breitete er die Flügel aus. Mit einem Satz stürzte er sich von der Dachkante und kam im Gleitflug auf ihn zugeschossen. Flügelschlagend landete der riesige Gar ein kleines Stück entfernt auf den Stufen.

»Gratch! Oh, Gratch, du hast mir so gefehlt!« Der Gar betrachtete ihn aus leuchtend grünen Augen. »Ich weiß nicht, ob du das verstehen kannst, aber ich habe das alles nicht so gemeint. Ich wollte dir doch nur das Leben retten. Bitte, vergib mir, ja? Richard liebt Gratch.«

Der Gar schlug mit den Flügeln. Zwischen seinen langen Reißzähnen kam ein Atemhauch hervor. Er stellte die Ohren auf.

»Grrratch liiiig Raaaach aaaarg.«

Der Gar sprang Richard in die Arme, warf ihn auf die Stufen. Richard schlang die Arme um das pelzige Geschöpf, und Gratch hüllte ihn mit Armen und Flügeln ein. Die beiden streichelten sich gegenseitig den Rücken, und jeder lächelte auf seine Art.

Als sie sich schließlich aufrichteten, nahm Gratch den Kopf zwischen die Schultern, bückte sich und blickte Richard fragend an. Mit der Rückseite einer riesigen Kralle strich er Richard übers Kinn. »Er ist ab. Ich werde keinen Bart mehr tragen.«

Gratch rümpfte mißbilligend die Nase. Knurrend machte er seinem Mißfallen Luft.

Richard mußte lachen. »Du wirst dich daran gewöhnen müssen.« Sie saßen schweigend zusammen in der Stille der Morgendämmerung. »Weißt du schon, Gratch, daß ich ein Zauberer bin?«

Gratch lachte gurgelnd und legte zweifelnd die Stirn in Falten. Richard fragte sich, woher ein Gar wußte, was ein Zauberer war. Gratch überraschte ihn immer wieder mit dem, was er wußte, was er begriff.

»Nein, wirklich, es stimmt. Hier, ich will es dir zeigen. Ich werde Feuer machen.«

Richard streckte seine Hand aus. Er rief die Kraft aus seiner ruhenden Mitte herbei. So sehr er sich auch mühte, nichts geschah. Er brachte nicht einmal einen Funken zustande. Er seufzte, während Gratch vor Lachen heulte und amüsiert mit den Flügeln schlug.

Dann überkam ihn plötzlich eine Erinnerung – etwas, das Denna zu ihm gesagt hatte. Er hatte sie gefragt, wie sie all die Dinge mit Magie getan hatte. Sie hatte ihn mit diesem allwissenden, friedlichen Lächeln angesehen und gesagt: *Sei stolz, daß du die richtigen Entscheidungen getroffen hast, Richard, die Entscheidungen, die zu dem geführt haben, was geschehen ist, doch lasse keine Überheblichkeit in dein Herz, indem du glaubst, alles was geschehen ist, sei dein Werk.*

Richard wurde bewußt, daß er noch eine Menge zu lernen hatte, bevor er ein richtiger Zauberer wäre. Er war nicht einmal sicher, ob er Zauberer sein wollte, doch jetzt akzeptierte er, wer er war – jemand, der mit der Gabe geboren worden war, der geboren war, ein Kiesel im Teich zu sein, der Sohn des Darken Rahl, der dennoch das Glück hatte, von Menschen großgezogen zu werden, die ihn liebten. Er spürte das Heft seines Schwertes an seinem Ellenbogen. Für ihn war es geschaffen worden.

Er war der Sucher. Der wahre Sucher.

In Gedanken streifte Richard noch einmal jene Seele, die ihm in seinem Leben mehr Glück als Qualen gebracht hatte. Er war zutiefst dankbar dafür, daß Denna ihren Frieden gefunden hatte. Mehr konnte er sich für sie nicht wünschen, für einen Menschen, den er liebte.

Er löste sich aus seinen Gedanken und tätschelte Gars Arm. »Warte hier eine Minute, Gratch. Ich geh dir etwas holen.«

Richard lief in die Küche und besorgte eine Lammkeule. Als er zurückkam und die Treppen hinabrannte, hüpfte Gratch vor Aufregung von einem Bein aufs andere. Zusammen saßen sie auf den Stufen, Richard aß seine Suppe, und Gratch machte sich über das Fleisch her.

Als sie aufgegesessen hatten – Gratch hatte sogar den Knochen verspeist –, zog Richard eine lange Locke von Kahlans Haar heraus.

»Die gehört der Frau, die ich liebe.« Gratch überlegte, dann hob er den Kopf und streckte vorsichtig die Hand aus. »Ich möchte, daß du sie bekommst. Ich habe ihr von dir erzählt und davon, was du mir bedeutest. Sie wird dich ebenso lieben, wie ich dich liebe, Gratch. Sie wird dich niemals davonjagen. Du kannst bei uns sein, wann immer du willst, solange du willst. Warte, gib sie mir einen Augenblick zurück.«

Gratch hielt ihm die Haarsträhne hin. Richard nahm den Lederriemen ab, an dem Scarlets Zahn befestigt war. Er nützte ihm nichts mehr, er hatte sie bereits damit gerufen. Er befestigte die lange Haarlocke am Riemen, dann hängte er das Ganze Gratch um den Kopf.

Mit einer Kralle strich Gratch über das lange Haar. Als er grinste, kräuselte sich seine Nase, und seine Reißzähne waren in ihrer vollen Länge zu sehen.

»Ich werde jetzt zu ihr gehen. Möchtest du mitkommen?«

Gratch nickte begeistert, sein Kopf hob und senkte sich, seine Ohren zuckten, er flatterte mit den Flügeln.

Richard sah hinunter auf die Stadt. Truppen zogen umher. Eine Menge Truppen. Truppen der Imperialen Ordnung. Es würde nicht lange dauern, bis sie den Mut fassen würden, den Tod des Rats zu untersuchen – selbst wenn dabei ein Zauberer seine Hand im Spiel gehabt hatte. Richard mußte lächeln. »Dann sollte ich mir wohl ein Pferd besorgen, damit wir aufbrechen können. Ich halte es für das Beste, wenn wir von hier verschwinden.«

Er blickte hinaus in den heller werdenden Tag. Eine Brise mit einem Hauch von Wärme bauschte sein Mriswith-Cape auf. Nicht mehr lange, und es würde Frühling sein.